쓰
가
루

다자이 오사무 전집 6

쓰가루
津軽

다자이 오사무 지음 ― 최혜수 옮김

도서출판 b

| 일러두기 |

1. 이 전집은 저본으로서 『太宰治全集』(ちくま文庫^{치쿠마문고}, 1994, 全10卷)과 『決定版 太宰治全集』(筑摩書房^{치쿠마서방}, 1999, 全13卷)을 기초로 하고, 新潮文庫^{신초문고}, 岩波文庫^{이와나미문고} 등 가장 널리 읽히는 판본을 참조하여 번역했으며, 전 10권으로 구성했다.
2. 이 전집은 다자이 오사무의 모든 소설 작품을 발표 시기 순서에 따라 수록했다. 단, 에세이는 마지막 권에 따로 수록했다.
3. 제6권에는 1943년 10월부터 1945년 9월에 걸쳐 발표된 여덟 편의 작품 및 1940년 6월에 발표된 일본 고전 관련 작품 「맹인독소」를 실었다.

| 차 례 |

쓰가루

作家の手帖
작가 수첩

太宰治

「작가 수첩」

1943년 10월 『문고文庫』에 발표되었다. 제목을 보면 알 수 있듯 다자이가 일상 속 여러 가지 에피소드를 열거한 에세이 풍의 작품인데, 그 에피소드들의 중심에는 '전쟁'이라는 현실이 있었다.

올해 칠석날은 예년과 달리 마음속 깊이 와 닿는 데가 있었다. 칠석날은 여자아이를 위한 축젯날이다. 그날 밤에는 여자아이들이 베틀질을 비롯하여 바느질 같은 수예를 잘하게 해달라고 직녀성에 기도를 올린다. 중국에서는 장대 끝에 오색 빛깔 실을 매다는 풍습이 있다고 하는데, 일본에서는 덤불 속에서 막 꺾어온 듯한 푸른 잎이 달린 대나무에 오색 빛깔 종이를 매달아, 그것을 대문에 세워둔다. 대나무의 잔가지에 매달아 놓은 색종이에는 여자아이들이 품고 있는 마음속 소원이 어설픈 글씨체로 적혀 있는 경우도 있다. 칠팔 년 정도 지난 오래전 이야기를 하나 하자면, 나는 조슈에 있는 다니카와 온천에 간 적이 있다. 그 무렵 여러모로 괴로운 일이 있었기 때문에 그 산속 온천에서도 배겨내지를 못하고, 산기슭에 있는 미나카미 마을로 터덜터덜 걸어 내려갔다. 다리를 건너 마을로 들어서자, 마을에는 칠석날에 달아놓는 빨강, 노랑, 초록 색종이가 대나무 잎의 그림자 아래서 한들거리고 있었다. 그것을 본 순간, 아아, 모두 씩씩하게 살고 있구나, 싶어서 나까지 힘이 솟는 듯했다. 그해 칠석날은 지금까지도 짙고 선명한 기억으로 남아 있는데, 그 이후로 몇 년 동안 칠석날의 대나무 장식을 보지 못했다. 아, 아니지,

매년 보기는 하지만, 내 마음속 깊이 와 닿은 적은 없었다. 그런데 어째서인지, 올해는 미타카 마을 곳곳에 세워진 칠석날 대나무 장식이 유난히 눈에 들어왔다. 그리하여 칠석날이라는 것이 도대체 어떤 의미가 있는 축젯날인지 더 자세히 알고 싶다는 마음에, 사전 두세 권을 찾아보았다. 하지만 어느 사전을 봐도 '손재주가 좋아지기를 기원하는 날'이라는 말밖에 나와 있지 않았다. 내겐 이런 설명만으로는 부족했다. 나는 어릴 적부터 더욱 중요한 의미가 하나 더 있다는 얘기를 들어 알고 있었다. 이날 밤은 일 년에 한 번 있는 견우성과 직녀성의 만남을 기뻐하는 밤 아니던가? 내가 어렸을 때는, 대나무에 색종이를 매단 칠석날 장식이, 견우직녀 두 사람에게 그날 밤의 기쁨을 보여주는 표식이라고 생각했을 정도다. 속세의 인간들이 견우와 직녀를 축하해주는 축젯날일 거라고 생각했다. 그런데 세월이 흐른 뒤, 칠석날은 여자아이가 글씨를 잘 쓰고 바느질도 잘하게 해달라고 기도하는 날이며, 대나무 장식도 그것을 기원하기 위한 물건이라는 얘기를 듣고는 기분이 이상했다. 여자아이들이란 정말이지 빈틈없이 자기 생각만 하는 약삭빠른 존재라는 생각이 들었다. 직녀님께 기쁜 일이 생긴 것을 이용하여 자기들의 소원을 들어달라고 하다니, 정말 실리적이고 교활하다고 생각했다. 그게 사실이라면, 직녀성이 딱하다. 일 년에 딱 한 번 만나는 기쁜 밤에, 인간 세상에서 자기들 소원을 들어달라고 시끌벅적하게 떠들어댄다면 모처럼 만의 하룻밤도 엉망진창이 되어버릴 텐데. 하기야 직녀성도 그날 밤에는 자신에게 좋은 일이 있으니, 하는 수 없이 인간 세상 여자아이들의 소원을 들어줄 수밖에 없겠지. 여자아이들은 직녀성의 그런 점을 이용하여 아무런 거리낌 없이 자신의 소원을 마구 빌어대는 것이다. 아아, 여자들이란 이처럼 어려서부터 염치가 없다. 하지만 남자아이들은 다르다. 직녀가 적잖이 부끄럼을 타는 밤에 자기 욕심 채우겠다고 소원을 비는 건 몹쓸 짓이라는 것 정도는 알고 있다. 실제로 나도 어릴 적부터 칠석날 밤에는 하늘을 올려다보지 않으려 애썼을 정도다. 그리고 어린 마음에도, 즐거이 하룻밤을 보내시도록 아무쪼록 비가 오거나 바람이 불지 않기를 바랐다. 연인끼리 일 년에 한 번 만나는 모습을 망원경 같은 것으로 지켜보는 것은 실로 무례하고 상스러운 일이라 생각했다. 창피하게 그걸 왜 올려다보나 몰라.

그런 생각을 하면서 곳곳에 칠석날 장식이 세워져 있는 마을을 걷고 있자니, 문득 이런 소설을 쓰고 싶어졌다. 매년 칠석날 밤에만 딱 한 번 만나자는 약속을 한 인간 세상의 연인 이야기를 쓰면 어떨까? 아니면 무언가 말 못 할 사정이 있어서 별거 중인 부부라도 좋다. 그날 밤에는 여자네 집 대문에 색종이가 매달린 그 대나무 장식이 세워져 있는 것이다.

이런저런 소설을 구상하는 중에 그것도 하잘것없는 일이라는 생각이 들어서, 그렇게 달콤한 소설 따위를 쓸 바에야 내가 그것을 직접 행동으로 옮겨보면 어떨까 하는 별난 공상이 떠올랐다. 오늘 밤에 아무 여자 집에나 놀러 가서, 아무 일도 없다는 듯 돌아온다. 그리고 내년 칠석날 또다시 홀연히 놀러 갔다가, 또 아무 일도 없다는 듯 돌아온다. 그렇게 오륙 년 동안 계속 그러다가, 그제야 여자에게 마음을 털어놓는다. 매년 제가 찾아오는 밤이 무슨 날 밤인지 아시나요? 칠석날입니다. 빙긋이 웃으며 그렇게 말한다면, 내가 의외로 멋진 남자로 보일지도 모른다. 오늘 밤에 해보자, 싶어서 눈을 번뜩이며 끄덕여본다. 한데, 딱히 갈 만한 곳이 없다. 내가 여자를 싫어하다 보니 아는 여자가 한 명도 없다. 아니, 그 반대일지도 모른다. 아는 여자가 한 명도 없으니까 여자를 싫어하는 것일지도 모르겠는데, 어쨌든, 이 여자가 좋겠다 싶은 상대가 한 명도 없다는 것만큼은 분명했다. 나는 씁쓸히 웃었다. 메밀국수 집 대문에 대나무 장식이 세워져 있었다. 색종이에 무슨 글씨가 적혀 있는 게 보였다. 잠시 멈춰 서서 그것을 읽어보았다. 어린 여자아이가 쓴 어설픈 글씨였다.

별님, 일본을 지켜주세요.
천황 폐하를 받들어 모시겠습니다.

깜짝 놀랐다. 요즘 여자아이들은 칠석날 멋대로 자기 소원만 빌지는 않는구나. 맑고 순수한 소원이라고 생각했다. 색종이에 적힌 글씨를 몇 번이고 다시 읽었다. 발길이 떨어지지 않았다. 이 소원은, 분명 직녀성에게 전해질 거라고 생각했다. 소원이란 소박할수록 좋은 것이다.
　쇼와[昭和] 12년[1937년] 이후 일본에서는 칠석날의 의미도 달라진 것이다. 쇼와 12년[1937년] 7월 7일, 노구교[1]에서 잊지 못할 한 발의 총성이 울려 퍼졌다. 나의 별난 공상 또한 흔적도 없이 말끔히 사라져버렸다.

　어린 시절, 마을에서 축제나 행사가 있으면 곡마단이 와서 가설 공연장을 지었다. 악동들은 공연장이 완성되기를 가만히 기다리지 못하고, 한창 천막을 칠 때 우르르 몰려가서는 천막 사이로 공연장 내부를 들여다보며 소란을 피웠다. 나는 수줍어하면서도 악동들을 뒤쫓아갔고 벌벌 떨면서 천막 안을 들여다보았다. 애써 그런 천박한 짓을 흉내

1_ 1937년 7월 7일 북경 서남 방향에 위치한 다리로, 이곳에서 일어난 일본군과 중국군의 충돌이 중일전쟁의 발단이 되었다.

내려 들었던 것이다. "네 이놈들!" 천막 안쪽에서 곡마단 아저씨의 호통 소리가 들려왔다. 아이들은 와아 하고 소리를 지르며 달아났다. 나도 부끄럽긴 했지만 그들을 따라 와아 하고 소리치며 달아났다. 곡마단 아저씨가 우리를 뒤쫓아 왔다.

"너는 와도 돼. 너는, 괜찮아."

곡마단 아저씨는 그렇게 말하며 나만 안아 올려서는 천막 속으로 데려가서 말, 곰, 원숭이를 보여주었는데, 나는 하나도 즐겁지 않았다. 나는, 악동들과 함께 도망가고 싶었다. 우리 집에서 공연장에 쓰일 통나무 따위를 빌려줬기 때문인지도 모른다. 나는 천막에서 도망가지도 못하고, 정말 내키지 않는 마음으로 말과 곰을 가만히 바라보았다. 천막 바깥에는 또다시 악동들이 슬금슬금 다가와서는 떠들썩하게 소란을 피워댔다. "네 이놈들!" 곡마단 아저씨가 호통을 쳤다. 아이들이 "와아!" 하고 도망갔다. 정말 즐거워 보였다. 나는 울상을 지으며 말을 바라보았다. 그 악동들이 너무나 부러웠고, 나 혼자 지옥에 있는 듯한 심정이었다. 언젠가 한 번 내가 이 이야기를 어느 선배한테 했더니, 그 선배는 그것이 민중에 대한 동경이라고 했다. 그러고 보면 동경이란, 언젠가는 반드시 다다를 수 있는 것인 모양이다. 지금 나는 완벽하게 민중에 속하는 사람이다. 카키색 바지에 셔츠 옷깃을 젖히고, 산업전사[2]들 사이에 섞여 조금도 눈에 띄지 않는 모습으로 미타카 거리를 걷고 있다. 하지만, 술집에 한 발짝이라도 발을 들이면 얘기는 달라진다. 산업전사들은 소주든 뭐든 개의치 않고 마시지만, 나는 되도록이면 맥주를 마시고 싶다. 산업전사들은 씩씩한 사람들이다.

..
2_ 태평양 전쟁 하에 노동자들은 '산업전사産業戰士'라 불리며 전쟁터에 나가 있는 군인들과 마찬가지로 전쟁을 수행하는 존재로 인식되었다.

"맥주 같은 걸 마시면서 고상을 떨어봤자, 다 쓸데없는 짓이잖아?" 누군가 목청껏 그렇게 얘기했는데, 분명 나 들으라고 하는 소리였다. 나는 웅크리고 고개를 숙인 채 맥주를 마셨다. 하나도 맛이 없었다. 어렸을 때 곡마단 천막 속에서 느꼈던, 그 쓸쓸함이 떠올랐다. 나는 당신들의 친구라는 생각으로 살아왔는데.

친구라고 생각하는 것만으로는 부족한지도 모른다. 존경해야만 한다. 나는 진지하게 그런 생각을 했다.

그 술집을 나와서 집으로 돌아오는 길에, 이노카시라 공원의 숲속에서 산업전사 두어 명을 만났다. 그중 한 명이 내 앞을 막아서더니, "불 좀 빌려주십시오." 하고 정중한 태도로 말했다. 나는 움찔했다. 내가 피우고 있던 담배를 내밀었다. 나는 순간 오만 가지 생각이 다 들었다. 나는 인사를 잘 못하는 남자다. 누가 "잘 지내십니까?" 하고 인사하면 어쩔 줄을 모르겠다. 뭐라고 대답하면 좋을까? 잘 지낸다는 것은 어떤 상태를 가리키는 말일까? 잘 지낸다니, 애매한 말이다. 어려운 질문이다. 사전을 찾아보자. 잘 지낸다는 것[3]은, 몸을 지탱하는 기운. 정신활동을 하는 기운. 모든 일의 근본이 되는 기력. 건강한 것. 기세 좋은 것. 나는 생각한다. 지금 내게 기운이 있을까? 그것은 신의 영역이니 나는 모르는 일이다. 누군가 "잘 지내십니까?" 하고 별 의미 없이 물어봐도, 나는 그 질문에 정확한 대답을 해야겠다는 생각에 머뭇거리게 된다. "음, 뭐, 이렇게 살지만, 그래도, 뭐, 다 이런 거겠지요, 그렇지 않습니까?" 라는 식으로, 내가 생각해도 영문을 알 수 없는 인사를 할 지경이다. 나는 사교적인 언사를 잘 못 한다. 지금 이 청년은 내게서 불을 빌렸으니,

3_ 잘 지내느냐는 의미의 일본 인사말인 '오겡끼데스까?'에서 '겡끼'=원기元氣(기운).

이 산업전사는 곧 내가 피다 만 담배를 내게 돌려주면서 고맙다고 하겠지. 나도 남한테 불을 빌렸을 때는 아무런 망설임 없이 고맙다고 인사한다. 그것은 당연한 일이다. 나는 항상 남들보다 더욱 정중하게 모자를 벗고 허리를 숙이며 "고맙습니다." 하고 인사한다. 그 사람이 빌려준 담뱃불 덕분에 담배를 한 모금 피울 수 있으니, 말하자면 하룻밤을 재워주고 한 끼 식사를 준 은인과 마찬가지다. 하지만 그와 반대로 내가 남에게 담뱃불을 빌려주었을 경우, 나는 어떤 인사를 하면 좋을지 몰라서 쩔쩔맨다. 이 세상에서 담뱃불을 빌려주는 것만큼 손쉬운 일은 없다. 그야말로, 아무것도 아닌 일이다. 빌려준다는 말조차 너무 과장된 표현 같다. 자신의 소유권이 손상되는 것도 아니지 않은가? 화장실을 빌려주는 것보다도 더 손쉬운 것 아닌가? 남들이 내게 담뱃불을 빌려달라고 할 때마다 항상 어쩔 줄을 모르겠다. 특히 그 사람이 모자를 벗고 정중한 말투로 부탁해오면, 얼굴이 붉어진다. "네, 여기 있습니다." 하고 가능한 한 가볍게 말한다. 내가 벤치에 앉아 있기라도 한 경우에는 그렇게 말하고서 바로 일어선다. 그리고 살짝 웃으면서 상대가 불을 옮겨 붙이기 좋도록 내 담배 끝을 쥐어 내민다. 내 담배가 너무 짧으면 "여기 있습니다, 쓰시고 버리십시오." 하고 말한다. 성냥이 두 개 있을 때면 하나를 준다. 하나밖에 없을 때도, 내 성냥갑에 성냥개비가 가득 들어 있으면 그것을 조금 나누어준다. 그럴 때는 상대방이 "고맙습니다." 라고 하더라도 망설임 없이 "괜찮습니다." 하고 되받아칠 수 있는데, 성냥을 준 것도 아니고 그저 내 담뱃불을 상대방 담배에 옮겨붙이는, 정말 아무것도 아닌 일로 정중한 감사 인사를 받으면, 도대체 무슨 말을 하면 좋을지를 모르겠다. 지금 이곳 이노카시라 공원 숲속에서, 한 청년이 내게 성냥불을 빌려달라며 매우 정중하게 부탁했다. 게다가 그 청년은 명백한 산업전사다. 내가 얼마 전 술집에서 더욱 존경해야한다고 진지하게 생각했던, 바로 그 산업전사다. 몇 초 후 이 사람은 내게 "고맙습니다, 실례했습니다." 하고 정중하게 감사 인사를 할 것임이 틀림없다. 송구스럽다거나 황송하다고 말하고 싶어도 입이 안 떨어진다. 내겐, 너무나 어려운 일이다. 대체 나는 고맙다는 이 청년에게 무어라 답하면 좋을까? 머릿속에는 이런저런 인사말이 작은 셀룰로이드 풍차처럼 정신없이, 뱅글뱅글 돌아갔다. 풍차가 딱 멈춘 그 순간,

"고맙습니다!" 청년이 명랑하게 말했다.

나는 또박또박 말했다.

"죄송합니다."

그 말이 무슨 뜻이었는지, 나는 모른다. 하지만 청년에게 그렇게 가볍게 인사하고서 대여섯 걸음을 걷는데 기분이 무척 좋았다. 몸이 한층 가뿐해진 듯했다. 정말, 생기발랄해졌다. 집에 와서 자랑스러운 얼굴로 집사람에게 그 얘기를 했더니, 집사람은 나더러 뚱딴지같은 사람이라고 했다.

우리 집 뜰 울타리 뒤에는 우물이 있다. 뒤에 있는 두 집이 공동으로 쓰는 우물이다. 뒤에 있는 두 집은 다 산업전사의 집이다. 그 두 집의 안주인들은 둘 다 나이가 서른대여섯 정도인데, 함께 우물가에서 설거지 같은 집안일을 하며 새된 목소리로 끝없이 수다를 떤다. 그럴 때면 나는 하던 일을 멈추고 자리에 드러눕는다. 머리가 아파져 올 때도 있다. 그런데 어제 오후, 그 두 안 주인 중 한 사람이 홀로 우물가에서 빨래를 하면서 같은 노래를 몇 번이고 반복해서 불렀다.

우리 엄마, 좋은 엄마.

우리 엄마, 좋은 엄마.

무턱대고 계속해서 그 노래를 불렀다. 나는 이상하다는 생각이 들었다. 저것은 자화자찬 아닌가? 이 부인에게는 아이가 셋 있다. 세 아이를 둔 자신의 행복을 생각하며 부르는 것일까? 아니면, 고향에 계신 자신의 노모를 생각하면서 부르는 것일까? 설마, 그건 아니겠지. 나는 반복적으로 들려오는 노랫소리에 가만히 귀를 기울이고 있다가, 잠시 후에 깨달았다. 저 부인은 아무것도 생각하고 있지 않다. 말하자면, 그냥 흥얼거리고 있을 뿐이다. 여름에 하는 빨래는 여자들이 하는 일 중에서 가장 즐거운 일이라고 한다. 저 노래에는 아무런 의미도 없다. 그저 별생각 없이 빨래를 즐기고 있는 것일 뿐이다. 이렇게 큰 전쟁이 한창인데도.

미국 여자들은 결코 이처럼 아름답고 태평하지는 않을 것이다. 상황이 이쯤 되면 슬슬 불평을 늘어놓으며 투덜거리고 있을 것이다. 고작 쥐를 본 것만으로도 기절한 시늉을 하는 꼴사나운 여자들이다. 여자들이 전쟁 승패의 열쇠를 쥐고 있다고 한다면, 그건 너무 지나친 말일까? 나는 전쟁의 결과를 낙관하고 있다.

佳日

길일

太宰治

「길일」

1944년 1월 『개조^{改造}』에 발표되었다. 밝고 유머러스한 작품이지만, 그 유머는 어디까지나 '성전완수^{聖戰完遂}'라는 국가의 목표를 벗어날 수는 없는 것이었다.

이 이야기는 지금 대일본제국의 자존자위自存自衛를 위해 내지[1]와 먼 곳에서 일하고 있는 사람들에게 고향 걱정은 하지 마시라는 뜻의 낭보朗報가 되지 않을까 싶어, 어리석은 작가가 말을 더듬어가며 하는 소소한 이야기다. 오스미 추타로 군은 나와 대학 동기지만 나처럼 불명예스러운 낙제생은 아니고, 바로 대학을 졸업한 뒤 도쿄의 한 잡지사에 취직했다. 인간에게는 이런저런 버릇이 있기 마련이다. 학창 시절부터 오스미 군에게는 약간 잘난 척하는 버릇이 있었다. 하지만 그것은 오스미 군의 본심에서 우러난 행동은 아니었다. 겉에서 보기에 그냥 그래 보이는 습성에 불과했다. 마음이 약하고 정이 많은 선량한 신사들이 흔히, 두껍고 튼튼한 지팡이를 휘두르며 돌아다니고 싶어 하는 것과 같은 이치다. 오스미 군은 야만적인 사람은 아니다. 그의 아버지는 조선에 있는 모 대학의 교수다. 수준 높은 가정인 모양이다. 오스미 군은 외아들이니만큼 사랑을 많이 받고 자랐고, 십 년쯤 전에 어머니가 돌아가시고 난 뒤부터 아버지는, 모든 것을 오스미 군이 하는 대로 내버려 두었던

1_ 內地. '대일본제국 헌법'에서 규정된 일본 본토를 이르는 말로, 이에 반해 '외지外地'는 타이완, 조선 등의 식민지를 가리키는 말로 쓰였다.

것 같다. 말하자면 곱게 자라온 사람으로, 대학 시절에도 깃이 달린 비로드 외투 같은 것을 입고 다녔고, 평소 태도에도 거친 구석이 전혀 없었다. 하지만 학생들 사이에서 평판은 안 좋았다. 묘하게 박식한 척, 잘난 척하는 것처럼 보였기 때문이다. 하지만 내 입장에서는 그런 험담들이 반드시 정당한 것으로 들리지만은 않았다. 실제로 오스미 군은 공부를 안 하는 우리들에 비해 훨씬 박식했다. 박식한 사람이 기회가 있을 때마다 자신의 지식을 유감없이 드러내는 것은 극히 자연스러운 일이며 이상하게 여길 일이 전혀 아닌데, 세상은 이상하게도 자신이 알고 있는 것의 십 분의 일 이상을 드러내면, 그 사람을 잘난 척하는 사람이라며 비난한다. 잘난 척하는 것이 아니다. 정말 알고 있으니까 아는 것을 말할 뿐이다. 심지어는 말하기를 자제하고 일부만 말하는 것이다. 실은 그 대여섯 배나 더 많이 알고 있다. 하지만 남들은 자신이 알고 있는 것의 십 분의 일 이상만 말해도 반드시 얼굴을 찌푸린다. 오스미 군은 나름대로 자제하고 있는 것인데 말이다. 공부를 안 하는 우리를 딱하게 여기며 자신의 모든 지식을 다 공개하지 않고, 겨우 십 분의 삼, 혹은 사, 오, 육 정도만 드러내고, 나머지 대부분의 지식은 가슴 깊이 묻어두고 있을 텐데. 그럼에도 어째서인지 주위 학생들은 그런 그에게 질려 갔다. 자연히 그는 고독한 사람이 되어갔다. 대학을 졸업하고 잡지사에서 일하게 되고 난 뒤에도, 오스미 군은 이전처럼 모든 사람들에게 경원의 대상이었고, 짓궂은 동료 두세 명은 오스미 군의 박식함을 완전히 무시한 채 거의 육체노동만 떠맡겼다. 화가 난 오스미 군은 일을 관뒀다. 오스미 군이 옛날부터 나쁜 사람이었던 것은 결코 아니다. 다만 견식이 무척 풍부한 사람이었다. 남들의 무례한 비웃음을 참을 수가 없었다. 남들이 항상 자신에게 감탄해주지 않으면

성에 차지 않는 모양이었다. 하지만 세상 사람들은 남을 보고 그리 쉽사리 감탄하지는 않는다. 오스미 군은 이 회사 저 회사를 전전했다.

"아아, 이제 도쿄는 싫다. 너무 메마른 곳이야. 나는 북경으로 가고 싶어. 세계에서 가장 오래된 도시이며, 그 도시야말로 내 성격에 맞는 곳이지. 왜냐하면, ……." 하고, 내게 그가 지닌 해박한 지식의 십 분의 칠 정도를 자세히 얘기하더니, 얼마 안 있어 홀연히 중국으로 떠났다. 그즈음 내지에서 그와 계속 연락하고 있었던 사람은 나와 다른 동기 두세 명뿐이었는데, 우리는 모두 오스미 군이 자신을 이해해주는 사람으로 여기는, 세상에서 가장 마음 여린 남자들이었다. 나는 그때도 그의 중국행에 대해 두말없이 찬성했다. 하지만 걱정스러운 마음에, 말을 더듬어가며 다음과 같은 허튼 충고를 했다. "가더라도 바로 돌아오면 의미가 없어. 그리고 무슨 일이 있어도 아편은 피우지 마." 그는 훗 하고 웃더니, "응, 고마워."라고 대답했다. 오스미 군이 중국으로 간 지 오 년째 되던 해, 그러니까 올해 4월 중순, 갑자기 그에게서 다음과 같은 전보가 왔다.

○ 보낸다. 함 잘 부탁해. 결혼식 준비해라. 내일 북경 출발. 오스미 추타로.

그리고 동시에 전신환으로 백 엔을 보내왔다.

그가 중국으로 간 지 벌써 오 년이 흘렀다. 그래도 그 사이에 나와 그는 이따금 소식을 주고받았다. 그가 보내온 편지에 따르면 오래된 도시인 북경은 정말 그의 성격에 딱 맞는 듯, 곧바로 북경에 있는 큰 회사에 들어가서 그의 모든 능력을 유감없이 발휘하며 영원한 동아시아의 평화 확립을 위해 열심히 일하고 있다고 했다. 나는 그가 자랑하려고 보낸 듯한 그런 소식을 접할 때마다 새삼스레 그가 존경스럽게 여겨졌다. 하지만 내게는 고향의 나이 든 어머니가 가졌을 법한 노파심도 있어서, 그의 큰 포부를 듣고 기쁘면서도 다른 한편으로는 조마조마했다. 나는, '어쨌든 뭐, 작심삼일로 끝내지 말고 일에 싫증 나지 않도록 느긋한 맘으로 살아라, 건강 조심하고 아편 같은 건 절대로 하지 마라.'라는 식으로, 의욕에 찬 그의 흥을 깨는 현실적인 걱정만 써서 보냈다. 그러자 그는 그게 못마땅했는지, 내게 편지를 보내는 횟수도 점점 줄어들었다. 그러던 작년 봄, 야마다 유키치 군이 나를 찾아왔다.

야마다 유키치 군은 그 무렵 마루노우치에 있는 한 보험회사에서 일하고 있었다. 그 역시 우리와 대학 동기였는데, 누구보다도 마음이 여렸기 때문에 우리는 언제나 그가 가진 담배만 피웠다. 그리고 이 사람은 오스미 군의 박식함에 무조건, 진심으로 감탄하며 그를 존경했고, 오스미 군을 여러모로 보살펴줬다. 나는 아직 오스미 군의 아버지를 만나 뵌 적이 없지만 완전 대머리라고 한다. 외아들인 그도 아버지의 전철을 그대로 밟아, 대학을 졸업한 무렵부터 이마 위쪽이 서서히 벗어지기 시작했다. 남자가 나이가 들어감에 따라 이마 위쪽부터 머리가 빠지는 것은 당연한 일이고 누구나 다 그렇지만, 오스미 군은 다른 학우들에 비해 눈에 띄게 진행 속도가 빨랐다. 그리고 그것은 결국 오스미 군을 울적하게 하는 요인이 된 듯했다. 배려심 많은 야마다 유키치 군이 이를 보다 못해, "솔잎으로 다발을 만들어서 벗어진 부분을 두드려 자극하면 모발이 다시 자라난대요."라고 진지한 얼굴로 말해서, 오히려 오스미 군이 눈을 번득이며 그를 쏘아본 일이 있었다.

"오스미 씨의 신붓감을 찾았습니다." 야마다 군은 오랜만에 우리 집에 찾아와서 약간 긴장한 태도로 말했다.

"괜찮을까요? 오스미 군은 그래 보여도 꽤 까다롭잖아요." 오스미 군은 대학에서 미학을 전공했다. 미인을 보는 눈도 까다롭다.

"북경으로 사진을 보내줬어요. 그랬더니 오스미 씨가 꼭 소개시켜 달라고 답장을 보내왔어요." 야마다 군은 안주머니를 뒤적이더니 오스미 군이 보냈다는 그 답장을 꺼냈다. "아니, 이건 보여드릴 수가 없어요. 오스미 군한테 미안해서 말이지요. 약간 감상적이고 생각 없이 쓴 말들도 있으니까요. 뭐, 상상에 맡기겠습니다."

"그것 참 잘됐네요. 중간에서 다리를 잘 놓아 주면 되겠어요."

"저 혼자서는 불가능합니다. 당신의 도움이 필요해요. 지금 여자분 집으로 이 얘기를 하러 가려는 중인데, 오스미 씨의 최근 사진 가지고 있는 거 없나요? 가족분들께 보여줘야 해서요."

"최근 들어서는 오스미 군이 편지를 별로 안 보내는데, 삼 년 정도 전에 북경에서 보내온 사진이라면 한두 장 있을 겁니다."

아득히 멀리 있는 자금성을 바라보고 있는 옆모습 사진. 벽운사碧雲寺를 배경으로 중국옷을 입고 서 있는 사진. 나는 그 두 장을 야마다 군에게 건네주었다.

"이거 괜찮다. 머리숱도 더 많아진 것 같네요?" 야마다 군은 가장 먼저 그 부분을 눈여겨보며 말했다.

"그게, 빛이 들어와서 그렇게 숱이 많아 보이는 건지도 몰라요." 나는 자신이 없었다.

"아뇨, 그렇지도 않아요. 최근에 좋은 약이 발명되었다고 하니까요. 좋은 이탈리아제 약이 있대요. 이 친구가 북경에서 그 이탈리아제 약을 몰래 쓴 것일지도 모르지요."

애기가 잘 풀린 모양이었다. 모든 것이 야마다 군이 애써준 덕분일 것이다. 그런데 작년 가을 야마다 군이, '나는 호흡기가 안 좋아져서 앞으로 일 년간 고향에서 요양할 생각이다. 그러니 오스미 씨의 혼담은 당신에게 부탁할 수밖에 없다. 여자 집 주소는 밑에 써두었으니, 연락 잘해라.'라는 내용의 편지를 보내왔다. 겁이 많은 나는 남의 결혼 문제에 나서기가 두려웠다. 하지만 오스미 군에게는 친구도 별로 없고 이제 내가 이 일을 맡지 않는다면 모처럼 들어온 혼담도 허사가 되어버릴 것이 뻔해서, 나는 할 수 없이 북경에 있는 오스미 군에게 편지를 보냈다.

'야마다 군은 병 때문에 고향으로 돌아갔다. 내가 그의 뒤를 이어 귀형의 혼사를 진행시켜야만 한다. 그런데 자네도 알다시피, 나는 남의 일을 주선해줄 만한 주제가 못 되는 사람이다. 빈털터리인지라 하루살이 처럼 산다. 도움이 될 리가 없다. 그렇지만 귀 형의 행복한 결혼을 바란다는 점에 있어서는 남에게 뒤지지 않는다. 부탁이 있다면 무엇이든 말해 달라. 나는 게으름뱅이니까 남의 일에 스스로 나서지는 않지만, 자네가 시키는 일만큼은 하겠다. 그럼 이만, 몸조심하고, 아편 같은 것은 쳐다보지도 말도록 해라.' 이렇게 쓸데없는 충고도 한마디 곁들인 편지였다. 내가 그때 쓴 편지가 오스미 군의 마음에 들지 않았던 것인지도 모른다. 답장이 없었다. 적잖이 신경이 쓰였는데, 나는 남의 신상에 관련된 일에 제 발로 나서기는 귀찮아하는 성격인지라, 그냥 그 상태로 있었다. 그런데 갑자기, 앞서 말한 전보와 전신환이 왔다. 명령을 받은 것이다. 이번에는 나도 움직이지 않고는 배겨낼 수가 없었다. 나는 전에 야마다 군이 가르쳐준 여자 집으로 속달 엽서를 보냈다. '방금 친구인 오스미 추타로 군으로부터 전보가 와서 함과 결혼식을 준비해달라는 부탁을 받았습니다만, 바로 댁을 방문하여 상의하고 싶습니다. 좋으신 날과 시간, 그리고 댁으로 찾아가는 길이 그려진 약도 등을 보내주시면 고맙겠습니다.' 나는 이상한 긴장을 느끼며 이런 엽서를 써서 보냈다. 여자 쪽 받는 사람의 이름은 고사카 기치노스케 씨라는 사람이었다. 다음 날 눈빛이 날카롭고 기품 있어 보이는 노신사가 누추한 우리 집을 찾아왔다.

"고사카입니다."

"이런." 나는 깜짝 놀랐다. "제가 먼저 찾아뵀어야 하는 건데. 아이고, 감사합니다. 이런. 자. 어서 들어오세요."

고사카 씨는 방으로 들어오더니 지저분한 바닥에 양손을 딱 짚고, 굳은 얼굴로 진지하게 인사했다.

"오스미 군에게서 이런 전보가 와서 말이죠." 나는 그때 모든 것을 다 털어놓고 상의하는 것밖에는 다른 방법이 없다고 생각했다. "○ 보낸다, 라고 쓰여 있는데 이 ○라는 건 백 엔이라는 뜻입니다. 이게 납채[2]이고 당신 집으로 보내드리라는 의미 같은데, 어쨌든 너무 갑작스러운 일이라 뭐가 뭔지를 모르겠어서요."

"지당하신 말씀입니다. 야마다 씨가 고향으로 내려가셨으니, 저희도 어쩐지 불안했는데 작년 말에 오스미 씨가 직접 저희한테 편지를 보내주셨어요. 이런저런 사정이 있으니 식을 올리는 건 내년 4월까지 기다려주셨으면 한다고 해서, 저희도 그 말을 믿고 지금까지 기다리고 있었지요." '믿고'라는 말이, 묘하게 내 귀에 울렸다.

"그렇군요. 정말 걱정 많으셨겠습니다. 하지만 오스미 군도 절대

2_ 納采. 원문은 유이노킨結納金. 신랑 측에서 신부 측으로 보내는 결혼 예물 준비금을 의미한다.

무책임한 사람은 아니니까요."

"네. 압니다. 야마다 씨도 그건 보증한다고 했었어요."

"저도 보증합니다."

미덥지 않은 보증인은, 그 다음다음 날 함에 들어갈 물건들을 흰 나무 받침대 위에 올려놓고 고사카 씨 댁에 전해주어야만 했다.

고사카 씨는 나보고 정오에 와달라고 했다. 오스미 군에게는 달리 친구도 없는 것 같다. 내가 함을 지고 가야만 했다. 그 전날 신주쿠에 있는 백화점에 가서 함에 꼭 넣어야 하는 물품들을 모두 사고, 돌아오는 길에 서점에 들러 『예법전서禮法全書』를 들춰 보며 납채 예식, 인사 등을 찾아보았다. 그리고 이튿날, 하카마^{일본식 정장}를 차려입고 예복용 하오리³와 흰 다비^{일본식 버선}는 보자기에 싸서 집을 나섰다. 고사카 씨 댁의 현관에서 재빨리 하오리로 갈아입은 뒤에 감색 다비를 흰 다비로 갈아신어서, 어디에 내놔도 빠지지 않는 함지기의 모습을 보여줄 작정이었는데, 내 계획은 완전히 실패로 돌아갔다. 전철을 타고 고탄다에서 내린 뒤 고사카 씨가 그려주신 약도에 의지하여 십 정^{약 1.1km} 남짓한 거리를 걷다가 고사카 씨의 문패를 발견했다. 상상했던 것보다도 세 배 이상이나 더 큰 저택이었다. 상당히 더운 날이었다. 나는 땀을 닦은 뒤 잠시 복장을 가다듬고 나서 대문을 지나, 사나운 개라도 있으면 어쩌나 싶어 사방팔방을 두리번거리며 현관 초인종을 눌렀다. 하녀가 나오더니 "들어오세요."라고 했다. 나는 현관으로 들어섰다. 앞을 보니, 현관 앞마루에는 가문의 문장紋章이 수 놓인 예복을 입은 고사카 기치노스케

<hr />

3_ 전통 옷 위에 입는 약간 짧은 겉옷.

씨가 무릎 위에 부채를 놓은 채 꼿꼿이 앉아 있었다.

"아니. 잠깐만요." 나는 영문을 알 수 없는 말을 내뱉고서 허둥지둥 가지고 온 보자기 꾸러미를 신발장 위에 올려두고 그것을 재빨리 풀어 예복용 하오리를 꺼냈다. 입고 온 검은 하오리를 갈아입을 때까지는 그래도 큰 잘못은 없었지만, 그다음부터 일이 틀어졌다. 선 채로 감색 다비를 벗고 흰 다비로 갈아 신으려 했지만 발에 땀이 나서 한 번에 벗을 수가 없었다. 끙 하고 힘을 주어 다비를 잡아당긴 순간, 몸의 중심을 잃고 보기 흉하게 비틀거렸다.

"아이고 이런." 나는 또다시 의미를 알 수 없는 말을 내뱉고는 비굴하게 웃으며 현관 앞 마루에 떡 하니 양반다리를 하고 앉아, 문지르고 당기기를 반복하며 흰 다비를 달래고 얼러서 조금씩 신기 시작했다. 이마에 배어나는 땀을 손수건으로 닦고서 또다시 아무 말 없이 다비를 신으려 애써 봤지만 눈앞이 캄캄해지고 이제 될 대로 되라 싶어, 그냥 맨발로 마루에 올라가서 크게 소리 내어 웃어버릴까 하는 생각마저 들었다. 하지만 내 옆에는 고사카 씨가, 조금도 흐트러지지 않은 자세로 앉아 나를 기다리고 있었다. 오 분, 십 분, 나는 다비와 악전고투를 계속했다. 겨우 두 짝을 다 신었다.

"어서 들어오세요." 고사카 씨는 아무 일도 없었다는 듯 침착한 태도로 나를 집안으로 안내했다. 고사카 씨의 부인은 이미 이 세상을 뜨셨는지, 모든 일을 고사카 씨가 혼자서 처리하는 것 같았다.

나는 다비 때문에 완전히 기진맥진한 상태였다. 하지만 가지고 온 함에 들어 있던 물건들을 받침대에 놓고 그것을 내밀며,

"이번 일은 진심으로, ……." 하고 『예법전서』를 보고 외워둔 대사를 읊었다. "앞으로 긴 세월 동안 잘 부탁드립니다." 그런대로 무사히

말을 다 마쳤을 때, 서른을 조금 넘은 듯한 미인이 나타나서 우아하게 인사했다.

"안녕하세요. 마사코의 언니입니다."

"아, 앞으로 긴 세월 동안 잘 부탁드립니다." 나는 약간 당황하며 인사했다. 잠시 후 서른이 조금 안 되어 보이는 또 다른 미인 한 명이 나타나더니, 그 사람도 "언니입니다." 하고 인사했다. 사방팔방으로 "긴 세월 동안, 긴 세월 동안,"이라는 말만 하는 것도 바보 같아 보일 거라는 생각에 이번에는,

"오래오래 잘 부탁드립니다."라고 말했다. 그 순간, 드디어 주인공 따님이 나왔다. 녹색 기모노를 입고서 수줍어하며 인사를 했다. 나는 그때 처음으로 그 마사코 씨를 보았다. 굉장히 어렸다. 그리고 미인이었다. 나는 친구의 행복을 생각하며 미소 지었다.

"축하해요." 이제 친한 친구의 부인이 될 사람이다. 나는 약간 친근하고 거친 말투로 말했다. "잘 부탁합니다."

언니들이 이런저런 음식들을 가지고 왔다. 다섯 살 정도로 보이는 남자아이가 큰언니를 쫓아다니고 있었다. 세 살 남짓 되어 보이는 여자아이도 아장아장 작은언니를 따라왔다.

"자, 한 잔 받으시죠." 고사카 씨가 내게 맥주를 따라주었다. "공교롭게도 같이 술을 마실 사람이 없어서 말이죠……. 저도 젊었을 때는 술을 많이 마셨지만, 지금은 전혀 못 마셔요." 웃으며 이렇게 말하더니 완전히 벗어져서 반짝이는 머리를 쓰윽 문질렀다.

"실례지만, 연세가 어떻게 되십니까?"

"아홉입니다."

"쉰이요?"

"아뇨, 예순아홉입니다."

"정말 정정하시네요. 저번에 뵈었을 때부터 그렇게 생각했었는데, 무사 집안 아니십니까?"

"그렇습니다. 아이즈번의 무사입니다."

"검술 같은 것도 어릴 때부터 익히셨습니까?"

"아뇨," 큰언니가 조용히 웃더니 내게 맥주를 권하며 말했다. "아버지는 아무것도 못 하세요. 할아버님은 창을, ……." 말하다 말고 자랑을 자제하려는 듯 얼버무렸다.

"창." 나는 긴장했다. 나는 이제까지 남의 재산이나 명성에 대해 경외심을 품은 적이 없지만, 어째서인지 무술의 달인이라고 하면 몹시 긴장된다. 내가 남들보다 훨씬 힘이 없고 나약하기 때문인지도 모른다. 고사카 씨 집안이 다시 보였다. 방심하면 안 된다. 우쭐한 마음으로 바보 같은 말을 했다가 '무례한 놈!'이라고 호통을 들어서는 안 된다. 어쨌든 상대는 창의 달인이었던 사람의 자손이다. 내 말수는 눈에 띄게 줄었다.

"어서 드시죠. 별로 차린 건 없지만, 이거 한번 드셔보세요." 고사카 씨는 내게 계속 음식을 권했다. "술 한잔하시고요. 제대로 드셔보세요. 자, 어서 제대로 드세요." 술을 '제대로' 마시라고 권했다. 남자답게, 술을 제대로 마시라는 질타의 의미로도 들렸다. 아이즈 지방의 사투리일지도 모르지만, 내 귀엔 어쩐지 그 얘기가 기분 나쁘게 들렸다. 나는 제대로 마셨다. 도저히 얘깃거리가 떠오르질 않았다. 창의 달인인 사람의 자손을 앞에 두고, 나는 극도로 긴장한 나머지 움츠러들어 있었다.

"저 사진은," 방에 있는 기둥에 마흔 살 정도로 보이는 양복 차림의 신사 사진이 걸려 있었다. "누구시죠?" 물어보면 안 되는 것이었을까 싶어 내심 조마조마했다.

"어머," 큰언니는 얼굴을 붉혔다. "오늘은 떼어둘 걸 그랬네요. 이렇게 경사스러운 자리에."

"뭐, 괜찮아." 고사카 씨는 뒤돌아 그 사진을 흘끗 보고서 말했다. "큰사위입니다."

"돌아가셨습니까?" 분명 그럴 거라고 생각하면서도 그렇게 노골적으로 질문해 놓고, 이런 말은 하는 게 아니었는데 싶어 당황스러웠다.

"아뇨, 그래도," 큰언니는 눈을 내리깔고 말했다. "신경 쓰실 것 전혀 없어요." 말투가 약간 이상했다. "이제, 여러분이, 과분할 정도로, ……." 뒷말을 흐렸다.

"오늘 형부가 계셨으면 얼마나 기뻐하셨을까요?" 작은언니가 큰언니의 등 뒤에서 아름다운 미소를 띠며 말했다. "하필이면, 제 남편도 출장 중이라."

"출장이요?" 나는 완전히 얼이 빠져 있었다.

"네. 간 지 오래됐어요. 저도 그렇고 아이도 그렇고 우리 걱정은 안 되는지, 편지에 뜰에 있는 나무 얘기만 써 보낸답니다." 그렇게 말하고는 큰언니와 함께 웃었다.

"작은사위는 나무를 좋아하니까." 고사카 씨는 쓴웃음을 지으며 말했다. "맥주 한 잔 더 하시죠. 제대로."

나는 그저 맥주만 제대로 마셔대고 있었다. 나는 왜 이리도 눈치가 없을까? 전사戰死를 하고, 출정出征을 나간 상황이었는데.

그날 고사카 씨와 의논하여 결혼 일정을 잡았다. 달력을 보며 불멸仏滅이네, 대안大安이네, 하며 소란을 피울 필요는 없었다. 4월 29일[4]. 이 이상의 길일은 없을 터이다. 장소는 고사카 씨 댁 근처에 있는 어느 중국 음식점이었다. 그 음식점에는 신전^{神前} 예식 설비도 갖춰져 있기 때문이라는데, 어쨌든 그런 준비는 모두 고사카 씨께 맡기기로 했다. 그리고 주례는, 대학에서 우리에게 동양 미술사를 가르쳐주시고 오스미 군의 취직도 신경 써 주셨던 세가와 선생님이 좋지 않겠느냐는 나의 소심한 제안을, 고사카 씨 가족분들이 기꺼이 받아들여 주셨다.

"세가와 씨라면 오스미 군도 싫다고 하지는 않을 겁니다. 그런데 세가와 씨는 워낙 까다로운 분이시니, 해준다고 하실지 모르겠네요. 어쨌든 이따가 제가 선생님 댁으로 찾아가서 부탁드려 보지요."

큰 실수가 없을 때 물러나는 것이 현명하다. 사려 깊고 분별력 있는 함지기는, "너무 취했네요, 정말 너무 취했습니다."라고 하면서 예복용 하오리와 흰 다비를 또다시 보자기에 싸 들고, 겨우 아이즈번 무사의 저택에서 무사히 빠져나갈 수 있었다. 하지만 내가 해야 할 일은 아직 끝난 게 아니었다.

나는 고탄다역 앞에 있는 공중전화에서 세가와 씨에게 전화를 걸었다. 선생님은 작년 봄, 같은 학부의 젊은 교수와 의견 충돌이 있어서 참기 힘든 모욕을 당했다는 이유로 대학 강단에서 물러나, 지금은 우시고메의 자택에서, 그야말로 주경야독이라고 할 수 있는 유유자적한 생활을 하고 계신다. 나는 공부를 무척 게을리하는 대학생이었지만, 이 세가와 선생님의 소탈한 인격에 대해서는 마음속으로 깊은 존경심을 가지고 감탄하고 있었기에, 이 선생님의 강의만큼은 애써 빠지지 않고 나갔다. 연구실에도 두세 번 찾아가 뜬금없는 우문^{愚問}을 내뱉어서 선생님을

• •
4_ 쇼와 천황의 생일.

당황하게 한 적도 있고, 나의 소소한 창작집을 보낸 뒤 "어리석을수록 더욱 자중할 줄 알아야 한다, 낙숫물이 돌을 뚫는 예도 있다."라는 격려의 말이 담긴 답장을 받고서, 선생님이 나를 얼마나 머리 나쁘고 몹쓸 놈으로 여기시는지, 그 짧은 답장을 보고 더 확실히 알게 된 듯하여, 고마우면서도 심각하게 받아들이며 쓴웃음을 지은 적도 있다. 하지만 나는 선생님에게 그런 몹쓸 놈 취급을 받는 편이 오히려 더 마음이 가볍다. 세가와 선생님 정도 되는 인물이 나를 장래성 있는 사람으로 여기신다면 오히려 너무 부담스럽지 않을까? 선생님은 어차피 나를 몹쓸 놈으로 여기시니, 선생님 앞에서는 무게를 잡을 필요가 전혀 없다. 오히려 제멋대로 행동할 수 있다. 그날, 나는 오랜만에 선생님 댁을 찾아가 오스미 군의 혼담에 대해 얘기하고, 무척 거리낌 없는 말투로 선생님이 주례를 서 주시지 않겠냐는 부탁을 했다. 선생님은 내 부탁을 잠시 외면한 채 조용히 생각에 잠기셨는데, 얼마 뒤 마지못해 고개를 끄덕여주셨다. 나는 마음이 놓였다. 이제 됐다.

"감사합니다. 어쨌든 신부의 할아버님은 창의 달인이라니까요. 오스미 군도 방심은 금물이에요. 선생님께서 그 점을 오스미 군에게 잘 얘기해서 조심하도록 하는 게 좋겠습니다. 그 녀석은 성격이 너무 느긋하니까요."

"그건 걱정할 필요 없을 거야. 무사 집안의 딸은 오히려 남자를 공경하는 법이지." 선생님은 진지했다. "그것보다도, 그쪽이 어떻게 생각할지 모르겠네. 오스미 군은 머리가 꽤 벗어졌던 것 같은데 말이지." 선생님도 역시, 그 점이 제일 마음에 걸리는 모양이었다. 실로, 바다보다도 깊은 스승의 은혜다. 나는 가슴이 뭉클해졌다.

"아마 괜찮을 겁니다. 북경에서 보내준 사진을 봤는데, 그 이상 벗어지지는 않은 것 같습니다. 요즘 이탈리아에서 나온 좋은 약도 있다고 하고요. 게다가 여자 아버님이신 고사카 기치노스케 씨도 꽤나, ……."

"나이가 들면 머리가 벗어지는 건 당연한 일이잖아." 선생님은 근심스러운 표정으로 그렇게 말했다. 선생님의 머리도 꽤 많이 벗어진 상태였다.

며칠 뒤 오스미 추타로 군은 서류 가방 하나를 들고 미타카에 있는 나의 누추한 집 현관에 어슬렁어슬렁 찾아왔다. 신부를 맞이하기 위해, 머나먼 북경에서 찾아온 것이다. 볕에 그을어 인상이 씩씩해졌다. 생활의 피로에 찌든 얼굴이었다. 그것은 어쩔 수 없는 일이다. 누구나, 언제까지고 고상한 도련님으로 살 수는 없다. 머리 앞부분은 이전보다도 조금 더 숱이 많아졌을 정도였다. 세가와 선생님도 이 모습을 보면 안심하시리라 생각했다.

"축하해." 나는 웃으며 말했다.

"응, 이번 일로 수고 많았어." 북경의 신랑은 기뻐하며 내 인사를 받아주었다.

"도테라⁵로 갈아입지 그래?"

"응, 하나 빌려줘." 신랑은 넥타이를 풀며 말했다. "빌려주는 김에, 새 팬티 없어?" 어느샌가 호방한 면도 생겼다. 조금도 주눅 들지 않고 말하는 그의 태도는 오히려 남자답고 씩씩해 보였다.

우리는 잠시 후 함께 목욕탕에 갔다. 좋은 날씨였다. 오스미 군은 푸른 하늘을 올려다보며 이렇게 말했다.

• •
5_ 보통 기모노보다 길고 큼직하게 만든 방한용 솜옷.

"그런데 도쿄 분위기는, 느긋하네."

"그래?"

"응. 느긋해. 북경은 이렇지 않아." 나는 모든 도쿄 사람을 대표하여 혼나는 꼴이었다. 하지만 여행자의 눈에는 느긋해 보일지언정 제국 수도帝都 사람들은 모두 열심히 노력하며 살고 있다는 것을, 이 북경 손님에게 설명해줄까 하는 생각도 문득 들었다.

"긴장이 부족한 면도 있겠지." 나는 생각과는 전혀 다른 말을 해버렸다. 나는 논쟁을 싫어한다.

"있어." 오스미 군은 의기양양하게 말했다.

목욕탕에서 집으로 오는 길에 이른 저녁을 먹었다. 술도 나왔다.

"술도 있고 말이지." 오스미 군은 술을 마시면서 꾸짖는 듯한 투로 말했다. "음식도 이렇게나 많이 만들 수 있잖아. 자네들은 지나칠 정도로 풍족해."

오스미 군이 북경에서 온다고 해서, 집사람이 사오일 전부터 야채와 생선을 조금씩 사모아 저장해두었다. 파출소에 가서 급히 쌀을 받는 수속도 밟아놓았다. 술은 그날 아침 세타가야에 있는 처형댁에 가서 배급 주를 얻어 온 것이었다. 하지만 그런 사정을 털어놓는다면 손님 마음이 편치 않을 것이다. 오스미 군은 결혼식 날까지 일주일간 우리 집에 머물기로 한 상황이었다. 나는 오스미 군에게 혼나면서도 가만히 웃고 있었다. 오스미 군이 도쿄에 온 게 오 년 만이니까 흥분해 있는 거겠지. 자신의 결혼 얘기는 전혀 입에 담지 않고, 연설조로 세계정세에 대한 얘기만 주구장창 해대며 내게 이런저런 가르침을 주었다. 아아, 하지만 인간은 자신이 지닌 지식의 십 분의 일 이상을 내보이지 않는 법이다. 도쿄에 사는 세속적인 친구는 북경 사람의 거침없는 시사 해설을 얌전히 경청하면서, 조금 난처했던 것도 사실이다. 나는 신문에 적혀 있는 것들을 그대로 믿고 그 이상의 것은 알려고도 하지 않는, 지극히 평범한 국민이다. 하지만 오스미 군은 오 년 만에 만난 도쿄의 친구가 여전히 물정을 모르는 태평한 얼굴로 지내는 것을 보고, 자신의 지식을 자랑하고 싶어 참을 수가 없는지, 우리의 생활 태도를 맹렬히 비난했다.

"피곤하지? 안 자?" 나는 오스미 군의 중국 이야기가 잠시 끊겼을 때 그렇게 말했다.

"응, 자야지. 석간신문은 머리맡에 놔줘."

이튿날 나는 아홉 시쯤 일어났다. 평소에 나는 여덟 시 전에는 일어나는데, 오스미 군의 말 상대를 해주느라 조금 늦잠을 잔 것이다. 오스미 군은 좀처럼 일어나지를 않았다. 열 시쯤, 나는 내 이불만 먼저 개기로 했다. 오스미 군은 누운 채로 내가 퉁탕거리며 이불을 개는 모습을 곁눈질하면서 말했다.

"자네는 엉덩이가 참 가벼워졌구먼." 그렇게 말하고는 다시 이불을 머리끝까지 뒤집어썼다.

그날은 내가 오스미 군을 고사카 씨 댁으로 안내할 예정이었다. 오스미 군과 고사카 씨의 따님은 아직 한 번도 만난 적이 없다. 서로의 집안과 사진, 그리고 중매를 서준 야마다 유키치 군의 증언만 믿고 맺어진 인연이다. 어쨌든 한 명은 북경에 있고 한 명은 도쿄에 있었다. 오스미 군도 바쁜 몸이다. 선을 본다는 목적만으로 잠시 도쿄에 들를 수도 없었던 모양이다. 그래서 오늘 처음으로 만나는 것이다. 인생에서 가장 중요한 날이라고 해도 좋을지 모른다. 하지만 어찌 된 일인지 오스미 군은 태연해 보였다. 열한 시 무렵 드디어 일어나, 신문 없냐고 하면서 이불에 배를 깔고 엎드려 한동안 조간신문을 훑어보더니, 툇마루에 나가 중국 담배를 피웠다.

"면도 안 해?" 나는 아침부터 여러모로 조바심이 났다.

"그럴 필요 없잖아?" 묘하게 대담하게 굴었다. 답답한 내 심정을 경멸하는 것처럼 보이기도 했다.

"그래도 오늘은 고사카 씨 댁에 가잖아?"

"응. 가볼까?"

'가볼까'라니. 자기 신부와 만나는 것 아닌가?

"상당한 미인인 것 같아." 나는 오스미 군이 조금 더 해맑은 모습으로 설레는 표정을 지었으면 했다. "자네가 보기 전에 내가 보는 건 실례라는 생각에 곁눈질로 슬쩍만 봤는데, 벚꽃 같은 인상이었어."

"자네는 보는 눈이 낮으니까 말이지."

나는 언짢았다. 그렇게 내키지 않는다면 왜 굳이 머나먼 북경에서 왔냐고 정색을 하며 따져 묻고 싶었지만, 나는 패기가 없는 남자다. 폭발 직전까지 서로 거북해질 수 있는 충돌은 피한다.

"훌륭한 집안이더라." 그렇게 말하는 것이 내게는 최선이었다. '자네한테는 아까울 정도야.'라는 말은 할 수가 없었다. 나는 언쟁을 싫어한다. "혼담이 오갈 때는, 대체로 자신의 지위나 재산 같은 걸 넌지시 비추고 싶어 한다지만, 고사카 씨의 아버님은 그런 말은 한마디도 안 하셨어. 그저, '자네를 믿네.'라는 말만 하셨지."

"무사니까." 오스미 군은 가볍게 받아넘겼다. "그러니까 나도 일부러 북경에서 여기까지 온 거야. 그렇지 않으면, ……." 하고 큰소리를 쳤다. "어쨌든 명예로운 집안[6]이니까."

"명예로운 집안?"

"큰사위는 삼사 년 전에 중국 북부에서 전사戰死했고, 그 사람 가족은 지금 고사카 씨 댁에 살고 있을 거야. 작은사위는 고사카 씨의 양자養子라는데, 일찌감치 전쟁터로 나갔고 지금은 남방7에서 활약 중이라고 들었어. 자네 몰랐던 거야?"

"그렇구나." 나는 부끄러웠다. 나는 상대가 권하는 대로 그저 바보처럼 술만 마시고, 기둥에 걸린 사진을 보고 무례하기 짝이 없는 질문을 던졌다. 그러고는 의기양양하게 그 집에서 나왔던, 일본에서 제일가는 바보 같은 내 모습이 떠올라, 얼굴이 붉어지고 귀도 빨개지고, 위까지 빨개진 기분이었다.

"제일 중요한 얘기잖아. 어째서 나한테 그 얘기를 안 한 거야? 진짜 창피한 일이 있었단 말이야."

"어찌 됐든 별 상관없어."

"상관있어. 중요한 일이야." 노골적으로 화난 투로 말했다. 싸워도 상관없다고 생각했다. "야마다 군도 참. 그렇게 중요한 일을 내겐 입도 뻥끗 않았다니 정말 불친절하군. 나는 이번 일에서 이만 빠지겠어. 나는 이제 고사카 씨 댁에 갈 수가 없어. 자네가 오늘 가겠다면 혼자서 가도록 해. 나는 이제 싫어."

사람이 부끄러워서 몸 둘 바를 모르게 되면 이렇게 막무가내로 화를 내기 마련이다.

우리는 거북한 기분으로 늦은 아침 식사를 했다. 어쨌든 나는 오늘 고사카 씨 댁에는 가지 않을 생각이다. 부끄러워서 갈 수가 없다. 혼담이

6_ 당시 전사자戰死者가 나온 집에는 '명예로운 집名譽の家'이라는 표찰이 걸렸다.
7_ 제2차 세계대전 중에 동남아 지역을 이르던 말.

깨져도 상관없다. 멋대로 하라며 마구잡이로 화를 내고 싶은 심정이었다.

"자네 혼자 가는 게 어때? 나는 다른 볼일도 있어서 말이지." 나는 정말로 볼일이 있는 것처럼 허둥지둥 집을 나섰다.

하지만 갈 곳이 없었다. 문득 떠오른 곳이 있었다. 우시고메에 있는 세가와 씨를 찾아가서 푸념이나 늘어놓을까 싶었다.

마침 선생님은 댁에 계셨다. 나는 오스미 군이 도쿄로 왔다는 사실을 전하며 말했다.

"정말이지, 그 녀석은 너무합니다. 결혼에 대한 감격이 없어요. 전혀 중요한 일로 여기지를 않아요. 그저 천하가 어떠네 국가가 어떠네 하는 말만 늘어놓으면서 저를 혼내더군요."

"그럴 리가." 선생님은 침착했다. "부끄러운 거겠지. 오스미 군은 기쁠 때일수록 심기가 불편한 듯한 표정을 짓는 사람이야. 안 좋은 버릇이지만, 아무리 별다른 버릇이 없어 보이는 사람이라도 일곱 개의 버릇은 가지고 있다는 말이 있으니, 그냥 너그러운 마음으로 봐주게." 정말이지 스승의 은혜는 하늘과도 같다. "그런데 머리는 좀 어떤가?" 그것만 신경 쓰셨다.

"괜찮습니다. 현상 유지는 하고 있어요."

"정말 경사스럽기 그지없구먼." 진심으로 마음을 놓으신 모습이었다. "그러면 이제 걱정할 일은 아무것도 없네. 나도 떳떳하게 주례를 설 수 있어. 어쨌든 결혼 상대 아가씨가 무척 어리고 예쁘다니까 진짜 걱정했었단 말이지."

"그러게 말입니다." 나는 힘주어 말했다. "그 녀석과 결혼하기에는 아까울 정도의 신붓감입니다. 무엇보다 집안이 훌륭하지요. 상당한 재력가라는 것 같은데 재산이나 지위를 한마디도 떠벌리지 않을 뿐만 아니라, 명예로운 집안이라는 것도 쉽사리 드러내지 않고 검소하게, 아무렇지 않은 척 살아가고 있으니까요. 그런 집안은 흔치 않아요."

"명예로운 집안?"

나는 어째서 명예로운 집안인지에 대해 얘기하면서 또다시 별 감동이 없어 보이는 오스미 군의 태도를 비난했다.

"오늘 처음으로 신부를 만나는 건데, 열한 시쯤까지 유유히 늦잠을 자지 뭡니까? 두들겨 패주고 싶을 정도예요."

"싸우면 안 돼. 같은 반 친구였던 사람들은 대학을 졸업한 뒤에도, 친하게 지내면서도 한편으로는 하찮은 것 가지고 부딪히고 싸우고 싶어 하는 경향이 있어. 오스미 군은 부끄러워서 그러는 거야. 오스미 군도 고사카 씨 집안을 존경하고 있어. 자네보다 더할지도 몰라. 그러니까 더 부끄러워서 어찌할 바를 모르고 있는 거겠지. 그 마음을 헤아려줘야 해." 정말이지, 스승만큼 제자의 마음을 아는 사람은 없다는 생각이 들었다. "표현을 잘 못하는 거야. 어찌할 바를 몰라서, 천하가 어떠네 국가가 어떠네 하면서 자네를 꾸짖기도 하고, 열한 시까지 늦잠을 자보기도 하고, 이것저것 해보는 거겠지. 어쨌든 오스미 군은 옛날부터 감각은 좋지만 그걸 표현하는 데는 서툰 사람이었어. 잘 보듬어주도록 하게. 자네 한 명만 믿고 있을 거야. 자네는 그를 질투하는 거지?"

찍소리도 할 수 없었다.

나는 돌아오는 길에 신주쿠에 있는 주점 두세 곳을 들렀다가 밤늦게 집에 들어왔다. 오스미 군은 이미 자고 있었다.

"고사카 씨 댁에는 다녀왔어?"

"다녀왔어."

"좋은 집안이지?"

"좋은 집안이야."

"고맙게 생각해."

"그렇게 생각해."

"너무 으스대지 마. 내일은 세가와 선생님 댁으로 인사하러 가. 우러러 볼수록 높아만 지는 스승의 은혜라는 노래를 잊지 마."

4월 29일, 메구로의 중국 음식점에서 오스미 군의 결혼식이 치러졌다. 길일이었던 이날 그 음식점에서 하루 동안 치러진 결혼식은 300건이 넘었다고 한다. 오스미 군에게는 예복이 없었다. 하지만 그는 호방하고 거리낌 없는 태도로 상관없다는 말을 되풀이하며 양복을 입고 음식점으로 들어섰다. 하지만 현관과 복도에서 만나는 사람들은 죄다 예복을 입고 있었다. 오스미 군도 그것을 보고 어쩐지 불안해졌는지, "어이, 이 집에서 모닝코트라든가 그 비슷한 걸 빌려 입을 수 없을까?" 하고 내게 화난 말투로 물었다. 그런 게 필요하다고 진작 말해줬다면 무슨 방법이 있었을 텐데, 이제 와서 그런 말을 해도 소용이 없다는 생각은 들었지만, 어쨌든 나는 대기실에서 음식점 카운터로 전화를 걸었다. 그리고 예상대로 그런 게 없다는 대답을 들었다. 의상 대여가 가능하기는 하지만, 일주일 전쯤에 신청했어야 한다고 했다. 오스미 군은 뾰로통해졌다. 자못 '너 때문이야.'라고 말하는 듯한 비난의 눈초리로 나를 쏘아보았다. 결혼식은 오후 다섯 시에 치러질 예정이었다. 이제 삼십 분밖에 여유가 없었다. 나는 이제 무슨 수를 써도 안 된다는 기분으로 장지문 건너편에 있는 고사카 씨 집안의 대기실에 갔다.

"좀 착오가 생겨서 오스미 군의 모닝코트가 시간 내로 못 온다는군요." 나는 살짝 거짓말을 했다.

"네." 고사카 기치노스케 씨는 태연했다. "괜찮습니다. 저희가 어떻게든 해보지요. 애야." 작은언니를 작은 소리로 부르더니 말했다. "네 남편이 가진 모닝코트 있었지? 전화 걸어서 바로 가져오도록 해."

"싫어요." 두말없이 거부했다. 얼굴을 붉히며 큭큭 웃고 있었다. "안 계시는 동안에는, 싫어요."

"뭐야," 고사카 씨는 약간 당황하며 말했다. "무슨 소리야? 남한테 빌려주는 것도 아닌데."

"아버지." 큰언니도 웃으며 말했다. "그건 당연한 거예요. 아버지는 모르실 거예요. 돌아오실 날까지는, 아무리 친한 친구라도 손대지 못하게 하고, 뭐든 예전 그대로 둬야 해요."

"바보 같으니라고." 고사카 씨는 복잡한 표정으로 웃었다.

"바보 아니에요." 큰언니는 그렇게 중얼거리며 갑자기 엄숙하기 그지없는 표정을 지었다. 바로 다시 웃더니 나를 돌아보며, "우리 집 모닝코트를 빌려드리지요. 약간 나프탈렌 냄새가 날지도 모르지만 말이죠"라고 말했다. "저희 남편은 이제 아무것도 필요 없어요. 모닝코트가 이렇게 좋은 날에 도움이 된다면, 저희 남편도 기뻐하겠지요. 허락해주신대요" 상쾌한 웃음을 짓고 있었다.

"아, 아니." 나는 뜻 모를 말을 했다.

복도로 나오자 오스미 군이 바지 주머니에 두 손을 찔러 넣고 시무룩한 얼굴로 어정거리고 있었다. 나는 오스미 군의 등을 툭 치며 말했다.

"자네는 행복한 사람이야. 큰 처형이 자네에게 가보인 모닝코트를 빌려주신다네."

오스미 군도 가보의 의미를 바로 알아챈 것 같았다.

"아, 그렇군." 언제나처럼 점잖은 척 끄덕였지만, 그런 그도 내심 가슴에 사무치는 고마움을 느끼고 있는 듯 보였다.

"작은처형은 못 빌려주겠다고 했는데, 그게 무슨 의민지 알겠나? 작은처형도 훌륭한 분이지. 큰처형보다 더 훌륭한 분이실지도 몰라. 내 말 이해해?"

"이해하지." 그는 오만한 태도로 말했다. 세가와 선생님의 말씀에 따르면 오스미 군은 감각은 좋지만 그것을 표현하는 데는 너무나 서툰 사람이라는데, 나도 그때는 그 말씀에 완전히 동감이었다.

하지만, 드디어 큰처형이 스와훗쇼의 투구[8]라도 든 것처럼 정중한 태도로 가보인 모닝코트를 두 손으로 받쳐 들고 우리가 있는 대기실에 가지고 왔을 때, 오스미 군의 표현력은 그렇지만도 않았다. 그는 눈물을 흘리며 웃고 있었다.

..

8_ 전국시대의 무장 다케다 신겐武田信玄(1521~1573)을 상징하는 투구이다. 다케다 신겐의 딸인 야에가키히메八重垣姬가 연인 가쓰요리勝頼를 따라 스와훗쇼의 투구를 두 손으로 받쳐 들고 스와코 호수를 날아갈 듯 건너가는 장면이 인형 조루리나 가부키에 그려지면서 유명해졌다.

散華
산화

太宰治

「산화」

1944년 3월 『신젊은이^{新若人}』지에 발표되었다.

다자이가 알고 지내던 두 젊은이의 죽음에 대한 이야기이다. 두 죽음을 비교해보면 다자이가 당시 죽음에 대해 어떤 생각을 가지고 있었는지 알 수 있지만, 당시 시대 상황을 고려해볼 때 전쟁터에서의 죽음을 찬미하는 작품으로 읽힐 수밖에 없는 면이 있다.

옥쇄[1]라는 제목을 붙일 생각으로 원고지에 옥쇄라고 써보았지만, 그것은 지나치게 아름다운 말이라 내 변변찮은 소설 제목으로 쓰기에는 아깝다는 생각이 들어서 옥쇄라는 글자는 지우고, 제목을 산화[2]로 바꾸었다.

올해 나는 두 친구를 떠나보냈다. 초봄에 미쓰이 군이 죽었다. 그리고 5월에는 미타 군이 북방의 외딴 섬에서 옥쇄했다. 미쓰이 군과 미타 군 모두 스물예닐곱 정도의 나이였을 것이다.

미쓰이 군은 소설을 쓰고 있었다. 한 작품을 완성할 때마다 그걸 가지고 눈썹을 휘날리며 우리 집에 찾아왔다. 덜거덕덜거덕 소리를 내며 현관문을 힘차게 열어젖히고 들어왔다. 작품을 가져왔을 때만 덜거덕덜거덕 소리를 내며 문을 열고 들어왔다. 작품을 안 가져왔을 때는 현관문을 살며시 열고 들어왔다. 그래서 미쓰이 군이 우리 집

1_ 玉碎. 제2차 세계대전 당시 일본의 대본영(일본군의 최고 통수 기관) 발표에서 자주 사용된 표현으로, 부대가 전쟁터에서 전멸했을 때 쓰인 말이다. 원래는 옥처럼 아름답게 부서진다고 하여 대의나 충절을 위한 죽음을 비유적으로 이르던 말.

2_ 散華. 젊은 사람이 전사戰死하는 것을 비유적으로 이르는 말.

현관문을 덜거덕거리며 열고 들어왔을 때는 '아아, 미쓰이가 또 소설 한 편을 완성했구나.' 하고 바로 알 수 있었다. 미쓰이 군의 소설은 중간중간 깔끔하고 아름다운 부분이 있기는 했지만 전체적으로는 구조가 탄탄치 못해서 별로였다. 뼈대가 없는 소설이었다. 그래도 점점 실력이 늘어갔지만, 나는 언제나 쓴소리만 해댔고, 그가 죽을 때까지 단 한 번도 그를 칭찬해준 적이 없었다. 폐가 안 좋았던 모양이다. 하지만 자신의 병에 대해 이야기한 적은 별로 없었다.

"무슨 냄새 나지 않습니까?" 어느 날 갑작스레 그렇게 말한 적이 있다. "제 몸에서 지독한 냄새 나지요?"

그날 미쓰이 군이 내 방으로 들어왔을 때부터 지독한 냄새가 났다.

"아니, 안 나는데?"

"그래요? 냄새 안 납니까?"

'어, 너한테 지독한 냄새 나.'라고 말할 수는 없었다.

"이삼일 전부터 마늘을 먹고 있습니다. 너무 지독하면 그냥 돌아갈게요."

"아니, 아무렇지도 않은데?" 그의 몸이 상당히 안 좋다는 것을 알게 된 것은 그때였다.

나는 미쓰이 군의 친구에게, "미쓰이 군은 몸조심해야 해. 지금 당장 좋은 글을 쓸 수 있는 것도 아니고, 건강을 되찾고 나서 그다음에 소설이건 뭐건 좋아하는 일을 하라고, 자네가 그를 좀 다그쳐주지 않겠나?" 하고 부탁한 적이 있다. 그리고 미쓰이 군의 친구는 내 말을 그에게 전했는지, 그 이후로는 우리 집에 오지 않았다.

미쓰이 군은 우리 집에 발길을 끊고 나서 세 달인가 네 달 만에 죽었다. 미쓰이 군의 친구가 내게 엽서를 보내어 그가 죽었다는 사실을 알려주었다. 이런 시대에 몸이 안 좋아서 군인도 못 되고 병상에서 죽음을 맞는 젊은이는 불쌍하다. 나중에 미쓰이 군의 친구로부터 들은 얘기에 의하면, 미쓰이 군에게는 질환을 고칠 생각이 없었다고 한다. 미쓰이 군은 어머니와 단둘이서 쓸쓸하게 살았다는데, 병세가 악화되고 난 뒤에도 어머니 몰래 병상을 빠져나가 거리를 돌아다니며 단팥죽 같은 것을 먹고, 밤늦게 귀가하는 일이 종종 있었다고 한다. 어머니는 조마조마해하면서도 마음 한편으로는 그렇게 태연히 외출하는 미쓰이 군을 바라보며 아직은 괜찮다고 생각하셨다는 것 같다. 미쓰이 군은 죽기 이삼일 전까지 그렇게 가벼운 산책을 즐기곤 했다고 한다. 미쓰이 군은 더할 나위 없이 아름다운 임종을 맞았다. 아름답다는 말처럼 무책임하고 그럴싸한 말은 그다지 쓰고 싶지 않지만, 정말로 아름다운 것이었으니 다른 말을 쓸 수가 없다. 미쓰이 군은 누워서 머리맡에서 바느질을 하고 있던 어머니를 상대로 조용히 이런저런 이야기를 하고 있었다. 그러다 돌연 입을 다물었다. 그것이 마지막이었다. 구름 한 점 없이 맑은 봄날, 바람이 전혀 불지 않는데도 벚꽃은 꽃의 무게를 견디지 못하는 것인지 저절로 뚝 떨어져서 작은 꽃보라를 만드는 일이 있다. 탁상 위의 컵에 넣어둔 커다란 장미꽃이, 한밤중에 갑자기 뚝 떨어지는 일도 있다. 바람 탓이 아니다. 저절로 지는 것이다. 천지의 한숨과 함께 지는 것이다. 하늘을 날아다니는 신의 하얀 옷자락에 닿아지는 것이다. 나는 미쓰이 군이, 신께서 특별히 아끼신 총아가 아니었을까 싶었다. 나 같은 사람은 도저히 이해할 수 없을 정도로 고귀한 품성을 가진 사람이 아니었을까? 아름다운 임종이야말로 인간이 누릴 수 있는 최고의 영예가 아닐까. 소설을 잘 쓰고 못 쓰고는 전혀 중요하지 않은 것이리라.

또 한 명, 마찬가지로 나이 어린 내 친구 미타 준지 군은 올해 5월 정말 아름답게 옥쇄했다. 미타 군의 경우는 산화라는 말도 빛바랜 표현처럼 느껴진다. 북방의 외딴 섬에서 멋지게 옥쇄하여, 호국의 신이 되었다.

미타 군이 처음으로 우리 집에 찾아온 것은 쇼와 15년[1940년] 늦가을이었나? 밤에 도이시 군과 둘이서 미타카에 있는 누추한 우리 집에 찾아왔을 때 처음으로 만났던 것 같다. 도이시 군에게 물어보면 더 정확하겠지만, 그는 지금 멋진 군인이다. 얼마 전에도,

"미타 씨의 일은 야영지에서 알게 되었습니다. 뭐라 설명할 길이 없는 기분을 느꼈습니다. 도라지와 마타리가 한쪽에 피어 있는 들판이었는지라, 한층 더 쓸쓸했습니다. 너무도 미타 씨다운 죽음이라서 말이지요. 얼마 안 있어, 미타 씨의 친구로서 부끄럽지 않은 작품을 써서 찾아 뵐 생각입니다."

라고 소식을 전해왔으니, 지금 당장 그것을 확인해볼 수도 없다.

우리 집에 처음 찾아왔을 때는 둘 다 도쿄제국대학의 국문과 학생이었다. 미타 군은 이와키현 하나마키초에서 태어났고 도이시 군은 센다이 출신이었다. 그리고 둘 다 제2고등학교를 졸업했다. 사 년이나 지난 일이니 기억이 확실치는 않지만, 늦가을(어쩌면 초겨울이었을지도 모른다) 어느 날 밤 둘은 미타카의 우리 집에 찾아왔다. 도이시 군은 명주 재질의 기모노에 인조 섬유로 된 하카마, 미타 군은 교복을 입고 왔다. 우리는 탁상에 둘러앉았는데, 도이시 군은 장식대를 뒤로 하고 앉았으며 미타 군은 내 왼편에 앉았던 것으로 기억한다.

그날 밤에 우리가 무슨 얘기를 나눴더라? 로맨티시즘, 신체제[3]. 도이

3_ 신체제 운동新体制運動. 1940년에서 1945년에 걸쳐 일본에서 크게 유행했던 정치운동. 초창기 대중의 힘으로 군부를 억제하고 합리적이고 근대적인 세상을 만들자던 의도가 퇴색되어 국민을 통제하는 관료조직으로 전락했다.

시 군이 그런 것들에 대해 천진난만한 질문을 던졌던가? 그날 밤에는 주로 나와 도이시 군 둘이서만 이야기를 했고, 미타 군은 옆에서 미소 지으며 그 얘기를 듣고 있었다. 때때로 고개를 어렴풋이 끄덕였는데, 내가 굉장히 중요한 얘기를 할 때만 그렇게 끄덕여서, 나는 도이시 군 쪽을 쳐다보며 이야기하면서도 왼편에 앉은 미타 군에게 더 많은 신경을 쏟고 있었다. 둘 중에 어느 한 명이 좋다는 얘기가 아니다. 인간에는 그렇게 두 가지 유형이 있다. 둘이서 우리 집을 찾아오면 한 명은 쉴 새 없이 우문을 연발한다. 내게 놀림을 받아도 좋아하면서 내 답변은 건성으로 흘려듣고 그저 그 자리에 있는 사람들이 거북해하지 않도록 애쓴다. 또 한 명은 더 어두운 곳에 앉아 내 이야기에 가만히 귀를 기울인다. 우문을 연발한다는 말을 쓰기는 했지만, 그 사람이 어리석은 사람이라서 우문을 연발하는 것은 아니다. 그 사람도 자신의 질문이 굉장히 진부하고 꼴사납다는 것을 충분히 알고 있다. 질문이라는 것은 대체로 모두 우문이며, 선배네 집에 들이닥쳐서는 선배를 당황시키고 부끄럽게 만들 법한 날카로운 질문을 하려고 마음먹는 녀석이야말로 진정한 바보, 혹은 미친 사람이다. 이런 사람은 도무지 짜증이 나서 봐줄 수가 없다. 우문을 하는 사람은 그 자리의 희생양이 될 각오를 하고 꼴사나운 우문을 해서 억지로 기분 좋은 척한다. 고귀한 희생심에서 나오는 행동이다. 둘이 오면, 대체로 한 사람은 자진하여 그 자리의 희생양이 되는 것 같다. 그리고 그 희생자는 이상하게도 꼭 상석에 앉는다. 그리고 그 사람은 언제나 미남이다. 그리고 꼭, 멋쟁이다. 하카마 뒤에 부채를 꽂고 오는 사람도 있다. 설마하니 도이시 군이 하카마 뒤에 부채를 꽂고 왔다는 것은 아니지만, 유쾌한 미남이었음에는 틀림이 없다. 언젠가 도이시 군이 내게 이렇게 조용히 말한 적이 있다.

"잘생겼다는 것은, 불행한 일이지요."

나는 웃음을 터뜨렸다. 엉뚱한 사람이라고 생각했다. 도이시 군은 검도 3단이고 키가 여섯 자^{약 181㎝} 정도다. 나는 마음속으로 지나치게 커다란 도이시 군의 덩치를 안쓰럽게 생각했다. 군대에 가도 맞는 옷이 없고 여러모로 눈에 띄니까 놀림을 받아서, 다른 사람보다 몇 배는 더 많은 고생을 하고 있지 않을까 싶어 걱정했다. 그런데 얼마 전 도이시 군이 보내온 편지에는,

"부대에는 저보다 키가 더 큰 장병이 두세 명 있습니다. 하지만 말쑥하다는 말은 다섯 자 여덟 치 다섯 푼^{약 177㎝}까지만 적용되는 것임을 깨달았습니다."

라고 적혀 있었다. 자신이 다섯 자 여덟 치 다섯 푼의 키를 가진 말쑥한 사람에 속한다고 굳게 믿어 의심치 않는 듯 보였기에, 정말 태평한 사람이구나 싶었다.

"제 얼굴에도 결점은 있습니다. 아무도 눈치채지 못하겠지만."이라는 말을 한 적도 있으니, 어쨌든 함께 있는 사람들을 웃겨주곤 했다.

도이시 군에게 진짜로 왕자병이 있었는지 어떤지는 모른다. 그런 마음은 전혀 없지만 사람들을 웃기기 위해 희생심을 발휘하여 광대 역할을 한 것일지도 모른다. 동북 지방 사람들의 유머는 이처럼 종잡을 수가 없다.

그렇게 쾌활하고 애교 있는 도이시 군에 비하면 미타 군은 수수했다. 그 무렵 문과 학생들은 대체로 머리가 길었는데, 미타 군은 처음부터 삭발한 상태였다. 안경을 썼었는데, 그 안경은 아마도 철 테 안경이었던 것 같다. 머리가 크고 이마가 튀어나왔으며 눈빛도 강하고, 흔히들 말하는 '철학자 같은' 풍모를 지니고 있었다. 자기가 먼저 무슨 말을

꺼내는 일은 별로 없었지만, 다른 사람이 한 말은 빠르게 이해했다. 도이시 군과 둘이서 온 적도 있었고, 비에 흠뻑 젖어 혼자서 온 적도 있었다. 또, 다른 2고등학교 출신의 제국대 학생과 함께 온 적도 있었다. 미타카 역 앞의 어묵집이나 초밥집 같은 곳에서 자주 만나 술을 마셨다. 미타 군은 술을 마셔도 얌전했다. 술자리에서도 도이시 군은 가장 말이 많고 활발했다.

하지만 도이시 군은 미타 군을 좀 어려워했던 부분이 있었던 것 같다. 미타 군은 도이시 군과 둘이서만 있으면 어눌한 말투로 도이시 군의 정신적 해이를 지적하며 좀 더 진지해지라고 다그쳤다고 한다. 검도 3단인 도이시 군은 몹시 난감해하며 내게 그 얘기를 했다.

"미타 씨가 너무 진지해서 당해낼 재간이 없어요. 항상 옳은 말만 하니까요. 제가 어떻게 하면 좋을지를 모르겠습니다."

키가 여섯 자쯤 되는 대장부가 거의 우는 표정으로 말했다. 이유야 어찌 됐든, 내겐 전세가 불리한 사람 편을 들어주는 버릇이 있다. 나는 어느 날 미타 군에게 이렇게 말했다.

"인간은 진지해야 하지만, 히죽거리며 웃는다고 해서 그 사람을 진지하지 않은 사람으로 단정 짓는 것도 잘못된 생각이네."

눈치 빠른 미타 군이 모든 상황을 이해한 듯했다. 그 이후 우리 집에는 거의 오지 않았다. 얼마 안 있어 건강이 안 좋아지고 입원했던 것 같다. 그는 내게,

'너무나 괴롭습니다. 무언가 격려의 말씀을 보내주세요.'라는 내용의 엽서를 거듭 보내왔다.

하지만 나는 '격려의 말씀을 보내 달라'는 식의 직접적인 부탁을 받으면 쑥스러워서 몸 둘 바를 몰라 하는 성격이라, 그때도 '멋진 말은

단 한마디도 쓸 수가 없었기에 상당히 미적지근한 답장만 써서 보냈다.

미타 군은 건강이 좋아진 뒤에 그의 하숙집 근처에 있는 야마기시 씨네 집에 가서 시 공부를 열심히 하기 시작한 모양이었다. 야마기시 씨는 우리 선배이자 성실한 문학자로 미타 군뿐만 아니라 다른 대여섯 명의 학생들에게도 소설이나 시를 성의 있게 가르쳐주었다고 한다. 야마기시 씨의 지도를 받고 멋진 시집을 내어 유명 지식인들의 호평을 받고 있는 젊은 시인도 두세 명 있다고 했다.

"미타 군은 어떻습니까?" 그 무렵 나는 야마기시 씨에게 물어본 적이 있다.

야마기시 씨는 잠시 생각에 잠기는 듯하더니 이렇게 말했다.

"잘 쓰는 편이야. 제일 잘 쓰는 학생일지도 모르겠군."

나는 어리둥절했다. 그리고 얼굴을 붉혔다. 내겐 미타 군을 알아보는 눈이 없었던 것이라 생각했다. 나는 속인俗人이라 시의 세계를 잘 모르는구나 싶어 겸연쩍었다. 미타 군이 내게 오지 않고 야마기시 씨한테 가게 된 것은 미타 군을 위해서도 무척 잘된 일이라고 생각했다.

미타 군이 우리 집을 오갔던 시절에도 내게 작품 두어 개를 보여준 적이 있지만, 나는 그렇게까지 감탄하지는 않았다. 도이시 군은 크게 감격하며,

"미타 씨가 이번에 쓴 시는 걸작입니다. 제발 한 편만 천천히 읽어보세요."

하고, 마치 자신이 걸작을 쓴 양 법석을 떨었지만, 내 눈에는 그게 그렇게 걸작처럼 보이지 않았다. 결코 수준이 낮은 시는 아니었다. 저속한 느낌은 조금도 없었다. 하지만 내 성에는 차지 않았다.

나는, 칭찬하지 않았다.

하지만 내가 시가 어떤 것인지를 모르는 것일 수도 있다. '잘 쓰는 편'이라는 야마기시 씨의 평가를 듣고, 미타 군이 그 이후에 쓴 시를 한번 읽어보고 싶었다. 어쩌면 미타 군이 야마기시 씨의 지도를 받은 뒤부터 실력이 부쩍 는 것일지도 모른다고 생각했다.

하지만 내가 미타 군의 새로운 작품을 보기 전에, 그는 대학을 졸업한 뒤 바로 전쟁터로 떠나버렸다.

지금 내 수중에 미타 군이 전쟁터에서 보낸 엽서 네 통이 있다. 두세 통 더 있었던 것 같지만, 나는 남에게서 받은 편지나 엽서를 잘 보관하지 않는 편이라 이 네 통이 책상 서랍에서 나온 것조차 신기할 정도다. 나머지 두세 통은 잃어버린 것으로 치고 포기하는 수밖에 없을 것이다.

> 다자이 씨, 안녕하십니까?
> 아무 생각도 떠오르지 않습니다.
> 무심히 흘러가고,
> 그리고
> 군대 일 년차.
> 요즘,
> '시詩'는,
> 머릿속에서
> 꿈쩍도 하지 않는 듯합니다.
> 도쿄의 하늘은 어떻습니까?

위의 글이 네 통의 엽서 가운데 첫 번째 엽서였던 것 같다. 이 무렵 미타 군은 부대에서 훈련을 받고 있었던 모양이다. 이것은 약간 위태로운 느낌이 들면서도 내게 응석을 부리는 듯한 글이다. 솔직하기 이를 데 없는 부드러운 심정이 지나치게 노골적으로 드러나 있어서 아슬아슬한 느낌이 들었다. 야마기시 씨로부터 '제일 잘 쓴다'는 평가를 받은 사람 아닌가? 좀 더 잘 쓸 수는 없을까 싶어 못마땅했다. 나는 나보다 어린 친구를 대할 때 그의 나이 같은 것은 조금도 고려하지 않고 지내왔다. 내 성격상 나이가 어린 친구를 위로하거나 귀여워해 주는 일은 불가능했다. 내겐 남을 귀여워해줄 여유 따위 없었다. 나는 나이가 많고 적음에 상관없이, 모든 친구를 존경하고 싶었다. 존경의 마음을 가지고 그들을 대할 생각이었다. 그래서 나는 나이 어린 친구에게도 가차 없이 이런저런 불만을 털어놓곤 했다. 내가 미련한 촌놈이라 도량이 좁기 때문인지도 모른다. 나는 그렇게 순진한 미타 군의 편지를 좋아할 수가 없었다. 그리고 얼마 안 있어 엽서 한 장이 또 왔다. 이것도 부대에서 보낸 것이다.

안녕하십니까.
한동안 소식을 전해드리지 못해 죄송합니다.
건강은 어떠십니까?
가진 게 전혀 없다고 할 수 있을 만큼,
정말 아무것도 없습니다.
울고 싶기도 하고요.
하지만,
믿고 노력하고 있습니다.

전에 보낸 엽서에 비하면 저변에 고통이 느껴지고, 왠지 충실한 느낌이다. 나는 미타 군에게 응원의 편지를 보냈다. 하지만 그때도 여전히 미타 군을 일본에서 제일가는 남자라고 생각하지는 않았다. 그리고 얼마 안 있어 하코다테에 있는 그에게서 한 장의 엽서를 받았다.

다자이 씨, 잘 지내십니까?
저는 잘 지냅니다.
더욱더,
열심히 살아야만 합니다.
항상 건강하시고,
건투를 빕니다.
나머지는 빈칸.

이렇게 옮겨 적고 있자니 한숨이 절로 나온다. 가련한 편지다. '더욱더, 열심히 살아야만 합니다.'라는 부분은 미타 군이 스스로에게 하는 말이겠지만, 내게 하는 말 같기도 해서 멋쩍다. '나머지는 빈칸'이라는 말도 그가 직접 쓴 것이다. '잘 지내십니까?, 저는 잘 지냅니다.' 외에는 달리 할 말이 없었던 것이겠지. 순수한 충동이 없으면 단 한 줄도 쓸 수 없는, 이른바 '시인 기질'이 분명히 드러나 있다.

하지만 내가 위에 쓴 세 장의 엽서를 소개하고 싶어서 이 「산화」라는 소설을 쓰기 시작한 것은 아니다. 처음부터 나의 의도는 단 하나밖에 없었다. 나는 마지막 엽서 한 통을 받았을 때의 감동에 대해 쓰고 싶었다. 그것은 북해 파견 ××부대에서 보낸 엽서였다. 나는 그 편지를 받았을 때만 해도 그 ××부대가 애투섬[4]을 지키는 훌륭한 부대라는 사실을 몰랐다. 그리고 애투섬은 알고 있어도 그 뒤에 그가 옥쇄할 것이라는 것은 알 턱이 없었으니, ××부대라는 이름을 보아도 딱히 놀랍지 않았다. 나는 그보다 미타 군이 엽서에 쓴 문장에 감동받았다.

잘 지내십니까?
머나먼 하늘에서 소식 전합니다.
무사히 근무지에 도착했습니다.
위대한 문학을 위해
죽어주십시오.
저도 죽겠습니다.
이 전쟁을 위해서.

'죽어 주십시오.'라는 미타 군의 한마디가, 내겐 너무나 고귀하게 느껴져서 고맙고, 기뻤다. 이 말은 일본 최고의 남자가 아니라면 할 수 없는 말이라고 생각했다.

"미타 군은 역시 좋은 녀석이군. 정말 좋은 구석이 있어." 나는 그 무렵 야마기시 씨에게 툭 터놓고 그런 말을 한 적이 있다. 그때는 야마기시 씨에게 나의 어리석음에 대해 진심으로 용서를 빌고 싶은 마음이었다. 마음을 고쳐먹고 야마기시 씨와 악수를 나누고 싶었다.

시에 대해 잘 모른다고는 하지만, 나도 진실한 문장을 쓰기 위해 밤낮으로 애쓰는 사람이다. 완전히 문맹인 사람과는 다르다. 조금은

4_ 애투섬은 일본군과 미군의 격전지였는데 1943년 5월 29일 일본군 약 2,600명이 전사했다. 이것은 일본군이 최초로 전멸한 사건이었는데, 일본군은 '전멸'이라는 말이 국민에게 안겨줄 충격을 조금이라도 막기 위해 정책적으로 '옥쇄'라는 말을 사용했다.

안다. '잘 쓰는 편이야. 가장 잘 쓰는 학생일지도 모르겠군.'이라는 야마기시 씨의 말을 들었을 때도, 나는 내 어리석음을 부끄럽게 여기면서도 마음 한편으로는 '과연 그럴까?' 하고 여전히 고개를 갸웃거리고 있었다. 고집스런 촌놈 기질 때문인지, 나는 눈앞에 명백한 증거가 펼쳐지지 않는 이상 남을 믿지 않는 경향이 있다. 예수의 부활을 마지막까지 믿지 않았던 토마스 같은 면이 있다. 이래서는 안 된다. '나는 그의 손에 난 못 자국을 보고, 내 손가락을 그 못 자국에 넣고, 내 손을 그의 겨드랑이에 끼워 넣기 전에는 믿을 수 없다'는 식의 고집에는 손쓸 재간이 없다. 내게는 호인 기질과 함께 실없는 면도 있으니 토마스만큼 심한 고집불통은 아니지만, 나이가 들면 나도 모르는 사이에 고집불통 할아버지가 될 것 같은 천성은 조금 있는 듯하다. 나는 야마기시 씨의 말을 곧이곧대로 믿을 수가 없었다. '과연 그럴까?'라는 의구심이 마음 한편에 남아 있었다.

하지만 '죽어주십시오.'라는 말이 적힌 엽서를 보고 나니, 마음의 문이 활짝 열리고 한바탕 시원한 바람이 불어오는 듯한 기분이 들었다.

기뻤다. 용케도 이런 말을 해주는구나 싶었다. 정말 좋은 말이라 생각했다. 전쟁터에 나가 있는 많은 친구들에게서도 과분한 편지를 자주 받고 있지만, 내게 '죽어주십시오.'라고 망설임 없이, 자연스럽게 말해준 사람은 미타 군 한 명뿐이다. 좀처럼 하기 힘든 말이다. 이렇게 자연스럽게 이런 말을 할 수 있다니, 드디어 미타 군에게 일류 시인의 자격이 생겼다고 생각했다. 나는 시인들을 존경한다. 순수한 시인이란 인간 이상의 존재이며, 천사일 것이라 믿는다. 그래서 나는 세상의 시인들에 대해 기대가 큰 만큼 거의 모두에게 실망을 느낀다. 천사가 아닌데 자신을 시인이라 칭하며 잘난 체하는 이상한 사람들이 많다.

하지만 미타 군은 그렇지 않다. 정말 야마기시 씨가 말했던 것처럼 '가장 훌륭한' 시인 중 한 명이라는 생각이 들었다. 미타 군은 어떻게 이렇게 아름다운 글을 쓸 수 있었을까? 그것을 확실히 알게 된 것은 상당한 시간이 흐른 뒤의 일이다. 어쨌든 나는 야마기시 씨의 말을 진심으로 받아들일 수 있게 된 것이 너무나도 기뻤다.

"미타 군 잘 쓰네. 정말 잘 써." 나는 야마기시 씨에게 이렇게 말했다. 이 말은 나 혼자만 아는, 소소한 화해의 인사였다. 이 세상에서 화해의 기쁨보다 더 큰 기쁨은 그리 많지 않을 터이다. 나는 야마기시 씨와 마찬가지로 미타 군이 '가장 잘 쓴다'고 믿고, 앞으로 그가 쓰게 될 시에 많은 기대를 품고 있었는데 그의 작품은 전혀 다른 형식으로, 훌륭하게 완성되었다. 그가 애투섬에서 옥쇄한 것이다.

잘 지내십니까?
머나먼 하늘에서 소식 전합니다.
무사히 근무지에 도착했습니다.
위대한 문학을 위해
죽어주십시오.
저도 죽겠습니다.
이 전쟁을 위해서.

또다시 여기에 미타 군이 쓴 엽서 글을 그대로 옮겨 적어 보았다. 근무지에서 첫 소식을 전했을 때 이미 죽음을 각오하고 있었던 모양이다. 자신을 위해 죽는 것이 아니다. 숭고한 헌신을 각오한 것이다. 그러한 엄숙한 결의를 품은 사람은 복잡한 이치를 따지지 않는다. 격렬한 말씨도 쓰지 않는다. 항상 이처럼 명랑하고 단순하게 얘기한다. 그리고 그 속에, 그냥 지나칠 수 없는 엄숙하고 올바른 결의가 느껴지는 문장을 쓴다. 몇 번이고 반복해서 읽는 중에, 미타 군의 이 짧은 글이 정말 최고의 시인 것 같은 느낌마저 들었다. 애투에서 옥쇄했다는 소식을 듣지 않았더라도, 나는 이 엽서만으로도 이 나이 어린 친구를 진심으로 존경할 수 있었을 것이다. 순수한 헌신이 이 세상에서 가장 아름다운 것이라 여기며 노력한다는 점에서는 군인이나 시인, 혹은 나처럼 평범한 작가도 전혀 다를 바가 없는 것이다.

올 5월 말에 애투 섬에서 옥쇄가 있었다는 소식을 들었는데, 그때만 해도 설마 미타 군이 옥쇄한 신[5]들 중 한 명일 거라고는 생각지도 못했다. 나는 미타 군이 어디에서 싸우고 있었는지조차도 몰랐다.

8월 말이었나? 애투에서 옥쇄하여 신이 된 2천여 명의 이름이 신문에 실린 적이 있다. 나는 그 이름들을 순서대로 열심히 읽어가다가 미타 준지라는 이름을 발견하고 깜짝 놀랐다. 처음부터 이 이름을 찾고 있었던 것 같은 기분마저 들었다. 집사람에게 얘기했더니 집사람은 낯빛을 바꾸고 경악했지만, 내겐 '역시, 그렇구나.' 하고 수긍하는 기분이 더 컸다.

하지만 나도 그날은 어쩐지 마음이 가라앉지를 않았다. 나는 야마기시 씨에게 엽서를 보냈다.

'미타 군이 애투섬에서 옥쇄했다는 사실을, 방금 신문을 통해 알게 되었습니다. 미타 군을 추모하기 위한 좋은 계획이 있으시다면 연락주십시오.'라는 내용을 적어서 보낸 것으로 기억한다.

· ·
5_ 일본 신도神道에서 죽은 사람은 모두 신이 되는데, 특히 이 시대 전사자戰死者는 호국의 신이 되었다 하여 신으로 칭했다. 지금의 야스쿠니 신사에도 그러한 사고방식이 이어지고 있다.

이삼일 후 야마기시 씨로부터 답장이 왔다. 야마기시 씨도 미타 군이 애투섬에서 옥쇄했다는 사실을 그날 신문을 보고 처음으로 알게 됐는지, 미타 군의 유고를 정리하여 출판할 계획인데 그 일에 대해서 추후 이것저것 얘기해보자는 내용의 편지였다. 유고집 제목은 '북극성北極星'으로 하고 싶으며, 미타 군과 어느 날 밤 북극성에 대한 얘기를 나눈 적이 있는데 그에 관해서 무언가 글을 쓰고 싶다는 얘기도 적혀 있었다.

얼마 안 있어 야마기시 씨는 눈이 부리부리하고 키가 큰 청년을 데리고 미타카에 있는 우리 집에 찾아왔다.

"미타 군의 동생이야." 야마기시 씨의 소개로 우리는 인사를 주고받았다.

닮았다. 소심해 보이는 미소가, 형을 빼닮았다.

동생이 내게 선물을 주었다. 오동나무 재질의 게다와 사과 한 상자였다. 야마기시 씨는 이런 설명을 덧붙였다.

"우리 집에 왔을 때도 내게 사과랑 게다를 주더군. 사과는 아직 신 맛이 강한 듯하니 이삼일 더 놔뒀다 먹는 게 좋을 거야. 게다는 똑같은 것을 자네와 내게 한 켤레씩 준 것이네. 기분 좋은 선물이지?"

동생은 유고집에 대한 얘기도 하고 우리와 함께 밤새 형에 대한 이야기를 나누고 싶은 마음에, 그 전날 하나마키초에서 상경했다고 한다.

우리는 우리 집에서 유고집에 대한 얘기를 나눴다.

"시를 전부 다 실으실 겁니까?" 나는 야마기시 씨에게 물었다.

"아마도 그렇게 되겠지?"

"초기 작품은 그저 그랬는데요." 여전히 그런 걸 마음에 두고 있었다.

고집스런 촌놈 기질 때문이다. 나는 미래의 고집불통 할아버지다.

"그렇다고는 해도 그럴 수야 있나." 야마기시 씨는 쓴웃음을 짓고는 곧바로 내 마음을 알아챈 듯 말했다. "이래서야 원, 다자이보다 먼저 죽을 수가 없겠군. 나도 그런 말을 듣게 될지 모르니까."

나는 책을 펼쳤을 때 가장 첫 페이지에 미타 군이 보낸 그 엽서 글을 커다란 글씨로 박아달라고 하고 싶었다. 나머지 시는 글씨가 작아도 상관없다. 그 정도로 나는 그 엽서에 적힌 글귀 한마디 한마디가 좋다.

잘 지내십니까?
머나먼 하늘에서 소식 전합니다.
무사히 근무지에 도착했습니다.
위대한 문학을 위해
죽어주십시오.
저도 죽겠습니다.
이 전쟁을 위해서.

太宰治

雪の夜の話

눈 내리던 밤

「눈 내리던 밤」

1944년 5월 『소녀의 친구少女の友』에 발표되었다. 다자이가 자신 있어 하던 여성 독백체 작품으로, 작품 중에 나오는 덴마크의 옛날이 야기는 다자이의 창작인 것으로 알려져 있다.

그날은 아침부터 눈이 내렸지요. 예전부터 쓰루(조카딸)에게 주려고 만들던 솜바지를 다 만들어서, 그날 학교에서 집으로 돌아가는 길에, 그걸 전해주려고 나카노에 있는 이모 댁에 들렀어요. 거기서 마른오징어 두 마리를 받아 기치조지 역에 도착했을 때는 이미 어두웠고, 눈이 한 자 이상 쌓여 있었는데 눈은 고요히, 그칠 줄을 모르고 계속 내려앉고 있었어요. 저는 장화를 신고 있었기에 오히려 마음이 들떠서, 일부러 눈이 많이 쌓인 곳을 골라가며 걸었지요. 집 근처에 있는 우체통까지 왔는데, 옆구리에 끼고 있던, 신문지로 싼 마른오징어 꾸러미가 없어졌다는 것을 알았어요. 저는 원래 성격이 느긋한 덜렁이지만, 그래도 물건을 잃어버리는 일은 거의 없었는데 말이지요. 그날 밤에는 눈이 쌓인 걸 보고 흥분해서는 들뜬 맘으로 돌아다녔기 때문일까요? 흘려버린 거예요. 저는 기운이 쭉 빠졌어요. 마른오징어를 어디에 흘렸다고 그런 일로 낙담하다니, 그런 건 볼품없는 일이라 부끄럽지만, 그래도 저는 그걸 새언니한테 주려고 했었거든요. 우리 새언니는 올여름에 아기를 낳을 거예요. 배 속에 아기가 있으면 배가 무척 고프대요. 배 속에 아기 몫까지 2인분을 먹어야 해서 그런 거겠죠? 새언니는 저와는 달리

몸가짐이 단정하고 기품 있는 사람이라, 이제까지는 그야말로 새가 모이를 먹듯 식사도 가볍게 하고 간식 같은 건 한 번도 먹은 적이 없었는데, 요즘은 부끄러울 정도로 배가 고프고, 가끔 이상한 걸 먹고 싶어진대요. 얼마 전에도 새언니는 저와 함께 저녁상을 치우면서, "아아, 입이 왜 이리 쓰지? 마른오징어 같은 거라도 씹고 싶다." 하고 나직이 말하며 한숨을 쉬었어요. 전 그걸 기억하고 있었기에, 그날 우연히 나카노에 있는 이모 댁에서 받은 마른오징어 두 마리를 새언니한테 살짝 건네줄 생각에 마음이 부풀어 있었는데, 그만 그걸 잃어버려서 기운이 쭉 빠졌어요.

아시다시피 우리 집에는 오빠와 새언니, 저 이렇게 세 명이 살아요. 오빠는 좀 별난 소설가인데 나이는 벌써 마흔이 다 됐어요. 하나도 안 유명하고 가난하기만 한데, 몸 상태가 안 좋다면서 누웠다 일어나기만 반복하고 있지요. 그런 주제에 입만 살아서는 우리한테 이러니저러니 시끄럽게 잔소리만 늘어놓고, 그러면서도 정작 자기는 집안일을 눈곱만큼도 안 도와주니까, 새언니는 남자가 해야 할 힘쓰는 일까지 해야 하니 정말 딱해요. 하루는 제가 너무 성질이 나서,

"오빠. 가끔은 배낭 메고 나가서 야채라도 사 와. 다른 집 남편들은 거의 다 그런데."

라고 했더니 이내 뾰로통해져서는,

"야, 이 멍청아! 나는 그런 천박한 남자가 아냐. 알겠어? 기미코(새언니의 이름)도 잘 들어. 우리 가족이 굶어 죽더라도, 나는 천박하게 사재기 같은 짓거리는 안 할 거니까, 그리 알아둬. 그건 내 마지막 자존심이야."

정말 대단한 각오를 지니신 분이지요. 하지만 나라가 걱정돼서 사재기 하는 사람들을 싫어하는 건지, 아니면 그냥 장보기가 귀찮아서 저러는

건지, 그건 잘 모르겠어요. 우리 엄마 아빠도 도쿄 사람인데, 아빠는 동북 지방에 있는 야마가타의 관청에서 오랫동안 근무했기 때문에 오빠와 저 모두 야마가타에서 태어났어요. 아빠가 야마가타에서 돌아가셨을 때 오빠는 스무 살 정도였고, 저는 너무 어려서 엄마한테 업혀 다닐 정도였어요. 그때 우리 세 식구가 다시 도쿄로 왔는데 작년에 엄마도 돌아가셔서, 지금은 오빠와 새언니와 저, 이렇게 셋뿐이고 고향이라는 것도 없으니, 다른 집처럼 시골에서 먹을 것을 보내주지도 않아요. 그리고 오빠가 별난 사람이라 다른 집과의 교류도 전혀 없으니, 생각지도 못한 귀한 것이 '손에 들어오는' 일 같은 건 전혀 없어요. 고작 생각한 것이 '새언니에게 마른오징어 두 마리를 주면 얼마나 좋아할까?'라는 것이었는데, 이게 남들 눈에는 볼품없어 보이겠지만, 제게는 마른오징어 두 마리가 너무 아까웠어요. 그래서 저는 몸을 오른쪽으로 홱 틀어 이제까지 걸어온 눈길을 천천히 되돌아가며 오징어를 찾아다니기 시작했어요. 하지만 찾을 수 있을 리가 없었지요. 흰 눈길에 떨어져 있는 흰 신문꾸러미를 찾는다는 것은 무척 어려운 일인데다, 눈이 그칠 줄을 모르고 쌓여가고 있었으니까요. 기치조지 역 근처까지 되돌아갔지만, 돌멩이 하나도 안 보였어요. 한숨을 쉬며 다시 우산을 쓰고 어두운 밤하늘을 올려다보는데, 눈이 반딧불 백만 마리처럼 흩날리고 있었어요. 정말 아름다웠지요. 길 양 옆에 서 있는 가로수들은 무거운 듯 눈을 뒤집어쓰고 가지를 늘어뜨리며 때때로 한숨을 내쉬듯 희미하게 몸을 떨고 있었어요. 마치 무슨 동화 속 세계에 들어온 것만 같아서, 저는 오징어를 찾는 것도 잊어버렸어요. 그러다 불현듯 좋은 생각이 떠올랐어요. 이 아름다운 설경을 새언니에게 가져다주자. 오징어 같은 것보다도 이게 훨씬 더 좋은 선물 아니겠어요? 먹을 것 따위에 집착하는 건

천박한 일이지요. 정말 부끄러운 일이에요.

언젠가 오빠가, 인간은 안구에 풍경을 담을 수 있다고 가르쳐주었어요. "잠시 전구를 바라보고 나면 눈을 감아도 눈꺼풀 속에 전구가 뚜렷이 보이잖아? 그게 증거야. 그와 관련해서 옛날 덴마크에는 이런 얘기가 있었어." 이렇게 말하면서 오빠가 제게 다음과 같은 짧은 로맨스를 들려줬는데, 오빠가 하는 이야기는 언제나 순 엉터리고 조금도 믿을 것이 못 되지만, 그래도 그때 그 이야기만큼은, 그게 오빠가 그냥 지어낸 이야기라 할지라도 좋은 이야기라고 생각했어요.

옛날에 덴마크의 어떤 의사가 바닷가에서 발견된 젊은 선원의 시체를 해부하다가 그의 눈알을 현미경으로 살펴봤는데, 그의 망막에 아름다운 가정의 단란한 광경이 비치는 것을 발견했어요. 소설가 친구에게 그 얘기를 하자, 그 소설가는 곧바로 그 이상한 현상에 대해 다음과 같이 평가했대요. "그 젊은 선원은 배가 난파된 뒤 거센 파도에 휩쓸려 절벽으로 떠밀려갔는데, 허겁지겁 매달린 곳은 등대의 창틀이었지. 잘됐다 싶어 도움을 청하기 위해 창문 안쪽을 들여다봤는데, 바로 그때 등대지기 일가족이 소박하고 즐거운 모습으로 저녁을 먹으려고 하고 있었어. 내가 지금 '도와주세요!' 하고 크게 소리를 지르면 이 가족의 단란함이 깨질 거라 생각하니, 아, 안 되겠다 싶었어. 그러다 창틀을 붙들고 있던 손가락 끝의 힘이 빠졌고, 그 순간 무서운 기세로 파도가 몰아쳐서 선원의 몸이 바다 쪽으로 쓸려가 버린 거지. 틀림없어. 이 선원은 세계에서 가장 상냥하고 기품 있는 사람이야." 의사도 소설가의 이 같은 해석에 찬성하며, 둘이서 그 선원의 시체를 정성스레 묻어주었대요.

저는 이 이야기를 믿고 싶어요. 비록 과학적으로는 있을 수 없는 일이겠지만, 그래도 저는 믿고 싶어요. 저는 눈이 내리던 그날 밤에 문득 이 이야기를 떠올리며, 제 눈 속에 아름다운 설경을 담아 집으로 돌아갔어요.

"새언니. 제 눈 속을 들여다보세요. 뱃속 아가가 예뻐질 거예요." 이렇게 말할 생각이었어요. 저번에 새언니가 오빠한테,

"예쁜 사람을 그린 그림을 제 방 벽에 붙여주세요. 매일 그걸 보고서 예쁜 아이를 낳고 싶어요."라고 웃으며 부탁했는데, 오빠는 진지한 표정으로 끄덕이며,

"알았어. 태교를 하려는 거군. 그건 중요하지."

이렇게 말하며, 마고지로라는 아리따운 노[1] 가면 사진과 눈 가면이라는 가련하게 생긴 노 가면 사진 두 장을 벽에 나란히 붙여주었어요. 거기까진 좋았는데, 그러고 나서 오빠가 찡그린 자기 얼굴 사진을 그 두 장의 사진 사이에 붙여놔서 아무런 의미가 없어졌어요.

"부탁이에요. 당신 사진만 좀 치워주세요. 저는 그걸 보면 속이 안 좋아져요." 얌전한 새언니조차도 참을 수가 없었던 거겠지요. 오빠에게 그렇게 빌다시피 해서, 어쨌든 오빠도 그 사진을 치워줬어요. 오빠 사진 같은 걸 본다면 틀림없이 원숭이 같은 아기가 태어날 거예요. 오빠는 그렇게 요상하게 생겼으면서 자기가 미남이라고 생각하는 걸까요? 못 말리는 사람이에요. 정말 새언니는 지금 배 속의 아기를 위해 세상에서 가장 아름다운 것만 보고 싶어 하는데 말이지요. 오늘 본 이 설경을 제 눈 속에 옮겨 담아 새언니에게 보여주면 새언니는 분명 오징어 같은 것보다 몇 배, 아니 몇십 배는 더 좋아하실 거예요.

저는 오징어를 포기하고 집으로 돌아가는 길에, 아름다운 설경을

1_ 能. 일본의 전통 가면극.

가능한 한 한껏 바라보며 제 눈뿐만 아니라 마음속에도 순백의 아름다운 풍경을 담는 기분으로 걸어 다녔어요.

"새언니. 제 눈을 보세요. 제 눈 속에는 정말 아름다운 풍경이 가득 담겨 있어요."

"뭐라고요? 왜 그러세요?" 새언니는 웃는 얼굴로 일어나 제 어깨에 손을 올리며 말했어요. "아가씨, 대체 무슨 일이에요?"

"저기, 저번에 오빠가 해준 얘기 있잖아요. 인간의 눈 속에는 방금 본 풍경이 지워지지 않고 남는다는."

"남편이 해준 얘기 따위는 다 잊어버렸어요. 거의 다 거짓말이니까요."

"그래도, 그 얘기만큼은 진짜예요. 저는 그 얘기만큼은 믿고 싶어요. 그러니까, 제 눈을 보세요. 전 지금 정말 아름다운 설경을 많이많이 보고 왔거든요. 여기, 제 눈을 보세요. 분명 눈처럼 피부가 고운 아기가 태어날 거예요."

새언니는 슬픈 표정으로 말없이 제 얼굴을 바라보고 있었어요.

"어이."

그때, 옆방에 있던 오빠가 나와서 말했어요. "별 볼 일 없는 슌코(내 이름) 눈을 들여다보는 것보다는 내 눈을 보는 편이 백배는 더 많은 효과가 있을걸."

"왜? 왜?"

한 대 때려주고 싶을 정도로 오빠가 얄미웠어요.

"새언니는 오빠 눈을 보면 속이 안 좋아진다고 그랬었어."

"그렇지도 않을 텐데? 내 눈은 이십 년 동안 아름다운 설경을 보아온 눈이야. 나는, 스무 살 때까지 야마가타에 있었어. 슌코는 뭐가 뭔지도 알기 전에 도쿄로 왔으니 야마가타의 멋진 설경을 모르니까, 이렇게 별 볼 일 없는 도쿄의 설경을 보고도 소란을 피워대는 거지. 내 눈은 더 멋진 설경을 백배 천배나 많이, 지겨울 정도로 잔뜩 보아 왔으니, 누가 뭐래도 슌코 눈보다는 더 낫지."

저는 분해서 울어버릴까 싶었어요. 그때 새언니가 제 편을 들어주었지요. 새언니가 조용히 미소 지으며 말했어요.

"하지만 당신 눈은 아름다운 풍경을 백배 천배 더 많이 봐온 대신, 더러운 것도 백배 천배나 더 많이 본 눈이니까요."

"맞아요, 맞아요. 플러스보다도 마이너스가 훨씬 더 많아요. 그러니까 저렇게 누리끼리하고 탁하죠. 저 봐, 저 봐."

"건방진 소리 하지 마."

오빠는 토라져서 옆방으로 들어가서는 한참 동안 나오지 않았어요.

大宰治

東京だより
동경　소식

「동경 소식」

1944년 8월 『문학보국文學報國』에 발표되었다.
　전쟁이라는 현실 속에서 다자이가 발견한 '아름다움'이란 무엇일
까?

지금 도쿄는 일하는 소녀들로 가득합니다. 아침저녁으로 공장을 다니는 소녀들은 이 열 종대로 줄지어 산업전사의 노래를 합창하면서 도쿄 거리를 행진합니다. 남자아이들과 거의 같은 복장입니다. 하지만 붉은 나막신 끈, 여자아이의 냄새가 남아 있는 것은 그것 하나뿐입니다. 어느 아이든 모두 같은 표정입니다. 대략의 나이조차도 종잡을 수가 없습니다. 인간은 모든 것을 나라에 바치고 나면, 얼굴에 나타나는 특징이나 그 나이에 어울리는 차림새마저 말끔히 잃어버리게 되는지도 모릅니다. 도쿄 거리를 행진할 때뿐만 아니라 그 여자아이들이 작업을 하는 모습, 혹은 다른 사무를 보고 있는 모습을 보면, 저마다의 특징은 한결 더 찾아볼 수 없고, 이른바 '개인 사정'이고 뭐고 모두 잊어버린 채 나라를 위해 부지런히 일하고 있다는 것을 잘 알 수 있습니다.

　얼마 전에 제 화가 친구가 징용되어 어느 공장에서 일하게 되었는데, 저는 최근에 그 화가에게 볼일이 있어서 세 번 정도 그 공장에 찾아갔습니다. 그 볼 일이란 이번에 출판될 예정인 저의 소설집 표지화를 그려달라는 것이었는데, 저는 사실 평소에 이 화가의 그림을 굉장히 우습게 여깁니다. 일전에도 이 화가는 제 소설집 표지화를 그리고 싶다는 얘기를 제게 몇 번이나 했지만, 저는, "너 같은 사람이 표지화를 그리면 안 그래도 안 좋은 내 책에 대한 평판이 더 나빠져서 전혀 안 팔릴 것 같으니까 싫어."라며 딱 잘라 거절해왔습니다. 실제로 그 사람의 그림은 엉터리였습니다. 하지만 '이번에 공장에 들어가게 되었으니 새로운 기분으로 소설집 표지화를 그리고 싶다'는 너무나 기특한 친구의 제의를 접하고, 저는 곧바로 그림을 그려달라고 하기 위해 그가 일하고 있는 공장에 갔습니다. '그림을 잘 못 그려도 상관없다. 내 소설집 평판이 나빠져도 상관없다. 그런 것은 아무래도 상관없다. 내가 쓴 변변찮은 소설집 표지화를 그린다는 것 하나만으로, 징용공徵用工으로 일하는 그가 더 힘을 내서 일할 수 있다면 더할 나위 없이 고마운 일이다.' 저는 그의 가련한 편지를 받고 그런 생각을 하며, 곧장 그가 일하는 공장에 찾아갔습니다. 그는 무척 기뻐하며 저를 맞아주었고, 다양한 표지화 구상을 제게 들려주었습니다. 구상은 전부 다 별로였습니다. 너무 진부하고 달콤해 빠진 것들이라 어이가 없었지만, 이런 상황에서 그림이 좋고 나쁘고는 문제가 되지 않습니다. 저의 이번 소설집은 그의 그림 때문에 망할지도 모르지만, 그런 것들은 다 어찌 되든 상관없는 것입니다. 남자는 돈이나 명예가 아니라 의욕을 보고 판단해야 한다는 말도 있잖습니까? 그는 제게 시답지 않은 구상에 대해 열정적으로 이야기했고, 잠시 뒤 그 얘기보다도 더욱 시답잖은 밑그림을 보여주었습니다. 그는 그 일로 종종 저를 불렀기에, 저는 그의 공장에 가야만 했습니다.

공장 문 앞에서 그의 엽서를 수위에게 보여주고 사무소에 들어가면, 열 명쯤 되는 여자아이들이 조용히 사무를 보고 있습니다. 그 여자아이들 중 한 명에게 제가 왔다는 것을 알리면, 여자아이는 그의 숙직실에 전화를 걸어줍니다. 그는 공장 안에 있는 방에 살고 있는데 그의 휴식 시간은 그가 보내주는 엽서를 통해 정확히 알고 있으니, 저는 그의 휴식 시간에 맞추어 찾아가는 것입니다. 저는 그가 사무소로 올 때까지 사무소 구석에 놓인 작은 의자에 앉아 멍하니 그를 기다리는데, 실은 그렇게 멍하니 있는 것도 아닙니다. 저는 남몰래 눈앞에서 사무를 보고 있는 열 명쯤 되는 여자아이들을 관찰했습니다. 이젠 모두들 놀라울 정도로 저를 묵살합니다. 저도 어려서부터 여자아이한테 묵살 당하는 것에는 익숙해져 있으니 딱히 놀랍지도 않지만, 그 묵살에는 거만한 느낌이 조금도 없었고, 저마다 다른 마음의 표정도 읽히지 않고, 하나같이 고개를 숙이고 열심히 사무를 보고 있을 뿐이었습니다. 손님이 오가는데도 그 조용한 분위기에는 전혀 흔들림이 없었고, 그저 주판 소리와 장부를 넘기는 소리만이 상쾌하게 들려오는 것이, 무척 기분 좋은 풍경이었습니다. 어느 아이의 얼굴에도 이렇다 할 인상이 없고, 날개 빛깔이 똑같은 나비들이 꽃가지 위에 조용히 줄지어 앉아 있는 듯한 느낌이었습니다. 하지만 어째서인지, 잊을 수 없는 인상을 지닌 아이가 한 명 있었습니다. 일하는 소녀들 중에 이런 인상을 지닌 사람은 실로 드뭅니다. 일하는 소녀들에게는 저마다의 특징 같은 것이 조금도 없다고 앞에서도 말씀드렸지만, 그 공장 사무소에는 다른 소녀들과는 정말 전혀 다른 느낌이 나는 사람이 한 명 있었습니다. 얼굴도 딱히 특별할 게 없습니다. 약간 길고, 거무스름한 얼굴입니다. 복장도 특별할 게 없습니다. 다른 모두와 같은 검은 사무복입니다. 머리 스타일도 특별할 게 없습니다. 그 어떤 점도 특별할 게 없습니다. 그런데 그 사람은, 이를테면 검은 호랑나비들 사이에 녹색 나비가 섞여 있는 것처럼, 다른 사람들과는 달리 아름다움이 돋보였습니다. 그렇습니다. 아름답습니다. 무슨 화장을 한 것도 아닙니다. 하지만 그 한 명이 유달리 아름답습니다. 제겐 그것이 너무도 이상하게 여겨졌습니다. 고백하자면, 저는 사무소에서 그 화가를 기다리는 사이에 그 오묘한 소녀의 얼굴만을 바라보고 있었습니다. 저는 조상의 피가 특별하다는 그럴싸한 단정을 내리고는 번잡한 제 마음을 가라앉혔습니다. '그녀의 아버지나 어머니에게는 옛날부터 몇 대나 이어지는 고귀한 피가 흐르고 있어서, 그 때문에 아무런 특징이 없는 그 사람의 모습에서도 이렇게 이상한 향기가 나는 것이다. 인간에게 조상의 피는 실로 중대한 것이다.' 하고 생각하면서 한숨을 내쉬며 홀로 흥분하고 있었는데, 그것은 제가 잘못 짚은 것이었습니다. 저의 지레짐작은 완전히 빗나갔습니다. 그 사람이 지닌, 남다르고 오묘한 아름다움은 더욱 엄숙하고 숭고하다고 할 수 있는 절박한 현실 속에 있었던 것입니다. 어느 날 저녁, 제가 세 번째 공장방문을 마치고 공장 정문에서 나오는데, 문득 뒤에서 소녀들의 합창 소리가 나서 뒤를 돌아보았습니다. 그러자 그날 작업을 마친 소녀들이 이 열 종대로 서서 큰 소리로 산업전사의 노래를 합창하면서 공장 안뜰에서 밖으로 나가고 있었습니다. 저는 멈춰 서서 그들의 활기찬 모습을 지켜보았습니다. 잠시 후 저는 깜짝 놀랐습니다. 그 사무소의 소녀가 일행으로부터 홀로 뒤처져서 목발을 짚고 걸어오고 있었습니다. 그걸 보며 저는 눈시울이 뜨거워졌습니다. 그토록 아름다운 그 소녀는, 태어났을 때부터 다리가 안 좋은 모양이었습니다. 오른쪽 발목이, 아니, 차마 말을 못 하겠습니다. 소녀는 목발을 짚고서 묵묵히 제 앞을 지나갔습니다.

津軽

쓰가루

太宰治

「쓰가루」

1944년 11월 오야마서점^{小山書店}에서 간행된 『신^新풍토기 장서 7』에 수록되었다.

집필 의뢰를 받은 다자이는 1944년 5월 12일 미타카의 자택에서 자신의 고향 쓰가루로 여행을 떠났다. 여행 직전에 스승 이부세 마스지를 찾아가 『쓰가루』를 쓰게 된 사실을 전하며 어떤 식으로 쓰면 좋을지를 상담했다고 한다. 이부세는 '나라면 객관적인 서술은 피하고 주관적인 독백체로 쓰겠다'고 했는데, 작품을 보면 그가 이부세의 조언을 그대로 받아들였음을 알 수 있다. 작품 자체만 놓고 보면 다자이의 자전적 기행문으로 보이지만, 실은 사실과 다르게 각색된 부분이 많으므로 어디까지나 '소설'이라는 점을 염두에 두고 읽을 필요가 있다. (자세한 설명은 해설 참고.)

쓰가루의 눈

가루눈
가랑눈
함박눈
진눈깨비
싸락눈
설탕눈
얼음눈

―『도오연감東奧年鑑』[1]에서

서편 序編

　어느 해 봄, 나는 태어나서 처음으로 혼슈[2] 북단에 있는 쓰가루반도를 약 3주에 걸쳐 일주했는데, 그것은 삼십여 년에 걸친 나의 인생에서 상당히 중요한 사건 중 하나였다. 나는 쓰가루에서 태어나 이십 년간 여기에 살면서 가나기, 고쇼가와라, 아오모리, 히로사키, 아사무시, 오와니에만 가본 적이 있을 뿐, 다른 마을들에 대해서는 전혀 아는 바가 없었다.

　가나기는 내가 태어난 동네다. 쓰가루 평야의 한가운데쯤에 위치해 있으며 인구 오륙천의 이렇다 할 특징도 없는 마을이지만, 어딘가 도시처럼 어깨에 약간 힘을 준 느낌이 있는 마을이다. 좋게 말하면 물처럼 담백하고, 나쁘게 말하면 얄팍한 허풍쟁이 같은 마을이라고 할 수 있을 것 같다. 그리고 30리[3] 정도 남쪽으로 내려가면 이와키강 바로 옆에 고쇼가와라라는 마을이 있다. 이곳은 이 지방 산물의 집산지로, 인구도 만 명 이상 된다고 한다. 아오모리, 히로사키, 이 두 도시를 제외하면 인구가 만 명 이상인 마을은 이 근처에 없다. 좋게 말하면 활기가 넘치는 마을이고, 나쁘게 말하면 시끄러운 마을이다. 시골 같은 분위기는 찾아볼 수 없지만 도회지 특유의 고독한 전율이 이렇게나 작은 마을에도 이미 희미하게 숨어든 모양이다. 너무 과장된 비유라 내 생각에도 이런 말은 좀 심한가 싶지만, 가령 도쿄에 빗대어 말하자면, 가나기는 고이시카와이고, 고쇼가와라는 아사쿠사 같다고나 할까? 여기에는 우리 이모[4]가 살고 있다. 어린 시절, 나는 나를 낳아준 어머니보다도 이 이모를 더 많이 따랐기 때문에 고쇼가와라에 있는 이모 댁에는 정말 자주 놀러갔었다. 내가 중학교에 들어갈 때까지는 고쇼가와라와 가나기, 두 마을 말고는 쓰가루의 다른 마을에 대해서 거의 아무것도 몰랐다고 할 수 있다. 아오모리중학교에 입학시험을 보러 갔을 때, 그것은 겨우 서너 시간에 걸친 여행이었지만 내게는 너무나 긴 여행으로 느껴졌다. 그때의 흥분을 약간 각색하여 소설[5]로 쓴 적도 있었다. 그 소설은 있는 그대로의 사실만을 쓴 것은 아니었고 슬픈 어릿광대의 허구로 넘쳐나는 것이었지만, 어쨌든 나의 느낌은 대체로 그 소설에 쓴 것과 비슷했다. 다시 말해,

'누구 하나 알아주는 사람도 없는 소년의 이런 쓸쓸한 멋 부리기는 해가 갈수록 더욱 다양해졌습니다. 마을의 소학교를 졸업한 뒤, 소년은 마차를 타고 나가 다시 기차를 타고 백 리 정도 떨어진, 현청 소재지인 작은 도시에 중학교 입학시험을 치러 갔는데, 그때 소년의 복장은, 애처롭고도 기묘한 것이었습니다. 하얀 플란넬 셔츠는 소년이 상당히 좋아하는 것이었던 모양인데, 그때도 역시 그것을 입고 있었습니다.

4_ 다자이의 어머니인 다네의 여동생 기에. 다자이의 숙부와 결혼해서 숙모이기도 하다.
5_ 1939년 11월에 발표된 「멋쟁이 어린이」. 전집 3권(도서출판 b)에 수록되어 있다.

게다가 이번에 입은 셔츠에는 나비 날개처럼 커다란 깃이 달려 있었는데, 마치 여름 셔츠의 깃을 양복 상의의 옷깃 바깥으로 내어 입는 것처럼, 기모노의 깃 바깥으로 내어놓아서 기모노 깃 위를 덮고 있었습니다. 어쩐지, 턱받이처럼 보이기도 했습니다. 하지만 소년은 가엾게도 긴장감에 휩싸여, 자신의 복장이 완벽한 귀공자의 차림새로 보일 거라고 생각하고 있었습니다. 구루메가스리[6] 재질에 흰 줄무늬가 있는 짧은 하카마를 입고, 긴 양말에 반짝반짝 광이 나는 목이 긴 검은 구두. 그리고 망토. 아버지는 이미 돌아가셨고 어머니는 병으로 누워계셨던지라, 소년의 복장은 모두 상냥한 형수님이 챙겨준 것이었습니다. 소년은 형수에게 영리하게 응석을 부리며 셔츠 깃을 크게 만들어달라고 졸랐는데, 형수가 그것을 비웃자 진심으로 화가 났고 소년의 미학美學을 이해할 수 있는 사람이 아무도 없다는 사실이 눈물이 날 정도로 분했습니다. '산뜻함, 우아함.' 이것이 소년이 지닌 미학의 전부였습니다. 아니, 사는 것, 인생의 모든 목적이 오로지 그것뿐이었습니다. 망토는 일부러 단추를 채우지 않은 채 작은 어깨에서 당장이라도 떨어질 듯 위태롭게 걸치고는, 그것을 맵시 있는 옷차림이라 믿었습니다. 그런 것을 어디에서 배웠을까요? 멋 부리기 본능이라는 것은 어쩌면 본보기가 없더라도 스스로 터득해나가는 것인지도 모릅니다. 거의 난생처음으로 도시다운 도시에 발을 들이는 것이었으니, 소년으로서는 일생일대의 공들인 차림새였습니다. 너무 흥분한 나머지 혼슈 북단의 작은 소도시에 도착한 순간, 소년은 말투까지 싹 변해버렸을 정도였습니다. 전부터 소년잡지를 통해 익혀온 도쿄 말을 썼습니다. 하지만 숙소에 도착해서 그 숙소의 하녀들이 하는

6_ 후쿠오카현 구루메 지방에서 나는 무명 옷감.

말을 들어보니 그곳에서도 소년이 태어난 마을에서 쓰는 것과 정말 똑같은 쓰가루 사투리를 썼기에, 소년은 조금 맥이 풀렸습니다. 소년의 고향과 이 소도시와는 백 리도 떨어져 있지 않았습니다.'

이 해안의 소도시는 아오모리시이다. 쓰가루에서 제일가는 항구로 만들기 위해 소토가하마 번주藩主가 그 경영에 착수한 것은 간에이 원년 1624년이다. 대략 320년 정도 전에 있었던 일이다. 당시에 이미 세대 수가 천 가구 정도였다고 한다. 그리고 오우미, 에치젠, 에치고, 가가, 노토, 와카사 등의 도시들을 오가는 배가 많아지면서 도시가 번영했고, 소토가하마에서 가장 크고 중요한 항구가 되었다. 메이지 4년1871년 폐번치현[7]에 의해 아오모리현이 탄생함과 동시에 현청 소재지가 되었으며, 지금은 혼슈의 북문을 지키고 홋카이도 하코다테를 오가는 철도 연락선이 생기기도 했으니 이곳을 모르는 사람은 없을 것이다. 현재 세대수는 2만 이상이며 인구는 10만을 넘지만, 여행자 눈에는 그다지 인상이 좋은 마을은 아닌 것 같다. 종종 있었던 큰 화재로 인해 집 모양새가 허름해진 것은 어쩔 수 없는 일이라 해도, 여행자들은 시市의 중심부가 어디인지, 전혀 종잡을 수가 없다. 묘하게 거무데데하고 무표정한 집들이 늘어서 있고, 여행자들의 눈길을 끄는 것은 아무것도 없는 것 같다. 여행자들은 마음을 가라앉히지 못하고 허둥지둥 이 마을을 빠져나간다. 하지만 나는 이 아오모리시에 사 년간 있었다. 그리고 그 사 년은 내 생애에서 무척 중대한 시기이기도 했던 것 같다. 그 무렵의 내 생활에 대해서는, 「추억」[8]이라는 나의 초기 소설에 상당히

7_ 이전까지 지방 통치를 담당했던 번藩을 폐지하고 부府와 현縣을 설치하여 지방통치기관을 중앙정부가 통제하게 된 행정개혁.
8_ 전집 1권 수록 작품.

자세히 나와 있다.

'좋은 성적은 아니었지만, 나는 그해 봄 중학교 입시에 합격했다. 나는 새 하카마에 검은 양말, 목이 긴 구두를 신고, 늘 입던 모직 대신 사라사 망토를 멋쟁이답게, 단추도 안 채운 채 걸쳐 입고서 바닷가에 있는 그 소도시로 갔다. 나는 우리 집과 먼 친척뻘 되는 그 마을의 포목점에서 여장을 풀었다. 입구에 낡고 찢어진 포렴이 걸린 그 집이, 내가 계속 신세를 지게 될 곳이었다.

나는 무슨 일에든 쉽게 우쭐해지는 성격인데, 입학 당시에는 목욕탕에 갈 때도 학교 모자를 쓰고 하카마를 입었다. 그런 내 모습이 길가의 유리창에 비칠라치면, 나는 웃으면서 내 모습을 향해 가벼운 인사를 건네곤 했다.

하지만 학교는 전혀 재미가 없었다. 학교 건물은 마을 어귀에 있었는데 흰 페인트로 칠해져 있었고, 바로 뒤에는 해협에 면해 있는 너른 공원이 있어서, 파도 소리와 솔바람 소리가 수업 중에도 들려왔다. 복도도 넓고 교실 천장도 높아서, 나는 그 모든 것들이 좋았지만, 그곳에 있던 선생님들은 나를 몹시 구박했다.

나는 입학식 날부터 어떤 체육 선생님에게 맞았다. 내가 건방지다는 이유였다. 이 선생님은 입학시험 때 내 면접관이었던 사람으로, "아버지가 돌아가셔서 공부도 제대로 못 했겠군."이라며 내게 애정 어린 말을 해줘서 나도 고개를 숙였었는데, 바로 그 선생님이었던 까닭에 나는 한층 더 큰 상처를 받았다. 그 이후에도 나는 여러 선생님들에게 맞았다. 히죽거리며 웃는다거나 하품을 했다는 등, 다양한 이유로 벌을 받았다. 교무실에서도 수업 중에 하품을 크게 하기로 소문이 자자하다는 말도 들었다. 나는 그런 시시한 이야기가 오가는 교무실을 이상한 곳이라 여겼다.

　어느 날, 나와 같은 마을에서 온 학생 하나가 교정에 있는 모래언덕 뒤편으로 나를 불러내서는, 네 태도는 정말 건방져 보이고 그렇게 두들겨 맞기만 하다가는 낙제할 거라며 충고했다. 나는 소스라치게 놀랐다. 그날 방과 후, 나는 홀로 해안을 따라 서둘러 집으로 돌아갔다. 구두 밑창을 파도에 적셔가며, 한숨을 내쉬며 걸었다. 양복 소매로 이마의 땀을 훔쳐내고 있는데 깜짝 놀랄 정도로 커다란 쥐색 돛이 흔들거리며 바로 눈앞을 지나갔다.'

　이 중학교는 지금도 옛날과 다름없이 아오모리시의 동쪽 끝에 있다. 너른 공원이란 갓포 공원을 말한다. 그리고 이 공원은 거의 중학교 안뜰이라고 해도 좋을 만큼 중학교와 붙어 있다. 나는 겨울에 눈보라가 휘날릴 때 빼고, 등하굣길에는 항상 이 공원을 거쳐 해안을 따라 걸었다. 말하자면 뒷길이었다. 학생들은 거의 없었다. 내겐 이 뒷길이 상쾌하게 느껴졌다. 초여름 아침에는 특히 더 좋았다. 그리고 또 내가 신세를 진 포목점이란, 데라마치에 있는 도요타 씨 집을 말한다. 20대代 정도 이어져 온 아오모리시 굴지의 전통 있는 상점이다. 이곳 주인아저씨는 작년에 돌아가셨는데, 이 아저씨는 나를 친자식 이상으로 귀여워해 주셨다. 최근 이삼 년 동안 나는 아오모리시에 두세 번 갔는데, 그때마다 이 아저씨의 묘에 성묘를 갔고 그럴 때면 언제나 도요타 씨 집에 묵었다.

　'내가 3학년이 되던 해 어느 봄날 아침, 나는 등굣길에 주홍빛 다리 위 둥근 난간에 몸을 기대고 한동안 멍하니 서 있었다. 다리 밑에는 스미다강9을 닮은 너른 강이 유유히 흐르고 있었다. 나는 그때까지

. .
9_ 도쿄 동부에 있는 도쿄의 대표적인 강.

살면서 완전히 넋을 놓고 멍하니 있었던 적이 한 번도 없었다. 뒤에서 누군가가 나를 보고 있는 것 같은 기분이 들어서, 나는 언제나 내 태도를 억지스레 꾸며냈다. 나의 작은 동작 하나하나에도, '그는 어찌할 바를 몰라 손바닥을 바라보았다'는 둥, '그는 귀 뒤편을 긁으며 중얼거렸다'는 둥, 남들은 일일이 설명을 붙였기 때문에, 내게는 문득, 혹은 나도 모르게 하는 동작이란 있을 수 없는 것이었다. 다리 위에서 정신이 들자, 쓸쓸함에 가슴이 울렁였다. 그런 기분이 들 때면 나는 내가 살아온 날들과 살아갈 날들을 생각했다. 달각달각 소리를 내며 다리를 건너면서, 여러 가지 생각들을 떠올리며 다시 몽상에 빠졌다. 그러다가 끝내 한숨을 내쉬며 이런 생각을 했다. 훌륭한 사람이 될 수 있을까?

(중략)

무슨 일이 있어도 남들보다 뛰어나지 않으면 안 된다는 강박관념 때문에 그런 말을 한 거겠지만, 나는 정말로 열심히 공부했다. 3학년이 되고부터는 언제나 반에서 1등이었다. 점수 벌레라는 말을 듣지 않고 1등을 하기란 쉬운 일이 아니었지만, 나는 그런 조롱을 듣지 않았을 뿐만 아니라 반 친구들을 다루는 요령까지 꿰뚫고 있었다. 문어라는 별명을 가진 유도부 주장도 내게는 고분고분했다. 교실 구석에 쓰레기통으로 쓰는 커다란 항아리가 있었는데, 내가 가끔 그것을 가리키며 문어에게 들어가라고 하면, 문어는 그 항아리에 머리를 집어넣고 웃었다. 웃음소리가 항아리에 울려 퍼져서 이상한 소리가 났다. 우리 반 미소년들도 대부분 나를 따랐다. 내가 얼굴에 난 여드름에 삼각형이나 육각형, 혹은 꽃 모양으로 자른 반창고를 여기저기 붙이고 다녀도, 아무도 비웃지 않았을 정도였다.

나는 이 여드름 때문에 속깨나 썩었다. 그 무렵에는 점점 더 수가 늘어나서 매일 아침 눈을 뜰 때마다 손바닥으로 얼굴을 어루만지며 여드름 수를 확인했다. 이런저런 약을 사 발라봤지만 하나도 듣지 않았다. 나는 약국에 여드름 약을 사러 갈 때면 쪽지에 약 이름을 써서 이런 약이 있냐며, 마치 남의 심부름을 온 것처럼 말해야만 했다. 나는 그 여드름을 욕정의 상징이라고 생각했기 때문에 눈앞이 캄캄해질 정도로 부끄러웠다. 차라리 죽어버릴까 생각한 적도 있었다. 내 얼굴에 대한 가족들의 악평도 절정에 달했다. 시집간 큰누나는, 오사무에게 시집올 여자는 아무도 없을 거라는 말까지 했다고 한다. 나는 부지런히 약을 발랐다.

동생도 내 여드름을 걱정하며 나 대신 몇 번이나 약을 사러 가주었다. 동생과는 어린 시절부터 사이가 나빠서, 동생이 중학교 입시를 봤을 때도 나는 동생이 시험에 떨어지기를 바랐을 정도였지만, 이렇게 둘이서 고향을 떠나 살다 보니 나도 점점 동생의 좋은 점을 알게 되었다. 동생은 자라면서 말 없고 내성적인 아이가 되어 갔다. 우리 동인지에도 가끔 짧은 글을 실었지만, 모든 문장에 힘이 없고 흐늘흐늘했다. 나에 비해 학교 성적이 좋지 못한 것을 줄곧 괴로워하고 있었기에, 내가 위로라도 할라치면 도리어 언짢아했다. 또한 자기 머리 선이 후지산 모양이어서 여자 같다며 짜증을 냈다. 이마가 좁아서 머리도 나쁜 것이라 굳게 믿고 있었던 것이다. 나는 동생에게만은 모든 것을 허용했다. 나는 그 무렵 모든 것을 감추든가 모든 것을 드러내든가, 이 둘 중 하나의 태도로 다른 사람을 대했다. 우리는 무엇이든 다 터놓고 이야기했다.

달도 뜨지 않은 어느 초가을 밤, 우리는 항구에 있는 부두로 나가서 해협에서 불어오는 시원한 바람을 맞으며 붉은 실에 대한 이야기를 나눴다. 그것은 언젠가 학교 국어 선생님이 수업 중에 학생들에게 들려준 적이 있는 이야기였는데, 우리 오른쪽 새끼발가락에는 보이지 않는 붉은 실이 매여 있어서, 그것을 술술 풀어나가다 보면 다른 한쪽 끝은 반드시 어떤 여자아이의 오른쪽 새끼발가락에 매여 있다. 둘이 아무리 멀리 있어도 그 실은 끊어지지 않고, 아무리 가까이 있어도, 가령 길에서 만난다고 해도, 그 실은 엉키는 법이 없다. 그리고 우리는 그 여자아이를 신부로 맞이하게 되어 있다. 나는 이 이야기를 처음 들었을 때 몹시 흥분해서는, 집에 돌아가자마자 동생에게 들려주었을 정도였다. 우리는 그날 밤에도 파도 소리와 갈매기 소리에 귀 기울이며 그 이야기를 했다. 네 와이프는 지금쯤 어디서 무얼 하고 있을까? 하고 동생에게 묻자, 동생은 부두 난간을 두세 번 흔들어대더니 정원을 걷고 있다고 겸연쩍은 듯 말했다. 커다란 정원용 나막신을 신고, 부채를 들고서 달맞이꽃을 들여다보는 소녀는, 동생에게 너무나 잘 어울린다는 생각이 들었다. 내 이야기를 할 차례였지만 나는 새까만 바다를 바라보며, 빨간 허리띠를 맨, 이라는 말만 하고 입을 다물었다. 해협을 건너오는 연락선이 거대한 여관처럼, 방마다 노란 등불을 밝힌 채 흔들흔들 수평선 위로 떠 올랐다.'

이 동생은 그로부터 이삼 년 후에 죽었는데, 그 당시 우리는 이 부두에 가는 것을 좋아했다. 눈이 내리는 겨울밤에도, 동생과 나는 둘이서 우산을 쓰고 이 부두에 갔다. 항구의 깊은 바다에 고요히 눈이 내리는 풍경은 너무나 멋있다. 최근에는 아오모리 항으로 모여드는 배가 너무 많아서, 이 부두도 배들에 묻혀 풍경이랄 게 없다. 그리고 스미다강을 닮은 너른 강이라는 것은 아오모리시 동부를 흐르는 쓰쓰미가와강을 말한다. 아오모리만 방향으로 흘러드는 강이다. 강이란 바다로 흘러들기 직전 어느 한 지점에서 기묘하게 주춤하며 역류하듯 흐름이 느려지기 마련이다. 나는 넋을 놓고 물이 더디게 흘러가는 모습을 바라보았다. 약간 아니꼬운 비유를 하자면, 내 청춘도 강에서 바다로 흘러들기 직전이었으리라. 아오모리에서 보낸 사 년의 시간은 그 때문에, 내겐 잊을 수 없는 시기였다고 할 수도 있을 것이다. 아오모리에 대한 추억은 대강 그 정도인데, 이 아오모리시에서 30리 정도 동쪽으로 간 곳에 있는 아사무시라는 해안가 온천도 내겐 잊을 수 없는 곳이다. 마찬가지로 「추억」이라는 소설 중에 다음과 같은 구절이 있다.

'가을이 되어 나는 동생을 데리고 그 도시에서 기차로 삼십 분에 갈 수 있는 해안의 온천지에 갔다. 그곳에는 나의 어머니와 큰 병치레를 한 막내 누나가 집을 빌려 요양을 하고 있었다. 나는 쭉 그곳에 머물며 입시공부를 했다. 수재라는, 옴짝달싹할 수 없는 명예를 지키기 위해 어떻게 해서든 중학교 4학년을 마치고 고등학교에 들어가야만 했다. 학교에 대한 염증은 그 무렵 더욱 심해졌지만, 그래도 나는 무언가에 쫓기듯 공부에만 정신을 쏟았다. 나는 그곳에서 기차를 타고 학교에 다녔다. 일요일마다 친구들이 놀러 왔다. 나는 친구들과 항상 소풍을 갔다. 바닷가에 있는 널따란 바위 위에서 고기전골을 만들고 포도주를 마셨다. 동생은 목소리도 좋고 새로 나온 노래도 많이 알고 있어서, 우리는 동생에게 노래를 배우며 함께 불렀다. 놀다 지치면 그 바위 위에서 잤다. 자다 깨면 밀물이 들어와서 육지에 이어져 있던 바위가 어느새 외딴 섬이 되어 있었고, 우리는 여전히 꿈속을 헤매는 듯한 기분이었다.'

"드디어 청춘이 바다로 흘러들었구먼!" 하고 농담을 던져주고 싶은 시점이라고나 할까? 이 아사무시의 바닷가는 깨끗해서 나쁘지는 않지만 여관은 꼭 좋다고는 할 수 없다. 황량한 동북 지방 어촌의 정취는 당연한 것이라 나무랄 것은 못 되지만, 우물 안 개구리가 큰 바다를 모르는 듯한 소소하고 묘한 거만함에 질린 사람은 나뿐일까? 내 고향에 있는 온천이니까 큰맘 먹고 험담을 하자면, 아사무시는 시골이면서도 어딘가 세상사에 닳아빠진 듯한 묘한 불안감이 느껴지는 곳이다. 내가 최근에 이곳 온천지에 머문 적이 없어 숙박비를 모르지만, 황당할 정도로 비싸지 않다면 다행스러운 일이다. 이것은 분명 좀 지나친 얘기일 것이다. 최근에는 여기에 머문 적도 없고, 기차 창문으로 이 온천마을의 집들을 그냥 내다본 것이 전부인 가난한 예술가의 보잘것없는 감으로 하는 얘기라 달리 아무런 근거도 없으니, 나의 이러한 직관을 독자에게 강요하고 싶지는 않다. 오히려 독자는 나의 직감 따위를 믿지 않는 편이 좋을지도 모른다. 아사무시도 지금은 조용한 요양지로 새로이 출발했을 것이라 믿는다. 그냥, 아오모리시에서 온 혈기 왕성한 멋쟁이 손님들이 한때 그 황량한 온천지에 기괴한 거만함을 심어줘서, 그 허름한 여관 주인들이 아타미, 유가와라에 있는 여관들도 여기와 별다를 게 없을 거라는 식의 어리석은 환상에 취하게 된 게 아닌가 하는 의혹이, 문득 뇌리를 스친다. 사실 이 이야기는 비뚤어진 성격의 가난한 작가 여행자가 최근에 기차를 타고 이 추억의 온천마을을 몇 번 지나갔지만 일부러 내리지 않았다는 이야기일 뿐이다.

쓰가루에서는 아사무시 온천이 가장 유명하고, 그다음으로 유명한 곳은 오와니 온천일지도 모른다. 오와니는 쓰가루의 남단 가까이에 위치하며 아키타현과의 경계와 접해 있는데, 온천보다도 스키장으로 일본 전국에 널리 알려진 것 같다. 산기슭에 있는 온천이다. 여기에는 쓰가루번[番] 역사의 향기가 희미하게 남아 있었다. 우리 부모님이 병 치료를 위해 이따금 이 온천지에 갔기 때문에 나도 어렸을 때 놀러간

적이 있는데, 아사무시처럼 기억이 또렷하지는 않다. 아사무시에서의
숱한 기억들은 선명하지만 그 모든 추억들이 반드시 유쾌한 것이었다고
는 할 수 없는데, 그에 비해 오와니에서의 추억은 흐릿하기는 해도
그립다. 바다와 산의 차이일까? 오와니 온천에 가본 지가 벌써 이십
년이 지났는데, 지금 가본다면 그곳 역시 아사무시처럼 도회지의 찌꺼기
에 취해서 황폐해졌다는 느낌이 들까? 나는 그래도 희망을 버리고
싶지는 않다. 여기는 아사무시에 비해 도쿄를 오가는 교통편이 많지는
않다. 그나마 다행스러운 일이다. 또한 이 온천 근처에는 이카리가세키
라는 곳이 있는데, 그곳은 에도시대 쓰가루와 아키타 사이에 있었던
관문이다. 따라서 이 주변에는 사적도 많고, 옛 쓰가루 사람의 생활이
뿌리 깊게 남아 있는지라 그렇게 쉽사리 도회지의 바람에 휩쓸리지는
않을 것이라 생각된다. 또한 마지막 보루는, 여기에서 북쪽으로 30리
떨어진 곳에 있는 히로사키 성이다. 여기에는 지금도 옛 모습 그대로의
천수각[10]이 남아 있어, 따스한 봄날에는 벚꽃에 둘러싸여 건재함을
뽐내고 있다. 나는 이 히로사키성이 버티고 있는 한, 오와니 온천이
도회지의 찌꺼기에 취해 비틀거리는 일은 없을 것이라 믿고 싶다.

　히로사키성. 이곳은 쓰가루번 역사의 중심이다. 쓰가루번의 시조인
오우라 다메노부는 세키가하라 전투[11] 때 도쿠가와 편에 가담하여 게이초
8년[1603년], 도쿠가와 이에야스가 쇼군이 됨과 동시에 도쿠가와 막부의
4만 7천 제후 가운데 한 명이 되어 그 즉시 히로사키 다카오카에 성을
만들기 시작했고, 2대 번주藩主인 쓰가루 노부히라 때 마침내 완성된
것이, 바로 이 히로사키성이라고 한다. 그 후 번주들은 대대로 이 히로사

• •
10_ 天守閣. 성에서 가장 높은 곳에 있는 망루로 번주가 이곳에 거주했다.
11_ 1600년, 도요토미 히데요시가 죽은 뒤에 권력 다툼으로 일어났던 전투.

키성에 살았고 4대 번주 노부마사 대에 그의 일족이었던 노부후사를 구로이시로 분가시켜 히로사키와 구로이시라는 두 번이 쓰가루를 지배했다. 겐로쿠시대^{1688~1704} 7대 명군名君 중에서 최고라 칭송받던 노부마사의 선정善政으로 쓰가루는 더욱 발전했지만, 7대 노부야스 때 일어난 호레키와 덴메이 대기근[12]은 쓰가루 일대를 처참한 지옥으로 만들었다. 번의 재정도 극도로 궁핍해져 앞날이 암담했지만, 8대 노부아키라, 9대 야스치카는 필사적으로 번의 위세를 회복시키려 애썼고, 11대 유키쓰구 대에 이르러 위기에서 간신히 벗어났다. 이어서 12대 쓰구아키라 대에 번의 통치권을 중앙정부에 반환하여, 이때 현재의 아오모리현이 탄생하게 된 경위는 히로사키 성의 역사임과 동시에 쓰가루의 대략적인 역사이기도 하다. 쓰가루의 역사에 대해서는 나중에 다시 상세히 설명할 생각인데, 이제 히로사키에 대한 나의 옛 추억을 조금 쓴 뒤에 「쓰가루」 서편을 끝맺기로 하겠다.

나는 이곳 히로사키성 아랫마을에서 삼 년을 지냈다. 히로사키고등학교 문과에 삼 년간 다녔는데, 그 무렵 나는 기다유[13]에 빠져 있었다. 정말 심하게 빠져 있었다. 학교에서 집으로 돌아오는 길에는 기다유 여선생 집에 들러, 처음에는 <나팔꽃 일기>였나, 아무튼 지금은 뭐가 뭐였는지 죄다 잊어버렸지만, 당시에는 <노자키무라野崎村>, <쓰보사카壺坂>, <가미지紙治> 등을 얼추 다 외우고 있었다. 어째서 그런 분수에 맞지 않는 기괴한 일을 시작했을까? 내가 그 모든 책임을 이 히로사키시市에 돌리려는 것은 아니지만, 어느 정도의 책임은 히로사키시에 있다고 생각한다. 기다유가 이상하리만치 성행하는 곳이다. 마을 극장에서는

• •
12_ 호레키 대기근은 1755~1757년, 덴메이 대기근은 1782~1788년에 있었던 기근.
13_ 일본의 전통 예능인 조루리의 한 유파로, 샤미센 반주에 맞추어 이야기를 엮어나가는 것.

이따금 아마추어들의 기다유 발표회가 열린다. 나도 한 번 들으러 간 적이 있는데 동네 어르신들이 에도시대 무사의 예복을 제대로 차려입고, 진지한 얼굴로 기다유를 부른다. 다들 별반 잘하지는 못했지만 조금도 꾸밈없는, 무척 솔직한 말투로 굉장히 진지하게 부른다. 아오모리시에는 예부터 풍류를 즐기는 사람이 적었던 것 같지만 히로사키시에는 게이샤 들로부터 '오빠, 잘한다!'라는 말을 듣고 싶어서 속요 연습을 하거나, 자신이 풍류를 즐길 줄 안다는 것을 정치나 장사를 위한 무기로 삼는 빈틈없는 사람들이 많은 것인지, 하찮은 재주를 익히려 바보처럼 땀을 뻘뻘 흘리며 공부하는 가련한 어르신들이 많은 것 같다. 즉, 이 히로사키 시에는 아직도 진짜 바보들이 많이 남아 있는 모양이다. 『에이케이 군기永慶軍記』라는 옛날 책에도, '오우 지방[14]의 사람들의 마음은 어리석어 서 권세가들을 따르는 법을 모른다. 저 사람은 선조의 적이라거나, 저 사람은 천한 사람이라거나, 그저 운이 좋아서 위세를 떨치는 거라는 식으로 생각하며, 권세가들을 따르지 않는다.'라는 말이 있다고 하는데, 히로사키 사람들에게는 정말로 그와 같은 바보 근성이 있어서, 아무리 자신이 지더라도 강자에게 머리를 숙이는 법을 모르며, 자기의 자존심과 고고함을 고집하다가 세상의 조롱거리가 되는 경향이 있는 것 같다. 나 역시 여기에서 삼 년을 지낸 덕에, 심히 회고적인 사람이 되어 기다유 에 열중하기도 하고, 다음과 같이 낭만적인 성격을 드러내 보이는 남자가 되었다. 다음 문장은 내가 옛날에 쓴 소설[15]의 일부분인데, 이 역시 익살을 부리며 쓴 허구임은 틀림없지만 실제로도 대략 이런 분위기였다

14_ 옛날의 무쓰陸奧와 데와出羽 지방을 이르는 말로 현재의 아오모리, 이와테, 야마가타, 아키타, 미야기, 후쿠시마 지역에 해당된다.

15_ 전집 3권 수록 「멋쟁이 어린이」.

고, 쓴웃음을 지으며 털어놓을 수밖에 없다.

'찻집에서 포도주를 마시는 동안은 괜찮았지만, 얼마 안 가 태연스레 요정料亭에 들어가서 게이샤와 함께 밥을 먹는 재미를 알게 되었습니다. 소년은 그것을 별반 나쁜 일이라고 생각하지도 않았습니다. 세련되었으면서도 깡패 같은 행동이 가장 고상한 것이라고, 항상 믿고 있었습니다. 시가지에 있는 허름하고 조용한 요정에 두어 번 밥을 먹으러 다니는 사이에 소년의 멋쟁이 본능이 고개를 번쩍 들어서, 이번에는 정말이지 큰일이 벌어졌습니다. 그가 본 <메구미의 싸움>이라는 연극에 나오는 도비[16] 복장을 하고 요정 안쪽에 있는 정원에 면한 방에 양반다리를 하고 앉아, '오, 아가씨, 오늘따라 너무 예뻐 보이는데?' 같은 말을 하고 싶어서 설레는 마음으로 옷을 차려입기 시작했습니다. 감색 작업복. 그것은 바로 손에 넣을 수 있었습니다. 그 작업복 주머니에 고풍스러운 지갑을 넣고 이렇게 팔짱을 끼고 걸으면, 어엿한 깡패로 보입니다. 허리띠도 샀습니다. 매면 찌익 하는 소리가 나는 하카타 산産 허리띠입니다. 줄무늬 홑옷 한 벌을 옷가게에 주문해서 마련했습니다. 도비인지, 노름꾼인지, 장사치인지, 정체를 알 수 없는 복장이 되어버렸습니다. 통일성이 없었기 때문이지요. 어쨌든 연극에 나오는 사람의 인상을 풍기는 복장이기만 하다면 소년은 그것으로 족했습니다. 초여름 무렵이었는데, 소년은 맨발에 삼베 안감이 덧대어진 조리를 신었습니다. 거기까지는 괜찮았는데, 문득 소년에게 기묘한 생각이 떠올랐습니다. 모모히키[17]를 입어야겠다고 생각한 것입니다. 연극에 나오는 도비가 딱 달라붙

16_ <메구미의 싸움>은 1805년 3월에 소방대원과 스모 선수들 간에 난투가 벌어진 실제 사건을 소재로 한 교겐狂言이다. 도비는 건축, 토목 관련 일에 종사하는 사람을 가리키는데 에도시대에는 소방수를 겸했다.

는, 감색 무명 재질의 긴 모모히키를 입고 있었는데, 그것이 필요하다고 생각했습니다. 못난 녀석, 이라고 말하며 순식간에 옷자락을 걷어 올리고는 홱 하고 엉덩이를 까던 장면. 그때 감색 모모히키가 눈에 스밀 정도로 선명하게 보였습니다. 팬티 한 장으로는 부족했습니다. 소년은 그 모모히키를 사려고 시가지를 샅샅이 뒤지며 돌아다녔습니다. 하지만 그 어디에도 없었습니다. "저기, 왜, 미장이 같은 사람이 입고 있는 거 있잖아. 딱 붙는 감색 모모히키. 그런 거 없을까?" 하고 열심히 설명하며 옷가게, 다비 가게를 돌아다녔지만, 점원들은 "글쎄요, 그건 지금 없는데요." 하고 웃으며 고개를 저을 뿐이었습니다. 이미 제법 더운 시기였던지라, 소년은 땀범벅이 되어 그것을 찾아다니다가, 마침내 어느 가게 주인에게서 "그건 저희 가게에는 없지만 저 골목을 돌아가면 소방용품 전문점이 있으니까, 거기 가서 물어보신다면 있을지도 모릅니다."라는 얘기를 듣게 되었습니다. '아, 소방용품이라는 생각은 못 했군. 도비는 불을 끄는 사람이고, 지금으로 치면 소방관이지. 맞아, 그렇지.' 소년은 기운을 차리고 가게 주인이 가르쳐 준 뒷골목 안의 가게로 뛰어 들어갔습니다. 가게에는 크고 작은 소방펌프가 진열되어 있었습니다. 깃발도 있었지요. 어쩐지 불안했지만 용기를 내어, "모모히키 있습니까?" 하고 묻자, 가게 주인이 곧바로 "있습니다." 하고 대답하며 들고나온 것은, 분명 감색 모모히키이긴 했지만, 모모히키 양쪽에는 소방관임을 뜻하는 두꺼운 빨간 선이 옆으로 쭉 그어져 있었습니다. 차마 그것을 입고 다닐 용기는 없었기에, 소년은 슬프게도 모모히키를 포기할 수밖에 없었습니다.'

17_ 타이츠와 비슷한 바지 모양의 남성용 의복.

제아무리 바보의 본고장이라 한들, 이 정도로 바보인 사람은 별로 없었을 것이다. 옮겨 적으면서 나는 약간 우울해졌다. 게이샤들과 함께 밥을 먹었던 요정이 있었던 이 유흥가가, 에노키 골목이었던가? 어쨌든 이십 년 가까이 된 옛일이니까 가물가물해져서 확실치는 않지만, 오미야 오카 언덕 아래 있는 에노키 골목이라는 곳으로 기억한다. 또한 감색 모모히키를 사기 위해 땀범벅이 되어 돌아다닌 곳은 도테마치라는, 시가지에서는 가장 번화한 상점가다. 그와 맞먹는 아오모리의 유흥가 이름은 하마마치이다. 그 이름에는 개성이 없는 것 같다. 히로사키의 도테마치와 같은 아오모리의 상점가는 오마치라고 불린다. 이것도 마찬 가지로 개성 없는 이름이다. 내친김에 히로사키의 마을 이름과 아오모리 의 마을 이름을 아래에 열거해보기로 하겠다. 이 두 소도시가 지닌 성격의 차이가 의외로 분명해질지도 모른다. 혼초本町, 자이후마치在府町, 도테마치土手町, 스미요시초住吉町, 오케야마치桶屋町, 도야마치銅屋町, 차바타 케초茶畑町, 다이칸초代官町, 가야초萱町, 햣코쿠마치百石町, 가미사야시마치上 鞘師町, 시모사야시마치下鞘師町, 뎃포마치鉄砲町, 와카도초若党町, 고비토초小人 町, 다카조마치鷹匠町, 고짓코쿠마치五十石町, 곤야마치紺屋町 등이 히로사키시 의 동네 이름이다. 그에 비해 아오모리시의 동네 이름은 다음과 같다. 하마마치浜町, 신하마마치新浜町, 오마치大町, 고메마치米町, 신마치新町, 야나 기마치柳町, 데라마치寺町, 쓰쓰미마치堤町, 시오마치塩町, 시지미가이마치蜆 貝町, 신시지미가이마치新蜆貝町, 우라마치浦町, 나미우치浪打, 사카에마치栄町.

하지만 히로사키시가 더 좋은 곳이고 아오모리시가 그보다 안 좋다는 것은 결코 아니다. 다카조마치, 곤야마치 같은 고풍스러운 이름은 히로 사키시에만 있는 게 아니며, 일본 전국의 성 아랫마을에는 반드시 그런 이름의 동네가 있다. 그래도 히로사키시의 이와키산은 아오모리시의 핫코다산보다 수려하다. 하지만 쓰가루 출신의 소설의 대가, 가사이 젠조[18] 씨는 고향 후배들에게 이렇게 말한다. "자만에 **빠져서는** 안 돼. 이와키산이 멋져 보이는 것은 이와키산 주위에 높은 산이 없기 때문이야. 다른 지방에 가 봐. 저 정도 산은 흔해 **빠졌지**. 주위에 높은 산이 없으니까 저렇게 좋아 보이는 거야. 자만하지 마."

유서 깊은 성 아랫마을은 일본 전국에 셀 수 없을 만큼 많이 있는데, 어째서 히로사키의 성 아랫마을 사람들은 저렇게 옹고집으로 자신들의 봉건성을 자랑처럼 여기고 있는 것일까? 새삼스레 말할 필요도 없지만 규슈, 사이고쿠, 야마토 등의 지방에 비하면 이 쓰가루 지방은 거의 전 지역이 새로 개간한 땅이라고 해도 좋을 정도다. 전국에 자랑할 수 있는 역사가 있을까? 근래 들어서는 메이지유신 때도, 이 번藩에서 어떤 근황파[19] 사람이 나왔을까? 번의 태도는 어땠을까? 노골적으로 말하면, 그저 다른 번의 꼬리에 붙어 다닌 것이 아닌가? 대체 자랑할 만한 전통이 어디에 있는가? 하지만 히로사키 사람들은 어째서인지 완고하게 어깨를 추켜올리고 있다. 그리고 아무리 위세를 떨치고 있는 사람이라 해도 저 사람은 비천한 사람이라거나, 그저 운이 좋아서 위세를 떨치고 있는 거라는 식으로 말하며 그를 따르지 않는다. 이 지방 출신의 육군대장인 이치노헤 효에 각하는 귀향할 때면 반드시 전통 옷에 모직으로 된 하카마를 입었다는 얘기를 들은 적이 있다. 장군 복장으로 고향에 간다면 고향 사람들은 틀림없이 눈을 부라리고 난폭하게 굴면서 저

18_ 葛西善三(1887~1928). 아오모리현 히로사키시 출신의 소설가로, 파멸형 사소설로 유명하다.
19_ 메이지 유신 때 천황과 막부를 중심으로 한 체제개혁을 내세우며 막부와 대립한 세력으로, 일본의 근대화는 이 세력에서 비롯되었다. 대표적인 인물로 사카모토 료마, 사이고 다카모리 등이 있음.

사람은 아무것도 아니고 그저 운이 좋아서 그리된 것이라고 할 것을 알았기에, 현명하게도 귀향할 때면 전통 옷에 모직 하카마만 입고 갔다는 얘기였다. 이 모든 게 사실이 아니라고 할지언정 이러한 전설이 생길 만도 하다는 생각이 들 정도로, 히로사키의 성 아랫마을 사람들에게는 종잡을 수 없는 반골 기질이 있는 것 같다. 무엇을 숨기랴, 실은 내게도 어찌할 수 없는 기질 하나가 있어서, 그것 때문만은 아니겠지만, 그 덕분에 아직도 다세대 주택에 사는 하루살이 같은 신세를 면치 못하고 있다. 몇 년 전, 나는 어떤 잡지사로부터 「고향에 보내는 말」을 써달라는 요청을 받고, 그 대답으로 이렇게 말했다.

너를 사랑하며, 너를 미워한다.

히로사키의 험담을 어지간히 많이 했지만, 이것은 히로사키에 대한 증오가 아니라 작가 자신의 반성이다. 나는 쓰가루 사람이다. 나의 선조는 대대로 쓰가루번의 농부였다. 말하자면 쓰가루 토박이다. 그러니까 아무런 거리낌 없이 이렇게 쓰가루의 험담을 하는 것이다. 만약에 다른 지방 사람들이 나의 이런 험담을 듣고서 안이한 마음으로 쓰가루를 얕본다면, 나 역시 불쾌할 것이다. 누가 뭐래도, 나는 쓰가루를 사랑하니까.

히로사키시. 세대 수는 1만 가구, 인구는 5만여 명. 히로사키성과 사이쇼인最勝院의 오층탑은 국보로 지정되어 있다. 벚꽃이 필 무렵의 히로사키 공원은, 다야마 가타이[20]가 일본 최고라는 것을 보증한다고 했다고 한다. 히로사키 사단의 사령부가 있다. 산 참배 축제お山参詣라는, 매년 음력 7월 28일부터 8월 1일까지 사흘간 쓰가루의 영봉靈峰인 이와키

20_ 1871~1930. 낭만주의 시인에서 출발한 소설가로, 일본의 자연주의 문학 확립에 중심적인 역할을 했다. 대표작으로 『이불』이 있음.

산 정상에 있는 신사에서 열리는 축제를 찾는 사람은 수만 명에 이른다. 참배를 위해 드나드는 사람들은 춤을 추면서 이 마을을 지나가는데, 이때 마을은 극도로 붐비고 활기차진다. 여행 안내서에는 대략 이런 이야기가 적혀 있다. 하지만 이 정도의 설명만 가지고는 히로사키시를 다 보여줄 수 없다. 때문에, 어린 시절의 이런저런 기억을 더듬어가며 히로사키의 진면목을 생생하게 보여줄 수 있는 무언가를 써보고 싶었지만, 죄다 쓸데없는 추억뿐이라 뜻대로 되지 않았고, 끝내는 나 자신도 생각지 못한 심한 험담까지 나와서, 스스로도 어찌할 바를 모르겠다. 나는 이 옛 쓰가루번의 성 아랫마을에 너무 연연하고 있는 것이다. 이곳은 우리 쓰가루 사람의 궁극적인 영혼의 고향이어야 하는데, 내가 지금까지 설명한 것만으로는 이 성 아랫마을의 성격이 아직 애매모호하다. 벚꽃에 둘러싸인 천수각은 히로사키 성만이 가진 특별한 것이 아니다. 일본 전국에 있는 대부분의 성들이 벚꽃에 둘러싸여 있지 않은가? 벚꽃에 둘러싸인 천수각이 옆에 있다고 해서 오와니 온천이 쓰가루의 분위기를 유지할 수 있다고 보장할 수는 없지 않은가? 히로사키성이 있는 한, 오와니 온천이 도회지의 찌꺼기에 취해서 비틀거리는 일은 없을 거라고 방금 전에 신이 나서 썼지만, 여러모로 생각을 거듭하며 정리해보니, 그것도 단지 작가의 미사여구이며 너저분한 감상에 불과할 뿐인 것 같아 모든 것이 미덥지 않고 불안할 따름이다. 원래 이 성 아랫마을은 너저분한 곳이다. 옛 번주藩主들이 대대로 지내던 성이면서도, 현청을 다른 신흥 도시에 빼앗겼다. 일본 전국에 있는 현청 소재지는 대부분 옛 번의 성이 있었던 곳이다. 아오모리현의 현청을 히로사키시가 아닌 아오모리시로 가져갈 수밖에 없었던 점에, 아오모리현의 불행이 있다는 생각마저 든다. 내가 딱히 아오모리시를 싫어하는 것은 절대 아니다. 신흥 도시의 번영을 보는 것은 기분 좋은 일이다. 나는 단지, 지고 있으면서도 태평한 얼굴로 있는 히로사키시가 답답할 뿐이다. 지고 있는 사람에게 힘을 보태주고 싶은 것은 자연스런 인지상정이다. 나는 어떻게든 히로사키시 편을 들어주고 싶어, 너무나 형편없는 문장력에도 불구하고 여러모로 애써가며 이 글을 쓰고 있는데, 히로사키시의 결정적인 장점, 히로사키성이 지닌 독특한 강점을 묘사하는 것은 결국 불가능했다. 거듭 말하지만, 이곳은 쓰가루 사람의 영혼의 고향이다. 무언가 있을 터이다. 일본 전국 어디를 가도 찾아볼 수 없는 특이하고 멋진 전통이 있을 터이다. 그런 예감은 분명히 들지만 그것이 무엇인지, 눈에 보이게끔 표현하여 이것이라고 확실하게 보여줄 수 없기에 분해 죽겠다. 이, 답답함.

봄날 저녁에 있었던 일로 기억하는데, 히로사키고등학교의 문과생이었던 나는 혼자서 히로사키성에 가 성 광장 한편에 서서 이와키산을 바라보았다. 그때 문득 다리 밑에 꿈의 마을이 고요하게 펼쳐져 있는 것을 깨닫고 흠칫 놀란 적이 있다. 나는 그때까지 이 히로사키성이 히로사키시 변두리에 고립되어 있다고만 생각했었다. 하지만, 가만 보니 성 바로 아래, 내가 지금까지 본 적도 없는 고풍스럽고 우아한 마을이 몇백 년 전 옛 모습 그대로 작은 처마를 나란히 하고서, 숨을 죽인 채 조용히 웅크리고 있었다. 아아, 이런 곳에도 마을이 있었다. 어렸던 나는 꿈꾸는 듯한 기분으로 무심코 깊은 한숨을 내쉬었다. 『만엽집万葉集』[21]에 자주 나오는 '숨어 있는 늪' 같은 느낌이었다. 나는 어쩐지 그때 히로사키를, 그리고 쓰가루를 알아버린 듯한 기분이 들었다. 이

21_ 759년경 만들어진 것으로 추정되는 일본에서 가장 오래된 시가집.

마을이 있는 한 히로사키는 결코 평범한 마을이 아니라고 생각했다. 그렇다고는 해도 이 또한 내가 멋대로 지레짐작한 것이라, 독자들은 내가 하는 말이 무슨 말인지 모를 수도 있겠지만, 히로사키성은 이 숨어 있는 늪을 가지고 있기에 희대의 명물이라고, 이제 억지로 밀어붙이는 수밖에 없다. 숨어 있는 늪 부근에 갖가지 꽃이 피어 있고 흰 벽의 천수각이 말없이 서 있다면, 그 성은 틀림없이 천하제일의 성일 것이다. 그리고 그 훌륭한 성 옆에 있는 온천도 순박한 기풍을 잃는 일은 영원히 없을 것이라는, 요즘 말로 하자면 '희망적인 관측'을 시도하며, 나는 사랑하는 이 히로사키성과 이별하겠다. 생각해보면, 내 가족에 대해 이야기하는 것이 무척 힘든 일인 것처럼 고향의 핵심에 대해 이야기하는 것도 쉽게 할 수 있는 일이 아니다. 칭찬해야 좋을지, 비방해야 좋을지 알 수가 없다. 나는 이 「쓰가루」 서편에서 가나기, 고쇼가와라, 아오모리, 히로사키, 아사무시, 오와니에 대해, 내 어린 날의 추억을 써가며 내 분수도 잊고 모독을 담은 비평을 늘어놓았는데, 과연 내가 이 여섯 개의 마을에 대해 정확하게 말한 것일까? 그런 생각을 하면 절로 우울해진다. 만 번 죽어서 죗값을 치러야 마땅한 폭언을 토해내고 있는 것인지도 모른다. 이 여섯 개 마을은 과거의 나와 가장 가까웠고, 내 성격을 만들어냈으며, 내 숙명을 규정한 마을이니까, 오히려 내겐 이 마을들에 대해 맹목적인 면이 있는지도 모른다. 나는 이 마을들에 대한 이야기를 잘할 수 있는 적임자가 아니라는 사실을 지금, 확실히 깨달았다. 이하 본편에서는, 이 여섯 마을에 대해 이야기하는 것을 애써 피하고 싶다. 나는, 쓰가루의 다른 마을에 대해 이야기하겠다.

어느 해 봄, 나는 태어나서 처음으로 혼슈 북단의 쓰가루반도를 약 삼 주간에 걸쳐 일주했는데, 라는 서편의 첫 문장으로 다시 돌아가자

면, 나는 이 여행을 통해 태어나서 처음으로 쓰가루에 있는 다른 마을들에
가보았다. 그때까지 나는 정말로, 그 여섯 개 마을 이외의 마을을 몰랐다.
가나기 근처의 몇몇 마을은 소학교 시절 소풍을 간 적도 있었지만,
지금은 그것을 그리운 추억으로 여기며 뚜렷이 기억하고 있지는 않다.
중학교 시절 여름방학 때는 가나기의 생가에 가더라도 서양식으로
꾸며진 2층 방에 있는 긴 의자에 누워 뒹굴며, 사이다를 병째로 꿀꺽꿀꺽
마시면서 형들의 장서를 닥치는 대로 읽어대며 지냈기에 다른 곳으로
여행을 간 적이 없었고, 고등학교 때는 방학이 되면 항상 도쿄에 있었던
바로 위의 형 (이 형은 조각을 공부했었는데, 스물일곱 살 때 죽었다)집에
놀러 갔으며, 고등학교를 졸업하자마자 도쿄에 있는 대학으로 와서
그 이후 십 년 동안 고향에 간 적이 없으니, 이번 쓰가루 여행은 내게
있어 꽤나 중대한 사건이었다고 하지 않을 수 없다.

　　나는 이번 여행에서 보고 온 마을의 지형, 지질, 천문, 재정, 연혁,
교육, 위생 등에 대해 전문가처럼 아는 체하지는 않을 생각이다. 내가
그런 것들에 대해 말한다 해도, 어차피 하룻저녁 벼락치기로 알게 된
부끄럽고 얄팍한 가짜 지식이다. 그런 것들에 대해 자세히 알고 싶은
사람은, 그 지방을 전문적으로 연구하는 사람에게 묻는 편이 좋을 것이
다. 내게는 또 다른 전문 분야가 있다. 세상 사람들은 임시로 그 분야를
사랑이라 부른다. 사람들의 마음과 마음이 서로 어떻게 통하는지를
연구하는 분야다. 나는 이번 여행에서 주로 이 분야를 보려 애썼다.
주로 어느 분야를 본다 한들, 결국은 현재 쓰가루의 살아 있는 모습을
있는 그대로 독자에게 전할 수 있다면 쇼와$^{1926~1989}$의 쓰가루 풍토기^{風土記}
로서 일단은 합격이 아닐까 싶다. 아아, 잘 쓸 수 있으면 좋겠는데.

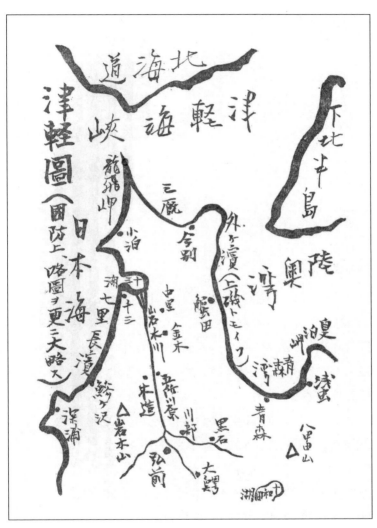

다자이가 직접 그린 쓰가루 지도

본편本編

1. 순례

"있지, 왜 여행을 떠나는 거야?"

"괴로우니까."

"당신은 항상 '괴롭다'고 하니까 전혀 믿음이 안 가요."

"마사오카 시키 서른여섯, 오자키 고요 서른일곱, 사이토 료쿠 서른여덟, 구니키타 돗포 서른여덟, 나가쓰카 다카시 서른일곱, 아쿠타가와 류노스케 서른여섯, 가무라 이소타 서른일곱.[22]"

"그게 무슨 얘기야?"

"그들이 죽었을 때 나이. 허둥대며 죽었지. 나도 슬슬 그럴 나이야. 작가한테는 이 정도 나이일 때가 가장 중요하고,"

"그 말은, 괴로울 때라는 거야?"

"무슨 소릴 하는 거야. 까불지 마. 너도 조금은 알잖아? 이제, 더 이상은 말하지 않겠어. 말하면 재수 없어 보이기만 해. 어쨌든, 나는

- - -
22_ 모두 자살이나 병으로 요절한 작가들.

여행을 떠날 거야."

나도 어지간히 나이를 먹은 탓인지 내 기분을 설명한다는 것이 볼꼴사납게 느껴져서, (게다가 그 대부분은 진부한 문학적 허식이니까) 아무 말도 하고 싶지가 않다.

어느 출판사의 친한 편집자가 쓰가루에 대한 글을 쓰지 않겠느냐고 전부터 권하고 있었고, 나도 살면서 한번은 내가 태어난 지방을 구석구석까지 봐두고 싶었기에 어느 해 봄, 거지같은 모습으로 도쿄를 출발했다.

5월 중순의 일이었다. 거지 같은, 이라는 표현은 다분히 주관적인 의미로 쓴 것인데, 객관적으로 봐도 그다지 멋진 모습은 아니었다. 내겐 양복이 한 벌도 없다. 근로봉사[23] 때 쓰는 작업복이 있을 뿐이다. 그것도 양복점에 특별히 주문해서 맞춘 것이 아니었다. 마침 가지고 있던 목면 천 조각을 집사람이 감색으로 물들여서 점퍼와 바지처럼 생긴 옷으로 만들어낸, 무슨 옷인지 정체를 알 수 없는 낯선 모양의 작업복이다. 물들인 직후에는 옷감 색이 분명 감색이었는데, 한두 번 입고서 밖에 나갔더니 금방 색이 변해서 보라색 같은 묘한 색이 되었다. 보라색 양장은 여자라도 상당한 미인이 아니면 어울리지 않는다. 나는 그 보라색 작업복에 녹색 인조 섬유로 된 각반을 차고, 밑창이 고무로 된 무명 신발을 신었다. 모자는 인조 섬유 재질의 테니스 모자. 예전의 그 멋쟁이가 이런 모습으로 여행을 떠나는 것은 난생처음 있는 일이었다. 하지만 등에 멘 배낭에는 어머니의 유품을 수선하여 만든, 예복용 하오리와 오시마 산産 아와세, 그리고 센다이히라 하카마[24]가 들어 있었다.

● ●

23_ 당시 전쟁의 일환으로 이루어진 봉사활동.

24_ 하오리: 기모노 위에 입는 짧은 겉옷. / 아와세: 일본 전통 겹옷. / 센다이히라: 센다이 산 견직물로, 하카마 옷감으로는 최상급임. / 하카마: 일본식 정장.

언제, 무슨 일이 있을지 모른다.

17시 30분 우에노 발 급행열차에 탔는데, 밤이 깊어지면서 몹시 추워졌다. 나는 그 점퍼 같은 옷 안에 얇은 셔츠 두 장만 입고 있을 뿐이었다. 바지 속에는 팬티밖에 입은 게 없었다. 겨울 외투를 입고서 무릎 담요를 준비해온 사람들조차도, "추워라, 오늘 밤은 어쩐 일인지 이상하게 춥네."라며 야단을 떨었다. 내게도 이런 추위는 예상 밖의 일이었다. 도쿄에는 그 무렵 이미 홑옷을 입고 돌아다니는 성질 급한 사람도 있었다. 나는 동북 지방의 추위를 깜빡 잊고 있었다. 나는 손발을 집어넣은 거북이처럼 가능한 한 손발을 움츠리고, 지금이야말로 마음과 머리를 비우는 수행을 할 때라고 홀로 중얼거려봤지만, 동틀 녘이 되자 정말 너무 추워져서, 수행도 포기하고 어서 아오모리로 가서 아무 여관에 라도 들어가 난로 옆에 양반다리를 하고 앉아 따뜻한 정종을 마시고 싶다는, 지극히 현실적이고도 천한 소원을 비는 꼴이 되었다. 아오모리 에는 아침 여덟 시에 도착했다. T군이 역에 마중 나와 있었다. 편지로 내가 간다는 것을 미리 알려둔 덕분이다.

"기모노를 입고 오실 줄 알았어요."

"지금은 그런 시대가 아니야." 나는 애써 농담조로 그렇게 말했다.

T군은 여자아이를 데리고 나와 있었다. 그 아이를 보자마자, '아, 이 아이한테 줄 선물을 가지고 왔으면 좋았을 텐데.' 하고 생각했다.

"어쨌든, 잠시 우리 집에 들러 쉬지 않으시겠어요?"

"고마워. 오늘 점심때까지는 가니타에 있는 N군네 집에 갈 생각인데."

"알고 있습니다. N씨한테서 얘기 들었어요. N씨도 기다리고 있을 겁니다. 어쨌든, 가니타로 가는 버스가 다닐 때까지 우리 집에서 잠시 쉬시는 게 어때요?"

난로 옆에 양반다리를 하고 앉아 데운 술을 마시고 싶다는, 발칙하고도 저속한 내 염원은 기적적으로 이루어졌다. T군네 집의 이로리[25]에는 숯불이 활활 타오르고 있었고, 쇠 주전자에는 술잔 하나가 들어 있었다.

"오시느라 고생 많으셨어요." T군은 내게 정중히 인사하며 말했다. "맥주를 드릴 걸 그랬나요?"

"아니, 정종이 좋아." 나는 낮게 헛기침을 했다.

T군은 옛날에 우리 집에서 지낸 적이 있다. 주로 닭장을 관리하며 지냈다. 나와 동갑이어서 사이좋게 지냈다. "하녀들에게 호통을 친다는 것이, 그 아이의 장점이자 단점이지." 그 무렵 할머니가 T군에 대해 이렇게 얘기했던 것을, 나는 기억한다. 나중에 T군은 아오모리로 가서 공부를 하게 되었고 그 뒤 아오모리시에 있는 어떤 병원에서 일했는데, 환자들과 병원 직원들에게 상당한 신뢰를 받았다고 한다. 몇 해 전 전쟁터에 나가서 남방에 있는 외딴 섬에서 싸우다가 병에 걸려서 작년에 귀환했고, 병이 다 낫자 또다시 전에 일하던 병원에서 일하고 있다.

"전쟁터에서 가장 기뻤던 일이 뭐야?"

"그건," T군은 일언지하에 대답했다. "전쟁터에서 배급받은 맥주를 한 컵 가득 마셨던 일입니다. 아껴가면서 조금씩 들이키다가, 도중에 입에서 컵을 떼어내고서 한숨 돌리려고 했었는데, 아무리 애써 봐도 컵이 입에서 떨어지지를 않더라고요. 아무리 해도 떨어지지를 않았어요."

T군도 술을 좋아하는 사람이었다. 하지만 지금은 전혀 마시지 않는다. 그리고 때때로 가벼운 기침을 한다.

25_ 난방이나 취사 목적으로 바닥을 네모지게 파내어 만든 장치.

"어때? 몸은." T군은 예전에 늑막염을 앓은 적이 한 번 있었는데, 이번에 전쟁터에서 그것이 재발한 것이다.

"이제 총 뒤에서[26] 봉공을 해야지요. 병원에서 환자들을 보살피기 위해서는 자신도 병으로 괴로워해 보지 않으면 이해할 수 없는 면이 있어요. 이번에 좋은 경험을 했지요."

"철이 들어서 왔구먼. 사실 가슴에 생긴 병은," 나는 약간 취기가 오르기 시작했기에, 뻔뻔스럽게도 의사에게 의학에 대한 얘기를 늘어놓았다. "정신병이야. 잊어버리고 있다 보면 나을 거야. 가끔 술이라도 잔뜩 마시고."

"네, 뭐, 적당히 하고 있어요." T군은 이렇게 말하며 웃었다. 의사가 본업인 사람은, 나의 엉터리 의학을 믿으려 들지를 않는 것 같다.

"좀 잡수시겠어요? 요즘은 아오모리에도 맛있는 생선이 별로 없어서 말이죠."

"아니, 괜찮아." 나는 옆에 놓인 밥상을 멍하니 쳐다보며 말했다. "맛있어 보이는 것만 있네. 차리느라 고생했겠어. 근데 난, 그렇게까지 배고프진 않아."

이번 쓰가루 여행을 오면서, 마음속으로 정한 것이 하나 있었다. 그것은 먹을 것 앞에서 담백한 사람이 되자는 것이었다. 내가 딱히 성인聖人인 것도 아닌지라 이런 말을 하기는 너무나 부끄럽지만, 도쿄 사람들은 먹을 것에 지나치게 집착한다. 나는 고리타분한 사람이라 그런지 '무사武士는 먹지 않아도 이를 쑤신다[27]'는, 자포자기와도 비슷한

26_ 전쟁의 후방. 당시 전쟁과 직접 관련이 없는 일반 국민을 이렇게 표현했다.
27_ 무사는 가난해서 먹지 못해도 배부른 척하면서 이를 쑤신다는 말. 무사의 드높은 기상을 의미한다.

어리석은 오기를 우습게 여기면서도 좋아한다. 굳이 이쑤시개까지는 쓰지 않아도 좋을 것 같지만, 그것이 남자의 고집이다. 남자의 고집이란, 어쨌든 우스꽝스러운 형태로 드러나기 마련이다. 도쿄 사람들 중에는 고집이나 오기도 없이 지방으로 가서는 '저희는 지금 거의 굶어 죽을 지경입니다.'라며, 자신들의 빈궁한 생활을 과장하여 말하고, 시골 사람들이 내미는 흰쌀밥을 굽실거리며 먹고 살랑살랑 아첨해대면서, '다른 먹을 거 없나요? 고구마요? 이거 참 감사합니다, 이렇게 맛있는 고구마를 먹는 게 몇 달 만인지 모르겠네요. 내친김에 집에 좀 싸가고 싶은데, 나눠주실 수 없나요?' 하고, 만면에 비굴한 웃음을 띠며 애원하는 사람이 가끔 있다는 얘기도 들은 적이 있다. 도쿄 사람들은 모두, 분명 똑같은 양의 식료를 배급받고 있을 터이다. 어떤 사람 한 명이 특별히 아사 직전의 상태라는 것은 말이 안 된다. 어쩌면 그 사람이 위 확장증에 걸린 사람인지도 모르지만, 어쨌든 먹을 것에 집착하며 안달복달하는 것은 꼴불견이다. 정색을 하고서 '나라를 위해' 그러지 말아야 한다는 말까지는 안 하겠지만, 시대가 어떻든 인간으로서의 자긍심은 가지고 있었으면 한다. 도쿄에 사는 소수의 예외자가 지방에 가서는 터무니없이 제국 수도^{도쿄}의 식량부족을 호소하고 다녀서, 지방 사람들은 도쿄에서 온 손님들을 모든 식량을 거덜 내러 온 사람으로 간주하고 경멸하게 되었다는 소문도 들었다. 나는 쓰가루에 먹을 것을 거덜 내러 온 것이 아니다. 겉모습은 보라색 옷을 입은 거지 같지만, 나는 진리와 애정을 구걸하는 거지일 뿐, 흰쌀밥을 구걸하는 거지가 아니다! 이렇게 모든 도쿄 사람의 명예를 위해서라도, 연설조로 거들먹거리며 큰소리를 쳐줘야겠다는 각오로 쓰가루에 왔다. 만약에 누군가 내게, "자, 이 밥은 흰쌀밥입니다, 배 터지게 드세요, 도쿄 상황이 굉장히 안 좋다는 얘기들었으니까요."라며 진심 어린 호의를 담아 말해주더라도, 나는 달랑한 그릇만 먹고는 이렇게 말할 생각이었다. "익숙해졌기 때문인지, 도쿄에서 먹는 밥이 더 맛있네요. 부식물副食物도 다 떨어졌다 싶을 때면 또 배급이 됩니다. 어느샌가 위가 쪼그라들어서인지, 조금만 먹어도 배가 불러요. 다행이지 뭡니까."

하지만 나의 비뚤어진 마음에서 나온 조심성은 전혀 소용이 없었다. 나는 쓰가루 각지에 있는 지인들의 집을 방문했는데, 내게 "흰 쌀밥이에요, 배가 터질 만큼 많이 잡숴 두세요."라고 말해준 사람은 단 한 명도 없었다. 특히 나의 생가에서는 여든여섯 살이 된 할머니가 면목이 없다는 표정으로, "도쿄는 맛있는 게 뭐든지 있는 곳이니까, 너한테 무언가 맛있는 것을 주고 싶어도 별 게 없구나. 박으로 만든 절임 요리라도 주고 싶은데, 어째서인지 요즘 술지게미가 하나도 없어서 말이지."라고 말해줘서, 나는 정말 행복했다. 말하자면 나는, 음식 같은 것에 대해서는 별로 집착하지 않는 의젓한 사람들만을 만난 것이다. 나는 내게 이런 행운을 주신 신께 감사드렸다. '이것도 가져가고, 저것도 가져가.'라며 내게 식료품을 끈질기게 떠안기려 한 사람도 없었다. 덕분에 나는 가벼운 배낭을 지고 홀가분한 마음으로 여행을 계속할 수 있었지만, 도쿄로 돌아와 보니 우리 집에는 여행지에서 만난 상냥한 사람들이 각지에서 보내 준 수많은 소포가 나보다 한발 앞서 우리 집에 도착해 있어 어안이 벙벙했다. 이건 여담이고, 어쨌든 T군도 내게 더 이상 먹을 것을 권하지는 않았고, 도쿄의 식량 상황이 어떤지에 대해서 얘기하는 일은 단 한 번도 없었다. 주된 화제는 역시, 옛날에 우리가 가나기의 집에서 함께 놀았던 시절의 추억에 관한 것이었다.

"그래도 난 자네를 친한 친구라고 생각하고 있어." 실로 난폭하고 무례하며 밉상스럽고 꼴사나운, 연극 대사 같기도 하고 우쭐한 말이었다. 나는 이런 말을 내뱉고서 괴로움에 몸부림을 쳤다. 다른 식으로 말할 수 없었을까?

"그렇게 말씀하시면, 오히려 유쾌하지 않아요." T군도 민감하게 내 마음을 알아챈 듯했다. "저는 가나기에 있는 당신 집 하인으로 있었던 사람입니다. 그리고 당신은 주인님이시죠. 그렇게 생각하지 않으시면, 마음이 편치가 않아요. 이상하지요. 그 후로 이십 년이나 지났는데, 지금도 줄곧 가나기에 있는 당신 집이 꿈에 나옵니다. 전쟁터에서도 그런 꿈을 꿨지요. 닭 모이를 주는 걸 잊어버린 게 생각나서, 큰일 났다 싶어서 깜짝 놀라 꿈에서 깨어나곤 해요."

버스 시간이 되었다. 나는 T군과 함께 밖으로 나갔다. 이제 춥지는 않다. 날씨도 좋고, 게다가 따뜻하게 데운 술도 먹었으니 춥기는커녕 이마에 땀이 배어 나왔다. 갓포 공원의 벚꽃은 지금 만개 상태라고 한다. 아오모리시의 거리는 희멀겋게 메말라서, 아니, 술 취한 눈에 비친 엉터리 인상을 얘기하는 건 자제해야지. 아오모리시는, 지금 배를 만드는 데 열심이다. 도중에 중학교 시절 내가 신세를 진 도요타 아저씨의 무덤에 인사를 드리러 갔다가 버스 정류장으로 발길을 서둘렀다. 옛날 같았으면, "어때, 자네도 함께 가니타로 가지 않겠나?" 하고 가볍게 말했을 테지만, 나도 나이가 들어서 자제라는 것을 조금은 알게 된 탓인지 아니면, 아니, 기분을 구차하게 설명할 필요도 없다. 다시 말해, 피차 어른이 된 거겠지. 어른이란 쓸쓸한 존재다. 서로 사랑하는 사이더 라도 남남처럼 조심스럽게 거리를 둬야 한다. 왜 그렇게 신경을 써야 하는 것일까? 그 이유는 그리 특별한 게 아니다. 보기 좋게 배신당하고 창피를 당한 일이 너무 많기 때문이다. 사람은 믿을 것이 못 된다는 깨달음은, 청년에서 어른이 되는 첫걸음이다. 어른이란 배신당한 청년의 모습이다. 나는 잠자코 걷고 있었다. 갑자기 T군이 말을 꺼냈다.

"저는 내일 가니타로 갑니다. 내일 아침 첫차로 가요. N씨 집에서 만납시다."

"병원은?"

"내일은 일요일이에요."

"뭐야, 그렇구나. 빨리 말하지."

우리에게는 여전히 철없는 소년의 마음도 남아 있었다.

2. 가니타

쓰가루반도의 동해안은 예로부터 소토가하마라고 불리며 선박의 왕래가 잦았던 곳이다. 아오모리시에서 버스를 타고 동해안을 따라 북쪽으로 가면 우시로가타, 요모기타, 가니타, 다이라다테, 잇폰기, 이마베쓰 등의 마을을 지나 요시쓰네[28]의 전설로 유명한 민마야에 도착한다. 소요 시간은, 약 네 시간이다. 민마야는 버스의 종점이다. 민마야에서 방파제에 있는 불안한 길을 걸어 세 시간 정도 북쪽으로 가면 닷피 마을에 이른다. 말 그대로 땅끝마을이다. 이곳의 곶은 그야말로 혼슈의 최북단이다. 하지만 이 부근은 요즘 국방상 상당히 중요한 곳이니 거리 등 구체적인 사실에 대한 기술은 일절 하지 말아야 한다. 어쨌든 소토가하

28_ 미나모토노 요시쓰네(1159~1189). 헤이안 말기, 가마쿠라 막부 초기의 무장으로 이복형 요리토모와 함께 다이라 씨를 제압하고 권력을 잡았다. 후에 요리토모의 반감을 사서 쫓기는 몸이 되고, 결국 자살한다. 그의 모험담은 후에 전설과 설화, 가부키로 전해 내려온다.

마 일대는 쓰가루 지방에서 가장 역사가 오래된 곳이다. 그리고 가니타는 이곳 소토가하마에서 가장 큰 마을이다. 아오모리시에서 버스로 우시로가타, 요모기타를 지나 약 한 시간 반, 아니, 거의 두 시간을 가야 이 마을에 도착한다. 이른바 소토가하마의 중앙부다. 세대 수는 천 가구에 가깝고, 인구는 오천을 훨씬 넘는다는 것 같다. 요즘 새로 지은 지 얼마 안 된 가니타 경찰서는 소토가하마 주변의 모든 기차 노선과 연결되어 있고 가장 눈에 띄는 건축물 중 하나다. 가니타, 요모기타, 다이라다테, 잇폰기, 이마베쓰, 민마야, 즉 소토가하마의 모든 마을이 이 경찰서의 관할구역이다. 다케우치 운페이라는 히로사키 사람이 지은 『아오모리현 통사通史』에 따르면, 가니타의 해변은 옛날에 사철砂鉄의 산지였다고 하지만 지금은 전혀 나지 않는다. 게이초시대1596~1615에 히로사키 성을 축조했을 때는 이곳 해변의 사철을 제련하여 썼다고 한다. 또 간분 9년1669년에 있었던 에조[29] 봉기 때는 진압을 위해 큰 배 다섯 척을 이곳 가니타의 해안에서 만들었으며, 4대 번주藩主인 노부마사는 쓰가루의 아홉 항구 중 하나로 지정하여 여기에 행정관을 두고 주로 목재 수출 일을 관리하게 했다고 한다. 이 모든 사실들은 내가 나중에 찾아본 것이고 사실 나는 그때까지 가니타가 유명한 게의 산지라는 것, 그리고 내 중학교 시절의 유일한 친구인 N군이 있다는 것밖에 몰랐다. 이번에 쓰가루를 여행하게 되었으니 N군의 집에도 들러 신세를 지겠다고 미리 N군에게 편지를 보냈는데 그 편지에도, '아무것도 신경 쓰지 마. 너는 그냥 모른 척하고 있어. 절대, 마중도 나오지 마. 그래도 사과주랑 게는 준비해 줘.'라는 얘기를 썼다. 먹을 것에 연연하지 않는

●●
29_ 일본 북부지방에 살던 원주민.

사람이 되자는 나의 각오도, 게에 한해서는 예외를 인정한 꼴이다. 나는 게를 좋아한다. 어째서인지는 몰라도 좋아한다. 게, 새우, 갯가재, 이런 영양가 없어 보이는 음식만 좋아한다. 그리고 또 좋아하는 것은, 술이다. 음식에 대해서는 아무런 관심도 없었을 터인 애정과 진리의 사도도, 얘기가 이렇게 되고 보니 뜻하지 않게 타고난 식충이 기질의 일부를 드러내고 말았다.

가니타의 N군 집에서는 커다랗고 붉은 밥상에 게를 수북이 쌓아놓고 나를 기다리고 있었다.

"사과주여야 해? 정종이나 맥주는 안 돼?" 하고, N군은 어려운 얘기를 꺼내듯 말했다.

안 되기는커녕, 그것들은 당연히 사과주보다 좋았지만 '어른'인 나는 정종이나 맥주가 귀하다는 것을 알고 있기에, 편지에는 그를 배려한답시고 사과주라고 쓴 것이다. 쓰가루 지방에는 요즘 고슈에서 포도주가 그런 것처럼, 사과주가 비교적 많다는 소문을 들었기 때문이다.

"아니, 뭐든 좋아." 나는 복잡한 미소를 지었다.

N군은 마음이 놓인다는 표정으로 말했다.

"아, 그렇다면 다행이네. 나는 사과주를 정말 싫어하거든. 실은 부인이 자네 편지를 보더니, 다자이가 도쿄에서 정종이랑 맥주를 하도 많이 마셔서 고향 냄새가 나는 사과주를 한번 마시고 싶은 맘에 편지에도 이렇게 쓴 게 분명하니 사과주를 내어놓자고 했는데, 나는 그럴 리가 없다고 했어. 그 녀석이 맥주와 정종을 싫어할 리가 없고, 녀석은 마음에도 없으면서 나를 배려한답시고 이렇게 쓴 게 틀림없다고 했지."

"그래도, 제수씨 말도 틀린 건 아냐."

"무슨 소리야. 이제 그만해. 정종 먼저 마실까? 아니면 맥주?"

"맥주는 나중에 마시자." 나는 조금 뻔뻔스러워지기 시작했다.

"나도 그편이 좋네. 이봐, 정종 가져와. 미지근해도 상관없으니 바로 가져와."

어디를 가더라도 술 먹을 일은 꼭 생기나니.

하늘 끝 변방에서 옛 친구를 만나 정담^{情談}을 나누노라니

청운의 뜻은 이루지도 못하고 백발 성성한 모습에 서로 놀랄 따름이네.

이십 년 전에 헤어져서 삼천리 밖을 떠돌다가 이렇게 만났구나.

이럴 때 한 잔의 술이 없으면 달리 무엇으로 지난 세월을 풀어나가리오.

― 백거이[30]

나는 중학교 때 다른 집에는 놀러간 적이 한 번도 없는데, 어째서인지 같은 반 N군네 집에는 정말 자주 놀러 갔다. N군은 그 시절 데라마치의 큰 양조장 2층에서 하숙을 하고 있었다. 우리는 매일 아침 함께 등교했다. 그리고 집에 오는 길에는 해안을 따라 난 뒷길을 어슬렁어슬렁 걸었다. 비가 내려도 서둘러 뛰는 법 없이, 물에 빠진 생쥐마냥 온몸이 젖어도 느긋하게 천천히 걸었다. 지금 생각하면 둘 다 꽤 대범하고 어딘가 나사가 풀린 듯한 아이들이었던 것 같다. 그것이 우리 둘을 이어 준 우정의 열쇠였는지도 모른다. 우리는 절 앞 광장에서 조깅을 하거나 테니스를 하기도 했고, 일요일에는 도시락을 가지고 근처 산에 놀러갔다.

••
30_ 白居易. 「권주勸酒」 14수 가운데 「하처난망주何處難忘酒」 7수의 두 번째 시.

「추억」이라는 나의 초기 소설 중에 나오는 '친구'란 대부분 이 N군을 가리킨다. N군은 중학교를 졸업한 뒤 도쿄로 가 잡지사에서 일했다. 나는 N군보다도 이삼 년 늦게 도쿄로 가서 대학에 적을 두었는데 그때부터 우리는 또다시 함께 어울려 다녔다. N군이 당시에 지내던 하숙집은 이케부쿠로에 있었고 내가 살던 하숙집은 다카다노바바에 있었지만, 거의 매일 만나서 놀았다. 그때의 놀이는 테니스나 조깅이 아니었다. N군은 잡지사를 그만두고 보험회사에서 일했는데, 워낙 대범해서 나처럼 언제나 남에게 속기만 하는 것 같았다. 하지만 나는 남에게 속을 때마다 성격이 조금씩 어둡고 비굴해져간 반면에, N군은 아무리 속아도 더욱 태평하고 밝아져 갔다. 함께 놀던 입이 거친 친구들도, 'N군은 이상한 남자다, 비뚤어지지 않는 게 신기하다, 그 점은 조상의 은덕이라고 생각할 수밖에 없다.'라며 그의 순수한 성격에는 하나같이 감복했다. N군은 중학교 시절에도 가나기에 있는 나의 생가에 놀러 온 적이 있는데, 도쿄에 오고 나서도 도쓰카의 작은형 집에 가끔 놀러 왔다. 그리고 이 형이 스물일곱에 죽었을 때는 회사 휴가를 내고 여러모로 도움을 줘서, 우리 가족 모두가 N군에게 고마워했다. 얼마 뒤 N군은 시골집에서 하던 정미업을 물려받아야 했기 때문에 고향으로 돌아갔다. 가업을 잇게 된 뒤에도 그는 기묘한 인덕으로 마을 청년들의 신뢰를 얻어 이삼 년 전 가나기의 마을 의원議員으로 뽑히기도 했고, 청년단의 분단장, 무슨 단체의 간사 등등 이런저런 일을 맡게 되어, 지금은 가나기에 없어서는 안 되는 사람이 되었다고 한다. 그날 밤에도 이 지방에서 유명한 젊은이 두세 명이 N군의 집에 놀러 와서 함께 정종과 맥주를 마셨는데 정말 N군의 인기가 상당한지, 그 자리에서도 이야기의 중심에는 역시 N군이 있었다. 바쇼[31] 옹의 여행 규칙으로 전해져 내려오는 것 중에, '술을 마음껏 마셔서는 안 된다. 접대를 받아서 거절하기가 어렵더라도 약간 취할 정도로만 마시고 말아야 한다. 몸과 마음이 흐트러져서는 안 된다.'라는 항목이 있었던 것으로 기억하는데, 나는 논어에 나오는 주무량불급란[32]이라는 말은 술을 얼마든지 마셔도 상관없지만 실례가 되는 행동은 하지 말라는 의미라고 알고 있기에, 구태여 옹의 가르침에 따라야겠다는 마음은 안 든다. 너무 취해서 예를 잊지 않는 정도라면 괜찮다. 당연한 얘기 아닌가? 나는 술이 세다. 바쇼 옹의 몇 배는 세지 않을까 싶다. 다른 집에서 음식을 대접받고서 난동을 부릴 정도로 바보는 아니다. '이럴 때 한 잔의 술이 없으면 달리 무엇으로 지난 세월을 풀어나가리오' 나는 술을 많이 마셨다. 그리고 바쇼 옹의 여행 규칙에는 '하이카이[33] 외의 잡담을 하지 말라. 잡담이 나오면 잠시 졸면서 힘을 축적하라.'라는 조항도 있었던 것 같은데, 나는 이 항목에도 따르지 않았다. 바쇼 옹의 여행은 나 같은 세속적인 사람이 보면 거의 자신의 작품을 선전하기 위한 지방 출장이 아닌가 싶을 정도다. 모든 여행지에서 시를 짓는 모임을 열어, 자신의 작품을 알리는 지방 지부를 조직하기 위한 여행이었으니 말이다. 하이카이의 청강생들에게 둘러싸인 강사라면, 하이카이 외의 잡담을 피하고 잡담이 나오면 자는 척을 하든 뭘 하든 상관없지만, 나의 여행은 다자이의 작품을 알리는 지방 지부를 만들기 위한 여행도 아니었고, N군도 설마 내게 문학 강의를

· ·
31_ 마쓰오 바쇼松尾芭蕉(1644~1694). 일본 사상 최고의 시인으로 평가받는 사람으로, '쇼풍'이라 하여 그가 확립한 시풍은 후대에도 큰 영향을 미쳤다. 다수의 하이쿠와 함께 동북지방과 호쿠리쿠 지역을 여행하고 쓴 기행문 『오쿠노호소미치』로 유명하다.
32_ 酒無量不及亂. 『논어』 「향당鄕黨」편 제10 중의 1절.
33_ 하이카이 렌가俳諧連歌의 준말로 일본 시의 앞구(5.7.5)와 뒷구(7.7)를 여러 사람이 주고받으며 지어가는 운문 형식이다.

들으려고 술자리를 마련하지는 않았을 터이다. 그날 밤 N군의 집에 놀러 온 그 지역 유명 인사들 또한 내가 N군과 옛날부터 친한 친구라는 이유로 내게도 다소 친근함을 느껴서 술잔을 주고받고 있는 것이니, 내가 정색을 하며 문학정신에 대한 얘기를 늘어놓다가 잡담이 시작되면 기둥에 기대어 자는 척을 하는 것은 별로 좋은 행동이 아닌 것 같았다. 나는 그날 밤, 문학에 대해서는 단 한마디도 하지 않았다. 도쿄 말도 쓰지 않았다. 오히려 지나치다 싶을 만큼 애써 순수한 쓰가루 사투리로 이야기를 했다. 그리고 일상생활과 관련된 세속적인 잡담만 나눴다. 그 자리에 함께 있던 사람들이 '그렇게까지 애쓰지 않아도 되는데.' 싶었을 정도로, 나는 쓰가루 쓰시마 집안의 오즈카스로서 상대방을 대했다.(쓰시마 슈지라는 이름은 내가 태어났을 때부터 가지고 있는 나의 호적 명이며, 오즈카스라는 것은 '叔父糟'라는 한자에 상응하는 글자인 것 같은데, 이 지방에서는 셋째아들과 넷째아들을 멸시하는 의미로 그 단어를 쓴다.) 내게는 이번 여행을 통해 다시 한번 쓰시마의 오즈카스로 돌아가 보겠다는 계획도 없지는 않았다. 도회인으로서의 내게 불안을 느낀 나는, 쓰가루 사람으로서의 나를 알고 싶었다. 다른 말로 표현하자면 쓰가루 사람이란 어떤 사람인지, 그것을 확인하고 싶어서 여행을 떠난 것이다. 내 삶의 지표로 삼을 순수한 쓰가루 사람을 찾고 싶어서 쓰가루에 온 것이다. 그리고 나는 너무나 쉽게, 여러 곳에서 그것을 찾았다. 누가 어떻다는 것이 아니다. 거지 차림의 가난한 여행자가 그렇게 기고만장한 비평을 할 수는 없다. 그것은 정말이지 너무나 실례가 되는 일이다. 내가 설마하니 개개인의 언동, 혹은 나에 대한 대접에서 그것을 발견했으랴. 나는 그렇게 탐정처럼 날카로운 눈빛으로 여행을 다니지는 않았다. 나는 거의 항상 고개를 숙이고 발치만 내려다보면서 걸었다. 하지만 숙명의 속삭임이라고 할 법한 것이 귓가에 소곤소곤 자주 들려왔다. 나는 그것을 믿었다. 나의 발견이란 그처럼 이유도 없고 형태고 뭐고 아무것도 없는, 매우 주관적인 것이다. 나는 누가 한 행동이나, 누가 한 말에 대해 전혀 개의치 않았다. 그것은 당연한 것이며, 나 같은 사람에게는 그런 데 신경 쓸 자격도 없다. 어쨌든 현실은 내 안중에 없었다. '믿는 곳에 현실이 있으며, 현실은 결코 사람을 믿게 만들 수 없다'는 묘한 말을, 나는 여행 수첩에 두 번이나 되풀이해서 적었다.

자제하려고 했는데 무심결에 어설픈 감회를 늘어놓았다. 나는 하도 횡설수설해서 나도 내가 무슨 얘기를 하고 있는지 모를 때가 많다. 그러니까 기분을 설명하기는 싫다. 어쩐지 속이 빤히 들여다보이는 꼴사나운 허식인 것 같아 민망하고 부끄러울 따름이다. 나중에 틀림없이 후회할 것을 알면서도 흥분하면 무심코, 그야말로 '돌아가지 않는 혀에 채찍질을 하면서' 입을 삐죽이며 지리멸렬한 얘기를 늘어놓아 상대의 마음에 경멸은 물론이고 연민의 정을 일으키기까지 하는 것도, 나의 슬픈 숙명 가운데 하나인 것 같다.

하지만 그날 밤에는 그 같은 어설픈 감회를 말하지 않았다. 바쇼 옹의 유훈遺訓을 거스르기는 했지만, 졸지도 않고 즐겁게 잡담만 나누며 내가 좋아하는 게 무더기를 눈앞에 두고, 밤이 깊어질 때까지 계속 술을 마셨다. 아담한 체구에 성격이 시원시원한 N군의 부인은 내가 게 무더기를 바라만 보며 일절 손을 대지 않고 있다는 것을 알아챈 모양이다. 내가 게 껍질을 다듬어 먹기를 귀찮아하고 있는 것임이 틀림없다고 생각했는지, 직접 능숙한 손놀림으로 부지런히 게 껍질을 벗겨서는 깨끗한 흰 살을 등딱지에 채우더니 후르츠 어쩌고 라고 하는 그, 과일의 원형을 그대로 간직한 향기롭고 시원한 과일 요리처럼 만들어 내게 수시로 권해주었다. 아마 오늘 아침 이곳 가니타의 해변에서 방금 잡힌 게일 것이다. 그 맛은 방금 딴 과일처럼 신선하고 산뜻했다. 나는 음식에 초연해야 한다는 다짐을 아무렇지도 않게 어기고, 서너 개나 먹었다. 그날 밤 부인은 새로운 손님이 올 때마다 매번 풍성한 밥상을 다시 차려내어, 마을 사람들조차 푸짐한 요리를 보고 놀랄 정도였다. 유명한 손님들이 돌아가고 나서, 나와 N군은 안쪽 방에서 거실로 술자리를 옮겨 아토후키를 시작했다. 아토후키란 이곳 쓰가루 지방에서 결혼식이 있거나 집에 손님이 왔을 때 손님들이 모두 돌아간 뒤 몇몇 가족들끼리 남은 요리를 모아서 하는, 노고를 위로하는 의미의 작은 술자리를 말한다. 어쩌면 '아토히키[34]'의 사투리일지도 모른다. N군은 나보다 술이 더 세기에 우리가 둘 다 취해서 추태를 부릴 우려는 없었지만,

"한데, 자네도," 나는 깊은 한숨을 내쉬며 말했다. "여전히 잘 마시네. 어쨌든 내 선생님이니 그럴 만도 하지만."

사실 내게 술을 가르쳐준 사람은 이 N군이다. 그것은 분명한 사실이다.

"음." N군은 술잔을 손에 들고서 진지하게 끄덕이며 말했다. "나도 그런 생각이 꽤 자주 들어. 자네가 술 때문에 무언가 일을 저지를 때마다 내 책임인 것 같아서 괴로웠네. 하지만 요즘은 이렇게 생각하려고 애쓰는 중이야. 녀석은 내가 가르쳐주지 않았어도 혼자 알아서 술고래가 됐을 거라고. 내가 알 바 아니라고."

"응, 맞아. 자네 말이 맞네. 자네 책임이 아니야. 정말, 자네 말이

맞아."

이윽고 부인도 옆에 앉아 서로의 아이들에 대한 이야기를 나누며 조용히 아토후키를 하고 있는데, 갑자기 닭이 울어대며 새벽을 알렸다. 깜짝 놀란 나는 잠자리에 들었다.

다음 날 아침, 눈을 뜨자 아오모리시에 사는 T군 목소리가 들렸다. 약속대로 아침 첫차를 타고 온 것이다. 나는 곧바로 벌떡 일어났다. T군이 있으면 어쩐지 마음이 놓이고 든든하다. T군은 아오모리 병원에서 함께 일하는, 소설을 좋아하는 동료 한 명을 데리고 왔다. 또한 그 병원의 가니타 분원 사무장을 하고 있는 S씨라는 사람도 함께 왔다. 내가 세수를 하는 사이에 민마야 근처에 있는 이마베쓰에 사는, 소설을 좋아하는 M이라는 젊은이도, 내가 가니타에 온다는 것을 N군에게 들었는지 수줍게 웃으며 찾아왔다. M씨는 N군과 T군, S씨와도 예전부터 알고 지내는 사이인 것 같았다. 곧바로 다 함께, 가니타에 있는 산에 꽃놀이를 가기로 한 모양이었다.

간란산. 나는 앞서 말한 보라색 점퍼를 입고 녹색 각반을 차고서 갔는데, 그렇게 거창한 차림으로 갈 필요가 전혀 없었다. 그 산은 가니타 마을 변두리에 있는데 높이가 100미터도 안 되는 작은 산이다. 하지만 이 산에서 내려다보는 풍경은 나쁘지 않았다. 그날은 눈부실 정도로 날씨가 화창했고, 바람은 조금도 불지 않았다. 아오모리만 건너편으로 나쓰도마리곶이 보였으며, 다이라다테 해협 건너편에는 시모기타반도가 바로 가까이에 있는 것처럼 보였다. 동북지방의 바다라고 하면, 남쪽 지방사람들은 시커멓고 험악한 분위기에 거친 파도가 몰아치는 바다를 상상할지도 모른다. 하지만 이곳 가니타 근처의 바다는 무척 잔잔하고 물색도 옅으며, 염분도 적은지 바다 냄새도 은은하다. 바닷물

에 눈이 녹아 들어가 있다. 거의 호수와 비슷하다. 깊이 같은 것은
국방상의 이유로 말하지 않는 편이 좋을지도 모르지만, 파도가 모래사장
을 가볍게 어루만지고 있다. 그리고 해변 가까이에 그물 여러 개가
세워져 있어서, 게를 비롯하여 오징어, 가자미, 고등어, 정어리, 대구,
아귀 등등 다양한 생선들이 사시사철 쉽게 잡힌다. 이 마을에서는 지금도
예와 다름없이 매일 아침 생선 장수가 리어카에 생선을 한가득 싣고서
"오징어랑 고등어 있어요, 아귀랑 도도바리 있어요, 농어랑 임연수
있어요."라고, 마치 화난 사람처럼 고함을 치면서 팔러 다니고 있다.
이 지역 생선 장수는 그날 잡힌 생선만 팔러 다니고, 전날 팔다 남은
것은 일절 취급하지 않는다고 한다. 다른 곳으로 보내버리는 것인지도
모른다. 그러니까 이 마을 사람들은 그날 잡은 살아 있는 생선만을
먹는 것이다. 하지만 파도가 거칠어서 하루라도 고기잡이를 못 했을
때면 생선은 마을에서 자취를 감추고, 마을 사람들은 마른반찬이나
산나물만 놓고 식사를 한다. 이것은 가니타뿐만 아니라 소토가하마
일대의 어느 어촌이든 다 그렇고, 소토가하마뿐만 아니라 쓰가루 서해안
의 어촌들도 모두 마찬가지다. 또한 가니타는 산나물이 많이 나는 곳이기
도 하다. 가니타는 해안에 있는 마을이지만, 평야도 있고 산도 있다.
쓰가루반도의 동해안 지역은 해안 바로 옆에 산이 있고 평야는 별로
없다. 그래서 산의 비탈면에 논과 밭을 개간한 곳도 적지 않은지라,
산 너머 쓰가루반도 서부에 있는 너른 쓰가루 평야에 사는 사람들은
이 소토가하마 지방을 가게^{ヵゲ}(산 그림자라는 뜻)라고 부르며, 다소
딱하게 여기는 경향이 없지 않다. 하지만 이 가니타 지방에는 결코
서부에 못지않은 기름진 평야가 있다. 서부 사람들이 자신들을 딱하게
여긴다는 것을 알게 된다면, 가니타 사람들은 어이없어 할 것이다.

가니타 지방에는 가니타강이라는 수량이 풍부하고 잔잔한 하천이 유유히 흐르고 있고, 그 유역에는 너른 논밭이 펼쳐져 있다. 단, 이 지방은 동풍과 서풍이 모두 강해서 흉작일 때도 적지 않지만, 서부 사람들이 생각하는 것만큼 땅이 척박하지는 않다. 간란산에서 내려다보면 수량이 풍부한 가니타강이 기다란 뱀처럼 굽이굽이 흐르고 있고, 그 양쪽으로는 한 번 갈아엎은 논이 태연자약하게 펼쳐져 있어 풍요롭고 믿음직스러운 풍경을 연출하고 있다. 산은 오우산맥에서 뻗어 나온 본주산맥이다. 이산맥은 쓰가루반도의 남부에서 시작되어 북쪽으로 길게 뻗어 있고, 반도의 북단인 닷피 곶을 지나 바다 아래로 들어간다. 2백에서 3, 4백미터 정도의 작은 산들이 늘어서 있고, 간란산의 서쪽에 우뚝 솟아 있는 푸른 봉우리는 오쿠라산이다. 이 산은 이산맥에서 마스카와산 등과 함께 가장 높은 산 중에 하나지만 높이는 7백 미터 정도이다. 하지만 산은 높다고 해서 고귀한 것이 아니고 나무가 있기에 고귀한 것이라며 단언해 마지않는 실리주의자도 있으니, 쓰가루 사람들은 굳이 그산맥의 높이가 높지 않다는 것을 부끄러워할 필요도 없을 것이다. 이산맥은 전국에서 손꼽히는 편백나무의 산지다. 오랜 전통을 자랑할 만한 쓰가루의 특산물은 편백나무다. 사과 같은 것이 아니다. 사과는 메이지 초기[1867년경]에 미국인에게서 받은 씨를 시험적으로 심기 시작했고, 메이지 20년대[1887~1897년경]에 이르러 프랑스 선교사가 소개한 프랑스식 가지치기 법을 쓰게 되어 갑자기 수확량이 늘어났다. 그 후 이 지역 사람들도 사과 재배에 열을 올리기 시작하여, 아오모리 특산물로서 전국에 알려진 것은 다이쇼시대[1912~1926] 이후의 일이다. 도쿄의 가미나리 과자[35]나 구와나의 대합구이 같은 경박한 '특산물'은 아니지만, 기슈지역의 귤 같은 것에 비하면 역사는 훨씬 짧다. 관동 지역이나 관서 지방 사람들은 쓰가루라고 하면 바로 사과를 떠올리고, 편백나무에 대해서는 잘 모르는 것 같다.

아오모리현이라는 이름도 거기서 생겨난 게 아닐까 싶을 정도로 쓰가루의 산들에는 나무들이 울창하게 우거져 있어 겨울에도 푸를 정도다. 예부터 일본 3대 삼림지 중 하나로 꼽히고 있다고 하는데, 쇼와 4년[1929년]에 나온 『일본지리풍속대계』에도 '원래 이곳 쓰가루의 광활한 숲은 먼 옛날 쓰가루번을 만든 다메노부가 조성하기 시작했고, 그 후 엄격한 제도 하에 오늘날까지 그 울창함을 유지하고 있어 우리나라의 모범적인 임업 제도라 불리고 있다. 덴나, 조쿄시대[1681~1688] 때 쓰가루 반도 지역에서는 일본해[36] 해안의 수 리里에 걸친 사구 사이에 나무를 심어서 바닷바람을 막았고, 또한 이와키강 하류 지방의 황무지 개척에도 이용했다. 그 이후 번에서는 이 방침을 계속적으로 이어가며 나무 심기에 주력한 결과, 간에이시대[1624~1644]에는 이른바 방풍림이 완성되어 농경지 8,300여 정보町步 / 약 2,490만 평를 개척하게 되었다. 이후 번내 각지에서 빈번히 숲 조성 사업을 실시하여, 백여 곳의 대규모 번 소유림을 지정하기에 이르렀다. 그리하여 메이지시대에 들어서도 관청은 임업 정책에 힘을 쏟았고, 아오모리현의 편백나무숲에 대한 호평이 자자해졌다. 게다가 이 지방 편백나무의 재질은 각종 건축 용도에 적합하고 특히 습기에 강하며 재목 생산량도 많고 운반도 비교적 편리하다는 이유로 각광을 받으며, 연 생산량은 80만 섬.'이라고 쓰여 있는데, 이것은 쇼와 4년[1929년]의 글이니 현재는 그 세 배 정도 되지 않을까 싶다. 하지만 이상은 쓰가루 지방 전체의 편백림에 대해 쓴 것이라, 이것이 특별히

35_ 도쿄 아사쿠사의 가미나리 문 앞에서 파는 유명 과자 이름.
36_ 저자의 표기를 그대로 따랐다.

가니타 지방만의 자랑거리라고 할 수는 없다. 하지만 간란산에서 보이는 울창하게 우거진 숲은 쓰가루 지방에서도 가장 훌륭한 삼림지대로, 앞서 얘기한 『일본지리풍속대계』에도 가니타강의 커다란 사진이 나와 있다. 그리고 그 사진에는 '이 가니타강 부근에는 일본의 3대 미림美林 중 하나라 불리는 편백나무 국유림이 있고, 가니타 마을은 그것을 실어 나르는 항구로써 발전한 곳이다. 삼림철도는 바닷가에서 산으

위: **편백나무의 나뭇가지**
쓰가루 지방에서는 노송나무(옮긴이 주: 편백나무의 다른 이름)를 히노키라고 부른다.
아래: **사과꽃**

로 들어가, 매일 많은 목재를 실어서 여기로 운반한다. 이 지방의 목재는 질이 좋은데다 가격이 싼 것으로 유명하다'라는 설명이 붙어 있다. 가니타 사람들은 이를 자랑스러워하지 않을 수 없다. 게다가 쓰가루반도의 척추에 해당하는 본주산맥에서는 편백나무뿐만 아니라 삼나무, 너도밤나무, 졸참나무, 계수나무, 상수리나무, 낙엽송 등의 목재도 생산되며 산나물도 풍부하기로 유명하다. 반도 서부의 가나기 지방도 산나물이 상당히 많이 나는 곳이지만, 이곳 가니타 지방에서도 마을 근처 산기슭에서 고사리, 고비, 두릅, 죽순, 머위, 엉겅퀴, 버섯류를 무척 손쉽게 얻을 수 있다. 독자에게는 가니타 지방이 논도 있고 밭도 있을 뿐더러 농수산물

모두 풍족한, 그야말로 태평성대의 별천지처럼 느껴질지도 모르겠지만, 간란산에서 내려다본 가니타 마을의 분위기는 어쩐지 께느른하다. 활기가 없다. 이제까지 나는 가니타를 지나칠 정도로 칭찬해왔으니, 이쯤에서 약간 험담을 한다 해도 가니타 사람들이 설마 나를 때리지는 않겠지. 가니타 사람들은 온화하다. 온화하다는 것은 미덕이지만, 마을을 께느른하게 만들 정도로 마을 주민들이 무기력하다는 것도 여행자를 불안하게 만든다. 자연환경이 좋다는 것이 마을 기세에 오히려 안 좋은 영향을 미치는 게 아닌가 싶을 정도로, 가니타 마을은 얌전하고 조용하다. 하구의 방파제도 반 정도 만들다 말고 내팽개친 듯 보인다. 집을 지으려고 땅을 고른 뒤 집은 짓지 않고 그 붉은 흙으로 된 공터에 호박 따위를 심고 있다. 간란산에서 마을 전체가 보이지는 않지만, 가니타에는 어쩐지 건물을 짓다 말고 내팽개쳐둔 곳이 지나치게 많은 것 같다. 마을 행정이 활발하게 추진되는 것을 방해하는 고루한 책동자 같은 사람이 있는 거 아니냐고 N군에게 물었더니, 이 젊은 마을의 의원은 쓴웃음을 지으며 "그런 얘기 그만해, 그만하라고."라고 했다. 무사는 장사를 하면 안 되며 작가는 정치 얘기를 하면 안 된다. 가니타 마을 행정에 대한 나의 주제넘은 질문은, 베테랑 의원의 비웃음만 사고 어이없이 끝났다. 그 얘기를 하니 드가의 실패담이 떠오른다. 프랑스 화단의 거장 에드가 드가는 어느 날 파리의 어떤 극장 복도에서 우연히 유명 정치가인 클레망소와 같은 의자에 앉게 되었다. 드가는 정치에 대해 자신이 평소에 품고 있던 고매한 뜻을 이 정치가에게 거리낌 없이 말했다. "제가 만약에 재상이 된다면 말입니다, 그 책임의 중대함을 고려하여 모든 애정 관계나 사랑으로 맺어진 관계를 끊고, 수도자처럼 조촐하고 검소한 생활을 하면서 관공서 근처 아파트 5층쯤에 아주 작은 방 하나를 빌려서, 거기에

테이블 하나와 변변찮은 철제침대만 놓을 겁니다. 관공서에서 집으로 돌아오면 밤늦게까지 그 테이블에서 남은 업무를 마무리하고, 잠이 오면 옷과 신발도 벗지 않은 채 그대로 침대에 쓰러져 잘 거예요. 다음 날 아침에 눈을 뜨면 바로 일어나서 선 채로 계란과 수프를 먹고, 가방을 안고서 관공서로 가는 생활을 할 겁니다!"라고 열정적으로 얘기했는데, 클레망소는 한마디 대꾸도 없이 그저 어이가 없다는 듯한 경멸의 눈초리로 이 유명 화가의 얼굴을 빤히 쳐다보기만 했다고 한다. 드가 씨도 그 눈초리를 보고 당황스러웠던 모양이다. 얼마나 창피했는지 아무에게도 그 얘기를 하지 않았고, 십오 년이 지나고 나서야 소수의 친구 중에서도 가장 좋아했던 친구인 발레리 씨에게만 살짝 털어놓았다고 한다. 십오 년이라는 긴 세월 동안 계속 숨기고 있었던 것을 보면, 그 오만방자한 거장도 베테랑 정치가의 무의식적인 경멸의 눈초리를 받고, 정말이지 뼛속까지 느끼는 바가 있었을 것 같아 동정심이 절로 든다. 어쨌든 예술가의 정치 얘기는 실수의 씨앗이다. 드가 씨의 경우가 좋은 본보기이다. 일개 가난뱅이 작가에 지나지 않는 나는 간란산의 벚꽃과 쓰가루에 사는 친구들의 애정에 대해서만 이야기하는 편이 아무래도 무난할 것 같다.

어제는 서풍이 강하게 불어서 N군 집의 장지문이 흔들린 탓에, 나는 언제나처럼 지레짐작으로 "가니타는 바람의 마을이네."라고 말했지만, 오늘 가니타의 날씨는 내가 전날 밤에 아무렇게나 내뱉은 말을 몰래 비웃기라도 하는 듯 평온하고 좋다. 바람 한 점 없다. 간란산의 벚꽃은 지금이 절정기인 것 같다. 조용하고 담백하게 피어 있다. 만발이라는 표현은 어울리지 않는다. 꽃받침도 얇고 투명해서 어쩐지 조마조마하고, 마치 눈에 씻긴 뒤에 핀 듯한 느낌이다. 다른 종류의 벚꽃이 아닌가 싶을 정도다. 노발리스[37]의 「푸른 꽃」도 이런 꽃을 공상하며 말한 거 아닌가 싶을 정도로 아련한 느낌의 꽃이다. 우리는 벚꽃 아래 잔디에 양반다리를 하고 앉아 찬합을 열었다. 그것 역시 N군의 부인이 만든 요리였다. 그 외에도 게와 갯가재가 커다란 바구니에 한가득 들어 있었다. 그리고 맥주가 있었다. 나는 추해 보이지 않을 정도로 갯가재 껍데기를 벗고 게 다리를 빨다가, 찬합에 든 요리도 먹었다. 찬합에 든 요리들 중에는 꼴뚜기 몸통에 꼴뚜기의 투명한 알을 꽉 채우고서 간장을 발라 구운 뒤 둥글게 썬 것이 있었는데 내 입에는 그게 너무나 맛있었다. 귀환병인 T군은 "덥다 더워."라면서 웃통을 벗고 일어서더니 군대식 체조를 시작했다. 타월을 머리띠처럼 둘러맨 새까만 얼굴은 미얀마의 바모 장관[38]과 비슷했다. 그날 모인 사람들은 그 열정의 정도에는 제각기 조금씩 차이가 있었던 것 같지만, 모두들 내게서 소설에 대한 얘기를 끄집어내고 싶다는 듯한 기색을 보였다. 나는 사람들이 묻는 말에 대해서는 분명히 대답했다. '물음에 답하지 않는 것은 좋지 않다.'라는, 앞서 말한 바쇼 옹의 여행 규칙에 따른 것인데, 그것 말고 더 중요한 항목을 완전히 어기고 말았다. '남의 단점을 들어 자신의 장점을 드러내지 말라. 남을 비방함으로써 자신을 뽐내는 것은 몹시 천박한 짓이다.' 나는 그 천박한 짓을 해버렸다. 바쇼도 종종 다른 유파의 하이카이에 대한 험담을 했겠지만, 그래도 나처럼 조심성 없이 눈썹을 치켜세우고 입을 삐죽이면서 으스대는 태도로 다른 소설가를 매도하는 한심한 짓거리는 하지 않았을 것이다. 나는 불쾌하게도, 그런 한심한

● ●

37_ Novalis(1772~1801). 독일의 초기 낭만파를 대표하는 시인.

38_ Ba Maw(1893~1977). 미얀마의 독립운동가이자 혁명가. 1943년 일본군의 미얀마 점령 후 국가원수가 되었다.

짓을 해버렸다. 쉰 살 정도 연배의 어느 일본 작가[39]가 쓴 작품에 대한 질문을 받고서 나는 무심결에, 그렇게까지 좋지는 않다고 대답해버렸다. 최근 들어 독서를 즐기는 도쿄 사람들은 어째서인지 그 작가의 과거 작품을 경외에 가까울 정도의 감정으로 받아들이는 모양이다. '신'이라는 묘한 호칭으로 그를 부르는 사람도 나오고 있고, 그 작가를 좋아한다고 고백하는 것이 자신의 취미가 고상하다는 것을 증명하는 수단이라도 되는 듯한 이상한 풍조마저 생기고 있다. 그들이 너무 지나치게 그의 역성을 드는 나머지, 그 작가는 난처해하며 쓴웃음을 짓고 있을지도 모른다. 하지만 나는 예전부터 그 작가의 기묘한 위세를 멀찌감치 서서 바라만 보고 있었다. 앞서 말한 쓰가루 사람의 우매한 마음으로, '그는 천한 사람이며, 단지 운이 좋았을 뿐'이라는 생각에 혼자 흥분해서는 그 풍조에 순순히 따를 수가 없었다. 그리고 요즘 들어 그 작가가 쓴 대부분의 작품을 다시 읽어봤는데, 잘 쓴다는 생각은 들었지만, 딱히 고상하다는 느낌은 없었다. 오히려 적나라하고 뻔뻔하다는 점이 이 작가의 장점 아닐까 싶을 정도다. 작품에 그려진 내용도 허세만 부려대는 구두쇠 소시민의 별 의미 없는 일희일비를 담은 것들이다. 작품의 주인공은 자신의 삶의 방식에 대해서 때때로 '양심적'인 반성을 하는데, 그런 부분은 특히나 더 고루해서 이렇게 불쾌감을 주는 반성이라면 차라리 안 하는 편이 좋겠다 싶을 정도이며, '문학적'인 미숙함에서 벗어나려다가 오히려 그것에 발목을 잡힌 듯한 쩨쩨함이 느껴졌다. 우스갯소리를 시도한 부분도 의외라는 생각이 들 정도로 많았지만 자신을 완전히

39_ 뒤의 내용으로 판단하면 시가 나오야(1883~1971, '소설의 신'이라는 별명으로 불림.)가 확실하지만, 그는 이 당시 이미 60대였으므로 일부러 열 살을 뺀 것으로 추정된다. 다자이는 원래 시가 나오야의 작품을 좋아했지만 나중에는 그의 작품에 반감을 가진 것으로 유명하다.

내던지지 못한 면이 있어서인지, 시시한 신경 하나가 흠칫거리며 살아 있는 느낌이라 독자는 순순히 웃을 수가 없다. 귀족적이라는 유치한 비평을 들은 적이 있는데 그것은 터무니없는 말이고, 그런 말이야말로 그 작가에게 폐가 되는 것이다. 귀족이란 칠칠치 못할 정도로 활달한 사람이 아닌가 싶다. 프랑스 혁명 때 폭도들이 왕의 방까지 쳐들어왔는데, 그때 프랑스 국왕인 루이 16세는 미련한 사람이었다는 얘기가 있음에도 불구하고, 껄껄 웃으며 한 폭도에게서 혁명모革命帽를 잽싸게 빼앗아 그것을 자기 머리에 쓰고는, "프랑스 만세!" 하고 외쳤다. 피에 굶주렸던 폭도들도 이 천진난만하고도 묘한 기품에 감격하여 무심코 왕과 함께 프랑스 만세를 외쳤고, 왕의 몸에는 손끝 하나도 대지 않고 왕의 방에서 순순히 물러났다고 한다. 진정한 귀족에게는 이렇게 천진난만하고 꾸밈없는 기품이 있기 마련이다. 입을 꾹 다물고 옷깃을 여미고서 얌전한 척하는 것, 그것은 귀족의 하인에게서나 자주 볼 수 있는 행동이다. 귀족적이라는 말처럼 슬픈 표현을 써서는 안 된다.

그날 가니타의 간란산에서 함께 맥주를 마신 사람들도 대체로 그 쉰 살 먹은 작가에 심취해 있는 사람들이었는지, 내게 그 작가에 대한 질문만 해대서 결국 나는 바쇼 옹의 여행 규칙을 어기고 험담을 했다. 험담하기 시작하니 시간이 갈수록 더 흥분해서 눈썹을 치켜세우며 입을 삐죽였고, '귀족적'이라는 말이 나온 시점에서는 얘기가 딴 데로 샜다. 그 자리에 있던 사람들은 내 얘기에 전혀 공감할 수 없다는 기색을 보였다.

"귀족적이라니, 저희는 그런 터무니없는 얘기를 한 적이 없습니다." 이마베쓰에서 온 M씨가 당혹스러운 얼굴로 혼잣말처럼 말했다. 취한 사람이 아무렇게나 내뱉은 말에 어이없어하는 듯 보였다. 다른 사람들도 서로의 얼굴을 마주 보며 히죽히죽 웃고 있었다.

"말하자면," 내 목소리는 비명 같았다. 아아, 선배 작가의 험담은 하는 게 아니다. "남자답다는 것에 속으면 안 된단 거야. 루이 16세는 역사상 보기 드문 추남이었다지." 얘기가 점점 딴 데로 샜다.

"하지만 저는 그 사람의 작품이 좋아요." M씨가 이상할 정도로 분명하게 말했다.

"일본에서는 그 사람 작품 정도면 괜찮은 편이잖아?" 아오모리 병원의 H씨는 그 자리를 정리하려는 듯한 얼굴로 조심스럽게 말했다.

내 입장은 더욱더 곤란해졌다.

"하긴 괜찮은 편인지도 모르지. 뭐, 괜찮은 편일 거야. 하지만 자네들은 나를 앞에 두고 내 작품에 대한 얘기는 한마디도 안 하는군. 이건 너무하잖아?" 나는 웃으면서 본심을 털어놓았다.

모두가 미소를 지었다. 역시 본심을 털어놓는 게 최고라고 생각하며 나는 득의양양해져서 말했다.

"내 작품은 엉터리지만, 내겐 큰 뜻이 있어. 나는 지금 그 큰 뜻이 너무 무거워서 휘청거리고 있지. 자네들에게는 변변찮고 무식하고 너저분해 보이겠지만, 나는 진정한 기품이라는 게 뭔지를 알아. 솔잎 모양 과자를 내놓거나 청자에 수선화를 꽂아서 보여준다고 해도, 나는 그게 고상한 거라고 생각하지는 않아. 그건 졸부들이나 하는 짓이고, 실례지. 진정한 기품이라는 것은 새까맣고 묵직하게 생긴 커다란 바위에 흰 국화 한 송이가 있는 모습이야. 그 토대에 더럽고 커다란 바위가 없으면 안 돼. 그게 진정한 기품이라는 거야. 자네들은 아직 젊으니까, 철사로 고정된 카네이션을 컵에 던져 넣은 듯한, 여학생 느낌의 리리시즘[40]을 예술의 기품이라고 생각하고 앉아 있는 거라고."

폭언이었다. '남의 단점을 들어 자신의 장점을 드러내지 말라. 남을 비방함으로써 자신을 뽐내는 것은 몹시 천박한 짓이다.' 이 노인의 여행 규칙은 엄연한 진리 같다. 정말, 너무나 천박한 것이다. 내게는 이런 천박한 악취미가 있어서, 도쿄의 문단에서도 모두에게 불쾌감을 주고, 사람들은 나를 너저분한 바보로 여기며 멀리하고 있다.

"뭐, 어쩔 수 없지." 나는 뒷짐을 지고 하늘을 올려다보며 말했다. "내 작품은 정말 형편없으니까. 무슨 말을 해도 어쩔 수가 없어. 하지만 자네들이 좋아하는 그 작가의 10분의 1 정도는 내 작품을 인정해줘도 괜찮지 않아? 자네들이 내 작품을 전혀 인정해주질 않으니까 나도 터무니없는 말을 지껄이게 되는 거야. 인정해줘. 20분의 1이라도 좋아. 인정해줘."

모두가 크게 웃었다. 사람들이 웃어서 나도 기분이 풀렸다. 가니타 분원의 사무장인 S씨가 일어나면서,

"어때요. 이쯤에서 자리를 옮길까요?"라고, 세상 물정에 밝은 사람 특유의 자비롭고 부드러운 말씨로 말했다. 가니타에서 가장 큰 E라는 여관에 모두의 점심 준비를 시켜두었다고 한다. 그래도 될지, 나는 눈짓으로 T군에게 물었다.

"그러지요. 대접을 받읍시다." T군은 일어서서 웃옷을 입으면서 말했다. "우리는 전부터 그럴 계획이었어요. S씨가 배급받은 고급술을 챙겨두었으니, 이제 다 같이 그걸 마시러 갑시다. N씨 신세만 져서는 안 되지요."

나는 순순히 T군의 말에 따랐다. 정말이지 T군이 곁에 있으면 마음이

40_ 시나 산문, 음악 따위에 나타난 서정적 정취.

든든하다.

E라는 여관은 상당히 깔끔한 곳이었다. 방에 있는 도코노마[41]도 잘 되어 있었고, 변소도 깨끗했다. 혼자 와서 묵어도 쓸쓸하지 않을 듯한 여관이었다. 대체로 쓰가루반도의 동해안에 있는 여관은 서해안의 여관에 비하면 더 좋다. 예부터 다른 지역에서 오는 많은 여행객을 맞이해온 전통이 있기 때문인지도 모른다. 옛날에는 홋카이도로 가려면 반드시 민마야에서 배를 타고 가야 했기에, 이곳 소토가하마 가도街道는 아침저녁으로 전국의 여행객들을 맞아들이고, 또 보내고 있었다. 여관의 밥상에도 게가 올라왔다.

"역시 가니타구먼." 누군가가 그렇게 말했다.

T군은 술을 못 마셔서 혼자 먼저 밥을 먹었는데, 다른 사람들은 모두 S씨의 고급술을 마시고 밥은 나중에 먹기로 했다. 취기가 오르자 S씨 기분이 좋아진 듯했다.

"저는 말이죠, 누가 쓴 소설이든 다 좋아합니다. 읽어보면 모두 재밌어요. 다들 꽤 잘 쓴단 말이죠. 그래서 저는, 소설가라는 사람이 좋아 미치겠어요. 어떤 소설가든, 좋아 죽겠어요. 저는 아이가 있는데, 남자아이고 세 살인데 말입니다, 이 녀석을 소설가로 키울 생각이에요. 이름도, 후미오文男라고 지었지요. 문文의 남자男라고 씁니다. 머리 모양이 당신이랑 어쩐지 비슷해요. 실례지만 이렇게, 정수리가 넓적해요."

내 정수리가 넓적하다는 얘기는 처음 듣는 얘기였다. 나는 내 외모의 이런저런 결점을 빠짐없이 모두 알고 있다고 생각했는데, 머리 모양이 이상하다는 것까지는 몰랐다. 다른 작가의 험담을 한 직후이기도 했기에,

· ·
41_ 객실 다다미방 정면에 바닥을 한층 높여 만든 공간으로, 벽에는 족자를 걸고 바닥에는 도자기나 꽃병을 장식해 둔다.

내가 모르는 나의 결점이 아직도 많이 남아 있는 게 아닐까 싶어서 몹시 불안해졌다. S씨가 기분이 더 좋아졌는지,

"어떻습니까? 술도 이제 거의 다 마신 것 같은데, 이제 다 같이 우리 집에 가지 않으시겠어요? 잠깐이면 됩니다. 우리 집사람과 후미오도 만나 주세요. 부탁입니다. 가니타에는 사과주가 얼마든지 있으니, 우리 집에 가서 사과주를 마십시다. 네?"라면서, 끊임없이 나를 유혹했다. 호의는 감사했지만 내 정수리 모양 얘기를 듣고 나서는 갑자기 기운이 빠져서, 어서 N군네 집으로 돌아가 한숨 자고 싶었다. S씨의 집에 가면 이번에는 정수리 모양뿐만 아니라 머릿속에 들어 있는 것까지 다 들통이 나서 놀림을 받게 되지 않을까 싶어, 마음이 한층 더 무거웠다. 나는 여느 때처럼 T군의 얼굴색을 살폈다. T군이 가라고 한다면 가야 한다는 각오로 기다렸다. T군은 진지한 얼굴로 잠시 생각에 잠기더니 말했다.

"가시지 그래요? S씨가 오늘 오랜만에 많이 취하신 것 같은데, 꽤 오래전부터 당신이 오기를 기다리고 있었어요."

나는 가기로 했다. 정수리 생각은 그만하기로 했다. 그것은 S씨가 우스갯소리로 한 말임이 틀림없다며 생각을 고쳐먹었다. 아무래도 외모에 자신이 없으면, 이렇게 사소한 일에도 끙끙 앓으니 큰일이다. 용모에 대해서뿐만 아니라, 지금의 내게 가장 부족한 것은 '자신감'인지도 모른다.

S씨의 집에 가서 쓰가루 사람의 본성을 확실히 보여주는 열광적인 대접을 받으며, 같은 쓰가루 사람인 나조차도 조금은 당황스러웠다. S씨는 집에 들어가자마자 부인에게 연거푸 일을 시켰다.

"이봐, 도쿄 손님을 모시고 왔어. 드디어 모시고 왔어. 이 사람이,

늘 얘기했던 다자이라는 사람이야. 인사해 어서. 어서 나와서 절하란 말이야. 그리고 정종을 가져와. 아니, 정종은 이미 마셨지. 사과주 가져와. 뭐야, 한 되밖에 없다고? 적잖아! 두 되 더 사와. 기다려봐. 이 툇마루에 걸려 있는 대구포를 뜯어서, 잠깐, 그건 쇠망치로 두드려서 연하게 만든 다음에 뜯어야 하는 거지. 잠깐, 그렇게 두드리면 안 돼. 내가 할게. 대구포를 두드리려면 이렇게, 이렇게, 아, 아파! 음, 이렇게 하는 거야. 어이, 간장 가져와. 대구포를 먹을 때는 간장을 찍어 먹어야 해. 컵 하나, 아니 두 개가 부족해. 어서 가져와. 잠깐, 이 찻잔을 써도 되려나? 자, 건배, 건배. 어이, 어서 두 되를 더 사와. 잠깐, 아이 데려와. 소설가가 될 수 있을지, 다자이 씨께 보여주자. 어떻습니까? 두상이 이런 걸 두고, 정수리가 넓적하다고 하지요? 당신 머리 모양과 비슷한 것 같은데 말이죠 잘된 일이에요. 어이, 애를 저쪽으로 데려가. 시끄러워 죽겠네. 손님 앞에 이렇게 지저분한 아이를 데려오다니, 실례잖아. 그럼 못 써. 어서 사과주를 두 되 더 사 와. 손님이 도망가려고 하잖아. 잠깐, 너는 여기서 서비스를 해. 자, 모두에게 술을 따라. 사과주는 옆집 아주머니한테서 사 와. 아주머니는 설탕이 필요하다니까 설탕을 조금 나눠줘. 잠깐, 아주머니한테 주면 안 되지. 도쿄에서 온 손님께 우리 집 설탕을 모두 선물로 드려. 알았지? 잊으면 안 돼. 전부 드려. 신문지로 싼 다음에 기름종이로 싸서 끈으로 묶어서 드려. 아이를 울리면 안 돼. 실례잖아. 그럼 못 써. 귀족이라는 건 그런 게 아냐. 잠깐. 설탕은 손님이 돌아가실 때 드리면 된다니까. 음악, 음악. 레코드를 틀어. 슈베르트, 쇼팽, 바하, 뭐든 상관없어. 음악을 틀어. 잠깐. 뭐야, 그건, 바하야? 꺼버려. 시끄러워 죽겠네. 얘기도 못 하겠잖아. 더 조용한 음악을 틀어. 잠깐, 먹을 게 다 떨어졌네. 아귀 튀김을 만들어. 우리 집 소스는 맛있기로 유명하잖아. 그런데 손님 입맛에 맞을지 모르겠네. 잠깐, 아귀 튀김이랑 또, 계란 된장 가야키[42]를 대접해. 이건 쓰가루가 아니면 못 먹는 음식이야. 맞아. 계란 된장이야. 계란 된장밖에 없어. 계란 된장이야. 계란 된장."

　나는 결코 과장법을 써서 묘사한 것이 아니다. 이러한 질풍노도와 같은 접대는 쓰가루 사람의 애정 표현이다. 대구포란 커다란 대구를 눈보라에 내놓고 얼려서 말린 것으로, 그 맛은 바쇼 옹 같은 사람이 좋아할 것 같은 산뜻하고 우아한 맛인데, S씨 집의 툇마루에는 그것이 대여섯 개 걸려 있었다. S씨는 비틀거리면서 일어나더니 그것을 두세 개 낚아채고는 쇠 방망이로 아무렇게나 두드리다가 왼쪽 엄지손가락을 다쳐서 뒹굴었다. 그러고는 기어 다니다시피 하면서 모두에게 사과주를 따랐다. 두상 얘기도, S씨가 나를 놀릴 생각으로 한 얘기가 아니고, 우스갯소리도 아니었다는 것을 확실히 알게 되었다. S씨는 넓적한 두상을 진지한 마음으로 존경하고 있는 것 같았다. 좋은 것이라고 생각하는 듯하다. 쓰가루 사람은 놀라울 정도로 우직하고, 가련하다. 그리고 잠시 후, 계란 된장, 계란 된장을 연호하기에 이르렀는데, 이 계란과 된장을 넣은 조개 양념구이에 대해서는 일반 독자들에게 약간의 설명이 필요할 듯하다. 쓰가루에서는 소고기 찌개, 닭고기 찌개를 소고기 가야키, 닭고기 가야키라고 부른다. 조개구이[가이야키]의 사투리라 생각된다. 지금은 그렇지도 않지만, 내가 어렸을 때만 해도 쓰가루에서는 고기를 찔 때 큰 가리비 껍데기를 썼다. 조개껍데기에서 국물이 우러나온다고 굳게 믿고 있는 것 같기도 한데, 어쨌든 이것은 원주민인 아이누족의 풍습이

42_ 가리비 껍데기를 화덕에 올리고 육수에 된장을 풀어 파와 조갯살을 넣고 끓인 요리.

남아 있는 것 아닐까 싶다. 우리는 모두 그 가야키를 먹고 자랐다. 계란 된장 가야키라는 것은 조개껍데기를 냄비처럼 써서 된장과 다랑어 포를 갈아 넣고 한참을 끓인 뒤 거기에 계란을 넣어 먹는 원시적인 요리인데, 사실 이것은 환자들이 먹는 음식이다. 병에 걸려 입맛이 없을 때, 이 계란 된장 가야키를 미음 위에 얹어서 먹는다. 하지만 이것 또한 쓰가루 특유의 요리 중 하나임이 틀림없다. S씨는 그 생각이 나서 내게 그것을 대접하려고 그렇게 노래를 부른 것이다. 나는 부인께, 배가 부르니까 됐다고 빌다시피 해서 사양한 뒤 S씨의 집을 떠났다. 독자들은 여기에 주목해주었으면 한다. 그날 S씨가 보여준 접대 태도야 말로, 쓰가루 사람들의 애정 표현이다. 그것도 쓰가루 토박이의 애정 표현이다. 내게도 S씨와 완벽히 똑같은 일이 종종 있어서 망설임 없이 이런 말을 할 수 있는데, 나는 먼 데 사는 친구가 찾아왔을 때 어떻게 하면 좋을지를 모르겠다. 그냥 가슴이 두근거려서 쓸데없이 우왕좌왕하다가 전등에 머리를 부딪쳐서 전등갓을 깨뜨린 적도 있을 정도다. 식사 중에 귀한 손님이 찾아오면, 나는 곧바로 젓가락을 집어 던지고 입을 우물거리면서 현관으로 나가기 때문에, 그걸 보고 손님은 오히려 얼굴을 찡그리는 경우가 있다. 나는 손님을 기다리게 하면서 침착한 마음으로 식사를 할 수가 없다. 그리고 실질적으로, S씨처럼 모든 면에서 배려해가며 집에 있는 모든 것을 다 끄집어내어 대접한다 해도 그것은 손님을 당혹스럽게 만들고, 오히려 나중에 그 손님에게 자신의 무례함을 사과해야 하는 일이 생긴다. 하나하나 조금씩 떼어주다가 결국에는 자신의 목숨까지 내어주는 식의 애정 표현은 관동, 관서 지방 사람에게는 오히려 무례한 폭력처럼 느껴지고, 결국은 저 사람을 멀리해야겠다고 생각하게 만드는 거 아닌가 싶어, 나는 S씨를 지켜보면서 나 자신의 숙명을 알게 된 듯한 기분이 들었기에, 돌아오는 내내 S씨가 그립고 애처롭게 느껴졌다. 쓰가루 사람의 애정 표현은, 물로 약간 희석하지 않으면 다른 지방 사람들에게는 받아들이기 힘든 면이 있을지도 모르겠다. 도쿄 사람들은 묘하게 허세를 부리면서 요리를 조금씩 내어온다. 무염無鹽 느타리버섯[43]은 아니지만, 나도 기소 님처럼 지나친 애정 표현 탓에 도쿄의 거만한 풍류가들에게 얼마나 많은 멸시를 받아왔는가. "'한 번에 쭉 들이켜라. 쭉 들이켜.'라고 재촉했네.'

나중에 들은 얘기인데, S씨는 그 후 일주일 동안 그날의 계란 된장 사건을 떠올리면 너무 부끄러워서 술을 마실 수밖에 없었다고 한다. 평소라면 남들의 몇 배는 더 부끄럼을 타는 섬세한 마음의 소유자인 모양이다. 이 또한 쓰가루 사람의 특징이다. 쓰가루 토박이는, 평상시에는 결코 거친 야만인이 아니다. 어중간한 도회지 사람들보다도 훨씬 더 우아하고 섬세한 배려심이 있다. 어떤 사정으로 인해 억누르고 있던 마음이 방죽을 무너뜨리고 넘쳐흘렀을 때, 어찌할 바를 모르겠어서 "무염 느타리버섯이 여기에 있으니 어서 드시게."라며 재촉하게 되고, 경박한 도회지 사람들의 빈축을 사는 억울한 일이 벌어지는 것이다. 그다음 날 한 친구가 S씨를 찾아가서는 기운 없이 술을 마시고 있던

• •

43_ 일본의 고전인 『헤이케모노가타리平家物語』 8권 「네코마猫間」에 나오는 일화이다. 어느 날 네코마노 추나곤이라는 사람이 상의할 것이 있다며 기소 요시나가를 찾아왔다. 기소는 고양이(옮긴이 주: '네코'는 고양이라는 뜻)가 사람을 만나느냐며 비웃었고, 그를 네코마 님이라고 부르지 않고 고양이 님이라고 불렀다. 기소는 네코마에게 '무염 느타리버섯'이 있다며 식사를 권했다. 기소는 절이지 않은 날생선을 '무염'이라고 부르는 것을 보고, 신선한 것은 다 '무염'이라고 부른다고 착각하고 있었던 것이다. 네코마는 버섯국이 담긴 그릇이 더러운 것을 보고 음식을 먹는 척만 하고 밑에 놓았는데, 기소는 그것을 보고 '고양이가 음식을 헤적거리며 먹는 것은 유명'하다며, 한 번에 쭉 들이켜라고 재촉했다. 네코마는 마음이 상해서 한마디 말도 없이 돌아가 버렸다.

그에게,

"어찌 됐나? 그러고 나서 부인한테 한소리 들었지?"라고 웃으며 물었더니, S씨는 처녀처럼 부끄러워하면서 "아니, 아직."이라고 대답했다고 한다.

잔소리를 들을 각오는 하고 있었던 모양이다.

3. 소토가하마

S씨의 집을 나와 N군의 집으로 가서 N군과 나는 또다시 맥주를 마셨는데, 그날 밤에는 T군도 붙잡아서 N군의 집에 묵게 되었다. 셋이서 함께 안쪽 방에서 자고, T군은 다음 날 이른 아침 우리가 자는 사이에 버스를 타고서 아오모리로 돌아갔다. 일이 바쁜 모양이었다.

"기침을 하더군." 나는 T군이 일어나서 나갈 채비를 하면서 콜록콜록 기침을 하는 소리를 잠결에 듣고 묘하게 슬펐기에, 일어나자마자 N군에게 그렇게 말했다. N군도 일어나서 바지를 입으며,

"응, 나도 그 기침 소리 들었네."라고 진지한 얼굴로 말했다. 술고래인 사람들은, 술을 안 마실 때면 표정이 무척 진지해진다. 아니, 얼굴뿐만이 아닐지도 모른다. 마음도 진지하다. "별로 좋은 기침 소리는 아니었지." N군도 잠들어 있는 것 같았지만, 역시 그 소리를 들었던 것이다.

"의지로 이겨내야 해." N군이 내뱉듯 말하고는 바지에 달린 밴드를 죄며 다시 말했다. "우리도 다 나았잖아?"

N군도 그렇고 나도, 오랫동안 호흡기 질환과 싸워왔다. N군은 심한 천식이었는데 지금은 완전히 나은 듯하다.

이번 여행을 떠나오기 전, 만주에 있는 군인들을 위해 발행된 어느 잡지에 단편소설 하나를 보내겠다고 약속한 일이 있었다. 그 마감이 오늘내일로 닥쳐와서 나는 그날 하루와 그다음 날 하루, 이렇게 이틀간 안쪽 방을 빌려서 일을 했다. N군도 그동안 다른 건물에 있는 정미소에서 일을 했다. 이튿날 저녁, N군이 내가 일하고 있는 방으로 오더니 말했다.

"다 썼는가? 두세 장이라도 썼어? 나는 이제 한 시간만 있으면 다 끝나. 일주일 치의 일을 이틀 만에 했어. 다 끝나고 또 논다고 생각하니까 기운이 솟아서, 일의 능률도 훨씬 더 좋아지더라고. 조금만 더 하면 돼. 마지막까지 힘을 내야지" 그러고는 바로 공장 쪽으로 가더니 10분이 채 되기도 전에 내가 있는 방으로 또다시 와서 말했다.

"다 썼는가? 나는 조금만 더 하면 돼. 요즘은 기계 상태도 좋아. 자네는 아직 우리 공장을 구경한 적이 없지? 더러운 공장이야. 안 보는 편이 나을지도 모르지. 어쨌든, 기운 내자고. 나는 공장 쪽에 있으니까." 그렇게 말하고는 다시 돌아갔다. 둔감한 나는 그제야 겨우 깨달았다. N군은 내게, 공장에서 일하고 있는 자신의 바지런한 모습을 보여주고 싶은 것임이 틀림없다. 곧 그의 일이 끝나니까 끝나기 전에 보러 오라는 암호였던 것이다. 나는 그것을 깨닫고 미소 지었다. 나는 서둘러 일을 정리한 뒤, 도로 건너편 건물에 있는 정미소에 갔다. N군은 너덕너덕 기워진 코르덴 재질의 상의를 입고 어지러울 정도로 빠르게 돌아가는 거대한 정미기 옆에서 뒷짐을 진 채, 무언가 생각에 잠긴 듯 서 있었다.

"잘 돌아가고 있구먼." 나는 큰 소리로 말했다.

N군은 뒤돌아보더니 진심으로 기쁜 듯 웃으며 말했다.

"일은 끝났어? 잘됐네. 나도 곧 끝나. 들어오게나. 게다를 신은 채로 들어와도 괜찮아." 하지만 나는 게다를 신은 채로 정미소에 들어갈 정도로 무신경한 남자는 아니다. N군 또한 깔끔한 짚신으로 갈아 신고 있었다. 주위를 둘러보아도 덧신 같은 것은 없었기에, 나는 공장 입구에 서서 그저 싱글거리며 웃고만 있었다. 맨발로 들어갈까 싶기도 했지만, 그것은 괜히 N군을 미안하게 만드는 과장되고 위선적인 행동인 것 같기도 해서 신발을 벗을 수도 없었다. 내게는 상식적인 선행을 할 때도 지나치게 부끄러워하는 안 좋은 버릇이 있다.

"기계가 꽤 크네. 자네 혼자서 이걸 조작하다니 대단하군." 인사치레 로 하는 말이 아니었다. N군도 나와 마찬가지로 그다지 과학적 지식이 많은 사람이 아니었다.

"아니, 간단한 거야. 이 스위치를 이렇게 돌리면," 하고 여기저기에 있는 스위치를 돌려 모터를 멈추기도 하고 흩날리는 등겨를 보여주는가 하면, 완성된 쌀을 폭포처럼 쫙 쏟아지게 하는 등 그 거대한 기계를 자유자재로 조작해 보였다.

나는 문득 공장 한가운데 기둥에 붙어 있는 작은 포스터로 시선을 돌렸다. 얼굴이 술병 모양으로 생긴 남자가 양반다리를 하고 앉아 소매를 걷어붙이고서 커다란 술잔을 기울이고 있는데, 그 술잔 위에는 집과 광이 얹혀 있었다. 그리고 그 묘한 그림에는 '술은 몸도 삼키고 집도 삼킨다.'라는 설명 문구가 인쇄되어 있었다. 그 포스터를 한참 동안 바라보고 있자니, N군도 내가 그것을 보고 있다는 것을 알아챘는지 내 얼굴을 보며 방긋 웃었다. 나도 방긋 웃었다. 우리는 같은 죄를 지은 동지였던 것이다. "그래도 어쩔 수가 없단 말이지."라고 말하는 듯한 느낌이다. 나는 그런 포스터를 공장 기둥에 붙여놓는 N군이 애처롭 게 여겨졌다. 누가 술고래를 원망하랴. 내 경우는 그 커다란 술잔에 나의 보잘것없는 저서 약 스무 권이 얹혀 있는 상황이다. 내게는 술이

삼킬 집도 없고 광도 없다. '술은 몸도 삼키고 저서도 삼킨다.'라고 해야 할 판이다.

공장 안쪽에 제법 큰 기계 두 대가 멈춰 있었다. 저건 뭐냐고 N군에게 묻자, N군은 나직이 한숨을 내뱉으며 말했다.

"저건 말이지, 새끼줄을 꼬는 기계랑 돗자리를 만드는 기계인데, 조작하는 게 꽤 어려워서 내가 못 다루겠더라고. 사오 년 전에 이 동네에 흉년이 들었는데, 정미 일이 통 없어서 정말 힘들었어. 매일매일 난로 옆에 앉아 담배를 피면서 이런저런 생각을 한 끝에, 이 기계를 사서 이 공장 한구석에서 철커덕거리며 작동을 시켜봤는데, 내가 손재주가 없어서인지 아무리 해도 잘 안 되더라. 슬펐지. 결국 우리 가족 여섯이 근근이 하루하루를 연명했어. 그 시절엔 한 치 앞이 어떻게 될지를 몰랐으니 정말 불안했어."

N군은 네 살 먹은 남자아이 한 명 외에 죽은 여동생의 아이 세 명도 맡아 기르고 있다. 여동생의 남편도 중국 북부에서 전사했기 때문에 N군 부부는 이 세 명의 고아들을 맡아 기르는 것을 당연한 일로 받아들이고, 자기 아이처럼 귀여워해 주고 있다. 부인의 말에 따르면 N군에게는 도가 지나칠 정도로 아이들을 귀여워하는 경향마저 있다고 한다. 세 명의 고아 중에 가장 큰아들은 아오모리 공업학교에 들어갔는데, 그 아이가 어느 토요일에 아오모리에서 버스도 타지 않고 70리 길을 터벅터벅 걸어 밤 12시쯤 가니타의 집에 도착했다고 한다. 와서는 "외삼촌, 외삼촌!"하고 외삼촌을 부르며 현관문을 두드렸고, N군은 벌떡 일어나 현관문을 열더니 정신없이 그 아이를 끌어안으며, "걸어왔어? 정말, 걸어왔어?"라는 말만 되뇌며 다른 말은 하지도 않았다고 한다. 그리고 애꿎은 부인을 타박하며 설탕물을 타주라는 둥, 떡을 구우라는 둥,

우동을 끓이라는 둥 하면서 잇달아 일을 시켰다고 한다. 부인이 이 아이는 피곤해서 자고 싶을 거라고 했더니, "뭐, 뭐라고?!"라면서 지나치게 야단스러운 몸짓으로 부인에게 주먹을 치켜들었는데 그것은 너무도 이상한 싸움이었기에, 그 조카가 풋 하고 웃음을 터뜨려서 N군도 주먹을 치켜든 채 웃음을 터뜨렸고, 부인도 웃어서 모든 상황이 호지부지된 일도 있었다고 한다. 나는 그 또한 N군이 지닌 성격의 일부를 보여주는 좋은 일화라 생각했다.

"칠전팔기네. 이런저런 일이 있었구먼." 나는 이렇게 말하고서 내 처지를 생각하니, 갑자기 눈물겨워졌다. 이 선량한 친구가 익숙지 않은 손놀림으로 공장 한구석에서 홀로 덜컹거리며 돗자리를 짜는 쓸쓸한 모습이, 눈에 선했다. 나는, 이 친구를 사랑한다.

그날 밤에도 또, 둘 다 일이 끝났다는 것을 핑계 삼아 함께 맥주를 마시며 고향 땅의 흉작에 대한 이야기를 나눴다. N군은 아오모리현 향토사 연구회의 회원이라 향토사 문헌을 꽤 많이 가지고 있었다.

"어쨌든, 이래 왔으니까 말이지." N군은 어떤 책을 펼쳐서 내게 보여주었는데 그 페이지에는 다음과 같은, 쓰가루 흉작 연표라고 할 만한 불길한 일람표가 실려 있었다.

겐나 1년[1615년]   대흉작
겐나 2년[1617년]   대흉작
간에이 17년[1640년]   대흉작
간에이 18년[1641년]   대흉작
간에이 19년[1642년]   흉작
메이레키 2년[1656년]   흉작

간분 6년[1666년]   흉작

간분 11년[1671년]   흉작

엔포 2년[1674년]   흉작

엔포 3년[1675년]   흉작

엔포 7년[1679년]   흉작

텐나 1년[1681년]   대흉작

조쿄 1년[1684년]   흉작

겐로쿠 5년[1692년]   대흉작

겐로쿠 7년[1694년]   대흉작

겐로쿠 8년[1695년]   대흉작

겐로쿠 9년[1696년]   흉작

겐로쿠 15년[1702년]   반흉작

호에이 2년[1705년]   흉작

호에이 3년[1706년]   흉작

호에이 4년[1707년]   대흉작

교호 1년[1716년]   흉작

교호 5년[1720년]   흉작

겐분 2년[1737년]   흉작

겐분 5년[1740년]   흉작

엔쿄 2년[1745년]   대흉작

엔쿄 4년[1747년]   흉작

간엔 2년[1749년]   대흉작

호레키 5년[1755년]   대흉작

메이와 4년[1767년]   흉작

안에이 5년[1776년] 반흉작

덴메이 2년[1782년] 대흉작

덴메이 3년[1783년] 대흉작

덴메이 6년[1786년] 대흉작

덴메이 7년[1787년] 반흉작

간세이 1년[1789년] 흉작

간세이 5년[1793년] 흉작

간세이 11년[1799년] 흉작

분카 10년[1813년] 흉작

덴포 3년[1832년] 반흉작

덴포 4년[1833년] 대흉작

덴포 6년[1835년] 대흉작

덴포 7년[1836년] 대흉작

덴포 8년[1837년] 흉작

덴포 9년[1838년] 대흉작

덴포 10년[1839년] 흉작

게이오 2년[1866년] 흉작

메이지 2년[1869년] 흉작

메이지 6년[1873년] 흉작

메이지 22년[1889년] 흉작

메이지 24년[1891년] 흉작

메이지 33년[1900년] 흉작

메이지 35년[1902년] 대흉작

메이지 38년[1905년] 대흉작

다이쇼 2년[1913년]   흉작

쇼와 6년[1931년]   흉작

쇼와 9년[1934년]   흉작

쇼와 10년[1935년]   흉작

쇼와 15년[1940년]   반흉작

쓰가루 사람이 아니더라도, 이 연표를 보면 한숨이 절로 나올 것이다. 오사카의 여름 전투에서 도요토미 씨가 멸망한 겐나 원년[1615년]부터 지금까지 약 330년간, 약 60번의 흉작이 든 것이다. 대강 오 년에 한 번씩 흉작이 들었다는 계산이 된다. 또한 N군은 다른 책을 펼치더니 내게 보여주었는데, 그 책에는 '다음 해인 덴포 4년[1833년]이 되자 입춘 때부터 강한 동풍이 빈번히 불어 3월 3일이 되어도 쌓인 눈이 녹지를 않아 농가에서는 눈썰매를 이용했다. 5월이 되어도 모는 조금밖에 자라지 않았지만 시기를 놓칠 수 없다 하여 그냥 모내기에 착수했다. 그러나 연일 동풍이 강하게 불어댔고 6월 복날 무렵이 되어도 구름이 많이 끼어 햇빛이 보이는 맑은 날씨가 드물었다. (중략) 매일 아침저녁으로 냉기가 강하여 6월 복날에도 솜옷을 입을 정도였고, 밤에는 특히 추워서 7월 네부타(저자 주: 음력 칠석 무렵, 무사나 용, 호랑이 모양의 알록달록한 커다란 등燈을 수레에 실어 끌고, 젊은이들이 다양한 분장을 하고 춤을 추면서 거리를 돌아다니는 쓰가루의 연중행사 중 하나이다. 다른 마을의 등과 부딪혀서 늘 싸움이 일어난다. 사카우에노 다무라마로가 에조 정벌을 했을 때, 이러한 큰 등으로 산에 있는 에조인들을 유인하여 이들을 전멸시킨 이후 이런 전통이 생겼다는 설이 있지만 진위는 알 수 없다. 쓰가루뿐만 아니라 동북 지방 각지에 이와 비슷한 풍속이 있다. 동북 지방의 여름 축제용 수레라고 생각하면 크게 다르지 않을 것이다.) 무렵이 되어도 도로에는 모깃소리가 들리지 않았으며, 집안에 서는 가끔 들리기는 했지만 모기장을 쓸 정도는 아니었고 매미 소리 또한 극히 드물었다. 7월 6일 무렵부터 더위가 시작되어 백중맞이 전에 홑옷을 입기 시작했다. 같은 달 13일경부터 올벼에 이삭이 나서 봉오도리[44]도 무척 떠들썩하게 치러졌지만, 같은 달 15일, 16일에는 햇빛이 희미하여 마치 한밤중의 거울 빛과 비슷했다. 같은 달 17일 밤에는 춤추던 사람들도 집으로 돌아가고 인적도 드물어진 뒤 새벽녘이 다가오자, 뜻밖에도 많은 서리가 내려 벼 이삭이 기울어지고 길거리는 이것을 본 사람들의 울음소리로 가득 찼다.'라는, 애달프다는 말밖에는 달리 표현할 길이 없는 상황이 기록되어 있다. 내가 어렸을 때도 노인들로 부터 게가즈(쓰가루에서는 흉작을 게가즈라고 부른다. 기근_{일본어로 '기가쓰'}의 방언일지도 모른다.)의 참상을 듣고 어린 마음에도 기분이 우울해져 서 울상을 짓곤 했는데, 오랜만에 고향에 와서 이런 기록을 똑똑히 보니 애수哀愁를 넘어서서, 이유를 알 수 없는 분노가 끓어오르기까지 했다.

"이래선 안 돼! 과학의 시대네 뭐네 하며 그럴싸한 얘기를 하면서도 이런 흉작을 막는 방법을 농민들에게 가르쳐주지도 못하다니, 한심하구 먼."

"아니, 기술자들도 여러모로 연구는 하고 있어. 냉해冷害에 강한 품종 이 개량되고 있기도 하고, 모내기 시기에 대한 연구도 계속되고 있으니 지금은 옛날처럼 큰 흉작은 없어졌지. 하지만 그래도, 여전히 사오

년에 한 번은 안 좋은 때가 있어."

"한심하구먼." 나는 딱히 누구를 향한 것인지 알 수 없는 분노어린 마음으로 입을 삐죽이며 욕을 했다. N군은 웃으며 말했다.

"사막에서 사는 사람도 있지 않나? 화내도 소용없네. 이런 풍토에서는 독특한 인정人情도 생겨나는 법이지."

"그렇게까지 좋을 것도 없는 인정이잖아. 성격에 온화하고 태평한 구석이 없으니, 나도 항상 남쪽 지방 예술가들한테는 밀리는 느낌이야."

"그래도 자네는 지지는 않지 않은가. 쓰가루 지방은 예부터 다른 지방 사람들의 공격을 받고 진 적이 없어. 맞기는 해도, 지지는 않지. 제8사단[45]은 국보라잖아?"

태어나자마자 바로 흉작이라는 재난을 만나 갖은 고뇌를 다 겪으며 살던 우리 조상의 피가, 지금의 우리들에게 전해지지 않았을 리는 없다. 온화하고 태평한 성격이 지닌 미덕도 부러워할 만한 것임은 틀림없지만, 우리는 조상의 슬픈 피에, 가능한 한 멋진 꽃을 피우기 위해 노력하는 것 말고는 달리 방법이 없다. 공연히 비참했던 과거에 대해 한탄하지 말고, N군처럼 즐풍목우[46]의 전통을 의기양양하게 자랑하는 편이 좋을지도 모른다. 게다가 쓰가루도 언제까지나 옛날처럼 참혹한 지옥살이를 반복하고 있는 것은 아니다. 다음 날, 나는 N군의 안내를 받아 버스를 타고 소토가하마 가도를 따라 북쪽으로 올라가서 민마야에서 하룻밤 머물고, 해안의 방파제에 있는 불안한 길을 걸어 혼슈의 북단에 있는 닷피곶까지 갔다. 민마야와 닷피 사이에 있는 황량하고 삭막한 마을들도 거센 바람에 맞서, 거친 파도에도 굴하지 않고 꿋꿋하게 일가를 지키며

45_ 아오모리현의 히로사키에서 편성된 당시 일본 육군의 사단 중 하나.
46_ 櫛風沐雨. 객지로 돌아다니며 갖은 고생을 함.

쓰가루 사람의 건재함을 애처롭게 과시하고 있었다. 그리고 민마야이남에 있는 마을들, 특히 민마야, 이마베쓰 등은 산뜻한 항구의 밝은 분위기 속에서 차분하고 여유 있는 생활을 보여주고 있었다. 아아, 공연히 기근의 그림자를 보고 두려워하지 말라. 이하에 인용한 것은 사토 히로시라는 이학사理学士의 호쾌한 문장이다. 나는 이 책의 독자가 느끼고 있을 우울함을 쫓기 위해, 그리고 우리 쓰가루 사람의 밝은 출발에 대한 건배의 인사로 일부를 차용해보기로 하겠다. 사토 이학사가 『오슈47산업총설』에서 이르기를, '총을 쏘면 풀숲에 숨고, 뒤를 쫓으면 산속으로 들어간 에조인의 세력권인 오슈. 산들이 겹겹이 막아서서 천연 장벽을 이루고 있으며, 이로 인해 교통이 불편한 오슈. 바람과 파도가 세서 해상교통이 불편한 일본해와, 호쿠조산맥에 가로막혀 발전하지 못한, 톱니바퀴 모양의 곶과 만이 많으며 태평양에 둘러싸인 오슈. 게다가 겨울에는 강설량이 많고, 혼슈에서 가장 추우며 예로부터 수십 번의 흉작이 들었다는 오슈. 규슈의 경지면적이 2할 5푼인 것에 비해, 겨우 1할 5푼에 지나지 않는 가엾은 오슈. 뭐로 보나 자연조건이 불리한 오슈는, 630만 인구를 먹여 살리기 위해 오늘날 어떤 산업에 의존하고 있을까?

어떤 지리서를 보아도 오슈는 혼슈 동북단에 치우쳐 있으며 의식주가 모두 열악한 상황이라고 나와 있다. 억새, 사철나무, 삼나무로 엮어 만든 전통 지붕을 제외하고, 현재 많은 주민들은 함석지붕 집에 살며 보자기를 뒤집어쓰고서 작업 바지를 입고 보통 이하의 변변치 못한 음식에 만족하고 있다고 한다. 정말 그럴까? 그 정도로 오슈는 산업의

47_ 奧州 후쿠시마, 미야기, 이와테, 아오모리 네 개 현과 아키타현 일부의 옛 이름.

혜택을 받지 못하고 있을까? 빠른 속도를 자랑하는 이십 세기의 문명은 동북 지방에만 도달하지 못한 것일까? 아니다. 그것은 과거의 오슈일 뿐, 현대의 오슈에 대해 이야기하고자 하는 사람은 우선, 르네상스 직전의 이탈리아에서 볼 수 있었던 활기찬 기운이 이곳 오슈 지방에 있음을 인정해야 한다. 문화나 산업 면에서도 교육에 대한 메이지 천황의 마음이 빠른 속도로 오슈 구석구석까지 스며들어, 알아듣기 힘들었던 오슈 사람 특유의 콧소리가 줄어듦과 동시에 표준어가 널리 퍼졌으며, 원시적 상태에 머물러 있던 몽매한 야만인들의 거주지에 교화^{教化}의 빛을 불어넣었으니, 보라, 개간과 간척으로 비옥한 논밭이 시시각각으로 증가한 것을. 그리고 개량과 개선을 통해 목축업, 임업, 어업이 날로 발전하고 있음을. 더욱이 인구가 얼마 되지 않으니, 발전 가능성이 더욱 많음을.

찌르레기, 오리, 박새, 기러기 등의 철새 떼가 먹이를 찾아 이 지역을 맴돌듯, 발전하는 시대의 일본 민족은 각지에서 북쪽으로 올라와 이 오슈 지방에 이르러 에조인을 정복했다. 그리고 산에서 사냥하고 강에서 고기를 잡으며 풍부한 자원의 매력에 이끌려 여기저기를 헤매고 다녔다. 이렇게 세월이 흘러 이곳 사람들은 제각기 마음에 드는 곳에 정착했는데, 어떤 이는 아키타, 쇼나이, 쓰가루의 평야에 벼를 심고, 어떤 이는 북쪽 산지에 나무를 심었으며, 어떤 이는 들판에서 말을 기르고, 또 어떤 이는 바닷가에서 어업에 전념함으로써 오늘날의 융성한 산업의 기초를 만들었다. 오슈 6현, 630만 명의 주인은 이렇게 선조들이 개발한 특성 있는 산업을 소홀히 하지 말고, 더욱 발전시킬 방법을 강구해야 한다. 그리하여 철새는 영원히 떠돌지만, 소박한 동북 지방주민은 이제 떠도는 일 없이 쌀을 재배하고 사과를 팔며, 울창한 숲으로 이어지는 푸른 들판에는 갈기가 빛나는 멋진 말을 달리게 하며, 고기를 잡으러 나간 배는 싱싱한 물고기를 가득 싣고 항구에 들어와야 할 것이다.'

참으로 고마운 축하 인사라, 달려가서 감사의 악수라도 건네고 싶을 정도다. 그건 그렇고 나는 그다음 날, N군의 안내를 받아 오슈의 소토가하마를 따라 북쪽으로 올라갔는데, 출발에 앞서 문제가 된 것은 다름 아닌 술이었다.

"술은 어떻게 하시겠어요? 배낭에 맥주 두어 병이라도 넣어둘까요?" 제수씨가 그렇게 묻기에, 나는 정말 식은땀이 흐르는 듯한 기분이었다. 어째서 술고래라는 불명예스러운 족속으로 태어났을까 싶었다.

"아니, 괜찮습니다. 없으면 없는 대로, 또, 그건, 별로" 이렇게 횡설수설, 요령 없이 말하면서 배낭을 메고 도망치듯 집을 나섰다. 뒤쫓아 온 N군에게,

"아, 나왔구나. 술이라는 말을 들으면 섬뜩해서 말이지. 바늘방석이야." 하고 내 느낌을 있는 그대로 말했다. N군도 같은 생각을 했는지 얼굴을 붉히며 우후후 하고 웃으면서 말했다.

"나도 말이지, 혼자라면 참을 수 있지만, 자네 얼굴을 보면 술을 안 마시고는 못 배기겠어. 이마베쓰의 M씨가 이웃에게서 배급받은 술을 받아 조금씩 모아둔다고 했으니, 잠시 이마베쓰에 들르지 않겠나?"

나는 복잡한 한숨을 내쉬며 말했다.

"계속 민폐만 끼치는구먼."

처음에는 가니타에서 배를 타고 곧장 닷피까지 가서, 돌아올 때는 걷거나 버스를 탈 계획이었는데, 그날은 아침부터 동풍이 세게 불어서 악천후라 할 수 있는 날씨였다. 타고 갈 예정이었던 정기선은 결항이 되어버렸기에, 계획을 바꿔 버스를 타고 출발하기로 했다. 버스에는

의외로 사람이 별로 없었고, 둘 다 쉽게 자리에 앉을 수 있었다. 소토가하마 가도를 따라 한 시간 정도 북쪽으로 올라가자 점차 푸른 하늘도 보이기 시작했고, 이 정도라면 정기선도 다니지 않을까 싶었다. 어쨌든 이마베쓰의 M씨 집에 들러, 배가 뜬다면 술을 받고서 바로 이마베쓰 항에서 배를 타기로 했다. 가는 길과 오는 길 모두 같은 육로를 지나는 것은 융통성 없고 재미없는 일로 여겨졌다. N군은 버스 창문으로 보이는 이런저런 풍경을 가리키며 설명해주었지만, 이제 슬슬 요새지대에 가까워졌으니 N군이 해준 그 친절한 설명을 여기에 일일이 적는 것은 자제해야 한다. 어쨌든 이 부근에는 옛 원주민들의 거주 흔적이 조금도 보이지 않았고, 날씨가 좋아진 탓인지 모든 마을이 깔끔하고 밝아 보였다. 간세이시대^{1789~1801}에 출판된, 교토의 명의^{名医} 다치바나 난케이가 지은 『동유기^{東遊記}』에는, '천지가 열린 뒤 이제까지, 지금처럼 태평한 시절은 없었다. 서쪽으로는 기카이야쿠섬에서 동쪽으로는 오슈의 소토가하마까지, 위에서 내려오는 명령이 닿지 않는 곳이 없다. 옛날에 야쿠섬은 야쿠국이라는, 마치 다른 나라 같은 명칭으로 불렸고, 오슈도 반 정도는 원주민들의 땅이었으며 최근까지도 원주민들의 거주지였는지 남부와 쓰가루 주변의 지명에는 이상한 이름이 많았다. 소토가하마 도로 주변의 마을 이름에도 닷피, 호로즈키, 우치마쓰페, 소토마쓰페, 이마베쓰, 우테쓰라는 곳이 있다. 이것들은 모두 원주민들의 말이다. 지금까지도 우테쓰 주변의 풍속은 원주민의 그것과 비슷하여, 쓰가루 사람들도 그들을 에조인이라 부르며 멸시한다. 내 생각에 우테쓰 주변뿐만 아니라, 남부, 쓰가루 주변의 마을 사람들 대부분도 에조인인 것 같다. 다만 일찍이 일본화되어 풍속과 언어가 달라진 곳은, 조상대부터 일본인의 피가 흐르고 있는 듯 행동하는 것으로 보인다. 그렇기 때문에 예의와 문화가 아직 꽃피지 못한 것은 당연한 일이다.'라고 쓰여 있다. 그로부터 150년이 지난 지금 지하에 있을 난케이를 깨워 버스에 태워서 오늘날의 평탄한 콘크리트 도로를 지나게 한다면, 어안이 벙벙해져서 고개를 갸웃거리며, 전에 있던 눈은 다 어디로 갔느냐며 감탄할지도 모르겠다. 난케이의 『동유기』와 『서유기』는 에도시대의 명저 중 하나로 꼽히는 것 같은데, 그 범례에도, '내 여행은 의학을 목적으로 한 것이었기에, 의학에 관한 것은 잡담이라 할지라도 별도로 기록하여 동지들에게 보여줄 것이다. 다만 이 책은, 그것을 쓰는 김에 여행 중에 보고 들은 것을 적은 것으로, 굳이 그 허와 실을 바로잡지 않았기에 잘못된 점도 많을 것이다.'라고 자기 입으로 털어놓고 있다. 이처럼 독자의 호기심을 자극하기만 하는 황당무계한 글도 적지 않다고 할 수 있다. 다른 지방에 대한 것은 언급하지 않고 소토가하마 부근에 대한 글에 한해 그 예를 들자면, '오슈 민마야三馬屋(저자 주: 민마야三厩의 옛 명칭)은 마쓰마에에 있는 해안의 나루터로 쓰가루 령 소토가하마에 있으며 일본 동북 지방의 끝이다. 옛날에 미나모토노 요시쓰네가 다카다치에서 도망쳐 나와 에조로 건너가려고 여기에 왔을 때, 건너가기에 충분한 바람이 불지 않았기에 며칠을 기다리다가 지쳐서, 가지고 있던 관음상을 바닷속 바위 위에 놓고 순풍이 불기를 기도했다. 그러자 바로 바람 방향이 바뀌어 마쓰마에로 건너갈 수 있었다. 그 관음상이 지금 이곳 절에 있어, '요시쓰네의 바람 기원 관음상'이라 불린다. 또한 물가에 커다란 바위가 있는데 마구간처럼 구멍 세 개가 나란히 뚫려 있다. 여기는 요시쓰네가 말을 세워 둔 곳이다. 그래서 이 지역을 민마야三馬屋라고 부르게 되었다.'라고, 아무런 의심 없이 적고 있다. 또한 '오슈 쓰가루의 소토가하마에는 다이라다테라는 곳이 있다. 이 지역 북쪽에는 바다 방향으로 튀어나온 절벽이 있는데, 이것을 이시자키石崎의 코라고 부른다. 여기를 조금 지난 곳에 슈다니朱谷가 있다. 깊은 산골짜기에서 계곡물이 흘러나와 바다로 떨어진다. 이 계곡의 흙과 돌은 모두 붉은색이다. 물색까지도 매우 붉으며, 젖은 돌에 아침 햇살이 비치면 그 빛깔이 너무도 화려하여 눈이 번쩍 뜨인다. 계곡물이 바다로 떨어지는 지점의 조약돌도 모두 붉은색이다. 바닷물 속의 고기들도 모두 붉다고 한다. 계곡의 붉은 기운으로 인해 바닷속 물고기나 돌까지 붉게 느껴지는 것은 참으로 신기한 일이다.'라는 말을 태연스레 쓰고 있는가 하면, 또, 이런 말도 쓰여 있다. 오키나라고 하는 이상하게 생긴 물고기가 북쪽 바다에 살고 있는데, '그 크기는 2~30리에 이르러, 그 물고기의 몸통 전체를 본 사람은 없다. 가끔 바다 위에 떠오른 모습을 보면 커다란 섬 몇 개가 생긴 것처럼 보이지만, 이것은 오키나의 등과 꼬리지느러미가 조금씩 보이는 것이다. 고래가 정어리를 삼키듯 20척, 30척 크기의 고래를 삼켜서, 이 물고기가 오면 고래는 사방으로 흩어져 도망간다.'라는 말을 하며 독자를 겁준다. 또한, '민마야에 머물렀을 때 어느 날 밤 근처에 살던 동네 할아버지 할머니들이 그 집에 찾아와서는 화롯가에 모여 앉아 잡다한 얘기를 나눴는데 그들이 입을 모아 얘기하기를, 이삼십 년 전에 있었던 마쓰마에의 쓰나미만큼 무서운 것이 없었다고 한다. 그 무렵에는 바람도 잠잠하고 비도 내리지 않았는데, 어느샌가 구름이 하늘을 뒤덮더니 밤마다 하늘이 번쩍이면서 무언가가 하늘을 가로지르 며 날아다녔다. 점차 그것이 퍼져나가더니, 쓰나미 사오일 전에는 대낮 에도 많은 신들이 허공을 날아다녔다. 의관衣冠을 차려입고서 말을 타고 다니는 신도 있는가 하면, 어떤 신은 용이나 구름을 타고 날아다녔으며, 어떤 신은 코뿔소나 코끼리 같은 것을 타고 다녔다. 흰 옷을 차려입은 신도 있는가 하면, 붉은 옷도 있고 푸른 옷도 있었으며, 큰 신도 있고 작은 신도 있었다. 그처럼 모습과 크기가 다양한 불신仏神들이 하늘을 뒤덮고 동서로 날아다니고 있었다. 이 이상한 현상을 눈앞에 두고 기도하고 절하며 지내기를 네댓새, 어느 날 저녁 앞바다를 보니 새하얀 눈에 뒤덮인 산 같은 것이 저 멀리 보였다. 이상한 것이 바닷속에 생겼다고 생각하던 중에, 그것이 점점 다가와서 산을 넘어가는 것을 보니 그것은 다름 아닌 거대한 파도였다. 쓰나미다! 어서 도망가자! 하고 남녀노소가 걸음아 날 살려라 하고 도망쳤지만, 눈 깜짝할 사이에 밀려온 쓰나미는 집과 논밭, 초목, 짐승까지 하나도 남김없이 바닷속 쓰레기로 만들었다. 바닷가 마을에서 살아남은 사람은 한 명도 없었고, 처음 신들이 구름 위를 날아다녔던 것은 큰 재난이 닥칠 것을 알고서 이 땅에서 떠나려 했던 것이라며, 모두가 두려움에 떨면서 이야기했다.'라는, 불경스러우면서도 꿈같은 얘기도 읽기 쉬운 문체로 쓰여 있다. 실은, 이 부근의 현재 풍경에 대해서는 시대가 이러하니 구체적으로 적지 않는 편이 좋을 것 같기도 하고, 또 황당무계하다고는 해도 옛날 사람의 여행기를 옮겨 적고 전래동화 같은 분위기에 빠져보는 것도 재미있을 거라는 생각에 『동유기』에 나오는 이야기 두세 개를 베껴 적어보았다. 내친김에 소설을 좋아하는 사람이라면 특히나 재미있어 할 것 같은 글이 하나 더 있으니, 소개해보기로 하겠다.

'오슈 쓰가루의 소토가하마를 여행했을 때, 그곳의 관리가 단고丹後 출신의 사람은 없느냐고 자꾸만 물어왔다. 왜 그러느냐고 물으니, 쓰가루의 이와키산의 신이 단고 사람을 무척 싫어해서 단고 사람이 숨어서라도 이 지역에 들어오면 날씨가 갑자기 안 좋아지면서 비바람이 몰아치고 배가 오갈 수 없게 되어, 쓰가루 지역은 큰 어려움에 처한다고 했다.

내가 여행했을 때도 거친 바람이 계속 불어서 단고 사람이 들어온 것 아닌가 싶어 조사하고 있었던 것이다. 날씨가 안 좋으면 언제나 엄중한 조사를 하고, 만약 단고 사람이 들어와 있다는 것이 확인되면 바로 추방한다. 단고 사람이 쓰가루 지역을 벗어나면 날씨가 금방 좋아지고 바람도 잦아든다고 한다. 예부터 내려오는 풍습이라고 꺼려하기는커녕, 관리들의 손에 의해 그 풍습이 이어진다는 것은 실로 진기한 일이다. 아오모리, 민마야, 그 외의 소토가하마 지역 항구 사람들은 단고 사람들을 극도로 싫어한다. 너무 이상해서 어째서 그러느냐고 그 연유를 물으니, 여기에 있는 이와키산은 안주安寿 아가씨가 태어난 곳이라 안주 아가씨를 이 산의 신으로 모신다고 한다. 이 아가씨는 단고 지역을 헤매다가 산쇼다유三圧太夫에게 해코지를 당해서, 지금까지도 이 지역 사람이라고 하면 싫어하는 까닭에 이와키산의 신이 비바람을 일으키며 험악해진다고 한다. 소토가하마 해안가 900여 리에 걸쳐 사는 사람들은 모두 고기잡이나 해운업으로 먹고 살기에 언제나 순풍이 부는 것을 가장 큰 소원으로 여긴다. 그래서 날씨가 나빠지면 이 지역의 모든 사람들은 단고 사람들을 싫어하게 된다. 이 이야기는 이웃 마을로도 퍼져나가, 마쓰마에 남부 지역의 항구 사람들도 대개 단고 사람을 싫어하며 내쫓는 일이 있다. 이토록 사람의 원한은 쉽게 없어지지 않는 것이다.'

　이상한 이야기다. 단고 사람들 입장에서는 정말 어처구니가 없을 것이다. 단고라 함은 지금의 교토 북부 지역인데, 그 근처 사람들이 그 시절 쓰가루에 오면 험한 꼴을 당해야만 했던 것이다. 안주 아가씨와 즈시厨子 왕의 이야기는 우리도 어렸을 때부터 그림책을 통해 알고 있고, 또 오가이鷗外의 걸작 「산쇼다유」[48]에 대해서는 소설을 좋아하는 사람이라면 누구나 알고 있다. 하지만 그 슬픈 이야기에 나오는 아름다운 남매가 쓰가루 출신이며 죽은 뒤 이와키산에 모셔졌다는 것은 별로 알려져 있지 않은데, 사실 이것도 어쩐지 미심쩍다. 난케이 씨는 요시쓰네가 쓰가루에 왔다든가, 30리 크기의 큰 물고기가 헤엄을 치고 있다든가, 돌 색이 녹아들어 강물과 물고기 지느러미가 모두 붉다는 얘기를 아무렇지도 않게 쓰고 있으니, 이것도 어쩌면 '군이 그 허와 실을 바로잡지 않는다'는 식의 무책임한 글일지도 모른다. 원래 이 안주와 즈시 왕이 쓰가루 사람이라는 설은 『일중 천지인 백과사전』[49]의 이와키산의 신 항목에도 나와 있다. 『천지인 백과사전』은 한문으로 되어 있어 조금 읽기 어렵지만, '옛날에 이 지방(쓰가루)의 영주, 이와키 판관인 마사우지라는 사람이 있었다. 에이호 원년[1081년] 겨울, 교토에 있다가 모략으로 인해 서해로 귀양 가게 되었다. 고향에는 자식이 둘 있었는데, 누나는 안주라 하고 동생을 즈시오마루라 했다. 어머니와 함께 헤매다가 데와를 지나 에치고[50]에 이르러 나오에 항구 (후략).'라고 자신 있게 쓰기 시작하고서는, 끝부분에 이르러 '이와키와 쓰가루의 이와키산은 남북으로 천여 리나 떨어져 있으니 이들을 모신다는 것은 미심쩍은 일이다.'라며 속내를 털어놓고 있다. 오가이의 『산쇼다유』에는, '이와시로[51]의 시노부 군에 있는 집을 나와'라고 쓰여 있다. 다시 말해 이것은, 이와키岩城라는 글자를 '이와키'라고 읽기도 하고 '이와시로'라고 읽기도 하다가 뒤죽박

••
48_ 모리 오가이森鷗外(1862~1922)는 일본 근대문학을 대표하는 고급 관료 출신 소설가로, 『산쇼다유』는 여행 중에 인신매매범 때문에 모친과 헤어지게 된 오누이의 비극적인 운명을 그린 소설이다.
49_ 『和漢三才図會』1712년에 간행된 사전으로, 일본과 중국의 고금의 만물을 천, 지, 인 세 항목으로 나누어 그림과 함께 설명한 것이다.
50_ 데와: 지금의 아키타현과 야마가타현. / 에치고: 지금의 니가타현.
51_ 지금의 후쿠시마현 서부.

죽이 되어, 결국 쓰가루의 이와키산이 그 전설을 받아들이게 된 것이 아닐까 싶다. 하지만 쓰가루의 옛날 사람들이 안주 아가씨와 즈시 왕은 쓰가루 아이라고 굳게 믿고 밉살스러운 산쇼다유를 저주한 나머지, 단고 사람이 오면 쓰가루 날씨가 나빠진다고 믿었다는 것은, 나처럼 안주 아가씨와 즈시 왕을 동정하는 사람이 보면 통쾌해할 일이다.

소토가하마의 옛날이야기는 이쯤에서 접어두고 본론으로 돌아가자. 우리가 탄 버스는 점심때쯤 M씨가 있는 이마베쓰에 도착했다. 이마베쓰는 앞에서도 말했듯이, 밝고 근대적이라고 할 수 있는 항구 마을이다. 인구도 사천 명에 가깝다. N군의 안내를 받으며 M씨 집에 찾아갔는데, 그의 아내가 나오더니 M씨는 집에 없다고 했다. 약간 기운이 없어 보였다. 다른 집의 이런 모습을 보면, 나는 곧바로 '아아, 나 때문에 싸우기라도 한 거 아닌가?' 하는 생각을 하는 버릇이 있다. 정말 그럴 때도 있고 그렇지 않을 때도 있다. 어쨌든 작가와 신문기자 같은 사람의 출현은 선량한 가정에 불안감을 불러일으키기 십상이다. 그것은 작가로서도 꽤나 큰 고통이다. 그 고통을 체험한 적이 없는 작가는, 바보다.

"어디 가셨나요?" N군은 느긋했다. 배낭을 내려놓으며, 어쨌든 잠시 쉬겠다며 현관 입구에 앉았다.

"불러올게요."

"아, 이거 죄송합니다." N군은 태연히 말했다. "병원에 갔나요?"

"네, 아마 그럴 거예요." 아름답고 내성적으로 보이는 부인은 작은 목소리로 그렇게 말하고는 게다를 신고 밖으로 나갔다. M씨는 이마베쓰의 어느 병원에서 일하고 있다.

나도 N군과 현관 입구에 나란히 앉아 M씨를 기다렸다.

"미리 잘 얘기해 둔 거야?"

"응, 그럭저럭." N군은 차분하게 담배를 피우고 있었다.

"하필이면 점심때라 좀 그렇네." 나는 여러모로 조바심이 났다.

N군은, "그럴 거 없어, 우리도 도시락 가져왔으니까."라고 태연히 말했다. 사이고 다카모리[52] 저리 가라 할 기세였다.

M씨가 왔다. 수줍게 웃으며,

"자, 어서 들어오세요." 하고 인사했다.

"아니, 바로 가야 해요." N군이 일어나면서 말했다. "배가 있으면 바로 그 배로 닷피까지 갈 생각이에요."

"그렇군요." M씨는 가볍게 끄덕이며 말했다. "그러면 배가 뜨는지 물어보고 올게요."

M씨가 일부러 부두까지 물어보러 가줬지만, 배는 여전히 결항이라고 했다.

"어쩔 수 없네." 믿음직스러운 나의 안내자는 별로 낙담한 모습을 보이지도 않고 말했다. "그럼 여기서 잠시 쉬면서 도시락을 먹을까?"

"응, 여기서 앉은 채로 먹음세." 나는 지나치다 싶을 정도로 조심성 있게 굴었다.

"들어오시지 그러세요?" M씨가 소심하게 말했다.

"들어가자." N군은 태연히 각반을 풀기 시작했다. "천천히 다음 일정을 생각해봅시다."

M씨는 우리를 서재로 안내했다. 작은 화로에 숯불이 후드득거리며 타오르고 있었다. 책장에는 책이 한가득 채워져 있었고, 발레리 전집과 교카[53] 전집도 꽂혀 있었다. '예의와 문화가 아직 꽃피지 못한 것은

52_ 西鄕隆盛(1827~1877). 메이지 유신 기의 정치가로 일본 근대화에 큰 공헌을 했다.

53_ 泉鏡花(1873~1939). 낭만주의 문학에 독자적 경지를 개척한 소설가.

당연한 일이다'라며 자신 있게 단정 지은 난케이 씨도 이것을 보면 실신할지도 모른다.

"술은, 있습니다." 기품 있는 M씨는 오히려 자기가 부끄러운 듯 얼굴을 붉히며 그렇게 말했다. "마십시다."

"아니, 여기서 마시면," 말을 하다 말고 N군은 우후후 하고 웃음으로 얼버무렸다.

"괜찮습니다." M씨는 눈치 빠르게 분위기를 파악하고 말했다. "닷피로 가져갈 술은 또 따로 챙겨두었으니까요."

"호호," N군은 신이 나서 말했다. "아니, 그래도 지금부터 마시면 닷피에는 오늘 중에 못 갈지도 몰라요." 이런 얘기가 오가던 중에 부인이 조용히 술병을 가지고 왔다. 나는, 이 부인은 원래 말이 없는 사람이며 딱히 우리에게 화를 내고 있는 건 아닐지도 모른다고, 내 멋대로 생각을 고쳐먹고는,

"그럼 취하지 않을 정도로만, 조금 마실까?" 하고 N군에게 제안했다.

"마시면 취하지." N군은 선배 같은 표정으로 말했다. "오늘은, 음, 민마야에서 자는 건가?"

"그러는 편이 좋을 겁니다. 오늘은 이마베쓰에서 천천히 놀다가 민마야까지는 걸어서, 음, 어슬렁어슬렁 걸으면 한 시간쯤 걸리나? 아무리 많이 취해도 쉽게 갈 수 있어요." M씨도 그러기를 권했다. 오늘은 민마야에서 하룻밤 묵기로 하고, 우리는 술을 마셨다.

나는 이 방에 들어왔을 때부터 신경 쓰였던 것이 한 가지 있었다. 내가 가니타에서 험담을 했던, 그 쉰 살 연배의 작가가 쓴 수필집이 M씨의 책상 위에 떡하니 놓여 있는 것이 아닌가. 애독자란 대단한 존재인가 보다. 내가 그날 가니타의 간란산에서 그토록 심한 말을 해가며

그 작가를 매도했건만, 이 작가에 대한 M씨의 신뢰는 조금도 흔들리지 않은 모양이다.

"잠깐 책 좀 빌려주세요." 아무래도 신경 쓰여서 마음이 가라앉지를 않았기에, 결국 나는 M씨로부터 그 책을 빌려서 적당히 아무 데나 펼쳐놓고 그 페이지를 매의 눈으로 읽기 시작했다. 무언가 결점을 찾아서 쾌재를 부르고 싶었는데, 내가 읽은 부분은 그 작가도 특별히 긴장해서 쓴 부분이었는지 걸고넘어질 데가 없었다. 나는 조용히 그 책을 읽었다. 한 페이지를 읽고, 두 페이지를 읽고, 세 페이지를 읽다가 결국 다섯 페이지를 읽고서, 책을 집어 던졌다.

"지금 읽은 부분은 좀 괜찮았어요. 하지만, 다른 작품에는 별로인 부분도 있지요." 나는 분한 마음에 억지를 부렸다.

M씨는 기쁜 모양이었다.

"책 장정裝幀이 화려하니까 말이지." 나는 작은 목소리로 또 억지를 부렸다. "이렇게 좋은 재질의 종이에, 이렇게 큰 글자로 인쇄되면 거의 모든 문장이 멋있어 보여."

M씨는 대꾸도 하지 않고 그저 가만히 웃고만 있었다. 승리자의 미소였다. 하지만 나는 사실 그렇게 분하지도 않았다. 좋은 문장을 읽고서 마음이 놓였기 때문이다. 결점을 찾아서 쾌재를 부르는 것보다도 얼마나 기분이 좋았는지 모른다. 거짓말이 아니다. 나는, 좋은 문장을 읽고 싶다.

이마베쓰에는 혼카쿠지本覚寺 절이라는 유명한 절이 있다. 데이덴 스님이라는 훌륭한 스님이 이곳의 주지 스님이었기 때문에 유명해진 곳이다. 데이덴 스님에 대해서는 다케우치 운페이의 『아오모리현 통사』에도 나와 있다. 즉, '데이덴 스님은 이마베쓰의 니야마 진자에몬의

쓰가루의 요람인 엥쓰코 그림

(이마베쓰의 M씨 댁에서 봄)
오른쪽 아래: 짚으로 엮음.

아들로 일찍이 히로사키에 있는 세이간지誓願寺 절에 제자로 들어가, 후에 이와키다이라磐城平의 센쇼지專称寺 절에서 수행하기를 십오 년, 29세 때부터 쓰가루의 이마베쓰, 혼카쿠지의 주지 스님이 되어 교호 16년1731년 42세에 이르기까지 교화教化 활동을 하여, 쓰가루 지방뿐만 아니라 근처 여러 지방에까지 영향을 미쳤다. 교호 12년1727년 금동탑 건립 공양 때는 영내는 물론 난부, 아키타, 마쓰마에 지방의 선남선녀들이 구름처럼 몰려와 참배를 했다.'라는 얘기가 쓰여 있다. 지금 그 절을 한번 보러 가지 않겠느냐고, 소토가하마의 안내자인 N마을 의원이 말을 꺼냈다.

"문학 얘기도 좋지만, 아무래도 자네가 하는 문학 얘기는 일반인이 들을 만한 게 아냐. 특이한 구석이 있어. 그러니까 아무리 시간이 지나도 유명해 지지가 않는 거야. 데이덴 스님 같은 사람은 말이지." N군은 꽤 취한 상태였다. "데이덴 스님은 말이지, 부처님의 가르침을 전하는 일은 뒷전이었고, 우선 민중 생활의 복리 증진을 꾀했어. 그러지 않으면, 민중들은 부처님의 가르침이고 뭐고 아무것도 안 들으니까. 데이덴 스님은 산업을 일으키기도 했고, 또,"라고 말하다 말고, 혼자 웃음을 터뜨리고는 말을 이었다. "뭐, 어쨌든 가보자고. 이마베쓰까지 와서 혼카쿠지 절을 보지 않는다면 그건 부끄러운 짓이야. 데이텐 스님은 소토가하마의 자랑이라고, 말은 이렇게 하지만, 실은 나도 아직까지 본 적이 없어. 오늘 보러 가면 딱 좋겠는걸. 다 같이 보러 가자고."

나는 여기에서 술을 마시면서 M씨와 함께, 이른바 특이한 구석이 있는 문학 얘기를 하고 싶었다. M씨도 그런 것 같았다. 하지만 데이텐 스님에 대한 N군의 열정은 상당해서, 결국 우리는 무거운 엉덩이를 들 수밖에 없었다.

"그러면 혼카쿠지 절에 들렀다가 곧장 민마야까지 걸어갑시다." 나는 현관 입구에 앉아 각반을 매면서 M씨에게, "당신도 함께 가는 게 어때요?"라고 물었다.

"네, 민마야까지 함께 가겠습니다."

"정말 감사합니다. 이 기세라면 마을 의원이 오늘 밤 즈음 민마야에 있는 여관에서 가니타의 행정에 대해 일장 연설을 하지 않을까 싶어서, 사실 좀 우울했어요. 당신이 함께 가주신다면 마음이 든든하지요. 사모님, 오늘 밤에 남편 좀 빌리겠습니다."

부인은 "네."라는 대답만 하고는 미소를 지었다. 조금은 익숙해진 모양이었다. 아니, 포기한 것인지도 모른다.

우리는 각자의 물통에 술을 채우고서 기분 좋게 출발했다. 가는 길에도 N군은 데이텐 스님, 데이텐 스님, 하고 노래를 부르며 시끄럽게 굴었다. 절 지붕이 보일 무렵, 우리는 생선 장사 아주머니를 만났다. 끌고 있던 리어카에는 다양한 생선이 한가득 실려 있었다. 나는 두 자 정도 크기의 도미를 보고,

"그 도미 얼마인가요?" 하고 물었다. 전혀 종잡을 수가 없었다.

"1엔 70전입니다." 싸다고 생각했다.

나는 그만 그것을 사버렸다. 하지만 사고 나니 처리할 길이 없어 난감했다. 절에 가는 길이었다. 두 자 크기의 도미를 들고 절로 가자니 모양새가 너무 기괴하다. 나는 눈앞이 캄캄했다.

"쓸데없는 걸 왜 사." N군은 입을 삐죽이며 나를 나무랐다. "그런 걸 사서 뭐 하려고?"

"아니, 민마야에 있는 여관에 가서 이걸 한 마리 통째로 소금구이를 해달라고 해서, 커다란 접시에 놓고 셋이서 먹으려고 했지."

"정말이지, 자네는 특이한 생각을 다 하는군. 무슨 결혼식이라도 온 것 같겠네."

"그래도 1엔 70전으로 약간 호사를 누리는 기분에 빠질 수도 있으니, 좋지 않아?"

"좋긴 뭐가 좋아. 1엔 70전이면 이 동네에선 비싼 거야. 자네 바가지 쓴 거라고."

"그래?" 나는 풀이 죽었다.

결국 나는 두 자짜리 도미를 든 채로 절 경내에 들어가 버렸다.

"어쩌죠?" 나는 작은 목소리로 M씨에게 도움을 청했다. "이거 곤란해졌군요."

"그렇네요." M씨는 진지한 얼굴로 생각하더니 말했다. "절에 가서 신문지 같은 걸 받아옵시다. 여기서 잠깐만 기다리세요."

M씨는 절 부엌 쪽으로 가더니 신문지와 끈을 가지고 와서, 문제의 도미를 싸서 내 배낭 속에 넣어주었다. 한시름 놓인 나는 절의 산문山門을 올려다보았는데, 딱히 훌륭한 건축물 같아 보이지도 않았다.

"그렇게 대단할 것도 없는 절이잖아." 나는 작은 목소리로 N군에게 말했다.

"아니, 아니. 겉모습보다도 속이 알찬 곳이야. 어쨌든 절로 들어가서 스님한테 설명이라도 듣자."

나는 마음이 무거웠다. 마지못해 N군 뒤를 따라갔는데, 잠시 뒤 너무나 큰 낭패를 봤다. 절의 스님은 출타 중이었는지, 나이가 쉰 정도 되어 보이는 안주인 같은 사람이 나와서 우리를 본당으로 안내해주었고, 그때부터 기나긴 설명이 시작되었다. 우리는 무릎을 꿇고 정자세로 앉아서 열심히 경청하지 않으면 안 되는 상황이었다. 설명이 어느 정도 일단락 지어져서 기쁜 마음에 일어서려고 하는데 N군이 다가가 앉더니,

"그러면, 하나 더 여쭤보고 싶은데요."라고 했다. "그렇다면 이 절은 데이덴 스님께서 언제쯤 만드신 겁니까?"

"무슨 말씀이십니까? 데이덴 스님이 이 절을 세우신 게 아닙니다. 데이덴 스님께서는 이 절을 중흥시킨 5대 주지 스님이시고, ……." 또다시 기나긴 설명이 이어졌다.

"그렇군요." N군은 눈을 멀뚱거리며, "그러면, 하나 더 여쭤보고 싶은데요, 이 데이잔 스님은," 데이잔 스님이라고 했다. 완전 엉망진창이었다.

N군은 혼자서 지나친 관심을 보이며 점점 더 가까이 다가가 앉더니, 결국은 그 노부인의 무릎과의 간격이 종이 한 장 정도 되는 곳까지 나아가서는 일문일답을 계속했다. 서서히 날이 어두워졌기에 오늘 내로 민마야까지 갈 수 있을지 마음이 불안해졌다.

"저쪽에 있는 커다랗고 멋진 족자는 오노 구로베에 님이 쓰신 족자입니다."

"그렇습니까." N군은 감탄한 듯 말했다. "오노 구로베에 님이라면, ……."

"아실 텐데요. 충신 의사義士 중 한 명입니다." 충신 의사라고 말한 것 같았다. "그분은 이 지역에서 돌아가셨는데 그때가 마흔두 살 때였지요. 신앙심이 무척 깊으신 분이라, 이 절에도 종종 막대한 재산을 기부하셨고, ……."

이때 M씨가 일어나더니 부인 앞으로 가서 안주머니에서 흰 종이로 싼 것을 꺼내어 건네주고는, 아무 말 없이 공손하게 인사하고 나서 N군을 보고 말했다.

"슬슬, 물러갑시다."

N군은 "네, 그럼, 갑시다."라고 느긋하게 말하고는, 부인에게 "좋은 말씀 감사합니다."라고 인사하고 나서 드디어 일어섰는데, 나중에 물어보니 부인의 얘기를 하나도 기억하지 못한단다. 우리는 어이가 없어서,

"그렇게 열정적으로 이런저런 질문을 했으면서 왜 기억을 못해?" 하고 물었다.

"사실, 모두 건성으로 물은 거야. 워낙 많이 취해 있었으니까. 나는 자네들이 이것저것 알고 싶을 거라는 생각에, 꾹 참고 그 부인의 말 상대를 해준 거지. 나는 희생자야." 쓸데없는 희생심을 발휘한 것이다.

민마야의 여관에 도착했을 때는 이미 날이 저물고 있었다. 앞쪽으로 나와 있는 2층의 아담한 방으로 안내받았다. 소토가하마의 여관은 모두 동네 분위기에 어울리지 않을 정도로 고급이다. 방 바로 앞에 바다가 내다보였다. 가랑비가 내리기 시작해서 바다는 하얗게 일렁였다.

"나쁘지 않네. 도미도 있겠다, 비 내리는 바다를 감상하면서 천천히 마시자." 나는 배낭에서 도미 꾸러미를 꺼내어 여종업원에게 건네주며 말했다. "이거 도미인데요, 이걸 통째로 소금구이로 만들어주세요."

그 종업원은 그리 영리해 보이는 종업원은 아니었다. 그저 "네."라고

만 대답하고서는 멍한 표정으로 그 꾸러미를 받아 들고 방에서 나갔다.

"알겠어요?" N군도 나와 마찬가지로 종업원이 약간 미덥지 않았나보다. 불러 세워놓고 재차 말했다. "이대로 소금구이를 해주세요. 세 명이라고 해서 삼등분하지 않아도 됩니다. 굳이 세 토막을 낼 필요는 없어요. 알아들었어요?" N군의 설명도 그다지 좋은 설명이라고 할 수는 없었다. 하녀는 그때도 "네." 하고 미덥지 않은 대답을 했을 뿐이었다.

이윽고 밥상이 나왔다. "도미는 지금 소금을 뿌려 굽고 있습니다. 오늘은 술이 없다고 합니다." 조금 전의 그 영리해 보이지는 않는 하녀가 웃음기 없는 얼굴로 말했다.

"어쩔 수 없지. 가져온 술을 마시자."

"그래야겠네." N군은 재빨리 물통을 끌어당기며 말했다. "죄송하지만 술병 두 개랑 술잔 세 개만 가져다주세요."

"굳이 세 개를 가져올 필요는 없고요."라는 농담을 하고 있던 차에 도미가 나왔다. N군이 일부러 세 개로 자르지 않아도 된다고 주의를 준 것이, 실로 터무니없는 결과를 가져왔다. 머리와 꼬리, 가시도 없는, 그냥 도미의 몸통 소금구이 다섯 조각이, 아무런 운치 없이 희부옇게 접시 위에 놓여 있었다. 내가 먹을 것에 집착하는 것은 결코 아니다. 두 자짜리 도미를 산 것은 먹고 싶었기 때문이 아니다. 독자는 내 마음을 이해해줄 것이리라 믿는다. 나는 한 마리의 본연의 모습 그대로 구워오게 해서, 그것을 큰 접시 위에 놓은 채 감상하고 싶었다. 먹고 안 먹고는 중요한 문제가 아니었다. 나는 그것을 보면서 술을 마시며 호사스러운 기분을 느끼고 싶었다. 일부러 세 토막을 낼 필요는 없다고 한 N군의 표현도 이상했지만, 그렇다면 다섯 토막을 내야겠다고 생각하는 이 여관 종업원들의 무신경함이 괘씸하기도 하고 원망스럽기도 해서, 발을 동동 구르고 싶은 심정이었다.

"쓸데없는 일을 해줬구먼." 접시에 바보스럽게 놓여 있는 생선구이 다섯 토막(그것은 이미 도미가 아닌, 그냥 생선구이였다)를 바라보면서, 나는 울고 싶었다. 적어도 회를 떠주었다면 그나마 나았을 텐데 싶었다. 머리와 가시는 어떻게 했을까? 크고 멋진 머리였는데, 버려버렸을까? 생선이 풍부한 지방에 있는 여관은 오히려 생선에 둔감해서 요리법도 뭣도 모른다.

"화내지 마. 맛있으니까." 원만한 인격의 소유자 N군은 태연히 그 생선구이에 젓가락을 대며 그렇게 말했다.

"그래? 그럼, 자네 혼자서 다 먹으면 되겠네. 다 먹게. 나는 안 먹어. 이렇게 어처구니가 없어서야, 이런 걸 어떻게 먹어? 이건 자네 잘못이야. 굳이 세 토막을 낼 필요가 없다니, 가니타 마을 의회의 예산총회에서 쓸 법한 아니꼬운 말투로 그런 설명을 덧붙이니까, 저 얼간이 하녀가 당황해서 이렇게 해 온 거잖아. 자네 잘못이야. 자네가 원망스럽네."

N군은 느긋하게 우후후 하고 웃으며 말했다.

"그래도 이것도 이 나름대로 재미있지 않은가? 세 토막 내지 말라고 했더니, 다섯 토막을 냈어. 재치 있네. 재치 있어, 여기 사람들은. 자, 건배. 건배, 건배."

나는 영문을 알 수 없는 건배를 강요당했다. 도미에 대한 울분 탓인지 만취해서는 소란을 피울 것 같았기에, 혼자 재빨리 자버렸다. 지금 생각해도 그 도미 일은 분하다. 정말이지, 너무도 무신경한 짓이다.

이튿날 아침 일어나보니 아직도 비가 내리고 있었다. 아래층으로 내려가서 여관 사람에게 물어보니, 오늘도 배가 안 뜬다고 했다. 닷피까지 가려면 해안선을 따라 걷는 수밖에 없었다. 비가 그치는 대로 바로 출발하기로 하고, 우리는 또다시 이불속으로 기어들어 가 잡담을 나누며 비가 그치기를 기다렸다.

"언니와 여동생이 있었는데 말이지," 나는 느닷없이 이런 옛날이야기를 하기 시작했다. 어머니가 언니와 여동생에게 같은 분량의 솔방울을 주고는, 그걸 가지고 밥과 된장국을 만들어보라고 시켰다. 구두쇠 기질이 있고 조심성이 많은 여동생은 솔방울을 아껴가며 하나씩 아궁이에 넣었는데 불이 약해, 된장국은커녕 밥조차도 만족스럽게 짓지 못했다. 언니는 통이 크고 대범한 성격이라, 주어진 솔방울을 통 크게 한 번에 아궁이에 넣고 불을 지폈는데, 그 불로 쉽게 밥을 지을 수 있었고 그러고 나서도 온기가 남아, 된장국도 끓일 수 있었다. "그런 얘기, 알아? 자, 술 마시자. 닷피로 가져간다고 하면서, 어제 물통 하나 분 남겨뒀지? 그거, 마시자. 쩨쩨하게 굴어도 아무 소용없어. 대범하게, 통 크게 마시자고. 그러면 나중에 온기가 남을지도 몰라. 아니, 안 남아도 돼. 닷피에 가면 또 어떻게든 되겠지. 닷피에서 꼭 술을 마셔야 되는 건 아니잖아. 안 마신다고 죽는 것도 아니고. 맨정신으로 누워서, 가만히 살아온 날들과 살아갈 날들을 생각하는 것도 나쁘지 않아."

"알았어, 알았어." N군은 벌떡 일어나더니 말했다. "모든 걸, 그 언니 방식으로 하자. 통 크게 한 번에 해치워버리자고."

우리는 일어나서 화로 앞에 모여앉아 쇠 주전자에 정종을 데웠고, 비가 그치기를 기다리면서 남은 술을 전부 마셔버렸다.

점심때 즈음 비가 그쳤다. 우리는 늦은 아침 식사를 하고 출발 준비를 했다. 약간 쌀쌀하고 흐린 날씨였다. M씨와는 여관 앞에서 헤어진 뒤, N군과 나는 북쪽을 향해 출발했다.

"올라가 볼까?" N군은 돌로 된 기케이지^{義經寺} 절 입구에 멈춰 섰다.

마쓰마에의 아무개라는 입구 건축 자금을 기증한 사람의 이름이 그 입구 기둥에 새겨져 있었다.

"응." 우리는 그 돌로 된 입구를 지나 돌계단을 올라갔다. 정상은 꽤 높은 곳에 있었다. 돌계단 양쪽에 늘어선 나무들의 가지 끝에서 빗방울이 떨어졌다.

"이건가?"

돌계단을 다 오른 끝에 도착한 작은 산의 정상에는 낡은 사당이 서 있었다. 사당 문에는 미나모토 가문의 문장紋章인 용담 문양이 붙어 있었다. 나는 어쩐지 몹시 불쾌해져서,

"이건가?" 하고 또다시 말했다.

"이거야." N군은 넋 나간 목소리로 말했다.

옛날에 미나모토노 요시쓰네가 다카다치에서 도망쳐 나와 에조로 건너가려고 여기에 왔을 때, 건너가기에 충분한 바람이 불지 않았기에 며칠을 기다리다가 지쳐서, 가지고 있던 관음상을 바닷속 바위 위에 놓고 순풍이 불기를 기도했다. 그러자 바로 바람 방향이 바뀌어 마쓰마에로 건너갈 수 있었다. 그 관음상이 지금 이곳 절에 있어, '요시쓰네의 바람 기원 관음상'이라 불린다.

앞서 얘기한 『동유기』에 소개되어 있는 절이 바로 이곳이다.

우리는 말없이 돌계단을 내려갔다.

"이것 봐. 돌계단 곳곳에 움푹 패인 데가 있지? 벤케이[54]의 발자국이었나, 요시쓰네의 말의 발자국이었나, 아무튼 뭐 그런 걸 거야." N군은 그렇게 말하고 힘없이 웃었다. 나는 믿고 싶었지만 그럴 수가 없었다.

54_ 무사시보 벤케이武蔵坊弁慶(?~1189). 가마쿠라시대 초기의 승려로, 미나모토노 요시쓰네의 심복 부하로 활약하며 호걸로 이름을 떨쳤다.

입구로 들어서자 바로 앞에 바위가 있었다. 『동유기』에는 다음과 같은 애기도 쓰여 있다.

'물가에 커다란 바위가 있는데 마구간처럼 구멍 세 개가 나란히 뚫려 있다. 여기는 요시쓰네가 말을 세워 둔 곳이다. 그래서 이 지역을 민마야三馬屋라고 부르게 되었다.'

우리는 그 거대한 돌 앞을 황급히 지나갔다. 이러한 고향의 전설은 묘하게 부끄럽기 마련이다.

"이건 아마, 가마쿠라시대에 타지에서 흘러들어온 불량청년 두 명이, '무엇을 숨길꼬. 나는 구로 판관[55]이며 이 수염 덥수룩한 남자는 무사시보 벤케이라 하네. 하룻밤 묵어갈 여관을 소개해주게.' 같은 말을 하면서 시골 처녀들을 속이며 돌아다닌 게 분명해. 어쩐지 쓰가루에는 요시쓰네에 관한 전설이 지나치게 많으니까. 가마쿠라시대뿐만 아니라 에도시대에도, 그런 요시쓰네와 벤케이가 어슬렁거리고 있었는지도 몰라."

"그런데, 벤케이 역할은 별 재미없었겠지?" N군은 나보다 수염 숱이 많아서 벤케이 역할을 맡아야 하는 것 아닌가 하는 불안을 느낀 듯했다. "무거운 장비 일곱 개[56]를 등에 메고 걸어야 했으니 귀찮았을 거야."

그런 애기를 하다 보니 불량 청년 둘의 방랑 생활이 무척 즐거웠을 거라는 생각이 들어 부럽기까지 했다.

"이 지역에는 미인이 많네?" 나는 작은 목소리로 말했다. 지나가던 마을의 집 뒤편에서 언뜻 모습을 보였다가 바로 사라지는 아가씨들은

55_ 미나모토노 요시쓰네(주29)의 별명으로, '구로'란 아홉째 아들이라는 의미이며 '판관'은 벼슬 명.
56_ 쇠갈퀴, 큰 망치, 톱, 도끼, 작살, U자형 쇠장대, 꼬챙이 등 벤케이가 항상 가지고 다녔다고 전해지는 일곱 개의 장비를 일컬음.

모두 살결이 희고 차림새도 말쑥해서 고상해 보였다. 손발도 거칠지 않을 것 같은 느낌이었다.

"그래? 그러고 보면, 그렇지." N군만큼 여자에 무관심한 사람도 별로 없다. 그에게는 그저, 오로지 술뿐이다.

"설마, 지금 내 이름이 요시쓰네라고 한다면 안 믿겠지?" 나는 바보 같은 공상을 하고 있었다.

처음에는 그렇게 실없는 소리를 하며 어슬렁어슬렁 걸었지만, 우리의 발걸음은 점차 빨라졌다. 마치 둘이서 누구의 발이 빠른지를 경쟁하는 꼴이 되었고, 눈에 띄게 말수가 없어졌다. 민마야에서 마신 술이 깨기 시작한 것이다. 너무 추웠다. 서두르지 않을 수가 없었다. 우리는 둘 다 진지한 얼굴로 부지런히 걸었다. 바닷바람이 점점 더 거세졌다. 내가 쓰고 있던 모자가 몇 번이나 날아갈 뻔해서 그때마다 모자챙을 아래로 세게 당겼는데, 결국 인조 섬유 재질의 모자챙이 지익 하고 찢어져 버렸다. 가끔씩 빗방울이 후드득후드득 떨어졌다. 새까만 구름이 낮게 깔려서 하늘을 뒤덮고 있었다. 파도도 거칠어져서, 해안을 따라 난 좁은 길을 걷고 있던 우리들의 뺨에도 물보라가 튀었다.

"이만하면 길이 꽤 좋아진 거야. 육칠 년 전에는 안 이랬어. 파도가 잔잔해진 틈을 타서 재빨리 지나가야 하는 곳도 몇 군데 있었으니까 말이지."

"그래도, 지금도 밤에는 못 가잖아. 절대 못 갈 거야."

"맞아. 밤에는 못 가. 요시쓰네라도 못 갈 테고 벤케이라도 못 가."

우리는 진지한 얼굴로 그런 얘기를 나누며 부지런히 걸었다.

"피곤하지 않아?" N군이 나를 돌아보며 말했다. "의외로 다리가 튼튼하네?"

"응. 아직 *끄떡없지*."

두 시간 정도 걸었을 즈음, 주위 풍경이 어쩐지 묘하게 무시무시해졌다. 처참하다는 표현이 어울릴 법한 느낌이었다. 그것은 이미 풍경이라고 할 만한 것이 아니었다. 풍경이라는 것은, 긴 세월 다양한 사람들이 보고 표현해온 것이다. 말하자면 인간의 눈에 닳아서 부드러워지고, 인간의 손에 길이 든 것이라, 높이 35자의 게곤폭포[57]라도, 우리 속의 맹수처럼 인간적인 냄새가 어렴풋이 느껴진다. 예부터 그림이 되고 노래가 되고, 또 시가 되었던 명소나 험난한 곳에서는, 모든 곳에서 예외 없이 인간의 표정을 엿볼 수 있는데 이 혼슈 북단의 해안은 애당초 풍경이 될 수 없는 곳이다. 점경인물[58]의 존재도 허용하지 않는다. 억지로 점경인물을 놓고 싶다면, 흰 무명옷을 입은 아이누족 노인이라도 빌려와야 한다. 볕에 그을린 까무잡잡한 얼굴에 보라색 점퍼를 입은 남자는 두말할 것도 없이 튕겨 나간다. 그림이 될 수도 없고, 노래가 될 수도 없다. 그냥, 암석과 물밖에 없다. 곤차로프[59]인가 하는 사람이 대양을 항해하는데 바다가 거칠어졌을 때, 노련한 선장이 그에게 이렇게 말했다. "자, 잠시 갑판에 나와 보시오. 이 높은 파도를 뭐라 표현하면 좋을까요? 당신들 문학자들은 분명 이 파도를 멋지게 표현하겠죠." 곤차로프가 한참 동안 파도를 지켜보다가 한숨을 내쉬며 내뱉은 말은, 다음과 같은 한마디뿐이었다. "무시무시하군."

넓은 바다의 거친 파도와 사막의 폭풍에 대해서는 그 어떤 문학적인 표현도 떠오르지 않는 것처럼, 이 혼슈의 땅끝에 있는 암석과 물도,

57_ 닛코의 주젠지코 호수에서 흘러나오는 유명 폭포.
58_ 点景人物. 풍경화 등에서 정취를 더하기 위해 그려 넣은 인물.
59_ Ivan Goncharov(1812~1891). 사회 변화를 극적으로 표현한 것으로 유명한 러시아의 소설가.

그저 무시무시할 뿐이었다. 우리는 그것들에 눈길도 주지 않고 자신의 발치만 내려다보며 걸었다. 30분만 더 걸으면 닷피에 도착한다 싶었을 때쯤, 나는 희미한 웃음을 머금고 말했다.

"이래서야 원, 역시 술을 남겨둘 걸 그랬어. 닷피에 있는 여관에 술이 있을 것 같지는 않고, 이렇게 추워서야 말이지." 무심코 푸념을 털어놓았다.

"아, 나도 지금 그 생각을 하고 있었어. 조금 더 가다 보면 내가 옛날에 알던 사람 집이 나오는데, 어쩌면 거기에 배급받은 술이 있을지도 몰라. 그 집은 술을 안 마시는 집이거든."

"있는지 좀 알아봐 줘."

"응, 역시 술이 없으면 안 돼."

닷피 바로 아랫동네에, 그 지인의 집이 있었다. N군은 모자를 벗고서 그 집에 들어갔고, 잠시 후에 웃음을 억지로 삼키는 듯한 얼굴로 나왔다.

"운이 좋군. 물통 하나 가득 받아왔어. 다섯 홉^{약 900㎖} 이상 있어."

"온기가 남아 있었던 게로군. 이만 감세."

얼마 남지 않았다. 우리는 허리를 수그리고 강풍을 거슬러, 종종걸음으로 뛰다시피 해서 닷피를 향해 돌진했다. 길이 점점 더 좁아진다고 생각하던 중에, 갑자기 닭장에 머리를 박았다. 한순간, 나는 영문을 알 수가 없었다.

"닷피다!" N군이 이전과는 다른 말투로 말했다.

"여기가?" 마음을 가라앉히고서 둘러보니, 내가 닭장이라고 느낀 것이 바로 닷피 마을이었다. 세찬 비바람에 맞서 작은 집들이 오밀조밀하게 뭉쳐서 서로를 지켜주려는 듯이 서 있었다. 여기는 혼슈의 끝이다. 이 마을을 지나가면 길은 더 이상 없다. 더 가면 바다로 굴러떨어진다.

길이 완전히 끊기는 것이다. 여기는, 혼슈의 막다른 곳이다. 독자 여러분도 명심하시길 바란다. 여러분이 북쪽을 향해 걸을 때 그 길을 계속 거슬러 올라가다 보면, 반드시 이 소토가하마 가도에 이르게 되고 길이 점점 더 좁아지는데, 더 거슬러 올라가다 보면 이 닭장과 비슷한 이상한 세계로 쏙 빠져들게 되고, 그곳에서 여러분이 오던 길은 완전히 끝난다. N군도 말했다.

"누구든 놀라겠지. 나도 여기 처음 왔을 때 정말, 다른 집 부엌에 들어온 게 아닌가 싶어서 섬뜩했으니까 말이지."

하지만 여기는 국방상 상당히 중요한 지역이다. 나는 이 마을에 대해 이 이상 이야기하는 것을 피해야 한다. 우리는 골목길을 지나 여관에 도착했다. 할머니가 나와서 우리를 방으로 안내했다. 이 여관의 방 또한, 눈이 휘둥그레질 정도로 깔끔했고 수리 상태도 꽤 괜찮았다. 우리는 우선 솜옷으로 갈아입고서 작은 화로를 사이에 두고 양반다리를 하고 앉아 겨우, 그럭저럭 한숨을 돌렸다.

"저기, 술 있나요?" N군은 사려 깊은 듯 차분한 말투로 할머니에게 물었다. 할머니의 대답은 뜻밖이었다.

"네, 있습니다." 얼굴이 갸름하고 기품 있게 생긴 할머니였다. 그렇게 대답하고는 태연히 서 있었다. N군은 쓴웃음을 지으며 말했다.

"저기, 할머니. 저희는 술을 좀 많이 마시고 싶은데요."

"그러세요, 얼마든지 마시세요." 할머니는 이렇게 말하며 미소 지었다.

우리는 얼굴을 마주 보았다. 이 할머니는, 요즘 술이 귀중품이 되었다는 사실을 모르고 있는 거 아닌가 싶었다.

"오늘 배급이 있었는데, 근처에 술을 안 마시는 집이 꽤 있어서 그런 집에 가서 받아 왔어요."라면서, 술을 그러모으는 듯한 시늉을 하더니 한 되짜리 병을 잔뜩 안아 올리듯 팔을 벌리며 말했다. "좀 전에 저희 직원이, 이렇게 잔뜩 가지고 왔어요."

"그 정도 있다면 충분하지요." 나는 그제야 마음이 놓였다. "이 쇠주전자로 술을 데울 테니, 술병에 술을 따라서 너덧 병, 아니, 귀찮으니까 여섯 병, 바로 갖다주세요." 할머니 마음이 바뀌기 전에 많이 챙겨두는 편이 좋겠다고 생각했다. "밥은 나중에 먹겠습니다."

할머니는 내가 시킨 대로 술 여섯 병을 올린 쟁반을 가져왔다. 한두 병 마시고 있자니 밥도 나왔다.

"그럼, 천천히 맛있게 드세요."

"감사합니다."

술 여섯 병이 눈 깜짝할 사이에 없어졌다.

"벌써 없어졌어." 나는 놀랐다. "너무 빠르네. 지나치게 빨라."

"벌써 그렇게 마셨나?" N군도 미심쩍다는 듯한 얼굴로 빈 술병을 한 병씩 흔들어보며 말했다. "없어. 오는 길이 너무 추웠으니, 무아지경이 되어 마셨나 보네."

"모든 술병에 술이 넘칠 정도로 한가득 들어 있었는데 말이지. 이렇게 빨리 마셔버리고서 여섯 병 더 달라고 하면, 할머니는 우리가 도깨비 아닐까 싶어서 우리를 경계할지도 몰라. 쓸데없는 공포감을 일으켜서 이제 술은 그만 좀 마시라는 말을 듣게 되면 안 되니까, 이제 우리가 가져온 술을 데워 마시면서 조금 간격을 두세. 그러고 나서 여섯 병 정도 더 달라고 하는 편이 좋겠어. 오늘 밤엔 혼슈 북단에 있는 이 여관에서 밤새워 마셔보자고." 이런 이상한 책략을 짜낸 것이 실패의 원인이었다.

우리는 물통에 들어 있던 술을 술병에 옮겨 담았고, 이번에는 될 수 있는 한 천천히 마셨다. 그러다가 N군이 갑자기 술기운이 올랐나 보다.

"이거 안 되겠다. 오늘 밤에 난 취할지도 모르겠군." 취할지도 모르겠다는 게 아니었다. 이미 몹시 취한 상태로 보였다. "이거 안 되겠군. 오늘 밤에 난 취하겠어. 그래도 돼? 취해도 돼?"

"그럼, 물론이지. 나도 오늘 밤엔 취할 생각이야. 자, 천천히 마시자고."

"노래 한 곡 뽑아볼까? 자네, 내 노래 들어본 적 없지? 거의 안 부르니까. 그래도 오늘 밤엔 한 곡 부르고 싶군. 자, 그럼, 노래해도 되지?"

"어쩔 수 없지. 들어보자." 나는 각오를 다졌다.

"산과 가앙, 몇 개애," N군은 눈을 감은 채 보쿠수이의 여행 노래[60]를 낮은 목소리로 부르기 시작했다. 상상했던 것만큼 못 부르지는 않았다. 가만히 듣고 있자니, 마음에 사무치게 와 닿는 데가 있었다.

"어때? 이상해?"

"아니, 좀, 가슴이 찡했어."

"그러면, 하나 더."

이번 노래는 엉망이었다. 그도 혼슈 북단에 있는 여관에 와서 통이 커졌는지, 깜짝 놀랄 정도로 거칠고 사납게 소리를 질러댔다.

"동해의이, 작은 서엄, 바닷가아," 하고 다쿠보쿠의 노래[61]를 시작했는

60_ 와카야마 보쿠수이(1885~1928). 여행과 술을 사랑했던 자연주의 시인. 본문에 인용된 시는 다음과 같다. '산과 강 몇 개를 넘어가면 쓸쓸한 기분도 없어지는 마을이 나오겠지, 오늘도 여행을 떠나네.'

데, 그 목소리가 너무 거칠고 커서 바깥의 바람 소리도 그의 목소리에 묻힐 정도였다.

"너무하군." 하고 말하니까,

"너무하다고? 그럼, 다시 하지." 하더니, 크게 심호흡을 한 뒤, 또다시 거칠고 사나운 소리를 질러댔다. '동해의 바닷가 작은 섬'이라고 잘못 부르기도 하고, 어째서인지 갑자기 '지금 다시 옛일을 쓴다면 마스카가미'라며 마스카가미[62]의 노래를 부르기도 했다. 그 소리는 신음소리 같기도 하고 부르짖는 것 같기도 하고 외치는 것 같기도 해서 정말 난감했다. 나는 안쪽 방에 있을 할머니 귀에 안 들려야 할 텐데 싶어 조마조마했는데, 아니나 다를까 장지문이 스윽 열리더니 할머니가 왔다.

"이제, 노래도 불렀으니 슬슬 주무시지요."라고 하더니 밥상을 치우고 재빨리 이불을 깔았다. 예상대로 N군의 우렁찬 목소리에 깜짝 놀란 모양이었다. 나는 한참을 더 마시려고 했었거늘, 정말 어처구니없는 결말이었다.

"노래를 부르는 게 아니었어. 노래는, 부르는 게 아니었어. 한 곡이나 두 곡만 하고 끝내면 좋았을 텐데. 그렇게 부르면, 누구든지 놀랄 거야." 나는 투덜투덜 불평을 늘어놓으며 단념할 수밖에 없었다.

이튿날 아침, 나는 이불 속에서 여자아이의 고운 노랫소리를 들었다. 다음 날에는 바람도 잦아들었고, 방에는 아침 햇살이 비쳐드는 가운데 여자아이가 큰길에서 공놀이 노래를 부르고 있었다. 나는 고개를 들고

61_ 이시카와 다쿠보쿠(1886~1912). 명성파明星派 시인으로 사회주의에 관심을 보이기도 했다. 본문에 인용된 시는 다음과 같다. '동해의 작은 섬 바닷가 흰 모래사장에서, 나는 눈물에 젖어 게와 노니네.'

62_ 일본 남북조시대(1336~1392)에 쓰인 것으로 추정되는 역사소설. (작자 미상.)

귀를 기울였다.

쎄쎄쎄
여름도 다가온
팔십팔야[63]
산에도 들에도
바람에 일렁이는
연두색 등나무 물결소리
들려올 때

나는 가슴이 먹먹해졌다. 지금도 중앙부에 사는 사람들은 에조인의
땅이라며 멸시하는 혼슈의 북단에서, 이렇게 아름다운 발음의 상쾌한
노래를 들으리라고는 생각지 못했다. 그 사토 이학사의 말처럼, '현대의
오슈에 대해 이야기하고자 하는 사람은 우선, 문예부흥 직전의 이탈리아
에서 볼 수 있었던 활기찬 힘이 이곳 오슈 지방에 있음을 인정해야
한다. 문화나 산업 면에서도 교육에 대한 메이지 천황의 마음이 빠른
속도로 오슈 구석구석까지 스며들어, 알아듣기 힘들었던 오슈 사람
특유의 콧소리가 줄어듦과 동시에 표준어가 널리 퍼졌으며, 원시적
상태에 머물러 있던 몽매한 야만인들의 거주지에 교화(敎化)의 빛을 불어넣
었으니, 보라,(후략)'라는 대목에서 보았던 희망에 찬 서광과도 같은
것이 이 가련한 여자아이의 노랫소리에서 느껴졌기에, 가슴이 먹먹했다.

63_ 입춘으로부터 88번째 날. 5월 2일경.

4. 쓰가루 평야

쓰가루 혼슈 동북단 일본해 방면의 옛 명칭. 사이메이 천황 때 고시국[64]의 지방관 아베노 히라부가 데와 방면의 에조 땅을 통치하게 되자 아키타耟田 (지금의 아키타秋田), 누시로渟代(지금의 누시로能代)와 쓰가루까지 점령하게 되어, 결국 그 세력이 홋카이도에 이르렀다. 이때 쓰가루라는 이름이 처음 쓰였다. 그리고 그 땅의 추장을 쓰가루 군의 영주로 임명했다. 이때 견당사遣唐使였던 사카이베노 무라지이와시키가 당의 황제에게 에조를 설명했다. 수행하던 관리였던 유키노 무라지하카토코는 하문에 답하면서 에조의 종류를 설명하며 말하기를, 그 지역을 셋으로 나누어 가장 아래쪽이 니기에조, 그 위가 아라에조, 그리고 가장 위가 쓰가루都加留라 하였다. 그 외의 지역에 사는 에조인들은 스스로 다른 민족임을 인정해온 듯하다. 쓰가루 에조라는 명칭은 간교 2년[879년]에 있었던 데와의 오랑캐 반란 때도 자주 쓰였다. 당시의 장군이었던 후지와라노 야스노리가 난을 평정하고 쓰가루에서 와타리지마 섬으로 가서, 아직 귀화하지 않고 있던 잡종 오랑캐들을 모두 받아들였다고 한다. 와타리지마 섬은 지금의 홋카이도다. 쓰가루가 무쓰[65]에 속하게 된 것은, 미나모토노 요리토모가 데와를 평정하여 무쓰의 수호 하에 둔 이래의 일이다.

아오모리현 연혁 본 현은 메이지 초기까지 이와테 · 미야기 · 후쿠시마현과 함께 무쓰라는 한 나라였다. 메이지 초기에는 이 지역에 히로사

64_ 지금의 후쿠이현 지방 일부와 야마가타현의 일부를 포함하는 지역.
65_ 陸奧. 지금의 이와테, 후쿠시마, 미야기, 아오모리현.

키・구로이시・하치노헤・시치노헤 및 도나미라는 다섯 개 번藩이 있었지만, 메이지 4년1871년 7월 모든 번을 폐하고 현으로 삼았으며, 같은 해 9월 부府와 현県의 통폐합이 있었다. 한때 모두 히로사키현으로 합병했으나, 같은 해 11월 히로사키현을 폐하고 아오모리현을 두어 상기의 각 번을 그 관할 하에 두었고, 후에 니노헤군郡을 이와테현에 포함시켜 현재에 이르렀다.

쓰가루 씨 후지와라 씨에서 나온 성. 진주 부[66] 장군인 히데사토에서 8대 히데시게, 고와1099~1104 무렵 무쓰 쓰가루군郡을 영유하고 후에 쓰가루 주산 항구에 성을 지어 살며 쓰가루를 성姓으로 하였다. 메이오시대 1492~1501에 고노에 히사미치의 아들인 마사노부가 가문을 이었다. 마사노부의 손자인 다메노부 대에 이르러 크게 번영하여, 그의 자손들이 나뉘어 히로사키・구로이시의 번주 및 유명 인사가 되었다.

쓰가루 다메노부 전국시대1493~1590의 무장. 아버지는 오우라 진자부로 모리노부, 어머니는 호리코시의 성주인 다케다 시게노부의 딸이었다. 덴분 19년1550년 정월에 태어났다. 어린 시절 이름은 오우기. 에이로쿠 10년1567년 3월 열여덟 살 때, 큰아버지였던 쓰가루 다메노리의 양자가 되어 고노에 사키히사의 조카가 되었다. 아내는 다메노리의 딸이었다. 겐키 2년1571년 5월, 난부 다카노부와 싸워서 그를 죽였고, 덴쇼 6년1578년 7월 27일 나미오카의 성주였던 기타바타케 아키무라를 무너뜨리고 그의 영토를 통합한 뒤 근처 여러 마을들을 공략하여 13년1585년에는 쓰가루의 대부분 지방을 통일하였다. 15년1587년에는 도요토미 히데요시를 만나고자 길을 떠났으나, 아키타성의 관리였던 아베 사네스에가

66_ 나라, 헤이안시대에 무쓰국에서 에조인들의 땅을 관리하기 위해 설치한 군정 관청.

길을 가로막아 목적을 이루지 못하고 돌아왔다. 17년^{1589년} 매와 말 등을 히데요시에게 보내어 우호 관계를 맺었다. 그래서 18년^{1590년} 오다와라 정벌 때도 일찍이 히데요시의 군대에 가담함으로써 쓰가루 및 갓포, 소토가하마 일대를 안정시켰다. 19년^{1591년}에 있었던 구노헤의 난에도 군대를 보냈고 분로쿠 2년^{1593년} 4월 교토에 가서 히데요시를 만나고, 고노에 가문도 방문하여 모란꽃 휘장 사용 허가를 받았다. 그리고 히젠나고야로 사절을 보내어 히데요시의 병사들을 위로했고, 3년^{1594년} 정월에는 종4위 하 우쿄노다이부^{右京大夫}가 되었다. 게이초 5년^{1600년} 세키가하라 전투에도 군대를 보내어 도쿠가와 이에야스 군에 가담하여 서쪽으로 올라가면서 대담하게 싸워 고즈케국[67] 오다테 2천 석을 상으로 받았다. 12년^{1607년} 12월 5일, 교토에서 죽었다. 향년 58세.

쓰가루 평야 무쓰국남·중·북, 세 개 군에 걸쳐 있는 평야. 이와키강을 끼고 있다. 동쪽은 도와다 호수 서쪽에서 북쪽으로 뻗어 있는 쓰가루반도의 척추를 이루는 산맥을 경계로 하며, 남쪽으로는 우고[68]와의 경계인 야다테 고개, 릿샤쿠 고개가 분수령을 이루고, 서쪽으로는 이와키 산괴와 바닷가의 사구(병풍산이라고 한다)가 분수령을 이룬다. 이와키강의 본류는 서쪽에 있는데, 남쪽에서 흘러드는 히라카와강 및 동쪽에서 흘러드는 아사세이시강과 히로사키시의 북쪽에서 만나며 정북쪽으로 흘러서 주산 호수를 거쳐 바다로 나간다. 평야의 면적은 남북으로 약 150리, 동서의 폭은 50리이다. 북쪽으로 가면서 폭이 점점 좁아져서 기즈쿠리·고쇼가와라에 이르면 30리, 주산 호수 쪽에 이르면 겨우 10리가 된다. 그 사이의 토지는 낮고 평탄하며 지류와 개천이 그물망처럼

●●
67_ 지금의 군마현.
68_ 지금의 아키타현 남부 지역.

펼쳐져 있어 아오모리현의 쌀은 대부분 이 평야에서 나온다. (이상은 『일본 백과 대사전』에서 발췌.)

쓰가루의 역사는 그다지 널리 알려지지 않았다. 무쓰와 아오모리현이 쓰가루와 같은 곳이라고 생각하는 사람도 있는 것 같다. 내가 학교에서 배운 일본사 교과서에는 쓰가루라는 명사가 딱 한 번 나왔을 뿐이라는 것을 생각하면 그럴 만도 하다. 즉, 아베노 히라부의 에조 토벌에 대해 나온 부분에, '고토쿠 천황이 돌아가시고 사이메이 천황이 즉위하시자 나카노오에노 왕자가 뒤를 이어 황태자로서 정사를 돌보시고, 아베노 히라부에게 지금의 아키타·쓰가루 지방을 평정하게 했다'라는 문장이 있을 뿐이다. 정말 그 문장뿐이고, 소학교 교과서, 중학교 교과서, 고등학교 강의에도 히라부에 대해 나온 부분을 제외하고 쓰가루라는 이름은 나오지 않는다. 황기皇紀 573년기원전 88년에 네 지역에 장군을 파견했을 때도 북쪽은 지금의 후쿠시마현 부근까지였던 듯하고, 그로부터 약 200년 뒤 야마토타케루노 미코토[69]의 에조 평정도 북으로는 히다카미노 국까지였던 것으로 보이는데, 이다카미노국은 지금의 미야기현 북부 근처인 듯하다. 그 후 약 550년 정도가 지나 다이카 개신[70]이 있었고 그 일환으로 이루어진 아베노 히라부의 에조 정벌로 쓰가루라는 이름이 처음으로 떠올랐으나 그것을 마지막으로 다시 가라앉아, 나라시대에는 다가성(지금의 센다이시 부근)과 아키타성(지금의 아키타시)을 지어 에조를 진압했다는 말만 있을 뿐, 쓰가루라는 이름은 더 이상 나오지

69_ 일본의 고대 문헌에서 가장 극적으로 묘사되는 전설 속 영웅.
70_ 645년 쿠데타 직후에 실시된 일련의 정치 개혁으로 중앙집권적 통치제도를 도입한 것이 특징이다.

않는다. 헤이안시대 때 사카노우에노 다무라마로가 멀리 북쪽으로 나아가 에조의 근거지를 함락시키고 이자와성(지금의 이와테현 미즈사와초 부근)을 세워 진지陣地로 삼았다는 얘기는 있지만, 쓰가루까지는 오지 않은 모양이다. 그 후 고닌시대[810~824]에는 훈야노 와타마로의 원정이 있었고 간교 2년[878년]에는 데와 에조의 반란이 일어나 후지와라 야스노리가 그것을 평정했는데, 그 반란에는 쓰가루에 있던 에조인도 가담했다고 한다. 하지만 전문가가 아닌 우리는 에조 정벌이라고 하면 먼저 다무라마로를 배우고, 그다음 약 250년을 뛰어넘어 겐페이시대[71] 초기의 '전9년의 역'과 '후3년의 역'만 배운다. '전9년의 역'과 '후3년의 역'도 무대는 지금의 이와테현과 아키타현이며, 아베 씨와 기요하라 씨 등 이른바 니기에조[72]가 활약한 내용만 나와 있을 뿐, 내가 배운 교과서에는 쓰가루 내륙 지방에 있던 순수 에조인들의 동정에 대해서는 전혀 나와 있지 않았다. 그리고 후지와라 씨 3대가 정권을 잡은 100여 년간 히라이즈미[73]의 번영이 있었고, 분지 5년[1189년] 미나모토노 요리토모가 오슈를 평정했을 무렵부터 우리 교과서는 동북 지방에서 점점 더 멀어진다. 메이지 유신 시기에도 오슈의 번들은 잠시 일어나 옷자락을 털고서 다시 앉았다는 식이라, 삿초 지역[74]의 각 번이 보여준 적극성은 인정하지 않고 있다. 뭐, 시대의 흐름에 크게 어긋나지 않고 편승했다는 말을 듣더라도 어쩔 수 없는 면이 있다. 그리고 이 이후로는, 정말 아무것도 없다.

71_ 미나모토 씨와 다이라 씨가 권력 쟁탈전을 벌인, 11세기 말부터 12세기 말까지의 100여 년간을 이른다.

72_ 조정에 복종했던 유순한 에조인.

73_ 아키타현 내륙부의 지명.

74_ 지금의 가고시마현 서부와 야마구치현 서북부 지역으로, 메이지 유신 때 이 두 지방의 출신자가 막부 타도와 신정부 수립의 중심이 되어 활약했다.

우리의 교과서, 즉 신화시대는 말할 것도 없고, 진무 천황 이후 현대에 이르기까지 아베노 히라부 부분, 딱 이 한 부분에서만 '쓰가루'라는 이름을 찾아볼 수 있다는 것은 정말 아쉬운 일이다. 대체 그 사이에 쓰가루 사람들은 무엇을 하고 있었을까? 그냥 옷자락만 털고서 다시 앉고, 거듭 옷자락만 털고 다시 앉아서 2,600년 동안 밖으로 한 발짝도 나가지 않고 눈만 끔뻑이고 있었다는 말인가? 아니다. 그렇지는 않은 것 같다. 당사자인 쓰가루 사람들에게 직접 물어보면, "이래 봬도 꽤 바빠서 말이지."라고 대답할 만한 상황이었다.

"오우란 오슈와 데와 지역을 함께 가리키는 말로, 오슈란 무쓰주陸奥州의 약칭이다. 무쓰란 원래 시라카와, 나코소 관문의 이북 지방을 총칭하는 말이었다. 그 말의 뜻은 '길의 안쪽미치노오쿠'인데, 말이 생략되어 '미치노쿠'가 되었다. 이 '미치'라는 지역 이름을 옛 방언으로 '무쓰'라고 발음하기 때문에 '무쓰'국이 되었다. 이 지방은 도카이와 도산, 이렇게 두 길의 끝자락에 위치해 있고 가장 안쪽에 있는 이민족 주거지였기 때문에, 막연히 '길의 안쪽'이라고 불렀던 것이다. '陸'이라는 한자는 '길'을 의미한다.

다음으로 데와出羽는 '이데와'로 '나가는 순간出端'을 의미한다. 옛날에는 혼슈 중부에서 동북 지방의 일본해 방면을 막연히 고시越국이라고 불렀다. 이 지역도 내륙 지방은 미치노쿠陸奥와 마찬가지로 오랫동안 중앙의 통치가 미치지 않는 이민족 거주 지역이었으므로 '나가는 순간이라고 부른 것이다. 즉 태평양 연안의 무쓰와 함께, 원래 오랫동안 중앙의 통치를 받지 않은 벽지였음이 그 이름에 드러나 있다." 이것은 요시다 박사의 간단명료한 해설이다. 해설은 간단하고 명료한 것이 최고다. 데와와 오슈가 이미 중앙의 통치가 미치지 않는 벽지로 간주되고 있었으니, 그곳의 최북단인 쓰가루반도는 곰과 원숭이가 사는 지역처럼 생각했을지도 모른다. 요시다 박사는 이 해설에 이어 오슈의 연혁을 다음과 같이 설명한다. "요리토모의 오우 평정 이후에도 그곳의 통치 방식은 다른 지역과 같을 수가 없었다. '데와 무쓰는 오랑캐의 땅이므로' 일단 실시하려 했던 전제田制 개혁도 취소하고 모든 것을 히데하라와 야스히라가 정한 옛 법령에 따를 것을 명할 수밖에 없을 지경이었다. 따라서 최북단인 쓰가루 지방에는 여전히 옛 에조인들 방식대로 사는 사람이 많았기에, 가마쿠라 막부의 무사가 이를 통치하기는 힘들었다. 그리하여 그 지방의 호족인 안도 씨를 지방관으로 임명하여 에조인들을 다스리게 했다." 안도 씨가 다스리게 된 이 무렵부터 쓰가루의 사정도 조금씩 알 수 있게 된다. 그 이전의 역사는 아이누족이 어슬렁어슬렁 돌아다니고 있었다는 게 전부일지도 모른다. 하지만 이 아이누족을 무시할 수는 없다. 이른바 일본의 선주민족 중 하나이지만, 지금 홋카이도에 남아 있는 힘없는 아이누족과는 근본적으로 성격이 다른 사람들이라고 한다. 그들의 유물과 유적은 세계의 각종 석기시대 토기에 비해 우수하다는 평가를 받고 있다. 지금의 홋카이도 아이누족의 선조는 옛날부터 홋카이도에 살며 혼슈의 문화를 접하는 일이 적었고, 땅이 고립되어있는 데다 자원도 별로 없었기 때문에 석기시대에도 오슈 지방의 아이누족들이 이룬 만큼의 발전을 이루지 못했다. 특히 근세에 들어서는 마쓰마에 번藩이 들어선 이래 내지인의 탄압을 받는 일이 많았기에 빠르게 몰락했다. 그에 반해 오슈의 아이누족은 활발하게 독자적인 문화를 뽐내며, 어떤 이들은 내지의 곳곳으로 이주했고, 또 내지 사람들도 오우 지방으로 들어오는 일이 빈번해지면서 점점 다른 지방과 다름없는 일본 민족이 되어갔다. 이 점에 대해 이학박사인 오가와 다쿠지 씨도 다음과 같이 주장한다. "『속일본기』[75]에는 나라시대 전후로 중국의 북방민족과 발해인이 일본해를 건너 우리나라로 왔다는 기록이 있다. 특히 쇼무 천황이 즉위한 덴표 18년[406년]에 발해인 천여 명, 그리고 고닌 천황이 즉위한 호키 2년[431년]에 300여 명이 지금의 아키타 지방으로 들어왔다는 기록이 있어, 그때 건너온 사람들이 눈에 띄게 많았음을 알 수 있고 만주 지방을 자유로이 오갈 수 있었다는 사실도 추측할 수 있다. 아키타 부근에서 오수전[76]이 출토된 적이 있고 동북 지방에서는 한漢의 문제와 무제를 모시는 신사가 있었다는 사실로 미루어볼 때, 대륙과 이 지방을 직접 오가는 교통이 있었음을 추측할 수 있다. 『곤자쿠모노가타리』[77]에는 아베노 요리토키가 만주로 건너갔을 때 보고 들은 이야기가 실려 있는데, 지금까지 얘기한 고고학 및 토속학 자료에 비추어 볼 때 이것을 단순히 꾸민 이야기로 볼 수는 없다. 한발 더 나아가 중앙에 남아 있는 많지 않은 사료를 바탕으로 추측하건대, 당시 동북 지방의 미개인들이 일본 중앙으로 흡수되기 전에 대륙과의 직접 교통을 통해 이룩한 문화의 수준이 상당한 것이었음을 확신할 수 있다. 다무라마로, 요리요시, 요시이에 등 무장들이 이 지역을 복속시키는 데 곤란을 겪었던 것도, 상대가 무지하고 날쌔기만 한 타이완의 고산족 같은 사람들이 아니었음을 생각하면 비로소 의문이 풀릴 것이다."

그리고 오가와 박사는 일본의 조정 대신들이 종종 에미시, 아즈마비토, 게비토 출신이라 한 것은 오우 지방 사람들의 용맹함, 혹은 이국적이고 세련된 정서를 닮고 싶다는 의미가 있었기 때문이라고 생각해보는

75_ 헤이안시대의 관찬 역사서로, 697~791년까지 15년간의 일들을 편년체로 기록한 것.
76_ 五銖錢. 중국 한 무제 때 쓰던 동전.
77_ 헤이안시대 후기의 설화집으로 인도, 중국, 일본의 이야기가 수록되어 있다.

것도 재미있지 않겠냐는 말도 덧붙이고 있다. 이제까지 살펴보았다시피 쓰가루 인의 조상들도 혼슈의 북단에서 그냥 어슬렁거리기만 한 것은 아닌 것 같은데, 어째서인지 중앙의 역사에는 전혀 나오지 않는다. 다만 앞서 말한 안도 씨가 나오는 무렵부터 쓰가루의 상황이 조금은 분명해진다. 요시다 박사가 말하기를, "안도 씨는 스스로 아베노 사다토의 아들인 다카보시의 후예라 칭했으며, 그의 조상은 나가스네히코의 형인 아비라고 한다. 나가스네히코가 진무 천황에게 저항했다가 처형을 당하고, 그의 형인 아비가 오슈의 소토가하마에 유배되어 그의 자손들이 아베 씨가 되었다는 것이다. 그게 사실이건 아니건, 가마쿠라시대 이전부터 오슈 북쪽 지방의 유력한 호족이었음에는 틀림이 없다. 쓰가루에서 앞쪽에 있는 세 지역은 가마쿠라 관할이고 안쪽의 세 지역은 천황의 관할이라 천하의 장부에 기록될 수 없는 비과세지역이라 전해지는 것은, 가마쿠라 막부의 위력도 그 안쪽 지역에는 미치지 못하고 안도 씨에게 맡기어, 중앙의 지배가 미치지 못하는 지역이 되었음을 의미하는 이야기일 것이다.

가마쿠라시대 말기, 쓰가루는 안도 씨 일족의 내분으로 에조인들이 난을 일으키자, 막부의 집권자가 호조 다카토키였던 시대에 장수를 파견하여 난을 진압하려 했지만, 가마쿠라 무사의 위력으로도 진압을 달성하지 못하고 결국 화친을 맺고 물러났다고 한다."

그 유명한 요시다 박사도 쓰가루 역사를 이야기할 때는 조금 자신이 없는 듯하다. 정말 쓰가루의 역사는 확실하지가 않은 것 같다. 다만 이 북단 지역이 다른 지역과 싸워서 진 적이 없다는 것은 사실인 듯하다. 복종이라는 것을 전혀 모르고 살았던 모양이다. 다른 지방의 무장들도 이런 점에 두 손 두 발 다 들고, 보고도 못 본 척하며 그냥 내버려둔 것 같다. 쇼와 문단의 누군가와 비슷하다. 어찌 됐든 다른 지역이 상대를 안 해주니까 자기들끼리 험담을 하고 싸우기 시작한다. 안도 씨 일족의 내분으로 시작된 쓰가루 에조의 난이 그 일례이다. 쓰가루 사람인 다케우치 운페이 씨가 쓴 『아오모리현 통사』를 보면, "이러한 안도 씨 일족의 내분은 관동 지방 여덟 개 주에 걸친 소동으로 번져나가, 이른바 『호조9대기』[78]에서 말하는 '그야말로 천지의 운명이 뒤바뀌는 위기의 시작이되어 결국은 겐코의 변[79]이 일어났고 뒤이어 겐무의 중흥[80]이 있었다."라는 내용이 있는데, 어쩌면 그 내분은 이런 큰일이 벌어지게 된 간접적인 원인 중 하나로 꼽을 만한 것인지도 모른다. 이것이 사실이라면 쓰가루가 조금이라도 중앙 정국을 움직인 것은 이 사건 하나라는 얘기가 되니까, 이 사건은 쓰가루 역사에 대서특필될 만한 영광스런 역사라고 해야할 것이다. 지금의 아오모리현의 태평양 연안 지역은 예부터 누카노부라고 하는 에조인들의 땅이었지만, 가마쿠라시대 이후 고슈 다케다 씨일족인 난부 씨가 이곳으로 이주해 와서 그 세력이 매우 강대해졌다. 요시노, 무로마치시대를 지나 히데요시가 전국을 통일할 때까지 쓰가루는 이 난부 가문과 싸웠다. 그리고 안도 씨 대신 쓰가루 씨가 권력을 잡으면서 쓰가루 일대를 안정시켰고 쓰가루 씨 가문이 12대까지 이어지다가 메이지 유신 때 번주蕃主였던 쓰구아키라가번의 통치권을 조정에 넘겼다는 것이 대략적인 쓰가루의 역사다. 쓰가루 씨의 조상에 대해서는

●●
78_ 가마쿠라시대 후기의 역사서로, 가마쿠라 막부와 관련된 역사가 기록되어 있다.
79_ 1331년 고다이고 천황이 막부 세력을 견제하기 위해 일으킨 쿠데타. 사전에 발각되어 천황은 유배되었지만, 그를 계기로 막부에 반대하는 세력이 각지에서 봉기를 일으키게 되어 결국 막부가 멸망하게 되었다.
80_ 1333년 고다이고 천황이 가마쿠라 막부를 무너뜨리고 교토로 돌아와 천황 친정 체제를 부활시킨 것.

여러 가지 설이 있다. 기시다 박사도 그에 대해 언급하면서, "쓰가루에서는 안도 가문이 몰락하고 쓰가루 씨가 독립하여 난부 가문의 세력권 바로 옆에 살며 긴 세월 동안 서로 적대시하는 관계가 되었다. 쓰가루 씨 일족은 자신들이 고노에 히사미치 간파쿠[81]의 후예라 칭하고 있다. 하지만 난부 씨에서 갈라져 나온 것이라는 설도 있고, 후지와라 모토히라의 차남인 히데시게의 후예라는 설, 안도 씨 일족이라는 설 등등, 여러 가지 설이 분분하여 하나의 설이 옳다고 할 수 없는 상황이다."라고 말한다. 또한 다케우치 운페이 씨도 이에 대해 다음과 같이 쓰고 있다. "난부 가문과 쓰가루 가문은 에도시대 동안 지속적으로 서로 악감정을 가지고 있었다. 그 원인 중 하나는 난부 씨가 쓰가루 가문을 조상의 적으로 여기며 옛 영토를 빼앗겼다고 생각한다는 것, 그리고 쓰가루 가문이 원래 난부 씨에서 갈라져 나왔으며 자신들의 아랫사람이었는데 주인을 배신했다고 생각한다는 것이다. 한편 쓰가루 가문에서는 자신들의 선조가 후지와라 씨이고 중세시대에는 고노에 가문의 혈통이 더해졌다고 주장하는데, 이러한 연유로 불화가 생긴 것 같다. 물론 난부 다카노부가 쓰가루 다메노부에 의해 멸망하고, 쓰가루의 남부지방의 모든 성을 빼앗긴 것은 사실이다. 뿐만 아니라 다메노부의 선조 중 한 명인 오우라 미쓰노부의 어머니는 난부 구지라는 히젠 지역[82] 수령의 딸이며, 이후 수 대에 걸쳐 난부 시나노[83] 수령이라고 칭했던 가문이었으니, 난부 씨가 쓰가루 가문에 대해 자기 가문을 배반한 사람들이라며 원한을 품을 만도 할 것 같다. 그리고 쓰가루 가문은 자신들의 조상이 후지와라

81_ 關白. 천황 대신 정무를 맡아 보던 직책으로, 섭정과는 달리 최종 결정자는 천황이었다.
82_ 현재의 오카야마현 남동부 지역.
83_ 현재의 나가노현.

가문, 고노에 가문이라고 주장하는데 현재의 관점에서 보면 우리가 수긍할 만한 증거가 있는 것도 아니다. 난부 씨를 부정적으로 바라보며 쓰가루 씨를 변호하는 입장을 취하는 『가좃키』[84] 같은 책도 그 논조에는 매우 힘이 없다. 더 오래된 것을 예로 들자면 쓰가루에서 나온 책인 『다카야 가문사』 같은 책도 오우라 씨를 난부 씨에서 나온 일족이라 보고 있으며, 『기다테 일기』에도 '난부 가문과 쓰가루 가문은 원래 한 집안이다'라는 말이 쓰여 있다. 최근에 출판된 『독사비요讀史備要』에서도 다메노부를 구지 씨(난부 씨의 일족)로 간주하고 있는데, 현재로서는 그것을 부정할 만한 확실한 자료가 없는 것 같다. 하지만 쓰가루 가문이 과거에 난부 가문의 혈통이었고 그들의 아랫사람이었다 한들, 혈통이 아닌 다른 면에서 봤을 때 별다른 유서가 없는 가문은 아니다." 이처럼 다케우치 운페이 씨도 요시다 박사와 마찬가지로 확실한 결론을 내리지 않고 있다. 그것을 의심하지 않고 간명한 사실로 규정하고 있는 것은 『일본 백과 대사전』뿐이었으니, 참고 사항으로서 이 장의 첫 부분에 실어두었다.

이제까지 장황한 설명을 늘어놓았는데, 생각해보면 쓰가루라는 곳은 일본 전국 차원에서 생각해봐도 정말 까마득한 존재다. 『오쿠노호소미치』[85]에서 바쇼는 쓰가루로 출발하기 전에 "앞길이 3만 리에 달한다는 생각을 하면 마음이 답답하다."라고 적고 있는데 3만 리라는 거리도 북쪽으로는 히라이즈미, 즉 지금의 이와테현 남단까지의 거리에 지나지

84_ 1600년대 말경의 역사서.

85_ '오쿠의 좁은 길'이라는 의미. 하이쿠 시인인 마쓰오 바쇼가 쓴 기행문으로 1702년 간행되었다. 충실한 여행 기록이라기보다는 여행을 소재로 한 문학 작품에 가까우며, 제목에서 '오쿠'란 오슈奥州, 즉 넓은 의미의 동북 지방을 의미한다.

않는다. 아오모리현까지 가기 위해서는 그 두 배 이상 걸어야 한다. 그리고 아오모리현의 일본해 연안 반도 중 하나가 쓰가루인 것이다. 옛 쓰가루는 길이가 220리 8정인 이와키강을 따라 펼쳐진 쓰가루 평야를 중심으로 동쪽으로는 아오모리와 아사무시 근처까지, 서쪽으로는 일본해를 따라 내려가서 기껏해야 후카우라 까지, 그리고 남쪽으로는 히로사키까지였다고 할 수 있을 것이다. 쓰가루에서 떨어져 나온 구로이시번藩이 남쪽에 있는데, 구로이시번에는 그곳만의 독자적 전통도 있고 쓰가루번과는 다른 문화적 기풍도 형성되어 있어 그곳은 포함되지 않는다. 그리고 북단은 닷피 마을이다. 정말이지 마음이 불안해질 정도로 작은 땅이다. 이러니 중앙의 역사가 취급하지 않을 만도 했다는 생각도 든다. 나는 '오지'[86] 중에서도 가장 오지에 있는 여관에서 하룻밤을 보낸 뒤 이튿날, 그날도 배가 안 뜰 것 같았기에 전날 걸어온 길을 또 걸어 민마야까지 갔고, 민마야에서 점심을 먹은 뒤 버스를 타고 바로 가니타에 있는 N군의 집으로 돌아왔다. 걷다 보니 쓰가루도 생각만큼 그렇게 작은 곳은 아니었다. 그 다음다음 날 점심 무렵, 정기선을 타고 홀로 가니타를 떠난 내가 아오모리의 항구에 도착한 것은 오후 세 시였다. 그 뒤 오우 선을 타고 가와베까지 가서, 가와베에서 고노 선으로 갈아타고 다섯 시 무렵 고쇼가와라에 도착했다. 곧바로 쓰가루 철도를 타고서 쓰가루 평야를 북상하여 내가 태어난 곳인 가나기에 도착했을 때는 이미 어둑어둑해져 있었다. 가니타와 가나기 사이의 거리를 사각형의 한 변에 비교하자면, 그 사이에는 본주산맥이 있고 산속에는 길다운 길도 없어서 하는 수 없이 사각형의 다른 세 변을 빙 돌아가야 한다.

86_ 『오쿠노호소미치』에서 '오쿠'는 동북 지방(오슈)을 뜻하지만, 지명과 상관없이 글자 그대로 해석하면 '오지'라는 의미이므로 말장난을 한 것.

가나기의 생가에 도착한 후에는 제일 먼저 불단이 있는 방에 갔다. 형수가 따라와서 방문을 활짝 열어줬고, 나는 불단 속에 있는 부모님의 사진을 잠시 바라보다가 정중하게 절을 했다. 그다음 조이^{茶居}라고 부르는 거실로 내려가서 형수님께 다시 인사를 했다.

"도쿄에서 언제 오신 거예요?" 형수가 물었다.

나는 도쿄를 출발하기 며칠 전, 이번에 쓰가루 지방을 일주하려고 하는데 가는 김에 가나기에도 들러 부모님 성묘를 하고 싶다며, 잘 부탁드린다는 내용을 담은 엽서를 형수에게 보내두었었다.

"일주일 전쯤이요. 일본해 쪽을 돌면서 시간이 걸렸네요. 가니타의 N군한테 신세를 많이 졌어요." 형수도 N군을 알고 있을 터였다.

"그렇군요. 저는 엽서가 왔는데도 통 안 오시기에 무슨 일 있나 싶어서 걱정하고 있었어요. 요코^{陽子}랑 밋짱^{光ちゃん}은 계속 기다리면서 매일 교대로 버스 정류장에 마중을 갔었어요. 결국은 오건 말건 상관할 바 아니라며 화를 낸 사람도 있지요."

요코는 큰형의 큰딸로, 여섯 달쯤 전에 히로사키 근처에 사는 지주의 집으로 시집을 갔지만 신랑과 함께 가나기에 자주 놀러 오는지 그때도 둘이 함께 와 있었다. 밋짱은 큰누나의 막내딸인데, 아직 시집도 안 가고 항상 가나기의 집안일을 도와주러 오는, 솔직한 성격의 아이다. 그 두 조카가 함께 나와서는 에헤헤, 하고 장난기 섞인 웃음을 지으며 한심한 술고래 삼촌에게 인사를 했다. 요코는 여학생 같아 보였고 유부녀 티가 전혀 안 났다.

"차림새가 그게 뭐야?" 나를 보자마자 내 복장을 비웃었다.

"바보. 이게 도쿄에서 유행하는 옷이야."

형수의 손에 이끌려서 할머니도 나왔다. 여든여덟 살이시다.

"잘 왔어. 아아, 잘 왔어." 큰 소리로 말했다. 정정하셨지만, 나이가 나이인 만큼 약간 쇠약해지신 모습이었다.

"어떻게 하시겠어요?" 형수가 내게 물었다. "식사는 여기에서 하시겠어요? 다들 2층에 있는데."

요코의 신랑과 큰형, 작은형이 2층에서 술을 마시고 있는 모양이었다.

형제들 사이에서는 얼마만큼 예의를 차려야 하고, 또 얼마만큼 마음을 터놓고 스스럼없이 대해야 하는지, 나는 아직도 잘 모르겠다.

"괜찮으시면 2층으로 가시겠어요?" 여기서 홀로 맥주를 마시는 것도 주눅 들어 보이고 부자연스러운 일이라고 생각했다.

"어디에서 먹든 상관없어요." 형수는 웃으면서 밋짱과 요코에게 말했다. "그러면 상을 2층에 차려 드리렴."

나는 점퍼를 입은 채로 2층으로 올라갔다. 형들은 장지문이 금박으로 되어 있는 가장 좋은 일본식 방에서 조용히 술을 마시고 있었다. 나는 쿵쾅거리며 들어가서 말했다.

"슈지입니다. 처음 뵙겠습니다." 우선 조카사위에게 인사를 건넨 뒤, 큰형과 작은형에게 그간 찾아뵙지 못한 것을 사과드렸다. 큰형과 작은형 모두 응, 하고 고개를 살짝 끄덕이기만 했다. 우리 집은 원래 그렇다. 아니, 쓰가루가 다 그렇다고 해도 좋을지 모른다. 나는 그런 것에 익숙하기 때문에 아무렇지도 않다는 듯 밥상 앞에 앉아, 조용히 밋짱과 형수가 따라주는 술을 마셨다. 조카사위는 기둥을 뒤로하고 앉아 있었는데 이미 얼굴이 상당히 붉어져 있었다. 형들도 옛날에는 술이 셌었는데 요즘은 부쩍 약해졌는지, 자, 어서 마셔, 한 잔 더, 아뇨, 안 됩니다, 한 잔 더 하세요, 하고 실랑이를 벌이며 서로 정중하게 술잔을 양보하고 있었다. 소토가하마에서 진탕 마시고 온 내게는, 그런 분위기가 용궁 같기도 하고 무슨 별천지 같기도 해서, 형들의 생활 분위기와 내 생활 분위기의 차이에 새삼스레 깜짝 놀라고 긴장했다.

"게는 어떻게 할까요. 나중에 드시겠어요?" 형수가 작은 목소리로 내게 말했다. 그 게는 내가 가니타에서 선물로 조금 가져온 것이었다.

"글쎄요." 게라는 것은 지나치게 소박한 음식이라 고급 요리가 놓인 밥상의 수준을 떨어뜨릴 수도 있기에, 나는 잠시 머뭇거렸다. 형수 또한 같은 기분이었을지도 모른다.

"게?" 큰형이 되물으며 말했다. "좋지. 가지고 와. 냅킨도 같이."

그날 밤에는 사위가 있어서인지 큰형도 기분이 좋아 보였다.

형수가 게를 가져왔다.

"드시지요." 큰형은 조카사위에게 게를 권하며 가장 먼저 게 껍질을 벗겼다.

나는 마음이 놓였다.

"실례지만, 뉘신지요?" 사위는 천진난만하게 웃으며 내게 말했다. 깜짝 놀랐다. 그 즉시 그럴 만도 하다며 생각을 고쳐먹고 말했다.

"아, 저, 에이지 씨(작은형의 이름)의 동생입니다." 웃으면서 대답했지만 풀이 죽어서, 이거 에이지 씨라는 이름을 괜히 말한 거 아닌가 싶었다. 소심한 마음으로 작은형의 얼굴색을 살폈지만, 작은형이 그 말을 못 들은 것처럼 보였기에 말을 붙일 수도 없었다. 상관없겠다 싶어, 나는 편히 앉아 밋짱에게 맥주를 따라달라고 했다.

가나기의 생가에 오면 신경 쓸 것이 많아서 피곤하다. 나는 나중에 다시 이런 식으로 글로 쓰기 때문에 더욱 그렇다. 자기 가족 이야기를 써서 그 원고를 팔지 않으면 먹고살 수 없는 좋지 못한 숙명을 짊어진 남자는, 자신의 고향을 신에게 빼앗긴다. 결국 나는 도쿄에 있는 누추한 집에서 선잠을 자며 그리운 생가의 꿈을 꾸고, 여기저기를 방황하다 죽을지도 모른다.

이튿날에는 비가 왔다. 일어나서 2층에 있는 큰형의 응접실에 가보니, 큰형은 사위에게 그림을 보여주고 있었다. 금병풍 두 개가 있었는데 하나는 산벚나무, 하나는 전원의 산수山水라 할 수 있는 한적한 풍경이 그려져 있었다. 나는 병풍에 있는 낙관을 보았다. 하지만 읽을 수가 없었다.

"누가 그린 거죠?" 나는 얼굴을 붉히고 덜덜 떨면서 물었다.

"스이안." 형이 대답했다.

"스이안이라." 그래도 알 수가 없었다.

"몰라?" 형은 딱히 나를 꾸짖지도 않고 너그러운 말투로 그렇게 말했다. "햐쿠스이[87]의 아버지야."

"정말요?" 햐쿠스이의 아버지도 화가였다는 얘기는 들은 적이 있어 알고 있었지만, 그의 아버지가 스이안이라는 사람이고 이렇게 멋진 그림을 그렸다는 사실은 몰랐다. 나도 그림을 싫어하지는 않는다. 아니, 싫어하기는커녕 거의 전문가 수준이라고 생각했건만 스이안을 몰랐다니, 그것은 체면을 구기는 일이었다. 병풍을 한 번 보고 나서 '아니 이거 스이안 아냐?' 하고 가볍게 말했다면 큰형도 조금은 나를 다시 봤을지도 모르거늘, 얼빠진 목소리로 '누군가요?' 하고 묻다니 한심한 일이다. 돌이킬 수 없는 일이라 미칠 것 같았지만 형은 그런 나를 문제 삼지 않고,

"아키타에는 이렇게 훌륭한 사람이 있지." 하고 사위를 향해 나직이

---

[87]_ 平福百穂(1877~1933). 신문 삽화로 유명했던 아키타현 출신의 화가이자 하이쿠 시인.

말했다.

"쓰가루의 아야타리[88]는 어떨까요?" 나는 명예를 회복함과 동시에 분위기를 맞춰보겠다는 속셈으로, 속으로는 떨렸지만 주제넘게 나서보았다. 쓰가루의 화가라면 아야타리 정도밖에 없는 것 같은데, 실은 그 화가도 전에 가나기에 왔을 때 형이 가지고 있는 그의 그림을 보고 그때 처음으로 쓰가루에도 그렇게 훌륭한 화가가 있다는 것을 알게 됐었다.

"그 사람은 좀 다르지." 형은 정말 못마땅하다는 듯한 말투로 그렇게 중얼거리고는 의자에 앉았다. 우리는 모두 선 채로 병풍 그림을 보고 있었는데, 형이 앉자 조카사위도 형 맞은편에 있는 의자에 앉았고, 나는 조금 떨어진 곳에 있는 입구 옆 소파에 앉았다.

"이 사람은 정도正道를 걷는 사람일 테니까." 여전히 사위 쪽을 보고 말했다. 예전부터 형이 내게 직접 말을 하는 일은 거의 없다.

그러고 보면 아야타리의 묵직한 중량감은 자칫하면 색다른 것이 되어버릴 것 같은 불안도 있다.

"문화의 전통이라고나 할까?" 형은 등을 구부리고 사위의 얼굴을 바라보며 말했다. "역시 아키타에는 뿌리 깊은 무언가가 있어."

"쓰가루는 틀려먹었군." 무슨 말을 해도 결과는 엉망이었기에, 나는 포기하고 웃으면서 혼잣말을 했다.

"이번에 쓰가루에 대한 글을 쓴다며?" 형은 갑자기 내게 말을 걸었다.

"네, 하지만 쓰가루에 대해 아는 게 아무것도 없는지라." 나는 횡설수설하며 말했다. "뭔가 좋은 참고서라도 없을까요?"

• •
88_ 建部綾足(1719~1774). 에도 중기의 국학자이자 화가, 하이쿠 시인. 도쿄에서 태어나 히로사키에서 자랐다.

"글쎄." 형은 웃으며 말했다. "나도 향토사에 대해서는 별 흥미가 없어서 말이지."

"쓰가루 명소 안내서 같은, 아주 대중적인 책이라도 없어요? 정말, 아무것도 몰라서요."

"없지, 없어." 형은 나의 흐리멍덩함에 질렸다는 듯 쓴웃음을 지으며 고개를 가로저은 뒤, 일어나서 사위에게,

"그럼 이만, 나는 잠시 농회[89]에 다녀올 테니, 거기 있는 책이라도 읽게. 오늘은 날씨가 너무 안 좋구먼."이라고 하고는 집을 나섰다.

"농회도 지금 바쁘지요?" 나는 조카사위에게 물었다.

"네, 지금 한창 쌀의 공출 할당량을 결정해야 해서 굉장히 바쁩니다." 조카사위는 아직 젊지만 지주라서 그런 것에 대해 잘 알고 있었다. 상세한 숫자를 들어가며 이런저런 설명을 해주었지만, 절반도 알아들을 수가 없었다.

"저는 이제까지 쌀에 대해 진지하게 생각해본 적이 없는 사람인데, 그래도 시대가 이렇게 되고 나니 기차 창밖에 있는 논을, 그야말로 내 것인 양 울고 웃으며 내다보게 되더라고요. 올해는 계속 이렇게 날씨가 쌀쌀하니 모내기도 늦어지지 않을까요?" 나는 언제나처럼 번데기 앞에서 주름을 잡았다.

"괜찮을 겁니다. 요즘은 추우면 추운 대로 대책을 세우고 있으니까요. 모의 발육 상태도 그만하면 보통인 듯합니다."

"그렇군요." 나는 점잔빼는 얼굴로 고개를 끄덕이며 말했다. "어제 기차 창밖으로 쓰가루 평야를 잠깐 봤는데, 마경馬耕이라고 하나요?

89_ 農會. 농법의 개량과 농업의 발전을 위해 1899년에 설립된 단체로, 지주와 농민이 소속되어 있었다.

말한테 쟁기를 끌게 해서 밭을 가는 것을 말입니다, 소로 하는 곳이 꽤 많은 것 같더라고요. 제가 어렸을 때는 마경뿐만 아니라 짐수레를 끄는 것도 그렇고 뭐든 다 말로 했지요. 소를 쓰는 방식은 거의 없었거든요. 저는 도쿄에 처음 갔을 때 소가 짐수레를 끄는 걸 보고 이상하게 생각했을 정도입니다."

"그렇겠지요. 말은 눈에 띄게 줄었어요. 거의 다 전쟁터로 갔지요. 소는 기르는 데 수고롭지 않다는 것도 관계가 있겠지요. 하지만 일의 능률 면에서는 소가 말의 반, 아니, 훨씬 더 안 좋을지도 모릅니다."

"전쟁터라면, 벌써……."

"저요? 이미 두 번이나 영장을 받았는데, 두 번 다 도중에 귀가 조치를 받게 되어 면목이 없어요." 건강한 청년이 환하게 미소 짓는 얼굴이란 정말 보기가 좋다. "다음에 가게 되면 안 돌아왔으면 좋겠는데 말이죠." 자연스러운 말투로 가볍게 말했다.

"이 지방에 정말 훌륭하다며 진심으로 감탄할 만한, 잘 알려지지 않은 큰 인물 없을까요?" "글쎄요. 저는 잘 모르지만, 어쩌면 모범 일꾼이라 불리는 농부들 중에는 있지 않을까요?"

"그렇겠지요." 나는 그 말에 공감했다. "저도 어려운 얘기는 잘 모르고 그냥 모범 작가가 되겠다는 일념으로 살아가고 싶은데 말입니다. 하지만 아무래도 하잘것없는 허영심도 있다 보니 흔해 빠진 허풍쟁이가 되어서 그게 잘 안 됩니다. 하지만 모범 일꾼도 모범 일꾼이라는 호칭이 붙고 나면 전과 달라지지 않습니까?"

"맞아요. 그렇습니다. 신문사 같은 곳에서 무책임하게 소란을 피워대면서 그런 사람을 끌어내서는 강연 같은 걸 시키는 통에 모처럼 나온 모범 일꾼도 이상한 사람이 되어버립니다. 유명해지면 딴사람이 되어버려요."

"정말 그래요." 나는 그 말에도 공감했다. "남자란 딱한 존재니까요. 명성에 약해요. 저널리즘 같은 것은 따지고 보면 미국 자본가가 발명한 거고 엉터리지요. 독약이에요. 대부분의 사람들이 유명해지는 그 순간 바로 얼간이가 됩니다." 나는 이상한 시점에서 일신상의 울분을 털어놓았다. 하지만 이런 불평꾼들은 말은 그렇게 해도, 내심 유명해지고 싶어 하는 경향이 있으니 주의를 요한다.

점심때가 지나서 나는 홀로 우산을 쓰고 비 내리는 정원을 거닐었다. 풀 한 포기, 나무 한 그루도 변한 게 없는 듯했다. 이렇게 낡은 집을 그대로 보존하고 있는 형의 노력도 이만저만한 게 아닐 거라는 생각이 들었다. 호숫가에 서 있자니 풍당, 하는 작은 소리가 들렸다. 개구리가 뛰어든 것이었다. 보잘것없고 경박한 소리였다. 순간 나는 바쇼 옹의 '오래된 연못'이라는 하이쿠[90]를 이해할 수 있었다. 나는 그 하이쿠를 모르고 있었다. 어디가 좋다는 건지 전혀 종잡을 수 없었다. 유명한 작품치고 명작은 없다고 단정 짓고 있었는데, 그것은 학교에서 이상하게 가르친 탓이었다. 오래된 연못이라는 그 하이쿠에 대해 우리는 학교에서 어떤 설명을 들었는가? 한적한 낮, 숲 속 어두운 곳에 푸르고 오래된 연못이 있는데 거기에 텀벙, 하고 (큰 강에 몸을 던지는 것도 아닌데) 개구리가 뛰어드는데, 아아, 그 여운이란! 새 한 마리가 우짖어서 산이 더욱 조용해진다는 말은 바로 이런 것이다, 라는 식으로 배웠다. 의미심장한 듯 포장되어 있지만 이 얼마나 평범한 졸작인가? 불쾌해서 소름이 다 끼친다. 역겨워서 참을 수가 없었기에 이 하이쿠를 오랫동안 멀리하고

[90]_ 바쇼의 하이쿠 중 가장 유명한 하이쿠. '오래된 연못, 개구리 뛰어드는 물소리.'

있었지만, 나는 지금 생각을 고쳐먹었다. '텀벙' 같은 설명을 하니까 이해할 수 없었던 것이다. 여운이고 뭐고 아무것도 없다. 그냥, '퐁당'이다. 말하자면 세상의 구석진 곳에서 나는, 실로 보잘것없는 소리다. 빈약한 소리다. 바쇼는 그것을 듣고 자신의 처지를 생각한 것이다. 오래된 연못, 개구리 뛰어드는 물소리. 그런 생각을 하며 이 하이쿠를 다시 보면, 나쁘지 않다. 좋은 시다. 당시 단린파[91]의 안이한 매너리즘을 보란 듯이 깨부쉈다. 말하자면 파격적인 착상이다. 달도 없고 눈, 꽃도 없다. 풍류도 없다. 단지 보잘것없는 존재의, 보잘것없는 목숨이 있을 뿐이다. 당시의 유명 풍류가들이 이 하이쿠를 보고 깜짝 놀란 것도 이해가 된다. 예부터 전해져 내려오는 풍류의 개념을 파괴한 것이다. 혁신이다. 훌륭한 예술가는 그래야 한다며 혼자 흥분해서는, 그날 밤 여행 수첩에 이런 말을 적었다.

"황매화 나무, 개구리 뛰어드는 소리. 기카쿠 같은 사람은 아무것도 모른다.[92] 나와 함께 놀자꾸나 어미 없는 참새야.[93] 약간 비슷하다. 하지만 너무 노골적이라 싫다. 오래된 연못에는 비길 만한 것이 없다."

이튿날은 날씨가 무척 좋았다. 조카딸인 요코와 조카사위, 나, 그리고 일행의 도시락을 모두 짊어진 아야, 이렇게 넷이서 가나기에서 동쪽으로 10리 정도 거리에 있는, 다카나가레라는 200미터 채 되지 않는 완만한 산에 놀러 갔다. '아야'라고 해서 여자 이름이 아니다. 아저씨라는 의미다.

● ●
91_ 檀林派. 마쓰오 바쇼의 이전 시대에 유행했던 하이카이의 한 유파로 규칙에 얽매이지 않는 기발한 착상이 그 특색이다.
92_ 기카쿠其角는 바쇼의 제자 중 한 사람인데, 일설에 따르면 바쇼가 처음에 '개구리 뛰어드는 물소리'라는 뒷부분만 짓고서 앞 구절을 고민했을 때 기카쿠는 그 앞 구절을 '황매화 나무'로 하자고 주장했지만 바쇼는 '오래된 연못'으로 했다고 한다.
93_ 에도시대의 대표적인 하이쿠 시인인 고바야시 잇사小林一茶(1763~1828)의 하이쿠.

아버지라는 의미로도 쓰인다. 아야의 여성어는 '아파'이다. '아바'라고도 한다. 어디에서 이런 말들이 왔는지는 모른다. 오야, 오바[94]의 사투리인가, 하고 대강 때려 맞춰 본들 소용이 없다. 전문가들의 여러 가지 학설이 있을 것이다. 다카나가레라는 산 이름도, 조카의 말에 따르면 다카나가네高長根라는 것이 정식 명칭인데, 기슭이 완만하게 펼쳐진 모습이 마치 깊은 뿌리長根의 느낌이라나 뭐라나, 그런 얘기였지만 이에 대해서도 전문가들의 여러 가지 학설이 있을 것이다. 전문가들의 학설이 분분하여 하나로 통일되지 않는 점에 향토학의 묘미가 있는 것 같다. 조카와 아야는 도시락 준비다 뭐다 해서 바빴던지라 조카사위와 나는 한발 먼저 집을 나섰다. 좋은 날씨였다. 쓰가루를 여행하기에는 뭐니 뭐니 해도 오뉴월이 제격이다. 앞서 언급했던 『동유기』에도, "예부터 북쪽 지방을 여행하는 사람들은 모두 여름철에만 간다. 초목이 푸르고 바람도 남풍으로 바뀌며 파도도 잔잔하니 무서운 일을 당했다는 얘기는 거의 듣지 못했다. 내가 북쪽 땅에 간 것은 9월부터 3월경이라 길 가는 중에 여행객을 만난 적이 없다. 내 여행의 목적은 의술 수행이기에 성격이 다르다. 그저 명소만을 들를 심산으로 여행을 간다면 반드시 4월 이후에 가야 할 지역이다."라고 쓰여 있는데, 여행의 달인이 한 말이니 독자 여러분도 기억해두는 편이 좋을 것이다. 쓰가루에서는 이맘때쯤 매실, 복숭아, 벚꽃, 사과, 배, 자두가 한꺼번에 꽃을 피운다. 나는 자신 있다는 듯 앞장서서 마을 어귀까지 걸어왔지만, 다카나가레까지 가는 길을 알 수가 없었다. 소학교 때 두어 번 가본 적이 있었을 뿐이라 잊어버릴 법도 했지만, 주변 풍경이 어린 시절 기억과 전혀

94_ 부모님, 할머니라는 뜻

딴판이었다. 나는 당황해서,

"정류소 같은 게 생겨서 이 주변은 완전 딴판이 됐네, 다카나가레로 가는 길을 모르겠네요. 저 산인가요?" 하고 물어보며, 앞에 보이는 시옷 자 모양으로 봉긋 솟아 있는 연둣빛 언덕을 가리켰다. "이쯤에서 잠시 어슬렁거리면서 아야 일행을 기다립시다." 하고 조카사위에게 웃으면서 제안했다.

"그러지요." 조카사위도 웃으며 말했다. "이 근처에 아오모리현의 수련修鍊 농장이 있다는 얘기를 들었는데 말이죠." 나 보다도 더 잘 알고 있다.

"그런가요? 찾아봅시다."

수련농장은 그 길에서 반 정약 54m 정도 오른쪽으로 들어간 약간 높은 언덕 위에 있었다. 농촌 전문가의 양성과 개척인 훈련을 위해 설립된 곳이라는 모양인데, 이 혼슈 북단의 들판에는 아까울 정도로 멋진 시설이다. 지치후노미야 왕자[95]님이 히로사키의 8사단에 근무하셨을 때, 황송하게도 이 농장에 대단히 많은 도움을 주셨다고 한다. 덕분에 강당도 지방에서는 보기 드문 웅장한 건물이었고, 그 밖에도 작업장과 축사, 비료 창고, 기숙사가 있었다. 나는 그저 눈이 휘둥그레져서 놀라고 있었다.

"그래? 전혀 모르고 있었네. 가나기에는 분에 넘칠 정도로 좋은 곳이구먼." 말은 그렇게 하면서도 나는 묘한 기쁨을 주체할 수가 없었다. 역시 자신이 태어난 땅은 소중하게 여겨지는 것인가 보다.

농장 입구에는 커다란 비석이 세워져 있었고, 그 비석에는 쇼와

95_ 메이지 천황의 남동생.

가나기에서 바라본 쓰가루 후지와 쓰가루 평야

10년[1935년] 8월 아사카노미야 왕자님 방문, 같은 해 10월 지치후미야 왕자님과 왕자비 방문, 쇼와 13년[1938년] 8월 지치후미야 왕자님 재방문 등, 영광스러운 일들이 새겨져 있었다. 가나기 사람들은 이 농장을 더욱 자랑스럽게 여겨도 좋다. 가나기뿐만이 아니다. 이것은 쓰가루 평야의 영원한 자랑거리일 것이다. 실습지라고 해야 하나, 쓰가루의 각 부락에서 뽑힌 모범 농촌 청년들이 만든 밭과 과수원, 논 등이 그 건축물들 뒤에, 실로 아름답게 펼쳐져 있었다. 조카사위는 여기저기를 돌아다니면서 농경지를 유심히 바라보더니,

"대단하군요." 하고 한숨을 내뱉으며 말했다. 조카사위는 지주니까 나보다는 여러모로 많은 것을 알 수 있을 것이다.

"와! 후지산이네. 좋구먼." 내가 외쳤다. 하지만 그것은 후지산이 아니었다. 쓰가루 후지라고 불리는 1,625미터의 이와키산이, 끝없이 펼쳐진 논 저편에 두둥실 떠 있었다. 정말 가볍게 떠 있다는 느낌이었다.

푸르름이 철철 넘쳐흐르고 후지산보다도 더 여성스럽게, 주니히토에옷[96]의 옷자락을 활짝 펼치고 은행나무 잎을 거꾸로 세워놓은 것처럼 균형 있게, 푸른 하늘 위에 조용히 떠 있었다. 결코 높은 산은 아니지만, 투명한 살결을 지닌 아리따운 미녀 같았다.

"가나기도 나쁜 곳은 아니구나." 나는 당황한 투로 말했다. "나쁘지 않아." 입을 뾰족 내밀며 말했다.

"좋지요." 조카사위가 차분하게 말했다.

나는 이번 여행 중에 다양한 방향에서 쓰가루 후지를 보았는데, 히로사키에서 본 그것은 참으로 묵직한 느낌이라 이와키산은 역시 히로사키의 산일지도 모른다고 생각했다. 또 한편으로는 쓰가루 평야의 가나기, 고쇼가와라, 기즈쿠리 쪽에서 바라본 이와키산의 단정하고 가냘픈 모습을 잊을 수가 없었다. 서해안에서 본 산의 모습은 정말 별로였다. 모양이 찌그러져서 미인의 모습이 없다. 이와키산이 아름답게 보이는 지역에는 쌀도 잘 여물고 미인도 많다는 전설도 있다는데, 쌀이야 어찌 됐든 이곳 북쓰가루 지방에서는 산이 아름답게 보이지만 미인은 아무래도 별로 없는 듯하다. 이것은 어쩌면 나의 관찰력이 부족한 탓인지도 모른다.

"아야랑 요코는 왜 안 오지요?" 문득 그런 걱정이 들기 시작했다. "먼저 가 버린 거 아닐까요?" 아야와 요코를 잊어버렸을 정도로, 우리는 수련농장의 설비와 풍경에 감탄하고 있었던 것이다. 우리는 오던 길을 되돌아가서 여기저기를 찾아보았다. 그런데 아야가 생각지도 못한 옆쪽 들길에서 불쑥 튀어나와서는, 지금 요코와 흩어져서 당신들을 찾던

96_ 헤이안시대 궁중 여성들이 입던 평상복. 여러 벌의 홑옷을 껴입는 풍성한 옷이다.

중이었다고 웃으며 말했다. 아야는 이 주변 들판을 찾아다니는 중이었고, 요코는 우리가 먼저 갔을지도 모른다는 생각에 다카나가레 방면으로 갔다고 한다.

"거참 큰일이군. 그러면 요코는 꽤 먼 데까지 가버렸겠네. 어어이!" 앞을 향해 큰 소리로 불러보았지만 아무런 대답도 없었다.

"갑시다." 아야는 등에 메고 있던 짐을 추켜올리며 말했다. "어차피 길은 하나밖에 없으니까요."

하늘에는 종달새가 바삐 지저귀고 있었다. 이렇게 고향의 봄 들길을 걷는 것도 이십 년 만일까. 넓게 펼쳐진 잔디밭에는 군데군데 키 작은 나무가 우거져 있기도 했고, 작은 늪도 있었다. 기복이 완만해서 십 년 전쯤이라면 도회 사람들은 골프장을 짓기에 딱 좋은 곳이라며 칭찬했을 것이다. 게다가, 보라. 지금은 이 들판에도 서서히 개간의 손길이 닿아, 인가의 지붕도 아름답게 빛나고 있다. 저쪽이 갱생 마을[97], 저쪽이 옆 마을에서 분리된 마을이라는 아야의 설명을 들으며, 가나기도 많이 발전했음을 절실히 느꼈다. 산의 오르막길에 들어서기 시작했지만, 그래도 조카의 모습은 보이지 않았다.

"어디로 갔을까요?" 나는 사소한 일에도 신경을 쓰는 어머니 성격을 빼닮았다.

"글쎄, 어딘가에 있겠죠." 신랑은 부끄러워하면서도 여유를 보였다.

"어쨌든 물어봅시다." 나는 길옆의 밭에서 일하고 있던 농부에게 모자를 벗고 인사하며 "혹시 양장을 한 젊은 여자가 지나가지 않았나요?" 하고 물었다. 농부는 지나갔다고 답했다. 어쩐지 뛰다시피 해서 몹시

97_ 한 번 황폐해진 마을을 다시 재생시킨 마을.

서둘러 지나갔다고 한다. 봄의 들길을 뛰다시피 해서 남편의 뒤를 쫓아가는 조카의 모습을 상상하며, 그것도 썩 괜찮은 광경이라 생각했다. 잠시 산을 오르다 보니, 낙엽송 가로수 그늘에 조카가 웃으며 서 있었다. 여기까지 쫓아와 봤는데 없으니, 아직 안 왔구나 싶어서 여기서 고사리를 캐고 있었다고 했다. 별로 지친 기색도 없었다. 이 주변은 고사리, 땅두릅, 엉겅퀴, 죽순 등 산나물의 보고라고 한다. 가을에는 나팔버섯, 나메코 버섯 등의 버섯류가, 아야의 말을 빌리자면 '지천에 깔렸을 정도로' 많이 나기 때문에 고쇼가와라, 기즈쿠리처럼 먼 데서 따러 오는 사람도 있다고 한다.

"요코 님은 버섯 따기의 달인이에요."라는 말을 덧붙였다. 또다시 산을 오르며,

"가나기에 황족께서 오셨다면서?" 하고 내가 묻자, 아야는 진지한 말투로 "네." 하고 대답했다.

"감사한 일이네."

"네." 긴장한 말투였다.

"가나기 같은 곳에 용케도 와주셨구먼."

"네."

"자동차로 오셨어?"

"네. 자동차로 오셨어요."

"아야도 뵈었어?"

"네. 뵈었어요."

"아야는 좋겠네."

"네." 하고 대답하며, 목덜미에 둘러매고 있던 수건으로 얼굴에 난 땀을 닦았다.

휘파람새가 울고 있었다. 제비꽃, 민들레, 들국화, 철쭉, 흰 댕강목, 으름덩굴, 들장미, 그리고 내가 모르는 꽃들이 산길 양쪽으로 난 잔디에 환하게 피어 있었다. 키 작은 버드나무와 떡갈나무에도 새싹이 돋아 있었고, 산을 오를수록 조릿대가 점점 더 많아졌다. 200미터도 채 안 되는 낮은 산이지만 전망은 꽤 좋았다. 쓰가루 평야를 전부, 구석구석까지 다 내려다볼 수 있을 정도였다. 멈춰 서서 평야를 내려다보며 아야의 설명을 듣고, 또 잠시 걷다가 멈춰 서서 쓰가루 후지를 바라보며 칭찬하다가 어느새 작은 산의 정상에 이르렀다.

"여기가 정상인가?" 나는 약간 김이 샜다는 말투로 아야에게 물었다.

"네, 맞아요."

"에게게."라고는 했지만, 눈 앞에 펼쳐진 쓰가루 평야의 봄 풍경에 넋을 잃고 말았다. 이와키강이 가느다란 은실처럼 반짝반짝 빛나보였다. 그 은실의 끝자락에 고대의 거울처럼 희미하게 빛나고 있는 것이 닷피 늪일까? 그리고 그보다 더 먼 곳에 뿌연 연기처럼 하얗게 펼쳐져 있는 것은 주산 호수 같다. 『도사 왕래^{十三往来}』[98]라는 책은 주산 호수, 혹은 주산 갯벌이라 불리는 이 호수에 대해 "쓰가루의 크고 작은 하천 열세 개가 이곳으로 모여들어 큰 호수가 되었다. 게다가 각 하천 고유의 색을 잃어버리지 않고서 말이다."라고 쓰고 있다. 이 호수는 쓰가루 평야 북단의 호수로, 이와키강을 비롯하여 쓰가루 평야를 흐르는 크고 작은 열세 개 하천이 이곳으로 모여든다. 둘레는 약 80리지만, 하천에서 흘러들어오는 토사 때문에 깊이는 얕아서 가장 깊은 곳도 3미터 정도라고 한다. 물은 바닷물의 유입으로 인해 염수인데, 이와키강에서 흘러드

<hr />

98_ 도사 지역에 살던 안도 가문의 번영에 대해 기록한 1334년 무렵의 책.

는 강물도 적지 않기 때문에 강 하구 근처는 담수이고, 어류도 담수어와 염수어가 둘 다 살고 있다고 한다. 호숫물이 일본해로 빠져나가는 남쪽에 도사+=라는 작은 부락이 있다. 이 부근은 지금으로부터 칠, 팔백 년 전부터 개발되어 쓰가루의 호족인 안도 가문의 본거지였다는 설도 있고, 또한 에도시대에는 그 북쪽에 있는 고도마리 항과 함께 쓰가루의 목재와 곡물을 적출하는 항구로서 크게 번성했다고 한다. 하지만 지금은 그런 모습이 조금도 남아 있지 않다. 주산 호수의 북쪽으로는 곤겐 곶이 보인다. 하지만 이 부근부터는 국방상 중요한 지역이다. 나는 눈길을 돌려 앞쪽에 있는 이와키강 저 멀리로 시원하게 펼쳐진 푸르고 상쾌한 수평선을 바라보았다. 일본해다. 시치리나가하마가 한눈에 보인다. 북쪽의 곤겐 곶에서 남쪽의 오도세곶까지 시야를 가로막는 것은 아무것도 없었다.

"정말 좋다. 나라면 여기에 성을 지어서,"라고 말하는 도중에 요코가 끼어들더니,

"겨울엔 어떻게 하시겠어요?" 하고 물어와서 말문이 막혔다.

"계속 이대로 눈이 안 오면 좋을 텐데 말이지." 나는 어렴풋이 우울을 느끼며 탄식했다.

산 뒤편의 계곡으로 내려가 자갈밭에서 도시락을 펼쳤다. 계곡에 담가서 차게 한 맥주는 나쁘지 않았다. 조카와 아야는 사과즙을 마셨다. 그러던 중에 내 눈에 언뜻 무언가가 보였다.

"뱀이다!"

조카사위는 벗어두었던 상의를 주워들고 일어서려 했다.

"괜찮아, 괜찮아." 나는 계곡 저편의 암벽을 가리키며 말했다. "저 암벽으로 올라가려고 하고 있어요." 계곡물에서 머리를 불쑥 내밀고

순식간에 암벽 위로 한 자 정도 기어 올라가다 말고 뚝 떨어졌다. 또 스르르 올라가다 말고 떨어졌다. 끈질기게 스무 번 정도를 그러더니 지쳐서 포기했는지, 그 기다란 몸을 수면 위로 띄우고는 물살을 타고 우리가 있는 자갈밭 쪽으로 다가왔다. 그러자 아야가 일어섰다. 한 간약 1.8m 정도 길이의 나뭇가지를 들고 조용히 달려가더니 계곡에 풍덩 뛰어들어 푹 찔렀다. 우리는 시선을 돌렸다.

"죽었어? 죽었어?" 나는 초라한 목소리로 물었다.

"해치웠어요." 아야는 나뭇가지도 함께 계곡으로 집어 던졌다.

"살모사 아냐?" 나는 여전히 공포에 떨고 있었다.

"살모사라면 산 채로 잡았겠지만, 지금 죽인 건 구렁이였어요. 살모사의 생간은 약이 된답니다."

"이 산에는 살모사도 있어?"

"네."

나는 싱숭생숭한 기분으로 맥주를 마셨다.

아야는 제일 먼저 식사를 마치고 커다란 통나무를 끌고 와서 계곡으로 던져 넣고는 그것을 발판삼아 건너편으로 훌쩍 뛰어넘어갔다. 그리고 건너편 산 절벽에 기어올라 땅두릅과 엉겅퀴 같은 산나물을 캤다.

"위험할 텐데. 구태여 저런 위험한 곳으로 가지 않더라도, 다른 데도 많이 있는데 말이지." 나는 조마조마한 마음으로 아야를 걱정하며 말했다. "아야가 흥분한 맘에, 일부러 저렇게 위험한 곳으로 가서 용감한 모습을 뽐내려는 속셈인 게 분명해."

"맞아, 맞아." 조카는 크게 웃으며 동의했다.

"아야!!" 나는 큰 소리로 그를 불렀다. "이제 됐어. 위험하니까 이제 그만해."

"네." 아야는 그렇게 대답한 뒤 절벽에서 거침없이 내려왔다. 나는 마음이 놓였다.

집으로 오는 길에는 아야가 캔 산나물을 요코가 짊어졌다. 이 조카는 원래부터 외양에는 별로 신경 쓰지 않는 아이였다. 오는 길에는 소토가하마의 '아직은 짱짱한 다리의 소유자'도 지쳐서, 눈에 띄게 말수가 줄었다. 산에서 내려오니 뻐꾸기가 울고 있었다. 마을 어귀의 목공소에는 엄청난 양의 목재가 쌓여 있었고, 트럭이 끊임없이 오가고 있었다. 풍요로운 마을 풍경이었다.

"아무튼 가나기도 활기를 띠기 시작했네요." 내가 무심코 말했다.

"그래요?" 조카사위도 조금 피곤한 모양이었다. 말투가 나른했다.

나는 갑자기 겸연쩍어져서 말했다.

"아니, 저는 잘 모르지만, 그래도 십 년 전에는 가나기가 이렇지 않았던 것 같아요. 점점 쇠락해가기만 하는 마을처럼 보였지요. 지금 같지 않았어요. 지금은 어쩐지 옛 기운을 되찾은 듯한 느낌이 듭니다."

집으로 돌아가서 형에게, 가나기의 풍경도 꽤 좋다는 것을 새삼 느꼈다는 얘기를 했다. 그랬더니 형은, 나이가 들수록 자신이 나고 자란 지역의 풍경이 교토나 나라보다도 좋게 느껴지는 법이라고 답했다.

이튿날에는 전날 함께했던 일행에 형 부부도 함께, 가나기에서 동남쪽으로 10리 반 정도 더 가면 있는 가노코 저수지라는 곳에 갔다. 출발 직전에 형 손님이 오셔서, 우리끼리 한발 앞서 집을 나섰다. 통 넓은 바지를 입고 흰 다비, 조리를 신었다. 거의 20리나 떨어진 먼 곳에 나가는 일은, 형수가 가나기로 시집오고 나서 처음 있는 일이었는지도 모른다. 그날도 날씨가 좋았고 전날보다 더 따뜻했다. 우리는 아야의 안내를 받으며 가나기강을 따라 있는 삼림森林철도의 철길을 터벅터벅 걸었다. 철길의 침목이 한 걸음에는 짧고, 반 걸음에는 긴 간격으로 애매하게 놓여 있어서 걷기가 무척 힘들었다. 나는 일찌감치 지쳐서 아무 말 없이 땀만 닦아내고 있었다. 날씨가 너무 좋으면 여행자는 오히려 녹초가 되고 기운이 빠지는 모양이다.

"이 주변에 홍수의 흔적이 있어요." 아야는 멈춰 서서 설명했다. 하천 부근의 논밭과 몇 개 마을, 보 한편에 여기서 큰 전쟁이 있었나 싶을 정도로 거대한 그루터기와 통나무가 아무렇게나 흐트러져 있었다. 지난해 우리 집의 여든여덟 살 할머니도 이제껏 이런 일은 겪어본 적이 없다고 했을 정도로 큰 홍수가, 이곳 가나기를 덮친 것이다.

"이 나무들은 모두 산에서 떠내려온 것이지요."라면서, 아야는 슬픈 표정을 지었다.

"정말 심하네." 나는 땀을 닦아내며 말했다. "거의 바다 같았겠네."

"바다 같았지요."

가나기강을 떠나 이번에는 가노코강의 물줄기를 따라 올라갔다. 얼마 지나지 않아 삼림철도의 철길을 벗어나 조금 오른쪽으로 들어간 곳에 둘레가 다섯 리는 족히 넘어 보이는 커다란 저수지가, 그야말로 새가 한 번 울고 나서 더욱 조용해진 듯, 푸르름을 한가득 머금고 고요한 물을 품고 있었다. 이 부근은 소에몬자와라는 깊은 골짜기였다고 하는데, 골짜기 밑에 있는 가노코강을 막고서 이 커다란 저수지를 만든 것은 쇼와 16년[1941년], 최근의 일이다. 저수지 부근에 있는 커다란 비석에는 형의 이름도 새겨져 있었다. 저수지 주변에는 공사의 흔적인 절벽의 붉은 흙이 지금도 생생하게 드러나 있기에 이른바 자연의 장엄함은 없다. 하지만 가나기라는 한 마을의 힘이 느껴지고, 이런 인위적인 성과 또한 기분 좋은 풍경이라 하지 않을 수 없다고, 경박한 여행자는 멈춰 서서 담배를 태우며, 주위를 둘러본 엉성한 감상을 정리해보았다. 나는 자신 있다는 듯 일행을 인솔하며 저수지 부근을 걸어가면서,

"여기가 좋겠다. 이 근처가 좋겠어."라고 하면서 물가의 나무 그늘에 앉았다. "아야, 좀 살펴봐 줘. 이거 옻나무 아니겠지?" 옻이 오르면 앞으로의 내 여행이 너무 우울해질 것 같았다. 옻나무는 아니라고 했다.

"그럼, 이 나무는? 어쩐지 수상한 나무군. 살펴봐 줘." 모두 웃고 있었지만, 나는 진지했다. 그것도 옻나무는 아니라고 했다. 나는 안심하고 거기에서 도시락을 먹기로 했다. 맥주를 마시며 기분 좋게 수다를 떨기 시작했다. 나는 소학교 2, 3학년 때, 가나기에서 35리 정도 떨어진 서해안의 다카야마산이라는 곳에 소풍을 가서 처음으로 바다를 보고 느꼈던 흥분에 대해 이야기했다. 그때는 우리를 인솔한 선생님이 가장 먼저 흥분해서는 바다를 향해 우리를 이 열 횡대로 세워놓고, <나는 바다 아이>라는 동요를 합창하게 했는데, 태어나서 처음으로 바다를 본 주제에, "나는 바다 아이 흰 파도가 떠들썩한 해변의 소나무 숲에"라는 바닷가 마을에서 태어난 아이들의 노래를 부르는 것이 너무나 부자연스러웠기에, 나는 어린 마음에도 부끄러워서 마음이 가라앉지를 않았다. 그리고 나는 그 소풍 때 묘하게 옷차림에 공을 들여서, 챙 넓은 밀짚모자를 쓰고 형이 후지산을 등산할 때 썼던 깔끔한 신사神社 마크가 여러 개 찍힌 흰 나무 지팡이까지 들었다. 선생님이 가능한 한 가벼운 옷차림에 짚신을 신으라고 했는데도, 나는 거추장스런 하카마를 입고 긴 양말에 목이 긴 구두를 신고서 한껏 멋을 내고 집을 나섰다. 10리도 채 걷기 전에 지친 나를 본 선생님은 우선 하카마와 구두를 벗긴 뒤, 한쪽은 빨갛고 한쪽은 색 없는, 다 닳아 떨어진 짝짝이 짚신을 내게 신겼다. 결국은 모자와 지팡이도 빼앗기고, 학교에서 환자용으로 준비한 짐수레

에 실려 집으로 돌아왔을 때의 모습이란! 나갈 때의 그 눈부셨던 모습은 온데간데없이 사라지고, 나는 구두를 한 손에 들고 지팡이에 매달려 있었다. 내가 흥에 겨워 그런 이야기를 하며 모두를 웃기고 있는데,

"어어이." 하고 나를 부르는 소리가 났다. 형이다.

"어어이." 우리도 저마다 그렇게 외쳤다. 아야가 형을 맞으러 뛰어갔다. 형은 피켈[99]을 들고 나타났다. 나는 가지고 온 맥주를 죄다 마셔버린 뒤였던지라 상태가 몹시 안 좋았다. 형이 바로 식사를 한 뒤에 다 함께 저수지 안쪽을 걸었다. 푸드득 하고 큰 소리를 내며 저수지 위로 물새가 날아올랐다. 나는 조카사위와 얼굴을 마주 보며 별 의미도 없이 함께 고개를 끄덕였다. 기러기였는지 오리였는지, 확실히 말하기에는 서로 자신이 없었던 것 같다. 어쨌든 틀림없는 야생 물새였다. 문득 심산유곡의 정기가 느껴졌다. 형은 등을 구부린 채 말없이 걷고 있었다. 형과 이렇게 함께 밤을 걷는 게 얼마 만일까? 십 년쯤 전에 형은 도쿄 교외의 어떤 들길을, 이렇게 등을 구부린 채 말없이 걸었고, 몇 걸음 뒤처져 있던 나는 형의 그런 뒷모습을 바라보면서 홀로 훌쩍훌쩍 울며 걸었던 적이 있다. 그 이래로 처음인지도 모른다. 나는 형이 그 사건[100]을 용서했다고 생각하지는 않는다. 평생 용서받지 못할지도 모른다. 한번 금이 간 그릇은 어쩔 수 없다. 어떻게 해도 원래대로 되돌릴 수는 없다. 특히나 쓰가루 사람들은 한번 마음에 금이 가면 그것을 절대 잊지 않는 사람들이다. 이로써, 이것을 마지막으로, 두 번 다시 형과 함께

<hr>

99_ 지팡이 끝에 곡괭이 모양의 금속이 달린 등산 용구.

100_ 학창 시절부터 이미 크고 작은 문제를 일으켜 왔던 다자이가 대학을 졸업하지 못한다는 사실이 알려지자 다자이의 큰형이 다자이를 불러 크게 꾸짖은 사건을 말한다. 이때의 일은 전집 3권에 수록된 「등불 하나」에 자세히 그려져 있다.

바깥을 걸을 기회는 없을지도 모른다는 생각도 들었다. 물이 떨어지는 소리가 점점 더 크게 들려왔다. 저수지 끝에 가노코 폭포라는 이 지방의 명소가 있다. 머지않아 다섯 척 정도 되는 가느다란 폭포가 발밑에 보였다. 다시 말해 우리는 소에몬자와 습지 언저리를 따라 나있는, 폭 한 자 정도 되는 좁다란 길을 걷고 있었다. 바로 오른편에는 병풍을 세운 것 같은 산이 있었고 왼편은 발치 바로 아래가 절벽이었다. 그 절벽 아래에는 용소龍沼가 자못 깊이 있는 푸른빛을 띠며 소용돌이치고 있었다.

"정말이지 현기증이 나는 것 같아요." 형수는 농담조로 말하면서 요코의 손에 매달려 겁을 잔뜩 먹은 듯 걷고 있었다.

오른편의 산허리에는 철쭉이 아름답게 피어 있었다. 형은 피켈을 어깨에 둘러메고 아름다운 철쭉이 핀 곳이 나올 때마다 약간 걸음걸이를 늦췄다. 등나무꽃도 조금씩 피기 시작하고 있었다. 길은 점점 내리막으로 들어섰고 우리는 폭포 초입에 이르렀다. 폭이 한 간間 정도로 작은 계곡이었고, 계곡 한가운데에는 그루터기가 있어 그것을 디딤대 삼아 두 걸음이면 껑충껑충 뛰어넘을 수 있게 되어 있었다. 한 명씩, 껑충껑충 뛰어넘었다. 형수만 남았다.

"못 가겠어요."라고 말하며 웃기만 할 뿐, 뛰어넘으려 하지를 않았다. 다리가 얼어붙어서 발길이 떨어지지 않는 모양이었다.

"업어주세요." 형이 아야에게 말했다. 아야가 옆으로 다가가도 형수는 웃으며 안 된다고 손을 내젓기만 했다. 이때 아야는 괴력을 발휘하여 거대한 나무 밑동을 가지고 와서는 계곡에 휙 내던졌다. 대강 다리가 생겼다. 형수는 조금 건너다 말고, 또다시 발길이 떨어지지 않는 모양이었다. 아야의 어깨에 손을 올리고 겨우 반 정도 건너더니, 그 앞쪽은 수위가 얕았기에 아야가 즉석으로 만든 다리에서 뛰어내려 첨벙첨벙 물속을 걸어 건넜다. 바지자락과 흰 다비, 신발이 모두 흠뻑 젖었다.

"이건 마치, 다카야마산에서 돌아올 때 모습이네요." 형수는 내가 조금 전에 얘기했던, 다카야마산에 소풍을 갔다가 비참한 꼴이 되어 돌아왔다는 그 얘기가 문득 떠올랐는지 웃음을 띠며 그렇게 말했고, 요코와 조카사위도 와 하고 웃었다. 그러자 형이 뒤돌아보더니,

"응? 무슨 얘기야?" 하고 물었다. 모두 웃음을 그쳤다. 형이 이상하다는 얼굴로 있어서 설명해줄까도 싶었지만 너무 바보 같은 이야기라, 새삼스레 '다카야마산에서 돌아올 때 모습'이 무엇인지를 설명해줄 용기가 나지 않았다. 형은 말없이 걸어갔다. 형은, 언제나 고독하다.

5. 서해안

앞에서도 몇 번이나 얘기한 바와 같이, 나는 쓰가루에서 나고 자랐지만 이제까지 쓰가루 지역을 거의 모르고 있었다. 쓰가루의 일본해 방면에 있는 서해안에는 소학교 2, 3학년 무렵의 '다카야마산 소풍'을 제외하고는 한 번도 간 적이 없다. 다카야마산은 가나기에서 정 서쪽으로 35리 정도 떨어진 곳에 있는, 샤리키라는 인구 5천 정도의 상당히 큰 마을을 지나면 바로 있는 해변의 작은 산이다. 그곳에서 모시는 오이나리신[101]이 유명하다고 하는데 너무 어릴 적 일이라 복장 때문에 낭패를 본 일만이 마음속 깊이 남아 있을 뿐, 그 나머지 기억은 모두 종잡을 수 없이

101_ 오곡五穀의 신.

희미해졌다. 나는 전부터 이 기회에 쓰가루의 서해안을 돌아볼 작정이었다. 가노코 저수지에 놀러간 다음 날, 내가 가나기를 출발하여 고쇼가와라에 도착한 것은 오전 열한 시경이었다. 고쇼가와라역에서 고노선線으로 갈아타고 10분 정도 지나 기즈쿠리역에 도착했다. 여기는 쓰가루 평야 안쪽이다. 나는 이 마을을 잠시 돌아보고 싶었다. 내려 보니 오래되고 한산한 분위기의 마을이었다. 인구는 4천여 명 정도로 가나기보다 적다고 하는데, 마을의 역사는 깊다. 정미소 기계 소리가 쿠웅쿠웅하고 나른하게 들려왔다. 어느 집 처마 밑에서 비둘기가 울고 있었다. 여기는 나의 아버지가 태어난 마을이다. 가나기의 우리 집은 대대로 여자뿐이라 대부분 데릴사위를 들였다. 아버지는 M이라는, 이 마을에서 유서 깊은 집안의 셋째아들이었는데, 우리 집으로 와서 몇 대째인가의 호주戶主가 되었다. 아버지는 내가 열네 살 때 돌아가셨으니, 나는 아버지의 '인간성'이 어땠는지는 거의 모를 수밖에 없다. 또다시 내 작품인 「추억」의 일부분을 인용하여 설명하자면, '나의 아버지는 너무나 바쁜 사람이라, 집에 있을 때가 거의 없었다. 집에 있어도 아이들과 함께 있지는 않았다. 나는 아버지를 무서워했다. 아버지의 만년필을 갖고 싶었지만 그것을 입 밖으로 내뱉지는 않았다. 혼자 여러모로 고민한 끝에, 어느 밤 이불 속에서 눈을 감은 채 잠꼬대를 하는 척하며 만년필, 만년필, 하고 옆방에서 손님과 얘기 중이던 아버지에게 나직이 말한 적은 있었지만, 물론 그 소리는 아버지 귀에도, 마음에도 들어가지 않은 듯했다. 나와 동생이 쌀섬이 빽빽하게 들어찬 곳간에 들어가서 재미나게 놀고 있으면, 아버지는 입구를 가로막고 서서 얘들아, 나와라, 나와, 하고 우리를 꾸짖었다. 등 뒤로 빛을 받고 있던 아버지는 커다랗고 새까맣게 보였다. 나는 그때의 공포를 생각하면 지금도 불쾌하다. (중략)

이듬해 봄, 눈이 아직 많이 쌓여 있었을 무렵, 아버지는 도쿄의 병원에서 피를 토하고 돌아가셨다. 근처의 지방 신문사는 호외를 통해 아버지의 부고를 보도했다. 나는 아버지의 죽음보다도, 이런 센세이션에 흥분했다. 신문에 실린 유족 이름에는 내 이름도 있었다. 커다란 관 속에 안치된 아버지의 유해는 썰매에 실려 고향으로 돌아왔다. 나는 수많은 마을 사람들과 함께 옆 마을 부근까지 마중을 나갔다. 이윽고 숲 그늘에서 썰매 여러 대가 달빛을 받으며 미끄러져 나오는 것을 보고, 아름답다고 느꼈다. 다음 날 우리 집 사람들은 아버지의 관이 놓인 방에 모였다. 관 뚜껑이 열리자 모두가 소리 내어 울었다. 아버지는 잠든 것처럼 보였다. 높은 콧날이 몹시 창백해져 있었다. 나는 모두의 울음소리를 듣고 마음이 동해서 눈물을 흘렸다.' 아버지에 대한 기억은 대강 이뿐이라고 해도 좋을 정도다. 아버지가 돌아가시고 나서 나는 지금의 큰형에 대해 아버지에게 느꼈던 공포와 같은 감정을 느끼고, 또 그 때문에 마음을 놓고 기대기도 하니 아버지가 없어서 쓸쓸하다고 생각한 적은 한 번도 없었다. 하지만 점점 나이가 들어갈수록, 도대체 아버지는 성격이 어떤 사람이었을까, 하고 무례한 추측도 해보게 되었다. 도쿄의 누추한 집에서 꾸는 내 선잠의 꿈에도 아버지가 나타난 적이 있는데. 실은 아버지가 죽은 게 아니라 어떤 정치상의 이유로 모습을 감추고 있었다는 것을 알게 되었다. 꿈속의 아버지는 기억 속 아버지의 모습보다 조금 노쇠한 모습이었고, 나는 그 모습이 무척 정겹게 느껴졌다. 꿈 얘기는 의미 없는 것이라 해도, 어쨌든 최근 들어 아버지에 대한 관심이 무척 많아진 것은 사실이다. 아버지의 형제들은 모두 폐가 안 좋았고 아버지도 폐결핵은 없었지만 무슨 호흡기 질환으로 피를 토하다 돌아가셨다. 쉰셋에 돌아가셨는데, 나는 어린 마음에 그 나이를 대단한 고령처럼 느꼈는지라 호상이라고 생각했었지만, 지금은 쉰셋에 죽는 것이 호상은커녕 너무 젊은 나이에 죽는 거라고 생각한다. 아버지가 조금 더 살아계셨다면 쓰가루를 위해서도 더욱더 훌륭한 일을 하셨을는지도 모른다는, 건방진 생각이 든다. 어쨌든 아버지가 어떤 집에서 태어나 어떤 마을에서 자랐는지, 그것을 한번 보고 싶었다. 기즈쿠리 마을에는 길이 한 줄기 나 있고 그 양옆으로 집들이 늘어서 있을 뿐이다. 그리고 집들의 뒤편에는 잘 갈아 놓은 논이 펼쳐져 있다. 논길 곳곳에 포플러 가로수가 서 있었다. 나는 이번에 쓰가루에 와서, 여기에서 처음으로 포플러나무를 보았다. 분명 다른 곳에서도 많이 보았을 텐데, 기즈쿠리 의 포플러나무만큼 선명한 기억으로 남아 있지는 않다. 포플러나무의 연둣빛 새싹이 약한 바람에 가련하게 흔들리고 있었다. 이곳에서 본 쓰가루 후지도 가나기에서 본 모습과 조금도 다름없이, 가냘프고 빼어난 미인이다. 이처럼 산의 모습이 아름답게 보이는 곳에서는 쌀과 미인이 많이 난다는 전설이 있다고 한다. 이 지방에서 쌀이 많이 나는 것은 확실하지만, 미인은 어떨까? 여기도 가나기 지방처럼 조금 미덥지 못하 다. 이 점에 한해서는, 그 전설이 오히려 그와 반대 아닐까 하는 의심이 들었다. 이와키산이 아름답게 보이는 지역에는, 아니, 이제 말을 말아야 지. 이런 얘기를 하면 자칫 많은 잡음이 생길 수 있으니, 마을을 한번 돌아봤을 뿐인 냉소적인 여행자가 단정 지을 만한 얘기는 아닐지도 모른다. 그날도 날씨는 너무나 좋았고, 정류장에서 곧장 뻗어 있는 유일한 콘크리트 길 위에는 엷은 봄 안개 같은 것이 자욱이 끼어 있었다. 밑창이 고무로 된 신발을 신고, 발소리도 내지 않고 고양이처럼 어슬렁어 슬렁 걷다 보니 봄의 온기에 취해, 어쩐지 머리도 멍해져서는 기즈쿠리木造 경찰서의 간판을 모쿠조[102] 경찰서라고 읽고, 음, 그렇군, 목조 건축물이군, 하고 끄덕이다가 문득 정신을 차리고 쓴웃음을 짓기도 했다.

기즈쿠리는 '고모히'로 유명한 마을이다. '고모히'가 무엇인지를 설명하자면, 독자 여러분에게는 긴자에 갔을 때, 오후의 강한 햇살을 가리기 위해 상점 바깥으로 처져 있는 천막 아래를 시원하다는 듯 걸으며, 이건 마치 즉석으로 만든 긴 복도 같다고 생각한 경험이 있을 것이다. 그 긴 복도를, 천막이 아니라 집들의 처마를 한 간閒/약 1.8m 정도 늘려서 튼튼하게, 영구적으로 만든 것이 북쪽 지방의 고모히라고 생각하면 크게 다르지 않을 것이다. 게다가 이것은 햇빛을 가리기 위해 만든 것이 아니다. 그렇게 멋스런 것이 아니다. 겨울에 눈이 많이 쌓였을 때 다른 집을 오가기에 편리하도록, 각 처마들을 이어 붙여 기다란 복도를 만들어 둔 것이다. 눈보라가 휘몰아칠 때는 바람에 날리는 눈을 맞을 염려도 없이 편한 마음으로 장을 보러 갈 수 있어서 정말 좋고, 아이들이 노는 곳으로서도 도쿄의 보도처럼 위험하지도 않다. 비오는 날에도 그곳을 지나는 사람은 그 기다란 복도 덕분에 편안히 다닐 수 있을 것이고, 또 나처럼 봄의 온기에 취한 여행자도 여기에 뛰어들면 서늘한 기운을 맛볼 수 있다. 가게에 앉아 있는 사람들이 빤히 쳐다봐서 좀 난처하긴 했지만 뭐, 어쨌든 고마운 복도다. 일반적으로 고모히라는 것은 고미세小店/작은 가게의 사투리라고 생각하는 듯하지만, 나는 고노세隱瀬/숨은 여울, 혹은 고모히隱日/숨은 해라는 한자로 쓰면 더 빨리 이해할 수 있지 않을까 하고 생각하며 혼자 흐뭇해했다. 고모히를 걷다 보니 M약품 도매상에 다다랐다. 아버지가 태어난 집이다. 들어가지 않고 그대로 지나쳐버린 뒤 고모히를 똑바로 걸어가면서 어떻게 할지 고민했다.

102_ 木造. 기즈쿠리와 모쿠조는 훈독과 음독의 차이.

이 마을의 고모히는 정말 길다. 쓰가루의 오래된 마을에는 대체로 고모히라는 게 있는 것 같은데 이곳 기즈쿠리처럼, 고모히가 마을 전체를 관통하고 있는 곳은 별로 없지 않을까? 결국 기즈쿠리는, 내 마음속에서 고모히의 마을로 자리 잡았다. 한참 걷다가 고모히가 끝난 지점에서 오른쪽으로 돌아선 뒤 한숨을 내쉬고는 오던 길을 되돌아갔다. 나는 이제까지 M씨 댁에 간 적이 한 번도 없다. 기즈쿠리에 온 적도 없다. 어쩌면 내가 어렸을 때 누군가 나를 데리고 놀러 온 적은 있을지도 모르지만, 지금 내 기억에는 아무것도 남아 있지 않다. M씨 댁의 호주는 나보다도 네다섯 살 많은 활달한 사람으로, 옛날부터 가나기에도 종종 놀러 왔기에 나와는 안면이 있다. 내가 지금 찾아가더라도 설마 싫은 얼굴을 하지는 않겠지만, 그래도 내가 너무 당돌하게 찾아가는 게 아닌가 싶다. 이렇게 너저분한 차림으로 "M씨 그간 안녕하셨는지요?" 하고 아무런 용건도 없이 비굴한 웃음을 지으며 말을 건다면, M씨는 흠칫 놀라서, 이 녀석이 드디어 도쿄에서 밥줄이 끊겨서 돈이라도 빌리러 온 거로구나 싶지 않을까? 죽기 전에 한번 아버지가 태어난 집을 보고 싶어서 왔다는 것도 대단히 꼴사나운 변명이다. 나잇살이나 먹은 남자가, 그런 말을 잘도 둘러댄다고 생각하지 않을까? 차라리 이대로 돌아갈까 하고 고민하며 걷다가, 또다시 M약품 도매상 앞까지 왔다. 올 기회는 두 번 다시 없다. 창피를 당해도 괜찮다. 들어가자. 나는 순식간에 마음을 다잡고 "실례합니다." 하고 가게 안쪽에 들리게끔 큰 소리로 인사했다. M씨가 나와서는 "와아, 오오, 어서 들어오세요." 하고 엄청난 기세로 나를 맞아주더니 내게는 말할 틈도 주지 않고, 끌어 올리듯 집안으로 들여서는 거실 앞에 억지로 앉혀 버렸다. "어서, 술을 내와."하고 말이 떨어진 지 이삼 분도 채 지나지 않아 술이 나왔다. 정말 빨랐다.

"오랜만입니다. 오랜만이네요!" M씨는 혼자서 술을 쭉쭉 들이키더니 말했다. "기즈쿠리에는 몇 년 만에 오시는 건가요?"

"음, 만약에 어렸을 때 온 적이 있다면 삼십 년 만일 겁니다."

"그렇겠죠, 그렇겠죠. 자 어서, 드세요. 기즈쿠리까지 오셨으니 마음 껏 드세요. 잘 오셨어요. 정말, 잘 오셨어요."

이 집 구조는 가나기 집의 구조와 무척 비슷하다. 가나기의 지금 집은 아버지가 가나기에 양자로 오자마자 직접 설계하여 대폭적으로 개조했다는 얘기를 들었는데, 거기에는 별다른 의미가 있는 게 아니었다. 아버지는 기즈쿠리에 있는 자신의 생가와 같은 구조로 집을 개조한 것이었을 뿐이었다. 나는 어쩐지 양자였던 아버지의 마음을 알 것 같은 기분이 들어 흐뭇했다. 그런 생각을 하고 보니, 정원의 목석 배치 같은 것도 어딘가 비슷했다. 나는 그런 사소한 것 하나를 발견한 것만으로도 돌아가신 아버지의 '인간성'을 접한 듯한 기분이 들어서 M씨의 집에 들른 보람을 느꼈다. M씨는 내게 이것저것 대접하려 했다.

"아뇨, 음식은 이제 안 주셔도 됩니다. 한 시 기차로 후카우라에 가야 해요."

"후카우라에요? 뭐 하러요?"

"딱히 뭘 하러 가는 건 아니지만, 한번 가보고 싶어서요."

"글로 쓰시려는 겁니까?"

"음, 그것도 그렇지만요." 언제 죽을지 모르니까 말이죠, 라는 식의 얘기를 해서 상대를 당황하게 할 수는 없었다.

"그럼 기즈쿠리 얘기도 쓰겠군요. 기즈쿠리 얘기를 쓴다면 말이지요." M씨는 잠시도 주저하지 않고 말했다. "우선, 쌀 공출량부터 써줬으면 해요. 관할 경찰서가 조사한 바에 따르면, 이 기즈쿠리 경찰서 관할구역의 공출량이 전국 최곱니다. 이건 저희들의 노력이 맺은 결실이라고 할 수 있겠지요. 이 동네 일대 논에 물이 말랐을 때 제가 물을 받으러 옆 마을에 갔는데, 그게 큰 성공을 거둬서 '술고래가 물의 수호신이 되었다'라는 얘기를 들었지요. 저희도 지주라고 해서 놀고만 있을 수는 없어요. 저는 허리가 안 좋지만 피사리는 했습니다. 어쨌든, 조금만 있으면 도쿄에 있는 당신들한테도 맛있는 쌀이 듬뿍 배급되겠지요."

든든하기 그지없다. M씨는 어릴 적부터 활달한 사람이었다. 어린아이처럼 부리부리하고 동그란 눈이 매력적이고, 이 지방 사람들 모두가 그를 아끼고 좋아하는 듯하다. 나는 마음속으로 M씨의 행복을 빌며, 계속 가지 말라고 붙잡는 것을 겨우 뿌리치고 무사히 오후 한 시 후카우라행 열차를 탈 수 있었다.

기즈쿠리에서 고노 선을 타고 약 30분 정도 가면 나루사와, 아지가사와가 나온다. 그즈음에서 쓰가루 평야가 끝나고, 일본해를 따라 달리는 열차 오른쪽에는 바다, 왼쪽에는 데와 구릉지 북쪽 끝에 위치한 산들이 펼쳐진다. 한 시간 정도 가면 오른쪽 창밖에 오도세의 절경이 펼쳐진다. 이 부근의 암석은 모두 각력질 응회암이라는 것으로, 바닷물에 침식되어 평탄해진 녹색 얼룩의 암반이 에도시대 말기에 도깨비처럼 바다 위로 드러났다고 한다. 그 위에서 수백 명이 참석하는 연회를 열 수 있을 정도의 넓이라 하여 이곳에는 '센조시키'[103]라는 이름이 붙었다. 또한 암반 곳곳에 둥근 모양으로 움푹 파인 곳이 있어 여기에 바닷물이 고이는데, 마치 술을 가득 따른 커다란 술잔 같다 하여 이것을 '술잔 늪'이라고 부른다고 한다. 직경 한 자에서 두 자 정도의 커다란 구멍들을

103_ 다다미 천 장 크기의 공간이라는 뜻.

모두 술잔이라 여기다니, 이 이름을 붙인 사람은 엄청난 술꾼임이 틀림없다. 명소 안내기처럼 '이 부근 해안에는 기암괴석이 많고 거친 파도가 끊임없이 그 괴석에 부서지고 있다.'라고 쓸 수도 있겠지만, 소토가하마 북단의 해변처럼 유별나게 무시무시한 분위기는 없다. 말하자면 전국 어디에나 있는 평범한 '풍경'이라, 다른 지방 사람이 이해하기 힘든 쓰가루만의 독특한 분위기는 없다. 즉, 평범하다. 사람들의 시선에 길들어져서 분위기가 밝아진 것이다. 앞서 말했던 다케우치 운페이 씨는 『아오모리현 통사』에서, 이 지역의 남부는 예부터 쓰가루 령이 아니라 아키타 령이었던 것을 게이초 8년[1606년]에 이웃 번의 사타케 씨와 합의하여 이곳을 쓰가루에 편입시켰다는 기록도 있다고 한다. 떠돌이 여행자의 무책임한 직감으로 말하자면 정말 이 주변부터, 어쩐지 쓰가루가 아닌 듯한 느낌이 든다. 여기에는 쓰가루의 불행한 숙명이 없다. 쓰가루 특유의 '고지식함'이, 이 주변에는 없다. 산과 바다만 보아도 알 것 같다. 모든 것이 상당히 영리한 느낌이다. 말하자면, 문화적이다. 어리석고 거만한 마음이 없다. 오토세에서 약 40분을 가면 후카우라에 도착한다. 이 항구 마을도 지바 해안의 어촌에서 자주 볼 수 있는, 결코 주제넘게 나서려 하지 않는 얌전하고 온화한 표정, 나쁘게 말하면 영리하고 약삭빠른 표정으로 여행자를 말없이 맞아준다. 즉, 여행자에게는 전혀 관심이 없는 척하고 있다. 내 얘기는 이러한 후카우라의 분위기가 이곳의 결점이라는 의미가 결코 아니다. 그런 표정이라도 짓지 않으면, 사람은 이 세상을 제대로 살아갈 수 없지 않을까 하는 생각도 든다. 이것은 다 큰 어른의 표정일지도 모른다. 어떤 자신감이 깊숙한 곳에 깔려 있다. 쓰가루 북부에서 볼 수 있는, 아이처럼 발버둥 치는 분위기는 없다. 쓰가루 북부는 설익은 야채 같지만 이곳은 이미 다 익어서 투명하다.

아아, 그렇다. 이렇게 비교해보면 잘 알 수 있다. 쓰가루 내륙 사람들에게 는 사실, 역사에 대한 자신감이 없다. 전혀 없다. 그러니까 무턱대고 으스대면서, "그는 천한 사람이야." 하고 남의 험담만 하면서 거만한 자세를 취하지 않을 수 없는 것이다. 그것이 쓰가루 사람의 반골 정신이 되고, 완강함이 되고, 꼬인 성격이 되어 슬프고 고독한 숙명을 짊어지게 되었는지도 모른다. 쓰가루 사람들이여, 고개를 들고 웃으라. 이 땅에 르네상스 직전의 활기찬 기운이 있다고 주저 없이 단언한 사람도 있지 않은가? 일본의 문화가 작게 완성되어 정체상태에 빠졌을 때 쓰가루 지방의 잠재적인 힘이 일본에 얼마나 큰 희망이 되는지, 하룻밤 동안 곰곰이 생각해보라고 말하고 싶다. 그러면 바로, 저 봐라 저, 저렇게 부자연스럽게 으스댄다. 남이 부추겨서 얻은 자신감 같은 것은 아무런 소용이 없다. 그런 말들은 모른 척하고, 빛나는 미래를 믿으며 계속 노력해 나가자.

후카우라는 현재 인구가 5천 정도로 옛 쓰가루 령 서해안의 남단에 있는 항구다. 에도시대에는 아오모리, 아지가사와, 도사 등과 함께 네 개 포구의 행정관이 배치되었던 곳으로, 쓰가루번에서 가장 중요한 항구 가운데 하나였다. 언덕 사이에 작은 만이 형성되어 수심이 깊고 파도가 잔잔하며 아즈마 해안의 기암, 벤텐 섬, 유키아이 곶 등 해안의 명소들이 많다. 조용한 마을이다. 어부들은 뜰에 커다랗고 멋진 잠수복 을 거꾸로 걸어서 말린다. 어쩐지 모든 것을 내려놓고 차분해질 대로 차분해진 사람 같은 느낌이 든다. 역부터 똑바로 나 있는 외길을 지나서 마을 어귀로 가면 엔카쿠지 절의 인왕문이 있다. 이 절의 약사당^{藥師堂}은 국보로 지정되어 있다고 한다. 나는 그곳을 참배하고서 바로 후카우라를 떠나려 했다. 완성된 느낌의 마을은 여행자를 쓸쓸하게 만드는 법이다.

나는 해변으로 내려가 바위에 앉아서 어떻게 할까 싶어 한참을 망설였다. 해는 아직 중천에 떠 있었다. 도쿄의 누추한 집에 있을 아이를 문득 생각했다. 되도록이면 생각하지 않으려 애쓰고 있지만, 마음이 공허한 틈을 타 아이의 모습이 마음속으로 불쑥 뛰어든다. 나는 일어나 마을의 우체국으로 가서 엽서 한 장을 산 뒤 짧은 소식을 써서 도쿄의 집으로 보냈다. 아이는 백일해를 앓고 있다. 그리고 아이 엄마는 머지않아 둘째를 낳을 것이다. 그런 생각을 하니 가만히 있을 수가 없어서, 나는 아무렇게나 걷다가 아무 여관에나 들어가서 더러운 방으로 안내받고는 각반을 풀면서 술을 달라고 했다. 곧 밥과 술이 나왔다. 의외라는 생각이 들 정도로 빨랐다. 나는 그 신속함에 마음이 조금 누그러졌다. 방은 더러웠지만, 밥상 위에는 도미와 전복을 재료로 한 갖가지 요리가 잔뜩 놓여 있었다. 도미와 전복이 이 항구의 특산물인 듯했다. 술 두 병을 마셨지만 아직 자기에는 이른 시간이었다. 쓰가루에 와서 계속 다른 사람의 대접만 받아 왔는데 오늘은 한번 내 돈으로 진탕 술이나 마셔볼까 하는 시시한 생각이 들어서, 조금 전에 밥상을 들고 온 열 두셋쯤으로 보이는 소녀를 복도에서 붙들고 술 더 없냐고 물으니, 없다고 했다. 근처에 다른 술집은 없냐고 물어봤더니 있다는 대답이 즉시 돌아왔다. 마음이 놓였다. 술집이 어딘지 알아내어, 가르쳐준 곳으로 가보니 의외로 깔끔한 요정^{料亭}이었다. 2층에 있는 다다미 열 장 정도 크기의, 바다가 보이는 방으로 안내받고 쓰가루식으로 칠해진 탁상 앞에 양반다리를 하고 앉아서 술을 시켰다. 곧바로 술만 가져왔다. 이것도 고마웠다. 대부분의 요정은 요리하는 동안에 손님을 덩그러니 기다리게 하는데, 마흔 정도 연배의 앞니가 빠진 아주머니가 술병만 가지고 바로 왔다. 나는 그 아주머니에게 후카우라의 전설이나 들을까 싶었다.

"후카우라의 명소는 어딥니까?"

"관음상에는 다녀오셨는지요?"

"관음상? 아, 엔카쿠지 절을 관음상이라고 하는 건가? 다녀왔지요." 이 아주머니에게서 무언가 옛날이야기를 들을 수 있을지도 모르겠다 싶었다. 그런데 피둥피둥 살찐 젊은 여자가 들어오더니 묘하게 꼴사나운 신소리나 해대서 짜증이 났다. 남자답게 솔직해야겠다는 생각에,

"이보게, 부탁이니 아래층으로 가주지 않겠는가." 하고 말했다. 독자들에게 충고한다. 남자는 요정에 가서 솔직한 마음을 털어놓으면 안 된다. 나는 험한 꼴을 당했다. 그 젊은 여종업원이 토라져서 일어서자, 아주머니도 함께 일어나더니 둘 다 가버렸다. 한 명이 방에서 쫓겨났는데, 다른 한 명이 가만히 앉아 있는 것은 친구 간의 도리에 어긋나는 것이라 그럴 수 없었나 보다. 나는 그 넓은 방에서 홀로 술을 마시며 후카우라 항구의 등대 불빛을 바라보았고, 더욱 짙은 여수旅愁를 품은 채 여관으로 돌아왔다. 이튿날 내가 쓸쓸한 기분으로 아침밥을 먹고 있자니 주인이 술병과 작은 그릇을 가지고 와서는,

"당신은 쓰시마 씨지요?" 하고 물었다.

"네," 나는 숙박인 명부에 필명인 다자이를 써 두었다.

"그렇죠? 너무 닮았다 싶었어요. 저는 당신의 형인 에이지 씨와 중학교 동창인데요, 명부에 다자이라고 쓰셔서 몰랐는데, 아무래도, 너무 닮아서 말이죠."

"하지만 그건 가짜 이름도 아닙니다."

"네, 네, 그것도 압니다. 다른 이름으로 소설을 쓰는 동생이 있다는 얘기는 들어서 알고 있었어요. 정말이지, 어젯밤에는 실례 많았습니다. 자, 술 드세요. 이 작은 접시에 든 것은 전복 창자로 만든 젓갈인데,

술안주로는 그만이에요."

　나는 밥을 다 먹고서 젓갈을 안주 삼아 그 술 한 병을 마셨다. 젓갈은 맛있었다. 정말, 좋았다. 이렇게 쓰가루 끝까지 와도 형들의 영향력에 기대어 남의 신세를 진다. 결국, 나는 스스로의 힘으로는 무엇 하나 할 수 없음을 깨달았고, 맛있는 음식도 한층 더 맛있게 느껴졌다. 요컨대 내가 이 쓰가루령 남단의 항구에서 얻은 것은 우리 형들의 세력 범위를 알게 되었다는 것 하나일 뿐, 나는 멍하니 다시 기차에 올랐다.

　아지가사와. 나는 후카우라에서 돌아오는 길에 이 오래된 항구 마을에 들렀다. 이 마을 부근이 쓰가루 서해안의 중심지로, 에도시대에는 꽤나 번성했던 항구라고 한다. 쓰가루의 쌀 대부분은 여기에서 적출되었고 오사카로 가는 일본 배의 발착지였다고 한다. 수산물도 풍부하여, 이곳 바닷가에서 잡힌 생선은 성 아랫마을을 비롯하여 쓰가루 평야 각지의 식탁을 풍성하게 했다고 한다. 하지만 지금은 인구도 4천5백 정도로 기즈쿠리, 후카우라보다도 적으니 번성했던 옛 기운은 잃어버린 상태인 듯하다. 아지가사와라고 하니 옛날 한때 좋은 전갱이[104]가 많이 잡혔던 곳 아닐까 싶은데, 나는 어렸을 때 이곳 전갱이 이야기를 들어본 적이 한 번도 없다. 단, 도루묵만은 유명했다. 도루묵은 요즘 도쿄에도 배급되는 듯하니 독자들도 알고 있겠지만 鱚 또는 鱪라는 한자를 쓰며 비늘이 없는 대여섯 치 크기의 생선으로 바다의 은어라고 생각하면 큰 무리는 없을 것이다. 서해안의 특산물이라 오히려 아키타 지방에서 많이 나는 것 같다. 도쿄 사람들 중에는 기름져서 싫다는 사람이 많은데, 우리 입맛에는 무척 담백하게 느껴진다. 쓰가루에서는 신선한 도루묵을 희석

104_ 일본어로 전갱이를 '아지'라고 한다.

한 간장으로 조려서 통째로 먹으며, 이삼십 마리를 거뜬하게 해치우는 사람도 흔하다. 도루묵 모임이라는 게 있어서 가장 많이 먹은 사람에게는 상품을 준다는 얘기도 종종 들은 적이 있다. 도쿄에서 먹는 도루묵은 신선하지도 않고 사람들이 요리법도 잘 모를 테니까 더욱 맛없게 느껴질 것이다. 『세시기』[105] 같은 하이쿠 책에도 도루묵이 나오는 것 같고, 도루묵은 담백하다는 내용의 에도시대 하이쿠 시인의 시를 읽은 기억도 있으니, 어쩌면 멋을 아는 에도시대 사람들은 도루묵의 맛을 진미라 여겼는지도 모른다. 어쨌든 도루묵을 먹는 것은 쓰가루의 겨울 화롯가에서 맛볼 수 있는 즐거움 중 하나라는 것임은 틀림이 없다. 나는 도루묵을 통해 어려서부터 아지가사와라는 지명을 알고는 있었지만, 가본 것은 이번이 처음이었다. 산을 등지고 있으며 한쪽에는 바로 바다가 있는, 매우 기다랗게 생긴 마을이다. '거리에는 다양한 냄새가 나는구나!'라는 본초[106]의 시가 떠오르는, 묘하게 탁하고 새콤달콤한 냄새가 나는 마을이다. 강물도 걸쭉하고 탁한 느낌이다. 어딘가, 지쳐 있다. 기즈쿠리와 마찬가지로 여기에도 '고모히'가 있지만 약간 부서진 상태라 기즈쿠리의 고모히만큼 시원하지는 않다. 그날도 날씨가 무척 좋았는데, 햇빛을 피해 고모히 아래를 걸어도 묘하게 숨 막히는 기분이 들었다. 음식점이 많았다. 이곳은 좋은 술을 파는 가게들[107]이 상당히 발달했던 곳 아닐까 싶다. 지금도 그 흔적인지, 메밀국수 집 너덧 채가 처마를 나란히 하고, 지나가는 사람에게 '들렀다 가세요.' 하고 말을 걸면서 지금 시대에는

• •

105_ 하이쿠의 계절별 주제를 분류하고 해설을 덧붙인 하이쿠 집.
106_ 凡兆(1640~1714). 에도시대 전기의 하이쿠 시인으로 마쓰오 바쇼의 제자이기도 함.
107_ 원문은 銘酒屋. 좋은 술을 판다는 명목하에 뒤에서는 매춘이 이루어졌던 곳으로, 19세기 후반에서 20세기 초반까지 성행했다.

보기 드문 광경을 연출하고 있다. 마침 점심시간이었는지라, 나는 그 중 한 가게에 들어가 쉬었다. 메밀국수에 생선구이 두 접시를 더해 40전이었다. 메밀국수를 찍어 먹는 간장도 나쁘지 않은 맛이었다. 어쨌든, 이 마을은 기다랗다. 해안가를 따라서 똑바로 나 있는 외길에, 똑같이 생긴 집들이 아무런 변화도 없이 끝없이 이어져 있다. 나는 10리는 걸은 듯한 기분이었다. 마침내 마을 어귀로 나와서, 다시 발길을 돌렸다. 마을의 중심지라 할 만한 곳이 없었다. 대부분의 마을에는 그 마을의 중심 세력이 한곳에 모여 마을의 중진이 되어 있는지라 그 마을을 그냥 지나가는 여행자도 아아, 이 부근이 클라이맥스구나, 하고 느끼는 것이 보통이지만, 아지가사와에는 그런 것이 없다. 부채의 사북[108]이 부러져서 부챗살이 다 풀려 있는 느낌이다. 이런 상태라면 마을의 세력 싸움 같은 말썽이 있지 않겠냐는 그 유명한 드가 식 정담政談이 머릿속을 오갔을 정도로, 어딘가 중심이 안 잡힌 마을이었다. 이런 얘기를 쓰면서도 나는 희미하게 쓴웃음을 짓고 있다. 후카우라든 아지가사와든 그곳에 내가 좋아하는 친구라도 있어서, "오오, 잘 왔어." 하고 기쁜 얼굴로 맞아주며 여기저기 안내하고 설명이라도 해줬다면, 나는 별생각 없이 스스로의 직감을 버리고 후카우라, 아지가사와야말로 쓰가루의 정수라 며 감격에 젖어 글을 썼을 테니, 정말이지 여행기는 믿을 게 못 된다. 후카우라, 아지가사와 사람들은, 만약에 내가 쓴 이 책을 읽더라도 가볍게 웃고 넘겨주었으면 한다. 내 여행기는, 본질적으로 자네들의 고향 땅을 더럽힐 만큼 권위 있는 것이 아니니까.

아지가사와 마을을 뒤로하고, 다시 고노 선綫을 타고서 고쇼가와라로

108_ 부챗살이 교차된 부분에 박혀 있는 못.

돌아간 것은 그날 오후 두 시였다. 나는 역에서 곧장 나카하타 씨 댁에 찾아갔다. 나카하타 씨에 대한 것은 최근에 「귀거래」, 「고향」 등 일련의 작품에 자세히 써둔 바 있으니 여기에는 장황한 설명을 되풀이하지는 않겠지만, 내가 20대에 저지른 이런저런 난잡한 사고의 뒤처리를, 조금도 싫은 얼굴을 하지 않고 해준 은인이다. 오랜만에 보는 나카하타 씨는 가엾을 정도로 많이 늙어 있었다. 작년에 병을 앓고 나서 이렇게 야위었다고 한다.

"세월이 많이 흘렀구먼. 자네가 이런 모습으로 도쿄에서 찾아오게 된 걸 보니." 그래도 기쁜지, 거지 같은 내 모습을 빤히 쳐다보고는 "이런, 양말이 다 해졌네."라면서 일어서더니 서랍장에서 좋은 양말 하나를 꺼내 주었다.

"이제 하이칼라초에 가려고 하는데요."

"응, 그거 좋네. 다녀와요. 자, 게이코, 안내 부탁해." 나카하타 씨는 부쩍 야위었지만 조급한 성격은 예전과 다름이 없다. 이모님 가족이, 바로 그 하이칼라초에 살고 있다. 내가 어렸을 적에는 그 마을 이름이 하이칼라초였는데 지금은 오마치라나 뭐라나, 이름이 달라진 모양이다. 서편에서 말했듯이, 고쇼가와라에는 내 어린 시절 추억이 많이 있다. 사오 년 전, 나는 고쇼가와라의 한 신문에 다음과 같은 수필을 발표했다.

'이모가 고쇼가와라에 계셔서, 어렸을 때 고쇼가와라에 자주 놀러 갔습니다. 아사히 극장의 개장 공연도 보러 갔습니다. 소학교 삼사 학년 때였던 것으로 기억합니다. 아마 도모에몬[109]이었을 것입니다. 저는 우메노요시베에[110]를 보고 울었습니다. 회전 무대라는 것을 그때

109_ 가부키 배우의 가명家名(옥호屋號).
110_ 가부키에 등장하는 인물로, 오사카의 강도 살인범을 모델로 하여 조형된 인물이다. 가부키나

난생처음 보고 엉겁결에 벌떡 일어날 정도로 놀랐습니다. 아사히 극장은 그 후 얼마 지나지 않아 불이 나서 다 타버렸습니다. 그때 일어난 불길은 가나기에서도 또렷이 보였습니다. 영사실에서 난 불이었습니다. 그리고 영화를 보러 갔던 소학교 학생 열 명 정도가 타죽었습니다. 경찰은 영사 기술사에게 죄를 물었습니다. 과실상해 치사라는 죄명이었습니다. 어린 마음에도 어째서인지, 그 기술사의 죄명과 운명을 잊을 수가 없었습니다. 아사히 극장 이름이 '불'이라는 글자와 관계가 있어서 불이 난 거라는 소문도 들었습니다. 이십 년이나 지난 얘기입니다.

일곱 살인가 여덟 살 때 고쇼가와라의 번화가를 걷다가 하수구에 빠졌습니다. 꽤 깊어서 물이 턱밑까지 찼습니다. 세 자약 90㎝ 정도 되었을지도 모릅니다. 밤이었습니다. 위에서 어떤 남자가 손을 내밀어줘서 그 손을 잡았습니다. 남자가 끌어올려 줘서 올라간 저는 구경꾼에 둘러싸인 와중에 옷을 벗어야 했기에, 정말 난감했습니다. 마침 헌 옷가게 앞이었기에 사람들은 곧바로 그 집의 헌옷을 입혔습니다. 여자아이의 유카타였습니다. 허리띠도, 어린이용 녹색 허리띠였습니다. 너무나 부끄러웠습니다. 이모가 얼굴이 새파래져서 달려왔습니다. 저는 이모의 귀여움을 받으며 자랐습니다. 저는 남자답지 못해서 여러모로 남에게 놀림을 받고 성격이 꿍했는데, 이모만큼은 저를 멋진 남자라고 말해주었습니다. 다른 사람이 저의 기량에 대해 험담을 하면, 이모는 진심으로 화를 냈습니다. 모든 것이, 먼 옛날의 추억이 되었습니다.'

나카하타 씨의 외동딸인 게이코와 함께 나카하타 씨의 집을 나섰다.

"나는 이와키강을 한번 보고 싶은데. 여기서 멀어?"

●　●
　조루리에는 선한 인물로 그려진 것이 특징.

가깝다고 했다.

"그럼 데려가 줘."

게이코의 안내를 받으며 마을을 빠져나와 5분도 채 걷지 않았는데 벌써 큰 강이 나왔다. 어린 시절 이모가 나를 이 강가에 몇 번 데려왔던 것 같은데, 마을에서 더 멀었던 것으로 기억하고 있다. 어린아이의 발걸음에는 이 정도 거리도 굉장히 멀게 느껴졌겠지. 게다가 나는 집에만 있었기에 밖에 나가기를 무서워했던지라, 외출할 때면 어지러워질 정도로 긴장했으니 더욱 멀게 느껴졌을 것이다. 다리가 있었다. 이 다리는 기억과 그렇게까지 다르지는 않았고, 지금 봐도 여전히 긴 다리였다.

"이누이 다리였나?"

"네, 맞아요."

"이누이라는 건 한자로 어떻게 쓰지? 방향을 뜻하는 건乾 자였나?"

"글쎄요, 그렇겠죠?" 웃고 있었다.

"자신 없구나? 뭐, 상관없어. 건너보자."

나는 한 손으로 난간을 쓰다듬으며 천천히 다리를 건넜다. 멋진 풍경이었다. 도쿄 근교에 있는 강 중에서는 아라카와 방수로와 가장 비슷하다. 강변에 나 있는 푸른 풀에서 아지랑이가 피어올라서, 어쩐지 눈이 핑핑 도는 것 같았다. 그리고 이와키강이 양쪽에 있는 푸른 풀을 쓰다듬으면서 하얀빛을 내며 흐르고 있었다.

"여름철에는 다들 여기에 저녁 바람을 쐬러 와요. 달리 갈 데도 없으니까."

고쇼가와라 사람들은 놀기를 좋아하니 그럴 때면 꽤나 시끌벅적하겠구나 싶었다.

"저게, 이번에 생긴 초혼당招魂堂이에요." 게이코는 강의 상류 쪽을 가리키며 가르쳐주었다. "아버지의 자랑인 초혼당." 웃으면서 작은 목소리로 그런 말을 덧붙였다.

꽤 훌륭한 건축물로 보였다. 나카하타 씨는 재향군인 간부다. 이 초혼당의 개축을 위해, 언제나처럼 의협심을 발휘하며 바삐 뛰어다녔을 것임이 틀림없다. 다리를 다 건넌 우리는 다리 언저리에 선 채로 잠시 이야기를 나눴다.

"사과는 벌써 솎아내기라고 하나, 아무튼 조금씩 솎아내고 그런 다음 감자인지 뭔지를 심는다는 얘길 들었는데 맞아?"

"지역에 따라 다르지 않을까요? 이 동네에서는 아직 그런다는 얘기 없는데."

큰 강의 제방 뒤에 사과 과수원이 있어서 사과꽃이 흰 가루처럼 만개해 있었다. 나는 사과꽃을 보면 분첩 냄새를 느낀다.

"게이코한테도 사과를 꽤 많이 받았었는데. 이번에 데릴사위를 들인다면서?"

"네." 조금도 부끄러워하지 않고 진지한 표정으로 수긍했다.

"언제? 얼마 안 남았어?"

"내일모레요."

"뭐라고?" 나는 놀랐다. 하지만 게이코는 마치 남의 일이라는 듯 천연덕스러웠다. "이제 그만 집으로 가자. 바쁘지?"

"아뇨, 전혀요." 무척 차분했다. 외동딸에 양자를 들여서 집의 대를 잇는 사람은 열아홉, 스무 살 같은 젊은 나이에도 역시 어딘가 다르구나 싶어, 나는 속으로 감탄했다.

"내일 고도마리에 가서," 나는 발길을 돌려 또다시 긴 다리를 건너면서 다른 얘기를 꺼냈다. "다케를 만날 생각이야."

"다케? 그, 소설에 나오는 다케요?"

"응, 맞아."

"기뻐하시겠네요!"

"어떨지 모르겠네. 만날 수 있으면 좋으련만."

이번에 쓰가루에 와서 꼭 만나고 싶은 사람이 있었다. 나는 그 사람을 내 어머니라고 생각한다. 삼십 년 가까이 못 만나고 있지만, 나는 그 사람의 얼굴을 잊지 못한다. 내 한평생은 그 사람에 의해 정해졌다고 해도 좋을지 모른다. 이하는, 내 작품인 「추억」에 나오는 문장이다.

'예닐곱 살 때 이후의 기억은 또렷하다. 나는 다케라는 하녀에게서 책을 읽는 법을 배우면서 둘이서 함께 많은 책을 읽었다. 다케는 내 교육에 열중했다. 나는 몸이 아팠기 때문에 누워서 많은 책을 읽었다. 읽을 책이 없어지면 다케는 마을의 일요 학교 같은 데서 아동용 책을 쉴 새 없이 빌려와서 내게 읽혔다. 나는 묵독하는 법을 알았기에 책을 아무리 많이 읽어도 지치지 않았다. 또한 다케는 내게 도덕을 가르쳤다. 종종 절에 데려가서는 지옥과 극락이 그려진 그림을 보여주며 설명을 해주었다. 불을 지른 사람은 빨간 불이 활활 타오르는 소쿠리를 짊어지고 있었다. 첩을 둔 사람은 머리가 둘인 파란 뱀에 시달리며 괴로워하고 있었다. 피의 연못, 바늘산, 무간 나락이라는 흰 연기를 머금은, 깊이를 알 수 없는 구멍 등등 도처에 창백하고 야윈 사람들이 입을 작게 벌리고서 울부짖고 있었다. 거짓말을 하면 이런 지옥에 가서 도깨비에게 혀를 뽑히게 된다는 얘기를 들었을 때는, 너무 무서워서 울음을 터뜨렸다.

그 절의 뒤편은 지대가 약간 높은 묘지였는데, 황매화 나무인지 무슨 나무인지 모를 나무로 된 산울타리를 따라 많은 불탑[11]들이 수풀처럼 서 있었다. 불탑에는 자동차처럼 보름달 크기의 검은 철 바퀴가 달린 것이 있었는데, 다케는, 바퀴를 달각달각 돌리다가 그대로 멈춰서 움직이지 않는다면 돌린 사람은 극락에 가고, 일단 멈출 듯하다가 다시 삐거덕하고 반대 방향으로 돌면 지옥으로 떨어진다고 말했다. 다케가 그걸 돌리면 좋은 소리를 내며 한동안 돌다가 꼭 쥐 죽은 듯 멈췄지만, 내가 돌리면 이따금 반대로 돌곤 했다. 가을에 있었던 일로 기억하는데, 홀로 절에 가서 모든 쇠바퀴를 돌려본 적이 있다. 그런데 모든 바퀴가 짠 것처럼 삐거덕거리며 반대로 돌아갔다. 나는 울화통이 터지는 마음을 꾹 억누르고 수십 번을 집요하게 돌려댔다. 날은 저물어 갔고, 나는 절망스러운 마음으로 그 묘지를 떠났다. (중략) 이윽고 나는 고향의 소학교에 들어갔다. 내 추억도 그와 동시에 완전히 바뀐다. 다케는 어느샌가 사라졌다. 어느 어촌으로 시집을 갔다는데 내가 그 뒤를 쫓아갈 것을 걱정했는지, 내게는 아무런 말 없이 갑자기 없어졌다. 그 이듬해 추석 때 다케는 우리 집에 놀러 왔지만, 나를 어쩐지 서먹서먹하게 대했다. 내게 학교 성적을 물었다. 나는 대답하지 않았다. 대신 다른 누군가가 말한 모양이었다. 다케는 방심하면 안 된다고 말했을 뿐 달리 칭찬을 하지도 않았다.'

우리 어머니는 병으로 몸져누워 있었기에, 나는 어머니의 젖을 한 방울도 먹지 못했고 태어나자마자 바로 유모에게 맡겨졌다. 세 살이 되어 엉거주춤 일어나 걸을 수 있게 되었을 무렵, 유모와 헤어지고 그 유모 대신 아이를 볼 사람으로 고용된 사람이 다케였다. 나는 밤에는 이모 품에 안겨 잤지만, 그 외의 시간은 항상 다케와 함께 보냈다. 세 살 때부터 여덟 살 때까지 다케가 나를 키우고 가르쳤다. 그리고

111_ 원문은 솔도파率堵婆로, 사리를 모시거나 누구의 묘인지 표시하기 위해 세워둔 탑.

어느 날 아침, 문득 눈을 뜨자마자 다케를 불렀지만 다케는 오지 않았다. 깜짝 놀랐다. 무언가, 직감으로 알아챈 것이다. 나는 크게 목 놓아 울었다. 다케가 없어, 다케가 없어, 하고 애끊는 심정으로, 이삼일 동안 흐느껴 울기만 했다. 지금도 그때의 괴로움을 잊을 수가 없다. 그로부터 일 년쯤 지나서 갑작스레 다케를 만났는데, 다케는 묘하게 서먹서먹한 태도로 나를 대했기에, 너무나 원망스러웠다. 그 후로는 다케와 만난 적이 없다. 사오 년 전, 나는 '고향에 보내는 말'이라는 라디오 방송 의뢰를 받고서, 그때 위에 쓴 「추억」에 나오는 다케 부분을 낭독했다. 고향이라고 하면, 다케가 떠오른다. 다케는 그때 내 낭독 방송을 못 들었겠지. 아무런 소식도 없었다. 그 이후로 오늘까지 아무 연락 없이 지냈는데, 이번에 쓰가루 여행을 떠나올 때부터 나는 다케를 한번 만나고 싶다고, 간절히 염원하고 있었다. 내게는, 좋은 것을 나중으로 미루며 자제심을 즐기는 취미가 있다. 그래서 나는 다케가 있는 고도마리 항구에 가는 것을 이번 여행의 가장 마지막 여정으로 남겨두었다. 아니, 고도마리로 가기 전에 고쇼가와라에서 바로 히로사키에 가서, 히로사키를 돌아다닌 뒤 오와니 온천에 가서 하룻밤 머물고 가장 마지막에 고도마리로 갈 작정이었다. 하지만 도쿄에서 가져온 얼마 안 되는 여비가 거의 다 떨어져 가서 불안했고, 게다가 여행의 피로 때문인지 또다시 여기저기를 돌아다니는 것도 귀찮아졌다. 결국 일정을 바꾸어 오와니 온천은 포기하고 히로사키시에는 도쿄로 돌아갈 때 도중에 잠깐 들르기로 했다. 오늘은 고쇼가와라의 이모 댁에서 하룻밤 머물고, 내일 곧장 고도마리로 가 버리자고 결심한 것이다. 게이코와 함께 하이칼라초의 이모 댁에 가보니, 이모는 집에 없었다. 이모의 손자가 아파서 히로사키에 있는 병원에 입원 중이라 함께 가 있다고 했다.

"당신이 쓰가루에 와 있다는 걸 어머니가 벌써 알고 계신지라, 꼭 만나고 싶으니 히로사키에 들러달라고 전화가 왔어요."라고, 사촌 누이가 웃으면서 말했다. 이모는 이 사촌 누나를 의사와 결혼시키고 그를 양자 삼아 대를 잇게 했다.

"아, 도쿄에 가기 전에 히로사키에 잠깐 들를 생각이니까, 병원에도 꼭 가겠습니다."

"내일은 고도마리에 있는 다케를 만나러 갈 거래요." 게이코는 자신의 결혼 준비로 여러모로 바쁠 텐데도 집에 가지 않고 우리와 태평스레 놀고 있었다.

"다케를 만나요?" 사촌누이는 진지한 얼굴로 말했다. "그거참 좋은 생각이네요. 다케가 얼마나 좋아하겠어요." 사촌누이는 내가 지금까지 다케를 얼마나 그리워하는지 알고 있는 듯했다.

"그런데, 만날 수 있을지 모르겠어요." 나는 그게 걱정이었다. 물론 미리 상의를 한 것도 아니었다. 고도마리의 고시노 다케. 아는 것은 그것뿐이지만, 그냥 찾아가는 것이었다.

"고도마리행 버스는 하루에 한 번 있다는 얘기를 들었는데 말이죠." 게이코가 일어나서 부엌에 붙어 있는 시간표를 살펴보더니 말했다. "내일 첫 기차로 여기를 뜨지 않으면 나카사토에서 버스를 못 타요. 중요한 날이니 늦잠 자지 마세요." 자신의 중요한 날은 까맣게 잊은 듯했다. 여덟 시에 있는 첫 기차로 고쇼가와라를 떠나 쓰가루 철도를 타고 북쪽으로 올라가, 가나기를 지나 쓰가루 철도의 종점인 나카사토에 도착하면 아홉 시쯤 될 것이다. 그곳에서 고도마리 행 버스를 타고 약 두 시간. 내일 점심때쯤은 고도마리에 도착할 수 있겠구나 싶었다. 날이 저물고 게이코가 집으로 돌아가자마자, 바로 선생님(옛날부터 우리는 그 의사 양자를 고유 명사처럼 그렇게 불렀다)이 병원 일을 마치고 와서 함께 술을 마셨다. 나는 괜스레 쓸데없는 얘기만 하다가 밤을 지새웠다.

이튿날, 사촌 누이가 깨워줘서 급히 밥을 먹고 정류장으로 달려가 간신히 첫 기차를 탈 수 있었다. 오늘도 역시 날씨가 좋았다. 머릿속이 몽롱했다. 술이 덜 깬 것 같았다. 하이칼라초의 집에는 무서운 사람도 없으니 전날 좀 과음한 것이다. 이마에 비지땀이 배어나왔다. 상쾌한 아침햇살이 기차에 비쳐드는 통에 나만 탁하고, 더럽고, 썩은 듯하여, 정말 견딜 수가 없었다. 과음을 한 후에는 꼭 이런 식의 자기혐오를 느낀다. 이런 감정을 수천 번 경험했으면서도, 아직도 술을 끊을 마음은 들지 않는다. 술꾼이라는 약점 때문에 남들은 나를 손가락질하며 깔본다. 세상에 술이라는 것이 없었다면, 나는 어쩌면 성인聖人이 되지 않았을까, 하고 바보 같은 생각을 진지하게 하면서, 멍하니 차창 밖 쓰가루 평야를 내다보았다. 이윽고 가나기를 지나 아시노 공원이라는, 건널목에 있는 초소처럼 작은 역에 도착했다. 가나기의 마을 이장이 도쿄에 갔다가 돌아오는 길에 우에노에서 아시노 공원으로 가는 차표를 사려는데, 그런 역이 없다는 얘기를 듣고 불끈 화가 나서, 쓰가루 철도의 아시노 공원을 모르냐며 역무원에게 30분이나 찾아보게 해서 겨우 아시노 공원으로 오는 차표를 끊었다는 옛 일화를 떠올렸다. 창밖으로 머리를 내밀어 작은 역을 보는데, 마침 구루메가스리로 된 웃옷에 같은 재질의 작업 바지를 입은 젊은 아가씨가 커다란 보자기 두 꾸러미를 양손에 들고서 차표를 입에 문 채 개찰구로 달려왔다. 살며시 눈을 감고 개찰구의 미소년 역무원에게 얼굴을 슬쩍 내밀자, 미소년은 그녀의 새하얀 이 사이에 끼어 있던 빨간 차표를, 마치 숙련된 치과 의사가 앞니를 뽑는 듯한 노련한 손놀림으로 싹둑 잘랐다. 소녀도 그렇고 미소년도, 조금도 웃지 않았다. 당연한 일이라는 듯 태연한 표정이었다. 소녀가 기차를 타자마자 기차가 덜컹거리며 출발했다. 마치, 기관사가 그 아가씨가 타기를 기다린 듯했다. 이렇게 한적한 역은 전국적으로도 별로 찾아볼 수 없을 것이다. 가나기의 마을 이장은, 다음에 또 기회가 있다면 우에노 역에서 더 큰 목소리로 '아시노 공원'을 외쳐도 좋을 거라고 생각했다. 기차는 소나무 숲 속을 달린다. 이 부근은 가나기의 공원이다. 늪이 보인다. 아시노 호수라는 곳이다. 형이 이 늪에 유람용 보트 한 척을 기증한 것으로 알고 있다. 곧 나카사토에 도착했다. 인구 4천 정도의 작은 마을이다. 이 부근부터 쓰가루 평야도 협소해지고 북쪽에 있는 우치가타, 아이우치, 와키모토 등의 마을에 이르면 논도 눈에 띄게 줄어드니까, 이곳은 쓰가루 평야의 북문이라 해도 좋을지 모른다. 나는 어렸을 때 이곳의 가나마루라는, 친척이 경영하는 포목점에 놀러온 적이 있는데 그게 네 살 무렵이었기 때문에, 마을 어귀에 있는 폭포 말고는 기억에 남아 있는 것이 아무것도 없다.

"슈지!" 하고 부르는 소리가 들려서 돌아보니, 그 가나마루라는 포목 점 주인아저씨의 따님이 웃으면서 서 있었다. 나보다 한 살인가 두 살 위일 터인데 별로 나이 들어 보이지가 않았다.

"오랜만이네. 어디 가?"

"응, 고도마리에." 한시라도 빨리 다케를 만나고 싶다는 마음에 다른 것은 머리에 들어오지 않았다. "이 버스를 타고 갈 거야. 그럼, 이만 갈게."

"그래? 돌아가는 길에는 우리 집에도 들러. 이번에 저 산 위에 새 집을 지었으니까."

가리킨 쪽을 보니 역 오른편에 있는 푸르고 작은 산 위에 새 집 한 채가 서 있었다. 다케를 만날 계획이 없었더라면, 나는 이 소꿉친구와 우연히 만난 것을 기뻐하며 저 새집에 들러 천천히 나카사토에 대한 얘기라도 들었을 테지만, 어쨌든 일각을 다투는 것처럼 괜스레 마음이 조급해져 있었던지라,

"그럼, 또 봐."하고 적당히 인사를 나눈 뒤 잽싸게 버스에 타버렸다. 버스는 꽤 혼잡했다. 나는 고도마리까지 약 두 시간을 서서 갔다. 나카사토에서 더 북쪽으로 가면, 정말 난생처음으로 보는 지역이다. 쓰가루의 먼 조상이라 불리는 안도 씨 일족이 이 주변에 살았다는 것과 주산 항구의 번영 등에 대해서는 앞에도 썼지만, 쓰가루 평야 역사의 중심은 이곳 나카사토에서 고도마리 사이에 있었다고 한다. 버스는 산길을 올라 북쪽으로 갔다. 길이 안 좋은지 꽤 심하게 흔들렸다. 나는 선반 옆에 있는 봉을 꼭 잡고 등을 구부려 버스 창밖의 풍경을 내다보았다. 과연 북쓰가루였다. 후카우라 같은 곳의 풍경에 비해 어딘가 거칠다. 사람의 살갗 냄새가 안 난다. 산에 있는 나무들, 가시덩굴, 조릿대 모두 인간과는 무관하게 살고 있다. 동해안의 닷피 같은 곳에 비하면 훨씬 부드러운 느낌이지만, 이 주변의 초목들 역시 '풍경'이 되기에는 조금 모자라서, 여행자와 조금도 얘기를 하려 들지를 않는다. 이윽고 주산 호수가 차갑고 하얗게 빛나며 눈앞에 펼쳐졌다. 납작한 진주조개에 물을 담은 듯한 기품은 있지만 덧없는 느낌이 나는 호수다. 물결 하나 없다. 배도 안 떠 있다. 고요하고, 상당히 넓다. 사람에게서 버림받은 고독한 물웅덩이다. 흘러가는 구름도, 날아가는 새 그림자도 이 호수의 수면에는 비치지 않을 것 같은 느낌이다. 주산 호수를 지나면 머지않아 일본해 해안에 이른다. 이 부근부터는 국방상 중요한 지역이니, 여느

때와 마찬가지로 이후 지역에 대해서는 상세히 묘사하지 않겠다. 나는 정오가 얼마 남지 않은 시간에 고도마리 항에 도착했다. 여기는 혼슈 서해안 최북단에 있는 항구다. 산을 넘어 북쪽으로 더 가면 바로 일본해의 닷피다. 서해안에 있는 마을은 더 이상 없다. 다시 말해 나는, 고쇼가와라 부근을 중심으로 회중시계의 진자처럼, 구 쓰가루 령의 서해안 남단에 있는 후카우라 항에서 휙 돌아서서, 이번에는 같은 해안의 북단에 있는 고도마리 항까지 단숨에 온 것이다. 여기는 인구 2천5백 정도의 작은 어촌마을인데, 중고시대[794~1192]부터 이미 다른 나라의 선박들이 오갔고, 특히 에조인들의 땅을 오가는 배들이 강한 동풍을 피할 때면 어김없이 이 항구에 들어와서 임시로 머물렀다고 한다. 에도시대에는 근처에 있는 주산 항구와 함께 쌀과 목재의 적출이 활발히 이루어지는 항구였다는 점은 앞에서도 종종 언급했다. 지금도 이 마을의 항구만큼은 마을에 어울리지 않을 정도로 멋있다. 논은 마을 어귀에 조금 있는 정도지만 수산물이 상당히 풍부한지 쏨뱅이, 쥐노래미, 오징어, 정어리 등의 어류와 다시마, 미역 류 등의 해초도 많이 난다고 한다.

"고시노 다케라는 사람 아시는지요?" 나는 버스에서 내려서 그 주변을 지나가던 사람을 붙들고 다짜고짜 물어보았다.

"고시노 다케 말씀이십니까?" 국민복[112]을 입은, 공무원 아닐까 싶은 중년 남성이 고개를 갸웃거리며 말했다. "이 마을에는 고시노라는 성을 가진 사람이 하도 많아서 말이죠."

"전에 가나기에 살았던 적이 있어요. 그리고 지금 나이가 쉰 정도입니다." 나는 필사적이었다.

"아아, 알아요. 그 사람이라면 알겠네요."

"아십니까? 어디에 있죠? 집은 어디죠?"

나는 그 사람이 가르쳐준 대로 가서 다케네 집을 찾았다. 정면에서 봤을 때 폭 세 간 정도 크기의 아담한 철물점이었다. 도쿄에 있는 누추한 우리 집보다 열 배는 더 좋다. 가게 앞에 커튼이 쳐져 있었다. 닫혀 있으면 안 되는데, 하고 생각하며 입구의 유리문으로 뛰어가 보았더니, 아니나 다를까 그 문에는 작은 자물쇠가 굳게 채워져 있었다. 다른 유리문도 흔들어보았지만, 모두 굳게 닫혀 있었다. 집에 없는 것이었다. 나는 어찌할 바를 몰라 당황하며 땀을 닦았다. 이사 간 건 아니겠지. 그냥 잠깐 볼일이 있어 나간 걸까? 아니지, 도쿄와는 달리, 시골에서는 잠시 외출하는데 가게 커튼을 치고 문을 닫지는 않는다. 이삼일 혹은 더 긴 시간 동안 집을 비우는 것일까? 이거 참 큰일이다. 다케는 어딘가 다른 마을에 간 것이다. 있을 수 있는 일이다. 집이라도 알아내면 만날 수 있을 거라고 생각했던 나는 바보였다. 나는 유리문을 두드리며 고시노 씨, 고시노 씨, 하고 이름을 불러봤지만 애당초 누가 대답을 할 리가 없었다. 한숨을 내쉬며 그 집을 떠나, 대각선 맞은편에 있는 담뱃가게에 들어가 고시노 씨 집에 아무도 없는 것 같은데 어디 갔는지 아시냐고 물었다. 가게에 있던 비쩍 마른 할머니가 "운동회에 갔을 거야." 하고 태연히 대답했다. 나는 흥분해서 물었다.

"그러면 그 운동회는 어디서 하고 있나요? 이 근천가요? 아니면 다른 동네인가요?"

바로 근처라고 했다. 길을 곧장 따라 논 쪽으로 가면 학교가 있고, 그 학교 뒤에서 운동회를 하고 있다고 했다.

"오늘 아침에 찬합을 들고 아이와 함께 나갔어요."

"그래요? 감사합니다."

할머니가 가르쳐준 대로 가보니 할머니 말처럼 논이 나왔고, 그 논두렁을 따라가 보니 모래언덕이 나왔다. 그 모래언덕 위에 국민학교[113]가 있었다. 학교 뒤로 돌아가 보고 나는 어안이 벙벙해졌다. 이런 기분이야말로 꿈꾸는 듯한 기분이라고 하는 거겠지. 혼슈의 북단에 있는 어촌에서 옛날과 조금도 다름없는 슬플 정도로 아름답고 화려한 축제가, 눈앞에 펼쳐지고 있었다. 만국기. 옷차림에 한껏 신경 쓴 아가씨들. 여기저기 눈에 띄는 대낮의 취객들. 그리고 운동장 주위에는 천막 백 채 정도가 빽빽하게 늘어서서, 아니, 운동장 주위만으로는 공간이 부족했는지, 운동장을 내려다 볼 수 있는 약간 높은 언덕 위까지 제각기 거적을 두른 천막이 서 있었다. 그리고 그때는 점심시간인지, 그 백 채의 작은 천막 안에서 가족들이 찬합을 펼쳐놓고, 어른은 술을 마시고 아이와 여자는 밥을 먹으면서 무척 명랑하게 웃고 떠들고 있었다. 일본은 고마운 나라라는 생각이 가슴에 사무쳤다. 정말, 해가 뜨는 나라라는 생각이 들었다. 국운을 건 큰 전쟁이 한창인데도, 혼슈의 북단에 있는 쓸쓸한 마을에는 이렇게 밝고 신비로운 연회가 열리고 있다. 고대 신들의 호방한 웃음과 활기 넘치는 춤을, 이곳 혼슈 벽지에서 직접 보고 듣는 듯했다. 어머니를 찾아 바다를 넘고 산을 넘어 삼천리를 걸어서 도착한 나라의 끝에 있는 모래언덕 위에 화려한 제천 행사가 열리고 있었다는 옛날이야기의 주인공이 된 듯한 기분이었다. 이제, 나는 이 축제에 모인 활기찬 사람들 속에서 나를 길러준 부모를 찾지 않으면 안 된다. 못 본 지 벌써 삼십 년 가까이 됐다. 눈이 크고 뺨이 붉게 물든 사람이었다.

113_ 1941년 국민학교령에 기초하여 설립된 것으로, 6년의 초등과와 2년의 고등과로 이루어진 학교. 전쟁에 협조적인 국민을 육성하는 목적으로 기존의 학교 체제가 개편된 것이었다.

오른쪽인가 왼쪽 눈두덩이 위에 작고 빨간 점이 있었다. 내가 기억하는 것은 그것뿐이다. 만나면 알아볼 수 있을 것이다. 그런 자신감은 있었지만, 이 군중들 속에서 찾기는 어려울 거라는 생각에, 나는 운동장을 둘러보며 울상을 지었다. 어떻게 손을 쓸 방법이 없었다. 나는 그저 운동장 주위를 마냥 어슬렁거리고만 있었다.

"고시노 다케라는 사람이 어디에 있는지 아십니까?" 나는 용기를 내어 한 청년에게 물어봤다. "나이는 쉰 정도 됐고요, 철물점을 하는 분인데요." 내가 다케에 대해 아는 것은 그게 전부였다.

"철물점 고시노." 청년은 잠시 생각하더니 말했다. "아, 저기 저쪽 천막에 있었던 것 같은데."

"그래요? 저쪽이요?"

"글쎄요, 확실히는 모르겠네요. 어쩐지, 잠깐 본 것 같은데, 뭐, 찾아보세요."

그, 찾는다는 것이 보통 일이 아니다. 청년에게 삼십 년 만에 만나러 왔다는 장황한 얘기를 늘어놓기도 뭐해서 더 이상 캐물을 수가 없었다. 나는 청년에게 고맙다고 한 뒤 청년이 막연하게 가리켰던 쪽으로 가서 어정거려보았지만, 그런 식으로는 찾을 수 있을 리가 없었다. 결국 나는 가족들이 단란하게 모여 점심 식사를 하고 있을 천막 속으로 고개를 불쑥 들이밀고 말했다.

"죄송합니다. 저, 실례지만, 고시노 다케라는, 그, 철물점을 하는 고시노 씨 여기 안 계십니까?"

"여긴 없어요." 뚱뚱한 아주머니가 불쾌한 듯 눈살을 찌푸리며 말했다.

"그렇군요. 실례했습니다. 어디 이 근처에서 못 보셨습니까?"

"글쎄요, 모르겠네요. 사람이 워낙 많아서 말이죠."

나는 또 다른 천막에 들어가서 물어보았다. 모른다고 한다. 또 다른
천막으로 갔다. 마치 무언가에 홀린 듯, 다케는 없습니까?, 철물점 다케는
없나요?, 하고 물으며 운동장을 두 번이나 돌았지만, 헛수고였다. 숙취
탓에 심한 갈증이 나서 우물가에 가서 물을 마시고 다시 운동장으로
되돌아왔다. 모래 위에 앉아 점퍼를 벗고 땀을 닦으며 행복해 보이는
사람들을 멍하니 쳐다보았다. 이 속에 있을 것이다. 분명, 있다. 지금쯤
내가 이렇게 고생하는지도 모르는 채 찬합을 펼쳐놓고 아이들에게
음식을 먹이고 있겠지. 차라리 학교 선생님께 부탁해서, 메가폰으로
'고시노 다케 씨, 면회입니다!' 하고 소리 질러달라고 할까도 싶었지만,
그렇게 해서 사람들을 놀라게 하기는 아무래도 싫었다. 그렇게 심한
장난 같은 짓까지 해서 억지로 나 혼자만 기쁠 일을 만들고 싶지는
않았다. 연이 없는 것이다. 신께서 만나지 말라고 하시는 것이다. 돌아가
자. 나는 점퍼를 입고 일어섰다. 다시 논두렁을 지나 마을로 갔다. 운동회
는 네 시쯤이면 끝날까? 이제 네 시간 동안 이 근처 여관에 드러누워
다케가 집에 돌아오기를 기다려도 되지 않을까? 그런 생각도 해보았지
만, 네 시간 동안 더러운 여관방에서 쓸쓸히 기다리다 화가 나서, 이제
다케를 만나건 못 만나건 상관없다고 생각하게 되지 않을까? 나는,
지금의 내가 느끼는 감정을 그대로 간직한 채 다케를 만나고 싶다.
하지만 아무리 애써 봐도 만날 수가 없다. 다시 말해, 연이 없는 것이다.
먼 길을 마다치 않고 여기까지 찾아와서는 지금 바로 앞에 있다는
것을 알면서도 만나지 못하고 돌아가는 것도, 이제껏 어수룩하기만
했던 내 인생에 어울리는 일인지도 모른다. 내가 기쁜 마음으로 세운
계획은 언제나 이처럼, 반드시, 수포로 돌아간다. 그처럼 내게는 좋지

않은 숙명이 있다. 돌아가자. 생각해보면 아무리 길러준 부모라 한들, 노골적으로 말하면 고용인이다. 하녀잖아? 너는, 하녀의 자식인가? 남자가 나잇살이나 먹어서, 옛 하녀를 그리워하며 한번 만나고 싶어 하다니, 그래서 네가 틀려먹은 것이다. 형들이 천하고 기개 없는 녀석이라며 너를 한심하게 생각할 만도 하다. 너는 형제들 중에서도 어째서 이렇게 유달리 단정치 못하고, 너저분하고, 천박한 것이냐? 나는 버스 정류장에 가서 버스 출발 시간을 물어보았다. 1시 30분에 나카사토 행이 온다고 한다. 이제 남은 버스는 그것뿐이며, 그 버스가 가고 나면 다른 버스는 없다고 했다. 1시 30분 버스로 돌아가기로 결심했다. 아직 30분이 남아 있었다. 배도 살짝 고팠다. 나는 정류소 근처에 있는 누추한 여관에 들어가, 최대한 빨리 점심을 먹고 싶다고 했다. 마음 한편에는 미련 비슷한 것도 남아 있어, 만약에 여관이 좋으면 네 시 반까지 쉴까 싶었지만 생각지도 못한 이유로 거절당했다. 오늘은 여관 종업원들이 모두 운동회에 가서 아무것도 못 한다고, 병에 걸린 듯한 아주머니가 안쪽에서 언뜻 고개를 내밀고 쌀쌀맞게 답했다. 결국 돌아가기로 마음을 정하고, 버스 정류장 벤치에 앉아 10분 정도 쉬고 나서 다시 일어나 어슬렁어슬렁 그 주변을 걸었다. 다케네 집 앞에 한 번 더 가서 남몰래 이승에서의 마지막 인사라도 하고 올까 싶어서, 쓴웃음을 지으며 철물점 앞으로 갔다. 문득 보니 입구의 자물쇠가 열려 있었다. 그리고 문이 두세 치 열려 있었다. '하늘이 나를 구원해주셨구나!' 싶어 용기백배, 화알짝, 이라는 방정맞은 표현이라도 쓰지 않으면 안 될 정도로 힘차게 유리문을 밀어젖히며 말했다.

"실례합니다, 실례합니다."

"네." 안쪽에서 대답이 들리더니 교복을 입은 열네다섯 살 여자아이가 나타났다. 그 아이 얼굴을 보자 다케의 얼굴이 또렷이 떠올랐다. 더이상 우물쭈물할 필요는 없었다. 흙마루 안쪽에 있던 그 아이 옆에 다가가서,

"가나기의 쓰시마입니다." 하고 내 이름을 말했다.

소녀는 "아," 하고 대꾸하더니 웃었다. 다케가 쓰시마 집안의 아이를 기른 적이 있다는 것을, 자기 아이들에게 얘기해준 적이 있는지도 모른다. 그것만으로도 나와 그 소녀 사이에는 서먹서먹함이 사라졌다. 고마운 일이라고 생각했다. 나는, 다케의 자식이다. 하녀의 자식이라 한들 상관없다. 나는 큰 소리로 말할 수 있다. 나는, 다케의 자식이다. 형들이 나를 경멸해도 좋다. 나는 이 소녀와 남매다.

"아아, 다행이다." 나는 엉겁결에 그렇게 말하고서 물었다. "다케는? 아직 운동회에 가 있나?"

"응." 소녀도 내게 털끝만큼의 경계심이나 부끄러움도 없이, 침착하게 고개를 끄덕이며 말했다. "난 배가 아파서 지금 약을 가지러 온 거야." 미안한 얘기지만, 소녀가 배가 아파서 다행이었다. 배탈이 고마웠다. 이 아이를 붙잡았으니 이제 마음이 놓였다. 괜찮다. 다케를 만날 수 있다. 이제 무슨 일이 있어도 이 아이에게 매달려, 떨어지지만 않으면 되는 것이다.

"꽤 한참 동안 운동장을 돌면서 찾아다녔는데, 못 봤어."

"그래?"하고 물으며 살짝 끄덕인 뒤 배를 움켜쥐었다.

"아직도 아파?"

"약간."이라고 말했다.

"약 먹었어?"

말없이 고개만 끄덕였다.

"많이 아파?"

웃으면서 고개를 가로저었다.

"많이 안 아프면, 부탁 좀 할게. 지금 나를 다케가 있는 곳으로 데려가 줘. 배가 아픈 건 이해하지만, 난 멀리서 왔으니까. 걸을 수 있어?"

"응." 힘차게 고개를 끄덕였다.

"착하네, 착해. 그럼, 부탁해."

소녀는 "응, 응."하고 고개를 두 번 끄덕인 뒤 곧바로 흙마루로 내려와 게다를 신고, 배를 움켜잡고서 몸을 구부린 채 집을 나섰다.

"운동회에서 달리기했어?"

"응, 했어."

"상은 받았어?"

"못 받았어."

배를 움켜쥔 채 내 앞을 재빨리 걸어갔다. 또 논두렁을 지나 모래언덕으로 간 뒤 학교 뒤편으로 돌아가서 운동장 한가운데를 가로질렀다. 잠시 후 소녀는 종종걸음으로 한 천막에 들어갔고, 소녀와 교대하듯 곧바로 다케가 나왔다. 다케는 공허한 눈빛으로 나를 보았다.

"나 슈지야." 나는 웃으면서 모자를 벗었다.

"어머." 그뿐이었다. 웃지도 않았다. 진지한 표정이었다. 하지만 곧바로 경직된 자세를 풀고 아무 일도 없다는 듯 무언가 체념한 듯 힘없는 목소리로, "자, 들어가서 운동회 보세요."라고 하더니 천막으로 데려가서, "여기 앉으세요." 하고 나를 자기 옆에 앉혔다. 다케는 더 이상 아무 말 없이 꼿꼿하게 앉아, 작업 바지를 입은 둥근 무릎 위에 양손을 똑바로 놓고 아이들의 달리기를 열심히 보고 있었다. 하지만 내게는 아무런 불만도 없었다. 이제 완전히, 마음이 놓였다. 다리를 쭉 펴고 멍하니 운동회를 보며, 마음속으로는 아무런 생각도 하지 않았다. 이제 뭐가 어떻게 되든 상관없다 싶었고, 아무런 걱정도 없는 상태였다. 이런 기분을 두고 평화라고 하는 것일까? 만약에 그렇다면, 나는 그때 난생처음으로 마음의 평화를 경험했다고 해도 좋다. 작년에 돌아가신 나를 낳아준 어머니는 기품 있고 온화하며 훌륭한 어머니였지만, 이런 식으로 묘한 안도감을 주지는 않았다. 세상의 어머니란 모두, 자신의 아이에게 이렇게 마음이 놓이는 달콤한 휴식을 주는 존재인 것일까? 그렇다면 누구나 무슨 수를 쓰더라도 효도를 하고 싶어질 것이다. 그렇게 고마운 어머니가 있으면서 병에 걸리거나 게을리 사는 녀석을 이해할 수가 없다. 효도는 자연의 섭리다. 윤리적인 것이 아니다.

다케의 뺨은 여전히 붉고, 오른쪽 눈두덩이 위에는 작은 양귀비씨만 한 빨간 점이 있었다. 머리칼에는 백발도 섞여 있었지만, 지금 내 옆에 똑바로 앉아 있는 다케는 내 어린 시절 추억 속의 다케와 조금도 다르지 않다. 나중에 들은 얘기지만, 다케가 우리 집에 일하러 와서 나를 업은 것은 내가 세 살, 다케가 열네 살 때였다고 한다. 그로부터 약 육 년간, 다케는 나를 기르고 가르쳤다. 하지만 내 추억 속의 다케는 그런 젊은 아가씨가 아니었고, 지금 눈앞에 있는 다케와 조금도 다르지 않은 나이 든 사람이었다. 이것도 나중에 다케에게서 들은 얘긴데, 그날 다케가 매고 있던 붓꽃 무늬 감색 허리띠는 우리 집에서 일하던 시절에도 매던 것이라 한다. 또 연보라색 옷깃도 역시 그 시절에 우리 집에서 받은 것이라고 한다. 그 때문인지도 모르지만, 다케는 내 추억과 똑같은 분위기를 풍기며 앉아 있었다. 아마도 내가 지나친 호의를 품고 보는 것이겠지만, 다케에게는 이 어촌의 다른 아바(아야의 여성어)들과는 전혀 격이 다른 기품이 있는 것처럼 느껴졌다. 웃옷은 특이한 줄무늬가 있는 면 재질로 된 것이었고, 웃옷과 같은 천으로 된 작업 바지를 입고 있었다. 그 줄무늬는 세련된 것은 아니었지만, 그래도 신경을 쓴 느낌이 났다. 촌스럽지는 않았다. 전체적으로, 어딘가 강한 분위기가 있었다. 내가 계속 잠자코 있자, 얼마 안 있어 다케는 운동회를 똑바로 쳐다보면서 어깨를 들썩일 정도로 깊고 큰 한숨을 내쉬었다. 다케도 그리 태연하지는 않다는 것을, 나는 그때 처음으로 알았다. 하지만 여전히 잠자코 있었다.

고도마리에 사는 다케의 얼굴

다케는 문득 깨달았다는 듯 내게 말했다.

"뭣 좀 먹을래?"

"아니, 괜찮아."라고 대답했다. 정말로, 아무것도 먹고 싶지 않았다.

"떡이 있어." 다케는 천막 구석에 치워두었던 찬합으로 손을 가져갔다.

"괜찮아. 별생각 없어."

다케는 가볍게 끄덕이고서 그 이상 권하려 들지도 않고,

"네가 먹고 싶은 건 떡이 아니지?" 하고 나직이 말하고는 웃었다. 삼십 년 가까이 서로의 소식을 몰라도, 내가 술꾼이라는 것을 알아챈 듯했다. 신기한 일이다. 내가 히죽거리며 웃자 다케는 눈살을 찌푸리면서 말했다.

"담배도 피워? 아까부터 계속 피고 있잖아. 나는 너한테 책을 읽는

건 가르쳤지만, 담배나 술은 안 가르쳤어."라고 말했다. 방심은 금물이다. 나는 웃음을 멈췄다.

내 표정이 진지해지자 이번에는 다케가 웃으면서 일어나더니,

"용왕님의 벚꽃이라도 보러 갈까? 어때?"라고 내게 물었다.

"응, 가자."

나는 다케를 따라서 천막 뒤편의 모래 산에 올라갔다. 모래 산에는 제비꽃이 피어 있었다. 키 작은 등나무 덩굴도 펼쳐져 있었다. 다케는 아무 말 없이 올라갔다. 나도 아무 말 없이 느릿느릿 따라갔다. 모래 산 정상까지 갔다가 다시 쭉 내려간 곳에 용왕님의 숲이라는 곳이 있고, 그 숲의 오솔길 곳곳에 벚꽃이 피어 있었다. 다케는 갑자기 손을 쭉 뻗어 작은 벚꽃나무 가지를 꺾더니 걸어가면서 그 가지에 달려 있던 꽃을 따서 땅에 버렸다. 잠시 후, 멈춰서더니 휙 돌아 내게로 와서는 속사포처럼 이야기를 쏟아냈다.

"오랜만이네. 처음엔 몰랐어. 우리 애가 가나기의 쓰시마라고 했는데, 설마 너일까 싶었지. 설마, 오리라고는 생각도 못 했어. 천막 밖으로 나와서 네 얼굴을 보고도 몰랐어. 나 슈지야, 라는 말을 듣고 어머, 라고 한 다음부터는 말이 안 나오더라. 운동회고 뭐고 아무것도 안 보였어. 거의 삼십 년 동안, 나는 너를 보고 싶어서, 만날 수 있을까, 만날 수 있을까, 하는 생각만 하면서 살아왔는데, 이렇게 어른이 되어 다케를 보고 싶다며 머나먼 고도마리까지 와줬다고 생각하니, 고마운 건지, 기쁜 건지, 슬픈 건지, 그런 건 아무래도 상관없지. 아무튼 잘 왔어. 너희 집에 일하러 갔을 때 너는, 아장아장 걷다 넘어지고, 또 아장아장 걷다 넘어졌다. 식사 때면 밥그릇을 들고 여기저기를 돌아다니다가 창고에 있는 돌계단 아래서 밥 먹는 걸 제일 좋아했어. 내게 옛날이

야기를 해달라고 하고, 내 얼굴을 뚫어져라 쳐다보면서 한 숟갈씩 떠먹여 달라고 했으니 손도 많이 갔지만 정말 귀여웠는데, 그러던 아이가 이렇게 어른이 되다니, 모든 게 꿈같네. 가나기에도 가끔 갔는데 가나기 거리를 걸으면서, 혹시 네가 이 부근에서 놀고 있지 않을까 하고, 네 또래 남자아이를 일일이 쳐다보면서 걷곤 했었지. 잘 왔어." 한 마디 한 마디, 말할 때마다 손에 들고 있던 벚나무 가지의 꽃을, 하염없이 따서는 버리고, 또 따서는 버리고 있었다.

"아이는?" 끝내 그 나뭇가지도 꺾어버리더니 두 팔을 쭉 뻗어 바지를 쓸어 올리며 내게 물었다. "아이는 몇 명이야?"

나는 좁다란 길가에 난 삼나무에 몸을 가볍게 기대며 "한 명이야."라고 대답했다.

"남자? 여자?"

"여자야."

"몇 살?"

계속해서, 쉴 새 없이 질문을 해댔다. 나는 이처럼 강하고 거침없는 다케의 애정 표현을 접하면서 아아, 나는 다케를 닮았구나, 하고 생각했다. 형제 중에 나 혼자만 거칠고 덜렁거리는 데가 있는 것은 나를 길러준 이 애처로운 사람의 영향이었다는 것을 깨달았다. 나는 이때 비로소 내 성장 배경의 본질을 깨달았다. 나는 결코 곱게 자란 사람이 아니다. 어쩐지 부잣집 아들답지 않은 면이 있었다. 보라. 내가 잊을 수 없는 사람은 아오모리의 T군, 고쇼가와라의 나가하타 씨, 가나기의 아야, 그리고 고도마리의 다케이다. 아야는 지금도 우리 집에서 일하고 있고, 다른 사람들도 옛날에 한 번쯤은 우리 집에 있었던 적이 있는 사람들이다. 나는, 이 사람들과 친구다.

각설하고, 옛 성인의 획린[114]을 흉내 내는 것은 아니지만, 성전^{聖戰} 중의 신^新 쓰가루 풍토기도 작가의 획우^{獲友}를 털어놓는 것을 끝으로 일단 펜을 놓아도 큰 지장은 없지 않을까 싶다. 아직 쓰고 싶은 것은 이것저것 많지만 쓰가루의 생생한 분위기는 거의 모두 얘기한 것 같기도 하다. 나는 꾸밈없이 썼다. 독자를 속이지도 않았다. 안녕, 독자여. 살아 있다면 다음에 또 만나자. 씩씩하게 살아가자. 절망하지 마. 그럼, 이만 실례.

114_ 獲麟. 공자가 『춘추^{春秋}』를 썼을 때 '획린^{獲麟}'이라는 말로 끝을 맺고 죽은 데서, '획린'이라는 말은 절필이나 임종을 의미하게 되었다.

竹青

지쿠세이

大宰治

「지쿠세이」

— 신곡 요재지이^{新曲聊斎志異} —

1945년 4월 『문예^{文藝}』에 발표되었다.

중국의 고전인 포송령^{蒲松齡}의 『요재지이^{聊斎志異}』 중 「죽청^{竹青}」을 패러디한 작품이므로, 원전과 다른 점을 알고 읽으면 더욱 흥미로울 것이다. 중국의 도교 신앙과 밀접한 관련이 있는 포송령의 「죽청」과 이 작품의 가장 큰 차이는 인간 세계와 현실을 바라보는 관점에 있다. (참고로 원전에서는 주인공 교요^{魚容}가 인간 세계와 신선의 세계를 마음대로 오가는 것으로 끝난다.) 그리고 『논어^{論語}』, 『대학^{大學}』, 『중용^{中庸}』 등의 유교 경전이 교요의 지성을 뒷받침하는 자료로 쓰였다는 것도 원전과의 차이라 볼 수 있다. '인간 세계'와 '현실', '지성'에 대한 다자이의 시각에 주목하며 읽어보자.

옛날 호남湖南의 어느 마을에 교요魚容라는 가난한 서생이 있었다. 어째서인지는 몰라도 예부터 서생은 가난하기 마련인 모양이다. 교요 군은 태생이 그렇게 천하지는 않았으며 용모도 수려하고 우아했다. 책을 여자만큼 좋아했다고는 할 수 없지만 어쨌든 어렸을 때부터 학문에 뜻을 두어 딱히 엇나간 행동을 한 적도 없는 사람이었다. 하지만 왠지 운은 따르지 않았다. 일찍이 부모님을 여의고 친척 집을 전전하며 자랐는 데, 그러던 중에 자기 재산이랍시고 가지고 있었던 것도 모조리 탕진해 서, 지금은 친척들로부터 애물단지 취급을 받고 있다. 술고래인 큰아버 지가 술김에 그 집에서 일하고 있던 가무잡잡하고 깡마른데다 무식한 하녀를 교요에게 들이밀며 '결혼해라, 좋은 인연이다.' 하면서 멋대로 일을 결정해서 교요는 무척 난감해졌다. 하지만 큰아버지도 자신을 길러준 사람 중 한 명인지라, 말하자면 생명의 은인과도 다름없었기에, 그 주정뱅이가 무례하게 내뱉은 말에 대해 화를 낼 수도 없고 해서 눈물을 삼키며 마음을 비우고 자신보다 두 살 많은, 말라비틀어지고 못생긴 여자를 아내로 맞아들였다. 여자는 그 술고래 큰아버지의 첩이었 다는 소문도 있었고, 얼굴도 못생겼지만 마음 씀씀이도 곱지 못했다.

교요의 학문을 대놓고 경멸해서, 교요가 "대학大學의 도道는 지선至善에 머무는 것에 있다"[1] 같은 말을 읊조리는 것을 듣고는 흥 하고 코웃음 치며, "그런 지선至善 따위에 머무는 것보다는 돈에 머물고 맛있는 음식에 머물 궁리나 해보시지 그래요?" 하고 밉살스럽게 말했다. 또, "여보, 미안한데 이것 좀 전부 빨아줘요 가사 일도 조금은 도와줘야지요."라면서 교요의 얼굴을 향해 여자 속옷을 던졌다. 교요는 그 속옷을 떠안고 집 뒤에 있는 시냇가로 나가면서 낮은 목소리로, "말이 울면 날이 저물고, 검이 울리면 가을이 오네."라는 시를 읊었다. 그에게는 아무런 낙도 없었고, 자기 고향에 있으면서도 까마득하게 먼 땅을 홀로 떠도는 사람처럼 아득하고 공허한 마음으로 강가를 배회했다.

'언제까지고 이렇게 비참하게 살아서는 훌륭하신 우리 조상님들께도 면목이 없다. 나도 이제 곧 서른, 이립而立이 되는 가을이다. 좋아, 이제 분발해서 세상에 명성을 떨쳐야겠다.' 하고 결심하고는, 우선 부인을 한 대 때리고 집을 뛰쳐나간 뒤, 자신만만하게 향시[2]를 보았지만 너무나 오랜 세월 가난한 생활을 해온지라 뱃심이 부족했던 탓에 횡설수설한 답안밖에 쓸 수 없었고, 보기 좋게 낙방했다. 고향에 있는 다 쓰러져가는 집으로 터덜터덜 돌아가는 도중에 느껴지는 슬픔은 비할 데가 없었다. 심지어는 배가 고파서 아무래도 발걸음이 떨어지지를 않았던지라, 동정호반洞庭湖畔에 있는 오왕吳王의 묘 통로로 기어 올라가서 벌러덩 드러누운 채 말했다. "아아, 이 세상은 그저 사람에게 무의미한 고통만을 준다. 나는 어려서부터 경거망동을 삼가며 옛 성현의 도道를 배우며 익혔고, 또 이것을 따르며 살았건만 먼 곳에서 기쁜 소식이 찾아올 기미는

1_ 『대학大學』에 나오는 말.
2_ 鄕試. 중국의 과거 시험 중 지방시험에 해당하는 것.

없었고, 매일매일 참기 힘든 모욕만을 맛보다 큰맘 먹고 향시鄕試를 보았지만 무참히 실패했다. 이 세상에는 낯짝 두꺼운 악인들만 날뛰며 나처럼 나약하고 가난한 서생은 영원히 패배자라는 손가락질을 받으며 비웃음을 살 수밖에 없단 말인가? 마누라를 두들겨 패고 씩씩하게 집을 나온 것까지는 좋았는데, 시험에 떨어져서 돌아가게 되었으니 마누라가 나를 얼마나 나무랄까? 아아, 차라리 죽고 싶다." 그는 극도의 피로 탓에 정신이 몽롱해져서, 군자의 도道를 배운 사람답지 않게 줄기차게 세상을 원망하며 자신의 불행을 한탄했다. 그러다 실눈을 뜨고 하늘을 나는 까마귀 떼를 올려다보며 "까마귀에게는 빈부貧富가 없으니 행복하겠구나." 하고 나직이 말한 뒤 눈을 감았다.

이 호반에 있는 오왕吳王의 묘는 삼국시대 오吳의 장군인 감녕甘寧을 오왕이라 부르며 이를 수로의 수호신으로 모시는 곳으로, 매우 영험하다 하여 호수를 오가는 배들이 이 묘 앞을 지날 때면 뱃사공들은 반드시 예를 갖춰 절을 올렸다. 묘 옆의 숲에는 까마귀 수백 마리가 살고 있었는데 배를 보면 일제히 날아올라 까악까악 시끄럽게 울어대며 배의 돛대에 달라붙었다. 뱃사공들은 그 까마귀들을 왕이 보낸 심부름꾼이라 하며 신성하게 여겨 양고기 덩어리 같은 것을 던져주었고, 그러면 까마귀들이 일제히 날아와 입에 덥석 물며 천千에 하나도 놓치는 일이 없었다. 시험에 낙방한 서생 교요는 이 심부름꾼 까마귀 떼가 희희낙락 넓은 하늘을 날아다니는 모습을 부러워하며 "까마귀는 행복하겠구나." 하고 애달프고 가느다란 목소리로 중얼거리고는 자기도 모르게 꾸벅꾸벅 졸았는데, 그때 검은 옷차림의 남자가 그를 흔들어 깨웠다.

"이보게."

교요는 잠이 덜 깬 상태에서 말했다.

"아, 죄송합니다. 혼내지 마십시오. 저는 수상한 사람이 아닙니다. 여기에 좀 더 누워 있게 해주십시오. 부디, 야단치지 마십시오." 그는 어렸을 때부터 남에게 꾸중만 듣고 자라 와서, 사람을 보면 자기가 야단맞지는 않을까 싶어 겁을 먹는 비굴한 버릇이 몸에 배어 있었다. 이때도 잠꼬대처럼 "죄송합니다."를 연발하며 뒤척이다가 다시 눈을 감았다.

"야단치는 것이 아니다." 검은 옷을 입은 남자는 이상하고 쉰 목소리로 말했다. "오왕의 명령이다. 그렇게 사람의 세상이 싫고 까마귀의 삶이 부럽다면 마침 잘됐다. 지금 검은 옷 부대에 한 명이 부족하니 그 인원 보충을 위해 너를 뽑아주겠다. 어서 이 검은 옷을 입어라." 그러더니 누워 있던 교요에게 너풀거리는 검은 옷을 덮어씌웠다.

교요는 순식간에 수까마귀가 되었다. 그는 눈을 깜빡이며 일어나 통로 난간에 가벼이 올라타서는 부리로 깃을 단장하더니, 날개를 펼치며 위태롭게 날아올랐다. 그리고 저물어가는 태양을 돛에 한가득 받으며 호반을 지나가던 배 위에서 떼를 지어 시끄럽게 울어대며 고기 대접을 받고 있던, 신이 보낸 수백 마리의 까마귀 떼에 섞여 들어갔다. 그는 우왕좌왕하다가 뱃사공이 위로 던져주는 고기 조각을 부리로 덥석 물어 먹고, 태어나서 처음이 아닐까 싶을 정도로 포만감을 느꼈다. 나뭇가지 끝에 앉아 나무에 부리를 문지르며 석양이 비쳐 황금색으로 빛나고 있는 동정호수를 내려다보며, "가을바람에 뒤척이는 황금낭화 천 개인가!" 하고, 자기가 군자라도 되는 양 여유로운 말투로 말했다.

"이봐요." 요염한 여자의 목소리가 들렸다. "마음에 드시나요?"

돌아보니 같은 가지에 암까마귀 한 마리가 앉아 있었다.

"황송합니다." 교요는 가볍게 인사하고 말했다. "어쨌든 몸이 가벼워졌고, 더럽고 탁한 속세와 멀어졌으니 말입니다. 야단치지 마십시오."
입버릇이었기 때문에 무심코 불필요한 한마디를 덧붙였다.

"알고 있어요." 암까마귀는 차분히 말했다. "지금까지 꽤 고생 많으셨다고 들었으니까요. 다 알아요. 하지만 이제, 앞으로는 괜찮아요. 제가 곁에 있으니까요."

"실례지만, 당신은 뉘십니까?"

"음, 저는, 그냥 당신 곁에 있으면서, 무슨 일이든 시켜만 주시면 뭐든 하려고요. 그렇게 알고 계세요. 싫으세요?"

"싫지는 않지만," 교요는 당황해하며 말했다. "제겐 아내가 있습니다. 바람을 피우는 것은 군자가 삼가야 할 일입니다. 당신은 저를 나쁜 길로 유혹하려 하고 있습니다." 억지로 사려 깊은 척하며 말했다.

"너무하세요. 제가 그냥 경망한 마음으로 당신한테 접근했다고 생각하시는 거예요? 그런 말 마세요. 이건 모두 정이 많으신 오왕烏王의 배려예요. 오왕께서 제게 당신을 위로하라고 시키셨거든요. 당신은 이제 인간이 아니니 인간 세계의 부인 따위는 잊어버려도 돼요. 당신 부인이 얼마나 상냥한 분인지는 몰라도, 저도 그에 못지않게 당신을 열심히 보살펴드릴 거예요. 까마귀는 인간보다도 훨씬 더 지조 있는 동물이라는 것을 보여드릴 테니, 싫으시더라도 앞으로 저를 곁에 두세요. 제 이름은 지쿠세이라 해요."

마음이 움직인 교요가 말했다.

"고맙습니다. 저도 실은 인간 세계에서 고역을 치르며 살아온 사람인지라 아무래도 의심이 많아서, 당신의 친절을 곧이곧대로 받아들일 수가 없었습니다. 미안합니다."

"어머, 그렇게 정중한 말투로 말씀하지 마세요. 오늘부터 저는 당신의 몸종이잖아요. 그러면 주인님, 밥을 먹었으니 산책을 하심이 어떠신지요?"

"으음," 교요는 그제야 느긋하게 끄덕이며 말했다. "안내를 부탁하네."

"그러면 따라오세요."라고 하더니 갑자기 날아올랐다.

가을바람이 산들거리며 날개를 쓰다듬었고, 아래에는 동정洞庭의 아득한 물결이 있었으며 먼 곳을 바라보면 악양岳陽의 기와가 석양에 타오르는 듯했다. 눈길을 돌리니 군산君山, 옥경玉鏡에 가려진 푸른 눈썹을 그리며 상군[3]의 분위기를 풍기는 검은 옷을 입은 신혼부부가 까악까악 번갈아 울어대며 앞서거니 뒤서거니 날아갔다. 걱정이나 망설임, 두려움도 없이, 마음 가는 대로 날아다니다가 지치면 귀로에 오른 배의 돛대 위에 나란히 내려앉아 날개를 쉬고 얼굴을 마주보며 미소 지었다. 해가 저물자 동정의 밝은 가을 달을 감상하면서 재빨리 둥지로 돌아가 서로의 깃털을 비벼대며 잠들었고, 아침에는 두 마리가 함께 동정의 호수에서 파닥거리며 몸을 씻고 입을 헹구다가, 물가로 다가오는 배를 향해 날아올라서는 뱃사공이 주는 아침 식사를 했다. 새색시인 지쿠세이는 앳된 모습으로 부끄러워하면서도 언제나 그림자처럼 낙제 서생 교요를 따라다니며 여러모로 다정하게 그를 보살폈고, 그도 자신의 반평생의 불행을 여기에서 한 번에 씻어버린 듯했다.

그날 오후, 이제는 완전히 오왕 묘의 까마귀 한 마리가 되어 오가는 배의 돛대에서 노니는데, 때마침 병사들을 가득 실은 커다란 배가 지나갔다. 같은 무리의 까마귀들은 그 배를 위험한 것이라 생각하여 도망갔고,

3_ 湘君. 중국 전설에 나오는 상수湘水의 신.

지쿠세이도 요란스럽게 울어대며 경고했다. 하지만 까마귀가 된 교요는 어찌 됐든 자유로이 날 수 있다는 것이 마냥 기뻤던지라 자신만만하게 그 병사들의 배 위를 빙빙 돌고 있었다. 그때 한 장난꾸러기 병사가 획 하고 화살을 쏘았는데, 그 화살이 교요의 가슴을 관통하여 그는 돌멩이 떨어지듯 떨어졌다. 그러자 지쿠세이가 번개처럼 신속하게 날아와 교요의 날개를 물고 재빨리 끌어올려, 반죽음 상태의 교요를 오왕 묘의 통로에 눕히고는 눈물을 흘리며 부지런히 간호했다. 하지만 꽤 무거운 상처였기에 가망이 없다고 생각한 지쿠세이는 우렁차고 구슬픈 울음소리를 내어 수백 마리의 동료 까마귀들을 모았다. 날개를 파닥이는 엄청난 소리와 함께 일제히 날아오른 동료들은 그 배를 습격했고, 깃으로 호수의 수면에 바람을 일으키며 큰 파도를 만들어 그 배를 순식간에 전복시킴으로써 멋지게 복수했다. 엄청난 규모의 까마귀 떼는 호수면 전체가 일렁일 정도로 요란한 승리의 노래를 불렀다. 지쿠세이는 서둘러 교요가 있는 곳으로 돌아가 자신의 부리를 교요의 볼에 비벼대며 애통한 심정으로 말했다.

"들리시나요? 동료들이 부르는 저 승리의 노래가 들리시나요?"

교요는 상처가 깊어 괴로워하며 이미 숨이 끊어진 듯한 심정으로 보이지 않는 눈을 겨우 떴다.

"지쿠세이." 나직이 지쿠세이를 부르다가, 갑자기 정신이 들었다. 정신이 들고 보니 자신은 인간의, 심지어는 옛날처럼 가난한 서생의 모습으로 오왕 묘의 통로에 누워 있었다. 저물어가는 태양이 붉게 타오르며 눈앞에 있는 단풍 숲을 비추고 있었고, 그곳에는 수백 마리의 까마귀가 무심히 까악까악 울어대며 놀고 있다.

"정신이 드시는가?" 농부 차림을 한 할아버지가 옆에 서서 웃으며 묻는다.

"당신은 뉘신지요?"

"나는 이 근처에 사는 농부인데, 어제저녁에 여기를 지나다 보니 당신이 죽은 사람처럼 깊게 잠들어 있었네. 자면서 이따금 미소를 지었지. 꽤 큰 목소리로 당신을 깨워봤지만 전혀 깨어날 기미가 보이지 않더군. 어깨를 잡고 흔들어 깨워도 축 늘어져 있었네. 집에 가서도 신경이 쓰여서 몇 번이고 당신 상태를 보러 와서는 당신이 깨어나기를 기다리고 있었소. 가만 보니 얼굴색도 안 좋은데, 어디 아픈가?"

"아니요, 아프지는 않습니다." 신기하게도 그때는 배도 전혀 고프지 않았다.

"죄송합니다." 언제나처럼 용서를 비는 버릇이 나와서 자세를 고쳐 앉고 농부에게 정중하게 인사했다. "부끄러운 얘기지만,"이라는 말로 운을 떼며 이 묘의 통로에 쓰러져 있게 된 사연을 솔직하게 털어놓고 "실례했습니다."라며 사과를 했다.

농부는 그를 딱하게 생각했는지, 주머니에서 지갑을 꺼내 돈 몇 푼을 쥐어주며 말했다.

"인간만사 새옹지마. 기운을 내어 다시 일어서시게나. 인생 칠십 년, 이래저래 갖은 일이 다 있지. 인정人情은 자꾸 뒤집히게 되어 있으니 동정호의 파란波瀾과 같네." 농부는 그런 멋들어진 말을 하고는 사라졌다.

교요는 계속 꿈을 꾸고 있는 듯한 기분으로 멍하니 서서 농부를 배웅한 다음, 뒤돌아서서 단풍나무 가지에 떼지어 앉아 있던 까마귀를 올려다보며 외쳤다.

"지쿠세이!" 그러자 까마귀 떼가 놀라서 날아오르더니 한바탕 시끄럽게 울어대며 교요의 머리 위를 빙빙 돌다가 곧장 호수 쪽으로 서둘러 날아갔다. 그리고 그 이후로 딱히 특별한 일은 없었다.

교요는 역시 꿈이었던 것인가 싶어 슬픈 표정으로 고개를 가로저었고, 크게 한 번 한숨을 내쉬고는 힘없이 고향을 향해 출발했다.

고향 사람들은 교요가 돌아온 것을 별반 기뻐해 주지도 않았고, 매몰찬 아내는 바로 교요에게 큰아버지 댁의 정원에 돌을 나르는 일을 시켰다. 교요는 땀을 뻘뻘 흘리면서 모래밭에 있던 커다란 바윗돌 몇 개를 큰아버지 정원 앞까지 밀고 끌고 메어서 나르고는 "가난을 원망하지 않을 수 없구나!" 하고 절실한 마음으로 한탄했다. "내일 지쿠세이의 목소리를 들을 수 있다면 오늘 밤에 죽어도 좋을 텐데." 교요는 동정에서 보낸 행복했던 하루가 너무도 그리워 속이 탔다.

백이숙제伯夷叔齊는 지난날의 악惡을 생각하지 않았고, 그래서 지난날의 악을 원망하는 일도 거의 없었다.[4] 우리 교요 군 또한 군자의 도를 추구하는 고매한 서생이었으니 인정머리 없는 친척도 미워하지 않으려 애썼고, 무식하고 나이 많은 부인의 말도 거스르지 않으며 오로지 고서古書만을 가까이하면서 고매한 정취를 기르고 있었다. 하지만 그랬던 그도 주변 사람에게서 받는 멸시를 참기가 힘든 때가 있었으니 그로부터 삼 년째 되던 봄, 또다시 아내를 두들겨 패고서는 두고 보라며 청운의 꿈을 품고 집을 뛰쳐나와 시험을 보았지만, 그때도 역시 여지없이 낙방했다. 되는 일이 어지간히 없는 사람이었던 모양이다. 돌아오는 길에, 또다시 추억의 동정호반에 있는 오왕의 묘에 들렀는데 보이는 모든 것이 반가웠고 슬픔도 천배가 되어 묘 앞에서 꺼이꺼이 목 놓아 울었다. 잠시 후 주머니에 있던 얼마 되지도 않는 돈을 전부 털어 양고기를

4_ 『논어』에 나오는 말.

사서, 그것을 묘 앞에 뿌려 신성한 까마귀들에게 주었다. 나무에서 내려와 고기를 쪼아 먹는 까마귀 떼를 바라보며 '이중에 지쿠세이도 있겠지.' 하고 생각했지만, 모두 하나같이 새까매서 암수조차 구별할 수가 없었다.

"지쿠세이는 어디 있나요?" 하고 물어봐도 돌아보는 까마귀는 한 마리도 없었고, 다들 그저 무심히 고기만 주워 먹고 있었다. 교요는 그래도 포기하지 않고,

"이 중에 지쿠세이가 있다면 제일 마지막까지 남아줘."라고, 사모의 정을 가득 담아 말해보았다. 서서히 고기가 없어지자 까마귀 떼는 두 마리, 다섯 마리, 드문드문 날아갔고, 나중에는 세 마리만이 여전히 고기를 찾으며 남아 있었다. 교요는 그것을 보면서 두근대는 가슴으로 손에 땀을 쥐었지만, 세 마리도 고기가 이제 하나도 남지 않았다는 것을 알고는 미련 없이 훌쩍 날아갔다. 교요는 맥이 빠진 나머지 어질어질 현기증이 났다. 하지만 그곳을 떠날 수가 없었고, 묘 통로에 앉아 봄 안개에 흐려진 호수를 바라보며 하염없이 한숨만 내쉬었다. "아아, 두 번이나 낙방했으니 무슨 면목이 있다고 염치없이 고향에 돌아갈까? 살아도 사는 보람이 없는 신세다. 옛날에 춘추전국시대에 살았던 굴원^{屈原}도 '세상 사람들은 모두 취하고 나만 제정신이네!'라고 외치며 이 호수에 뛰어들어 죽었다는 이야기를 들은 적이 있다. 나도 추억의 장소인 이 동정에 몸을 던져 죽는다면, 지쿠세이가 어딘가에서 그것을 보고 눈물을 흘려줄지도 모른다. 나를 진짜로 사랑해준 이는 지쿠세이뿐이다. 그리고 나머지 사람들은 모두 무시무시한 아욕^{我慾}의 도깨비들뿐이었다. 삼 년 전에 한 할아버지가 인간만사 새옹지마라며 나를 격려해줬었지만, 그것은 거짓말이다. 불행하게 태어난 사람은 언제까지나 불행의 구렁텅

이에서 발버둥 칠 뿐이다. 이것이 바로 지천명^{知天命}이라는 것인가? 아하하. 죽자. 지쿠세이가 울어준다면, 그것으로 충분하다. 달리 바랄 것은 없다." 옛 성현의 도^道를 공부한 교요도 실의에 빠져 울적함을 견디지 못하고 오늘 밤 이 호수에서 죽을 결심을 했다. 드디어 밤이 되자 흐릿한 보름달이 중천에 떠올랐고, 동정호는 하얗고 드넓게 펼쳐져 하늘과 물의 경계가 없었다. 호숫가에 있는 모래밭은 대낮처럼 밝았고 버드나무 가지는 호수 안개를 머금고 축 늘어져 있었으며 저 멀리 복숭아밭에 만발한 꽃들은 싸락눈처럼 보였다. 때때로 천지^{天地}가 내쉬는 한숨과 같은 산들바람이 부는 조용하고 평화로운 봄밤, 이것이 이 세상에서 보는 마지막 풍경이라고 생각하자 눈물이 소매를 적셨고, 어디에선가 밤원숭이의 슬픈 울음소리가 들려와서 쓸쓸함이 그야말로 절정에 달했을 때, 등 뒤에서 파닥파닥 날갯소리가 들렸다.

"그 이후로 평안하셨는지요?"

돌아보니, 아름다운 눈과 고운 이를 지닌 스무 살 정도의 미인이 쏟아지는 달빛을 받으며 생긋 웃고 있다.

"뉘십니까? 죄송합니다." 일단 사과를 하고 봤다.

"너무하세요." 교요의 어깨를 가볍게 치더니 말했다. "지쿠세이를 잊으신 거예요?"

"지쿠세이!"

교요는 깜짝 놀라 일어선 뒤 잠시 주저했지만, 에라 모르겠다 싶어 갑자기 미녀의 가느다란 어깨를 끌어안았다.

"놔 주세요. 숨 막혀요." 지쿠세이는 웃으면서 이렇게 말하고는 교요의 품을 빠져나와 말을 이었다. "저는 아무 데도 안 가요. 이제, 평생 당신 곁에 있을 거예요."

"부탁이야! 그렇게 해 줘. 네가 없어서, 나는 오늘 밤 이 호수에 몸을 던져 죽어버릴 작정이었어. 너는 대체 어디에 있던 거야?"

"저는 머나먼 한양翼陽에 있었어요. 당신과 헤어진 뒤에 이곳을 떠났고, 지금은 한수漢水의 신神의 까마귀예요. 좀 전에 이 오왕의 묘에 있는 옛 친구가 와서는 당신이 왔다는 것을 알려줘서, 한양에서 부랴부랴 날아왔어요. 당신이 좋아하는 지쿠세이가 여기 이렇게 왔으니, 이제 죽겠다는 무서운 생각은 하시면 안 돼요. 당신 좀 야위었네요."

"야위었지. 두 번이나 연거푸 낙방했어. 고향으로 돌아가면 또 어떤 수모를 당할지 몰라. 정말이지 이 세상이 싫어."

"당신은 자기 고향에만 인생이 있다고 생각하시니까 그렇게 괴로우신 거예요. 서생들이 자주 읊는 노래 중에, 인생의 도처에 청산靑山이 있다는 노래도 있잖아요? 저와 함께 한양에 있는 집으로 가요. 아마 틀림없이, 삶이라는 게 좋은 거라고 생각하시게 될 거예요."

"한양은 멀잖아." 누가 먼저랄 것도 없이 둘은 나란히 묘의 통로를 빠져 나와 달빛 아래 호반을 거닐었다. "부모님이 살아계실 때는 부모님과 멀리 떨어진 곳으로 가면 안 되며, 가게 된다면 반드시 행선지를 미리 알려야 한다는 말5이 있으니까." 교요는 점잔을 빼는 표정으로 언제나처럼 학덕学德의 편린을 내보였다.

"무슨 말씀 하시는 거예요? 당신한테는 아버지 어머니도 안 계시면서."

"뭐야, 알고 있었어? 하지만 고향에는 부모와 다름없는 친척들이 많이 있어. 나는 그 사람들에게 어떻게든 멋지게 출세한 모습을 한번

• •
5_ 『논어』에 나오는 말.

보여주고 싶어. 그 사람들은 옛날부터 나를 무슨 바보나 그 비슷한 것으로 여기고 있거든. 음, 한양에 가기보다는, 이제 너와 함께 고향으로 돌아가서 너의 그 아름다운 얼굴을 모두에게 보여주며 깜짝 놀라게 해주고 싶어. 알았지? 그렇게 하자. 나는 고향에 있는 친척들 앞에서 한번, 마음껏 으스대고 싶어. 고향 사람들한테 존경받는다는 것은 인간이 누릴 수 있는 가장 큰 행복이고, 최고의 승리지."

"어째서 그렇게 고향 사람들 평판만 신경 쓰는 건가요? 무턱대고 고향 사람들의 존경을 얻기 위해 애쓰는 사람을 가리켜 향원[6]이라고 하잖아요. 향원은 덕의 적이라고, 『논어』에도 나와 있지요."

할 말을 잃은 교요는 이제 될 대로 되라 싶었다.

"좋아. 가자. 한양으로 가자. 날 데려가 줘. 떠나는 자는 이 강물과도 같겠지. 밤에도 낮에도 쉴 줄을 모르네.[7]" 부끄러움을 숨기기 위해 이런 당돌한 시를 읊조리고는 "아하하하!" 하고 자신을 비웃었다.

"갈까요?" 지쿠세이는 들떠 보였다. "아아, 기뻐라! 한양 집에는 당신을 맞을 준비가 다 되어 있어요. 잠시 눈을 감아 보세요."

지쿠세이가 시키는 대로 눈을 살며시 감자 파닥거리는 날갯소리가 났고, 자신의 어깨에 무언가 얇은 옷 같은 것이 걸리는가 싶더니 몸이 한결 가벼워졌다. 눈을 떠보니 이미 두 사람은 암수 까마귀였다. 칠흑 같은 날개는 달빛을 받아 아름답게 빛났고, 두 마리는 깡충거리며 모래사장을 걷다가 까악 하고 함께 울고는 푸드덕 날아올랐다.

달빛에 하얗게 빛나는 삼천리 장강長江이 드넓은 동북 지방을 흐르고 있었다. 교요는 술에 취한 기분으로 강줄기를 따라 네 시간 정도를

6_ 鄉原. 덕이 많은 사람인 체하면서 향리의 평판을 얻고자 하는 속물을 이르는 말.
7_ 『논어』에 나오는 말.

날아갔다. 점차 날이 밝아 와서 앞을 보니 아득히 먼 곳에 물의 도읍, 한양漢陽의 집 기왓장들이 아침 안개 밑에 조용히 가라앉아 잠들어 있는 것이 보이기 시작했다. 가까워질수록 맑은 강 건너 한양의 나무들이 또렷이 보였고, 싱그러운 풀밭은 앵무새 섬을 덮고 있었다.[8] 건너편에는 황학루黃鶴樓가 우뚝 솟아 장강 너머 청천각晴川閣과 무언가 옛날이야기라도 나누는 듯했다. 강 위에는 점점이 배 그림자가 바삐 오가고 있었고, 더 나아가니 대별산大別山의 높은 봉우리가 발밑에 펼쳐져 있었으며, 산기슭에는 월호月湖의 호숫물이 출렁이고 북쪽으로는 한수漢水가 끝없이 흐르며 동양의 베니스가 한눈에 펼쳐졌다. "내 고향은 어디에 있을까 둘러보니, 강 위에는 안개가 서리고 시름만 깊어지네."[9] 교요가 넋을 놓고 중얼거렸을 때 지쿠세이가 그를 돌아보았다.

"자, 집에 도착했어요." 지쿠세이는 한수漢水의 외딴 섬 위에 여유롭게 원을 그리며 날면서 말했다. 교요도 지쿠세이를 따라 커다란 원을 그리며 날면서 다리 밑에 있는 섬을 보니 햇살 속에 푸른 섬이 마치 물에 잠겨 흐릿한 어린 풀처럼 보였고, 한구석에 인형의 집처럼 생긴 아기자기하고 아름다운 누각이 있었다. 바로 그때 그 집안에서 하인들 같아 보이는 사람 대여섯 명이 뛰어나와 하늘을 올려다보면서 손을 흔들며 교요와 지쿠세이를 환영하고 있는 모습이 콩으로 만든 인형처럼 작게 보였다. 지쿠세이는 교요에게 눈짓을 하더니 날개를 움츠리고 그 집을 향해 일직선으로 내려갔다. 교요도 질세라 그 뒤를 따라갔고, 두 마리는 그 옆 푸른 초원에 올라섰다. 그 순간 둘은 귀공자와 미인이 되어 서로를

8_ 중국 당나라 때 시인 최호崔顥가 읊은 <황학루黃鶴樓>의 한 구절. 晴川歷歷漢陽樹 芳草萋萋鸚鵡洲.
9_ (주4)의 시 중에 나오는 마지막 구절. 日暮鄉關 何處是 煙波江上 使人愁.

마주 보고 방긋 웃으며 가까이 다가섰고, 그들을 맞으러 나온 사람들에게 둘러싸여 그 아름다운 누각으로 들어섰다.

지쿠세이의 손에 이끌려 안쪽 방으로 가니, 방은 어둑했고 탁자 위의 은색 촛대가 푸른 연기를 내뿜고 있었다. 늘어뜨려진 발의 금실과 은실이 희미하게 빛났고, 침대에는 작은 붉은색 책상이 놓여 있었으며 그 위에는 좋은 술과 안주가 차려져 꽤 오랜 시간 전부터 손님을 기다리고 있었던 것 같은 분위기였다.

"아직 날이 밝지 않았나?" 교요가 바보 같은 질문을 던졌다.

"어머, 싫어요." 지쿠세이가 살짝 얼굴을 붉히며 나직이 말했다. "어두운 편이 덜 부끄러울 것 같아서요."

"군자의 도道는 어두운 것 같지만 날로 밝아지는가!"[10] 교요는 쓴웃음을 지으며 별것 아닌 신소리를 했다. "그래도, 고서에는 다른 사람이 모르는 곳에서 괴이한 행동을 하지는 말라는 말[11]도 있지. 창문을 적당히 열어야겠군. 한양의 봄 풍경을 만끽하자고."

교요는 발을 걷고 방 창문을 밀어젖혔다. 황금빛 아침 햇살이 눈부시게 들이비쳤고, 정원에는 복사꽃이 흐드러지게 피어 있었다. 많은 뻐꾸기들이 지저귀는 소리가 귓불을 간질이는 가운데 저편에는 한수漢水의 잔물결이 아침 햇살을 받으며 춤추고 있었다.

"아아, 경치 좋다. 고향에 있는 마누라한테도 한번 보여주고 싶군." 교요는 무심코 그렇게 말하고서 깜짝 놀랐다. '나는 아직 그 못생긴 마누라를 사랑하고 있는 것인가?' 하고 자신에게 물어봤다. 그러고는 갑자기, 왠지 울고 싶어졌다.

..
10_ 『중용』에 나오는 말.
11_ 『중용』에 나오는 말.

"역시 부인을 못 잊으신 모양이네요." 지쿠세이는 옆에서 차분히 말하며 희미하게 한숨을 내쉬었다.

"아니, 그렇지 않아. 그 사람은 내 학문을 전혀 존중해주지 않는 데다 속옷을 빨라든가 정원석을 나르라고 부려 먹거나 하고, 심지어는 큰아버지의 첩이었다는 얘기가 있어. 무엇 하나 마음에 드는 구석이 없지."

"바로 그, 무엇 하나 마음에 드는 구석이 없다는 것이 당신에게 고귀하고 그렇게 느껴지는 것 아닌가요? 당신의 속마음은 아마 틀림없이 그럴 거예요. 측은지심은 어느 누구에게나 있다잖아요. 부인을 미워하거나 원망하거나 저주하지 않고, 한평생 고생을 나누며 함께 살아가는 것이, 당신의 진정한 이상 아닐까요? 지금 당장 집으로 돌아가세요." 지쿠세이는 갑자기 근엄한 얼굴로 단호하게 말했다.

교요는 크게 당황하며,

"그건 너무하잖소. 그렇게 나를 유혹해놓고 인제 와서 돌아가라니. 향원이니 뭐니 해가며 나를 공격해서 고향을 버리게 한 건 바로 당신 아닌가? 이건, 당신이 나를 갖고 논 거로군." 하고 항변했다.

"저는 신녀神女입니다." 지쿠세이는 반짝반짝 빛나는 한수漢水의 물결을 똑바로 응시하며 더욱 단호하게 말했다. "당신은 향시에는 낙방했지만, 신의 시험에는 합격했습니다. 저는 오왕 묘의 신으로부터 당신이 진짜로 까마귀를 선망의 대상으로 여기고 있는지를 잘 알아보라는 은밀한 분부를 받았습니다. 신께서는 짐승으로 변신했을 때 진정한 행복을 느끼는 인간을 가장 싫어하십니다. 한번은 혼을 내주기 위해 활을 쏘아 당신을 다치게 하고 인간 세계에 돌려주었지만, 당신은 또다시 까마귀의 세계에 돌아오고 싶다고 청했습니다. 신께서 이번에는, 당신으로 하여금 먼 길을 여행하게 하시어 이런저런 즐거움을 주셨고, 당신이 그 쾌락에 도취 된 나머지 인간 세계를 잊을지를 시험하신 것입니다. 잊어버렸다면, 당신이 받았을 형벌은 너무 무서운 것이라 입에 담을 수도 없을 지경입니다. 돌아가세요. 당신은 신의 시험에 멋지게 합격했습니다. 인간은 한평생 인간의 애증 속에서 괴로워해야만 하는 존재입니다. 도망칠 수는 없어요. 참고 버티면서, 노력해 나가는 수밖에 없습니다. 학문도 좋지만, 무턱대고 세속을 벗어난 것을 뽐내는 것은 비겁한 짓입니다. 더 열정적으로 이 인간 세상을 소중히 여기고, 시름에 잠기면서 한평생 세상살이에 몰두해보세요. 신께서는 인간의 그러한 모습을 가장 좋아하십니다. 방금 하인들에게 배를 준비하라고 시켰습니다. 그걸 타고 곧장 고향으로 돌아가세요. 안녕히 계세요." 말이 끝나자 지쿠세이의 모습은 물론 누각과 정원도 홀연히 사라졌고, 외딴 섬에 홀로 서 있던 교요는 어안이 벙벙해졌다.

돛도 없고 노도 없는 통나무배 한 척이 미끄러지듯 물가로 다가와서, 교요는 빨려 들어가듯 그 배를 탔다. 배는 저절로 유유히 한수漢水를 따라 내려가 장강長江을 거슬러 올라갔고, 동정을 가로질러 교요의 고향 근처에 있는 어촌의 물가에 다다랐다. 교요가 육지에 내리자 작은 배는 또다시 미끄러지듯 저절로 되돌아가더니 동정의 물안개 속으로 사라졌다.

몹시 풀이 죽어 있던 그가 무서움에 떨면서 자기 집 뒷문에 들어서서 어스름한 집안을 들여다보는데,

"어머, 다녀오셨어요."라면서 방긋 웃으면서 맞아준 사람은, 아아, 놀랍게도, 지쿠세이가 아닌가!

"어! 지쿠세이!"

"무슨 소리예요. 당신 대체, 어디 갔었어요? 저는 당신이 없는 사이에 큰 병을 앓아서 열이 많이 났는데, 저를 간병해 줄 사람이 아무도 없었단 말이에요. 당신이 사무치게 그리웠어요. 제가 이제까지 당신을 우습게 여겼던 것은 제가 정말 잘못한 일이라는 걸 깨닫고 후회했지요. 그래서 당신이 돌아오기를 얼마나 기다렸는지 몰라요. 열이 좀처럼 안 내리고, 그 사이에 온몸이 보라색으로 변하면서 부어올랐는데, 이것도 당신처럼 좋은 분을 함부로 대한 벌이고, 당연히 받아 마땅한 응보라는 생각이 들어 살기를 포기하고 있었어요. 조용히 죽음을 기다리고 있는데 부어오른 피부가 찢어지면서 파란 물이 왈칵 솟구쳐 나오더니 몸이 한결 가벼워졌고, 오늘 아침에 거울을 보니까 얼굴이 완전히 변해서 이렇게 아름다워져 있었어요. 그래서 너무 기쁜 맘에 이불을 박차고 나와서 바로 집 청소를 시작했는데, 당신이 돌아온 거예요. 정말 기뻐요. 용서해 주세요. 저는 얼굴뿐만 아니라 몸 전체가 달라졌어요. 그리고 마음도 달라졌어요. 제가 잘못했어요. 하지만 제가 저지른 과거의 잘못은 그 파란 물과 함께 모두 빠져나갔으니, 당신도 옛일은 잊고 저를 용서해주세요. 그리고 평생 저를 당신 곁에 있게 해주세요."

그 이듬해, 귀여운 옥동자가 태어났다. 교요는 그 아이에게 '한산漢産'이라는 이름을 붙였다. 그 이름의 유래가 무엇인지는 자신이 가장 사랑하는 아내에게도 말하지 않았다. 그것은 신성한 까마귀의 추억과 함께 교요의 마음속에 고귀한 비밀로 간직하며 평생, 그 누구에게도 털어놓지 않았다. 또한 줄곧 말하던 '군자의 도道'도 그 이후로는 한 번도 입에 담지 않았고 그저 묵묵히, 예전처럼 궁핍한 생활을 이어갔다. 친척들은 모두 여전히 그를 우습게 봤지만 그는 그런 것에 별반 개의치 않고, 지극히 평범한 농사꾼으로서 속세의 티끌에 묻혔다.

* 저자 주: 이것은 창작이다. 중국 사람들이 읽어주었으면 해서 썼다. 한문으로 번역될 것이다.

太宰治

惜別
석별

「석별」

1945년 9월 단행본 『석별』(아사히 신문사)에 처음 발표되었다. 이 작품은 일본의 내각정보국(1940년 언론, 출판, 문화 및 여론 통제를 위해 설치된 조직)이 문단 전체를 전쟁 수행을 위한 국책 협력단체로 만들고자 기획한 '일본문학보국회日本文學報國會'의 기획에 맞춰 쓴 작품으로, 이른바 '어용 소설'이라 할 수 있다. 당시 다자이가 도호 영화사의 프로듀서였던 야마시타 료조에게 보낸 편지 중에 다음과 같은 구절이 있다.

☙새해가 되자마자 문학보국회에서 대동아 5대 선언을 기초로 한 소설을 쓰라는 어려운 명령을 받아, 이것도 나라를 위한 일이라는 생각에 다른 일은 제쳐두고 이 일에 매진하는 중입니다. ❧(1944년 1월 30일)

다자이가 위의 편지글에서는 '명령'이라는 표현을 쓰고 있지만, 사실 그는 문학보국회에 소설 개요를 제출한 50명 중에서 선발된 6명의 소설가 중 한 명이었다. 당시 상황이 시류에 영합하는 소설이 아니면 소설 자체를 쓰기 힘든 상황이었다 할지언정, 결국 이 소설은 다자이 스스로의 의지로 일본문학보국회의 기획에 적극적으로 참가하여 쓴 작품이라고 할 수 있다. 후기에는 '써달라는 의뢰가 없었어도 언젠가 써보고 싶다는 생각에 자료를 모으고 구상하고 있었던 것', '정부와 민간인이 한마음'이라는 말을 늘어놓고 있지만, 초판본 이후의 판본에서는 후기 부분이 삭제된다. 다자이 자신이 생각하기에도 부끄러운 변명이었기 때문이리라 생각된다.

어쨌든 집필 동기와 관련된 이러한 사실들을 차치하고라도, 당시 평론가들은 이 작품을 실패작으로 간주했다. 흔히 그 이유로 드는 것이 이 작품에 그려진 루쉰의 모습과 그의 입을 빌려 말하는 일본과 중국의 관계가 지극히 피상적이라는 점인데, 이러한 점은 다자이를 비롯한 당시 일본인들이 지녔던 사고방식의 일면으로 볼 수도 있을 것이다. 일본에서 말하는 '대동아'라는 단어가 실질적으로는 '제국 일본'과 동의어였듯, 이 작품에 그려진 '루쉰'은 결국 다자이가 아니었을까?

이것은 일본 동북 지방의 어떤 마을에서 병원을 운영하고 있는 한 나이 든 의사의 수기이다.

얼마 전 이 지방의 신문사 기자라는, 안색이 안 좋고 수염을 기른 중년 남자가 찾아와서, 당신은 지금의 도호쿠제대東北帝大 의학부의 전신인 센다이의학전문학교를 졸업한 분이라고 들었는데 맞느냐고 물었다. 나는, 그렇다고 대답했다.

"메이지 37년1904년에 입학하지 않으셨습니까?" 기자는 가슴에 달린 주머니에서 작은 수첩을 꺼내면서 조급하게 물었다.

"아마도 그즈음이었던 것으로 기억합니다." 나는 어딘가 침착하지 못한 기자의 태도에 불안을 느꼈다. 솔직히 말하면, 나는 이 신문기자와의 대화가 그다지 유쾌하지 않았다.

"그것참 잘됐네요." 기자는 검푸른 얼굴에 엷은 미소를 띠며 말했다. "그렇다면 당신은 틀림없이 이 사람을 알고 있을 겁니다." 어이없을 정도로 강경하게, 단정 짓는 듯한 투로 말하더니 수첩을 펼쳐 내 코앞에

내밀었다. 펼쳐진 페이지에는 연필로 커다랗게,

저우수런[1]

이라고 적혀 있었다.

"알고 있습니다."

"그렇죠?" 그 기자는 너무나 자신만만한 태도로, "당신과는 동창이었지요. 그리고 그 사람이 훗날 중국의 대문호 루쉰魯迅이 되어 나타난 것입니다."라고 하면서, 조금 흥분한 듯한 자신의 말투가 민망했는지 살짝 얼굴을 붉혔다.

"그것도 알고는 있습니다만, 저우 씨가 나중에 그렇게 유명한 분이 되지 않았을지라도 저는 센다이에서 함께 공부하고 놀던 시절의 기억만으로도 저우 씨를 존경합니다."

"오오!" 기자는 눈을 크게 뜨며 놀라는 듯했다. "젊은 시절부터 그렇게 훌륭한 사람이었던 건가요? 역시, 천재적이라고 할 만한 무언가가 있었나요?"

"아니요. 그런 건 아니고, 이건 흔해 빠진 표현이지만 솔직하고, 정말 좋은 사람이었습니다."

"예를 들면 어떤 면이 그랬습니까?" 기자는 관심을 보이며 말했다. "음, 실은 말이죠, 루쉰이 쓴 「후지노 선생님」이라는 수필을 보면, 루쉰이 메이지 37, 8년1904~5년에 있었던 러일전쟁 때 센다이의학전문학교에서 후지노 겐쿠로라는 선생님께 많은 신세를 졌다는, 그런 얘기가 쓰여

●●
1_ 周樹人. 루쉰의 본명.

있습니다. 그래서 저는 그 얘기를 저희 신문 새해 특집에, 중일中日 친선을 도모하는 미담美談 같은 기사로 써서 낼 생각입니다. 마침 당신이 그 시절 센다이 의학전문학교의 학생이었던 거 아닐까 싶어서 찾아온 겁니다. 어땠습니까? 그 시절 루쉰은. 지금처럼 이렇게, 창백하고 우울해 보이는 사람이었겠지요?"

"아뇨. 별로 그렇진 않았는데." 나는 몹시 우울해졌다. "별다른 점은 없었어요. 뭐라 말씀드리면 좋을까요, 굉장히 총명하고, 얌전하고……."

"아니, 그렇게 조심스럽게 말씀하시지 않으셔도 됩니다. 제가 딱히 루쉰의 험담을 쓰려는 것도 아니고, 방금 말씀드린 대로 동양 민족의 친화를 위해 이 얘기를 새해 특집 기사로 쓰려는 거니까요. 특히 이것은 우리 동북 지방과 관계가 있는 일이니, 말하자면 뭐, 지방문화에 자극을 줄 수 있는 일이기도 합니다. 그러니까 당신도 우리 동북 지방 문화를 위해, 생각나는 대로 당시의 추억담을 들려주세요. 당신께 폐가 될 일은 절대 없을 테니까요."

"아뇨, 그렇게 조심스럽게 말하는 것도 아닙니다." 그날은 어쩐지 마음이 무거웠다. "어차피 이미 사십 년이나 지난 옛날 일이니, 대충 얼버무리려 하는 건 절대 아닙니다. 저처럼 평범한 사람의 변변찮은 기억 같은 게 과연 도움이 될지……."

"아뇨, 지금은 그렇게 쓸데없는 겸손을 떠는 시대가 아닙니다. 그러면 제가 질문을 좀 드릴 테니, 기억에 남아 있는 것만이라도 말씀해주세요."

그 후 기자는 한 시간 정도, 당시의 일에 대한 이런저런 질문을 하고는 나의 두서없는 답변에 몹시 실망한 기색을 보이며 돌아갔다. 그래도 올해 설날, 그 지방 신문에는 '중일 친화의 선구'라는 제목으로 내 회고담 형식의 기사가 대엿새 동안 연재되었다. 과연 기자답게,

그렇게나 요령 없었던 나의 답변을 잘 취사선택하여 꽤 재미있는 기사로 정리해주어서, 그 실력에 감탄했다. 하지만 거기에 나와 있는 저우 씨, 은사이신 후지노 선생님, 그리고 나 모두가 다른 사람처럼 느껴졌다. 나에 대해서는 어떻게 쓰든 상관없지만, 은사이신 후지노 선생님과 저우 씨가 내 가슴속 이미지와 전혀 다르게 그려진 것을 읽고는 너무나 고통스러웠다. 이것은 모두 내 답변이 졸렬했기 때문이겠지만, 그래도 그렇게 거리낌 없이 연이어 질문을 해대면, 질문을 받는 사람 입장에서는 횡설수설할 수밖에 없다. 나처럼 어리석은 사람은 순식간에 적절한 말을 떠올릴 수가 없으니, 허둥거리면서 문득 내뱉은 무의미한 형용사 하나가 상대 귀에는 묘하게 강하게 들려서 자신의 진의가 곡해되어 버리는 경우도 적지 않을 것이다. 정말이지 나는 이런 일문일답을 잘 못 하겠다. 그래서 나는 얼마 전 기자의 방문이 심히 곤혹스러웠고, 스스로의 횡설수설한 답변에 화가 나서 기자가 돌아가고 나서도 이삼일을 우울하게 보냈다. 이윽고 설날이 되어 신문에 연재된 회고담이라는 것을 읽고, 지금은 그저 후지노 선생님과 저우 씨에게 미안한 마음이 들 뿐이다. 나도 이미 예순의 고개를 넘어 이제 슬슬 이 세상을 떠나도 좋을 나이가 되었으니, 이럴 때 내 가슴속에 남아 있는 이미지를 정확히 써서 남겨두는 것도 무의미한 일은 아닐 것이다. 그렇다고는 해도 나는, 그 신문에 연재된 '친화의 선구'라는 기사에 트집을 잡을 생각은 없다. 그렇게 사회적이고 정치적인 의도가 있는 기사는 그런 식으로 쓸 수밖에 없다. 내 가슴속 이미지와 다른 것도 어쩔 수 없는 일이다. 말하자면 이 글은, 다 늙은 시골 의사가 옛 은사님과 옛 친구를 그리워하는 마음만으로 쓰는 글이니, 사회적 정치적 의도보다는 그 사람들의 모습을 그저 정성스럽게 적어두자는 마음이 더 클 수밖에 없다. 하지만 나는 이 또한 이 나름대로 괜찮다고 생각한다. 대선大善을 칭하기보다는 소선小善을 쌓으라는 말이 있다. 은사와 옛 친구의 모습을 바로잡는다는 것은, 별것 아닌 일 같으면서도 인류의 대도大道와 통하는 일인지도 모른다. 어쨌든 나이 든 지금의 내가 할 수 있는 최대한의 일이라고 할 수 있을 것이다. 요즘은 이곳 동북 지방에도 종종 공습경보가 울려서 놀라곤 한다. 그래도 매일같이 날씨가 맑고, 남향인 내 서재는 화로 없이도 봄처럼 따뜻하다. 이 글도 적의 공습에 위축되는 법 없이, 순조롭게 쓸 수 있을 것 같다는 즐거운 예감이 든다.

하지만 내 가슴속 이미지라고는 해도 정말 완벽하게 정확한 것인지 어떤지는, 아무래도 장담할 수가 없다. 나로서는 사실을 있는 그대로 이야기한다는 생각으로 써도, 평범하고 어리석은 사람이 지닌 기억이란 소경 여럿이 코끼리를 만지는 그림과도 비슷해서, 미처 보지 못하고 빠뜨린 결정적인 부분이 있을지도 모른다. 게다가 이것은 이미 사십 년이나 지난 일이니만큼 평범하고 어리석은 사람이 지닌 기억은 더욱 애매할 수밖에 없어서, 은사와 옛 친구의 초상을 바로잡겠다며 의욕적으로 붓을 들기는 했지만 내심 무척 불안한 마음이 없지도 않다. 그냥, 너무 큰 욕심 부리지 않고, 적어도 일면의 진실만이라도 남길 수 있다면 만족하겠다는 마음으로 써야겠다. 정말이지 나이가 들면 푸념인지 변명인지, 하는 말이 묘하게 장황해져서 큰일이다. 어차피 나는 명문名文도 쓸 수 없고 미문美文도 쓸 수 없으니 장황한 변명은 이제 그만 늘어놓고, '말은 그 뜻이 상대에게 전달되기만 하면 족하다[2]는 말 하나에만 유념하

2_ 辭達而已矣. 『논어』에 나오는 말.

며, 다른 곳에 한눈팔지 않고 써나가면 될 것이다. '네가 모르는 부분은, 남들이 그냥 버려두지는 않을 것이니 걱정하지 않아도 된다.'[3]

내가 동북 지방의 후미진 곳에 있는 작은 읍내의 중학교를 졸업한 뒤 동북 지방에서 가장 큰 도시라는 센다이시에 와서 센다이의학전문학교의 학생이 된 것은 메이지 37년[1904년] 초가을이었다. 그해 2월에는 러시아에 대한 선전 포고가 있었다. 내가 센다이에 왔을 무렵에는 랴오양遼陽이 쉽게 함락되었고, 곧바로 뤼순旅順에 대한 총공격이 개시되었다. 성격 급한 사람들은 뤼순 함락이 코앞으로 다가왔다고 외쳐댔고 축하 모임을 열자는 얘기까지 나오는 상황이었다. 특히 센다이의 제2사단 제4연대는 구로키 제1군에 속하는 쓰쓰지가오카 부대라는 곳으로, 첫 싸움이었던 압록강 전투에서 승리하고 이어 랴오양 전투에 참가하여 큰 공을 세웠다. 센다이의 신문에는 '침착하고 용맹한 동북 병사'라는 제목의 특별 기사가 연이어 실렸고, 모리토쿠라는 작은 극장에서도 '랴오양 함락 만만세'라는 급조된 교겐[4]이 상연되는 등 온 도시가 시끌벅적했다. 우리도 의학전문학교의 새 교복에 교모 차림으로, 세계의 여명을 기대하는 벅찬 마음을 안고서 학교 바로 옆을 흘러가는 히로세강 건너에 있는, 다테 가문[5] 3대를 모신 즈이호덴瑞鳳殿을 참배하며 전쟁에서 이기게 해달라고 기도하곤 했다. 거의 모든 상급생들의 꿈은 군의관이 되어 당장 전쟁터로 떠나는 것이었다. 당시 사람들의 마음은 참 단순했다고나 할까? 정말 생기발랄했다. 학생들은 하숙집에서 밤새도록 새로운

3_ 爾所不知 人其舍諸. 『논어』에 나오는 말.
4_ 일본의 전통 예능 중 하나로 풍자와 해학을 담은 것이 그 특징이다.
5_ 다테伊達 씨는 가마쿠라시대에서 에도시대까지 동북 지방남부를 본거지로 했던 다이묘 가문으로, 17대의 다테 마사무네가 센다이번藩의 초대 번주였다.

무기 발명에 대한 토론을 했는데, 그 토론은 지금 생각하면 웃음이 터져 나올 정도로 어처구니없는 것이었다. 예를 들면 에도시대의 매 조련사에게 매를 훈련시키게 해서 매의 등에 폭탄을 매달아 적의 화약고 지붕으로 날려 보내자는 둥, 포탄에 고춧가루를 채워 넣고 그것을 적진 바로 위에서 터뜨려 적군들이 눈을 못 뜨게 만들자는 둥, 정말 문명개화기 의 학생에 어울리지 않는 원시적이고 특이한 무기 발명 얘기에 열중했다. 이 고춧가루 폭탄 얘기는 의학전문학교 학생 두세 명이 공동명의로 육군 본부에 보냈다는 얘기도 들었다. 또한 그들보다 더 혈기 왕성한 학생은 그런 토론만으로는 성에 차지 않았는지 깊은 밤중에 하숙집 지붕으로 기어 올라가 나팔을 불었다. 이 군대 나팔이 센다이의 학생들 사이에서 크게 유행하자 시끄러우니 그만 불라는 사람들도 있었지만, 일각에서는 마음껏 하라는 둥, 나팔 부는 모임을 조직하라는 둥 하며 그들을 부추기기도 했다. 어쨌든 전쟁이 시작된 지 여섯 달밖에 지나지 않은 시점이었지만 국민들의 기세는 이미 적을 압도하여 어딘가 명랑하 고 우스꽝스러운 분위기까지 감돌고 있었기에, 당시 저우 씨가 웃으면서 일본의 애국심은 지나치게 천진난만하다고 말한 적도 있다. 정말 그런 말을 들어도 어쩔 수 없을 정도로, 당시에는 학생들뿐 아니라 센다이 시민 모두 다른 사심 없이 어린 애들처럼 소란을 피우고 다녔다.

그때까지 시골의 작은 읍내밖에 몰랐던 나는 태어나서 처음으로 대도시다운 대도시를 보고서 그것만으로도 들떠 있었는데, 이 도시 전체에 넘쳐흐르는 이상한 활기 때문에 공부에는 손도 안 대고, 매일 들뜬 맘으로 센다이 거리를 돌아다녔다. 센다이를 대도시라고 하면 도쿄 사람들이 비웃을지도 모르지만, 그 무렵의 센다이 인구는 이미 10만에 가까웠고, 전등도 십 년 전 청일전쟁 무렵부터 들어와 있었다.

마쓰시마 극장, 모리토쿠 극장에는 밝은 조명 아래 유명 배우들이 출연하는 가부키 상설 공연이 있었다. 그 공연에는 5전이나 8전의, 말하자면 대중적이고 저렴하여 손쉽게 볼 수 있는 입석이 있었고, 가난한 서생인 우리들은 대체로 이 입석 단골손님이었다. 하지만 그곳들은 소극장이었고, 센다이 극장이라는 대극장도 있었는데 그곳은 천 사오백 명의 관객을 충분히 수용할 수 있을 정도로 큰 곳이었다. 설날이나 추석 때면 거기에서 초일류 인기배우들만 출연하는 대규모 연극이 상연되었는데 입장료가 상당히 비쌌고, 그때 말고도 창극이나 마술, 활동사진 같은 흥행물은 끊임없이 상연되었다. 그곳 외에도 히가시 일번가에 위치한 가이키관이라는 아담하고 깔끔한 만담 극장에서는 언제나 기다유[6]나 만담 등의 공연을 해서, 도쿄의 거의 모든 유명 예능인들이 거기에서 한 번쯤은 공연을 했다. 우리는 그 극장에서 다케모토 로쇼의 기다유도 실컷 보았다. 그 무렵에도 바쇼 네거리가 센다이의 중심이었는데, 상당히 세련된 서양식 건물들이 들어서 있었지만 번화가로서는 히가시 일번가를 따라가지 못했다. 히가시 일번가는 밤이면 유난히 더 시끌벅적했다. 공연은 밤 11시경까지 있었고 마쓰시마 극장 앞에는 언제나 깃발들이 힘차게 펄럭였다. <요쓰야 괴담>이나 <접시 저택>[7] 같은 공연을 광고하기 위해 조개 안료로 그린 그림 간판들이 대여섯 개 걸려 있었는데, 그것들은 지나가는 사람의 발길을 멈추게 할 만큼 자극적이었다. 벤야인가 뭔가 하는 마을의 인기남이 출입구에서 손님을 부르는

••
6_ 일본의 전통 예능인 조루리의 한 유파로 샤미센 반주에 맞추어 이야기를 엮어나가는 것.
7_ 요쓰야 괴담: 남편의 모략으로 인해 죽게 된 부인의 원혼이 남편을 파멸시킨다는 내용의 가부키 극. / 접시 저택: 귀한 접시를 깨뜨려서 죽임을 당한 하녀의 원혼이 나타나 접시를 센다는 내용으로 가부키나 조루리로 상연되었다.

소리도, 우리에게는 그리운 추억거리 중 하나이다. 이 일대에는 술집, 메밀국수 집, 튀김집, 토종닭 요릿집, 장어구이 집, 단팥죽, 군고구마, 초밥, 멧돼지고기, 사슴고기, 소고기 전골, 우유 가게, 커피점 등이 있었다. 도쿄에는 있지만 센다이에는 없는 것은 노면 전차밖에 없었을 정도로 큰 상가도 있는가 하면 빵집도 있었고, 양과자점, 양품점, 악기점, 서점, 세탁소, 통조림 가게, 외제 담뱃가게, 브라더 식당이라는 양식 레스토랑도 있었으며, 축음기를 틀어주는 가게, 사진관, 당구장, 꽃가게 노점도 있어서, 처마에 밝은 장식 전등을 달고 불야성을 이루고 있었다. 어린아이들이 오면 바로 길을 잃을 정도로 혼잡했기에, 그때까지 도쿄의 오가와마치나 아사쿠사를 본 적이 없는 촌놈이었던 나는 깜짝 놀랄 따름이었다. 원래 이곳 번^藩의 시조였던 마사무네 공^公이라는 사람이 좀 세련된 사람이어서, 게이초 18년^{1613년}에 하세쿠라 로쿠에몬 특사[8]를 로마에 파견하여 다른 번의 보수파들을 깜짝 놀라게 했다고 한다. 그 여파가 메이지유신 후에도 계속 이어졌는지 크리스트교의 교회가 센다이 시내 곳곳에 있어서 센다이의 기풍을 논하기 위해서는 크리스트교를 고려하지 않으면 안 된다는 생각이 들 정도였다. 크리스트교의 성향이 강한 학교도 많아 메이지의 문인인 이와노 호메이[9]라는 사람도 젊었을 때 이곳 동북학원에서 공부하며 성서 교육을 받았다는 것 같고, 시마자키 도손[10]도 메이지 29년^{1896년} 이곳 동북학원의 작문과 영어 선생님을

8_ 하세쿠라 쓰네나가^{支倉 常長}(1571~1622). 다테 씨의 가신^{家臣}으로 게이초 견구^{遣歐} 사절단을 이끌었다.
9_ 岩野泡鳴(1873~1920). 시인이자 소설가로 자연주의 문학자로서 활약했다. '일원묘사론'과 '신비적 반수주의'를 제창한 것으로 유명.
10_ 島崎藤村(1872~1943). 시인이자 소설가로 자연주의 문학자로서 활약했다. 대표작으로 『파계』, 『봄』, 『동트기 전』 등이 있다.

맡게 되어 도쿄에서 부임해왔다는 얘기를 들은 적도 있다. 도손이 센다이에 살았을 때 쓴 시는, 어울리지는 않지만 나도 학창 시절에 즐겨 읽곤했는데, 그의 시풍에도 역시 크리스트교의 영향이 어느 정도 느껴졌던 것으로 기억한다. 이처럼 당시의 센다이는 지리적으로는 일본의 중심에서 멀리 떨어진 듯 보여도, 이른바 문명개화라는 면에 있어서는 일찌감치부터 중앙부의 발달을 민감하게 받아들이고 있었다. 그래서 나는 센다이 시가지의 번화한 모습에 기겁했고 거리 곳곳에 학교, 병원, 교회 등의 근대적 시설들이 빽빽이 들어찬 모습에 깜짝 놀랐다. 그리고 또 하나 얘기하자면, 센다이에는 에도시대에 재판소가 있었고 유신 후 고등재판소, 후의 공소원控訴院이 있었다. 그처럼 재판의 도시로 전통이 있는 곳이라 그런지 변호사 간판을 내건 집들이 너무 많아서 눈이 휘둥그레질 정도였다. 그러니 매일 촌뜨기처럼 어슬렁어슬렁 돌아다닐 만도 했다고, 당시의 내게 위로를 건네고 싶다.

나는 그처럼 시내의 문명개화에 흥분하는 한편, 센다이 주변 명소와 유적을 찾아다니며 감탄했다. 전쟁에서 승리하게 해달라고 기도드리러 즈이호덴에 참배하러 갔다가 간 김에 무카이야마산에 올라갔는데, 센다이 시가지를 한눈에 내려다보고는 이유를 알 수 없는 한숨이 나왔고, 오른쪽에 드넓게 펼쳐진 태평양을 바라보면서는 큰소리로 무언가를 외치고 싶었다. 젊은 시절에는 보고 듣는 모든 것들이 자신에게 중대한 일처럼 느껴져서 설레기 마련인데, 그 유명한 아오바성 유적을 찾아가서는 지금도 옛날 그대로의 모습으로 남아 있는 성문을 하염없이 들락거리며, '나도 마사무네 공의 시대에 태어났다면 어땠을까?' 하고 부질없는 공상에 빠지곤 했다. 또한 <센다이하기先代萩>의 마사오카[1]의 무덤으로 알려진 미사와 하쓰코의 무덤과 하세쿠라 로쿠에몬의 무덤, 돈도 없지만 죽고 싶지도 않다는 말로 유명한 하야시 시헤이[12]의 무덤 등에도 찾아가 무언가 사연이라도 있는 사람처럼 절을 했다. 그 밖에도 쓰쓰지가오카, 사쿠라가오카, 미타키 온천, 미야기노하라, 다가성 유적 등 점점 더 먼 곳까지 찾아가게 됐고, 한번은 이틀간의 연휴를 이용하여 일본 삼대 풍경 중의 하나인 마쓰시마[13]에도 놀러 가게 되었다.

점심나절 지나 센다이를 출발하여 어슬렁어슬렁 40리 정도 걸어 시오가마에 도착했을 때는 해가 저물어가고 있었다. 차가운 가을바람이 몸에 스며들어 묘하게 마음이 불안해졌기에, 마쓰시마는 다음 날 구경하기로 하고 그날은 시오가마 신사에만 잠시 들른 뒤 시오가마의 낡은 싸구려 여관에 묵었다. 다음 날 아침 일찍 일어나 마쓰시마 유람선을 탔는데 함께 탄 승객은 대여섯 명 정도였고, 그중 한 명은 내가 다니던 센다이의학전문학교의 교복을 입은 학생이었다. 코밑에 짧은 콧수염을 기르고 있었고 나보다는 약간 더 나이가 많아 보였지만, 녹색 선이 둘린 교모도 아직 새것이고 모자에 달린 휘장도 눈부실 정도로 반짝반짝 빛나는 것을 보면 이번 가을에 들어온 신입생임이 분명했다. 어쩐지 교실에서 한두 번 정도 본 적이 있는 얼굴 같다는 느낌도 들었다. 그해 신입생은 일본 전국에서 모여든 150명, 아니, 더 많은 수였던 것 같다. 그들은 도쿄파, 오사카파 등등 지역 출신 신입생들끼리 제각기 그룹을

11_ <센다이하기>는 다테 가문의 집안 소동을 소재로 한 이야기 제목으로 조루리나 가부키로 공연된다. 등장인물 중 '마사오카'는 자신의 아이를 희생시키면서까지 어린 주군을 지키려 한 유모이다.

12_ 林子平(1738~1793). 에도 후기의 경세론자經世論者. 러시아의 남하책을 알고 이를 경계하기 위해 해안에 병력을 배치할 것을 주장했다. 그러나 막부는 그것이 세상을 혼란스럽게 하는 행위라 하여 그에게 벌을 내렸다.

13_ 미야기현 마쓰시마만 부근에 있는 크고 작은 약 260여 개 섬으로 이루어진 곳으로, 일본의 3대 절경 중 하나로 꼽힌다.

형성하여 학교에서도 그렇고 센다이 거리에서도 함께 즐거운 듯 소란을 피우며 다녔지만, 내가 다녔던 시골의 중학교에서 우리 학교로 온 사람은 나 한 명이었다. 게다가 나는 원래 말수가 적은데다, 사투리가 심했기 때문에 신입생들 사이에 섞여 농담을 주고받을 용기도 없었다. 나는 오히려 꽁한 마음에 고독함을 뽐내며 다녔고 하숙집도 학교에서 멀리 떨어져 있는 현청 뒤로 잡아 동급생 중 누구와도 친하게 지내지 않았음은 물론, 하숙집 주인 가족들과도 다 터놓고 이야기를 나눠본 적이 없었다. 물론 센다이 사람들도 상당히 억센 동북 지방 사투리를 썼지만 우리 고향 말은 그런 수준이 아니었다. 또한 나도 억지로 도쿄 말을 쓰려고 마음만 먹으면 쓸 수야 있었지만, 애초에 시골 출신이라는 사실이 알려져 있는데 꼴사납게 표준어를 쓰기도 민망했다. 이것은 시골 사람만이 알 수 있는 심리일 것이다. 시골말을 적나라하게 써도 비웃음을 사고, 애써 표준어를 써도 더 큰 비웃음을 살 것 같아서, 결국 무뚝뚝하고 과묵한 외톨이가 될 수밖에 없다. 내가 그 시절 다른 신입생들과 안 친했던 이유 중에는 이처럼 말투와 관련된 것도 있었지만, 한 가지 이유가 더 있었다. 까마귀도 그냥 한 마리만 앉아 있으면 그 모습도 그리 나쁘지 않고, 칠흑 같은 날개도 빛나고 멋져 보이기도 하지만, 수십 마리가 모여 떠들어대고 있으면 쓰레기처럼 시시해 보이는 것과 마찬가지로, 의학전문학교 학생도 무리를 지어 큰 소리로 웃고 떠들어대며 다니면 학교 모자가 지닌 권위도 모두 없어지고, 참으로 어리석고 불결해 보인다. 내게도 의학전문학교의 학생이라는 자부심이 있었기에, 좋은 학교 학생으로서의 자부심을 지키고 싶다는 마음에서 그들을 피한 것도 있다. 여기까지만 말하면 모양새가 그리 나쁘지는 않을 테지만 한 가지 더 고백하자면, 나는 입학 당시 걷잡을 수 없는 흥분에 휩싸여 센다이의 거리를 돌아다니느라 바빴기에, 종종 학교 수업도 무단으로 빠졌다. 그랬으니 다른 신입생들과 소원해지는 것도 당연했다. 마쓰시마 유람선에서 한 신입생과 마주쳤을 때도, 나는 가슴이 철렁하고 어쩐지 몹시 거북했다. 나는 승객 중 유일하고 고결한 학생으로서 자신을 한껏 뽐내며 마쓰시마를 구경하고 싶었는데, 나와 같은 제복과 제모 차림의 학생이 한 명 더 있어 그럴 수가 없었기 때문이다. 게다가 그 학생은 도회지 출신 사람인 듯 말쑥해서, 어떻게 보아도 나보다는 더 수재로 보였으니 기가 죽을 수밖에 없었다. 틀림없이 매일 성실하게 학교에 가서 공부하는 학생일 것이다. 맑고 큰 눈으로 나를 언뜻 쳐다보기에, 나는 비굴하게 억지웃음을 지으며 고개를 살짝 숙였다. 정말이지, 이래 서는 곤란하다. 까마귀 두 마리가 배 한쪽에 앉아 있는데, 한 마리는 삐쩍 마르고 날개에 윤기도 없으니 전혀 돋보이지 않는다. 나는 참담한 심정으로 수재처럼 보이는 그 학생에게서 멀리 떨어진 구석으로 가서 웅크려 앉았고, 되도록 그 학생을 보지 않으려 애썼다. 틀림없이 도쿄 출신일 것이다. 내게 빠른 도쿄 말로 말을 걸면 큰일이다. 나는 고개를 반대로 돌리고 마쓰시마의 풍경만을 즐기는 척했지만, 계속 그 수재로 보이는 학생이 신경 쓰여서, 바쇼[14]가 '수많은 섬들 중 우뚝 솟은 것은 하늘을 찌르고, 엎드린 것은 물결에 배를 대고 있다. 어떤 것은 이중으로 겹쳐져 있고 삼중으로 포개져 있으며 왼쪽은 갈라져 있고 오른쪽은 붙어 있다. 등에 업은 것도 있고 안은 것도 있는데, 이는 손자를 사랑하는 모습과 비슷하다. 소나무는 푸르디푸르고, 잎가지가 바닷바람에 휘어져

14_ 마쓰오 바쇼松尾芭蕉(1644~1694). 일본 사상 최고의 시인으로 평가받는 사람으로, '쇼풍'이라 하여 그가 확립한 시풍은 후대에도 큰 영향을 미쳤다. 다수의 하이쿠와 함께 동북 지방과 호쿠리쿠 지역을 여행하고 쓴 기행문 『오쿠노호소미치』로 유명하다.

제멋대로 구불거리는 듯하다. 그 풍경은 그윽한 맛이 있어 미인의 얼굴을 닮았다. 신들이 노닐던 그 옛날 오야마쓰미[15]의 재주인가? 하늘의 재주를 그 누가 붓으로 쓴 시로 다 표현할 수 있으랴!'라고 말했던 절경도, 좀처럼 가라앉지 않는 마음으로 바라보았다. 배가 오시마섬의 해변에 닿자마자 가장 먼저 모래사장으로 뛰어내려 도망치듯 서둘러 산 쪽으로 가 겨우 일행에게서 빠져나오자, 그제야 마음이 놓였다. 간세이시대 1781~1801에 『동서유기東西遊記』를 간행한 유명한 의사 다치바나 난케이의 마쓰시마 답사기에는 '마쓰시마로 놀러 갈 사람은 반드시 배를 타고 가야 하며 도미야마산에도 꼭 올라가 봐야 한다.'라는 말이 있다. 그 글을 보고, 당시에는 마쓰시마로 가는 기차가 있었음에도 불구하고 구태여 시오가마까지 걸어가서 거기서 유람선을 탄 것이었는데, 나와 똑같은 새 제복과 제모 차림의, 심지어는 나보다 훨씬 우등생으로 보이는 학생이 같은 배에 탔으니, 조금 흥이 가실 수밖에 없었다. 동정호洞庭湖와 서호西湖에 못지않은 부상扶桑[16] 제일의 풍경도, 그냥 평범한 바다와 섬, 소나무로밖에 보이지 않아서 너무나 아쉬웠다. 어쨌든 그 아쉬움을 털어버리기 위해 도미야마산에 올라가서 혼자 여유롭게 마쓰시마의 전경을 내려다보려고 산 쪽으로 발길을 서둘렀다. 하지만 도미야마산이라는 것이 어디인지, 전혀 종잡을 수가 없었다. '어디든 상관없다, 어디든 높은 곳으로 올라가서 마쓰시마만 전체를 내려다볼 수만 있으면 상관없다, 그거면 충분하다.' 하고 생각했다. 그처럼 풍경을 즐기려던 마음도 싹 가신 상태였다. 무식한 남자의 오기로 가을 풀들을 헤쳐 가며, 좁다란

15_ 일본 신화에 나오는 신으로, 바다와 산을 관장하는 신.
16_ 동정호와 서호: 아름답기로 유명한 중국의 호수. / 부상: 중국의 전설에서 해가 뜨는 동쪽 바닷속에 있다고 하는 상상의 나무가 있는 곳.

산길을 뛰다시피 해서 올라갔다. 지치면 멈춰 뒤돌아서서 마쓰시마 만을 내려다보며, '아직 부족하다, 다치바나 씨가 고작 이 정도의 풍경을 보고서 "808개의 섬이 이어진 풍경이 서호西湖의 그림과 매우 흡사하여 시선을 저 먼 곳에 두고 보면 동양뿐만 아니라 천하제일의 절경"이라고 칭찬했을 리가 없다, 다치바나 씨는 틀림없이 더 높은 곳에서 내려다봤을 것이다, 올라가자.' 하고 마음을 다잡고 더 깊은 산속으로 들어갔다. 그러던 중 어디에서 길을 잘못 들었는지, 경치 구경은커녕 울창한 숲 속에서 길을 헤매게 되었다. 서둘러 죽자 살자 숲속을 빠져나와 보니, 산 뒤편으로 빠져나왔는지 내려다보이는 것이라고는 온통 논밭뿐이었다. 동북선 기차가 달려가는 것이 보였다. 나는 필요 이상으로 높은 곳까지 올라온 것이었다. 배가 고파져서 짜증스러운 마음으로 잔디 위에 앉아 여관에서 만들어준 주먹밥을 먹고는, 곧바로 녹초가 되어 누워서 꾸벅꾸벅 졸았다.

희미한 노랫소리가 들려왔다. 귀를 기울여보니 그 무렵 소학교에서 부르는 동요, <구름의 노래>였다.

눈 깜짝할 사이에 산을 뒤덮고
잠깐 보는 사이에도 바다를 건너네.
구름이란 신기한 것이로구나.
구름아, 구름아.
보고 있는 사이에 비도 되고 안개도 되는구나!
이상하고도 신기한
구름아, 구름아.

나는 홀로 웃음을 터뜨렸다. 박자가 안 맞는다고 해야 하나, 뭐랄까, 정말 엉터리였다. 그 노래를 부르는 사람은 아이가 아니었다. 묘하게 탁하고 굵은, 틀림없는 어른의 노랫소리였다. 나도 소학교 시절부터 동요를 잘 못 불렀다. 자신 있는 노래는 <기미가요>[17] 한 곡 정도였는데, 아무리 그래도 저 노래를 부른 사람보다는 조금 더 잘 부를 수 있지 않을까 싶었다. 가만히 듣고 있자니 그 목소리의 주인공은 <구름의 노래>를 하염없이, 몇 번이고 되풀이해서 부르고 있었다. 어쩌면 저 사람은 예전부터 노래를 너무 못 불러서 생각다 못해 이렇게 마을에서 떨어진 깊은 산속에서 남몰래 연습하는 것인지도 모른다는 생각이 들었다. 노래를 잘 못 부르기는 나도 마찬가지여서 그 사람이 어쩐지 친근하게 느껴지자, 그를 한번 보고 싶다는 욕망이 끓어오르기 시작했다. 나는 일어서서 그 엉터리 노랫소리의 근원지를 찾아 헤맸다. 때로는 정말 가까이에서 들리는가 싶다가도 때로는 갑자기 멀어지기도 했지만, 그 동요 연습은 끊임없이 이어졌다. 그러다가 불현듯, 그 목소리의 주인공과 머리를 맞부딪힐 정도로 가까운 곳에 이르렀다. 나도 당황스러웠지만 상대는 나보다 더 어쩔 줄을 몰라 했다. 조금 전에 만난 수재로 보이는 학생이었다. 뽀얀 얼굴을 새빨갛게 붉히며 아하하 하고 웃고는,

"좀 전엔, 실례했습니다." 하고 멋쩍은 듯 인사했다.

말에 특유의 억양이 있었다. 나는 순식간에 그가 도쿄 사람이 아니라는 판단을 내렸다. 나는 항상 내 시골 사투리 때문에 고민이 많아서 그만큼 다른 사람의 사투리에도 민감했다. 어쩌면 내 고향 부근에서 온 학생일지도 모른다는 생각에, 그 노래의 천재에게 친근함을 느끼며

17_ 일본의 국가.

말했다.

"아닙니다, 제가 더 실례가 많았습니다." 하고 일부러 사투리의 억양을 강하게 넣어 말했다.

그곳은 뒤편에 솔숲이 있는 약간 높은 언덕이었고, 그곳에서 내려다보는 마쓰시마만의 경치도 나쁘지는 않았다.

"뭐, 이런 수준인가?" 나는 그 학생과 나란히 서서 눈앞에 펼쳐져 있는 일본 제일의 풍경을 바라보며 말했다. "저는 아무래도 풍경에 임포텐츠한지^{무던지}, 마쓰시마의 어디가 좋다는 건지 전혀 알 수가 없어서 아까부터 이 산을 어슬렁어슬렁 돌아다니고 있었습니다."

"저도 모릅니다." 그 학생은 너무나 어설픈 도쿄말로 말했다. "그래도 대충은 알 것 같기도 합니다. 이 조용함, 아니, 고요함."하고 머뭇거리더니, "Silentium^{침묵}."이라고 독일어로 말했다. "너무 조용한 나머지 불안해서 동요를 목청껏 불러봤지만, 별 소용이 없었습니다."

'아뇨, 그 노래라면 마쓰시마도 흔들렸겠지요.' 하고 말해줄까도 싶었지만 그냥 참았다.

"지나치게 조용합니다. 무언가, 한 가지가 더 필요해요." 그 학생은 진지하게 말했다. "봄에는 어떨까요? 바닷가 저쪽에 벚나무라도 있어서 꽃잎이 파도 위로 떨어진다든가, 비가 온다든가 하면."

"음, 무슨 말씀이신지 잘 압니다." 꽤 재미있는 사람이구나, 하고 속으로 감탄하며 말했다. "아무래도 이 풍경은 너무 노인을 위한 풍경 같네요. 딱히 특별한 멋이랄 게 없어요." 나도 모르게 신이 나서 쓸데없는 얘기를 했다.

그 학생은 뺨에 애매한 미소를 띠며 담뱃불을 붙였다.

"아뇨, 이게 일본의 멋 아닌가요? 무언가, 하나가 더 있었으면 싶고,

침묵. Sittsamkeit^{정숙}. 정말 좋은 예술이란 이런 느낌이 드는 것인지도 모르지요. 하지만 저는, 아직 잘 모릅니다. 저는 그저, 이렇게 조용한 경치를 일본 삼대 절경 중 하나로 꼽은 옛 일본인이 있다는 사실이 놀라울 뿐입니다. 이 풍경 속에는 인간의 냄새가 조금도 없어요. 저의 고향사람들이라면, 이런 쓸쓸함을 절대 견딜 수 없을 텐데 말이지요."

"고향이 어디신데요?" 나는 별다른 뜻 없이 물었다.

상대는 묘한 웃음을 짓더니 내 얼굴을 가만히 쳐다보았다. 나는 약간 당황스러워하면서 다시 물었다.

"동북 지방 아니십니까? 그렇죠?"

상대는 갑자기 불쾌하다는 듯한 표정을 짓더니 말했다.

"저는 중국에서 왔습니다. 모를 리가 없을 텐데."

"아."

순식간에 모든 것을 이해할 수 있었다. 올해 센다이 의학전문학교에 청나라 유학생 한 명이 우리와 함께 입학했다는 얘기는 들었는데, 그렇다면 이 사람이 그 사람인 것이다. 동요를 잘 못 부를 만도 하다. 말씨가 묘하게 답답하고 연설조인 것도 무리가 아니다. 그렇구나. 그렇구나.

"죄송합니다. 아니, 정말 몰랐습니다. 저는 동북 지방의 시골에서 온지라, 친구도 없고 학교가 재미없어서 신학기 수업에도 종종 빠졌기 때문에, 학교가 어떻게 돌아가는지에 대해서는 아직 아무것도 모릅니다. 저는, 아인잠^{einsam / 고독한} 까마귀입니다." 내가 생각해도 깜짝 놀랄 정도로, 생각을 거침없이, 가볍게 말할 수 있었다.

나중에 든 생각이지만, 도쿄나 오사카 같은 곳에서 온 학생들을 그렇게 두려워하고 하숙집 가족들과도 허물없이 지내지 못하는 등, 인간을 싫어하는 사람이라고 할 정도는 아닐지언정 낯을 많이 가린다는 점에 있어서는 누구에게도 뒤지지 않는 내가, 도쿄나 오사카도 아니고 바다 건너 먼 이국에서 온 유학생과 아무런 거리낌 없이 친하게 지낼 수 있었던 것은 물론 저우 씨의 통 큰 인격 덕분이겠지만, 다른 한편으로는 저우 씨와 이야기를 나눌 때만큼은 자신이 촌놈이라는 우울감에서 완전히 해방될 수 있다는, 실로 수준 낮은 이유도 있었던 것 같다. 실제로 나는 저우 씨와 이야기를 나눌 때만큼은 내가 사투리를 쓴다는 사실이 전혀 신경 쓰이지 않았고, 내가 생각해도 이상할 정도로 가벼운 맘으로 말장난이나 농담을 던질 수 있었다. 내가 속으로 우쭐해져서 잘 돌아가지도 않는 혀로 도쿄의 장사치 말투를 써도, 상대가 일본인이었다면 촌뜨기 주제에 이상한 말투를 쓴다며 어이없어하거나 박장대소를 했겠지만, 이 이국에서 온 친구는 그것을 알아채지 못하는지 한 번도 내 말투를 비웃은 적이 없다. 심지어는 내가 저우 씨에게, "제 말투 좀 이상하지 않아요?" 하고 물어본 적도 있는데, 저우 씨는 눈이 휘둥그레져서 "아뇨, 당신이 하는 말은 억양이 강해서, 굉장히 알아듣기 쉽습니다."라고 대답했을 정도다. 내가 지금까지 한 말을 요약하자면, 딱히 이렇다 할 것도 없다. 그저 도쿄 말씨를 쓰는 것이 나보다 더 힘들 사람을 발견하고 기분이 무척 좋아졌다는 것, 그리고 그것이 나와 저우 씨 사이에 친분이 생기는 계기가 되었다고 해도 좋을지 모른다는 얘기다. 이렇게 얘기하면 좀 이상하게 들릴지 몰라도, 나는 청나라에서 온 이 유학생보다 확실히 일본어를 잘한다는 자신감이 있었다. 그래서 나는 마쓰시마의 언덕 위에서도, 상대가 중국 유학생이라는 것을 알고부터는 큰 용기를 얻어 무척 편안한 마음으로 이야기했다. 그가 독일어를 쓰면 나도 그래야겠다는 생각으로, 아인잠 까마귀라는, 소름끼치게 시건방진 말까지 지껄였는데, 그 유학생은 그 고독(아인잠)이라는 말이 무척 마음

에 들었는지,

"아인잠" 하고 천천히 중얼거리더니 먼 데를 보며 무언가 생각에 잠기는 듯했다. 그러고는 갑자기, "하지만 전 Wandervogel철새일 겁니다. 고향이 없어요."라고 말했다.

철새. 그렇군, 말 한번 잘하네. 아무래도 독일어는 나보다 훨씬 잘하는 것 같았다. 나는 순식간에 작전을 바꾸어, 독일어는 안 쓰기로 했다.

"그래도 중국에 가시면 멋진 집이 있잖아요?" 하고 굉장히 속물 같은 질문을 했다.

상대는 내 질문에 답하지 않고,

"앞으로 친하게 지냅시다. 중국인 친구는 싫으신가요?" 하고 얼굴을 약간 붉히며, 웃으면서 말했다.

"좋～지요." 아아, 어째서 나는 그때, 그렇게 성의 없고 경박하기 그지없는 대답을 했을까? 나중에 생각해보니, 그때 저우 씨는 고독함과 쓸쓸함을 견디다 못해 그의 고향 근처에 있는 서호와 비슷하다고 알려진 마쓰시마 풍경을 보기 위해 홀로 조용히 찾아왔던 것 같다. 그래도 우수憂愁를 달랠 길이 없어, 어쩔 수 없는 심정으로 잘 부르지도 못하는 동요를 큰 소리로 부른 것이다. 그러던 중 불쑥 나타난 눈치 없는 일본인 의학교 학생에게, 진지한 마음으로 친하게 지내자고 한 것임이 틀림없다. 하지만 나는 평소에 내심 부러워하고 써보고 싶었던 도쿄 말을 아무런 거리낌 없이, 자유로이 써볼 수 있는 적당한 상대를 찾았다는 것이 너무도 기쁜 나머지, 그런 상대의 기분을 알지도 못하고 그냥 흥분해서는, "정말, 좋습니다."라고 건성으로 말한 뒤, "저는 중국 사람을 정말 좋아해요."라는 말까지 지껄였다. 평소에는 그런 생각을 해본 적도 없었는데 말이다.

"고맙습니다. 실례지만, 당신은 제 남동생을 많이 닮았습니다."

"영광입니다." 나는 도회지 토박이들이 사교적인 언사에나 쓰는 천박한 발림 말을 했다. "그래도 동생 분은 당신을 닮아서 머리가 좋겠네요? 그 점은 저랑 다를 것 같군요."

"글쎄요." 그는 환하게 웃으며 말했다. "당신은 부자이고, 동생은 가난하다는 점도 다릅니다."

"설마요." 한다 하는 사교가도 그 말에는 반박할 수가 없었다.

"정말입니다. 아버지가 돌아가시고 나서, 우리 가족은 뿔뿔이 흩어졌어요. 고향이 있지만, 없는 것과 같지요. 꽤 잘사는 집에서 자란 아이가 갑자기 자기 집을 잃어버렸을 때, 세상이라는 곳의 진짜 얼굴을 보게 됩니다. 저는 친척집에 살면서 거지라는 말을 들은 적도 있습니다. 하지만 저는 지지 않았어요. 아니, 졌을지도 모르겠군요. der Bettler^{거지}"라고 나직이 말하더니 담배꽁초를 버리고 구두 끝으로 불을 비벼 끄며 말했다. "중국에서는 말이죠, 거지를 '화쯔'라고 합니다. 花子라고 쓰지요. 거지 주제에 Blume^꽃을 anmassen^{주제 넘게 요구하다}하려고 하는 것은 Humor^{우스갯소리}도 못 됩니다. 그건, 어리석은 Eitelkeit^{허영심}이지요. 맞아요. 제 몸에도 허영심(아이텔카이트)의 Blut^피가 흐르고 있을지도 모릅니다. 아니, 지금 청나라의 모습이 ganz^{전적으로} 그렇습니다. 지금 세계에서 애처로운 아이텔카이트로 살고 있는 존재는, 그 Dame^{여자}뿐입니다. 그 Gans^{명청한 여자[18]}뿐입니다."

홍분할수록 독일어를 연발해서, 급조된 사교가도 그의 말에 적잖이 당황했다. 나는 도쿄말보다도, 독일어를 훨씬 더 못한다. 난처한 나머지,

18_ 서태후西太后를 지칭.

"당신은 모국어보다 독일어를 더 잘하시나 보군요." 하고 되받아쳤다. 어떻게든 그의 입에서 독일어가 나오는 것을 막아야 했다.

"그렇지 않습니다." 상대는 내가 자신을 비꼬았다는 것을 알아채지 못했는지, 진지한 표정으로 고개를 저었다. "제 일본어를 잘 못 알아들으시는 거 아닌가 싶어서요."

"아뇨, 아뇨." 나는 이때다 싶어서 말했다. "당신은 정말 일본어를 잘하시네요. 부디, 일본어만 써 주십시오. 저는 아직 독일어를 잘 못해서요."

"네, 독일어는 그만 쓰지요." 상대도 갑자기 수줍어하며 다시 흥분을 가라앉히고 말했다. "제가 쓸데없는 말만 했습니다. 그래도 독일어는 앞으로 열심히 공부해나갈 생각이에요. 일본 의학의 선구자이신 스기타 겐파쿠[19]도 우선 어학 공부부터 시작했다고 합니다. 후지노 선생님도 첫 수업 때 스기타 겐파쿠가 난학[20]을 공부하면서 고생한 얘기를 들려주셨는데, 당신은 그때, ……." 말하다 말고 내 얼굴을 빤히 보며 묘한 웃음을 지었다.

"결석했습니다."

"그렇지요? 그때, 당신은 없었던 것으로 기억합니다. 저는 사실 입학식 날부터 당신을 알고 있었습니다. 당신은 입학식 때 제모를 안 쓰고 왔지요?"

"네, 어쩐지 사각모자가 너무 부끄러워서 말입니다."

"분명 그럴 거라 생각했습니다. 그날 제모를 안 쓰고 온 신입생이 두 명 있었어요. 한 명은 당신이고, 또 한 명은 저였지요."라고 하고는

19_ 杉田玄白(1733~1817). 에도시대의 난학자蘭學者이자(주20 참고) 의사.
20_ 蘭學. 에도시대에 네덜란드를 통해서 들어온 유럽의 학문, 기술, 문화 등을 통칭하는 말.

싱긋 웃었다.

"그랬군요." 나도 웃었다. "그러면 당신도, 저처럼……."

"맞습니다. 부끄러웠어요. 이 모자는 악대가 쓰는 모자처럼 생겼으니까요. 그 뒤 저는 학교에 갈 때마다 당신을 찾았습니다. 오늘 아침에 배에서 만나서 기뻤어요. 하지만 당신은 저를 피했지요. 배에서 내렸더니 사라지고 없었습니다. 그래도 이렇게, 여기에서 만났네요."

"바람이 차졌네요. 아래로 내려갈까요?" 나는 어쩐지 겸연쩍어져서 화제를 바꾸었다.

"그럽시다." 그는 상냥한 표정으로 고개를 끄덕였다.

나는 차분한 마음으로 저우 씨의 뒤를 따라 산에서 내려갔다. 어쩐지 그가 내 가족처럼 느껴졌다. 뒤편에 있던 솔숲에서 솔바람이 불어왔다.

"아아." 저우 씨가 뒤돌아보며 말했다. "이것으로 완성되었습니다. 무언가 한 가지가 더 있었으면 좋겠다 싶었는데, 솔가지를 스치는 이 바람 소리로 마쓰시마도 완성되었습니다. 역시 마쓰시마는 일본 최고네요."

"그런 얘기를 들으니 그런 것 같기도 하지만, 저는 아직 무언가 부족하다는 기분이 드네요. 사이교[21]의 '되돌아온 소나무'라는 것이 이 근처 산에 있다는 얘기를 들었는데, 사이교가 다시 돌아와서 나무를 감상한 것은, 이 산에 있는 소나무 한 그루가 마음에 들어서 그런 게 아니라, 마쓰시마에 와서 무언가 부족하다는 느낌이 들어 우울한 마음으로 돌아가던 도중에 무언가 중요한 것을 놓친 듯한 불안을 느끼고 그 소나무에서 마쓰시마로 다시 발길을 돌린 거 아닌가 싶습니다."

21_ 西行(1118~1190). 헤이안 말기의 승려이자 하이쿠 시인.

"당신은 이 땅을 지나치게 사랑하고 있어서 그런 불만을 느끼는 겁니다. 저는 저장성浙江省의 사오싱紹興에서 태어났는데, 그 부근은 동양의 베니스라 불리는 곳이지요. 근처에는 그 유명한 서호西湖도 있어서 많은 외국인들이 찾아와 저마다 칭찬을 늘어놓는데, 저희가 봤을 때 그 풍경에는 생활의 찌꺼기가 너무 많아서 별 감동이 없어요. 인간의 역사가 만든 찌꺼기라고나 할까요? 서호는 청나라 정부의 정원입니다. 사람들은 서호10경이나 36유적, 72절경 등등에 덕지덕지 손때를 묻혀 놓고는 그걸 뽐내요. 마쓰시마에는 그게 없지요. 인간의 역사와 단절되어 있습니다. 문인이나 화가들도 여기에 손을 댈 수가 없어요. 바쇼 같은 천재도 이곳 마쓰시마를 소재로 시를 쓸 수 없었다고 하지 않습니까?[22]"

"그래도 바쇼는 마쓰시마를 서호에 비유했다던데요?"

"그건 바쇼가 서호의 풍경을 본 적이 없기 때문입니다. 실제로 봤다면 그런 말을 했을 리가 없어요. 정말 전혀 다릅니다. 오히려 저우산舟山 열도와 비슷할지도 몰라요. 저장해浙江海는 이렇게 조용하진 않지만요."

"그래요? 일본의 문인이나 화가들은 옛날부터 당신 나라의 서호를 동경해서 이 마쓰시마도 서호와 비슷하다는 얘기를 듣고 멀리서도 구경을 오는데 말입니다."

"저도, 그 얘기는 들었습니다. 그런 얘기를 들어서 보러 온 것입니다. 하지만 하나도 안 비슷하네요. 당신 나라의 문인들도 어서 서호에 대한 환상에서 벗어나야 할 텐데 말이죠."

"하지만, 서호에도 틀림없이 좋은 점이 있겠지요. 당신도 고향을

22_ 마쓰오 바쇼가 마쓰시마를 보고 이 절경을 시로 표현하는 것은 불가능하다 하여 "마쓰시마여, 아아 마쓰시마여, 마쓰시마여!"라는 시를 지었다고 한다.

지나치게 사랑하는 나머지 점수를 짜게 주는 거 아닌가요?"

"그럴지도 모르지요. 진정한 애국자는 오히려 자기 나라를 욕하기 마련이니까요. 하지만 저는 이른바 서호10경보다는, 저장에 있는 시골 마을의 평범한 운하 풍경이 훨씬 더 좋습니다. 우리나라 화가들이 좋다고 떠들어대는 명소는 좋다는 생각이 하나도 안 들어요. 첸탕錢塘에 있는 큰 호수는 저도 보고 흥분했지만, 다른 곳은 다 별로였습니다. 저는 그 사람들을 안 믿어요. 그 사람들은 당신 나라에서 말하는 도락가와 같습니다. 그들은 문장을 현실에서 동떨어진 것으로 만들고, 타락시켜버렸어요."

산에서 내려와 해안으로 나왔다. 바다는 석양으로 붉게 빛나고 있었다.

"나쁘지 않네요." 저우 씨는 미소 지으며 뒷짐을 지고 말했다. "달밤은 어떨까요? 오늘이 주산야[23]라는 것 같은데, 당신은 지금 바로 집으로 돌아가실 겁니까?"

"아직 잘 모르겠습니다. 내일도 학교 수업은 없지요?"

"그렇습니다. 저는 달밤의 마쓰시마도 보고 싶어졌어요. 함께 보지 않으시겠어요?"

"좋습니다."

나는, 정말이지 아무 상관 없었다. 이제까지 학교가 쉬는 날이 아닌데도 멋대로 빠진 적도 많고, 이틀간의 연휴를 이용하게 된 것도 하숙집 가족들에게 너무 나태한 학생으로 보이면 안 될 것 같아서 계산적으로 그런 날을 택했을 뿐이었다. 실은 이틀 연휴건 사흘 연휴건 전혀 상관없었

23_ 十三夜. 음력 9월 13일. 가을 달을 감상하는 풍습이 있는 일본 고유의 명절.

다.

내가 너무 군소리 없이 저우 씨의 말을 따르자, 그는 민감하게 내 마음을 알아챘는지 소리 내어 웃으며 말했다.

"그래도 모레부터는 학교에 나와서 저와 함께 강의를 들으며 필기를 합시다. 저는 필기를 정말 못하지만, 필기는 우리 학생의," 하고 잠시 머뭇거리더니, "Preiszettel^{가격표}와 같은 것입니다." 하고 또 내가 자신 없어 하는 독일어를 썼다. "몇 엔 몇십 전이라는 표시입니다. 이게 없으면 남들은 우리를 신용하지 않습니다. 학생의 숙명이지요. 재미가 없어도, 필기를 해야 합니다. 그래도, 후지노 선생님 강의는 재미있어요."

우리가 처음으로 대화를 나눈 그날부터, 저우 씨는 종종 후지노 선생님 이름을 언급했다.

그날, 나는 저우 씨와 함께 마쓰시마의 해변에 있는 여관에 묵었다. 지금 생각해보면 당시 내가 아무런 경계심 없이 그를 대한 것이 이상할 정도인데, 올곧은 사람은 다른 사람에게 어떤 안도감을 주나 보다. 내겐 이미 그 청나라 유학생에 대한 경계심이 조금도 없었다. 여관의 도테라로 갈아입은 저우 씨는 마치 큰 상점의 젊은 사장처럼 멋있었다. 말도, 도쿄 말을 나보다 더 잘할 정도였지만, 여관 여종업원에게는 "그렇게 해주세요.", "어머, 너무 추워요." 하고 여자 말투로 말해서 약간 거슬렸다. 참다못한 나는 그런 말투는 쓰지 말아 달라고 입을 삐죽이며 한 소리 했다. 저우 씨는 의아하다는 표정으로, "일본에서는 아이한테 말할 때 아이처럼 '곤지곤지'라든가, '맘마'라든가, '그랬쪄? 그랬쪄?'라는 말도 쓰지 않습니까? 그러니까 여자한테 말할 때도 여자처럼 말하는 게 맞잖아요?"라고 답했다. 내가, "그래도 그건 너무 꼴사나워서 들어줄 수가 없습니다."라고 하자, 저우 씨는 그 '꼴사납다'는 말에 무척 감탄하며, "일본의 미학은 정말 엄격하군요. 꼴사납다는 계율은 세계 어디에도 없을 겁니다. 지금의 청나라 문명은 굉장히 꼴사나워요." 라고 했다. 그날 밤 우리는 여관에서 한잔을 걸치며 밤늦게까지 담소를 나누다 달밤의 마쓰시마를 구경하는 것을 잊어버렸을 정도였다. 저우 씨는 나중에 내게, 일본에 와서 그렇게 밤늦게까지 수다를 떤 적은 없었다고 했다. 저우 씨는 그날 밤 자신의 성장 과정과 희망, 지금의 청나라 상황 등을 지나치게 열정적이다 싶을 정도로 이야기해주었다. 동양이 당면한 문제는 과학이라는 얘기를 몇 번이고 했다. 일본의 비약도 몇몇 네덜란드 의사들이 그 도화선에 불을 지핀 것이라고 했다. 중국도 하루빨리 서양의 과학을 받아들여 열강에 대항하지 않으면, 옛 대국이라 는 쓸데없는 자아도취에 빠진 채 점차 옆 나라 인도의 운명을 그대로 따라갈 것이다. 동양은 예부터 정신적인 면에 있어서는 서양과 비교가 안 될 정도로 깊이 있고 훌륭한 상태로 완성되어 있어, 서양에서 제일가는 철학자들이 종종 그것을 엿보고 깜짝 놀라곤 한다는 얘기도 들은 적이 있는데, 서양은 그런 정신적 빈곤을 과학으로 보강하려 했다. 과학의 응용은 인간들이 현실 생활에서 누리는 향락에 직접적으로 도움이 되니, 이승에서의 생명에 대한 집착이 강한 홍모인[24]들이 그 분야에서 큰 진보를 이루었고, 그것이 동양의 정신에도 영향을 미치기 시작했다. 일본은 과학이 지닌 폭력성을 재빠르게 꿰뚫어 보고, 적극적으로 이를 배워 자국을 방어해서 국풍이 혼란해지는 일 없이 그것을 소화하는 데 성공하여 동양에서 가장 총명한 독립 국가로서의 면모를 보여주었다. 과학이 꼭 인간 최고의 덕인 것은 아니지만, 한 손에는 심오한 사상의

··
24_ 紅毛人. 머리털이 붉은 사람이라는 뜻으로, 서양인들을 경멸하여 이르던 말.

구슬을 들고, 다른 한 손에는 발랄한 과학의 검을 쥐고 있다면 열강들도 손끝 하나 건드릴 수 없을 것이며 틀림없이 세계에서 제일가는 이상 국가가 될 것이다. 청나라 정부는 과학의 맹위를 보면서도 그냥 손 놓고 있을 뿐, 열강의 침략을 받으면서도 '큰 강은 실개천 하나 때문에 오염되지 않는다'는 듯 자신감을 내보이며 자기들이 졌다는 사실을 호도하며 임시변통으로 전통적 대국으로서의 체면을 세우기에만 급급 하다. 서양 문명의 본질인 과학을 직시하여 이를 구명할 용기는 없고, 학생에게는 여전히 팔고문[25]처럼 무의미하고 복잡하기만 한 학문을 장려한다. 열강들은 이를 보고, 겉만 번지르르하고 무식하며 우스꽝스러 운 자존심을 가진 나라라고 비웃을 지경에 이르렀다. 나는 그 누구에게도 뒤지지 않을 정도로 중국을 사랑한다. 사랑하니까, 불만도 많다. 지금의 청나라를 한마디로 표현하자면, 나태한 나라다. 이유 모를 자부심에 취해 있다. 오랜 문명의 역사는, 특별히 중국에만 있는 것이 아니다. 인도는 어떠하며, 또 이집트는 어떠한가? 그리고 이 나라는 지금 어떠한 가? 중국은 긴장해야 한다. 이대로도 괜찮다는 자부심은, 중국을 자멸로 이끌 것이다. 중국에는 지금 여유 따위가 있을 리 없다. 자만심을 버리고, 우선 서양 과학의 폭력과 싸우지 않으면 안 된다. 이와 싸우기 위해서는, 용감하게 호랑이굴로 뛰어들어서 하루빨리 그 정수를 배워야만 한다. 일본 도쿠가와 막부의 쇄국정책에 처음으로 경종을 울린 것이 난학이라 고 하는 서양 과학이었다는 얘기도 들었다. 나는 중국의 스기타 겐파쿠가 되고 싶다. 나는 과학 중에서도 서양 의학에 가장 마음이 끌린다. 내가 그 많은 서양 과학 중에 어째서 의학에 주목하게 되었는가 하면, 그

• •
25_ 八股文. 중국의 명나라, 청나라 때 과거 시험에 쓰이던 문체로 고정된 격식이 있는 것이 특징.

이유 중 하나는 어린 시절에 겪은 슬픈 경험 때문이다. 우리 집에는 옛날부터 땅도 약간 있었고, 꽤 좋은 가문이라는 얘기를 들을 정도였지만 내가 열세 살 때 할아버지가 어떤 복잡한 사건에 휘말려 감옥에 가게 되자, 곧바로 우리 가족은 친척과 이웃들의 멸시를 받게 되었다. 게다가 아버지는 중병으로 몸져눕게 되어, 우리 가족은 갑자기 생활이 궁핍해졌고 나는 동생과 함께 친척 집에 맡겨졌다. 하지만 나는 그 집 사람들로부터 거지라는 말을 듣고 화가 나서 내 생가로 돌아왔고, 그 후 삼 년간 매일같이 전당포와 약방을 드나들어야만 했다. 아버지의 병은 전혀 차도가 없었다. 약방 카운터는 내 키 정도 높이였고, 전당포의 카운터는 그 두 배 정도 높이였다. 나는 전당포의 높은 카운터 위에 옷과 목걸이를 올려놓고서 "뭐야 이 쓰레기 같은 물건은!"이라는 전당포 지배인의 조롱을 받으며 약간의 돈을 받아 들고, 그 길로 약방으로 달려갔다. 집에 돌아오면 또 다른 일로 바빴다. 아버지의 주치의는 그 지방에서 명의로 이름난 사람이었는데, 그의 처방은 몹시 기괴한 것이라 갈대 뿌리나 삼 년간 서리를 맞은 사탕수수 따위가 필요했다. 나는 갈대 뿌리를 캐고 삼 년간 서리를 맞은 사탕수수를 찾기 위해 매일 아침 강가로 나가야만 했다. 그 의사는 이 년 동안 아버지를 진료해주었지만, 아버지의 병은 더욱더 깊어져 가기만 했다. 그 후 의사를 바꾸어 더 유명한 선생님의 치료를 받았지만, 이번에는 갈대 뿌리나 삼 년간 서리를 맞은 사탕수수 대신 귀뚜라미 한 쌍, 평지목平地木 열 그루, 찢어진 북의 가죽으로 만든 알약 등 이상한 것이 필요했다. 의사가 필요로 하는 귀뚜라미 한 쌍에는 '원배原配, 즉 평생 함께 산 것이어야 한다.'라는 조건이 붙어 있었다. 곤충도 정절을 지킨 것이 아니면 도움이 안 된다고 생각하는지, 후처를 얻거나 재혼을 한 벌레는 약이 될 자격도 없다는 것이었다. 하지만 그것을 찾는 것은 그리 수고롭지 않았다. 우리 집 뒤뜰은 백초원百草園이라 하여, 잡초가 무성하고 드넓은 정원이었는데 그곳은 내 어린 시절의 낙원이었다. 그곳에 가면 귀뚜라미 구멍이 얼마든지 있어서, 같은 구멍에 사는 귀뚜라미 두 마리를 내 멋대로 '원배'라 간주하고 두 마리를 함께 실로 묶어 산 채로 주전자의 끓는 물에 넣으면 되었다. 하지만 '평지목 열 그루'를 찾기란 고생스러웠다. 그것이 어떤 것인지 아무도 몰랐기 때문이다. 약방에 물어봐도, 농부에게 물어봐도, 심마니에게 물어봐도, 노인들에게 물어봐도, 책을 많이 읽는 사람에게 물어봐도, 목수에게 물어봐도, 모두 하나같이 고개를 가로저을 뿐이었다. 마지막으로 옛날부터 나무를 좋아하던 작은할아버지를 떠올리고 그분을 찾아가 보았더니, 아니나 다를까 그분은 알고 있었다. 그것은 산속의 나무 밑에서 자라는 가냘픈 나무 중의 하나로, 작은 산호수 같이 생겨서 붉은 열매가 열리는 것인데 보통은 '노불대老弗大'라 부른다고 가르쳐 주었다. 이리하여 '평지목 열 그루'도 겨우 해결할 수 있었는데, '찢어진 북 가죽으로 만든 알약'이라는 난관이 남아 있었다. 이 알약은 그 유명한 선생님이 특히 자신 있어 하는 처방으로, 특히 아버지처럼 수종水腫이 있는 환자에게는 탁월한 효과가 있다고 했다. 이 신통한 약을 파는 가게는 이 지방에 딱 한 군데 있었는데, 그 가게는 우리 집에서 50리나 떨어진 곳에 있었다. 게다가 그 신통한 약은 오래되어 찢어진 북 가죽으로 만든 것이라 했다. 수종은 일명 고창鼓脹이라고도 하니까, 찢어진 북 가죽을 먹으면 금세 그 병을 이길 수 있다는 논리라고 한다. 나는 어린 마음에도 찢어진 북 가죽 따위에 효험이 있을 리가 없다고 생각했기에, 그 약을 구하기 위해 50리나 되는 길을 오가기란 한층 더 고통스러웠다. 나의 그러한 노력은 예상대로 모두 부질없는 것이었다. 아버지의 병세는 나날이 악화되어 가기만 했고 거의 오늘내일 하는 상태가 되었다. 그 유명한 의사는 죽기 직전의 아버지 베갯머리에서 태연히, "이것은 전생의 업보 때문입니다. 의술은 병을 잘 고칠 수는 있어도 목숨을 어찌할 수는 없다는 옛말도 있습니다. 하지만 한 가지 방법이 더 남아 있습니다. 이건 우리 가문에서 내려오는 비법인데, 일종의 영단靈丹을 환자 혀 위에 올려놓는 것입니다. 혀는 마음의 영묘靈苗 라는 옛말도 있지요. 이 영단은 지금 무척 구하기 힘든 것인데, 원하신다 면 넘겨드리지요. 가격도 특별히 더 싸게 해 드리겠습니다. 한 상자에 딱 2원만 받지요. 어찌하시겠습니까?" 하고 내게 물어봤다. 내가 망설이 며 대답을 못 하고 있자, 병상의 아버지가 내 얼굴을 보며 어렴풋이 고개를 저으셨다. 아버지도 나처럼, 이 유명한 의사의 처방에 절망한 듯 보였다. 나는 어쩌면 좋을지를 몰라, 그저 아버지 머리맡에 앉아 아버지의 죽음을 기다릴 수밖에 없었다. 아버지의 용태가 이제 정말 끝이라는 생각이 들었던 날 아침, 남의 참견을 하기 좋아하는 엔이라는 이웃 아주머니가 찾아와서 아버지 모습을 잠시 보고 깜짝 놀라더니, "너 지금 왜 그러고 있는 거야? 아버지의 영혼이 저세상으로 날아가려고 하잖아. 어서 다시 불러. 큰 소리로 아버지, 아버지, 하고 불러. 그러지 않으면 아버지는 돌아가실 거야." 하고 진지한 얼굴로 나를 혼냈다. 나는 그런 미신을 믿지는 않았지만, 그때는 지푸라기라도 잡는 심정으로 "아버지!" 하고 외쳤다. 엔 아주머니는 더 큰 소리로 불러야 한다고 했다. 나는 더 큰 목소리로, "아버지! 아버지!" 하고 연달아 외쳤다. 옆에 있던 엔 아주머니는 더 크게 부르라며 나를 다그쳤다. 나는 목에서 피가 날 정도로 계속 외쳤다. 하지만 아버지의 영혼을 붙잡을 수 없었는 지, 아버지는 그런 내 목소리를 들으며 점점 차가워져 갔다. 아버지는 서른일곱 살, 내 나이 열여섯 살 초가을에 있었던 일이다. 나는 지금도 그때의 내 목소리를 기억한다. 잊을 수가 없다. 그때의 내 목소리를 떠올리면, 나는 억누를 수 없는 분노를 느낀다. 그것은 무지했던 내 소년 시절에 대한 분노이기도 하고, 중국의 현실에 대한 울분이기도 하다. 삼 년간 서리를 맞은 사탕수수, 원배原配 귀뚜라미, 찢어진 북 가죽으로 만든 알약. 그런 게 다 무엇이란 말인가? 악랄한 사기라 해도 좋을 것이다. 또한 죽기 직전 상태인 환자의 영혼을 큰 소리로 불러서 붙잡는다는 것도, 부끄럽고 참담한 사고방식이다. 그리고 의술은 병을 잘 고칠 수는 있어도 목숨을 어찌할 수는 없다니, 이 얼마나 어이없는 궤변인가? 무시무시한 철면피의 변명에 지나지 않는 것 아닌가? 혀는 마음의 영묘라는 말이 성인군자의 말인지는 모르겠지만, 그게 무슨 뜻인지 의미를 알 수가 없다. 완전히 죽은 말이다. 보라, 중국 군자의 말들도 지금은 사기꾼들이 변명거리를 만들 때 쓰는 말이 되지 않았는가? 우리는 어렸을 때부터 성현의 말씀만을 암송하며 자라왔지만, 동양의 자랑인 이른바 '옛말'은 이미 사이비 종교가 사기를 칠 때 쓰는 말로 추락하여 증오스러운 위선과 어리석은 미신만을 조장하고, 어느새 그 사상이 생겼을 당시의 의미를 찾아볼 수가 없게 되었다. 어떤 위대한 사상이건 그것이 응접실에서의 잡담 소재로 쓰이게 되면 그 사상은 그것으로 끝이다. 그것은 이미 사상이 아니다. 언어유희. 서양의 그것과 비교가 안 될 정도로 탁월했던 동양의 정신세계도, 오랜 세월 동안 태만한 자아도취에 빠져 본래의 풍요로움이 거의 다 고갈되었다. 이대로는 안 된다. 나는 아버지가 돌아가신 이후 주위 생활에 점점 더 많은 회의와 반감을 느끼게 되었고, 오래도록 고민한 끝에 고향을 떠나 난징南京으로 갔다. 무엇이든 상관없으니 새로운 학문을 배우고 싶었다. 어머니

는 울면서 이별을 아쉬워했고, 8원을 마련하여 내게 건네주었다. 나는
그 8원을 가지고 다른 길로 들어섰다. 전혀 다른 곳에서 완전히 다른
인생을 개척하려 한 것이다. 난징에 가면 어떤 학교에 들어가야 할까?
가장 중요한 조건은 학비가 필요 없는 학교여야만 한다는 것이었다.
강남수사학당江南水師學堂은 이런 면에서만큼은 적당한 곳이었다. 나는
우선 그곳에 입학했다. 그곳은 해군 학교로, 입학하자마자 돛대에 오르
는 연습을 했지만 새로운 학문을 가르쳐주지는 않았다. 고작 It is a
cat, Is it a rat? 같은 초보적인 영어 교육을 받았을 뿐이다. 바로 그때였다.
캉유웨이康有為가 일본의 유신을 본떠 구습을 타파하고 적극적으로 세계
의 신지식을 받아들여 국력 회복을 위한 대책을 세우자고 외치며, 이른바
'변법자강'을 황제에게 권했다. 그것이 받아들여져 국정 개혁에 착수했
지만, 아이텔카이트한 Dame허영심 많은 여자26 및 구세력이 일으킨 정변으로
인해 새 정부는 100일 만에 무너지고 황제는 유폐되었다. 캉유웨이는
동지였던 량치차오梁啓超와 함께 겨우 죽음을 면하고 일본에 망명했다.
이 무술정변의 비극을 보고도 못 본 척하며 It is a cat을 큰소리로
외치려니 마음이 가라앉지를 않았다. 나도 벌써 열여덟 살이다. 꾸물거
리고 있을 수 없다. 어서 신지식의 중핵을 접하고 싶다. 그런 마음으로
나는 학교를 옮기로 결심했다. 다음으로 택한 곳은 난징에 있는 광로학
당礦路學堂이었다. 여기도 학비는 무료였다. 광산학교로 지질학, 금석학과
물리, 화학, 박물학 등 신선한 서양 학문들이 있었기에 겨우 그곳에
자리 잡을 수 있었다. 어학도 It is a cat이 아니라 der Man, die Frau,
das Kind남성, 여성, 아이 같은 것을 배웠다. 내겐 독일어가 영어보다도

서양 학문의 핵심에 더 가깝다는 막연한 생각이 있었기에, 그 또한 내 마음에 드는 것 중 하나였다. 교장 선생님도 신당新黨 성향의 사람이었는지 량치차오가 주필로 있던 잡지 『시무보時務報』의 애독자라는 얘기가 있었다. '변법자강'에도 긍정적이었는지, 한문 시험에도 유학을 강조하는 다른 선생님들처럼 옛 성현의 말을 내지 않고 '워싱턴론華盛頓論'이라는 세련된 문제를 내기도 했다. 다른 선생님들은 그 문제를 보고 되려 학생들에게 워싱턴華盛頓이 대체 뭐냐며 몰래 물어볼 지경이었다. 학생들 사이에서도 새로운 책을 읽는 것이 유행했는데, 특히 엄복嚴復이 번역한 『천연론天演論』이 그중에서도 압도적으로 인기가 많았다. 박물학자인 Thomas Huxley의 *Evolution and Ethics*『진화와 윤리』를 한문으로 번역한 것이었는데, 나도 어느 일요일 그것을 사러 성남에 갔다. 두꺼운 한 권짜리 석판 인쇄본이었고 가격은 정확히 500문이었다. 나는 그것을 단숨에 다 읽었다. 지금도 그 책 첫 부분의 몇 페이지를 통째로 다 외우고 있다. 여러 가지 번역본이 연이어 출판되었다. 우리의 어학력이 아직 원서를 읽을 수 있을 정도는 아니었기 때문에, 한문 번역본에 의지할 수밖에 없었다. 『물경物競/생존경쟁』도 나왔다. 『천택天択/자연도태』도 나왔다. 소크라테스도 알았다. 플라톤도 알았다. 스토아학파도 알았다. 우리는 닥치는 대로 무엇이든 읽어댔다. 당시에는 이런 책들을 보는 게 서양 놈들에게 영혼을 팔아넘기는 파렴치하기 짝이 없는 짓이라 여겨졌던지라 세상 사람들에게 심한 모멸과 배척을 받았지만, 우리는 그것에 전혀 개의치 않고 태연스레 계속해서 악마의 동굴을 탐험했다. 학교에는 생리학 과목이 없었지만 『전체신론』과 『화학 위생론』의 목판본을 읽어보고, 중국의 의술은 그것이 의식적이든 무의식적이든 사기에 지나지 않는다는 것을 명확히 깨닫게 되었다. 이처럼 내 마음 속에 폭풍우가 일듯, 중국의 지식인들 사이에도 유신구국維新救国 사상이 태풍처럼 휘몰아치고 있었다. 이 무렵 이미 독일의 자오저우만膠州湾 조차租借를 시작으로 러시아는 관둥저우關東州, 영국은 그 건너편에 있던 웨이하이웨이威海衛, 프랑스는 남쪽의 광저우만広州湾을 각각 조차하여 점차 그들은 중국의 철도, 광산 등에 관련된 많은 이권을 얻었다. 미국도 전부터 동양에 진출할 기회를 엿보고 있었는데 결국 그때 하와이를 점령했고, 더 나아가 동양 침략을 위한 발걸음을 서둘러 에스파냐와 싸워 필리핀을 자기들 땅으로 만들었다. 그것을 계기로 중국에도 불길한 간섭을 시작했다. 그때 이미 중국의 독립성은 풍전등화와 같은 상태였다. 국내가 나라를 구해야 한다는 외침으로 가득한 것도 당연한 일로 여겨졌다. 하지만 중국으로서는 불길한 사건이 잇따라 일어났다. 무술정변이 그중 하나이고, 이 년 후에 일어난 북청사변北清事変은 중국의 무능함을 전 세계에 폭로하는 치명적인 사건이었다. 나는 이듬해 12월 광로학당을 졸업했지만 광산기술자가 되어 금, 은, 동, 철의 광맥을 찾아낼 자신은 없었다. 내가 그 학교에 입학했던 것은 광산기술자가 되고 싶었기 때문이 아니었다. 지금의 중국을 조금이라도 더 좋은 나라로 만들기 위해, 무언가 새로운 학문을 연구하고 싶었다. 그리고 삼 년간, 나는 그 학교에서 광산 공부보다도 서양 과학의 본질을 알기 위해 그 공부만 했다. 그래서 그때의 내게 졸업은 허울이었을 뿐, 실제는 광산기술자가 될 자격이 전혀 없었다. 나도 이미 스물한 살이었다. 어서 인생의 진로를 결정해야 했다. 의화단義和団의 난으로 열강뿐만 아니라 중국 민중들도 청 왕조의 무력함을 알게 되어, 중국의 독립성을 유지하기 위해서는 타청흥한打清興漢의 대혁명이야말로 급선무라는 사상이 팽배해졌다. 먼저 해외에 망명 중이었던 쑨원孫文은 이미 '삼민주의'[27]라는 정치 강령을 완성하고 그것을 중국 혁명의 기치로 삼아 국내 동지들을 이끌었고, 서양 학문을 지지하던 우리 학생들 중 태반은 그 '삼민주의'의 열렬한 신봉자가 되어 노쇠한 청나라 정부를 타도하고 한漢족 중심의 새 국가를 건설하여 열강의 침략에 대항하여 독립성을 지켜내야 한다고 외치며 학업을 내팽개치고 직접 혁명운동에 투신하는 사람도 적지 않았다. 나도 그 풍조에 자극을 받아, 위기에 처한 중국을 구하기 위해서는 반드시 어떤 혁명이 일어나야만 한다고 생각하기에 이르렀지만, 그를 위해서는 열강들이 지닌 문명의 본질을 더욱 깊이 연구하는 것이 그 무엇보다 급선무라 생각했다. 내 지식은 아직 미약한 수준이다. 거의 아무것도 모른다고 해도 좋다. 학업을 버리고 바로 정치운동에 투신하는 사람들의 우국지정을 모르는 것은 아니지만, 궁극적인 목표는 같다 해도 나의 관심사는 열강들이 지닌 부강함의 원동력을 연구하는 것에 있었다. 그 당시에는 그것이 과학이라고 확실히 단정 짓지는 못하고 있었지만, 독일에 가면 서양 문명의 정수를 가장 명확히 파악할 수 있지 않을까 하는 막연한 생각에, 내 인생의 방침도 독일로 유학을 가면 더 확실히 정해질 것이라 생각했다. 하지만 나는 가난했다. 고향을 버리고 난징으로 오기도 그렇게 힘들었는데, 만 리 너머 있는 독일에 유학을 가려면 어떻게 해야 하는지를 고민하기란, 마치 멀리서 구름 위의 누각을 바라보는 듯한 기분이었다. 독일에 유학하는 것이 불가능하다면 남은 길은 하나밖에 없었다. 일본에 가는 것이다. 그 무렵은 정부가 비용을 부담하여 일본에 청나라 유학생을 파견하는 제도가 생긴 참이었다. 이삼 년 전에 장즈퉁張之洞이 지은 『권학편勸学篇』이 인기를 끌었는데,

27_ 쑨원이 제창한 중국 혁명의 이념적 토대로, 민족주의 · 민권주의 · 민생주의를 의미한다.

그 책에도 일본 유학의 필요성을 역설하는 내용이 있었다. '일본은 작은 나라다. 그런데 어째서 그렇게 순식간에 발전할 수 있었는가? 이토伊藤, 야마가타山県, 에노모토榎本, 무쓰陸奥[28]는 모두 이십 년 전 서양 유학생이었다. 일본은 서양의 위협에 분개하며 백여 명을 선발해 독일, 프랑스, 영국 등으로 보내어 어떤 이는 정치 공상을 배우고, 어떤 이는 수륙의 병법을 배웠다. 그들이 공부를 마치고 돌아와 장상將相이 되자 정사政事가 일변하여 동양의 강자로 떠오르게 되었다.'라는 식의 논조로 일본을 예찬했다. 결론은 '유학에 적절한 나라로 서양은 일본만 못하다'는 것이었는데 그 이유는,

하나. 가까우니 비용을 줄일 수 있어, 많은 학생을 파견할 수 있다.
하나. 일본어는 한문과 비슷해서 알기 쉽다.
하나. 서양의 학문은 매우 복잡하지만, 중요한 서양 학문은 일본인이 이미 간결하게 만들고 이를 참작하여 고쳤다.
하나. 일본과 중국의 정세, 풍속은 비슷하여 따르기 쉽다. 적은 노력으로 많은 효과를 거두는 것, 이보다 더 좋은 것은 없다.

라는 것이었다. 배워야 할 것은 일본 고유의 국풍이 아니라 서양의 문명이지만 일본은 이미 서양 문명의 정수를 간결하게 만들고 이를 이용하는 데 성공했으니, 구태여 머나먼 서양까지 갈 것 없이 바로

---

[28] 모두 메이지 초기에 활약한 정치가들.

근처에 있는 일본에서 배우는 편이 더 싼값에 서양 문명을 흡수할 수 있는 길이라는 일종의 편의주의적인 입장에서 일본 유학을 장려했다고 요약해도 과언은 아닐 것이다. 당시에 일본 유학을 가는 학생이 해마다 늘어나고 있었는데 거의 모든 사람들이 이 『권학편』에 나온 사상과 대동소이한, 복잡 미묘한 의도를 품고 일본 유학길에 올랐다. 나 또한 마찬가지로, 독일행이 불가능하다는 판단하에 그 대신 일본 유학을 지망하기에 이르렀다는 사실을 고백해야만 할 것이다. 나는 정부 유학생 시험을 보고 합격했다. 일본은 어떤 곳일까? 나는 그에 대한 예비지식이 전혀 없었다. 예전에 일본 여행을 한 적이 있는 광로학당의 선배를 찾아가 일본 유학에 필요한 것을 물어보았다. 그 선배는, "일본에 가면 가장 불편한 것은 다비이다, 일본의 다비는 절대 신을 것이 못 되니 중국식 버선을 많이 챙겨가라. 그리고 지폐는 못 쓰게 되는 경우도 있으니 전부 일본의 은화로 바꿔가라. 내가 해줄 말은 이 정도다."라고 했다. 나는 바로 중국식 버선 열 켤레를 사고 가지고 있던 돈을 전부 일본의 1엔짜리 은화로 바꾸어 몹시 무거워진 지갑을 끌어안고 상하이에서 요코하마로 가는 배에 올랐다. 하지만 그 선배의 조언은 너무 오래전 경험에서 나온 것이었나 보다. 일본의 학생은 제복을 입고 구두와 양말을 신어야 했다. 다비는 전혀 필요하지 않았다. 또한 부끄러울 정도로 커다란 1엔짜리 은화는 일본에서 벌써 오래전에 폐지된 것이었던지라, 그것을 다시 일본의 지폐로 바꾸는 데 많은 고생을 해야 했다. 그것은 일본에 와서 좀 지난 후에 있었던 일이지만, 아무튼 메이지 35년[1902]년 스물두 살이던 해 2월, 무사히 요코하마에 내려서 '일본이다! 여기가 일본이다. 나도 드디어 이 선진국에서 새로운 학문에 전념할 수 있는 것이다!' 하고 생각했을 때는, 내가 그때까지 맛본 적이 없는,

말로 다 표현할 수 없는 훈훈한 기쁨이 가슴에 복받쳐 올라서 독일에 가고 싶었던 마음도 모두 말끔히 사라져버렸을 정도였다. 정말, 그렇게 묘한 해방감과 기쁨은, 중국의 재건이 성공한다면 몰라도 앞으로 내 인생에서 아마 두 번 다시 경험할 수 없지 않을까 싶다. 나는 신바시 행 기차에 올라 차창 밖 풍경을 언뜻 보고, 일본은 세계 어디에도 없는 독자적인 청결함을 지닌 나라라는 것을 순식간에 느낄 수 있었다. 아마 무의식적으로 그렇게 하는 것이겠지만, 논밭은 아름답고 정갈하게 정리되어 있었다. 그 옆 공장지대에서는 검은 연기가 뭉게뭉게 피어올라 하늘을 뒤덮고 있었지만 공장들 사이사이에는 상쾌한 바람이 부는 듯한 느낌이었다. 그런 신선한 질서와 긴장감은 중국에서 전혀 찾아볼 수 없는 것이었다. 나는 그 후 이른 아침에 도쿄의 거리를 산책할 때마다 모든 집의 여자들이 깨끗한 수건을 머리에 쓰고 소매에 붉은 끈을 동여매고서 장지문의 먼지를 바삐 털어내는 모습을 보며, 아침햇살을 받으며 가냘프게 긴장하고 있는 그 모습이야말로 일본의 상징 아닌가 하는 생각에, 신국[29]의 본질을 조금이나마 이해한 듯한 느낌마저 들었다. 그와 비슷한 씩씩하고 청결한 느낌을, 요코하마에 도착해서 처음 탄 신바시행 기차에서 창밖을 잠시 내다본 것만으로도 쉽게 알아챌 수 있었던 것이다. 말하자면, 과잉이 없었다. 권태로운 분위기가 감도는 곳이 아무 데도 없었다. 일본에 오길 잘했구나 싶어 가슴이 뛰어 너무 흥분한 나머지 앉아 있을 수가 없었다. 빈자리가 많았음에도 불구하고 요코하마에서 신바시까지 가는 한 시간 동안 거의 서서 갔다. 도쿄에 도착해서는 선배 유학생의 도움으로 하숙집을 구한 뒤에 우에노 공원,

---

29_ 神國. 신이 다스리는 나라. 일본이 자기 나라를 미화하여 일컫던 말.

아사쿠사 공원, 시바 공원, 스미다 제방, 아스카야마 공원, 제국박물관, 도쿄교육박물관, 동물원, 제국대학 식물원, 제국도서관을 무아지경으로 돌아다녔다. 그때 내 마음은 좀 전에 얘기한, 자네가 센다이를 처음으로 봤을 때의 흥분과 비슷했을 것이다. 아니, 아마 그보다 열 배는 더 기쁜 마음으로, 그냥 무턱대고 도쿄 거리를 돌아다녔다. 하지만 우시고메에 있는 고분학원弘文學院에 입학하여 공부하게 되고 나서부터는 점차 그 달콤한 도취 상태에서 깨어나게 되었고, 걸핏하면 옛날처럼 회의나 우울에 시달리는 일이 많아졌다. 내가 도쿄에 온 메이지 35년1902년 전후부터 청나라 유학생 수도 급격히 증가하여 겨우 이삼 년 사이에 중국에서 2천 명 이상의 유학생이 도쿄로 모여들었다. 그 영향으로 도쿄에는 우선 일본어를 가르치고 지리, 역사, 수학 등 대략적인 기본지식도 가르치는 학교도 급속도로 많이 생겼는데, 그중에는 미심쩍은 속성교육을 하여 한몫 챙기려 드는 악질 학교도 있는 듯했다. 그 많은 학교들 중 내가 입학한 고분학원은 유학생 교육의 총본산 격이어서 학교 규모도 크고 시설도 좋았으며 교사와 학생 모두 성실한 편이었지만, 나는 나날이 침울해지는 기분을 어찌할 수가 없었다. 그 이유 중 하나는, 자네가 좀 전에 말했듯 날개 빛이 같은 까마귀가 수백 마리 모여 있으면 추잡스러워 보이기 때문에 같은 까마귀끼리 서로 헐뜯게 된다는 이상한 심리 때문이었는지도 모른다. 청나라 유학생, 말하자면 중국에서 특별히 선발되어 파견된 수재라는 자부심을 유지하기 위해 노력해보아도, 그 선택된 수재의 수가 너무 많아서 도쿄 시내 모든 곳을 배회하고 있을 지경이었기에 맥이 빠질 수밖에 없었다. 봄이 되면 우에노 공원의 벚꽃이 만개하여 옅은 분홍빛 구름처럼 보였지만 벚나무 아래에는 어김없이 그 선택된 수재들이 엎드려 담소를 나누고 있었기 때문에, 나는 차분한 마음으로 만발한 벚꽃을 감상할 수가 없었다. 그 수재들은 변발을 정수리에 말아 올리고서 학교 모자를 쓰고 있었는데, 모자가 눈에 띄게 솟아올라 후지산 모양이 된 것은 정말 우스웠다. 그중에는 멋쟁이도 몇몇 있어, 모자 한가운데가 튀어나오지 않도록 변발을 납작하게 말아 기름으로 뒤통수에 딱 붙인 사람도 있었다. 그가 얼마나 고심했을지 그 마음은 알겠지만, 모자를 벗으면 남자인지 여자인지 알 수 없는 기괴한 느낌이 들 정도로 뒷모습이 너무 요염해서, 무심결에 닭살이 돋을 정도였다. 하지만 그들은 오히려 나처럼 변발을 자른 사람을 경멸의 눈초리로 보았으니 어처구니가 없었다. 또한 그 선택된 수재들이 전차 같은 데 우르르 탈 때면, 거기서 예의 바른 나라에서 온 티를 내고 싶었는지 서로 자리를 양보하겠다며 난리를 피웠다. 갑이 을에게 앉으라고 하면 을은 사양하며 병에게 앉으라고 양보했다. 병은 사양하고 정에게 양보했다. 정은 황송해하며 또다시 갑에게 앉기를 권했다. 일본 승객들이 어이없어하며 지켜보는 가운데 큰 소리로 떠들어대며 양보를 하다가, 전차가 급정거하자마자 그들은 서로 뒤엉켜 넘어졌다. 나는 구석에 숨다시피 해서 그 광경을 지켜보며, 부끄럽다는 말로는 다 표현할 수 없는 감정을 느꼈다. 하지만 그만하면 그렇게까지 나무랄 만한 일은 아니었다. 동포의 천진난만한 노력을 한심하다고 생각하는 나의 거만함이 잘못이었는지도 모른다. 내 우울함의 원인에는 다른 하나가 더 있었다. 그것은 학생들이 공부를 안 한다는 것이었다. 나는 아직 중국 혁명운동의 현 상황을 정확히 알지는 못하지만, 삼합회三合會, 가로회哥老會, 홍중회興中會 등 혁명당의 비밀 결사 단체들이 쑨원을 맹주로 하여 오래전부터 하나로 뭉쳐 작전을 짜온 듯하다. 먼저 일본으로 망명했던 캉유웨이 일파의 개선주의改善主義는 쑨원 일파의 민족혁명 사상과는 뜻을 달리하여, 캉유웨이는 몰래 일본을 빠져나와 유럽으로 떠났고, 그때는 쑨원의 이른바 '삼민오헌三民五憲' 설이 압도적으로 우세해져서 그가 확립한 주의와 강령을 직접 행동으로 옮기는 시대에 접어든 듯하다. 쑨원도 도쿄로 와서 일본에 있는 지사들의 응원을 받으며 여러모로 계책을 세울 정도이니, 요즘은 도쿄가 중국 혁명운동의 본거지가 된 듯하다. 일본에 있는 유학생들도 엄청난 흥분 상태라 모이기만 하면 타청흥한打淸興漢 이야기를 하는데, 그 모습을 보면 학업이고 뭐고 다 내팽개친 것 같다. 하지만 그것도 우국지정의 표현이니 그럴 만도 하지만, 그중에는 이러한 혼란을 틈타 자신의 출세를 꾀하는 사람도 나왔다. 앞서 얘기한 속성교육으로 비누 제조법을 배워 고작 한 달간의 유학 끝에 수상쩍은 졸업증서를 받고, 바로 귀국하여 비누를 만들어서 벼락부자가 되겠다고 으스대며 떠들어대고 다니는 이상한 학생도 있을 정도였다. 내가 가끔 볼일이 있어 간다의 스루가다이에 있는 청나라 유학생 회관에 갈 때면, 그때마다 2층에서 우당탕탕 하고 큰 싸움이라도 벌어진 것 같은 요란한 소리가 났다. 그 때문에 아래층 천장이 흔들리고 거기에 붙어 있던 먼지가 떨어져서, 그곳에는 언제나 먼지가 자욱하게 끼어 있었다. 그렇게 이상한 일이 갈 때마다 있었는데, 어느 날 나는 사무실 사람에게 2층에 무슨 일이 있는 거냐고 물어보았다. 사무소의 일본인 할아버지는 쓴웃음을 지으며, 학생들이 춤 연습을 하고 있다고 대답했다. 나는 그런 수재들과 함께 있는 것을 더 이상 참을 수가 없었다. 지금은 중국에 새로운 학문이 절대적으로 필요한 시기다. 열강들의 맹위에 대항하기 위해서는 물론 타청흥한의 정치운동도 급선무겠지만, 새로운 학문을 배워 열강들이 지닌 위력의 본질을 규명하는 것도 우리 학생들이 해야 할 일 아닐까? 원래 나는 쑨 선생님을 존경하고 삼민오헌설에 대해서도 다른 누구보다 훨씬 더 많이 공감하는데, 삼민주의의 민족, 민권, 민생 중에서 민생 부분에 가장 많은 공감을 느꼈다. 어렸을 때 삼 년 동안 아버지의 병을 고치기 위해 전당포 카운터와 약방 카운터 사이를 매일같이 오가고, 명의라 불리는 사기꾼의 말을 믿으며 평지목과 귀뚜라미를 찾으려 여기저기를 헤매던 나의 비참한 모습은 늘 내 눈앞을 아른거렸다. 그리고 잠 못 드는 밤이면, 말도 안 되는 미신에 의지하며 아버지의 영혼을 붙잡기 위해 임종 직전의 아버지 머리맡에서 목이 터져라 아버지 이름을 외치던, 한심했던 나의 고함소리가 귓가에 들려왔다. 그것이 중국 민중의 모습이다. 지금도 달라진 것은 전혀 없다. 성현의 말씀은 생활 속에서 허식으로 쓰이고, 공연히 미신만 유행하며 환자는 찢어진 북 가죽 알약이라는 값비싼 약을 강매당하면서, 나날이 쇠약해질 뿐이다. 이러한 중국 민중을 어찌하면 좋단 말인가? 이렇게 비참한 현실에 대한 울분 때문에, 나는 잠시 양놈들에게 나의 영혼을 팔아 서양의 학문을 배우려 한 것이다. 어머니를 등지고 고향을 버린 것이다. 나의 염원은 딱 하나밖에 없다. 말하자면, 동포들의 새로운 삶이다. 민중의 교화 없이 무슨 개혁이 있고 유신이 있겠는가? 게다가 우리 학생들의 손을 거치지 않고서 그 누가 민중의 교화를 이룰 수 있겠는가? 공부해야만 한다. 더 많이, 더 많은 공부를 해야 한다. 나는 그때 한문으로 번역된 『메이지 유신사』를 읽어보았다. 그리고 일본의 유신 사상이 일본의 난학 연구자에 의해 큰 자극을 받았다는 사실을 알았다. 바로 이거다 싶었다. 그러니까 일본의 유신도, 그렇게 눈부신 성공을 거둘 수 있었던 거라고 생각했다. 무엇보다 우선, 과학의 위력으로 민중을 각성시키고 한발 더 나아가 유신에 대한 지지를 이끌어내지 않으면, 그 어떤 혁명도 극히 어려울 것임이 틀림없다. 우선은 과학이다 싶어, 나는 그 유신사를 읽으며 비로소 내 인생의 방향을 찾은 듯한 기분이 들었다. 중국은 지금 과학의 힘으로 크게는 열강의 침략과 싸워 독립성을 유지하고, 작게는 민중 개개인의 일상생활을 윤택하게 하여 새로운 삶에 대한 희망과 노력을 촉진해야 한다. 이것은 나의 달콤한 꿈일 뿐일까? 꿈이라도 좋다. 나는 그 꿈을 이루기 위해 평생을 다 바칠 것이다. 아마 앞으로의 내 삶은 전혀 화려하지 않을 것이고, 지독히 수수해질 것이다. 하지만 나는 민중 한 사람 한 사람이 새 삶으로 나아가기 위한 활력을 불어넣고, 그들이 혁명을 지지하게끔 노력할 것이다. 애국심은 다양한 형태로 발현되어야만 한다. 꼭 당장 정치적인 직접 행동에 투신할 필요는 없다. 나는 더 많은 공부를 해야만 한다. 우선 과학 중 의학을 공부하자. 내게 새로운 학문의 필요성을 가르쳐준 것은, 바로 어린 시절에 겪었던 의사의 기만이었다. 그때의 분노가 나로 하여금 고향을 버리게 했다. 새로운 학문에 대한 나의 꿈은 처음부터 의술과 관련된 것이었다고 할 수 있다. 임종 직전의 아버지 베갯머리에서 절규하던 그때의 비참한 목소리가, 언제나 내 귓전을 때리며 나를 분노케 하지 않았는가? 의사가 되자. 『메이지 유신사』에 의하면, 당시 대부분의 난학자들이 의사였다. 아니, 서양의 의술을 배우기 위해 네덜란드어를 공부하기 시작한 사람도 많다. 그 정도로, 일본에서도 일본 민중들은 다른 어떤 과학보다도 더 발달 된 의술을 갈망하고 있었다. 의학은 민중의 일상생활과 가장 밀접한 관련이 있는 것이다. 병을 고쳐주는 것은 민중 교화의 첫걸음이다. 나는 우선 일본에서 의학을 배운 뒤, 귀국하면 우리 아버지처럼 의사에게 속아서 그저 죽음만을 기다리는 환자들을 모두 완치시켜 과학의 위력을 알리고, 어리석은 미신에서 하루빨리 깨어나도록 민중 교화에 전력을 다할 것이다. 그리고 만약 중국이 외국과 전쟁을 하게 된다면 군의관으로 참전하여 새로운 중국을 건설하기 위해 몸을 아끼지 않고 일할 것이다. 비로소 내 삶의 방향은 이렇게 구체적으로 정해졌다. 하지만 주위를 둘러보니 후지산 모양으로 튀어나온 모자를 쓴 학생이 있었고, 전철 안에서 지나친 양보의 미덕을 보이는 학생들도 있었으며, 비누로 한몫 챙기려는 학생도 있었고, 큰 싸움이 난 것처럼 요란하게 춤 연습을 하는 학생들도 있었다. 그러던 올해 2월, 일본이 북방의 강대국인 러시아에 당당히 선전을 포고하여 일본 청년들은 용감하게 전쟁터로 나아갔고 의회는 만장일치로 막대한 전쟁 비용을 가결했다. 국민들은 갖은 희생을 감내하며 매일 호외를 알리는 종소리를 들으며 열광하고 있다. 나는 이 전쟁에서 일본이 이길 것이라 생각한다. 이것은 나의 직감이지만, 이렇게 국내가 활기로 가득 차 있는데 질 리가 없다. 그와 동시에 나는 이 전쟁이 일어난 이후 심한 부끄러움에 시달리게 되었다. 저마다 이 전쟁을 바라보는 다양한 시각이 있겠지만, 나는 이 전쟁의 원인이 중국의 무기력함에 있다고 생각한다. 중국이 자기 나라를 통치할 실력만 가지고 있었더라면 이번 전쟁도 일어나지 않았을 텐데, 이 전쟁은 마치 중국의 독립 유지를 위해 일본이 대신 전쟁을 치러주는 것처럼 보이니, 어찌 보면 중국 입장에서는 참으로 면목이 없는 전쟁 아닐까? 일본 청년들이 중국 땅에서 용감하게 싸우며 귀중한 피를 흘리고 있거늘, 마치 강 건너 불구경하듯 태연히 방관하고 있는 동포들의 마음을 이해하기가 힘들었다. 게다가 같은 또래의 중국 청년들이 들고일어나기는커녕 여전히 청나라 유학생 회관에서 춤 연습에 빠져 있는 것을 보고, 나는 결심했다. 당분간 이 유학생들과 떨어져 지내자. 자기혐오라고나 할까? 내 동포들의 태평한 얼굴을 보면 부끄럽고 부아가 치밀어 올라 참을 수가 없다. 아아, 중국 유학생이 한 명도 없는 곳으로 가고 싶다. 잠시 도쿄에서 멀리 떨어진 곳으로 가서 모든 것을 잊고, 혼자 의학 연구에 전념하고 싶다. 머뭇거리고 있을 때가 아니다. 나는 고지마치의 나가타초에 있는 청나라 공사관에 가서 지방 의학교에 가고 싶다고 말하여, 결국 이곳 센다이 의학전문학교에 편입하게 되었다. 도쿄여, 안녕. 선택받은 수재들이여, 안녕. 막상 이별의 시간이 다가오자, 쓸쓸함이 밀려들었다. 우에노역에서 기차를 타고 닛포리라는 역을 지나는데, 그 '닛포리日暮里30'라는 글자가 그때의 쓸쓸한 마음에 와닿아 눈물이 그렁그렁 맺혔다. 잠시 뒤 미토라는 역을 지나갔는데, 그곳은 명나라 말기의 충신인 주순수[31] 선생이 객사하신 곳이었기에 비장했을 선배 Wandervogel철새의 마음을 생각하며 약간의 용기를 얻고 센다이에 도착했다. 센다이는 일본 동북 지방에서 가장 큰 도시라는 얘기는 들어 알고 있었지만, 와보니 도쿄의 십 분의 일에도 못 미칠 정도로 작은 도시였다. 거리에서 들리는 사람들의 말도, 알아들을 수 없는 외국어처럼 들릴 정도는 아니었지만 도쿄 말에 비해 묘하게 억양이 강해 알아듣기 힘들 때도 많았다. 이곳 역시 중심지는 번화가였고, 도쿄에 있는 가구라자카 수준의 정취는 있었지만 전체적으로는 어딘가 가벼운 느낌이었으며, 일본 동북 지방중진으로서의 묵직한 분위기는 거의 없어 보였다. 오히려 더 북쪽에 있는 모리오카나 아키타 같은 곳에 동북 지방의 다채로운 힘이 축적되어 있고, 센다이는 이른바 문명개화의 표면적 위력으로 그들을 억누르고 벌벌 떨면서 그들 위에 군림하고

30_ 해가 지는 마을이라는 뜻.

31_ 朱舜水(1600~1682). 나라가 망한 후 일본으로 망명하여, 일본 천황에 대한 충성심을 높이고 민족의식을 일깨우기 위해 역사를 전면적으로 다시 쓴 『대일본사』의 편찬 작업에 깊이 관여한 인물이다.

있는 듯한 느낌이었다. 이곳은 다테 마사무네라는 영주가 만든 도시라고 하는데 일본에서 der Stutzer, 허세를 부리는 사람을 '다테(허세)꾼'이라고 부르는 것이 어쩌면 센다이의 이런 기풍을 놀리는 말에서 비롯되지 않았을까 싶을 정도로, 도시 분위기를 무의미하게 뽐내고 있는 곳이었다. 요컨대 센다이는 자신감도 없으면서 동북 지방 제일의 자리를 지키는데 급급해하며 표정 관리만 하고 있는 '허세伊達의 마을'처럼 느껴졌다. 하지만 당신이 조금 전에 말했듯 북방의 오지에서 갑자기 센다이로 온 사람에게는 이곳에서 보이는 문명개화의 모습도 호화찬란하게 보일 테니, 이를 보고 깜짝 놀라고 감탄하는 것도 당연한 일이다. 이것이야말로 센다이를 만든 마사무네 공이 동북 지방 전체를 압도하고 윗자리에 서기 위해 만든 정책이 노린 바다. 그것이 전통적인 기질이 되어 메이지유신이 있은 지 37년이 지난 지금도 알맹이가 없다는 것을 들킬까 노심초사하면서도 시골 신사 같은 허세를 버리지 못하고 있는 것이다. 하지만 내가 이런 험담을 한다고 해서 딱히 이곳 센다이에 적의를 품고 있는 것은 결코 아니다. 산업이 별로 발전하지 못한 지방 도시는, 대체로 이런 슬픈 거드름을 피우며 살아가기 마련이다. 그리고 나는 내 인생에서 아마 가장 중요한 시기를 센다이에서 보내기로 했으니, 나도 모르게 이 도시에 대해 깊이 생각하게 된 탓에 이것저것 불만을 늘어놓게 된 것 같다. 이런 기풍이 있는 도시는 공부하는 곳으로는 오히려 안성맞춤일지도 모른다. 실제로 이 도시로 온 뒤로 공부가 잘된다. 무엇이든 희소하면 더욱 귀한 것이 되기 때문인지, 나는 이곳 센다이 최초의, 그리고 유일한 청나라 유학생이라 하여 무척 좋은 대접을 받고 있다. 당신 말대로, 별 볼 일 없는 까마귀라 할지라도 딱 한 마리가 마른 나뭇가지에 앉아 있으면 그 모습도 그런대로 괜찮아 보이고 칠흑 같은 날개도 더욱 빛나 보이기 마련인지, 학교 선생님들도 마치 귀한 손님 대하듯 내게 친절하게 대해주셔서 오히려 어찌할 바를 모르겠다. 모든 사람들이 이처럼 내게 따뜻하게 대해주는 것은 태어나 처음 있는 일이다. 사람들은 마치 홀로 앉아 있는 까마귀처럼 나를 지나치게 높이 평가하고 있는 게 분명하다. 고마운 마음과 동시에, 한편으로는 그 사람들의 호의를 배신하게 되는 일이 생기면 어쩌나 하는 불안감도 든다. 동급생들도 내가 신기해서인지 아침에 교실에서 만나면 대부분 다들 나를 보고 먼저 웃어주고, 옆자리에 앉은 학생은 빌려달라고 하지도 않았는데도 내게 칼과 지우개를 빌려준다. 그중에서도 쓰다 겐지인가 하는 도쿄의 부립府立 1중학교[32]에서 온 것을 은근히 자랑하고 다니는 키 큰 학생이 내게 가장 열렬한 관심을 보인다. 여러모로 소소하게 챙겨주는데, 예를 들면 깃이 더러우니 세탁소에 맡기라는 둥, 비올 때 신을 장화를 한 켤레 사라는 둥 복장에까지 신경을 써준다. 끝내 우리 하숙집까지 찾아와서는 여기서 이러지 말고 바로 우리 하숙집으로 이사를 오라고 했다. 내가 사는 하숙집은 고메가부쿠로에 있는 가지야마에초의 미야기 구치소 앞에 있었는데 학교도 가깝고 밥도 맛있어서 나는 무척 만족하고 있었다. 하지만 쓰다 씨는 우리 하숙집이 구치소의 수인들이 먹는 밥도 만드는 곳이니 여기서 살면 안 된다고 했다. 수재 청나라 유학생이 수인들과 같은 냄비로 지은 밥을 먹는다는 것은 개인의 체면이 걸린 문제일 뿐만 아니라, 더 나아가서는 자네 나라의 체면에도 상처를 입히게 되니까 어서 이사해야만 한다고 몇 번이고 충고했다. 웃으면서 나는 그런 거 신경 안 쓴다고 했지만 그는, "그건 자네가 내 제안을 덥석

32_ 현재의 히비야 고등학교로, 구제도 하의 중학교 중에서 가장 우수한 인재들이 모인 학교였다.

받아들이기가 그래서 거짓말을 하는 거야. 중국 사람은 무엇보다도 체면을 가장 중시한다는데, 죄수들과 같은 밥을 먹어도 신경이 안 쓰인다니 그건 거짓말이겠지. 어서 이 불길한 하숙집을 정리하고 우리 하숙집으로 와." 하고 집요하게 권했다. 굉장히 진지한 표정으로 그런 얘기를 했지만, 실은 나를 놀리는 것이었을지도 모른다. 진심인지 아닌지는 알 수 없었지만 어쨌든 친구의 호의를 매몰차게 거절해서 그를 화나게 만들고 싶지는 않았기 때문에, 나는 어쩔 수 없이 쓰다 씨가 사는 아라마치의 하숙집으로 이사를 갔다. 감옥에서 멀어지기는 했지만 식사는 예전 하숙집만큼 맛있지는 않았다. 매일 아침 밥상에 생토란을 갈아 걸쭉하게 만든 즙이 나왔는데, 그 음식에는 아무래도 손이 안 가서 무척 난감했다. 쓰다 씨는 매일 아침 내 방을 들여다보고는 그것을 왜 먹지 않느냐고 다그쳤다. 상당히 영양가가 높은 것이니 꼭 먹어야 한다며, 된장국에 넣고 저으면 마를 갈아 넣은 맛있는 장국처럼 되니 그 국물을 밥에 부어 먹으면 좋다고 했다. 그 이후로 나는 매일 아침 된장국에 그것을 넣고 저은 뒤 밥에 부어 먹어야만 했다. 그 사람은 절대 나쁜 사람은 아니지만, 그의 지나친 친절에는 두 손 두 발 다 들었다. 하지만 지금은 쓰다 씨의 이런 참견을 받아주기가 약간 힘들 뿐, 그것 말고 다른 불만은 아무것도 없다. 모든 것이 순조롭다. 행복할 지경이라고 해도 좋을지 모른다. 학교 강의는 모든 것이 신선해서, 내가 긴 세월 품어온 꿈도 여기에 와서 비로소 이룬 듯한 기분이 든다. 그중에서도 해부학을 가르치시는 후지노 선생님 강의가 재미있다. 딱히 특별할 것 없는 강의지만, 그 선생님의 인격이 묻어나서 그런지, 나뿐만 아니라 다른 학생들도 모두가 강의를 재미있게 듣고 있다. 선배 중 우리 학년에 일 년 더 남게 된, 이른바 낙제생들의 이야기에 따르면,

후지노 선생님은 복장에 무신경해서 넥타이를 깜빡하고 학교에 오시는 일이 종종 있다고 한다. 또 겨울이면 무릎이 안 가려질 정도로 짧고 낡은 외투를 입고서는 언제나 추운 듯 덜덜 떤다고 한다. 언젠가 기차에 탔을 때 차장이 선생님을 수상한 사람이라 생각했는지, 느닷없이 차 안의 승객들을 향해 "여러분, 요즘 기차 안에 소매치기가 많으니 주의하세요!" 하고 외쳤다는 얘기도 있다. 그 밖에도 재미있는 일화가 굉장히 많다고 한다. 어쨌든 성격도 고결하고 강의에도 열심이라 수업 내용이 알찬데, 한편으로는 속세에 연연하지 않는 면이 있어서인지 같은 반의 낙제생들은 이 선생님을 친근하게 여기며 만만하게 보는 것 같다. 이 선생님의 강의 때면 아무것도 아닌 일에도 와 하고 소리 내어 웃으면서 장단을 맞추니 교실이 무척 시끌벅적해진다. 첫 수업 때도 선생님은 약간 구부정한 자세로 크고 작은 책들 여러 권을 양 옆구리에 끼고 교실에 들어왔다. 많은 책들을 교단 위에 높이 쌓아올린 뒤, 무척 어눌한 말투로 "저는 후지노 겐쿠로라고 하는 사람인데," 하고 입을 떼자마자 그 낙제생들이 와 하고 웃음을 터뜨려 선생님이 어쩐지 딱했을 정도다. 그 첫 강의는 일본의 해부학 발달사에 대한 것이었고, 그때 가지고 오신 크고 작은 책들 여러 권은 예부터 현대에 이르는 일본인의 해부학에 관련된 책들이었다. 스기타 겐파쿠의 『해체신서解体新書』, 『난학사시蘭学事始』 등도 그중에 있었다. 그리고 선생님은 겐파쿠와 그의 동료들이 고즈갓파라에 있는 사형장에서 죄인의 시체를 해부할 때 느꼈던 긴장감 등에 관해서도 특유의 느린 말투로 말씀해주셨는데, 그 첫 강의는 내 앞길을 암시하고 격려해주는 느낌이었기에 정말 깊은 감명을 받았다. 이제는 내가 나아갈 길을 한마디로 말할 수 있다. 중국의 스기타 겐파쿠가 되는 것이다. 그것뿐이다. 중국의 스기타 겐파쿠가 되어 중국 유신維新의 신호탄을 쏘아 올리는 것이다.

그 마쓰시마의 여관에서 당시 스물네 살의 유학생이었던 저우 씨는 내게 대강 위와 같은 얘기를 터놓고 이야기했는데, 물론 그날 밤 저우 씨가 혼자 이렇게 장황하게 청나라의 현 상황이나 자신의 성장 배경 같은 것을 순서대로 이야기하지는 않았다. 조금씩 술도 마셔가면서 거의 새벽까지 나와 나눈 다양한 이야기들을 다시 엮은 것이고, 또 내가 나중에 알게 된 것들을 다소 보충하여 이렇게 정리해본 것이다. 어쨌든 나는 그날 밤 저우 씨의 허심탄회한 이야기를 듣고 상당한 감동을 느꼈다. 그는 나처럼, 그냥 부모님이 의사니까 맏아들인 나도 의사가 되어야겠다는 가벼운 마음가짐으로 의학전문학교에 입학한 것이 아니었다. 과연 망망대해를 건너온 사람은 그만큼 사연이 많고 대단한 결의를 품고 있구나 싶어, 소리 내어 감탄할 정도였다. 이 이국의 수재를 새삼 존경하게 되었고, 할 줄 아는 것도 없는 주제에 어떤 식으로 든 이 사람이 고매한 뜻을 이루게끔 도와주고 싶다는 의협심이 솟구치는 것을 느꼈다. 저우 씨는 내가 자신의 남동생을 닮았다고 했고, 내 입장에 서는 저우 씨를 만나 얘기할 때만큼은 사투리에 대한 고민에서 해방될 수 있다는 비밀스러운 기쁨이 있었는데, 그런 점들이 우리를 가깝게 만들었다는 생각도 든다. 하지만 그렇게 일일이 이유를 따지고 들 것도 없다. 그냥 속된 말로 '죽이 맞았다'고 표현하는 작은 기적은 국적이 다른 사람들 사이에서도 가끔 일어날 수 있는 현상인지도 모른다. 하지만 이 일본의 삼대 풍경 중 하나인 마쓰시마 바닷가에서 아무런 이해관계나 타산 없이 묘하게 엮인, 두 외톨이끼리의 점잖은 교우관계에도 이따금 이상한 장애물이 생기곤 했다. 이 세상은 둘 사이의 순수하고 느긋한 교우관계를 허락하지 않는 법인지도 모른다. 반드시 제3자의 견제나 시기, 조소 등이 개입하게 되는 모양이다. 그렇게 마쓰시마의 여관에서 서로 아무런 거리낌 없이 자신의 생각을 이야기하며 웃다가, 이튿날 함께 기차를 타고 센다이로 돌아와서는 "그럼 내일 학교에서 봅시다.", "여러모로 고마웠어요", "아니, 내가 더 고맙지요." 하고 의외로 즐거웠던 작은 여행에 대해 서로 감사하며 헤어졌다. 그다음 날 아침에는 새로 사귄 친구를 또 만날 수 있다는 기대감에 하숙집 사람들도 깜짝 놀랄 정도로 빨리 일어나 학교에 갔지만, 저우 씨의 모습은 교정에서도, 교실에서도 찾아볼 수가 없었다. 그날 나는 하루 종일 삭막한 기분으로 여러 선생님들의 강의를 들었다. 나는 저우 씨처럼 절실한 목적을 가지고 의학을 공부하는 것도 아니었기 때문에, 이것저것 강의를 들어봐도 별반 좋다는 생각이 안 들었고 그다지 신선하다는 느낌도 없었다. 후지노 선생님의 강의도 그날 처음으로 들어보았지만, 저우 씨가 그렇게 열정적으로 칭찬했던 것만큼 재미있는 수업은 아니었다. 그 무렵 후지노 선생님의 강의는 골학총론骨學總論을 마치고 골학각론骨學各論에 들어간 지 얼마 안 된 참이었는데, 실제 사람 크기의 구간골軀幹骨 표본을 옆에 놓고 마치 그것이 자기 부모님의 뼈라도 되는 양 부드럽게 여기저기를 어루만지면서, 한 사람이라도 강의 내용을 이해하지 못한다면 강의를 끝내지 않겠다는 기세로, 극도로 자상하고 친절하게 가르쳐주셨다. 양심적이라고 해야 할지, 지나치게 성실하다고 해야 할지, 나처럼 성질 급한 사람에게는 너무 까다로운 강의라 못마땅했다. 해부학이라는 것이 원래 그렇게 까다로운 학문이라는 것은 나중에 알게 되었지만, 그렇다 해도 몇 번이고 반복되는 후지노 선생님의 열정적인 설명은 지겨울 수밖에 없었다. 외모에서 풍기는 분위기도, 그때는 항상 넥타이를 매고 있었던지라 세속에 연연하지 않는 신선 같은 분위기는 티끌만큼도 없었다. 얼굴은 까맣고 광대뼈가 튀어나와서 올곧은 느낌이었고 철테 안경 속의 눈동자는 끊임없이 사방을 노려보고 있어서 정답기는커녕, 내게는 그 어떤 선생님보다도 만만치 않은 분으로 보였다. 그래도 저우 씨가 얘기한 대로, 교실 뒤편에 있는 낙제생 일당들은 아무것도 아닌 일에 와 하고 자지러지게 웃으며 소란을 피웠다. 내가 관찰한 바에 의하면 그것은 그 낙제생들이 후지노 선생님의 지나치게 성실하다 싶은 진지한 강의에 압박감을 느끼고 오히려 허세를 부리며, '우리 고참들은 이런 강의가 우습기 짝이 없다. 신입생들이여, 그렇게 긴장하지 말라.' 하고 시위를 벌이고 있는 것처럼 여겨졌다. 어쩌면 그들 모두가 후지노 선생님의 해부학에서 낙제점을 받아서 그 분풀이로 저런 무의미한 소란을 피우고 있는 것은 아닐까 싶었을 정도다. 어쨌든 후지노 선생님의 강의 그 자체는 내가 예상했던 것처럼 녹록한 것이 아니었고 애처로울 정도로 성실하고 진지한 것이었다. 하지만 애처롭다는 느낌은 나 혼자만 특별히 강하게 받았는지도 모른다. 왜냐하면 이 선생님은 강의를 진행하면서 자기 말씨에 상당히 신경 쓰는 듯했고, 나도 평소 사투리 때문에 고생하고 있어서 다른 사람의 그러한 기분은 민감하게 알아차리고 동정심을 느끼기에 유난히 애처롭다는 인상을 받은 것일 수도 있기 때문이다. 선생님은 억센 관서 지방 사투리를 썼다. 그것을 숨기려 어지간히 노력하는 듯했지만, 외국인인 저우 씨조차 특징 있는 어조라는 것을 알아챘을 정도로 강의 중에 관서 지방 사투리를 상당히 심하게 썼다. 그러고 보면 나중에 후지노 선생님과 저우 씨, 나 이렇게 셋이서 친해진 것도 별다른 이유가 있는 게 아니라 그냥 일본어가 서툰 사람들끼리 뭉치게 된 것에 지나지 않는 것 아닐까? 이런 한심한 생각도 들지만, 그런 추론은 도가 지나친 농담일지도 모른다. 그 당시 내가 스스로의 사투리에 많은 신경을 썼던 것은 사실이며, 그것은 저우 씨와 처음 만났을 때도 공감대를 형성하게 된 큰 계기 중 하나였다는 것은 앞에서도 몇 번이나, 지겹도록 장황하게 설명한 바와 같다. 그에 대해서는 지금도 부정할 생각이 없지만, 지금의 내게는 우리가 그런 비속한 이유 하나 때문에 친하게 지낸 것은 결코 아니라며 큰소리치고 싶은 마음도 있다. 그렇다면 그것 말고 다른 고차원적인 이유는 무엇일까? 그게 무엇인지, 실은 나도 정확히는 모르겠다. 그게 무엇인지 한마디로 표현할 수는 없지만, 어쨌든 '죽이 맞았다'는 말도, 저우 씨와 나 같은 젊은이 둘이서 갑자기 서로 속을 터놓게 된 것에 대한 설명으로 쓰면 그럴싸해 보이기도 한다. 하지만 우리 둘의 교우관계에 더해 후지노 선생님을 포함한 셋의 관계를 설명할 때 '죽이 맞았다'는 식의 무례한 속어를 쓴다면, 그것만으로는 부족한 것 같다. 실제로 그 이후 우리 세 명 사이에는 일본어가 서툰 사람들이라거나 '죽이 맞았다'는 관념을 초월한, 무언가 커다란 것을 향한 신뢰와 노력이 있었지만 그것이 무엇이었는지는 나도 잘 모르겠다. 서로에 대한 존경이라는 것일까? 아니면 이웃 사랑이라는 것일까? 혹은, 정의라고 해야 할까? 아니, 그런 모든 느낌을 뭉뚱그린, 무언가 어렴풋하면서도 더 커다란 것 같다. 어쩌면 후지노 선생님이 자주 말했던 '동양 본래의 도道'라는 것이 그것일지도 모르지만, 아무래도 잘 모르겠다. 후지노 선생님의 관서 지방 사투리에서 얘기가 이상한 데로 샜는데, 요컨대 우리가 그 이후로 나눈 우정은, 단순히 일본어가 서툰 사람들끼리 모여서 생긴 것만은 아니었으니 그런 식으로만 보시면 서운하다는 내 마음을 이야기하고 싶었을 뿐이다. 우리의 우정 관계의 본질은 무엇이었는지, 그것을 판단하기에는 내 능력이 모자라므로 언젠가 사상가분들의 의견을 듣는 수밖에 없겠지만, 어쨌든 나는 지금 은사님과 친구의 옛 모습을 그저 성실하게 담아낼 수만 있다면 그것만으로도 만족할 것이며, 그것을 뛰어넘을 욕심은 내지 말고 이 보잘것없는 수기를 계속 써나가야겠다. 어쨌든 마쓰시마에서의 우연한 만남으로 기분 좋게 맺어진 저우 씨와 나의 교우관계에도 때때로 이상한 장애물이 있었다고 앞서 말했는데, 불쾌한 훼방꾼은 정말 일찌감치, 생각지도 못했던 곳에서 나타났다. 나는 그날 저우 씨를 만난다는 기대감에 평소보다 일찍 일어나 학교에 갔는데, 저우 씨의 모습은 어디에도 보이지 않았고, 기대했던 후지노 선생님의 강의도 너무 딱딱하다 싶을 정도로 무거운 내용이어서 약간 지루하기까지 했다. 결국 그날 재미있는 일은 아무것도 일어나지 않았고, 저녁이 되어 수업을 마치고 멍하니 교문을 나서려는데,

"어이 이봐, 잠깐만." 하고 누가 나를 부르기에 뒤돌아보니, 키가 크고 기름진 얼굴에 큰 코를 가진, 꼴사납게 생긴 학생 한 명이 히죽거리며 서 있었다. 저우 씨와 내 교우관계에 있어 첫 훼방꾼은 이 사람이었다. 그의 이름은, 쓰다 겐지다.

"잠시 자네한테 할 얘기가 있는데 말이지." 건방진 말투였다. 하지만 사투리는 아니었다. 도쿄 사람일지도 모르겠다 싶어, 나는 속으로 긴장했다. "히가시 일번가 근처로 같이 저녁 먹으러 안 갈래?"

"네?" 나는 도쿄 사람 앞에 서면 말수가 극도로 줄어든다.

"같이 가겠다는 거지?" 앞장서서 성큼성큼 걸으면서 말했다. "어디 보자, 어디가 좋을까? 도쿄 식당의 튀김 메밀국수는 너무 느끼해서 못 먹겠고, 브라더 식당의 커틀릿은 너무 딱딱해서 구두 밑창을 씹는 기분이니, 정말 센다이에는 맛있는 게 없단 말이지. 뭐, 가다가 아무 식당에나 들어가서 닭고기 전골 요리나 먹는 게 무난할지도 모르겠군. 아니면, 어디 다른 괜찮은 식당 아는 데 있어?"

"아니, 음, 별로." 나는 상대의 위세에 눌려 횡설수설했다. 도쿄 사람처럼 보이는 이 이상한 학생이 대체 내게 무슨 할 얘기가 있다는 걸까 싶어 몹시 불안했지만, 상대는 애초부터 내 기분 같은 것에는 관심도 없는지, 제멋대로 떠들어대면서 내 윗사람이라도 되는 양 씩씩하게 앞으로 걸어갔다. 촌놈인 나는 딱히 뭐라고 해야 할지를 모르겠어, 그저 희미하게 쓴웃음을 지으며 뒤따라갈 수밖에 없었다.

"그러면 어쨌든 히가시 일번가로 가서 새 가게를 뚫어보자. 맛있는 장어구이집이 있으면 좋을 텐데, 센다이에서 나는 장어에는 힘줄이 있어서 말이지." 끊임없이 식도락가로서의 요상한 면모를 뽐냈다. 장어의 힘줄이라는 게 대체 무엇인지, 그것은 그로부터 사십 년이 지난 지금까지도 이해할 수 없는 수수께끼로 내 마음속에 남아 있다. 어쨌든 우리는 센다이의 아사쿠사 격인 히가시 일번가에 가서 그의 말처럼 '가다가 아무 식당에나' 들어갔고, 또 그의 말을 빌리자면 '무난'한 닭고기 전골 요리를 먹게 되었다. 그는 나와 한 테이블에 마주 보고 앉자마자 명함 한 장을 내밀었다. '센다이 의학전문학교 학생회 간부 쓰다 겐지'라고 적혀 있었다. 그 직함은, 그가 의학전문학교의 선생님 겸 학생회 간부라는 것인지, 아니면 학생이라는 것인지, 아니면 몇 학년 학생회의 간부라는 것인지, 모든 것이 애매했다. 그것 또한 그가 노린 바였는지도 모른다. 그 당시 사회에서는 전문학교 급의 학교에 다니는 학생을 어엿한 신사로 대우해주었기 때문에 소속 학교의 명함을 가지고 다니는 학생이 많았지만, 이렇게 엉터리 직함이 인쇄된 명함은 정말 드문 것이었다.

"음, 그래요?" 나는 웃음이 터져 나오려는 것을 꾹 참고, "저는 명함이 없지만, 다나카……" 하고 내 이름을 말했다.

"아, 알고 있어. 다나카 다카시. H중학교 출신. 자네는 학교에서

요주의인물이야. 학교에도 통 안 나오잖아?"

나는 화가 치밀었다. 학교에 안 나간다고 해서 '요주의인물'이라니, 그건 말이 너무 지나치다. 실례다. 나는 잠자코 있었다.

그는 "농담 좀 해봤어."라면서 웃었다. "자네 얘기는, 어제 저우 씨한테 자세히 들었어. 같이 마쓰시마의 여관에서 밤새, 잠도 안 자고 얘기를 나눴다며? 저우 씨는 그 덕분에 감기에 걸려서 몸져누웠어. 저우 씨에겐 약간 Lunge^{폐렴} 기운이 있으니까 그렇게 무리하면 안 돼."

그때 불현듯 어떤 생각이 떠올랐다. 그날 밤 저우 씨가, '어느 별난 학생의 과도한 친절에 두 손 두 발 다 들었다'고 했는데, 그 학생의 이름이 쓰다라고 했던 것 같다. 뭐야, 그러면 그 마 된장국을 가르쳐준 사람이 내 눈앞에 있는 식도락가라는 얘기군.

"열도 있나요?"

"응. 그렇게 많이 나지는 않지만, 그다지 건강한 체질도 아닌 것 같으니까 말이지. 뭐, 이삼 일 정도는 학교를 빠지라고 할 생각이야. 아무튼 외국인은 손이 많이 간단 말이지. 그나저나 닭은, 다시마 국물로 만든 전골 요리 어때? 술도 마시지?"

"네, 뭐든 상관없습니다."

"고기가 질기면 안 되는데. 차라리 다져달라고 할까? 그러면 괜찮을 테니."

나는 무심코 풋 하고 웃어버렸다. 쓰다 씨의 윗니가 전부 허술한 틀니라는 것을 알아챘기 때문이다. 브라더 식당의 커틀릿을 구두 밑창 같다고 한 말도 그렇고 장어에 힘줄이 있다는 이상한 얘기나 다진 닭고기를 주문하자는 것도, 모두 이 틀니와 무언가 연관이 있는 것 아닐까 싶었다.

"하기야." 쓰다 씨는 내가 웃은 이유를 다른 것으로 착각한 듯 말했다. "콧물처럼 흐리멍덩한 국물에 나오는 전골 요리는 좀 그렇겠지? 시골 요리는 역시 다진 고기로 만든 게 최고야."

그리하여 다진 닭고기와 술을 주문했고, 쓰다 씨는 직접 능숙한 손놀림으로 전골요리를 만들었다. 술잔을 주고받으며,

"이봐, 외국인 친구를 사귈 때는 여러모로 조심하지 않으면 큰일 나. 지금 일본은 전쟁 중이니까, 그걸 잊어서는 안 된다고."라고 하면서 이상한 얘기를 하기 시작했다.

나는 어안이 벙벙해져서,

"뭐라고요?" 하고 되물었다.

"'뭐라고요?'라고 할 때가 아냐. 나는 도쿄 부립 1중학교 출신인데, 이 전쟁이 시작되고부터 도쿄에 감도는 긴장감이란, 이런 시골에서 상상하는 차원을 훨씬 뛰어넘는 것이지." 정말이지 이상한 걸 다 뽐내는 구나 싶었다. "청나라 유학생 따위, 도쿄에는 몇천 명이나 있어. 조금도 희귀한 존재가 아니란 말이지." 하는 말이 점점 더 이상해졌다. "하지만 말이지, 이 유학생 문제 같은 것도 어지간히 신중하게 생각해봐야 하는 거 아닐까? 어쨌든 일본은 지금 북방의 강대국과 전쟁 중이니까. 뤼순도 쉽게 함락될 것 같지는 않고, 발틱 함대도 이제 동양을 향해 출발한다고 하니, 정말 큰일이 벌어질지도 몰라. 이런 시기에 청나라 정부는 일본에 게, 그럭저럭 호의적이고 중립적인 태도로 나오고 있지만, 이게 또 앞으로 어떻게 바뀔지 몰라. 청나라 정부 자체가 지금 흔들리고 있으니 까. 자네들은 모르겠지만, 지금 중국 국내에서는 혁명 사상이 엄청난 기세로 퍼지고 있대. 고기가 다 익었네, 안 먹어? 너무 많이 익으면 질겨져서 못 써. 아무튼 혁명 사상 얘기를 하자면, 그 사상의 급선봉에

서 있는 사람이 다름 아닌 일본 유학생이라, 문제가 복잡해지는 거야. 잘 들어, 이 얘기를 다른 데서 하면 곤란해. 이건 우리끼리 얘기니까. 내가 어째서 이렇게 중국 국내 사정에 정통한가 하면 말이지, 쓰다 세이조라고, 알아? 우리 숙부님인데, 성은 쓰다, 그리고 이름은 깨끗한 창고라고 써서 세이조淸藏. 모를 리가 없을 텐데? 역시 시골은 어쩔 수가 없구면. 친척인 내 입으로 말하기는 그렇지만, 지금 일본 외교계에서는 젊은 사람들 중에 가장 일을 잘하는 사람일 거야. 모른다면 어쩔 수 없지만. 어쨌든 그런 숙부님이 있으니 나도 덩달아 외국 사정에 정통해진 거지. 그런데 이 고기는 너무 심하지 않아? 다진 고기에는 계란을 듬뿍 넣어서 잘 섞어주지 않으면 맛이 없는데. 계란을 조금밖에 안 넣은 게 분명해. 묘하게 밀가루 냄새가 나잖아. 정말 못 먹어주겠군. 역시 시골은 별수 없네. 뭐, 어쩔 수 없지. 먹자. 어쨌든, 그 혁명 사상 얘기로 돌아가서 말이지, 이건 비밀이야. 우리끼리만 하는 얘기야. 그걸 명심하고 잘 들어. 지금은 그 본부가 일본에 있어. 놀랍지? 더 확실히 얘기해줄까? 도쿄에 있는 청나라 유학생들이, 그 중심 세력이야. 어때, 얘기가 점점 재밌어지지?"

하나도 재미없었다. 중국의 혁명운동에 대해서는 그렇게 엉성한 '우리끼리 얘기'보다 더 자세한 실정을 이미 저우 씨로부터 들은 뒤였는지라 전혀 놀라울 것이 없었다. 나는 그저 그 외국 전문가의 비밀스러운 속삭임에 맞장구를 쳐주면서, 오로지 닭고기 전골을 먹는 데만 집중했다. 촌뜨기인 내 입에는 그가 맛없다고 한 다진 고기가 밀가루 냄새도 안 나고 굉장히 맛있게 느껴졌다.

"문제는 이거야. 잘 듣고 있어? 오늘 밤에 한번 천천히 생각해봐. 청나라 정부가 돈을 대서 일본으로 유학생을 파견하고, 그 유학생들이 청나라 정부 타도 운동을 하고 있으니, 이상하잖아. 이건 마치, 청나라 정부가 스스로 무너지기 위한 연구비를 유학생들에게 주고 있는 격이지. 일본 정부는 지금, 유학생들의 혁명 사상을 알면서도 모르는 척하고 있는 것 같은데, 민간 차원에서는 의협심 많은 일본인들이 적극적으로 이 운동을 지원하고 있어. 이봐, 놀라지 말고 잘 들어. 중국 혁명운동의 거물인 쑨원이라는 영웅은 벌써 한참 전부터 일본의 협객인 미야자키 아무개라는 사람의 지원을 받고 있어. 쑨원. 이 이름을 기억해두는 게 좋을 거야. 대단한 녀석이라는 것 같아. 사자 같은 사람이래. 유학생들 도 이 사람 말이라면 뭐든 들어. 절대적으로 신뢰한다지. 그 무시무시한 영웅의 지원자가, 바로 미야자키 아무개라는 사람을 비롯한 의협심 많은 일본의 민간인들이란 말이지. 이게 위험한 점이야. 일본 정부가 알고도 모른 척하고 있는 이 혁명 사상이 더 널리 퍼져서, 일본의 수도인 도쿄에서 대대적인 청나라 정부 타도 운동이 벌어지기라도 하면, 청나라 정부가 일본에게 어떤 감정을 가지게 될까? 평상시 같으면 아마 별 상관없을 거야. 중국이라는 훌륭한 문명의 전통을 가진 대국을, 열강의 침략으로부터 구해내기 위해서 어쩔 수 없이 혁명이라는 수단이 필요한 거라면, 청나라 정부가 어떻게 나올지를 신경 쓰며 모른 척할 필요가 없지. 나도 쑨원이라는 영웅한테 달려가서 그를 격려해주겠어. 일본인이 라면 모두 그만한 의협심은 있지. 일본 민족의 고유한 정신은, 의협심이 니까. 하지만 말이지, 일본은 지금 국운을 걸고 북방의 강대국과 한창 싸우는 중이야. 만약에 청나라 정부가 일본 정부에 악감정을 가지게 되어 지금의 호의적이고 중립적인 태도를 버리고 러시아 편이라도 들게 된다면, 어떻게 될까? 이 전쟁도, 어쩌면 일본에 굉장히 불리해지지 않을까? 이거야. 잘 들어, 이게 바로 외교의 오묘한 수법이야. 전쟁을 하면서 한편으로는 외교를 하는 거 말이지. 왜 웃어? 진지하게 들어. 정말 중요한 국가 문제란 말이야. 자네는 아까부터 혼자 술만 벌컥벌컥 들이켜고 있는데, 돈은 충분히 있어? 나는 별로 없어서 말이지. 자네는 대체, 얼마를 가지고 있는 거야? 우선 자국의 재정 상태를 확인해두지 않으면, 전쟁도 불안해지는 법이지. 어서 얼마 있는지 확인하고 보고해."

나는 내 지갑을 꺼내어 얼마 있는지를 확인하고 외무대신에게 보고했다.

"좋아, 됐다. 그 정도 있다면 충분해. 나도 오륙십 전은 가지고 있어. 좀 더 마시자. 나는 이제 고기는 싫어. 깔끔하게 두부나 데쳐달라고 하자. 시골 요리 중에서는 뭐, 그게 그런대로 무난한 편이니까." 하지만 나는 그것 또한 그의 틀니와 무언가 관계가 있을 거라 생각했다.

가게 사람이 냄비를 갈고, 술을 더 가져왔다.

"잘 먹고 잘 마시네." 그는, 내가 두부를 후후 불어가며 먹고 동시에 다른 한 손으로는 끊임없이 자작하여 술을 마시는 모습을 못마땅하다는 눈초리로 바라보며 이제까지와는 다른 말투로 말했다. "자네들은 마쓰시마에서도 술을 꽤 많이 마셨다고 들었는데. 너무 사소한 것을 물어보는 것 같아 좀 그렇지만, 그 돈은 누가 계산했지? 중요한 문제야." 나는 젓가락을 내려놓고 답했다.

"반씩 냈습니다. 제가 다 낼 생각이었지만, 저우 씨가 뜯어말려서 말이지요."

"안 돼. 자네가 그래서 안 되는 거야. 하나를 보면 열을 알 수 있지. 자네는 앞으로 저우 씨와 가까이 지내지 않는 편이 좋겠어. 국가의 방침에 어긋나는 일이야. 저우 씨가 뭐라고 한들, 자네가 전부 냈어야 해. 외국인을 사귈 때는, 자신도 어엿한 외교관이라는 생각을 가져야 해. 무엇보다도, 일본인은 모두 친절하다는 인상을 그들에게 심어줘야만 해. 우리 숙부님도 그런 점에 있어서는 고심이 컸지. 어쨌든 지금은 전쟁 중이니까. 중립국의 사람들한테는 정말 복잡 미묘한 외교적 술책을 써야 해. 특히 청나라 유학생은 골칫거리란 말이지. 그들은 청나라에서 파견된 유학생이면서도 청나라 정부 타도 운동을 하고 있으니. 그들이 하는 말을 그냥 다 들어준다면, 그건 일본 현 정부의 외교 방침에 어긋나는 결과를 가져오지 않을까? 단순한 친절만 가지고는 안 돼. 친절하게 대해주면서, 한편으로는 지도를 해주는 선배 같은 태도로 대하는 것이, 지금의 외교관으로서는 최고의 수법이 아닐까 해. 이거야. 잘 들어, 상대에게 약점을 보여서는 안 돼. 함께 놀았을 때 계산은 반드시 우리가 해야 해. 항상 한발 앞서서 행동하란 말이지. 나도 그것 때문에 고생깨나 하고 있어. 지난번 학급 회의 때 자네는 안 왔던 것 같은데, 앞으로는 와야 해. 아무튼 그 학급 회의 때도 후지노 선생님이 간부인 내게, 유학생 친구를 사귈 때는 조심하라고 말씀하셨어."

그 말은 그냥 흘려들을 수가 없었다. 어쩐지 후지노 선생님께 배신당한 듯한 기분이 들었다.

"설마, 후지노 선생님이 그런 얼토당토않은 외교적 술책 같은 얘기를 했을 리가 없는데."

"얼토당토않다니 그게 무슨 얘기야? 그런 무례한 얘기를 해선 안 돼. 자네는 비국민[33]이야. 전쟁 중에는 제3국인이 모두 스파이가 될 가능성이 있어. 특히 청나라 유학생은 예외 없이 모두 혁명파야. 혁명을

33_ 非國民. 중일전쟁 이후 전쟁에 협력하지 않는 자, 협력이 불충분한 자, 나아가 생활에 불만을 가지는 사람에게도 사용된 말이다. 나라에 대한 불만을 억압하기 위한 각종 표어가 유포되는 가운데, 체제에 순응하지 않는 자나 반전주의자가 있으면 주위에서 그를 '비국민'이라 부르며 야유했다.

수행하기 위해 러시아에 조력을 구하게 될 가능성도 있잖아? 그래서 감시를 할 필요가 있어. 한편으로는 친절하게 대하고, 그러면서 한편으로는 감시를 해야 해. 나는 그러기 위해서 그 유학생을 우리 하숙집으로 끌어들여서 돌봐주기도 하고, 동시에 여러모로 일본의 외교 방침에 부합하는 노력도 하고 있어."

"대체 뭐지요? 여러모로 노력한다는 게. 너무 치사한 거 아닌가요?" 나는 꽤 많이 취한 상태였다.

"아니 치사하다니. 그런 말을 잘도 하네? 자네는 틀림없는 비국민이군. 불량소년이야." 얼굴색이 변해 있었다. "뻔뻔스러운 놈. 시골에도 이런 불량소년이 있다니. 숙부님의 이름도 모르고, 돼먹지 못한 놈이군. 공부 좀 더 해. 너는 곧 낙제할 거야. 이제 돌아가. 네가 먹고 마신 걸 계산하고, 어서 집으로 돌아가. 고기도 그렇고 두부도, 너 혼자 다 먹은 거나 다름없어."

나는 지갑에 들어 있던 돈을 모두 바닥에 내동댕이쳐놓고 말없이 일어섰다.

"해보자는 거야? 어이." 쓰다 씨는 양반다리를 하고서 무릎 위에 두 손을 짚고 그렇게 큰소리쳤다.

나는 쓴웃음을 지었다.

"안녕히 계세요."라는 말만 하고 밖으로 나서는데, 나도 기분이 찜찜했다. 내일 후지노 선생님을 직접 만나 그 얘기의 진위를 확인해봐야겠다고 생각했다. 저우 씨가 스파이가 될 가능성이 있으며 날 더러 비국민 불량소년이라고 하는 얘기를 듣고서 잠자코 있을 수가 없었다. 나는 현청 뒤에 있는 하숙집으로 돌아와 우물가에서 세수를 하고, 손도 씻고, 발도 씻었다. 기분이 약간 상쾌해져서 그날 밤에는 푹 잘 수 있었다.

다음 날 아침 나는 의욕에 가득 찬 상태로 등교했고, 수업이 시작되기 전에 후지노 선생님의 연구실로 가서 문을 두드렸다. "들어와." 하는 선생님의 목소리가 들렸다. 주저 없이 문을 열자, 방에는 아침햇살이 가득 들어차 있었고, 선생님은 상지골^{上肢骨}과 하지골^{下肢骨}, 두개골^{頭蓋骨} 등 너무나 으스스한 사람 뼈 표본에 둘러싸여 태연히 신문을 읽고 계셨다. 회전의자를 내 쪽으로 틀더니 신문을 탁자 위에 놓고는,

"무슨 일이지요?"하고 물었다. 연구실에서의 선생님은, 교실에서보다 훨씬 더 상냥했다.

"저기, 제3국의 사람과 친구로 지내면 안 되는 겁니까?"

"아니, 그게 무슨 얘기지요?" 선생님은 관서 지방 사투리를 그대로 드러내며 되물었다.

"저우 씨 얘긴데요." 나는 선생님의 관서 지방 사투리를 듣고는 나도 모르게 미소 지었다. 이제는 침착하게 얘기할 수 있었다. "저우수런 군과 친하게 지내면 안 된다고, 어제 어떤 사람이 그러더라고요."

"누굽니까?"

"이름은 말씀드릴 수 없습니다. 저는 그 사람이 누군지 고자질하러 온 것이 아닙니다. 다만 선생님이 그런 말씀을 하셨다는 얘기를 듣고서, 그게 사실인지 여쭤보러 왔을 뿐입니다."

나는 후지노 선생님에게도, 저우 씨에게 그랬듯 내 생각을 비교적 거침없이 얘기할 수 있었다. 그 이유에 대해서는 앞에서 몇 번이고 장황하다 싶을 정도로 썼지만, 결국은 후지노 선생님과 저우 씨의 인품 때문일지도 모른다. 나는 그 사람들과 함께 있을 때면 어쩐지 마음이 놓인다.

"이상하네요." 선생님은 불만스럽다는 듯 턱수염을 세게 문질러대며

말했다. "내가 그런 어처구니없는 얘기를 했을 리가 없는데?"

"제가 듣기로는." 내가 입을 삐죽이며, "학급 회의 때 선생님이,"라고 말하자,

"아, 쓰다 군이 그러던가? 녀석, 촐랑대기는." 하고 웃음을 터뜨렸다.

"그러면 그 말은 사실이 아닌 건가요?"

"아니, 맞습니다. 내가 그런 말을 했지요." 갑자기 강의 때처럼 진지한 말투를 쓰기 시작했다. "'이번에 우리 학교에 처음으로 청나라 유학생한 명이 왔다. 이 사람과 함께 의학을 공부한다는 것은, 작게는 중국에 새로운 의학을 탄생시키기 위함이며, 더 나아가서는 일본과 중국이 서로 도와가며 서양 의학을 하루빨리 동양에 흡수시킴으로써 전 세계의 학술을 더욱 진전시키기 위한 좋은 계기를 만들기 위함이라는 마음가짐을, 학급 간부들이 가져줬으면 좋겠다.' 하고 그때 쓰다 군에게 말했지요. 다른 말은 전혀 안 했어요."

"그렇군요." 나는 맥이 빠지는 듯한 기분이었다. "전쟁 중에는 제3국의 사람이 스파이가 될 가능성이 있다는 둥, 어쩌고저쩌고하면서, ……."

"무슨 소리 하는 겁니까. 이걸 봐요." 선생님은 탁자 위의 신문을 내게 내밀었다. 보니까, 신문 상단에 커다란 글씨로,

천황 주최 국화 구경 행사 열리다
아카사카 별궁에서
내외빈 4,092명

이라고 쓰여 있는 기사 제목이 있었다. 본문을 읽어볼 것도 없이, 나는 그게 무슨 내용인지를 알 수 있었다.

"우리나라의 빛이 저 먼 데까지 퍼져나가고 있다는 확신을 가지자고"
선생님은 시선을 내리깔고 차분히 말했다. "우리나라의 크고 훌륭한
덕이랄까, 저는 전쟁 때면 평소보다 한결 더 그런 걸 많이 느낍니다."
갑자기 다른 말투로 말했다. "자네는 저우 군과 친한가요?"

"아뇨, 별로 친하지는 않지만, 그래도 저는 앞으로 저우 씨와 사이좋게
지내야겠다고 마음먹었습니다. 저우 씨는 저 같은 사람보다 훨씬 더
드높은 이상을 품고 이곳 센다이에 왔습니다. 저우 씨는 아버지의 병
때문에 열세 살 때부터 매일 전당포와 약방을 오가며 살았습니다. 그리고
임종 직전의 아버지를 목이 터져라 불렀지만, 그래도 아버지는 돌아가셨
습니다. 그때 자신이 외쳐댔던 목소리가, 지금도 귓가에 남아 떠나지를
않는다고 합니다. 그래서 저우 씨는 중국의 스기타 겐파쿠가 되어 중국의
불행한 환자들을 구하고 싶다고 합니다. 그런데, 저우 씨 같은 청나라
사람들이 혁명 사상의 주동자니까 친절하게 대하면서도 한편으로는
감시를 해야 한다는 둥, 복잡 미묘한 외교적 술수를 써야 한다는 둥,
그런 건 말도 안 된다고 생각합니다. 너무합니다. 저우 씨는 청년답게
정말 높은 이상을 품고 있습니다. 청년에게 이상이 없어서는 안 된다고
생각합니다. 그러니까 청년은, 이상을, 이상이라는 것만을, ……." 말하
다 말고 선 채로 울어버렸다.

"혁명 사상." 선생님은 혼잣말처럼 낮게 중얼거린 뒤 잠시 가만히
계셨다. "내가 아는 사람들 중에 형은 농부, 차남은 법관, 막냇동생은,
좀 특이하게도 배우를 하는 집이 있어요. 처음에는 형제끼리 싸우기도
많이 싸웠던 것 같은데, 지금은 서로 무척 존경하며 지낸다고 합니다.
논리적인 이유가 있는 게 아니에요. 뭐라 표현하면 좋을까, 각양각색으
로 제각기 꽃을 피우고 있지만, 그게 또 커다란 꽃 한 송이가 되지요.

집이라는 것은 묘한 것입니다. 그 집은 지방의 명문이라고 하면 너무 과장된 표현이겠지만. 어쨌든 그 지방에서 오래전부터 이어져 내려온 전통 있는 집이에요. 그리고 지금도 그 지방 사람들로부터 변함없는 신뢰를 받는 것 같고요. 저는 동양 전체가 하나의 집이라고 생각합니다. 각양각색의 꽃을 피워도 상관없습니다. 중국의 혁명 사상에 대해서 저도 자세한 건 모르지만, 삼민주의라는 것도 민족의 자결, 아니 민족의 자발이라는 것에 뿌리를 둔 것 아닐까 싶습니다. 민족의 자결이라고 하면 어쩐지 남의 일 같고 생소한 느낌도 들지만, 자발은 집안의 번영을 위해 가장 좋은 현상입니다. 저는 그것이 각 민족의 역사가 꽃피는 길이라고 생각해요. 우리가 세세한 것에 참견할 필요가 전혀 없는 일입니다. 이건 나도 들은 얘긴데, 몇 년 전 도쿄의 반세이 클럽에서 동아동문회[34]의 발족식이 열렸을 때 고노에 아쓰마로[35] 공이 그 모임의 대표로 추대되어 모임의 목적강령을 심의하는데, 혁명파 지지자와 청 왕조 지지자들 사이에 격한 논쟁이 벌어졌다고 합니다. 두 세력은 절대 양보하려 들지 않아서 한때는 그 때문에 모임이 결렬되는 것 아닌가 싶었지만, 그때 대표였던 고노에 아쓰마로 공이 유유히 일어나 이런 말을 했다고 합니다. '중국의 혁명을 지지하시는 의견과, 또 청 왕조를 지지하며 열강에 의한 중국의 분할을 방지해야 한다는 의견 모두 다른 나라에 대한 내정간섭이라 이 모임의 취지에는 심히 어긋나는 것입니다. 하지만 두 의견의 목표가 둘 다 중국을 지키자는 것이니, 이 모임은 '중국을 지키는 것'을 목적으로 삼으면 어떨까요?' 이런 엄숙한 발언을 하여

34_ 東亞同文會. 1898년부터 1946년까지 존속했던 일본의 민간 외교단체로, 조선과 청나라를 보호한다는 명목하에 일본의 우위성을 주장하는 '아시아주의'를 표방했다.
35_ 近衛篤麿(1863~1904). 메이지 후기의 화족이자 정치가로 '동아동문회'의 회장을 지냈다.

모든 사람을 납득시켰고, 두 파벌도 여기에는 별다른 이의 없이 만장일치로 큰 갈채를 보내어 모임의 목적이 가결되었지요. 바로 '중국을 지키는 것'이, 그 이래로 우리나라의 대중 정책의 기본이 되었다는 겁니다. 우리는 그 이상 다른 말을 보탤 필요가 없지 않을까요? 중국에도 훌륭한 사람은 많이 있지요. 우리가 생각하는 것 정도는 중국의 선각자들도 다 생각하고 있을 겁니다. 어쨌든, 중요한 것은 민족의 자발성입니다. 저는 그것을 기대합니다. 중국의 사정은 일본과 다른 점도 있지요. 중국의 혁명은 전통을 파괴하는 것이니 바람직하지 않다고 주장하는 사람도 있는 모양이지만, 중국에 좋은 전통이 남아 있었으니 그 전통의 계승자들이 혁명을 일으키고자 하는 기개를 지니게 된 것이라는 생각도 듭니다. 무언가 파괴된다면, 그것은 형식뿐이겠지요. 가풍이나 국풍, 전통은 절대로 끊어지는 것이 아닙니다. 동양 본래의 도의道義라고 할 수 있는 그 근본정신은, 어딘가에 항상 남아 있을 것입니다. 그리고 그 근본정신에 있어서는, 우리 동양인 모두가 이어져 있는 것입니다. 같은 운명을 짊어지고 있다고 해도 되겠지요. 좀 전에 얘기한 가족처럼, 아무리 각양각색으로 꽃을 피웠다 한들 결국은 커다란 꽃 한 송이가 될 테니, 그걸 믿고 저우 군과도 친하게 지내야겠지요? 어렵게 생각할 필요가 전혀 없습니다." 선생님은 웃으며 일어서서 말했다. "한마디로 표현하자면, 중국인을 우습게 여기지 말 것. 그것뿐입니다."

조금 전부터 수업 시작을 알리는 종소리가 울리고 있다.

"교육칙어[36]에 뭐라고 나와 있지요? 친구끼리는 서로 믿고, 라고 되어 있지요? 친구 사이에는, 서로 믿어야 합니다. 다른 것은 아무것도

36_ 教育勅語. 1890년 메이지 천황의 이름으로 정부의 교육 방침을 명기한 칙어. 교육칙어는 특히 1930년 치안유지법 발포 이후 국민교육의 사상적 기초로 신성시되었다.

필요 없어요."

나는 선생님께 달려들어 악수하고 싶은 충동을 느꼈지만 꾹 참고 정중하게 인사했다. 그 순간 선생님이 말했다.

"자네 얼굴은 별로 본 적이 없는데, 내 강의를 들은 적이 있습니까?"

"저……." 나는 웃을 수도 없고 울 수도 없었다. "저, 이제부터 들으려고 합니다."

"신입생이지요? 어쨌든, 서로 기운을 북돋아가며 지내도록 하세요. 쓰다 군에게는 내가 잘 말해두겠습니다. 나도 학급 회의에서 쓸데없이 주책을 떨었습니다. 앞으로는 말을 아끼고 행동으로 보여줘야겠네요."

나는 복도로 뛰어나와 한숨을 돌리며, '역시, 저런 분이시니 저우 씨가 선생님을 존경한다는 것이군. 선생님도 훌륭한 분이지만, 저우 씨도 보는 눈이 있네.' 하고 선생님과 저우 씨 둘 모두에 대해 감탄했다. 이제부터 나도 저우 씨 못지않은 선생님의 팬이 되어야겠다. 선생님 강의 때는 항상 맨 앞줄에 자리를 맡고 필기를 하자. 저우 씨는 학교에 나왔을까? 이런 생각을 하며, 한시라도 빨리 저우 씨를 만나고 싶어 서둘러 교실로 가보았지만, 그날도 저우 씨의 모습은 보이지 않았고, 쓰다 씨의 불쾌한 눈초리만이 번뜩이고 있었다. 하지만 나는 어쩐지 마음이 관대해져서 살짝 웃으며 인사를 건넸다. 쓰다 씨도 그렇게 나쁜 사람은 아닌가 보다. 약간 당황하는가 싶더니 싱긋 웃으며 인사를 받아주었다. 하지만 그날은 하루 종일 서로를 피하면서 먼저 말을 걸려고 들지는 않았다. 방과 후, 저우 씨가 얼마나 아픈지 궁금해서 병문안을 가고 싶었지만, 저우 씨의 하숙집이 어디인지 확실히 알 수가 없었고, 게다가 같은 하숙집에 있는 쓰다 씨에게 또다시 엄청난 잔소리를 듣기도 싫었다. 나는 바로 하숙집으로 돌아갔고 저녁 식사 후 다시 밖으로 나와 히가시 일번가의 마쓰시마 극장에 갔다. 마쓰시마 극장에서 나카무라 자쿠사부로 극단이 <센다이하기先代萩>를 공연하고 있었는데, 센다이仙台의 <센다이하기>는 어떨지 궁금하기도 해서, 잠시 들러보고 싶다는 마음에 입석 티켓을 사서 들어갔다. <센다이하기>라는 것은 널리 알려져 있듯 센다이의 다테번藩에서 있었던 집안 소동을 다룬 연극으로, 쓰쓰지가오카 근처에 마사오카의 무덤이라는 것이 있을 정도다. 그 때문에 당시 나는, 센다이에서는 옛날부터 인기가 많은 연극이었겠구나, 하고 생각했었는데, 나중에 들은 바에 의하면 이 연극은 에도시대 때 상연이 금지되어 있었고 유신 후에야 금지가 풀려 공연하는 데 지장이 없게 되었다고 한다. 하지만 센다이 시내에서는 상당히 오랜 시간 동안 상연된 적이 없었고, 가끔 다른 제목으로 상연되기도 했지만, 그때마다 자칭 옛 무사라는 사람이 단장에게 면회를 청해서는 '아무리 마사오카라는 열부가 존재했다고 할지언정 이 연극 자체는 다테 집안의 명예를 훼손하는 것이니 중지하시오.' 하고 엄중하게 항의했다고 한다. 메이지 중기쯤에는 그런 시비도 없어졌고, 동시에 센다이의 관중들도 자신들의 옛 영주 가문과 관련된 사건을 다룬 연극이라는 특별한 호기심을 가지고서 그것을 보러 오는 일도 없어졌다. 그즈음부터는 이게 어느 지방에서 있었던 일인지에 대한 관심은 전혀 없어졌고, 모든 사람들이 평범한 비극으로서 조용히 감상하게 되었다고 한다. 하지만 그 당시 나는 그러한 사정을 몰랐기 때문에, 센다이의 관객들이 <센다이하기>를 보면 얼마나 흥분할까 싶어, 그들이 열광하는 모습을 보고 싶다는 기대감을 가지고 극장으로 들어갔다. 하지만 관객들은 생각보다 침착한 태도로 그것을 보고 있었고, 심지어 객석은 오륙십 퍼센트 정도밖에 차 있지 않았다. 의외였다. 한편으로는 역시 센다이의 시민답군, 자기 지역에서 있었던 사건을 소재로 한 공연인데도 아무렇지 않은 얼굴로 보고 있다니, 이게 바로 대도시의 도량이라는 거구나, 하고 산골짜기 시골 마을을 벗어난 지 얼마 안 된 촌뜨기는 엉뚱한 점에 감동했다. 그러던 중 마사오카역의 자쿠사부로가 "그렇다고는 해도, 불쌍하네."라는 대사를 읊는 슬픈 장면을 보고 울다가 문득 옆을 보니, 저우 씨가 서 있었다. 그도 눈물을 흘리고 있었다. 그를 보자 더 울고 싶어져서, 복도로 뛰쳐나가 마음껏 운 뒤 눈물을 닦고서 자리로 돌아왔는데, 그때 저우 씨가 어깨를 툭 쳤다.

"아," 저우 씨는 내 얼굴을 보더니 웃으면서 손등으로 눈물을 닦고 말했다. "아까부터 여기서 보고 계셨나요?"

"네. 이번 막 첫 부분부터 봤어요. 당신은요?"

"저도 이 막 처음부터 봤습니다. 이 연극에는 아이가 나와서, 저도 모르게 울게 되네요."

"나갈까요?"

"네."

저우 씨는 나와 함께 마쓰시마 극장 밖으로 나왔다.

"감기에 걸렸다고, 쓰다 씨가 그러던데."

"이제 당신한테까지 그런 얘기를 떠들고 다니나요? 쓰다 씨 때문에 죽겠어요, 정말. 제가 살짝 기침을 했더니 억지로 저를 눕히고는 Lunge^폐럼라고 하는 겁니다. 제가 그 사람한테 같이 가자는 얘기도 없이 혼자 마쓰시마에 갔으니, 그래서 토라진 겁니다. 그 사람이야말로 Kranke^{환자}입니다. Hysterie^{히스테리}지요."

"그런 거라면 다행이네요. 그래도 몸이 좀 안 좋기는 했던 거죠?"

"아뇨. Gar nicht^{아무렇지도 않습니다.} 누워 있으라고 해서, 어제오늘은 누워서 책을 읽었는데 너무 지겨워서 몰래 도망 나왔어요. 내일부터는 학교에 나갈 겁니다."

"그렇군요. 쓰다 씨가 하는 말을 일일이 네네, 하며 듣고 있다가는 머지않아 진짜 폐병에 걸릴 겁니다. 차라리 하숙집을 옮기는 게 어때요?"

"네, 그럴까 생각 중이긴 한데, 그러면 그 사람이 쓸쓸해 하겠지요? 좀 시끄럽게 굴기는 하지만 정직한 면도 있어서, 그렇게 싫지는 않아요."

나는 얼굴을 붉혔다. 쓰다 씨보다 내가 더 많은 질투를 느끼고 있는지도 모른다는 생각이 들었기 때문이다.

나는, "춥지 않아요?" 하고 화제를 바꿨다. "메밀국수라도 먹을까요?"

어느새 도쿄 식당에 와 있었다.

"미야기노 식당이 더 좋을까요? 쓰다 씨의 말에 따르면 이 도쿄 식당의 튀김 메밀국수는 느끼해서 못 먹겠대요."

"아뇨, 미야기노 식당의 튀김도 느끼해요. 튀김이 안 느끼하면 튀김이 아니지요."

저우 씨도 나와 마찬가지로 그다지 미식가는 아닌 듯했다.

우리는 도쿄 식당으로 들어갔다.

"그 느끼한 튀김 메밀국수를 먹어봅시다." 저우 씨는 느끼한 튀김에 적잖이 흥미를 느끼는 듯했다.

"네, 그럽시다. 의외로 맛있을 것 같아요."

튀김 메밀국수와 술을 주문했다.

"중국은 요리의 나라라던데, 일본에 오고 나서는 먹을거리가 변변찮아서 불편하시죠?"

"그렇지 않습니다." 저우 씨는 진지한 표정으로 고개를 가로저었다. "요리의 나라라니, 그건 중국에 놀러 오는 부잣집 외국인들이 떠들기 시작한 얘깁니다. 그 사람들은 중국을 즐기기 위해 오는 것이지요. 그리고 자기 나라로 돌아가면 중국 전문가가 됩니다. 일본에서도 중국 전문가라 불리는 사람은 대체로 중국에 대해 독단적인 편견만 퍼뜨려대며 삽니다. 전문가란 결국, 현실과는 동떨어진 비겁한 사람이지요. 중국에서 맛있는, 이른바 '중국요리'를 먹는 사람은 소수의 중국인 부자나 외국인 관광객뿐입니다. 일반 민중들은 형편없는 음식을 먹어요. 일본도 그렇지 않습니까? 일본의 일반 가정에서는 일본의 여관에서 나오는 진수성찬을 먹지는 않잖아요. 하지만 외국에서 온 여행자들은 그 여관의 진수성찬을 일본의 일상적인 요리라고 생각하며 먹지요. 중국은 절대, 요리의 나라가 아닙니다. 도쿄에 있을 때 어떤 선배가 핫초보리에 있는 가이라쿠엔이나 간다에 있는 가이호로 같은 곳에서 밥을 사 준 적이 있는데, 저는 그렇게 맛있는 것을 먹은 게 태어나서 처음이었습니다. 저는 일본에 와서 음식이 맛없다고 생각한 적이 한 번도 없어요."

"그래도 마 된장국은 별로잖아요?"

"아니, 그건 예외지요. 하지만 쓰다 식 요리법을 익히고 나서는 그럭저럭 먹을 수 있게 됐습니다. 맛있어요."

술이 나왔다.

"일본의 연극은 어때요? 재미있나요?"

"제게는 일본의 풍경보다도 연극을 이해하기가 훨씬 더 쉽습니다. 실은 얼마 전에 본 마쓰시마도, 저는 그게 아름다운 건지 잘 모르겠더라고요. 저는 아무래도 풍경에 대해서는, 당신과 마찬가지로,"라고 말하다 말고 우물거렸다.

"임포텐츠한^{무던}가요?" 나는 거침없이 말했다.

"네, 뭐, 그렇습니다." 겸연쩍은 듯 눈을 깜빡이며 말했다. "그림은 어려서부터 무척 좋아했지만, 풍경은 그렇게까지 좋아하지는 않습니다. 또 하나 못 하는 건, 음악이지요."

나는 웃음을 터뜨렸다. 마쓰시마에서 들은 그, <구름아 구름아>라는 동요가 순간 떠올랐기 때문이다.

"그래도 일본의 조루리 같은 건 어때요?"

"아, 그건 싫지는 않습니다. 그건 음악이라기보다는 Roman^{이야기}이니까요. 저는 속인(俗人)이라 그런지 지나치게 고상한 풍경이나 시보다도 민중적이고 평이한 이야기가 좋습니다."

"마쓰시마보다도 마쓰시마 극장이 좋다는 거군요." 나는 촌놈 주제에 저우 씨 앞에서는 그런 말장난을 가볍게 내뱉을 수 있었다.

"요즘 센다이에서 활동사진의 인기가 굉장한 것 같은데, 그건 어떤가요?"

"그건 도쿄에서도 종종 본 적이 있는데, 저는 그걸 보고 마음이 불안해졌습니다. 과학을 오락에 응용하는 것은 위험한 일입니다. 정말이지, 과학에 대한 미국인들의 태도는 건전하지 않아요. 도리에 어긋나는 태도입니다. 쾌락은 발전시켜야 할 대상이 아닙니다. 옛날에 그리스에서 현 하나를 더 늘린 신식 거문고를 발명한 음악가를 추방했다는 얘기도 있잖아요? 중국의 『묵자(墨子)』라는 책에도, 공유(公輸)라는 발명가가 대나무로 만든 까치를 묵자에게 보여주면서, '이 장난감을 하늘로 날리면 사흘이나 날아다닙니다.' 하고 자랑하자, 묵자가 탐탁잖은 얼굴로, '그것은 기술자가 바퀴를 만드는 일에는 미치지 못하는 것이니라.'라면서 그 위험한 장난감을 버리게 했다는 얘기가 나옵니다. 저는 에디슨이라는 발명가가 세계에서 가장 위험한 인물이라고 생각합니다. 쾌락은 원시적인 형식 그대로 두어도 되는 것입니다. 술이 아편으로 발전한 결과 중국에 어떤 일이 일어났습니까? 에디슨의 다양한 오락기구 발명도 이와 비슷한 결과를 가져오지 않을지 싶어, 저는 불안합니다. 앞으로 사오 년 안으로는 에디슨의 후계자들이 연이어 나타날 것이고, 세계는 쾌락에 빠져 정체하게 될 것이며, 상상을 초월할 정도로 비참한, 지옥과도 같은 일들이 벌어지지 않을까 하는 생각마저 듭니다. 이것이 저의 기우라면 좋겠지만 말입니다."

그런 얘기를 하면서 '느끼한' 튀김 메밀국수를 맛있게 먹고, 우리는 도쿄 식당을 나섰다. 그때 계산을 누가 했는지, 쓰다 씨의 충고에 따라 내가 냈는지, 그런 것까지 다 기억하고 있지는 않다. 나는 그날 밤 저우 씨를 아라마치에 있는 하숙집까지 데려다주고 가기로 했다.

달이 떠 있었다. 그것은 또렷이 기억한다. 풍경에 무딘 나도, 달그림자만큼은 그냥 넘길 수가 없었던 모양이다.

"저는 어렸을 때부터 연극을 좋아해서," 하고 저우 씨가 조용히 말했다. "지금도 확실히 기억합니다. 매년 여름이 되면 어머니의 고향에 놀러 갔는데, 외갓집에서 배를 타고 10리 정도 가면 연극 공연장이 있어서, ……."

해가 저물고 나면 배를 타고 콩밭과 보리밭 사이를 흐르는 강을 건너갔는데, 그 배를 탄 사람 중에는 어른이 한 명도 없었고 어린이만 여럿 있었다. 그중에서 비교적 큰 어린이가 번갈아 가며 노를 저었다. 달빛이 강 안개에 녹아들어 몽롱한 느낌이었고, 검푸른 산등선은 날뛰는 짐승의 등처럼 보였다. 저 멀리에는 고기잡이배의 등불이 반짝이고 어디선가 슬픈 피리 소리가 들려왔다. 무대는 강변의 공터에 설치되어 있었는데, 저우 씨 일행은 배를 강변에 세우고 그 배에서 환영幻影처럼 작고 오색찬란한 무대를 바라보았다. 무대에서는 머리가 긴 호걸들이 비단 깃발 네 개를 등에 꽂고서 기다란 창을 휘둘렀다. 웃통을 벗은 남자 여러 명이 다 같이 공중제비를 돌기도 했고, 젊은 여자 역할을 맡은 배우가 나와서 새된 목소리로 노래를 부르기도 했으며, 얇고 붉은 비단을 몸에 두른 광대가 무대 기둥에 묶여 수염이 희끗희끗한 노인에게 매를 맞기도 했다. 배를 타고 다시 집으로 돌아가는 길에도, 달은 지지 않고 강은 한층 더 밝아져 있었다. 뒤돌아보면 무대는 붉은 등불 아래 성냥갑만 하게 보였고, 어쩐지 시끌벅적했다.

"달빛이 아름다운 밤에는, 이따금 그 추억이 떠오릅니다. 그게 아마, 제가 놀았던 유일한 추억이겠지요. 저 같은 속인도 달빛을 받으면 조금은 sentimental한^{감상적인} 사람이 되는가 봅니다."

나는 이튿날부터 거의 매일 빠짐없이 학교에 나가기로 했다. 오로지 저우 씨와 만나 이런저런 이야기를 하고 싶어서, 그처럼 기특한 마음가짐을 가지게 된 것이다. 정말 나 같은 불량 학생이 쓰다 씨의 예언과는 달리 낙제도 안 하고 어떻게든 학교를 졸업할 수 있었던 것도, 돌이켜보면 모두 저우 씨 덕분이었다. 아니, 저우 씨와 또 한 명. 후지노 선생님에 대해 내가 가진 사모의 정이 나를 분발하게 했고 낙제생이라는 불명예스러운 일을 당하지 않도록 구제해주었다고 해도 좋을 것 같다.

달이 밝았던 그 날밤으로부터 사오일 뒤에는 센다이에 첫눈이 내렸던 것으로 기억한다. 나는 학교에서 집으로 오는 길에 저우 씨를 우리 하숙집에 데려와 고타쓰³⁷에 앉아 과자를 먹으며 이런저런 이야기를 나누었다. 그러던 중에 저우 씨는 얼굴에 미묘한 웃음을 띠더니 자신의 가방에서 노트 한 권을 꺼내어 내게 내밀었다. 이게 뭔가 싶어 봤더니,

37_ 일본의 난방기구로, 나무로 만든 밥상 아래 화덕이나 난로를 놓고 그 위를 이불이나 담요로 덮은 것.

후지노 선생님의 해부학 노트였다.

"펼쳐 보세요." 저우 씨는 웃으면서 말했다.

나는 노트를 펼쳐 보고는 눈이 휘둥그레졌다. 모든 페이지가 온통 새빨갈 정도로 꼼꼼하게 첨삭이 되어 있었다.

"많이 고쳤네요. 누가 고친 거죠?"

"후지노 선생님이요."

깜짝 놀랐다. 그날 후지노 선생님이 혼잣말처럼 말씀하신 '말을 아끼고 행동으로 보여줘야겠다'는 말의 의미를 알 것 같은 기분이 들었다.

"언제부터요?"

"한참 전부터요. 강의가 시작됐을 때부터."

저우 씨는 내게 더 자세한 설명을 해주었다. 그것은 후지노 선생님이 해부학의 발달을 다룬 첫 강의를 마친 지 일주일 정도 지난 토요일에 있었던 일이라고 한다. 선생님의 조교가 저우 씨를 불러서 연구실로 가보니 선생님은 여느 때처럼 뼈 모형들에 둘러싸여 있었다. 선생님은 싱글벙글 웃으며

"자네는 내 수업 필기를 할 수 있습니까?"라고 물었다.

"네, 그럭저럭 하고 있습니다."

"어떨지 궁금하네? 노트를 가져와서 보여줘요."

저우 씨가 노트를 가져가자 선생님은 그것을 이삼일 후에 돌려주셨다. 돌려주시면서,

"앞으로 일주일마다 노트를 가져오세요."라고 말씀하셨다.

저우 씨는 선생님이 돌려주신 노트를 펼쳐 보고 깜짝 놀랐다. 노트는 처음부터 끝까지 전부 첨삭되어 있었고, 미처 필기하지 못한 부분이 깔끔하게 보충되어 있을 뿐만 아니라 문법이 틀린 곳까지, 하나하나

꼼꼼하게 수정되어 있는 것이 아닌가?

"그 이후로 매주, 이런 첨삭을 받고 있습니다."

저우 씨와 나는 잠시 얼굴을 마주 보며 잠자코 있었다. 공부하자. 후지노 선생님의 강의에는 무슨 일이 있더라도 빠지지 말자. 이처럼 누구에게도 알리지 않고 인생의 한편에서 남몰래, 말없이 실천되고 있는 작은 선善이야말로 이 세상에서 진정한 보배가 아닐까 싶었다. 이 사소한 사건이, 한낱 방관자에 지나지 않았던 내 마음을 움직여 그때까지 나태한 까마귀였던 나도 그 이후 학교에 열심히 다니게 되었고, 덕분에 무사히 의사 면허까지 따서 지금처럼 이렇게 선대의 업을 이을 수 있게 되었다고 할 수 있다.

그 후로도 후지노 선생님은 한 번도 빠짐 없이, 그리고 묵묵히 손수 노트 첨삭을 해주셨다고 한다. 그런데 우리가 2학년이 되던 해 가을, 이 노트로 인해 그다지 유쾌하지 않은 사건이 일어났다. 하지만 그것은 나중 얘기고 그해, 즉 메이지 37년1904년 겨울부터 이듬해 봄에 이르는 시기는, 우리에게 있어 여러모로 가장 의욕이 넘치던 시기였다. 일본은 결국 뤼순 총공격을 감행했고 국내도 극도의 긴장 상태여서 우리 학생들 사이에서도 화폐 유출을 막기 위해 양모 재질의 교복을 면으로 바꾸자거나, 금테 안경에 대해서는 응징을 하자는 얘기도 나왔다. 적과 맞서는 생활이라 하여 일종의 극기 훈련을 하기도 하고 새벽에는 종종 눈 속 행군도 했다. 열기는 점점 더 뜨거워졌고, 그저 뤼순이 함락되기만을 한마음으로 학수고대하고 있었다.

이윽고 메이지 38년1905년 설날, 뤼순이 함락되었다. 2일, 뤼순 함락을 알리는 호외를 손에 든 센다이 시민들은 열광했다. 이겼다. 이제, 이긴 것이나 다름없었다. 새해 복을 많이 받으라는 것인지[38] 전쟁 승리를 축하한다는 것인지 모르겠지만 그냥 무턱대고 '축하합니다, 축하합니다,'라면서, 평소에는 별로 친하지도 않은 사람의 집에도 뻔뻔스레 찾아가 진탕 술을 마셨다. 4일 밤에는 아오바 신사 경내에서 커다란 화톳불을 피웠으며, 5일은 센다이시의 전승 축하 기념일이었다. 이날 아침 열 시 아타고야마산에서 축포 한 발을 쏘아 올린 것을 시작으로 시내의 모든 공장들이 기적을 울렸고 시내 각 파출소들은 경종, 신사와 절들은 범종, 커다란 북 등등 두드릴 수 있는 것들은 모두 다 때려 부술 정도로 두드려댔다. 동시에 시민들은 집 밖으로 나와서 놋대야, 양철 냄비, 북 따위를 마음껏 두드리며 일제히 만세를 외쳤고, 시내 전체가 진동하는 장관을 이뤘다. 그리고 그날 밤에는 각 학교들의 연합 제등행렬이 있어서, 우리는 제등 하나와 양초 세 개를 받아들고 '만세, 만세!'를 연호하며 센다이 거리를 누비고 다녔다. 외국인인 저우 씨도 쓰다 씨에게 끌려 나온 듯 생글생글 웃으면서 쓰다 씨와 함께 제등을 들고 걷고 있었다. 나와 쓰다 씨는 사이가 나쁘지는 않았지만 그 일 이후로는 아무래도 가깝게 지낼 수가 없었기에 교실에서 만나도 서로 가벼운 목례만 할 정도였고 허물없이 얘기를 나눈 적은 한 번도 없었다. 그런데 웬일인지 그날 밤에는 내가 쓰다 씨에게,

"쓰다 씨, 복 많이 받으세요." 하고 말을 건넸다.

"어, 복 많이 받아." 쓰다 씨도 기분이 좋아보였다.

"여러모로 실례가 많았습니다." 나는 말을 건 김에 바로 평소의 데면데면한 태도에 대해 사과했다.

"아니, 내가 더 실례가 많았지." 과연 외교관의 조카는 성격이 활달하

38_ '새해 복 많이 받으세요'라는 의미로 쓰이는 일본의 새해 인사를 직역하면 '새해를 맞이하게 된 것을 축하합니다.'이다.

다. "그날 밤에는 너무 취해서 내가 실수를 했어. 나중에 후지노 선생님께 꾸중을 들었지."

"무슨 일 있었나요?" 저우 씨가 끼어들었다.

"저기, 쓰다 씨가 닭고기를 사줘서 함께 술을 마신 적이 있어요." 나는 애매하게 얼버무렸다.

"그게 다가 아니야." 쓰다 씨는 말하다 말고 갑자기 말투를 바꾸어 말했다. "자네 아직 저우 씨한테 그 얘기 안 했나 봐?"

"네." 나는 살짝 고개를 끄덕이며 아무 말도 하지 말라고, 눈짓으로 쓰다 씨에게 조급하게 신호를 보냈다.

"그렇구나." 쓰다 씨는 큰 소리로 말했다. "자네 괜찮은 녀석이군. 후지노 선생님께 고자질한 건 괘씸하지만, 그건 내가 잘못한 거였지. 좋아. 마시자! 오늘 밤엔 셋이서 다진 닭고기 요리를 먹자. 만세!" 쓰다 씨는 이미 약간 취한 것 같았다.

싸움을 하게 되면 무슨 수를 쓰더라도 반드시 이겨야 한다고, 그날 밤 절실히 느꼈다. 이기면 된다. 쓰다 씨의 이른바 외교적 사고방식도 한 방에 날아가 버린다. 쓰다 씨도 분명 나라를 걱정하는 좋은 청년이다. 그가 그날 밤 저우 씨에게는 안 들릴 작은 목소리로 내게 털어놓은 이야기에 따르면, 그는 두 달 전에 발틱 함대가 곧 출발할 것이라는 소식을 듣고서 뤼순이 함락되기 전에 큰 함대가 일본으로 쳐들어오면 어쩌나 하는 걱정이 지나쳤던 나머지, 모든 사람이 수상쩍어 보였다고 한다. 그래서 저우 씨가 혼자 아무 말 없이 마쓰시마에 간 것도, 어쩌면 그가 러시아 스파이여서 마쓰시마 만의 깊이를 측정하여 러시아 함대를 여기로 끌어들여 센다이시의 전멸을 꾀하고 있는 게 아닌가 싶었다는 것이다. 그래서 그때 내게 잔소리를 한 것도, 뤼순이 쉽사리 함락되지 않는 것에 대한 분풀이였다고 한다. 나는 그 얘기를 듣고 내심 기가 막혔지만, 그래도 괜찮았다. 이겼으니, 괜찮았다. 그래서 싸움은 반드시 이기지 않으면 안 된다. 전세가 또다시 불리해진다면 친구 사이에도 서로를 믿기가 힘들어진다. 민중의 심리란 원래 이처럼 미덥지 못한 것이다. 작게는 국민의 일상 윤리의 동요를 막고, 크게는 후지노 선생님의 이른바 '동양 본래의 도의道義'를 발전시키기 위해, 어떤 희생을 치르더라도 싸움에는 반드시 이겨야만 한다는 것을, 그날 밤 절실히 느꼈다.

뤼순의 요새가 함락되자 일본 국내는, 조금 불경스런 예를 들자면 '아마노이와토[39]가 열린 듯' 한결 눈부실 정도로 밝아졌다. 그해 설날, 천황께서 지으신 시는 다음과 같았다.

후지산 자락에 비쳐드는 아침햇살이 흐려 보일 정도로
새해의 하늘은 화창하구나!

일본은 이때 러시아를 확실히 쳐부수었다고 할 수 있다. 이해 정월 말부터 제정 러시아에 내란이 일어나 패색은 더욱 짙어졌고, 일본군은 파죽지세로 3월 10일, 5월 27일에 결정적인 승리를 거뒀다. 일본 국민이라면 잊을 수 없을 이 승리로, 국위는 만천하에 드높아졌으며 국민의 열광 또한 하늘을 찌를 정도였다. 이러한 일본의 큰 승리는 외국인인 저우 씨에게도 우리의 상상을 뛰어넘을 정도로 큰 충격을 준 모양이다. 저우 씨는 일본에 온 뒤 신바시로 가는 기차 안에서 창밖을 보며, 일본이 세계 어디에도 없는 독자적이고 청결한 질서를 지니고 있는 나라임을

39_ 일본신화에 나오는 바위로 된 동굴. 여기에 태양신이 숨어 세계가 어두워졌다는 전설로 유명하다.

느꼈다. 그리고 도쿄의 여자들이 소매에 붉은 끈을 동여매고서 깨끗한 수건을 머리에 두르고 아침햇살이 비쳐드는 장지문의 먼지를 털어내는 가냘프고 바지런한 모습이야말로 일본의 상징이라고 생각했다. 그래서 저우 씨는 '일본은 이 전쟁에서 반드시 이길 것이다, 이렇게 국내 분위기가 활기차니 질 리가 없다'고 마쓰시마의 여관에서 예언했었다. 그런데 그 승리가, 아마 저우 씨가 예상했던 것보다 수십 배나 더 멋진 모습으로 눈 앞에 펼쳐지는 것을 보고, 그는 새삼스레 일본이 지닌 신비한 힘에 눈이 휘둥그레질 정도로 깜짝 놀란 듯했다. 저우 씨는 뤼순 함락을 계기로 일본에 대해 다시 공부하기 시작했다. 저우 씨의 이야기에 따르면, 그 무렵 중국 청년이 일본으로 공부하러 오는 것은 일본 고유의 국풍이나 문명을 배우기 위함이 아니라, 가까운 곳에서 싼값에 서양 문명을 공부할 수 있다는 일종의 편의주의로 일본을 택한 것에 지나지 않는다고 했다. 저우 씨 또한 처음에는 그런 생각으로 일본에 왔고, 오자마자 이 나라에 흐르는 뜻밖의 긴장감을 느끼며 여기에는 독자적인 무언가가 있다는 것은 알고 있었지만, 당시 세계의 강대국이었던 러시아를 당당히 꺾는 모습을 보고서는 무언가가 있다는 생각만으로는 그냥 있을 수는 없었던 모양이다. 이번에는 한문으로 번역된 『메이지 유신사』뿐만 아니라 직접 일본어로 된 역사책을 여러 권 사 모으더니 그것을 탐독하고, 이제까지 그가 가지고 있었던 일본관에 많은 수정을 가하기에 이른 듯 보였다.

"일본에는 국가의 실력이라는 게 있구나." 저우 씨는 한숨을 쉬며 그렇게 말했다.

이것은 지극히 평범한 깨달음 같아 보여도, 나는 이 보잘것없는 수기 중에서 이 부분을 가장 힘주어 써 두고 싶은 마음을 주체할 수가 없다. 러일전쟁에서 일본이 거둔 승리에 자극을 받은 저우 씨가 얻게된 이 깨달음은 그의 의학구국^{医学救国} 사상에 큰 차질을 가져와, 그것이 결국 그의 인생 계획을 바꾼 계기가 된 것 아닐까 싶다. 그는, "메이지 유신은 결코 난학자들에 의해 추진된 것이 아닙니다." 하고 얘기를 시작했다. 유신 사상의 원류는 국학[40]이다. 난학은 길가에 피어 있던 진기한 꽃에 지나지 않는다. 도쿠가와 막부가 통치한 200년에 걸친 태평성대 속에서 다양한 문예가 탄생했지만 그 발달과 함께 옛 조상들의 문예사상을 접할 기회도 많아져서 그에 대한 진지한 연구가 시작되었다. 그와 동시에 도쿠가와 막부도 끝내 정치력이 쇠해져 안으로는 백성들의 궁핍함을 해결할 수 없었고, 밖으로는 외국의 위협에 저항할 수 없어 일본은 멸망의 위기에 처해 있었다. 멸망 직전, 아슬아슬한 시점에 옛 조상들의 사상을 연구하던 사람들이 일제히 일어나 구국의 길을 제시했다. 이른바 국가 정체성의 자각과 천황친정^{天皇親政}이다. 천황의 선조님이 처음으로 국가의 기틀을 다지고, 신화시대를 거쳐 진무 천황이 그 뒤를 이어 만세일계[41]의 황실이 엄숙하게 일본을 통치하는 신국^{神国}의 참된 모습을 자각한 것이야말로, 메이지 유신의 원동력이 된 것이다. 이러한 천지의 올바른 도리에 따르지 않는다면 나라를 구할 방법 또한 없다고 생각한 쇼군 요시노부 공은 자진하여 천황을 따르겠다는 뜻을 밝혔고 200여 년 동안 도쿠가와 막부를 이끌어온 봉건 영주들도 앞을

40_ 國學. 일본의 에도시대 중기에 성립된 학문으로, 난학(네덜란드 학)과 함께 에도시대를 대표하는 학문이 되었다. '사서오경'을 중심으로 유교의 고전이나 불전 연구를 해오던 기존의 학문 경향을 비판하며 일본의 독자적 문화, 사상, 정신세계를 일본의 고전과 고대사에서 발견하고자 하는 학문이다. 이는 에도시대 후기의 존황양이 사상에 영향을 미쳤고, 근대에 들어서도 일본의 우월성을 주장하는 국수주의나 황국사관에도 영향을 주었다.

41_ 万世一系. 한 가계에서 영원히 천황의 혈통을 이어나감을 의미.

다투어 자신의 영지를 천황에게 헌납했다. 이것이 일본이라는 나라의 힘이다. 다른 데서 헤매고 있다가도 국가에 어려움이 닥치면 아기 새들이 어미에게 모여들듯 모든 것을 버리고 황실로 모여들어 황실을 받들어 모신다. 이것이야말로 국가 정체성의 정수이다. 백성의 신성한 본능이다. 이것이 드러나면 난학이고 뭐고 모든 것이 폭풍우 속 나뭇잎처럼 맥없이 날아가 버린다. 실로 일본이라는 나라가 지닌 힘은 놀랍다. 이러한 저우 씨의 이야기를 들으며 나는 가슴이 뛰었고, 왜인지는 모르겠지만 칠칠치 못하다 싶을 정도로 눈물이 쏟아졌다. 나는 자세를 가다듬고 앉아 저우 씨에게 물었다.

"그러면, 당신 얘기는 일본에 서양 과학 이상의 무언가가 있다는 건가요?"

"물론입니다. 일본인인 당신이 그런 말씀을 하시다니, 그건 한심한 일입니다. 일본은 러시아를 이겼잖습니까? 러시아는 과학 선진국입니다. 틀림없이, 과학지식을 최대한으로 응용한 무기를 많이 가지고 있었겠지요. 뤼순의 요새도, 서양 과학의 Essenz^{결정체}랍시고 만든 것이겠지요. 그런데 일본군은 그것을, 거의 맨손으로 공격하여 무너뜨렸잖습니까? 외국인들은 이 불가사의한 사실을 이해하기 힘들 수도 있어요. 아마 중국인들도 모르겠지요. 어쨌든 저는 일본을 더 많이 연구해보고 싶습니다. 흥미진진해요." 그는 상쾌한 미소를 지으며 말했다.

그 무렵에는 저우 씨도 현청 뒤에 있던 우리 하숙집에 아무런 거리낌 없이 종종 놀러 왔다. 그리고 말수가 적었던 나는 아직 하숙집 가족들과 허물없이 지내지 못하고 있었는데, 저우 씨는 나보다 먼저 그들과 친해졌다. 그 하숙집은 그냥 이름만 하숙집일 뿐 중년의 목수와 부인, 그리고 열 살 정도의 딸, 이렇게 세 식구가 사는 집이었고 하숙생은 나 한 명이었다. 목수는 술고래라 이따금 부부싸움을 하긴 했지만, 저우 씨가 사는 아라마치의 하숙집처럼 하숙생을 많이 둔 곳에 비하면 약간 가족적인 분위기도 있었다. 당시 일본 연구에 한창 열을 올리고 있었던 저우 씨에게는 이 가난한 가정 또한 호기심의 대상이었는지 그는 가족들에게 적극적으로 다가갔다. 특히 열 살 난 까무잡잡하고 못생긴 딸아이와 친해져서 아이에게 중국의 옛날이야기 같은 것을 들려주기도 했고, 아이는 그에게 동요를 가르쳐주기도 했다. 어느 날 그 아이가 전쟁터에 나가 있는 큰아버지에게 보낼 위문 편지를 써서 저우 씨에게 고쳐달라고 했는데 저우 씨는 천진난만한 아이의 부탁에 기분이 무척 좋았는지, 내게 아이의 위문 편지를 보여주며,

"잘 쓰네요. 고칠 게 아무것도 없어요."라고 하더니 다시 무언가 중요한 것이라도 보듯 아이가 쓴 문장을 감상했다. 그것은 이처럼, 그다지 특별할 것도 없는 문장이었다.

"작년에는 편지를 자주 드리지 못해 죄송합니다. 큰아버지는 달도 얼어붙는다는 시베리아 벌판에서 몸 건강하게 잘 계신가요? 러시아 놈들을 포로로 잡으셔서 명예로운 결사대에 들어가셨다고 들었어요. 원래 성격이 그런 데 잘 맞는 분이니 들어가셨을 거라고, 멀리서나마 모두가 입을 모아 말했답니다. 새삼 말씀드릴 필요도 없겠지만 앞으로도 몸조심하셔서 천황 폐하를 위해, 그리고 대일본제국을 위해 힘써주시기를 기원합니다. 안녕히 계세요."

달도 얼어붙는다는 시베리아, 라는 부분이 저우 씨의 맘에 든 모양이었다. 저우 씨는 풍경에는 별로 마음이 끌리지 않는다고 하면서, 그래도 달만큼은 싫지 않은 모양이었다. 하지만 그보다도 저우 씨를 감탄하게한 것은, 이 짧은 편지에 담겨 있는 선명하고 진심 어린 충성심이었다.

"잘 썼네요." 저우 씨는 자신이 무언가 큰 공이라도 세운 양 자랑스러운 표정으로 말했다. "시원시원하고 매끄러운 글이군요. 천황 폐하를 위해 힘써달라고, 딱 잘라 말하고 있어요. 아주 natürlich^{자연스럽}습니다. 일본인의 사상은 모두, 충^忠이라는 관념으로 einen^{통일되어} 있군요. 저는 이제까지 일본인에게는 철학이 없다고 생각했었는데, 충^忠이라는 Einheit^{통일}의 철학이 먼 옛날부터 Fleischwerden^{육화} 되어 있는 사람들이 바로 일본인이라고 할 수 있지 않을까요? 그 철학이 너무나 purifizieren^순^화되어 있어서 있다는 것을 모르고 있었습니다." 흥분하면 독일어를 연발하는 버릇이 있는 저우 씨는, 이때도 여느 때처럼 독일어를 연발해가며 감탄했다.

"하지만 충효 사상은 당신 나라에서 일본으로 건너온 것 아닌가요?" 나는 일부러 찬물을 끼얹는 듯한 말을 해보았다.

"아뇨, 그렇지 않습니다." 저우 씨는 바로 부정하며 말했다. "아시다시피 중국의 천자^{天子}는 한 일가에서 나오지 않았습니다. 요순^{堯舜}의 선양^{禪讓}에서 시작되어 하^夏나라는 400년 17대, 걸왕^{桀王}에 이르러 왕이 성탕^{成湯}에 의해 남소^{南巢}의 들판으로 추방되었는데, 이 사건이 중국에 있어 최초의 무력 혁명이었다고나 할까요? 그 이후로 종종 왕위쟁탈전이 일어났는데, 그 모든 게 피치 못할 사정 때문에 일어난 Operation^{쿠데타}였다고 해도, 새로 군림하게 된 사람은 다들 어쩐지 마음이 켕겼는지 무언가 자기변명을 하면서 충^忠이라는 관념을 묘하게 복잡하고 애매한 것으로 만들었지요. 그 대신에 그렇게 됐다는 것도 좀 이상하지만, 효를 무척 강하게 주장하고 그것을 치국^{治國}의 근본으로 삼으며 백성의 윤리를 효 하나로 다 뒤덮으려는 경향이 생겼습니다. 그래서 중국에서는 충효라고 해도, 충은 효의 접두어 같은 역할을 할 뿐 의미의 중심은 효에 있다고 할 수 있습니다. 하지만 이 효라는 것도 원래는 그런 정책적인 의미에서 권장된 덕목이라, 윗사람들은 이것을 최대한으로 이용하여 자신의 뜻을 거스르는 자들에게 무조건 불효라는 오명을 뒤집어씌워서 죽였지요. 효가 권모술수의 수법처럼 되어버려서 아랫사람들도 언제 불효라는 명목으로 죽임을 당할지 몰라 밤낮으로 벌벌 떨었고, 보란 듯이 효를 요란스럽게 중시하여 결국『이십사효』[42]처럼 바보 같은 전설이 민간에 까지 퍼진 것입니다."

"하지만 그건 저우 씨가 너무 흥분해서 말하는 거 아닌가요?『이십사효』는 일본 효도의 본보기이기도 합니다. 바보 같지는 않아요."

"그러면 당신은『이십사효』가 무엇인지 모두 알고 있습니까?"

"그건 모르지만 저는 어렸을 때 맹종孟宗의 죽순 이야기나, 왕상王祥의 겨울 잉어 이야기 같은 걸 듣고 정말 그 효자들을 존경스럽게 생각했습니다."

"뭐, 그 정도 이야기라면 무난하다 하겠지만, 노래자老萊子이야기는 모르시죠? 노래자가 일흔이 되어서도 아흔 살인지 백 살인지 된 부모님께 아기처럼 응석을 부렸다는 이야기입니다. 모르시죠? 그는 치밀하게 응석을 부렸지요. 항상 아기가 입는 꽃무늬 옷을 입고서 북 장난감을 휘두르며 아흔 살인지 백 살인지 된 부모님 주변을 기어 다니고 응애응애 울면서 부모님을 즐겁게 해드렸다고 합니다. 어떻습니까, 이건? 저는 어렸을 때 그림책을 통해 그 얘기를 배웠는데, 거기 있던 그림이 굉장히 기괴했어요. 일흔 살 먹은 노인이 아기 옷을 입고서 북 장난감을 휘두르고 다니는 그림은 오히려 추악해서 똑바로 쳐다보기도 힘들었지요. 부모님

42_ 중국의 저명한 효자 24명의 전기와 시를 담은 책.

이 그걸 보고 정말로 귀엽다고 생각할까요? 제가 어렸을 때 본 그림책에서, 그 백 살인지 아흔 살인지 된 부모님은 어이가 없다는 표정으로 있었습니다. 난처한 표정으로, 일흔 살 먹은 바보 아들의 미친 짓을 지켜보고 있었습니다. 그렇습니다. Wahnwitz^{정신 나간 짓}이지요. 제정신으로는 할 짓이 아니에요. 또, 이런 이야기도 있습니다. 곽거^{郭巨}라는 남자는, 항상 가난해서 노모에게 밥을 제대로 차려드릴 수가 없어 늘 괴로웠지요. 곽거에게는 아내도 있었고 자식도 있었어요. 아이는 세 살이었다고 합니다. 어느 날, 노모라고는 해도 그 세 살 난 아이 입장에서 보면 할머니지요. 그 할머니가, 세 살 난 손자한테 자신의 밥그릇에 있던 음식을 조금 덜어주는 모습을 보고, 곽거는 너무 죄송스러운 마음이 들었습니다. '그렇지 않아도 어머니 밥이 부족한데, 세 살 난 아이가 그것마저 빼앗는구나. 차라리 이 아이를 묻어버리자.' 하고 생각하여, 무참한 일이 벌어졌지요. 그 그림책에는 생매장당할 운명에 처한 세 살 아이가 곽거의 아내에게 업혀 방긋 웃고 있는데, 곽거는 그 옆에서 땀을 흘리며 커다란 구멍을 파고 있는 그림이 있었습니다. 저는 그 그림을 본 이래로 우리 할머니를 멀리하게 되었지요. 왜냐하면, 그 무렵 우리 집도 점점 가난해져 가고 있었으니까요. 만약에 할머니가 내게 과자 같은 거라도 줘서, 아버지가 그걸 보고 죄송스러운 마음에 차라리 이 아이를 죽여 버리자고 한다면 큰일이라고 생각했던 겁니다. 갑자기 가정이라는 것이 무서워졌습니다. 이래서는 유학자들이 우리에게 모처럼 주는 교훈도 쓸모가 없어집니다. 역효과가 날 뿐입니다. 일본인은 총명하니, 설마 이런 『이십사효』를 진짜 효행의 본보기로 삼고 있지는 않겠지요? 그냥 저 듣기 좋으라고 한 말이겠지요. 저는 얼마 전에 가이키관에서 <이십사효>라는 만담⁴³을 들었습니다. 효도를 하려는 마음으로 어머니께 죽순을 드시지 않겠느냐고 묻자, 어머니가 이가 안 좋으니 죽순은 딱 질색이라고 하며 거절하는 이야기. 일본인은 머리가 좋다는 생각이 들었습니다. 말도 안 되는 이야기에 넘어가지 않아요. 문명이란, 생활양식을 세련되게 만드는 것이 아닙니다. 항상 깨인 눈을 가지는 것이 문명의 본질입니다. 위선을 감으로 꿰뚫어 보는 것이지요. 이런 통찰력을 가진 사람을 교양인이라고 하는 것 아닐까요? 일본인은 조상으로부터 훌륭한 교양을 물려받았지요. 중국 사상의 건전한 면만을, 본능적으로 골라내어 받아들이고 있으니까요. 일본에서는 중국을 유교의 나라라고 생각하는 것 같은데, 중국은 도교道敎의 나라입니다. 민간 신앙의 대상은 공맹孔孟이 아니라 신선神仙입니다. 불로장수의 미신입니다. 하지만 일본에서는 그런 불로불사의 신선 이야기 같은 것은 전혀 거들떠보지도 않지요. 그냥 비웃음거리로 삼고 있어요. 신선이라는 말을 바보나 미치광이의 대명사쯤으로 생각하고 있습니다. 일본의 사상은 충忠으로 통일되어 있으니, 신선도 필요 없고, 『이십사효』도 필요 없습니다. 충 그 자체가 효도입니다. 저번에 함께 봤던 연극에 나온 마사오카도, 자기 아이에게 충만을 권했지요. 어머니께 효도하라는 교육은 안 했습니다. 하지만 충이 곧 효이니, 그것으로 충분한 것입니다. 그리고 일본인은 그것을 보고 모두 울고 있었습니다. 신선과 『이십사효』는 만담의 소재가 되어 비웃음거리가 되었고요."

"아니, 그건." 나는 내심 기쁨을 주체할 수가 없었다. "일본인은 입이 험하니까요. 딱히 중국의 그런 가르침을 경멸하는 건 아니지만, 신랄하게 조소하는 버릇이 있어서 큰일이에요."

43_ 원문은 라쿠고落語. 재미있는 이야기를 하여 청중을 즐겁게 하는 일본 전통의 예능.

"아뇨, 일본인의 험담은 겉으로 보기에만 거칠어 보일 뿐, 오히려 담백합니다. 신랄하지는 않아요. 중국에는 타마디他媽的라는 욕이 있는데 진짜 신랄하다는 건 이런 것이지요. 심한 말이에요. 너무 저속한 말이라 그 뜻을 말하고 싶진 않지만, 아마 이렇게 치명적인 욕을 만드는 민족은 세계 어디에도 없을 겁니다. 이런 것만큼은 세계 최고예요."

"그 타마디라는 말이 무슨 뜻인지는 모르겠지만, 그것뿐만 아니라 중국에는 세계 제일인 것이, 또 있을 것 같은데요? 이건 말하자면 저의 감으로만 하는 얘긴데, 중국에는 우리의 상상을 뛰어넘는 위대한 전통이 흐르고 있는 것 같습니다. 당신은 자신의 나라를 상당히 나쁜 쪽으로 얘기하지만, 후지노 선생님도 이런 말씀을 하셨습니다. 중국에는 훌륭한 전통이 남아 있으니 그 전통을 계승하는 사람들 중에 그것에 반항하는 사람도 나온다고요. 저는 항상 중국을 비판하는 당신 얘기를 들으면서, 오히려 중국의 여유를 느낍니다. 중국은 결코 멸망하지 않을 겁니다. 당신 같은 사람이 열 명 있다면, 중국은 명실공히 세계 일류 국가가 될 거예요."

"너무 띄워주지 마세요." 저우 씨는 쓴웃음을 지으며 말했다. "중국은 지금 이대로라면 큰일 납니다. 절대 안 돼요. 여유라니, 그런 허튼 자부심을 가지면 안 됩니다. 일본인은 모두 소매를 걷어붙이고 있습니다. 열심입니다. 성실하지요. 중국은 이러한 일본의 태도를 배워야만 합니다."

그 무렵, 저우 씨와 나 사이에는 이런 식으로 모든 면에서 일본과 중국을 비교하는 토론 바람이 불었다. 저우 씨는 학년을 마치고 여름방학이 되면 도쿄로 가서 동포 유학생들에게 자신이 깨달은 신국神國의 청결하고 간결한 일원一元 철학을 가르쳐주겠다며 별렀다. 드디어 여름방학이 되자 저우 씨는 도쿄로 갔고 나는 산골짜기에 있는 고향으로 가서 두 달 정도 떨어져 지내게 되었다. 9월, 새로운 학년이 시작되자마자 그리웠던 저우 씨의 얼굴을 센다이에서 보게 되었을 때, 나는 깜짝 놀랐다. 어디가 어떻게 변했다고 말로 표현할 수는 없지만, 어쩐지 내가 알던 저우 씨와는 달라져 있었다. 서먹서먹한 느낌이라고 할 정도는 아니지만 눈동자가 작고 날카로워진 느낌이었고, 웃어도 뺨에는 차가운 느낌이 났다.

"도쿄는 어땠나요?" 하고 물어도, 묘하게 괴로워 보이는 웃음을 지었다.

"도쿄에 가니 다들 바쁘더군요. 전차 선로가 사방으로 뻗어나가고 있었습니다. 뭐, 그게 지금 도쿄의 Symbol^{상징}이겠지만요. 쿵쿵거리는 소리가 너무 시끄러웠고, 게다가 전쟁의 강화조약이 마음에 안 든다며 도쿄 시민들이 독기를 품었는지 여기저기서 울분을 담은 강연회도 열리고 있었고, 굉장히 불온한 분위기였습니다. 곧 도쿄에 계엄령이 내려진다는 소문조차 있더라고요. 정말이지, 도쿄 사람들의 애국심은 지나치게 순수합니다."

"중국 학생들에게 충의 일원론은 가르쳐 주었나요? 반응이 어땠어요?"

저우 씨는 갑자기 치통이라도 나는 듯 얼굴을 찌푸리고 말했다.

"제가 너무 바빠서 말이죠, 저는 이제 뭐가 뭔지 알 수가 없어요. 일본인의 애국심이 불온하든 어떻든 그 본질은 순수하고 명랑하지만, 저의 애국심은 복잡하고 어두워서, 아니, 그렇지도 않은가? 어쨌든 저는 모르는 게 많습니다. 어려워요. 아무것도 모르겠습니다." 그는 차가운 미소를 지으며 말했다. "그런데 일본 청년들은 지금 세계의 문학을 많이 공부하고 있더라고요. 서점에 가보고 깜짝 놀랐습니다. 각국의 문학 관련 서적들이 잔뜩 들어와 있고, 일본 젊은이들은 이것저것 열심히 골라서 사고 있습니다. 뭐랄까, 생명의 충실을 위해 애쓰고 있다고나 할까요? 저도 그들을 따라 그런 책들을 좀 사왔습니다. 그들 못지않게 저도 공부해볼 생각입니다. 저의 경쟁상대는 그런 도쿄의 젊은이들입니다. 그 사람들은 무언가 새로운 세계에 erwachen하고눈을 뜨고 있는 것 같습니다. 뭐, 저의 도쿄 이야기는 이 정도입니다."

그리고 수업이 끝나자 재빨리 자기 하숙집으로 돌아갔고, 전처럼 우리 하숙집에 놀러 오는 일도 뜸해졌다. 찬 바람이 강하게 불던 어느 날 밤, 웬일로 쓰다 씨가 이상한 표정으로 우리 하숙집에 찾아왔다.

"이봐, 불길한 사건이 일어났어."라고 하면서, 주머니에서 편지 한 통을 꺼내어 내게 보여주었다. 받는 사람 란에는 저우수런 귀하, 라고 쓰여 있었다. 보낸 사람은 직언산인直言山人이라고 되어 있었다. 익명도 참 못 지었구나 싶어 약간 황당해하며, 얼굴을 찌푸린 채 편지를 읽어보았다. 그 내용은 이름보다도 더 엉터리였다. 글씨도, 위압적인 태도로 쓴 야비한 글씨체여서 정말 지독한 냄새가 풍기는 듯한 너저분한 편지였다. 우선,

너는 참회하라!

라는 글씨가 커다랗게 쓰여 있었다. 나는 소름이 끼쳤다. 이렇게 예언 같고 꼴사나운 말은, 예나 지금이나 너무 싫다. 뒤이어 기묘한, 이른바 '직언'이 쓰여 있었다. 어쩐지 장황하다 싶은 '직언'이라 이해하기가 상당히 힘들었지만, 말하자면 '너는 비겁하다, 너는 후지노 선생님에게서 해부학 시험 문제를 미리 알아내고 있었다, 그 증거는, 후지노 선생님은 네 노트에 붉은 펜으로 어떤 표시를 해주고 있다는 것이다.

네겐 진급할 자격이 없다, 참회하라!'라는 것이었다.

"뭐지 이건?" 내가 그 편지를 찢으려고 하자 쓰다 씨가 당황하며,

"아, 잠깐 기다려."라면서 내가 들고 있던 그 편지를 재빨리 빼앗아갔다. "이건 중대한 사건이라고. 너랑 이제부터 이것저것 의논해보고 싶어서 왔어. 정말 불쾌한 사건이야. 술이라도 마시지 않으면 안 될 것 같은 기분이야. 이 집에 술 좀 없어?"

나는 쓴웃음을 지으며 하숙집 가족에게 술 없냐고 물었다. 아주머니가, 정종은 밤에 남편이 마셨지만 맥주는 있다고 답했다.

"맥주도 괜찮아요?" 쓰다 씨에게 묻자, 쓰다 씨는 약간 비통한 표정을 지으며 말했다.

"맥주? 바람 소리를 들으면서 맥주를 마신다는 건 촌스럽기 짝이 없는 일이지만 뭐, 어쩔 수 없지. 상관없어. 가져 와."

쓰다 씨는 혼자서 맥주를 벌컥벌컥 들이켜며,

"아, 추워. 가을에 맥주를 마시는 건 좀 아닌데!" 하고 외치며 덜덜 떨었다. 그리고 더듬더듬 이번 사건의 중대성에 대해 이야기하기 시작했는데, 어쨌든 보라색 입술로 온몸을 덜덜 떨며 하는 이야기였으니 정말로 보통 일이 아닌 것 같고 거창한 느낌이 들었다.

"이건 국제문제야." 그는 언제나처럼 일을 과장해서 말했다. '저우 씨는 한 명이지만 한 명이 아니다. 지금은 청나라 유학생이 일본 전국에 산재해 있고, 그 수는 이미 만 명에 가깝다. 즉, 저우 씨의 배후에는 만 명의 청나라 유학생이 버티고 있다. 저우 씨가 한번 화를 내면, 그 만 명의 유학생들은 틀림없이 저우 씨를 응원하며 들고 일어날 것이다. 그런 일이 일어나면 센다이 의학전문학교에도 안 좋을 것이고 우리 문부성, 외무성도 청나라 정부에 사과해야 할지도 모른다. 아마,

중일 친선외교에 큰 오점을 남기게 될 것이다. 너는 이에 대해 어떻게 생각하는가?'라는 내용이었다. 쓰다 씨는 항상 이런 식으로 나오기 때문에 나는 언제나처럼 적당히 흘려듣고 말했다.

"저우 씨가 이 편지를 봤어요?"

"봤어. 오늘 학교에서 함께 하숙집으로 돌아왔는데, 이 편지가 와 있었어. 저우 씨는 하숙집 입구에서 이 편지를 받고서는 주머니에 아무렇게나 찔러 넣고 계단으로 올라갔는데, 그때 내게 어떤 영감이 들었지. 잠깐, 하고 그를 멈춰 세웠어. 지금 받은 편지를 여기서 뜯어보라고 했지. 저우 씨는 복도에 서서 묵묵히 편지를 뜯었어. 그러고는 내용을 언뜻 읽더니 찢어버리려고 했지."

"그렇겠지요. 누구나 이런 불결한 편지를 받으면 찢어버리고 싶을 겁니다."

"아니, 그런 말 하지 마. 그 순간 나는 이 편지를 빼앗아 읽어보고, 이 녀석이 드디어 일을 냈구나, 싶었지."

"뭐야. 당신은 이 편지를 보낸 사람을 아는 것 같네요?"

"뭐 감출 것도 없겠지, 알고 있어. 야지마야. 그 녀석. 그 Landdandy^{멋쟁}이 촌놈 말야."

그 얘기를 듣고서 나는 문득 며칠 전에 있었던 사소한 사건을 떠올렸다. 후지노 선생님 시간이었다. 선생님이 교실에 들어서는 순간 새로 학생회 간부가 된 야지마가 벌떡 일어서더니 칠판에 내일 있을 학생회 모임에 대해 적고는 모두 빠짐없이 참석 바람, 이라고 덧붙였다. 그리고 '빠짐漏'이라는 글자에 두 겹으로 동그라미를 쳤다. 대여섯 명의 학생이 와 하고 웃었다. 나는 학생회 모임에는 항상 사람이 안 모이니까 특별히 '빠짐없이'라는 글자를 강조한 거라고 가볍게 생각했다. 하지만 그것은 야지마의 비열한 비아냥거림이었다. 그곳에는 후지노 선생님과 저우 씨가 있으니 시험 문제의 '누설漏洩'을 몰래 비꼴 생각으로, 야지마가 비열하게 잔꾀를 부린 것이다. 나는 그것을 떠올리고는 발끈 화가 나서 이렇게 말했다.

"패버립시다." 그냥 너저분한 녀석이라고 묵살하는 정도로는 해결이 안 되겠다 싶었다. 나의 평범한 육십 평생에서 진심으로 남을 때리고 싶다는 생각이 든 것은, 이때 한 번뿐이었다고 할 수 있다. 그날 밤 그의 집에 가서 실컷 때려주고 와야겠다 싶었다. 나는 그 야지마라는, 멋진 턱수염을 기른 학생이 전부터 몹시 싫었다. 그는 센다이의 동북학원 東北學院인가 뭔가 하는 크리스트교 계열 학교 출신인데, 설마 그 때문은 아니겠지만 저우 씨의 말을 빌리자면 다테번의 der Stutzer멋쟁이, 쓰다 씨의 말을 빌리자면 멋쟁이 촌놈, 그런 느낌이 드는, 잘난 척이 심한 사람이었다. 처음에는 그냥 얌전했는데 아버지가 이곳 센다이에서 큰 부자라 아버지의 후광이 점점 더 많은 위력을 발휘하게 된 것인지 어느새 학급의 두목 같은 존재가 되었고, 이번 학생회 간부 선거에서는 쓰다 씨를 누르고 새로운 간부가 되었다. 나는 도쿄나 오사카에서 온 학생이 동북 지방을 시골 취급하며 경멸하는 태도도 싫었지만, 동북 지방 출신 학생들끼리 짜고서 그것에 대해 보복을 하려 드는 비굴한 태도도 싫었다. 특히 나 자신도 시골 출신이긴 하지만 어쨌든 동북 지방 출신이라, 촌놈들의 추저분한 복수심을 접할 때면 스스로에 대한 혐오감도 더해져서, 도쿄나 오사카 출신 학생들보다도 동북 지방 출신 학생들에게 더 많은 증오를 느꼈다.

"때리면 안 돼. 그렇게 되면, 개인적인 싸움이 돼버려." 내가 흥분하기 시작하자 쓰다 씨는 갑자기 침착한 태도를 보이며 말했다. "상대는 야지마 한 명이 아냐. 녀석한테는 촌뜨기 추종자들이 많아. 나는 이 기회에 녀석들의 배타적인 사상을 응징하고 싶어. 우린 다 신사잖아? 사상싸움으로 가자고."

"하지만, 쓰다 씨, 저도 촌뜨긴데요." 어떤 의미로 그런 말을 썼는지는 모르지만, 내 귀에도 촌뜨기라는 말이 달갑게 들리지는 않았다. 이 지역 출신인 야지마도 정말 못마땅한 사람이지만, 이런 말을 쓰는 도쿄 출신 쓰다 씨의 심리도 그다지 고결하다고는 할 수 없다. 생각이 달라져서, 그놈이 그놈이다 싶었다.

"아니, 자네는 별개야. 자네는 절대로 촌뜨기가 아냐. 자네는, 뭐랄까," 난처한 듯한 표정을 지으며 말했다. "어떤 의미에선, 오히려 도시 사람이라고 할 수 있는데," 할 말을 찾을 수가 없는 모양이었다. "맞다, 자네는 중국인이야! 그렇지."

나는 어이가 없었다.

"그러니까 같은 동북 지방 출신인 야지마 일당도 자네를 멀리하는 거야." 쓰다 씨는 자못 그럴싸한 말투로 말했다. "그러니까 자네는, 지금 저우 씨와 같은 입장이야. 나는 절대 그렇게 생각하진 않지만, 자네 얼굴이 중국인 같이 생겼다고 반에서 정평이 나 있어. 자네는 저우 씨랑만 친하게 지내니까 그래. 반 아이들은 자네 이름인 다나카 다카시田中卓를 덴추타쿠라고 부른다는 걸, 자네는 모르지? 자네를 덴 씨라고 부르고 있다고. 기분 나쁘지?"

나는 그런 건 어떻든 상관없었다. 하지만 쓰다 씨가 이번 사건을 왜 나한테 얘기하고, 또 지리멸렬한 화풀이 같은 이야기를 늘어놓으며 소란을 피우는지, 둔감한 나도 그것을 조금씩 알게 되었다. 쓰다 씨는 야지마에게 학급 간부라는 명예로운 자리를 빼앗긴 것이 분했던 것이다.

그래서 실의에 빠진 이 우울한 정치가가, 야지마의 이번 편지를 문제 삼아 야지마를 간부 자리에서 내쫓고 대신 자신이 예전처럼 다시 당당한 직함이 박힌 명함을 뿌리고 다니고 싶다는 가련한 계획을 가지고 나를 찾아온 것임이 분명했다. 우선 저우 씨와 가장 사이가 좋은 나를 부추기면, 내가 격분해서 또 예전처럼 후지노 선생님께 말씀드리고, 후지노 선생님이 깜짝 놀라 야지마를 불러 그를 크게 꾸짖고는 간부라는 영예로운 직함을 박탈하는 식으로, 일이 매끄럽게 전개될 것을 상상하며, 이런 소란을 피우고 있는 게 아닌가 의심스러워졌다. 그런 생각이 들자 김이 새서,

"당신은 전부터 여러 가지 사실을 다 알고 있었으면서도, 어째서 야지마 일당에게 저우 씨의 결백을 증명해주지 않은 거죠?" 하고 입을 삐죽이며 말했다.

"그건, 내가 말해도 소용없어. 녀석들은 나도 저우 씨와 한패라고 생각하니까. 나와 자네와 후지노 선생님과 저우 씨, 이렇게 네 명이 지금 시점에서 마찬가지로 피고인 같은 입장이야. 정말 괘씸하지 않아? 후지노 선생님의 인격을 의심하다니, 정말 너무해. 아무래도, 우리도 다 같이 대책을 세우지 않으면 안 되겠어. 자네는 어쨌든 내일 후지노 선생님께 가서 이 얘기를 하도록 해. 나는 뒤에서 다른 동지들을 모을 테니."

아니나 다를까, 내 의심은 적중했다. 나는 그의 말을 따르기가 싫었다. 야지마를 패주겠다는 생각도 다 날아가 버리고, 어서 이런 바보 같은 정치 싸움에서 벗어나고 싶었다.

"하나 약속해줬으면 하는데요" 나는 냉정을 되찾고 완고한 마음으로 말했다. "제가 내일 후지노 선생님 연구실로 찾아가 볼 테니, 선생님의

지시가 있기 전까지는 이 편지에 대해 아무에게도 말하지 말아 주시겠어요?"

"왜?" 쓰다 씨는 입을 굳게 다물고 나를 노려보았다.

"아무튼요." 나는 애써 미소 지으며 말했다. "어쨌든 동지를 모으는 일은 이삼일만 기다려주시겠어요? 그렇지 않으면, 저도 당신의 적이 될 겁니다."

그때는 그저 저우 씨가 불쌍하다는 마음이 들 뿐이었다. 또한 저우 씨의 공부에 그렇게 열성적인 후지노 선생님도 딱했다. 나의 관심사는 오로지 그뿐이었고, 다른 일은 어찌 되건 상관없었다.

"그렇군." 쓰다 씨는 분하다는 듯 딴 데를 보며 말했다. "자네는 어쩐지 나를 신뢰하지 않는 것 같네."

나는 그 말에 개의치 않고 말했다.

"당신이 약속해주지 않으면, 저는 당신의 적이 되어 후지노 선생님께도 당신의 험담을 할 겁니다."

"하지만, 그건 터무니없는 짓이잖아?"

"터무니없어도 상관없어요. 적이 될 테니까. 어떻게 하시겠어요, 약속하시는 거죠?" 나는 우쭐대며 재차 다짐을 받아내려 했다.

쓰다 씨는 마지못해 고개를 끄덕이며,

"나는 동북 지방 사람이랑은 정말 안 맞는단 말이지."라고 작은 목소리로 말했다.

이튿날, 나는 후지노 선생님의 연구실에 가서 그 사건을 요약해 말씀드렸다. 쓰다 씨의 의도도 미화하여,

"쓰다 씨도 무척 분개해서는 선생님의 지시를 받고 무언가 도움이 되고 싶다고 합니다."라고 했다. 물론 야지마의 이름은 말하지 않고,

저우 씨를 위해 이런 오해를 받지 않도록 해달라고 부탁드렸다.

"오해고 뭐고 그럴 게 없는데." 선생님은 의외로 태평한 미소를 지으며 말했다. "저우 군의 해부학은 낙제점입니다. 다른 과목 점수가 좋아서 그런 성적을 거둔 거겠지요. 저우 군이, 몇 등이었습니까?"

"글쎄요. 60등쯤이었던 것 같은데." 우리가 1학년에서 2학년으로 진급할 무렵에는 낙제생이 무척이나 많았다. 동급생의 3분의 1, 약 50명이 낙제라는 쓰라린 체험을 해야 했고, 나와 쓰다 씨는 둘 다 8, 90등을 해서 겨우겨우 진급할 수 있었다. 외국인인 저우 씨가 60등을 했다는 것은 저우 씨가 수재인데다 공부벌레라는 것을 아는 우리로서는 당연한 성적이라 생각하지만, 저우 씨를 잘 모르는 사람들이 보면 그 60등이라는 성적이 수상쩍게 느껴질지도 모른다. 특히 낙제생들은 자기들이 공부를 안 한 것은 생각도 안 하고 진급생들의 트집을 잡고 싶을 테고, 모든 진급생들을 대표하여 희생양이 된 사람이 바로 청나라 유학생인 저우 씨였다고 할 수 있는 상황이었다.

"60등이라." 선생님은 그 60등도 탐탁잖은 모양이었다. "별로 좋은 성적은 아니군요. 더 공부해야 할 텐데. 작년 자네들의 해부학 실력은 전반적으로 별로였지요. 해부학은 의학의 기초니까 더 꼼꼼하게 공부해두지 않으면 나중에 후회할 때가 올 겁니다. 다들 공부를 게을리하니까 이런 어처구니없는 일도 벌어지고 말이죠. 서로 힘을 북돋으면서 열심히 공부했으면 오해도 안 하고 질투도 안 할 텐데. 화和라는 것은 결코 소극적인 것이 아닙니다. '희로애락이 발현되어 상황의 절도에 들어맞는 것을 '화和'라고 한다고 『중용中庸』에도 나와 있지 않습니까? 천지가 약동하는 모습입니다. 힘껏 당겨서," 선생님은 활을 힘껏 당겨 둥글게 만드는 손짓을 하며 말했다. "휙 하고 쏜 활이 빗나가지 않고 과녁의 정중앙에 맞으면 탁 하고 명쾌한 소리가 나지요. 그런 느낌. 그것이 화和입니다. 희로애락이 발현되어 상황의 절도에 들어맞는 것. 바로 이 '발현되어'라는 부분을 잊어서는 안 됩니다. 공부를 해야 해요. '화和를 행함으로써 고귀한 가치를 이루자.'[44]는 말도 있지만, 화和라는 것은 그냥 사이좋게 논다는 의미가 아닙니다. 서로 격려해가며 공부하는 것, 이것을 화和라고 합니다. 자네는 저우 군과 친한 친구라는 것 같은데, 그 사람은 중국에 새로운 학문을 전파시키기 위해 일부러 일본까지 공부하러 온 것이니 많은 힘을 북돋아 주며 더 좋은 성적을 받으라고 충고해줘야 합니다. 나도 참으로 애가 타네요. 60등이라는 건, 정말 한심한 등수입니다. 1등이나 2등을 해야만 해요. 일본 학생들도 옛날에는 당나라와 송나라에 공부하러 가서 여러모로 그 나라 신세를 졌지요. 이번에는 일본이 그 은혜에 보답하기 위해, 중국 사람들에게 우리가 알고 있는 것을 가르쳐줘야 합니다. 그런데 일본 학생들이 이렇게 놀기만 하고 공부를 한 글자도 안 하니까, 저우 군 같은 중국 유학생들이 모처럼 고매한 뜻을 품고 일본에 건너와도, 그 학생들 분위기에 휩쓸려서 나태해지는 겁니다. 자네가 저우 군의 진정한 친구라면 내가 자네 둘에게 연구 Thema테마를 줄 수도 있어요. 전족의 Gestalt der Knochen뼈의 형태는 어떨까요? 되도록 저우 군이 흥미로워하는 테마가 좋겠네요. 하지만 이건 지금 내 수중에 Modell모델이 없으니 좀 어려우려나? 어쨌든 저우 군이 의학에 대해 더 많은 Pathos열정을 가지게끔 해줘야 합니다. 요즘 저우 군이 어쩐지 기운이 없어 보이더군요. 해부 실습을 싫어하는 것 같던데? 중국인은 Leichnam시체에 독자적인 신앙이 있어서 화장을

44_ 쇼토쿠 태자(?~622)가 만든 『17조 헌법』의 한 항목으로, 파벌이나 당파를 만들어 대립하지 말고 서로 화합하면 모든 일이 잘되기 마련이라는 의미이다.

하지 않고 거의 토장土葬을 한다지요. 『중용中庸』에도 '귀신의 덕德은 성대盛大하다'라는 말이 있듯, 사후의 귀신을 몹시 두려워한다고 합니다. 어쩌면 저우 군이 요즘 의기소침해져 있는 건 우리가 Leichnam시체를 너무 아무렇게나 다뤄서 의학에도 좀 싫증이 난 거 아닐까요? 만약에 정말 그렇다면, 자네가 저우 군에게 말해줘요. 일본의 Kranke환자는 사후에 의학 발달에 도움이 된다는 것을 굉장히 좋아한다고. 더구나 중국에도 도움이 된다는 것을 알게 된다면 오히려 영광으로 여길 겁니다. 그렇게 얘기해서 용기를 북돋아 줘요. 해부 실습 정도에 벌벌 떨면, 앞으로 사소한 Operation수술 하나도 제대로 못 할 테니까." 선생님은 저우 씨 얘기만 했다.

"저, 그럼, 편지 사건은 어떻게 하면 좋을까요?"

"그건 전혀 신경 쓸 필요 없습니다. 단, 이런 일로 저우 군이 학교를 싫어하게 되면 안 되니까, 그 점은 자네가 저우 군을 잘 위로해주고, 격려해줘요. 편지 일은 묵살해도 상관없지만, 또다시 쓰다 군 같은 사람이 나서서 일을 크게 만들어도 골치 아파질 테니, 내가 간부에게 그 편지를 쓴 사람을 찾아내라고 시키지요. 나한테 누가 썼는지를 보고할 필요는 없지만, 그 편지를 쓴 사람은 저우 군의 하숙집에 가서 그 노트를 자세히 보게끔 해서, 자신의 잘못을 깨닫는다면 순순히 저우 군과 화해하도록 하고. 뭐, 그 정도면 되겠지요? 이번 간부는, 야지마 군이지요?"

그 간부가 편지를 쓴 사람이니 얘기가 복잡해졌다. 하지만 선생님이 야지마에게 범인을 찾으라고 시키는 것도 좀 얄궂은 일이니 일이 재미있게 흘러가지 않을까 싶었기에,

"네, 그렇습니다. 그러면 야지마 군에게 그렇게 전하겠습니다."라고 말한 뒤 오른쪽으로 빙 돌아섰다. 그러자 등 뒤에서 선생님이,

"저우 군뿐만 아니라, 자네들도 다들 공부를 더 열심히 해야 합니다. 각자 자발적으로 하는 것, 이것을 화和라고 합니다."라며 호통을 치셨다.

이 사건이 저우 씨의 마음에 어떤 충격을 주었을지, 그건 나도 모른다. 그 무렵 저우 씨의 태도에는 무언가 가까이 다가가기 힘든 부분이 느껴졌기에, 학교에서 마주쳐도 서로 살짝 웃으며,

"잘 지내나요?"

"네."

이런 식으로 아주 비겁하고 무탈한 인사만 주고받을 뿐, 후지노 선생님이 시키신 위안이나 격려의 말은 한마디도 꺼낼 수가 없었다. 또한 섣불리 그런 말을 꺼내서 민감한 저우 씨가 도리어 거북하게 되면 큰일이다 싶어, 이번 노트 사건에 대해서는 전혀 모르는 척하고 있었다.

그로부터 일주일 남짓 지난 어느 날, 그날은 엄청난 폭설이 쏟아지던 밤이었다. 저우 씨가 외투를 머리부터 푹 뒤집어쓰고 온몸에 눈을 맞아 새하얘져서 우리 하숙집에 찾아왔다.

"자, 어서 들어와요. 어서." 나는 오랜만에 찾아온 저우 씨를 보고 뛰는 가슴을 안고 현관으로 뛰어나가 환영해주었지만, 저우 씨는 묘하게 머뭇거리며,

"괜찮요? 공부 중인 거 아닌가요? 방해되는 거 아닌가요?" 하고, 그때까지 저우 씨가 한 번도 보인 적이 없는 조심성 어린 태도를 보였다. 나는 거의 끌어 올리다시피 해서 저우 씨를 방 안으로 들였다.

"지금 근처에 있는 감리교 교회에 들렀다가 돌아가는 중인데, 너무 쓸쓸한 맘에 잠시 들러봤습니다. 제가 방해된 거 아닌가요?"

"아뇨. 저는 항상 노는 거나 마찬가진데요 뭐. 그런데 교회에는 어쩐

일로 간 건가요?"

저우 씨는 나와 마찬가지로 예수의 이웃 사랑에 대해서는 큰 경의를 표하고 있었고 십자가에 못 박힐 수밖에 없었던 의로운 사람의 숙명을 우러러본다는 점도 다른 사람 못지않았지만, 교회의 직업적 예수쟁이들의 위선자처럼 비장한 표정이라든가 교회에 다니는 젊은 남녀들이 조신한 척하는 꼴사나운 태도에 질려서 센다이 시내에 산재해 있는 교회를 한결같이 멀리했다. 특히 저우 씨는, 예수가 예수의 분위기를 풍긴다면 그것은 진정한 예수가 아니라면서, 중국 유학자들이 공맹孔孟의 정신을 왜곡했듯 크리스트교의 가르침도 외국의 예수쟁이들이 타락시키고 말았다고 얘기한 적도 있었다. 그런데 그랬던 그가, 지금 감리교 교회에 다녀왔다고 한다.

저우 씨는 수줍어하며 말했다.

"아, 저는 요즘 Kranke환자입니다. 그래서 모두에게 연락도 안 하고, 이제 완전 einsam고독한 까마귀가 되어버렸지요. 그래도 그때는 즐거웠습니다. 마쓰시마에서 함께 하룻밤 머물면서, 유치한 얘기를 하며 기염을 토하기도 하고," 말하다 말고 눈을 내리깔더니 고타쓰 속에서 한참을 잠자코 있다가 갑자기 고개를 들고 말했다. "실은 어제 야지마 씨가 우리 하숙집에 사과하러 왔어요. 그 편지를 쓴 사람이 야지마 씨였다네요."

그 일은 나도 쓰다 씨에게 들어 알고 있었다. 후지노 선생님은 야지마 군에게 범인을 찾아내어 저우 씨를 위로해주라고 했다고 한다. 그에게도 동북 지방 사람 특유의 도덕적 결벽성 같은 것이 있어서인지, 아니면 그가 믿는 크리스트교를 통해 반성의 미덕을 체득한 것인지 그 자리에서 울음을 터뜨리더니 그 편지를 쓴 것은 자신이라며 자백했고, 어리석은 오해로 빚어진 이번 일에 대해 깊이 반성하며 자진하여 간부직을 관두겠다고 했다는 것이다. 후임으로는 쓰다 씨를 추천했는데 쓰다 씨도 일이 이렇게 되고 보니 그것을 받아들일 수가 없었는지, 결국 간부는 야지마와 쓰다가 함께 하게 되었다. 모든 것이 원만하게 수습되자 쓰다 씨는 "군사軍師, 군사."라고 하며 내 등을 두드렸다. 군사는 무슨, 나의 무계획이 의외의 성공을 거둔 것뿐이다.

　"항상 후지노 선생님께 노트 첨삭을 받고 있으니 그런 오해를 살 만도 합니다. 저는 오히려 그 사람이 딱했어요. 전에는 그 사람을 별로 좋아하지 않았지만, 이런저런 얘기를 나누던 중에 꽤 정직한 사람이라는 것을 알게 됐습니다. 저도 조금 비꼴 생각으로 '당신은 크리스천이지요?' 하고 물었더니, 그 사람은 진지한 표정으로 끄덕이더니, '그렇습니다. 크리스천이라고 해서 죄를 짓지 않는 것은 아닙니다. 오히려 저처럼 결점이 많아서 죄만 짓는 악덕한 사람이, 바로 독실한 크리스천이 되는 법이지요. 교회는 저처럼 잘못을 저지르기 쉬운 사람들이 모이는 병원입니다. Krankenhaus병원입니다. 그리고 복음은 우리 Herz마음의 환자들이 머무는 Krankenbett침상입니다. 야지마 씨의 그 말이 묘하게 제 마음 깊은 곳에 와닿아서, 저도 문득 Krankenhaus병원 문을 두드려보고 싶어졌어요. 저는 지금 분명 Kranke환자입니다. 그래서 오늘 별생각 없이 교회에 가보았는데, 아무래도 그 서양풍의 과장된 의식은 왜 하는 것인지 이해할 수가 없었기에 실망했습니다. 하지만 설교 내용이 마침 구약 성서의 「출애굽기」 부분이었는데 모세가 그의 동포들을 노예의 삶에서 벗어나게 해주기 위해 얼마나 많은 고생을 했는지, 그 얘기를 듣고 소름이 끼쳤습니다. 이집트 도회지의 빈민굴에서 떠들썩하고 나태한 하루하루를 보내는 백만 동포들에게, 모세가 이집트 탈출이라는 큰 꿈을, '무거운 입과 잘 돌아가지 않는 혀'로 더듬더듬, 열심히 이야기하며 돌아다녔지요. 그들은 오히려 그를 귀찮아했지만, 그래도 모세는 그들을 꾸짖기도 하고 달래거나 호통도 치면서, 겨우 모두를 데리고 간신히 이집트 탈출에 성공했습니다. 하지만 그 이후 사십 년이라는 긴 세월 동안 황야를 떠돌며, 모세를 따라 탈출한 백만 동포들은 모두 모세에게 감사하기는커녕 불평을 늘어놓으며 모세를 원망했지요. '녀석이 쓸데없는 참견을 해서 이렇게 비참한 상황이 되었다. 탈출했다 해도 좋을 게 하나도 없지 않은가? 아, 돌이켜보면 이집트에 살 때가 좋았다. 노예건 뭐건, 상관없지 않은가? 빵도 배터지게 먹을 수 있었고, 냄비에는 오리와 양파가 보글보글 끓고 있었다. 이집트에서 고기가 익어가는 냄비 옆에 앉아 질리도록 빵을 먹었을 때, 여호와의 손에 죽었으면 좋았을 것을. 너는 이 황야로 우리를 끌어내어 모두를 굶겨 죽이려 하는구나.'라는 등, 거칠고 무지한 불평만 줄곧 늘어놓았다고 합니다. 저는 현시점에서 우리나라에 있는 민중들을 떠올리며 괴로운 마음에, 그 설교를 끝까지 들을 수가 없었습니다. 그래서 도중에 도망 나왔는데, 어쩐지 너무 쓸쓸해져서 당신 집으로 달려온 겁니다. 절망, 아니, 절망이라는 말도 싫네요. 남들을 의식한 말이니까. 뭐라고 표현하면 좋을까요? 민중이라는 사람들은, 거의 그런 식이니까요."

"저는 성서에 대해서는 전혀 모르지만, 모세도 결국은 성공하지 않았습니까? 피스가 언덕 정상에서 아름다운 요르단강 유역을 가리키며 '고향이 보인다, 고향이 보인다.' 하고 절규하는 부분이 있었잖습니까?"

"네. 하지만 그때까지 사십 년의 세월 동안 불평 많은 동포들이 먹지도 마시지도 못하는 고통을 견뎌야 했잖아요. 그게 가능한 일일까요? 오 년이나 십 년이 아닙니다. 사십 년이에요. 저는 이제 모르겠습니다.

올해 여름을 도쿄에서 보내며 제가 얻은 것은 역시 이런, 민중 구제에 대한 회의였습니다. 오늘도 저의 장광설을 들어주세요. 마쓰시마에서 한 얘기는 즐거운 내용이었지만, 오늘 밤 제가 털어놓으려 하는 얘기는 암담한 것입니다." 하더니 씩 웃었다. "제가 지금 웃었지요? 왜 웃었을까요? 이집트의 노예들도 분명 이렇게, 가끔 자기도 이해할 수 없는 웃음을 지었을 겁니다. 노예들도 웃습니다. 아니, 노예니까 웃는 것인지도 모릅니다. 저는 이곳 센다이 거리를 산책하는 포로들의 표정을 유심히 보는데, 그 사람들은 별로 안 웃어요. 무언가 희망을 가지고 있다는 증거입니다. 어서 귀국하고 싶다고 초조해한다는 사실만으로도, 노예보다는 더 낫습니다. 저는 가끔 그 사람들에게 파피로스를 주는데 그 사람들은 당연하다는 듯한 얼굴로 그걸 받습니다. 그 사람들은 아직 노예 상태는 아닙니다." 그 무렵 센다이에는 러시아 포로들이, 많을 때는 2천 명이나 와서 아라마치나 신테라 거리 부근의 절, 그리고 미야기노하라에 있는 임시 수용소 등에 수용되어 있었다. 그해 가을부터는 자유로이 시내를 돌아다닐 수 있게 되자, 러시아어로 정확히 어떻게 발음하는 것인지는 모르지만 파피로스를 가지고 싶어 했다. 그 말은 담배라는 뜻이라는 것 같은데, 센다이의 어린이들조차 어느샌가 그 파피로스라는 말을 알게 되어 포로들에게 '파피로스 가지고 싶어?'라며 말을 걸고 포로가 끄덕이면 기뻐하며 담뱃가게로 뛰어가서 담배를 사주며 의기양양해 하곤 했다. "그들이 파피로스를 너무 태연히 받아 챙기는 것을 보면, 어쩐지 제가 부끄러워지더군요. 치욕스럽기까지 했습니다. 혹시 이 포로가 내가 중국인이라는 것을 알아챈 거 아닐까? 그리고 중국이 서서히 열강의 노예가 되어가고 있는 현 상황을 알고 나한테만 우월감을 품고 있는 것 아닐까? 아니, 틀림없이 제 심보가 꼬여서 그런 생각이

드는 걸 겁니다. 그래요. 제가 이번에 도쿄에서 느끼고 온 것은, 이렇게 비뚤어진 저의 마음입니다. 저는 불안합니다. 우리나라의 민중들을 구제하는 일에 대해, 극심한 불안을 느끼게 되었습니다. 지금 생각해보면 마쓰시마에서 제가 했던 말들은 너무나 유치한 것이었습니다. 단순하고 유치했던 그때의 제 모습이 그립기도 하고 부끄럽기도 합니다. 그걸 떠올리면 얼굴이 붉어져요. 왜 그렇게 철없는 이론에 취해 있었던 걸까요? 저는 그 무렵 중국의 현실을 잘 알고 있다고 생각했었는데, 그 모든 것은 소년의 안이한 지레짐작이었습니다. 저는 아무것도 몰랐던 겁니다. 그리고 지금은 그때보다도 더 모르겠어요. 중국의 현실은커녕 저 자신이 대체 어떤 사람인지, 그조차 모르겠습니다. 도쿄에 있는 동포 유학생들로부터 일본에 물들었다는 얘기를 들었어요. 한漢민족의 배신자라는 말도 들었지요. 제가 도쿄에서 일본 여자와 함께 산책하는 모습을 봤다는 터무니없는 소문을 내고 다니는 사람도 있었습니다. 사람들은 어째서 그렇게 저를 못마땅해하는 걸까요? 중국 험담을 하고 일본의 충의忠義 철학을 칭찬했기 때문일까요? 아니면, 그 사람들과 함께 직접적으로 혁명운동에 가담하고 있지 않기 때문일까요? 혁명에 대한 그들의 정열에 대해서는, 저도 많이 공감하고 있습니다. 지금은 황싱[45] 일파와 쑨원 일파가 드디어 손을 잡아서 중국혁명동맹회가 성립되었습니다. 대부분의 유학생들이 이 동맹회의 당원인데, 그 사람들 얘기를 들어보면 중국의 혁명은 머지않아 성공할 것 같습니다. 그런데, 저는 왜 이럴까요? 그 사람들의 기세가 오르면 오를수록 제 기분은 점점 차가워질 뿐입니다. 당신은 어떤가요? 저는 어려서부터 다른 사람

45_ 黃興(1874~1916). 쑨원과 함께 민국혁명의 쌍벽이라 칭해졌던 혁명가.

들이 모두 열광하며 박수치고 있을 때면 그 사람들과 함께 박수를 치기가 낯간지러웠습니다. 훌륭한 연설을 듣고 내심 큰 감격에 젖어도, 다른 사람들이 들떠서 큰 박수를 치는 모습을 보면 도저히 그 연설에 박수를 칠 수가 없어요. 마음속의 감동이 크면 클수록 박수를 치는 것이 그 연설자에 대한 속 보이는 허례처럼 여겨져 오히려 실례가 되는 거 아닐까 싶고, 가만히 있는 게 진정한 경의를 표하는 것이라는 기분이 들어 떠들썩한 박수 소리가 싫습니다. 학교 운동회 때 응원 소리를 들으면서도 이와 같은 기분을 맛보았습니다. 또한 크리스트교도, 저는 예수의 '너 자신을 사랑하듯 이웃을 사랑하라'는 사상을 진심으로 존경해서 예수님께 매달리고 싶었던 적도 있을 정도지만, 교회의 요란스런 겉치레는 저의 신앙에 찬물을 끼얹었어요. 당신이 언젠가 제게 말한 적이 있는데, 저는 중국인이면서도 공맹의 말을 입에 담지 않습니다. 당신들 눈에는 그게 이상해 보이는 모양인데, 저는 일부러 입에 담지 않기 위해 애쓰는 겁니다. 저는 마치 시시한 말장난처럼 공맹의 말을 연발하는 사람을 싫어합니다. 후지노 선생님처럼 좋은 분도 옛 성현의 말을 언급하시면, 속으로 그걸 못마땅해합니다. 저런 말씀은 하지 마셨으면 싶습니다. 제가 어렸을 때부터 중국의 유학자 선생님들은 지겨울 정도로 옛 성현의 말을 암기할 것을 강요했습니다. 그리하여 우리를, 유교를 싫어하는 사람으로 키운 것입니다. 제가 공맹의 사상을 가벼이 보는 것은 결코 아닙니다. 어떤 사람들은 그 사상의 근본을 인仁이라 하고, 어떤 이는 중용中庸이라 하고, 어떤 이는 관용이라고 하는 등 다양한 설이 있지만, 저는 예禮라고 생각합니다. 예 사상은 미묘한 것입니다. 철학적으로 표현하자면, 사랑의 발상법입니다. 인간 생활의 모든 고통은 사랑 표현의 어려움에서 나온다고 할 수 있겠지요. 인간이 느끼는 불행의 원천은, 사랑을 표현하는 데 서투르다는 것 아닐까요? 이것만 해결된다면 '임금은 임금답고 신하는 신하답고 아버지는 아버지답고 자식은 자식다운' 질서도 당연한 것으로 여겨지면서 자연히 지켜질 것이고, 인간은 그 모든 굴욕과 속박의 고통에서 벗어날 수 있을 것입니다. 그것을 그 유학자들이 지엽적인 예의범절처럼 가르쳐서, 오히려 임금은 신하를 모욕하고 아버지는 자식을 속박하는 위선의 수단으로 전락해버린 것이지요. 이러한 경향은 벌써 오래전부터 나타났는데 위魏나라 시절 죽림칠현 선비들도, 이러한 예 사상의 타락을 견디다 못해 죽림으로 도망쳐서 홧술을 마신 겁니다. 그들의 행실은 정말 불량했지요. 알몸으로 말술을 마셨어요. 당시 이른바 '도덕가'들은 그들을 무뢰한, 패륜아라고 비난했습니다. 아니, 지금도 고상한 척하는 군자들은 그들의 행실을 비난하고 있지요. 하지만 그 죽림의 선비들도 자신들의 생활이 훌륭하다고 생각하지는 않았습니다. 어쩔 수가 없었지요. 대나무 숲 말고는 살 곳이 없었던 것입니다. 세상은 예라는 명목 하에 자신을 거스르는 사람에게 불효라는 말도 안 되는 오명을 뒤집어씌워 그들을 무너뜨린 뒤 자신의 지위와 재산만을 지키려 들었지요. 그리고 너무도 순진하게 예의 본래 의미를 신봉하던 사람들은 위선자들이 예를 악용하는 것을 보며 많은 불만을 가졌지만, 힘이 없었기에 어쩔 수 없었던 겁니다. '좋아, 그렇다면 나는 앞으로 예의 예자도 입에 담지 말아야지.' 하고 우직한 외고집을 부리게 된 겁니다. 그래서 자포자기의 심정으로 자기 마음과는 정반대로 예에 대한 험담을 하거나 알몸으로 말술을 마시는 등 터무니없는 행동을 하기 시작한 것 아닌가 싶습니다. 하지만 그 당시 마음속으로 예 사상을 보물처럼 소중히 여겼던 사람들은 이들뿐이었습니다. 그때는 이렇게 '패륜아' 같은 태도라도 취하지 않으면 예

사상을 지니고 있을 수가 없었던 것이지요. 이 시대의 '도덕가'들은 표면적으로는 그럴싸하고 고상한 태도를 취했지만, 사실은 오히려 예 사상을 파괴했고, 예 사상을 전혀 믿지 않았습니다. 그리고 그것을 믿었던 사람들은 '패륜아'가 되어 대나무 숲으로 들어가 무뢰한처럼 말술을 마셨던 겁니다. 설마하니 제가 지금 대나무 숲에 들어가서 알몸으로 말술을 마셔야겠다고 생각하는 건 아니지만, 제 마음은 대나무 숲을 헤매고 있습니다. 저는 유학자들의 속 보이는 위선적인 행동들에 정나미가 떨어졌습니다. 이 얘기는 마쓰시마 여관에서도 당신한테 충분히 얘기했지만, 사상이 응접실의 인사말에 쓰이게 되면, 그 사상은 끝장입니다. 저는 이 불결한 사상의 시체에서 벗어나고 싶어서 새로운 학문을 찾아 고향을 버리고 난징으로 간 것입니다. 그 후의 일에 대해서도, 마쓰시마에서 다 이야기했지요. 하지만 저는 이번 여름에 도쿄에 가서 더욱 고통스럽고 깊은 대나무 숲속에 들어가 헤매게 되었습니다. 그게 무엇인지는 모릅니다. 아니, 알아도 그것을 분명히 말하기는 무섭습니다. 만약에, 불행히도 저의 의혹이 맞아떨어진다면, 저는 자살할 수밖에 없을지도 모릅니다. 아아, 이 의혹이 저의 망상이라면 좋을 텐데요. 확실히 말씀드리지요. 저는 요즘 혁명운동을 하는 동포 유학생들에게도 불길하고 과장된 태도가 있음을 느끼게 되었습니다. 그 열광적인 태도에 동참할 수 없다는 것이 저의 불행한 숙명일지도 모릅니다. 저는 그 사람들의 운동이 절대적으로 옳다고 생각합니다. 저는 쑨원을 존경합니다. 삼민주의를 신봉합니다. 그야말로 보물처럼 소중히 여기고 있습니다. 이것이 제게 마지막으로 남은, 실낱같은 희망입니다. 이 사상조차 저를 배반한다면, 저는 정처 없이 둥둥 떠다니겠지요. 노예나 다름없는 삶을 살게 될 겁니다. 그런데도 저는 지금, 죽림 선비들의 운명을 따라가고 있어요. 저는 많은 노력을 했습니다. '유학생들의 정열은 절대 잘못된 것이 아니다. 함께 구호를 외치는 것이 어떤가? 겸연쩍다는 것은 너의 허영심 때문이다. 네게서는 조금 불온한 허무주의자의 냄새가 난다. 네 얼굴에는 노예의 미소가 나타나고 있다. 조심하라. 네 마음에서 암흑을 내쫓고, 부자연스러워도 괜찮으니 밝은 빛을 들여라.' 하고 자신을 꾸짖고 채찍질하는 기분으로, 혁명 당원이 될까도 싶었지만," 하던 말을 멈추고 갑자기 불안해하며 말했다. "지금 몇 시지요? 너무 늦지 않았나요?"

나는 시간을 말해주었다.

"그렇군요. 잠시만 더 있다 가도 될까요?" 그는 보기 흉하고 비굴한 미소를 띠며 말했다. "저는 요즘 사람들의 마음을 알 수가 없어요. 중국 사람들끼리도 모르는 게 많으니, 국적이 다른 사람들끼리는 더 모르는 게 당연하겠지만, 저는 지금까지 당신에게 너무 아이처럼 굴었던 것 같습니다. 당신뿐만이 아니지요. 후지노 선생님께도, 그리고 이 하숙집의 아저씨 아주머님께도, 저는 너무 제 생각만 하며 그분들을 대했던 것 같습니다. 저는 야지마 씨가 보낸 그런 편지가 오히려 담백하고 좋았습니다. 중국인은 열등한 사람들이니 좋은 성적을 받을 리가 없다며, 확실한 태도를 보여준다면 저도 마음이 분명해져서 좋습니다. 온정적인 태도는, 오히려 괴로움을 줍니다. 이제부터는 당신도 아무쪼록 생각을 솔직하게 말해주세요. 이 하숙집에서는 저 같은 사람이 와서 이렇게 늦게까지 수다를 떨면 싫어하지 않나요? 괜찮아요?"

나는 잠자코 있었다. 이렇게 볼썽사납게 남 신경을 쓰는 손님이라면, 하숙집 사람들도 싫어할 거라는 생각이 들었다.

"화나신 것 같네요? 하지만 저는 역시, 당신에게만큼은 마음을 터놓고 이야기할 수 있나 봅니다. 마쓰시마에 다녀온 이래로, 당신한테는 시시한 푸념만 늘어놓았지요. 의학 구국이라든가." 하고 말하고는 피식 웃더니 말을 이었다. "유치한 삼단 논법을 급조한 것이지요. 그런 것을 억지라고 하지요? 과학. 어째서 저는 과학을 그토록 두려워했던 걸까요? 아이가 성냥을 좋아하는 것과 마찬가지일까요? 안쓰러워요. 그런데 그런 아이가 과학의 이기를 쓰게 된다면 어떻게 될까요? 오히려 비참한 일이 생기겠지요. 아이는 놀 생각만 하니까 말입니다. 병을 고쳐주어도 곧장 강으로 물놀이를 가서는 병이 도져서 돌아오니까요. 과학의 위력으로 민중을 각성시키고 새로운 삶에 대한 희망과 노력을 촉구하여 그것을 유신에 대한 열망으로 이끈다는 것. 이런 생각은 삼단 논법도 아니지요. 낯부끄러운 계획이었습니다. 억지지요. 저는 그, 과학 구국론을 완전히 버릴 겁니다. 저는 이제 더 침착한 마음으로 다시 생각해봐야 합니다. 모세도 사십 년이 걸렸으니까요. 이렇게 어찌할 바를 모를 때면 항상, 어째서인지 메이지 유신을 떠올리게 됩니다. 일본의 유신은 과학의 힘으로 이루어진 게 아닙니다. 그건, 확실해요. 유신은 미토기 공[46]의 『대 일본사』 편찬을 비롯해 게이추[47], 아즈마마로, 마부치, 노리나가, 아쓰타네[48], 혹은 『일본외사日本外史』의 산요[49] 등, 저술가들의 정신적인

• •

46_ 도쿠가와 미쓰쿠니德川光國(1628~1701)의 별칭. 미토번의 2대 번주로 『대 일본사』 편찬을 비롯한 다양한 문화사업을 한 것으로 유명하다.

47_ 게이추契沖(1640~1701). 에도시대 전기의 국학자로 실증적 고전연구의 방법을 확립하며 국학의 기틀을 마련하였다.

48_ 가다노 아즈마마로荷田春滿(1669~1736), 가모노 마부치賀茂眞淵(1697~1769), 모토오리 노리나가本居宣長(1730~1801), 히라타 아쓰타네平田篤胤(1776~1843): 에도시대를 대표하는 국학자 네 명.

49_ 라이 산요賴山陽(1781~1832). 에도시대 후기의 역사가이자 사상가로 무가의 흥망을 중심으로 저술된 그의 저서 『일본외사』는 후에 막부 말의 존황양이 운동에 영향을 미치게 된다.

계몽에 의해 시작된 것입니다. Materiell^{물질적인} 위안과 즐거움을 교화 수단으로 이용하지는 않았습니다. 그랬기에, 메이지 유신이라는 기적이 가능했던 것이지요. 자국민의 구제에 과학적 쾌락을 이용하는 것은 무척 위험한 일이었습니다. 그것은 서양인이 침략 목적으로 다른 나라 민중을 회유하는 데 이용하는 수단입니다. 자국민을 교화하기 위해서는, 우선 민중 정신을 계발해야 합니다. 육체적인 병을 고쳐주고 새로운 삶에 대한 희망을 가지게 해서 정신적인 교화를 이루겠다는, 그런 번거로운 술책은 전혀 필요하지 않습니다. 남의 얘기를 할 것도 없지요. 저도 지금 일본의 충의 일원론처럼 명확하고 직설적인 철학을 체득할 수 있다면 지금의 시련에서 벗어날 수 있을 테니까요. 아이스크림을 빨고 캐러멜을 먹으며 활동사진을 본다 해도 마음이 누그러지는 건 잠깐뿐이잖아요? 일본의 일원 철학은 겉치레가 없고 언제나 묵묵히, 당연한 듯 실천되고 있으니 믿음이 갑니다. 자신이 굳게 믿고 있는 것에 대해서는 너무 시끌벅적하게 떠들어대지 않는 편이 좋지 않을까요? 도쿄에 있는 친구들은 입만 열면 삼민주의, 삼민주의를 연발하는데 그 말이 마치 인간과 인간이 아닌 것을 구별하는 암호처럼 쓰입니다. 그걸 보며 저는 진정한 삼민주의의 신봉자들이 머지않아 대나무 숲으로 들어가 버리지 않을까 싶었어요. 아니, 이건 비뚤어진 저의 망상에 지나지 않겠지만 말입니다. 저는 이제, 삼민주의가 무엇인지 그것조차 모르겠습니다. 하지만 그 사람들의 정열만큼은 믿어야 합니다. 아니, 존경해야 합니다. 그 사람들은 위기에 빠진 나라를 구하기 위해 목숨을 걸고 구호를 외치고 있습니다. 저도 그 사람들과 보조를 맞추면서 뛰어다니며 살 수밖에 없겠지요. 저는 혁명 당원이 아니지만 비겁한 사람은 아닙니다. 저는 언제라도 그 사람들과 함께 죽을 각오가 되어 있습니다. 제가 탄 배의 키는, 제가 그것을 원하든 원치 않든 이미 어떤 방향을 향해 고정되어있는 듯합니다. 저는 지금 그 사람들에게 무언가 도움을 주어야 합니다. 그러기 위해서 어떻게 하면 좋을지를 생각하다 보면, 곧바로 그 우울한 대나무 숲이 눈 앞에 펼쳐집니다. 그 사람들은 저를 민중의 배신자라고 부릅니다. 일본에 물든 사람이라고도 하지요. 하지만 저는, 그 사람들이야말로 민족을 배신한 게 아니라면 다행이라는 생각이 듭니다. 다시 말해 저는 정치를 모르는 거겠지요. 저는 당원이 늘거나 줄었다는 사실이나 간부가 누구인지보다도, 인간 한 사람이 지닌 마음의 빈틈에 더 많은 신경이 쓰입니다. 확실히 말하자면 저는 지금, 정치보다도 교육에 관심이 있습니다. 그것도 고급 교육은 아닙니다. 민중을 대상으로 하는 초보적인 교육입니다. 제겐 독자적인 철학도 없고 종교도 없습니다. 저의 사상은 빈약한 것입니다. 저는, 그저 제가 믿어 의심치 않는 쑨원의 삼민주의를 민중에게 알기 쉽게 가르쳐주고, 민중의 자각을 촉진하고 싶습니다. 뭐, 곰곰이 생각해보면 제가 그 사람들의 동료로서 조금이나마 줄 수 있는 도움이란, 그처럼 극도로 수준 낮은 일밖에 없다는 기분이 듭니다. 하지만 그 또한 저처럼 무능한 사람에게는 결코 쉬운 일이 아닙니다. 저는 모든 사람들의 도움을 받아 겨우겨우 의사가 될 수 있을지는 모르지만, 교육자가 될 수는 있을는지요? 민중의 교육은 일본 유신의 예를 보아도, 저술을 이용하는 것이 가장 효과적인 것 같지만, 제 문장은 정말 돼먹지 않았어요. 중국의 스기타 겐파쿠보다도 중국의 라이 산요가 되는 것이, 제게는 백배나 어려운 일이라는 생각이 듭니다. 결국, 정치가, 의사, 교육자 그 모든 것이 제게는 불가능한 일 같아서, 오늘은 교회의 Krankenbett침상을 빌려볼까 싶어 가보았지만, 불길하게도 노예 얘기를 듣게 되어 깜짝 놀라 당신 집으로 달려왔고,

이렇게 바보 같은 장광설을 늘어놓고 있는 겁니다. 저는 마치 어릿광대 같네요. 실례 많았습니다. 지루했지요? 이제, 어릿광대는 퇴장하겠습니다. 하숙집 사람들은 아직 깨어있나 보네요. 의외로 제 얘기에 귀를 기울이고 있지 않았을까요? '저 중국인, 무슨 얘기를 저렇게 하지? 기분 나빠. 어서 돌아가지 않으면 문도 못 잠그는데. 우리 생각은 안 하나? 짜증 나.' 이런 생각을 하면서 말이죠. 저 변했지요? 당신만큼은 제 마음을 알아주시리라 믿는데, 어떠실지 모르겠네요. 저는 요즘 그 누구도 믿지 않기로 마음먹었습니다. 그럼, 안녕히 계세요."

"부탁이 있습니다. 현관 밖에 1분만 서 계세요."

저우 씨는 이상한 표정을 지었지만 살짝 고개를 끄덕이고는 밖으로 나갔다.

나는 하숙집 가족들이 있는 거실을 향해 큰 소리로 말했다.

"아주머니, 저우 씨 갔어요."

"어머, 우산 가지고 가셨으면 좋았을 텐데." 그뿐이었다. 담백한 말이었다. 내가 의도한 바였다.

나는 우리의 대화를 듣고 있을 저우 씨를 보기 위해 현관 밖에 나가보았지만 저우 씨는 그 자리에 없었고, 암흑 속에 눈만 줄기차게 내리고 있었다.

어차피 사십 년이나 된 옛날 일이다. 내 기억에 틀린 부분이 없다는 보장은 할 수 없다. 하지만 '한 나라의 유신은 서양의 실용적인 과학으로 이룰 수 있는 것이 아니다. 민중을 대상으로 한 초보적인 교육에 힘을 쏟고 그들의 정신을 개조하지 않으면 이루기 힘들지 않은가?'라는 얘기를 저우 씨에게 처음 들었던 것은, 분명 눈이 많이 내렸던 그 날밤이었던 것으로 기억한다. 그러한 저우 씨의 의문은 결국 문장에 대한 관심으로 이어졌고, 후에 문호 루쉰이 탄생하게 된 계기가 되었다고 볼 수도 있을 것이다. 하지만 요즘 모두가 말하듯 이른바 '환등기 사건'[50]에 의해 그러한 의문이 갑자기 저우 씨의 가슴속에서 끓어오르게 되었다는 설은, 조금 잘못된 것이 아닌가 싶다. 사람들의 이야기에 따르면, 나중에 루쉰이 직접 센다이 생활의 추억을 글로 쓴 것이 있는데, 거기에도 이른바 '환등기 사건' 때문에 의학을 그만두고 문학으로 전향하게 되었다는 얘기가 분명히 나와 있다고 한다. 그 글은 그가 무슨 사정 때문에 자신의 과거를 사사오입 식으로 간명하게 정리하며 쓴 것 아닐까? 인간의 역사라는 것은 종종 그처럼 요령 있게 다시 엮어서 전달해야만 하는 경우가 있는 것 같다. 루쉰이 어떤 이유로 자신의 과거를 그처럼, 말하자면 '극적'으로 꾸며야 했는지, 그것은 나도 모른다. 그저, 그가 자신의 과거를 설명했을 당시의 중국 정세, 혹은 중일 관계, 혹은 중국의 대표 작가로서의 그의 위치 같은 것들을 주의 깊게 살펴보다 보면 무언가 수긍할 수 있는 이유를 알 수 있을지도 모른다. 하지만 이해력이 부족한 내가 그렇게 세세한 것까지 알 수는 없다. 연극 같은 데서는 '미녀가 한 바퀴를 돌더니 마녀가 되었다'는 얘기가 종종 나오지만, 인간의 생활에서 그렇게 선명한 전환은 있을 수 없는 것 아닐까? 인간의 마음이 변하게 되는 계기는, 다른 사람은 물론이고 그 당사자조차도 확실히는 알 수 없는 것 아닐까? 많은 경우에 사람은 어느샌가 자신의 몸속에 다른 피가 흐르고 있다는 것을 깨닫고 깜짝 놀라는 것 아닐까? 이른바 '환등기 사건'이라는 것도 그 이듬해에 있었던 사건임은 틀림이 없다. 하지만 그것은 그의 인생이 바뀌게 된 계기가 아니라, 오히려

50_ 널리 알려진 바에 의하면 루쉰이 의학에 회의를 느끼고 문학에 뜻을 두게 된 계기는 수업 시간에 환등기를 통해 중국인이 공개 처형당하는 화상을 보게 된 일이라고 한다.

그가 자신의 몸속을 흐르는 피가 어느새 변해 있었다는 것을 깨닫게 된 작은 계기에 지나지 않는 것 아닌가 싶다. 그는 그 슬라이드를 보고서 갑자기 문예에 뜻을 두게 된 것이 아니다. 한마디로 표현하자면, 그는 전부터 문예를 좋아했다. 이것은 속인㑦人의 지극히 평범한 판단이고 내가 생각해도 김이 새는 표현이지만, 나는 아무래도 그런 생각을 떨칠 수가 없다. 그 길은, 자기가 좋아하지 않으면 갈 수 있는 길이 아니라는 생각이 든다. 그리고 그가 평소에 가지고 있었던 문학에 대한 관심에 기름을 들이부은 장난꾸러기가 그 슬라이드 한 장이었다기보다는, 오히려 당시 일본의 청년들 사이에서 불던 문학 열풍이었다고 말하는 편이 더 옳을지도 모른다. 당시 일본의 문학 열풍은 대단했다. 문학을 논하지 않는 사람은 사람이 아니라고 할 정도로 맹렬한 기세였다. 센다이의 여학생들도, 진짜 읽는 것인지는 모르겠지만 시집이나 소설책을 자랑스 럽게 끌어안고서 거리를 활보하고 다녔는데, 아마도 성근파[51]의 책이었 을 것이다. 그들은 대부분 안경을 쓰고 신경질적인 표정으로 눈썹을 찡그리며 촌스럽던 우리를 노려보았다. 센다이의 극장에서는 종종 작가 가 중심이 되어 만든 연극 같은 것도 상연되어, 평범한 사람이었던 나도 결국 그 거센 바람에 휩쓸려 도손의 신체시新體詩를 몰래 들여다본 적이 있을 정도였다. 동북 지방인 센다이도 그 정도였으니, 수도인 도쿄는 오죽했을까? 우리의 상상을 뛰어넘을 정도가 아니었을까? 저우 씨가 여름방학 때 도쿄에 갔을 때 가장 큰 충격을 준 것은, 문학에 대한 뜨거운 열기가 아니었을까? 문학과 관련된 책들이 넘쳐나는 서점이

51_ 星菫派. 별이나 제비꽃 등에 자신의 감정을 의탁하여 연애 감정이나 달콤한 감상을 시로 노래한 낭만주의 문학자들. 1900년대 초반 요사노 텟켄, 요사노 쇼코 등을 중심으로 발간되었 던 잡지 『명성明星』을 통해 활약했던 사람들을 가리킨다.

아니었을까? 그리고 그런 책들의 홍수 속을 유별나게 심각한 표정으로 헤엄치고 있는 청춘남녀들의 무리 아니었을까? 이 사람들은 대체 무엇을 원하고 있는 것일까 싶어 그도 그들과 함께 서점을 어슬렁거려 봤을 것임이 틀림없다. 실제로, 그는 다양한 문학 관련 서적을 사 들고 센다이로 돌아왔다. 그 사람들이 경쟁상대라는 말도 했다. 문학에 대한 그의 열정이 이렇게 서서히 타오르기 시작함과 동시에 항상 그의 마음속을 잠시도 떠나지 않았던 것은, 혁명을 주장하는 자기 나라 청년들의 외침이었다. 의학과 문학의 혁명, 달리 말하자면 과학과 예술과 정치. 그는 이 세 가지가 섞인 혼돈의 소용돌이에 빠져 있던 것 아닐까? 나는 그가 나중에 쓴 방대한 저작물에 대해서는 거의 아는 바가 없다. 때문에, 이른바 대문호로서 루쉰이 이룬 업적이 어떤 것이었는지에 대해서는 아무것도 모른다. 하지만 한 가지 확실히 아는 것이 있다면, 그것은 그가 중국 최초의 문명의 환자(크랑케)였다는 것이다. 내가 아는 센다이 시절의 저우 씨는, 근대 문명을 병으로 앓고 괴로워하며 병상(크랑켄베드)을 찾아 교회의 문을 두드리고 있었다. 하지만 그곳에도 구원의 손길은 없었다. 앞서 말한 대로, 그는 허식에 진력이 났다. 번뇌 끝에, 그 기품 있고 정직한 청년이 얼굴에 노예의 미소까지 띠었다. 혼돈의 산물인 자기혐오. 그는 이 문명적 감정 면에서, 중국의 가엾은 선구자 중 한 명이었다고 할 수 있지 않을까? 그리고 이런 고통스러운 자성自省의 지옥이, 결국 사람의 백 가지 감정을 그리는 일이라고도 할 수 있는 문학으로 이끈 것 아닐까? 게다가 그것은 원래부터 '좋아하는 길'이었다. 고달팠던 그가 병상에서 일어나, 문학을 통해 조금은 안정을 찾게 된 것 아닐까? 내가 이렇게 말해도, 이것은 나의 저속한 독단에 지나지 않는다. 사람의 심리를 설명하는 것은 그 당사자라도 하기 힘든 것 같고, 하물며 나처럼 무식한 둔재는 다른 사람의 기분에 대해 전혀 아는 바가 없지만, 루쉰이 문학자가 된 계기에 대해 세상 사람들이 하는 말을 들어보면 도저히 납득할 수 없는 부분이 있기에, 구태여 수고를 들여 잘 쓰지도 못하는 글을 써보았다.

폭설이 내렸던 그 날밤으로부터 한 달 정도 뒤, 아마 그것은 메이지 39년[1906년] 1월에 있었던 일로 기억한다. 그 무렵 저우 씨가 일주일 정도 교실에서 안 보였던 적이 있다. 쓰다 씨에게 물으니 배탈이 나서 누워 있다고 했다. 나는 방과 후 저우 씨 하숙집에 병문안을 갔다. 저우 씨는 얼굴이 다소 창백해서 환자티가 났지만, 내가 들어서자 바로 일어나더니 내가 말렸는데도 기어이 잽싸게 이불을 갰다.

"아니, 이제 괜찮습니다. 쓰다 선생님의 견해에 따르면 Pest[페스트]가 의심된다고 하네요. 그런 절망적인 진단을 받았지만, 그것은 말도 안 되는 오진이었습니다. 설날에 청어알을 먹었을 뿐입니다. 청어알이나 콩처럼 오히려 소박한 음식만 먹으며 설날을 쇠는 걸 보면, 일본은 정말 유쾌한 나라예요."

나는 책상 주변에 어지럽게 흩어져 있던 많은 책들을 훑어보았다. 거의 모든 것이 문학 관련 책이었다. 독일의 레퀴엠 책이 가장 많았지만, 일본의 모리 오가이, 우에다 빈, 후타바테이 시메이[52] 등의 작품집도 섞여 있었다.

"문학은, 어느 나라 것이 좋지요?" 나는 저우 씨와 마주 앉아 고타쓰에

52_ 모리 오가이森鷗外(1862~1922): 일본 근대문학을 대표하는 고급 관료 출신 소설가. 주요 작품에 『무희』, 『아베일족』, 『산쇼다유』 등이 있음. / 우에다 빈上田敏(1874~1916): 평론가이자 번역가. 유럽의 다양한 문예사조를 소개했다. / 후타바테이 시메이二葉亭四迷(1864~1909): 소설가이자 번역가. 『뜬구름』, 『소설총론』 등을 통해 일본 근대문학 성립의 기틀을 마련했다.

발을 넣고 언제나처럼 우문을 했다.

"글쎄요." 저우 씨는 그날 무척 쾌활한 태도로 말했다. "문학은 그 나라의 반사경 같은 거니까요. 나라가 진지한 자세로 고통을 참으며 애쓰고 있을 때는 그 나라에서 좋은 문학이 나오는 것 같습니다. 문학은 유약한 사람들의 노리갯감 같고 국가의 존폐와는 아무런 관계도 없는 듯 보이지만, 사실 국력이 정확히 드러나 있는 것이니까 말이지요. 필요 없기 때문에 필요하달까요? 아무튼 무시할 수 없는 겁니다. 저는 이집트와 인도의 문학이 어떤지 궁금해서, 그것을 찾기 위해 도쿄의 여러 서점에 들러보았지만 한 권도 없었습니다. 인도는 중국보다도 더 오랜 문명의 역사가 있는 나라니까, 지금 누군가가 민족의 자긍심에 눈떠서 다른 민족의 압박에 저항하는 문학을 쓰고 있지 않을까 싶은데 말이지요. 저는 아무래도 이론에만 밝고 시나 소설에는 재능이 없는 것 같으니, 그렇게 억압받는 민족의 저항을 담은 작품을 찾아 중국어로 번역해서 우리 동포들에게 읽힐 생각입니다. 하지만 번역도 글재주가 있어야 잘할 수 있는 거라 걱정이네요. 중국에 있는 제 남동생인 쭤런[53]은, 실례지만 당신과 웃는 얼굴이 조금 닮았는데, 그 동생은 어릴 때부터 저보다 훨씬 더 글을 잘 썼어요. 이제부터 동생한테 배우고 형제끼리 합작이라도 해서, 조금씩 문학 작품을 번역해보려고 합니다. 그래서 요즘 연습 삼아 이런저런 문장을 써보고 있는데," 하더니 책상 서랍에서 노트 한 권을 꺼내 팔랑팔랑 넘기며 말했다. "이런 건 어떨까요? 아, 보셔도 중국어로 쓴 건 모르시겠지요? 한 부분만 일본어로 번역해볼까요?"

53_ 作人. 루쉰의 남동생이자 학자, 산문가. 여러 나라의 소설을 중국어로 번역한 번역가로도 유명하다.

그는 편선지에 거침없이 몇 줄을 적어 내려갔고, 갑자기 얼굴을 붉히며 주저하는가 싶더니 내게 그것을 건네주었다. 잠깐 읽고서 명문이다 싶었다. 나는 그날, 억지로 그 종이를 빼앗아 들고 집으로 돌아왔다. 왠지 기념으로 가지고 싶었기 때문이다. 저우 씨와 곧 헤어져야 한다는 것을, 그때 확실히 예감하고 있었던 것은 아니지만 어쩐지 그럴 것 같은 불길한 예감이 들어서였을까, 그 쪽지 한 장에 묘한 집착을 느꼈다. 나는 그 후로도 오랫동안 그 쪽지를 내 노트에 끼워 넣고 강의가 지겨울 때마다 몰래 그 명문을 꺼내 읽으며 이제는 멀리 있는 저우 씨를 그리워하곤 했는데, 졸업 직전에 어떤 학우가 빼앗아갔다. 지금 생각하면 정말 애석한 일이다. 뭐 그건 나중에 있었던 일이지만 말이다. 그때 그 문장은 당시에 내가 몇 번이고 즐겨 읽었던 터라 지금도 대강은 기억하고 있다. 어쨌든 '문장의 본질'이라는 제목의 글이었다.

문장의 본질은 개인 및 나라의 존립과는 관련이 없는 것이며 실리도 없고, 연구할 가치도 없는 것이다. 따라서 그 효력은 지식을 늘린다는 면에서는 역사서에 미치지 못하고, 사람에게 교훈을 준다는 면에서는 격언에 미치지 못하며, 부를 늘린다는 면에서는 공업과 상업에 미치지 못하고, 공명을 얻는다는 면에서는 졸업장에 미치지 못한다. 하지만 사람은 세상에 문장이 있음으로써 온전해질 수 있다. 엄동설한이 계속되어 봄기운이 느껴지지 않고, 몸은 살아 있어도 정신이 죽은 것 같다면 살아 있다 해도 사람이 마땅히 살아가야 할 길을 잃은 것과 마찬가지다. 문장이 필요 없기 때문에 필요하다는 말은 이러한 뜻이다.

나는 기억력이 안 좋으니 틀린 부분이 두세 군데 있을지도 모르는데,

어조가 약한 부분은 아마 내가 잘못 쓴 부분일 것이다. 실제 문장은 이보다 열 배는 더 훌륭한 명문이었을 거라고 상상해주셨으면 한다.

이 짧은 문장의 요지는, 그가 평소에 말하던 '동포의 정치운동을 돕기 위한' 문학과는 다소 다른 방향을 띠고 있는 것 같기도 하지만, '필요 없기 때문에 필요하다'는 말에는 상당한 함축성이 느껴진다. 결국은, 필요하다는 것이다. 단, 실제 정치운동처럼 민중을 향한 강력한 지도적 메시지는 없지만 사람의 마음에 서서히 스며들어 그의 마음을 채워줄 수 있다는 의미 아닐까 싶다. 나는 문학에 대한 이러한 해석이 소극적이고 퇴보적인 의미라 생각하지는 않는다. 오히려 무척 건전한 것 같다. 이런 해석이라면, 나처럼 문학에 문외한인 사람도 그것의 커다란 힘을 어렴풋이 느낄 수 있다. 또 한번은, 저우 씨가 다음과 같은 우화를 즉흥적으로 지어내어 내게 깨달음을 준 적이 있었다.

"어떤 사람이 배가 난파되어 거친 파도에 휩쓸려서 해안으로 떠내려가다가 필사적으로 매달린 곳이 등대의 창틀이었습니다. 아, 다행이다 싶어 도움을 청하려고 창문 안쪽을 들여다보니 마침 등대지기 부부와 어린 딸아이가 검소하지만 행복한 저녁 식사 중이었습니다. 남자는 그 순간 당황하며 안 되겠다고 생각했습니다. 도움을 청하려던 마음을 접은 것이지요. 순간 쏴아 하고 큰 파도가 몰려와 조난을 당한 그 내성적인 사람의 몸을 집어삼켰고, 그는 바다 저 멀리 쓸려 내려갔습니다. 뭐, 이런 얘기가 있다고 해봅시다. 조난을 당한 그 사람은 이제 살 가망이 없습니다. 거친 파도에 휩쓸렸고, 어쩌면 눈보라가 몰아치는 밤이었을지도 모르고요. 홀로, 아무도 모르게 죽었습니다. 물론 등대지기는 아무것도 모른 채 가족끼리 단란한 분위기에서 계속 식사를 했을 것이고요. 만약에 눈보라가 몰아치는 밤이었다면 달이나 별도 그가 죽어가는 것을 보지 못했을 겁니다. 결국 아무도 몰랐던 겁니다. 현실은 소설보다 더 기이한 것이라고 말한 사람도 있는데, 어쨌든 이 세상에는 아무도 모르는 현실도 있는 법이지요. 게다가 이처럼 목격한 사람이 아무도 없는, 인생 한 모퉁이에서 일어나는 일에 고귀한 보석이 빛나고 있는 경우가 많습니다. 그것을 천부적이고 불가사의한 감각을 통해 찾아내는 것이 문학입니다. 그래서 문학을 창조하는 일이란 세상에 드러난 일들보다도 훨씬 더 진실에 가깝습니다. 문학이 없다면, 이 세상은 온통 빈틈투성이겠지요. 문학은 불규칙적으로 나 있는 그 빈틈들을, 물이 높은 데서 낮은 데로 흐르듯 자연스레 채워나가는 것입니다."

세상물정에 어두운 촌놈인 나도, '그렇구나, 역시 이 세상에는 문학이 없다면, 마치 윤활유를 덜 바른 바퀴처럼 처음에는 잘 돌아간다고 하더라도 바로 삐걱거리며 부서져 버리겠구나.' 하고 그의 이야기를 수긍할 수 있었다. 하지만 한편으로는 저우 씨의 의학 공부를 그렇게 열심히 지도해주시는 후지노 선생님을 생각하니 슬퍼서 깊은 한숨이 나오기도 했다. 그 무렵에도 후지노 선생님은 아무것도 모른 채 여전히 일주일에 한 번씩 저우 씨의 노트를 열심히 첨삭해주고 계셨다. 하지만 역시 가르치는 사람은 제자에게 민감한지, 저우 씨가 점점 의학 연구에 흥미를 잃고 있다는 것을 감으로 알아차린 듯 이따금 저우 씨를 연구실로 불러 잔소리를 하는 것 같았다. 나도 그 이후로 두세 번 연구실에 불려갔다.

"저우 군이 요즘 기운이 없어 보이는데, 뭔가 짚이는 거 없나?"

"연구 Thema테마에 대해 저우 군과 이야기해보았나?"

"해부학 실습을 아직도 내심 싫어하는 거 아닌가? 일본 환자들은 그것이 의학에 도움이 된다면 사후의 Leichnam시체 해부를 오히려 자기가 자진해서 하겠다고 할 정도라는 얘기를 해주었나?"

등등, 시끄러울 정도로 질문 공세를 받아야만 했다. 그리고 나는 그것을 언제나 적당히 받아넘겼다. '의학으로 나라를 구하겠다는 저우 씨의 신념이 흔들리면서 그는 일본의 유신에 대해 더 자세히 찾아보았고, 그것이 한 무리 사상가들의 저술에 의해 시작되었다는 것을 알았다고 합니다. 하지만 저우 씨는 지금 당장 어려운 사상을 책으로 쓸 수는 없으니 우선 민중을 대상으로 하는 초보적인 교육을 해야겠다며 문학으로 시선을 돌렸습니다. 그래서 지금 세계 각국의 문학을 연구하고 있습니다.' 선생님께서는 아닌 밤중에 홍두깨와도 같을 이런 사실을 털어놓는다면 선생님이 얼마나 놀라시고, 또 쓸쓸해 하실지 생각하면 우직한 나도 말끝을 흐릴 수밖에 없었다. 그래도 나는 저우 씨에게 선생님이 걱정하고 계신다는 얘기를 넌지시 전해준 적이 있다.

"언제 후지노 선생님께 테마를 받아서 함께 연구해보지 않으시겠습니까? 전족의 뼈 형태 같은 거 재미있을 것 같지 않아요?"

저우 씨는 어렴풋이 웃으며 고개를 저었다. 이미 모든 사정을 알고 있는 듯했다. 그 무렵 저우 씨는 그 여름방학 직후처럼 섬뜩할 정도로 심보 고약해 보이는 표정을 짓지는 않았지만, 그래도 어쩐지 우리와는 다른 세계에 사는 사람처럼 거의 모든 일에 애매한 웃음을 짓곤 했다. 항상 사소한 걱정이 많은 쓰다 씨도 조바심이 났는지,

"그 녀석한테 무슨 일 생긴 거 아닐까? 하숙집에서도 시시한 소설책만 읽어대고 학교 공부는 하나도 안 해. 녀석도 결국 혁명 당원이 된 거 아닐까? 아니, 그게 아니면 실연당했나? 어쨌든 저 상태로 두면 안 돼. 다음에는 낙제할지도 몰라. 녀석은 청나라 정부에서 뽑혀서 일본에 파견된 수재야. 일본은 녀석에게 훌륭한 학문을 많이 가르쳐 줘서 귀국시

키지 않으면 청나라 정부에 면목이 안 서겠지. 그러니까 친구인 우리들에게도 막중한 책임이 있어. 녀석은 요즘 나를 우습게 보는 건지, 내가 이런저런 충고를 해줘도 그냥 아무 말 없이 히죽거리며 웃기만 해. 어쩐지 으스스한 느낌마저 들어. 네가 하는 말은 들을지도 몰라. 언제 한번 크게 혼내주는 게 어때? 눈 떠! 하고 소리치며 주먹이라도 날리면 마음을 다잡고 공부하게 될지도 몰라."

　나는 이 수기의 두어 부분에 쓰다 씨를 비웃는 듯한 표현을 썼지만, 지금은 그것이 후회스럽다. 잘 생각해보면 저우 씨를 가장 많이 사랑했던 사람은 쓰다 씨가 아닐까 하는 생각마저 든다. 끝내 저우 씨와 헤어지게 되었을 때, 우리 하숙집에서 친한 사람들끼리 조촐한 송별회 자리를 마련했다. 그 자리에 있었던 술고래 목수와 그의 열 살 난 딸, 학급 간부인 쓰다 씨와 야지마 씨, 나, 그리고 주인공인 저우 씨는 모두 일어나서 합창을 했다. 지금 생각하면 노래의 천재들이 모여서 그렇게 이상하기 그지없는 합창을 했으니, 웃음이 터져 나올 지경이다.

　　　우러러볼수록 높아만 지는 스승의 은혜
　　　교정에서의 시간도 너무 빨리 지나가 버렸네
　　　되돌아보니 그립구나 그 시간들
　　　이제는 헤어질 시간 이만 안녕
　　　서로 사이좋게 지내던 우리의 정
　　　헤어진 뒤에도 잊지는 마라

　노래하는 동안에 가장 먼저 뒤돌아 운 사람이, 바로 쓰다 씨였다. 입으로는 씩씩하게 이런저런 얘기를 했지만, 그래도 저우 씨와 헤어지는 것이 누구보다도 더 아쉬웠으리라. 나는 쓰다 씨와 지내면서 이렇게 좋은 면을 보게 되어 이전처럼 도시 사람을 무서워하지도 않게 되었고, 싫어하는 마음도 없어졌다. 또한 멋쟁이 촌놈이라고 오해하고 있었던 야지마 군도 나중에 알고 보니 그냥 성실하기 그지없는 사람이었다. 언젠가 저우 씨가 센다이 사람에 대해 평했던 것처럼, '동북 지방의 중심 번이라는 책임감 때문에 딱딱해져' 있을 뿐이었다. '센다이의 체면'에 지나치게 신경을 쓴 나머지 처음 만나 인사할 때는 너무 딱딱해서 거만해 보일 정도지만, 상대가 거리낌 없이 다가가면 갑자기 수줍어하며, 친절하고 호쾌한 면을 보여준다. 마음이 약하다는 것을 숨기기 위해 그렇게 거만하게 인사하는 거 아닌가 싶다. 저우 씨에게 그런 이상한 편지를 보낸 것도, 중국인이 열등하다는 모욕의 의미로 보낸 것이 아니라 오히려 중국의 수재에 대한 경외심 때문이 아니었을까 싶다. 존경심과 친근감이 묘하게 뒤섞여서 결국 센다이를 우습게 여기지 말라는 식으로 '시샘'하는 마음이 생겨 그렇게 이상한 편지를 쓴 것 아닐까? 성실한 사람이 무언가를 골똘히 생각한 끝에 쓴 글은 그처럼 글씨체도 비뚤어지기 쉽고, 내용도 극도로 엉망진창이 되는 것 같다. 요컨대, 그는 성실한 사람이다. 그 무렵 저우 씨가 점점 열의를 잃어가는 것을 알아차리고는 자신이 바보 같은 편지를 보낸 일이 저우 씨가 공부를 안 하게 된 원인 중 하나일지도 모른다고 생각한 것인지, 저우 씨에게 독일어 사전을 주기도 했고, 숙제를 대신해주기도 했다. 또 학교에서 강의를 들을 때면 언제나 저우 씨 옆자리에 앉아 여러모로 그를 챙겨주었지만, 저우 씨는 후지노 선생님을 비롯한 모두의 노력에도 불구하고, 머지않아 우리 곁을 떠나갔다.

그 일은 2학년 말 무렵에 있었던 일로 기억한다. 눈도 다 녹아 *쓰쓰지가*

오카의 능수 벚꽃도 피기 시작했고, 교정의 산벚나무들에도 진갈색 새싹이 돋고 커다란 꽃이 피어 있었다. 우리가 슬슬 학년말 시험 준비를 시작할 무렵이었다. 이른바 '환등기 사건'이 일어나 정다운 저우 씨의 모습이 우리 곁에서 홀연히 사라졌다. 앞서 말했듯 저우 씨는 그 환등기에서 나온 화면을 보고 순식간에 의학에서 문학으로 전향한 것은 아니다. 그 변화는 한참 전부터 서서히 일어나고 있었지만, 그 '환등기 사건'이 그 변화에 방점을 찍는 구실이 되었음을 인정하지 않을 수는 없다. 말하자면, 그 사건이 저우 씨가 센다이 생활을 접는 계기가 되기는 했다. 2학년이 되자 세균학이라는 과목이 생겨서 강사님은 세균 모양을 가르치기 위해 교실에서 환등기로 이런저런 세균 모양의 특징을 가르쳐주었다. 그날 나갈 진도를 다 마치고도 시간이 남았을 때는 풍경이나 시사적인 사진을 보여주어, 우리는 그 시간을 즐겼다. 게곤폭포나 요시노산[54] 등은 특히나 색이 아름다웠기 때문에 지금도 기억에 선명히 남아 있다. 그리고 시사적인 사진에는 역시 뤼순 항 봉쇄, 수사영水師營 회견, 펑톈 입성 등 러일전쟁 관련 사진이 압도적으로 많았다. 우리 학생들은 그런 씩씩한 군인들의 모습을 담은 장면이 나오면 다들 무척 기뻐하며 박수갈채를 보내곤 했다. 그렇게 학년말을 보내던 어느 날 세균학 시간, 우리는 언제나처럼 203고지의 격전이나 미카사 군함 관련 사진을 보고 소란을 피우며 박수를 치고 있었다. 그러던 중 갑자기 화면이 바뀌면서 한 중국인이 러시아의 스파이로 활동했다는 죄로 처형당하는 모습이 나왔다. 우리는 강사의 설명을 들으며 또다시 큰 박수를 쳤다. 나는 그때, 어두운 교실의 옆문을 슬쩍 열고 몰래 나가는

54_ 게곤 폭포: 도치키현 닛코시에 위치한 폭포. / 요시노산: 나라현의 중앙부에 위치한 산으로 벚꽃 명소로 유명.

학생의 모습을 보았다. 깜짝 놀랐다. 저우 씨였다. 어쩐지 저우 씨의 기분을 알 것 같았다. 그냥 내버려 두면 안 되겠다 싶어서, 뒤따라 조용히 교실을 나갔다. 저우 씨의 모습은 이미 복도에서 찾아볼 수 없었다. 수업 중이라 학교 전체가 조용했다. 나는 복도 창문을 통해 교정 쪽을 내다보다가 저우 씨의 모습을 발견했다. 저우 씨는 교정의 산벚나무 아래 누워 있었다. 교정으로 나가 저우 씨에게 다가가 보니 저우 씨는 눈을 감고서, 의외로 희미하게 웃고 있었다.

"저우 씨." 나직이 그를 부르자, 저우 씨는 일어나 앉아서 말했다.

"틀림없이 당신이 따라오리라 짐작하고 있었습니다. 걱정할 거 없어요. 그 사진 덕분에 저도 드디어 결심이 섰습니다. 오랜만에 우리 동포를 보고서 새삼 제 마음을 확인할 수 있었습니다. 저는 바로 귀국할 겁니다. 그걸 보니 가만히 있을 수가 없네요. 우리나라의 민중들은 여전히 그렇게 칠칠치 못하더군요. 우방인 일본이 국운을 걸고 용감하게 싸우고 있는데, 적국의 스파이가 되는 녀석의 마음을 알 수가 없어요. 뭐, 아마 돈에 매수되었겠지만요. 저는 그 배신자보다도 그 주변에 모여들어서 넋 놓고 그 광경을 구경하고 있는 민중들의 멍청한 얼굴을 보고 참을 수가 없었습니다. 그것이 지금 중국 민중들의 표정입니다. 역시 정신의 문제입니다. 지금의 중국에 필요한 것은 건강한 몸이 아닙니다. 그 구경꾼들은 모두 건강해 보였잖아요? 의학은 지금 그들에게 긴요한 학문이 아니라는 확신이 더욱 굳어졌습니다. 필요한 것은, 정신의 혁신입니다. 국민성의 개선이지요. 지금 이대로라면, 중국은 영원히 진정한 독립 국가로서의 영예를 지켜낼 수가 없습니다. 타청흥한이네 입헌이네 하는 것은 정치적인 간판만 바꿀 뿐이지요. 속 알맹이가 그대로라면 소용이 없지 않습니까? 저는 한동안 그 멍해 보이는 민중들과 멀리 떨어져 살았기 때문에 자신의 마음의 초점도 어디에 둬야 할지를 몰라 이래저래 고민하고 있었던 것이지요. 덕분에, 오늘 초점을 어디에 둬야 할지 알았습니다. 그 사진을 보게 되어 다행입니다. 저는 당장 의학을 그만두고 귀국할 겁니다."

나도 그런 그를 막아서는 안 되겠다고 생각했다. 하지만,

"후지노 선생님이."라는 한마디가 입에서 튀어나왔다.

"아아." 저우 씨는 고개를 숙인 채 말했다. "맞아요. 그 선생님의 친절을 배신할 수가 없어서, 그래서 저는 오늘까지 이 학교에서 우물쭈물하고 있었다고 할 수 있습니다. 하지만." 그는 고개를 들었다. "하지만, 이제 더 이상 어찌할 수가 없습니다. 동포들의 그 표정을 본 이상은, 다른 것은 생각할 겨를이 없습니다. 일본의 충의 일원론도 이런 것 아닐까요? 맞습니다. 저는 드디어 그 철학을 몸소 깨달았습니다. 저는 귀국하면, 우선 민중 정신의 개혁을 위해 문예운동文芸運動을 할 겁니다. 그것에 저의 일생을 바칠 겁니다. 어쨌든 일단 귀국해서 고향에 있는 남동생과도 상의해보고 함께 문예잡지를 낼 겁니다. 그 잡지 이름도 오늘, 지금, 확실히 정했습니다."

"어떤 이름으로 하실 건가요?"

"신생新生."

한마디 대답과 함께, 그는 미소 지었다. 그 미소에 저우 씨가 스스로 이름 붙였던 '노예의 미소'처럼 비굴한 분위기는 티끌만큼도 없었다.

나이 든 의사의 수기는 이것으로 끝이지만, 나(다자이)는 이 수기의 독자들이 참고할 수 있도록 몇 줄을 더 추가해두고 싶다.

전 세계에 자랑할 만한 동양의 문호 루쉰 선생이 서거한 것은 쇼와

11년^{1936년} 가을의 일이다. 그보다 약 십 년 전, 선생님이 46세였던 쇼와 원년^{1926년}에 「후지노 선생님」이라는 소품이 발표되었다. 그 일부를 발췌하자면,

(마쓰에다 시게오 씨의 번역에서 인용)

'(전략) 2학년 말이 되어, 나는 후지노 선생님을 찾아가 이제 의학 공부를 관두려고 한다는 것, 그리고 이곳 센다이를 떠날 생각이라는 것을 말씀드렸다. 선생님은 얼굴에 깊은 슬픔을 드러내며 무언가 말씀하시고 싶어 하는 듯했지만, 결국은 아무 말씀도 하지 않으셨다.

"저는 생물학을 공부할 생각입니다. 선생님께서 제게 가르쳐주신 학문은, 그 공부에도 도움이 되리라 생각합니다." 하지만 사실 생물학을 공부하겠다고 결심한 것은 아니었다. 선생님이 너무 처연해 보여서, 선생님을 위로해드릴 생각으로 마음에도 없는 거짓말을 한 것이었다.

"의학을 위해 가르친 해부학 같은 건, 생물학에는 별 도움이 안 될 텐데." 선생님은 탄식하며 말씀하셨다.

떠나기 사오일 전에 선생님은 나를 댁으로 불러 사진 한 장을 주셨다. 그 사진 뒷면에는 '석별^{惜別}'이라는 두 글자가 적혀 있었다. 그리고 내 사진도 달라고 하셨다. 하지만 공교롭게도 내 수중에는 사진이 없었다. 선생님은 나중에 찍어서 보내달라고 하셨고, 또한 가끔 편지로 소식을 전해달라고 부탁하셨다.

나는 센다이를 떠난 뒤 몇 년 동안 사진을 찍지 않았다. 게다가 그 뒤로는 변변치 못한 생활을 한지라 그런 소식을 전하면 선생님이 실망하실 거라는 생각에 편지도 못 썼다. 세월이 부질없이 흘러가면서, 점차 어떤 것부터 말씀드려야 할지 알 수가 없었기에 가끔 편지를

보내려고 붓을 잡아보았지만 한 글자도 쓸 수가 없었다. 그리하여 결국, 한 통의 편지도 보내지 못한 채 오늘에 이르렀다. 선생님 입장에서는 떠난 뒤에 기별 한 통 없는 녀석이구나 싶으셨겠지.

하지만, 어째서인지는 모르지만 20년이 지난 지금도 이따금 선생님 생각이 난다. 내가 스승님으로 생각하고 있는 사람들 중에 선생님은 내게 가장 많은 감격을 주셨고, 나를 가장 많이 고무하고 격려해준 사람이었다. 때때로 이런 생각이 든다. 나에 대한 선생님의 열정적인 희망과 지치지 않는 가르침은 작게는 중국을 위해, 즉 중국의 새로운 의학이 생기기를 바라고 계셨기 때문이고, 크게는 학술을 위해, 즉 새로운 의학을 중국에 전하고 싶어 하셨기 때문이다. 선생님의 인격은 내가 눈으로 본 바로도, 그리고 마음으로 느낀 바로도 위대하다. 선생님의 존함을 아는 사람은 극히 드물겠지만.

나는 선생님이 정정해주신 노트를 세 권의 두꺼운 책으로 만들어 기념으로 영원히 간직할 생각으로 잘 놔두었다. 불행히도 칠 년 전 이사했을 때 도중에 책 상자 하나가 부서져 거기에 들어 있던 책이 반 정도 없어졌는데, 그 노트도 그때 함께 잃어버렸다. 이삿짐센터에 찾아달라고 항의했지만 답변이 없었다. 하지만, 선생님의 사진만큼은 지금도 베이징에 있는 우리 집 동쪽 벽 책상 맞은편에 걸려 있다. 밤중에 지치고 태만해질 때, 고개를 들어 등불 아래 선생님의 검고 야윈 얼굴을 보면 바로 옆에서 그 강하고 특이한 억양으로 내게 말을 걸고 계시는 듯한 느낌이 든다. 그런 느낌이 드는 순간, 양심이 깨어나고 용기가 생긴다. 그러면 나는 담뱃불을 붙이고 또다시 이른바 '성인군자'들이 싫어할 만한 문장을 써 내려간다.'

나중에 일본에서 루쉰 선생의 선집이 나오게 되어 일본의 편집자가
선생님께 어떤 작품을 넣으면 좋겠냐고 물었더니, 선생님은 '당신들
마음대로 골라 넣어도 상관없지만 「후지노 선생님」만큼은 반드시 그
선집에 넣어 달라'고 했다고 한다.

후기

이 「석별」은 내각정보국과 문학보국회의 의뢰로 쓴 소설이기는 하지만, 두 기관에서 써달라고 하지 않았어도 언젠가 써보고 싶다는 생각에 자료를 모아 구상하고 있었던 것이다. 선배님이신 소설가 오다 다케오[55] 씨가 자료를 모을 때 이런저런 상담에 친절히 응해주셨다. 오다 씨와 중국 문학의 관계에 대해서는 모르는 사람이 없을 것이다. 이 오다 씨의 찬성과 원조가 없었더라면 게으른 내가 이렇게 수고로운 소설을 쓰겠다는 결심을 못 하지 않았을까 싶을 정도다. 오다 씨에게도 「루쉰전傳」이라는 봄꽃처럼 감미로운 명저가 있다. 그리고 내가 이 소설을 쓰기 직전에 뜻밖에도 다케우치 요시미[56] 씨가 최근에 출판된, 가을 서리처럼 날카로운 자신의 명저 『루쉰』을 보내주었다. 나는 다케우치 요시미 씨를 만난 적은 한 번도 없다. 하지만 다케우치 씨가 가끔 잡지에 발표하는 중국 문학에 대한 논문을 읽고서 이것 참 괜찮군, 하고 건방진 태도로 그를 눈여겨보고 있었다. 언젠가 오다 씨에게 다케우치 씨를 소개해달라고 부탁할 참이었는데, 그 무렵 다케우치 씨가 전쟁터로 떠났다. 그래서 다케우치 씨의 이 회심의 명작도 그가 없는 동안 출판되었고, 다케우치 씨가 전쟁터로 떠나면서 그 책이 완성되면 다자이한테 한 권 보내주라고 말해놓고 간 것인지, 출판사에서는 '저자의 의뢰로

55_ 小田嶽夫(1900~1979). 일본에 루쉰을 소개한 것으로 유명한 소설가로, 1936년 『성 밖』으로 아쿠타가와상을 받았다. 다자이와 함께 술을 즐기는 친구였으며 1937년경 알게 되어 1943년경 가장 친하게 지냈다.

56_ 竹內好(1910~1977). 중국문학자이자 문예평론가. 『루쉰』은 1944년에 발표된 그의 대표작으로 죽음과 삶, 절망과 희망, 정치와 문학 사이에서 갈등한 루쉰의 모습을 그리며 전환기를 살아가는 그 시대 일본인들에게 삶에 대한 물음을 던진 평론이다.

귀하게 한 부 증정합니다.'라는 내용이 담긴 종이를 첨부해서 보내주었다. 이것만으로도 불가사의하고도 고마운 일인데, 이 책의 발문에 이 중국 문학의 천재가 평소에 시원찮은 내 소설을 즐겨 읽는다는 의외의 사실이 적혀 있어서 당황스러운 마음에 얼굴이 붉어졌다. 그리고 이 이상한 인연에 감동하고 소년처럼 힘을 얻어 이 작품을 쓰기 시작한 것이다.

하지만 이 작품이 오다 씨의 수많은 도움과 멀리 있는 다케우치 씨의 지지에 보답할 수 있는 수준의 작품일지 어떨지, 그런 생각을 하면 불안할 따름이다.

또한 이 작업에 착수함에 있어 센다이 의학전문학교의 역사 조사를 위해 도쿄제국대의 오노 박사, 도호쿠제국대의 히로하마, 가토 박사로부터 각각 소개장을 받았고 센다이 가호쿠신보사仙台河北新報社의 호의로 센다이시의 역사 조사를 위해 신문사가 가지고 있던 귀중한 비공개 자료를 다 읽을 수 있었던 것이 내 작품에 얼마나 큰 도움이 되었는지, 말로 다 표현할 길이 없다. 나처럼 거의 무명에 가까운 작가가 이런 편의를 누릴 수 있었던 것은 물론 내각정보국과 문학보국회 덕분이었겠지만, 보잘것없는 일개 가난한 서생에게 흔쾌히 소개장을 써 주시고 대외에 공개하지 않는 중요한 자료를 마음대로 열람할 수 있게 해주신 여러분의 호의는 잊을 수가 없다.

그리고 마지막으로 꼭 덧붙여두고 싶은 말이 있다. 이 작품은 어디까지나 다자이라는 일본의 한 작가가 책임을 지고 자유로이 쓴 것이며, 정보국이나 보국회가 내가 쓴 것에 대해 사사건건 구속하는 일은 전혀 없었다는 것이다. 게다가 내가 이것을 다 써서 기관에 제출한 다음에는 일언반구의 정정도 없이 그대로 나왔다. 정부와 민간인이 한마음이라고

나 할까? 이것이, 나 혼자만의 행복은 아닐 것이다.

盲人独笑

맹인독소

太宰治

「맹인독소」

1940년 6월 『신풍新風』에 발표되었다.

『구즈하라 고토萬原勾씁 일기』를 읽고 특별한 공감을 느낀 다자이가 그 일기를 인용하여 쓴 글이다. 중기 다자이의 예술적 야심과 노력, 열등감, 괴로움 등등 복잡한 심정을 엿볼 수 있다. 참고로 번역을 하면서 아쉬웠던 점은, 한자 한 글자 없이 모두 히라가나로 표기되어 있던 원문의 일기문을 우리나라 말로 바꿈으로써 맹인이 도장을 찍어 쓴 일기라는 느낌이 모두 사라졌다는 것이다. 당시 다자이가 느꼈던 '공감'은 우리가 이 글을 읽으며 받는 느낌 그 이상의 것이었으리라 상상하며 읽어주시기를 바란다.

밤. 소나무 사이로 달이 선명하게 보인다는 얘기를 듣고, 시 한 수를 읊었다.

꽃이 피고. 지고 난 뒤의. 나무 사이로

맑게 비치는. 달그림자.

또. 다른 것도 있지만. 쓰지 않겠다.

— 『구즈하라 고토^{葛原勾当} 일기』

머리말

내게 『구즈하라 고토 일기』를 알려준 사람은, 극작가인 이마 하루베[1] 군이다. 장장 칠백 페이지에 달하는 두꺼운 책이다. 다이쇼 4년^{1915년}에 고토의 직계 손자인 구즈하라 시게루라는 사람에 의해 편찬되었으며 출판되자마자 세상 사람들이 깜짝 놀랐다고 하는데, 공부가 부족한 나는 최근에 친구인 이마 하루베 군이 가르쳐줘서 처음 알게 되었다. 나에게는 무척 놀라운 일기지만 다른 사람들이 보면 아아, 그렇군, 하고 한번 고개를 가볍게 끄덕이고 말 평범한 책일지도 모른다. 막무가내로 뻔뻔스럽게, 세상 사람들 앞에서 나만 안다는 얼굴로, 이제부터 그것에 대해 자세히 이야기해보려 한다.

다이쇼 4년^{1915년} 구즈하라 시게루의 손에 의해 이미 세상을 떠난 고토의 일기가 편찬, 출판될 때까지 일기는 물론 구즈하라 고토라는 사람 자체에 대해서도 그다지 알려진 바가 없었던 것 같다. 구즈하라

1_ 伊馬鵜平(1908~1984). 극작가. 유머러스한 소설과 라디오 드라마 분야에서 활약했다.

시게루 씨가 편찬한 이 고토 일기에는 도쿄제국대학 사료 편찬관인 와다 히데마쓰라는 사람이 쓴 서문이 붙어 있는데 그 서문에는, '구즈하라 고토는 내 고향인 히로시마 동부 사람이고 음악에 재주가 있어 지금의 오카야마현과 히로시마현 동부 지역에 그 이름을 떨쳤다. 나는 어려서부터 고토의 이름을 들어오기는 했지만, 그저 음악에 재능이 있는 맹인으로만 여기고 있었다. 그런데 최근에 고토의 자손인 시게루 군을 알게 되어 고토의 품성과 행동, 일화 등을 듣고서 음악의 명인이었을 뿐만 아니라 그 밖의 여러 가지 점에 있어서도 칭찬해야 할 점이 많다는 것을 알게 되었다.'라는 얘기가 있다. 이것을 쓴 사람의 직함은 사료 편찬관이고 그 사람의 고향은 고토와 같은 히로시마현인데, 고故 고토가 어떤 사람이었는지에 대해서는 그리 깊이 있게 알지는 못했다는 것을 알 수 있다. 또한 도쿄 맹인학교장인 마치다 노리후미라는 사람도 서문을 실었는데, 그 글에는 '언제 한번 구즈하라 시게루 군이 우리 학교를 찾아왔는데, 그가 그의 조부인 고故 구즈하라 고토가 사십여 년간에 걸쳐 직접 쓰신, 가나로 쓰인 일지日誌를 보여주었다. 또한, 그분이 생전에 하셨던 일과 취미 등에 대해 상세히 이야기해주었다. 나는 그것을 듣고 느낀 바가 상당히 많았고, 갑자기 우리 제국 맹인의 교육에 있어 커다란 용 한 마리를 올려다보는 느낌이었다.'라는 얘기가 있어서, 적잖이 놀란 그의 마음을 알 수 있다. 이처럼 고故 고토의 이름과 그의 일기는 모두 다이쇼 4년1915년 직계 손자인 구즈하라 시게루 씨가 자신의 사진 몇 장과 고토 연보, 일화집 등과 함께 조부의 유업遺業을 정리하여 한 권의 멋진 책으로 만든 것이다. 『구즈하라 고토 일기』라는 제목을 붙여 세상에 널리 퍼지기 전까지는 그저 한정된 지역에만 거문고를 잘 타는 사람으로 알려져 있던 사람 아니었을까 싶다. 그런데 지금은 인명사전을 보면

'구즈하라 고토'라는 항목이 떡 하니 나와 있으니, 고故 고토도 좋은 손자를 두었다는 생각에 지하세계에서 희미하게 미소 짓고 있을지도 모른다.

구즈하라 고토. 도쿠가와 중기에서 말기에 살던 사람. 거문고 연주자. 분카 9년1812년 지금의 히로시마현 동부 후카야스 군 야히로무라에서 태어났다. 이름은 시게미. 원래 이름은 야다 류조. 어려서부터 음악을 좋아했는데 세 살 때 천연두를 앓고서는 시력을 완전히 잃게 되어, 거문고에 더욱 집중하게 되었다. 아홉 살이 되자 옆 마을에서 악기를 다루며 노래를 부르던 여자 맹인 오키쿠를 졸라 정식으로 거문고와 샤미센 연습을 시작하여, 열한 살 때는 이미 그 지역에서 스승이 될 만한 사람을 찾기가 힘들 정도였다. 바로 교토로 상경하여 이케다 류 마쓰노 겐교²의 문하생으로 들어간다. 열다섯 때는 상당한 수준에 이르러 고토³라는 벼슬을 받게 되었고, 구가 관장에게서 구즈하라라는 성을 받는다. 때는 분세이 9년1826년이었다. 그해에 귀향하여 이후 오십여 년간 히로시마현 동부를 돌아다니며 거문고를 가르쳤다. 한편으로는 작곡도 하고 그 연구와 보급에 한평생을 바쳤다. 우두머리의 직위를 반납하고 겐교의 직위를 고사했다. 돈만 내면 직위를 쉽게 얻을 수 있었던 당시 풍습을 더러운 것으로 여겨 직위를 돈으로 사면 안 된다며, 죽을 때까지 고토의 신분이면 족하다 여겼다. 덴포 11년1840년, 대나무로 된 거문고를 발명하여 나중에 교토로 가서 거문고 판매점에 그것을 제조할 것을 명했는데, 거문고 판매점 주인의 말에 따르면 신기한 일이 있었다고 한다. 바로 그 전날, 시마네현 동부 사람 중에 나카야마라는

· ·
2_ '이케다 류'란 거문고의 유파. 겐교는 옛날에 맹인에게 준 최고의 관직.
3_ 관사나 사원에서 사무를 맡아 보던 벼슬.

어르신이 똑같은 거문고를 만들라고 명했다는 것이다. 고토는 곧장 그 나카야마라는 사람을 찾아가서 그 거문고의 구조가 자신이 발명한 것과 조금도 다르지 않다는 점을 알고 오히려 기뻐하며 당신이 하루 더 빨리 주문했다면서, 거문고 발명자의 명예를 나카야마 씨에게 혼쾌히 양보했다. 현재 세상에 전해 내려오고 있는 '야쿠모 거문고'가 바로 그것이다. 발명자는 나카야마 미치사토 씨로 되어있다. 또한 그는 분세이 10년^{1827년} 열여섯 살이 되던 해 봄부터 다른 사람에게 대필을 시켜 일기를 쓰기 시작했는데, 덴포 8년^{1837년}, 스물여섯 살이 되고부터는 히라가나, 이로하⁴ 48글자, 그리고 숫자 1에서 10까지, 일^日, 월^月, 동^同, 존경어^御와 서술어^候 상용한자, 변체가나, 탁점, 마침표 등 약 서른 개, 다 합쳐도 100자가 안 되는 글자들을 목제활자로 만들게 하여, 이것을 세로 여덟 치 다섯 분, 가로 네 치 일곱 분, 너비 한 치 삼 분 크기의 상자에 순서대로 넣어두고 항상 가지고 다니며, 있었던 일과 생각한 것을 그대로 한 자 한 자 손으로 더듬어가며 찍어서, 죽을 때까지 사십여 년간 계속 성실하게 기록했다. 거의 1세기 이전, 이미 일본의 한구석에 실용화된 활판술이 있었다고 해도 과언이 아니다. 그 밖에도 고토의 일화는 너무 많아서 일일이 헤아릴 수가 없다. 맹인 중 일류 예능인으로서 는 당연한 일이겠지만, 촉각이 예민하고 정교하여 류큐⁵ 시계라는 특이 한 네덜란드제 시계를 더듬어가며 직접 청소하고, 수선하는 것을 즐겼다. 어릴 때부터 이가 안 좋아서 전국 각지 출신의 틀니 기술자를 많이 만나봤지만 좀처럼 좋은 기술자를 만나지 못해서, 결국은 작은 칼로 직접 틀니를 만들었다. 종이접기를 잘해서, 고타쓰에 들어가 앉아 제자

4_ 옛 가나. 우리나라의 '가나다'와 비슷한 의미.
5_ 오키나와의 옛 이름.

들의 거문고 연습 소리를 들으며 잘못된 점을 지적해주면서 동시에 쥐, 꿩, 게, 스님, 새우 같은 어려운 모양을, 가만히 앉아 종이를 접어 만들었는데, 그것은 신기할 정도로 실제 모습과 매우 비슷했다. 또한 코카 2년^{1845년} 서른네 살 늦가을, 붓두껑을 부순 것을 책상 위에 정밀하게 배열하여 집의 설계도를 만들고 그대로 자신의 집을 짓게끔 했다. 하지만 그 집의 설계도에는 약간 맹인다운 실수가 있었다. 더위를 많이 타는 체질이라 통풍에 신경 써서 설계했는데, 채광에 대해서는 생각을 안 했는지 지금도 남아 있는 그 집에는 어두운 방이 몇 개나 있다고 하니, 슬픈 얘기다. 하지만 이런 얘기들은 그의 특기 중 지엽적인 것에 지나지 않고, 진정 존경할 만한 것은 그의 뛰어난 음악 재능과 각고의 노력과 정진 끝에 일찍이 당당한 한 가정을 이루었다는 점, 그리고 그가 추구했던 삶이 세상의 명예와 이익에 아랑곳하지 않고 유유자적한 생애를 보내는 것이었다는 점이다. 그가 손으로 더듬어가며 직접 쓴 일기를 보면 그러한 사정들을 낱낱이 알 수 있다. 고토가 병으로 죽은 것은 메이지 15년^{1882년} 9월 8일. 향년 71세였다.

이상은 내가 인명사전과 『구즈하라 고토 일기』에 쓰인 사람들의 서문과 발문, 또는 편집자가 쓴 연보, 일화집, 사진 설명 등, 방방곡곡에서 조금씩 무단 도용하여 겨우 정리한, 고^故 구즈하라 고토의 극히 간략한 전기이다. 그의 인품에 대한 나의 꾸밈없는 감상은 일부러 적지 않았다. 일기 문장에 대한 비평도 가능한 한 하지 않을 생각이다. 지금은 독자들이 그 일기의 일부분을 읽는다면 그것만으로도 족하다. 나의 개인적인 감상과 비평은, 모두 그 안에 녹아 들어가 있다고 생각한다. 그 이유는, 어쨌든 독자 여러분이 일기를 읽고 난 뒤에 말씀드리고 싶다. 여기에는 고토가 26세였던 시절, 그 청춘 1년 동안의 일기만을 써두기로 하겠다.

전체 일기의 약 40분의 1에 지나지 않는다. 하지만 독자들이 부족하다고 느끼지는 않을 것이다. 그 이유도, 일기의 '후기'에서 말씀드리겠다. 지금은 고토 26세 1월 1일의, 손으로 더듬어 한 자 한 자 찍어낸 일기 본문부터, 독자 여러분들과 함께 천천히 읽어가기로 하겠다. 본문은 모두 히라가나로 쓰였는데 읽기가 너무 힘든지라, 내가 독단적으로 적절한 한자를 섞어두겠다. 맹인의 슬픈 분위기가 지워지지 않을 정도로.

구즈하라 고토 일기. 덴포 8년[1837년] 유년[酉年]

○1월 1일. 언제나처럼 시를 읊겠다.

　해가 바뀌었다. 연초에는. 어쩐지. 초라한 내 마음도. 새로워지네.

　　<야마우바>. 거문고. 다섯 번.

○1월 2일. <에치고시시>. 거문고. 열두 번.

　오우에무라의 치요미가, 두 시에, 왔다. <아즈마시시>. 샤미센과 맞춰본 적은, 셀 수 없이 많다.

　친한 친구와. 악기를 연주하며 놀았다. 수많은. 관현악기가 있어서. 오늘도 살 수 있었다.

　　<에치고시시>. 마찬가지로 다섯 번.

○1월 3일. 아무 일도 없었다.

○1월 4일. 연습, 시작.

　오센은. 거문고. <기누타>.

　기름집의 오세쓰는. 거문고. <사요카구라>.

　도미요시야의 오누이는. 거문고. <우스고로모>.

　오료는. 거문고. <유키노아시타>.

스미주는. 거문고. <사쿠라쓰쿠시>.

오아소는. 거문고. <기리쓰보>.

오쿄는. 거문고. <고무라사키>.

오노미치야의 고와사는. 샤미센. <욘키노나가메>.

오초는. 샤미센. <유조라>.

오세쓰는. 거문고. <와카나>.

오후사는. 거문고. <우키네>.

오료는. 샤미센. <야시마>.

시게노는. 거문고. <고코로쓰쿠시>.

오토쿠는. 샤미센. <기기스>.

이바라의 오사토는. 거문고. <무메가에>.

세이교쿠는. 샤미센. <미즈카가미>.

오비야의 고사다는. 샤미센. <로쿠단렌보>.

에비스야의 오이시는. 거문고. <도쿄지>.

스미야의 오이소는. 거문고. <오키나>.

오사와는. 샤미센. <이소치도리>.

모두, 대강 어떻게 하는지만 가르쳤다. 고마쓰야의 오카야는, 안 옴.

○1월 5일.

오초만 연습함. 샤미센. <유조라>. 신시申時에 돌아갔다. 그 이후에는, 쓸쓸했다.

○1월 6일. 비 옴.

오카야를. 혼내려고. <욘키노나가메>. 거문고로. 서른두 번.

중략.

○1월 27일. 교토에 갔다.

　　야나기야의 배. 진시辰時에 탐. 미시未時에 쓰루이치도 탔다. 쓰타이
치도 탔다.

○1월 28일. 다마시마에 갔다가, 술시戌時에 그곳을 떠났다.

○1월 29일. 묘시卯時에 히비에 갔다가, 진시辰時에 그곳을 떠났다. 신시申時
에 사코시에 도착했다.

○1월 30일. 유키시마에 배를 대고 날이 개기를 기다렸다.

○2월 1일. 묘시卯時에 떠남.

○2월 2일. 인시寅時에 아카시에 도착했다.

　　떠나온 지금은 괴로운 여행길. 쌀쌀한 바람이 소매를 스치네.

　　히토마루 님6께 기도를 드렸다.

○2월 3일. 오시午時에 떠나, 유시酉時에 효고에 도착했다.

○2월 4일. 자시子時에 떠나, 사시巳時에 오사카에 도착했다.

○2월 5일. 사시巳時에 교토.

○2월 6일. 오늘부터. 마쓰노 님7 댁에 머문다.

○2월 7일. 별일 없었다.

○2월 8일. 놀았다. 너무 놀기만 하는 것도, 지루한 법이다.

○2월 9일. 별일 없었다.

○2월 10일. 짐. 받았다.

○2월 11일. 별일 없었다. 밖에는 소리가 들리지 않는 거문고로, 복습을

6_ 맹인 예술의 수호신.
7_ 스승이었던 마쓰노 겐교松野檢校.

428　쓰가루

했다.

○2월 12일. 무사武士의 저택에서, 거문고 봉납[8]이 있었다. 앵무새 소리를, 들었다.

중략.

○4월 19일. 짐을 내렸다.

○4월 20일. 내일은, 배를 탄다.

　　오늘 밤에는, 어째서 이렇게, 잠이 안 올까? 종잡을 수 없는, 생각만 하다가, 벌써 축시丑時쯤 된 것 같다.

　　사람의 마음에. 진심이 없다는 것을. 진작 알았더라면. 당신을 원망하지도 않았을 텐데.

　　정말, 곰곰이 생각해보면, 믿을 만한 것은, 고향. 아버지, 어머니. 또, 다른 사람도 있다.

　　고향 생각에, 흐느껴 울며. 새싹을 따서 모아보았지만. 소매에 다 들어가지 않는 것은 어찌해야 할까?

○4월 21일. 진시辰時에. 교토를 떠나. 신시申時에. 오노미치로 가는 배에 탔다.

○4월 22일. 바람이, 강하다. 술을, 마시며, 뱃사람에게, 모든 것을 맡기고 배를 탔다. 법해.[9] 파도여, 칠 테면 쳐 봐라! 바람이여, 불 테면 불어라![10]

8_ 奉納. 신불神佛에게 바침.
9_ 法海. 부처님의 가르침이 넓고 크다는 것을 바다에 비유하여 이르는 말.
10_ 부처님의 가호加護가 있으니 무슨 일이 있어도 두렵지 않다는 의미.

○4월 23일. 오시午時에, 오노미치에, 도착하여, 도미요시야에 묵는다.
○4월 24일. 고향, 창포꽃.

　　　아무것도. 확실치 않은. 이 세상에. 변치 않는 당신의. 마음이 있어 기쁘네.
○4월 25일. 스미주가. 거문고로. <가가리비>. 세 번. 연습했다.

　　　　　　　　　　　　중략.

○5월 1일. 그러니까 말이지. 가만있자, 요즘은, 이가 아프다.
○5월 2일. 비가 온다. 오료는, 샤미센, <나나쿠사>. 오우에무라의
　　오스테가. 왔다. 거문고로, <텐카타이헤이>. 거참, 이가 아프다.
○5월 3일. 계속. 비. 이도 아프다. 내가 얼마나 많은 죄를 지었기에,
　　이토록 이가 아픈 것일까?
○5월 4일. 비도, 안 오는데, 이가 아프다. 무슨 업보로, 이렇게, 씩씩한
　　남자가 아픈 것인지, 때때로, 내가 불쌍하다.
○5월 5일. 이가 아파서, 약을 먹었다. 하지만, 듣지를 않는다. 어쩌지.
○5월 6일. 약 기운이. 몸에 도는 것일까? 이는. 나았는데. 배가 아프다.
　　어제까지는, 혀 잘린 참새[11]였는데, 오늘은, 인간다운 식사를 했다.
　　그런 다음, 기름집의 오세쓰는, 거문고로, <사요카구라>, 연습.
○5월 7일. 낮부터. 비가 내린다. 또다시, 이가 아프지 않으면 좋으련만.
○5월 8일. 비. 우려했던 대로 또 이가 아파서, 약을 먹었다.
○5월 9일. 비가 온다. 모기 한 마리.

　　　꼭 오겠다고. 약속한 사람은. 오지 않았다. 장맛비가 내리는. 집의 쓸쓸함.

11_ 일본의 옛날이야기 중 하나로, 착한 할아버지가 아끼는 참새가 심통 사나운 할머니의 풀을
　　핥아먹다가 혀를 잘리고 쫓겨난 이야기.

같은 날 밤. 이가 아팠다. 아아, 이거 참.

○5월 10일. 비가 왔다. 이가 아프다. 오카야는. 거문고. <스에노치기리>를 연습했다. 오카야의 말대로, 오늘부터, 금연을 한다.

○5월 11일. 비가 온다. 오늘도 아프다, 아파.

미움을 받으며 살면, 사는 보람은 없겠지만, 사랑을 받으면서, 죽는 것보다는 나을까?

이, 옛 시처럼, 나도, 이가 아파서, 세상을 살기가 싫지만, 쥐를 못 잡는, 고양이보다야 나을까? 거참, 아프다. 목숨이 붙어 있는 내내, 이가 아플 거라고 생각하니, 슬프다.

쓸쓸함이, 가을보다 더하다는, 마음으로, 며칠을 지냈다. 장마철.

○5월 12일. 오늘도 아팠다. 낮부터는, 통증이 잦아들었다. 오전 열 시부터, 날씨가 좋았는데, 오쿄는. 샤미센으로. <오이마쓰>를. 연습했다.

○5월 13일. 이도, 상태가 좋다. 오늘부터, 다시 담배를 피운다.

중략.

○6월 16일. 휴식. 어허, 지루하구나. 덥구나. 지겹다. 지겨워.

○6월 17일. 이런 시가 있다.

늦잠을 자고, 다시 낮잠을 자고, 밤에는 자다가, 이따금 일어나, 꾸벅꾸벅 존다.

어제부터, 잠을 잘 때마다, 꿈만 꾸는군.

신시申時에 출발해서, 술시戌時에 야히로로 돌아왔다.

○6월 18일. 무엇을 했는지, 영문을 알 수가 없다.

○6월 19일. 아무것도, 한 일이 없다. 덥다, 더워.

○6월 20일. 또다시, 휴식. 요즘은 쉬기만 한다.

○6월 21일. 묘시卯時에 나와서, 다카야와 가와모토에 왔다. 오테루는, 샤미센으로. <소데노쓰유>.

○6월 22일. 매미 울음소리가 시끄럽다.

○6월 23일. 나가사키의 장군님 행차. 모두 엎드려 절하라.

○6월 24일. 어제보다도 덥다. 오테루가, 연습이 끝난 뒤에, 어떤 꿈을 꾸는지 말해달라고, 아이다운 질문을 하기에, 대답했다. 맹인도 꿈은 꾸지, 어젯밤 꿈에는, 인형이, 거문고 샤미센, 호궁 피리, 장구, 북으로 <에텐라쿠>를 맞춰봤는데, 끝내자마자, 악기를 모두 던져서, 하나도 남김없이 다 부서졌다. 또 하나, 여러 이야기가 뒤섞인 꿈을 꾸었다. 도둑이 칼을 가지고 2층으로 올라갔다, 옷소매가 사다리에 걸리고, 그런 다음에, 마룻장을 밟아 떨어뜨렸는데, 여기는 뭐하는 곳이냐 묻고, 담배를 꺼내며, 아아 하고 탄식했다, 아래층에는 불이 활활 타오르고 있었고, 거문고 줄을 쥔 뒤에, 그만 집으로 간다고 하니까, 다케다의 닌고가, 곡예사를 데려와서는, 보고 가라고 했다, 말도 안 되는 꿈이었다. 그런 얘기를 하자, 오테루는, 데굴데굴 구르며 웃었다. 또, 열다섯에서 열여덟 정도로 보이는 소녀를, 꿈에서 보았다고 하니, 어떤 옷을 입고 있었느냐고, 곧바로 되물었다. 맹인은, 색깔을 모르지만, 추워 보이는 옷이었으니, 파란색이었을 거라고 하니까, 오테루가, 감탄했다.

○6월 25일. 비도 온다. 햇빛도 비친다. 여우가 시집을 가는 것일까?

중략.

○7월 6일. 칠월 칠석이니, 시를 읊겠다.

　일 년에 한 번 있는. 오늘 밤의 만남. 별들이 넘실대는 강. 지금 건너는 게 나을까. 물에 빠지지는 않을까.

　만나지 않는 편이, 낫겠다.

○7월 7일. 이전부터 믿었던 사람이, 가버렸기 때문에, 참으로, 재미가 없다. 무엇 하나, 내 마음대로 되지 않는, 오늘 밤. 하지만, 딱 한 가지, 좋은 게 있다. 되는대로, 살면서, 연습하는 것이 가장 중요하다.

○7월 8일. 아침. 수건걸이를, 나팔꽃에게 빼앗겼네.[12] 오사쿠는. 샤미센으로 <다나바타>. 오치카는. 거문고로, <무시노네>.

○7월 9일. 모두들, 가 버린다. 그나저나, 덥다. 아이고, 더워라. 이런 날씨에는, 아무 데도 갈 수 없다. 한바탕 비라도 내리면, 좀 시원해질까? 그래그래, 놀자. 가만히 앉아 있다 보면, 이런저런 생각들이 떠오른다. 그나저나, 아이치현 마쓰야마에서, 교습 요청이 왔는데, 간다면 삼 년, 걸린다. 안 간다면 미안할 것이다. 글쎄, 어떻게 하면, 좋을까? 그 생각을 하며, 시를 지었다. 들어주는 이는 아무도 없다.

　귀가 없다면. 마음이 번잡할 일도 없을 텐데. 아무것도 듣지 못했던. 옛날이 그립구나.

○7월 10일. 하늘. 날씨가 안 좋다. 햇빛도 안 나고, 비도 안 온다. 그리고 나는, 남에게 미안한 일을 했다. 죄송, 죄송.

○7월 11일. 비. 그건 그렇고. 놀라운, 소식을, 들었다.

○7월 12일. 정신이 맑아지지를 않는다. 안라쿠지安樂寺 절에서, 모리카네

• •

12_ 나팔꽃이 우물가의 수건걸이를 감고 올라간 풍경을 묘사한 것. 일본 고문古文에 자주 쓰이는 표현이다.

의 노래 복습이 있었다. 낮에는, 땀이 줄줄 났다. 밤에는, 비가 주룩주룩 내렸다. 맨발로 집에 돌아왔다. 찢어진 우산.

중략.

○7월 20일. 오카야가, 유리로 된 술병을 주었다. 비. 방금 거문고 줄을 조여 두었다. 도미요시야에서, 잤다.

○7월 21일. 비. 오후부터는, 비도 그쳤다. 아이고, 바쁘다, 바빠. 하이야에 묵었다.

○7월 22일. 고아사가. 샤미센으로, <나나쿠사>를 시작했다. 시게노의 오료는. 샤미센으로, <유조라>. 오늘은, 샤미센 소리가, 좋았다. 하이야에 묵었다.

○7월 23일. 다이산지大山寺 절에서 추선공양[13]이, 끝났다.

○7월 24일. 도미요시야에서, 합주를 했다. 밤에. 비가 왔다.

○7월 25일. 진시辰時에 출발하여, 가와미나미무라의 오노미치야로 갔다. 기쿠야가, 거문고로, <유가오>를 켰는데, 쥐가 돌아다니는 듯한 느낌이었다. 연습, 서른 번.

○7월 26일. 날씨. 곳곳에 눈이 내렸다.

○7월 27일. 머리를 묶기도 하고, 목욕도 했다. 물이 흐르는 듯한, 벌레 울음소리에. 마음이 먹먹해졌다.

　　무엇이든. 다른 이의 마음에 의지하는 사람은. 모든 것을. 망설이게 되네.

　　오카야. <히토리네>.[14] 샤미센으로.

• •
13_ 불교에서 죽은 이의 명복을 빌기 위해 하는 행사.
14_ 혼자서 잔다는 뜻. 곡명이지만, 오카야와의 관계를 암시하고 있다고 볼 수도 있다.

○7월 28일. 연습, 모두 끝남. 힘들었던 것일까? 온몸이 지쳤다. 손발이 말을 안 듣고. 뭐라고 하는 사람도 없고. 들리지도 않고. 그저, 그냥, 보기만 할 뿐. 후후.

중략.

○9월 25일. 요즘은, 완연한 가을이거늘, 시도 안 지어지고, 이거 참, 큰일이다. 감기에 걸려서, 누워 있었다. 오른쪽 얼굴이 부어서, 이래저래 즐길 수가 없다. 그러는 사이에 곡예사가 왔는데, 솜씨가 모자란 녀석이었다.

○9월 26일. 그저 떨떠름한 마음으로, 하루를 보냈다. 감기는, 조금 나아졌다.

○9월 27일. 일어나서, 어머니를 만났다. 오카야 얘기는, 하지 않았다.

○9월 28일. 너무나 쓸쓸해서.

　술도 있고. 떡도 있는. 비 오는 저녁.

　밤에는, 노름을 했다.

○9월 29일. 연습, 한 차례.

○9월 30일. 오카야는, 재능이 모자라다. 너무 심해서, 여기에 쓴다. 사시巳時부터, 연습. 주노이치는, 샤미센, <기쿠노쓰유>. 오사와는, 거문고로, <우마오이>.

○10월 1일. 아침에, 비가 조금 내렸다. 그다음, 바람이 꽤, 많이 불었다. 밤에는, 내가 전부터 얘기했던 것을, 갑자기 거절당하는 일이 있었다. 나쁜 녀석들.

○10월 2일. 다리에서 만나, 오랜만에 이야기를 나눴다.

춥다고 해서, 소매를 포개어 보아도, 의미가 없네, 이렇게 마주보고 있어도 우리는. 꺼져가는 잿불 같은 운명이니.

중략.

○11월 16일. 연습. 밤에, 눈이 내렸다. 가만히 생각해보면, 하루하루가 너무 빨라서, 무의미하다.

오늘도. 세상의 업業에 휩쓸리며 살았다. 내일도 똑같을. 운명임을 알아버렸다.

어디를 가도, 부족하다는 말을 듣는 것에는, 나도 두 손 두 발 다 들었다. 그런 얘기를 듣고, 우리 스승님은, 제자들만을, 자기 자식으로 생각하라고 말씀하셨다.

○11월 17일. 사시巳時에 출발해서, 미시未時에 오베무라쿠와다에 도착했다. 어디를 가도, 제자들이, 다른 일로 바쁠 때만큼, 짜증 날 때도 없다. 무엇을 하려 해도 할 수가 없고, 부모님들 눈치도 보이고, 그렇게 상황이 안 좋으면서, 어째서 여기에 왔나 싶다. 예술은, 심심풀이로 하는 부업이 아니다. 몹시 추웠고, 발을 다쳤다.

○11월 18일. 놀았다.

○11월 19일. 이데하라 규이치로 님을, 처음으로 만났다. 차茶의 명인이다. 그때,

밝은 달이. 너무도 황량해서. 하늘에 겨울이 왔다는 것을 느꼈네.

이렇게 눈에도 보이지 않는 내용을 담아 시를 읊었는데, 규이치로 님은 마음에 눈이 있는 게 틀림없다며 감탄하셨다. 이상한 일이다.

○11월 20일. 오쓰이는, 거문고, <우스유키>. 오이소는, 거문고, <유

키노아시타>. 스미는, 거문고, <도쿄지>. 알았다.

들키지 않으려. 감춰두었던 내 마음도. 울타리가. 무너진 지금은. 들켜버렸네.

○11월 21일. 13시쯤, 몰래 고마쓰야에 갔는데, 모두, 절에 참배하러 가서, 겨우 열서너 살 되어 보이는, 아이가, 집을 보고 있었다. 좋은 기회구나 싶어 드러누워 자다 깨다 하다, 음식을 먹고 거문고를 켜면서 쓸쓸하게 앉아 있다. 언제나처럼 그 사람의 거문고 줄을 조여 주었다. 미련이란, 아직 수양이 부족하다는 의미이므로[15]. 무엇보다, 연습이 가장 중요하다.

더 없이 고귀한. 부처님의 이름을 부르짖으면서. 지옥의 씨앗을. 뿌리지 않는 날이 없네.

중략.

○12월 25일. 추웠는데, 밤부터 또다시 눈이 내려서, 더 추워졌다. 아아, 춥다. 아이고, 추워.

○12월 26일. 하루 종일, 고타쓰 안에 있었다. 따뜻했다. 또, 예전처럼, 같은, 그, 오른쪽 이가, 변함없이, 이가 아팠다. 아파아파아파아파. 매일. 바보처럼. 하루를. 보내기도. 지루하다. 다른 데로 갈 수도 없으니. 어쩔 수 없다.

○12월 27일. 옆집에서. 결혼식이 있었다. 밤부터, 함박눈이 내렸다. 올해는, 별난 죄를, 많이 지었네.

○12월 28일. 담뱃대 속에 낀 진을, 깨끗이 **빼냈다**.

15_ 일본어로 미未는 아직, 련鍊은 (수양을) 쌓다, 연마하다, 라는 뜻이다.

○12월 29일. 봄부터, 오늘까지 있었던 일들이, 정말이지, 꿈처럼 느껴진다. 아, 정말 꿈같구나. 정말로, 불행한 해도 있었는데. 2월에는 괴로웠고, 4월에는 울었고, 5월에는 이가 아팠고, 여름에는 여러 가지로, 그 이후로, 아무튼 울지 않은 날이 없었다. 어리석었다. 이번 달도, 좋게 끝날 것 같지는 않다.

○12월 30일. 언제나처럼 시를 읊겠다.

제야의 종소리. 103까지는 셌네.

나는, 내년에 스물일곱 살이다. 그럼 이만.

덴포 8년^{1837년}. 유년^{酉年}.

후기

어떻게 읽었을지 모르겠다. 독자들이 과연 흥미를 느꼈을까? 사실 여러분께 고백할 것이 있다. 이것은 고인의 일기를 있는 그대로 베낀 것이 아니다. 용서해주셨으면 한다. 그가 타고난 음악가라면, 나도 비범한 작가다. 700쪽짜리 『구즈하라 고토 일기』 중에서 겨우 사십 분의 일, 청춘 26세, 많은 감정이 교차한 일 년치만을 뽑아서 썼는데, 그 내용만 봐도 사십여 년 분량의 일기에 있는 모든 느낌을 알 수 있으리라 생각한다. 무례 천만 하게도, 그렇게 만들기 위해서 내가 손을 봤다. 고토의 영혼과 그의 자손 분들도, 부디 용서해주셨으면 한다. 작가로서의 나쁜 숙명은 조금이라도 아름다운 것을 보았을 때 그것을 팔짱 끼고 감상만 하고 있을 수가 없어서, 무심코 끈적끈적하고 야만적인 손을 뻗게 된다. 작가로서의 숙명이 만든 애정의 표현으로 받아 들여주셨으면 한다. 아름다우니까, 손을 대고 싶었던 것이다. 특별한 공감을 느꼈기에 다듬어보고 싶어진 것이다. 그 책에 쓰인 하루하루의 감상들은, 다름 아닌 나의 모습이다. '고마쓰야의 오카야와 그 사이에 있었던 비밀스러운 정분도, 불온한 내가 지어낸 이야기다. 그것은 내게 확고부동한 진실이지만, 「구즈하라 고토 일기」 원본에서 는 반드시 사실인 것은 아니다. 확실히 말하자면, 그것은 작가의 독선적 인 지레짐작에 지나지 않을 것이다. 하지만 나는, 의식적으로 고故 고토를 폄하하려 한 것이 아니다. 항상 고인이 일류 예능인으로서 지녔던 정신을 존중해왔다. 나중에 이러니저러니 뒷말이 나오지 않도 록, 이것만은 써둔다.

거문고 켜는 소리라도. 듣게 된다면. 당신은. 내가 이 마을에 산다는 것을. 알수 있을까. (고토)

고독을 말하는 방법―다자이 오사무「쓰가루」론

최혜수

들어가며

제6권에는 1943년 10월부터 1945년 9월에 걸쳐 발표된 작품 및 1940년 6월에 발표된 일본 고전 관련 작품「맹인독소」를 실었다. 1945년 9월에 발표된「석별」의 탈고 시기는 1945년 2월로 추정되므로, 모두 전쟁이 끝나기 전에 쓰인 작품이라 할 수 있다. 아시아 태평양 전쟁이 막바지로 치달아갔던 이 시기의 작품들을 살펴보면 거의 모든 작품의 모티프가 전쟁 및 국가방침과 관련되어 있어, 독자들도 눈에 띄게 짙어진 전쟁의 영향을 쉽게 눈치챌 수 있을 것이다.

이 가운데 본권의 표제작「쓰가루」는 다자이의 다른 소설들과는 다소 차이가 있는 작품이다. 감상 노트에 밝혔듯 이 작품은 오야마 서점이 기획한 '신新풍토기 장서' 중 한 권으로 출판된 것이다. 이 기획의 의도는 '시대에 마음을 좀먹혀 고향을 잃어버린 근대인의 마음에 다시금 고향에 대한 애착을 불러일으켜 "멋진 나라 일본"에 대한 재인식을 심어주는 것'에 있었다. 이러한 의도에 맞추어 쓴 듯한 에세이 풍의 객관적 필치에도 불구하고, 이 작품에 쏟아진 찬사는 다자이의 다른 소설들에 대한 평가를 넘어서는 것이었다. 다자이와 친분이 있던 문학자인 가메이 가쓰이치로는 '다자이의 전 작품 중에서 하나만 고르라고 한다면 나는 「쓰가루」를 택하겠다'고 말했고, 작가 사토 하루오는 '이 작품 하나만 있다면 그는 불후의 작가'라는 최고의 찬사를 보냈다. 그러한 찬사와 동시에, '사실을 거의 있는 그대로, 솔직하게 쓴 것 같아 좋았다.', '허구가 너무 적은 것 같아 아쉬웠다.'(작가 우노 고지), '이 신풍토기는 소설처럼 재미있다. 소설을 읽은 것과 같은 감동을 받았다.'(평론가 도요지마 요시오) 등, 이 작품을 '풍토기'로서 재미있게 읽었다는 긍정적인 평가도 많다.

　　그러나 사실 「쓰가루」는 실질적으로 풍토기임과 동시에 소설이다. 즉, 쓰가루의 풍토와 인물, 그리고 자신의 여행 체험을 소재로 쓴 '소설'이다. 작품 말미에 있는, '나는 꾸밈없이 썼다. 독자를 속이지도 않았다.'라며 호언장담하는 말조차도 이 작품에 있는 모든 이야기들이 사실임을 믿게 하려는 다자이의 치밀한 의도 하에 쓰인 문장이라 볼 수 있다. 다자이는 충분히 많이 꾸몄고, 독자를 완벽하게 속였다. 그러므로 중요한 것은 이 작품에 대해 많은 찬사가 쏟아졌다는 점이 아니다. 말하자면 그 찬사들도 다자이의 치밀한 '거짓말'이 거둔 성과에 지나지 않으니, 이 작품을 소설로써 감상하며 다자이의 의도를 파악할 필요가 있을 것이다. 그러면 다자이가 어떤 거짓말을 했으며 어째서 그런 거짓말을 해야 했는지, 여행의 동기와 결과를 짚어나가며 살펴보기로 하자.

1

"마사오카 시키 서른여섯, 오자키 고요 서른일곱, 사이토 료쿠 서른여
덟, 구니키타 돗포 서른여덟, 나가쓰카 다카시 서른일곱, 아쿠타가와
류노스케 서른여섯, 가무라 이소타 서른일곱."

"그게 무슨 얘기야?"

"그들이 죽었을 때 나이. 허둥대며 죽었지. 나도 슬슬 그럴 나이야.
작가한테는 이 정도 나이일 때가 가장 중요하고."

1장 '순례'에서 다자이는 위와 같은 대화를 인용하면서 '어느 출판사
의 친한 편집자가 쓰가루에 대한 글을 쓰지 않겠느냐고 전부터 권하고
있었고, 나도 살면서 한번은 내가 태어난 지방을 구석구석까지 봐두고
싶어서 어느 해 봄, 거지같은 모습으로 도쿄를 출발했다.'라는 문장을
통해 쓰가루 여행의 목적을 밝힌다. 1946년 4월 『문화전망文化展望』의
「15년간」이라는 작품(전집 7권 수록)에서는 '내게도, 언제 무슨 일이
있을지 모른다. 지금 내가 나고 자란 쓰가루를 잘 봐둬야겠다는 생각이
들었다.'라는 말로 당시를 회상하고 있는데, 이상의 인용들로 미루어볼
때 다자이는 이 시점에서 이미 자신의 삶에 대한 위기감을 가지고
있었던 것으로 보인다. 여행 당시, 다자이의 나이는 만 서른여섯이었다.
하지만 그러한 위기감과 동시에 그는 자기 존재의 기반을 확인하고자
하는 의지를 가지고 있었다.

　내게는 이번 여행을 통해 다시 한번 쓰시마의 오즈카스(옮긴이 주:
　쓰가루 지방에서 셋째아들과 넷째아들을 멸시하여 이르던 말)로 돌아가

보겠다는 계획도 없었던 것은 아니다. 도회인으로서의 내게 불안을 느낀 나는, 쓰가루 사람으로서의 나를 알고 싶었다.

그러므로 이 시점의 다자이에게는 전쟁의 광풍 속에서 죽음에 대한 불안감과 동시에 자신이 고향인 쓰가루 사람들의 본질을 확인하고, 더불어 자신의 본질을 확인하고 싶다는 욕망이 있었던 셈이다. 도회지의 삶 속에서 자신의 존재 기반을 찾을 수 없었던 '배신당한 청년' 다자이는, 이렇게 쓰가루 소년으로의 회귀를 꿈꾸고 있었다.

2

위와 같은 동기를 안고 떠난 쓰가루 여행에서 다자이가 얻은 것은 무엇이었을까? 그는 작품의 말미에 이 여행을 통해 얻은 깨달음을 다음과 같이 쓰고 있다.

나는 이때 비로소 내 성장 배경의 본질을 깨달았다. 나는 결코 곱게 자란 남자가 아니다. 어쩐지 부잣집 아이답지 못한 면이 있었다. 보라. 내가 잊을 수 없는 사람은 아오모리의 T군, 고쇼가와라의 나가하타 씨, 가나기의 아야, 그리고 고도마리의 다케이다. 아야는 지금도 우리 집에서 일하고 있고, 다른 사람들도 옛날에 한 번쯤은 우리 집에 있었던 적이 있는 사람들이다. 나는, 이 사람들과 친구다.

「쓰가루」를 처음부터 끝까지 세심하게 읽은 독자라면 이 부분에서 약간 멈칫했을지도 모른다. 본문에는 분명 생가에서 함께 놀았던 T군, 중학교 시절의 친구 N군과 그들의 지인 S씨, 생가의 형과 형수들, 나카하타 씨, 그리고 생가의 하인 아야, 어린 시절 유모 다케에 대한 이야기가 비중 있게 다뤄져 있다. 그러나 이 부분에는 가장 중요하다고 볼 수 있는, 가나기 생가에 사는 형을 비롯한 가족들에 대한 이야기가 빠져 있다. 다자이는 자기 집의 '고용인'이었던 사람들을 통해 성장 배경의 본질을 깨달았다고 했지만, 이는 역으로 말하면 형들을 비롯한 가족들에게서는 자신의 본질을 찾을 수 없었다는 것을 의미한다. 다음 인용에서도 그러한 정황을 엿볼 수 있다.

> 가나기의 생가에 오면 신경 쓸 것이 많아서 피곤하다. 나는 나중에 다시 이런 식으로 글을 쓰기 때문에 더욱 그렇다. 자기 가족 이야기를 써서 그 원고를 팔지 않으면 먹고살 수 없는 좋지 못한 숙명을 짊어진 남자는, 자신의 고향을 신에게 빼앗긴다. 결국 나는 도쿄에 있는 누추한 집에서 선잠을 자며 그리운 생가의 꿈을 꾸고, 여기저기를 방황하다 죽을지도 모른다.

그러나 다자이가 생가에 오면 느끼는 피곤함의 이유는 그가 모든 것을 글로 써야 하는 작가이기 때문만은 아니었을 것이다. 그에게는 언제나 '소년'이었던 시절에 저지른 일련의 사건들(좌익운동, 게이샤와의 동거, 동반자살 미수, 마약 중독, 도쿄대 낙제 등등)로 인해 호적에서 제명되었던 과거가 그림자처럼 따라다녔기 때문이다. 어쨌든 그는 생가에서 '고향을 빼앗'겼다는 느낌을 받았으니, 결론적으로 이는 자신의 존재 기반을 생가에서 찾을 수 없었다는 의미로 볼 수 있다. 가나기의 생가에서 쓰가루의 오즈카스로의 회귀에 실패한 그는 생가에 대한 내용을 다룬 4장의 말미를 '형은, 언제나 고독하다.'라는 문장으로 맺고 있다. 사실 고독한 사람은 자신이었을 텐데 말이다. 형의 고독을 말함으로써 자신의 고독을 애써 숨기려 한 다자이의 마음이 엿보이는 대목이다.

3

다시 작품 말미로 돌아가 보자. 다자이가 말한, 성장 배경의 본질을 깨닫게 해준 네 사람—아오모리의 T군, 고쇼가와라의 나가하타 씨, 가나기의 아야, 그리고 고도마리의 다케—중에 작품에서 가장 중요한 인물로 다뤄진 사람은 유모 다케이다. 작품 자체만 놓고 보면, 다케와의 재회는 다자이로 하여금 성장 배경의 본질을 깨닫게 한 가장 결정적인 사건이자 작품의 클라이맥스다.

그러나 앞서 말한 바와 같이 이 작품은 어디까지나 '소설'이다. 다자이의 부인 쓰시마 미치코 씨가 밝히고 있는 그의 행적에 따르면, 그 여행은 가니다를 기점이자 종점으로 삼은 여행이었지만 작품 중에는 가니다에 머문 기간이나 일정 등이 다소 다르게 각색되어 있다. 또한 결정적으로 유모 다케와의 재회 장면은 실제와 전혀 다르게 그려졌다고 한다.

소마 쇼이치는 『평전 다자이 오사무 3』(치쿠마 서방, 1986년 7월)에서 다케를 직접 만나 인터뷰한 내용을 토대로 소설이 실제와 어떻게 달리 쓰였는지, 그리고 실제로는 어떤 일이 있었는지를 치밀하게 분석하고 있다. 그 내용을 요약하면 다음과 같다.

① 현실 속 다자이는 다케의 딸인 세쓰코의 안내를 받아 운동회 천막으로 들어갔을 때, 혼자가 아니라 동생 레이지와 친구였던 사카모토 호에이와 함께였다. 사카모토와 다케는 서로 모르는 사이였기에 다자이와 사카모토는 둘이서만 술을 마시며 이야기꽃을 피웠고 다케에게는 관심도 없었다. 다케 자신도 다자이에 대한 기억은 잊어버린 상황이었던지라, 사카모토가 함께 와줘서 다행이라 여기며 자기 아이가 나오는 운동회만 열심히 구경하고 있었다.

② '용왕님의 벚꽃을 구경하러 가는 장면도 실제와는 다르게 그려졌다. 실제로는 다케가 동네 아주머니들과 함께 벚꽃을 보러 간다고 하자, 다자이는 자기도 가겠다며 따라나섰다. 이 시점에서 사카모토와는 헤어졌고, 동네 아주머니와 할머니들 열 명 정도와 함께 꽃구경을 갔다. 모두가 '용왕님'이 모셔진 신사를 참배하는 도중에 다자이는 꽃가지를 꺾어 벚꽃을 한 송이 한 송이 뜯으면서 그들을 기다리고 있었다. 참배를 마치고 나와서도 다자이와는 거의 이야기를 나눌 기회가 없었다.

③ 다케네 집에서 묵게 된 다자이는 저녁 식사 후 다케에게 진지한 표정으로 이렇게 물었다. "나는 분지 형과 친형제야?", "나는 사실 고쇼가와라의 이모님이 낳은 자식 아니야?" 그에 대해 다케는, 키운 것은 이모님이지만 너를 낳은 사람은 어머니이고 분지와는 친형제라고 확실히 대답해주었다. 하지만 다자이는 무언가 납득이 안 된다는 표정을 지었다.

앞서 말한 대로 다자이는 '쓰시마의 오즈카스로 돌아가 보겠다는 계획'을 가지고 여행을 떠났다. 그리고 소설 속 다자이는 자신을 길러준 유모 다케를 꼭 한번 만나고 싶었다며, 좋은 일은 마지막에 하는 습성이 있다는 이유로 고도마리를 여행 일정의 마지막에 남겨두었다. 물론 정말 다케를 보고 싶은 마음이 간절했을 수도 있지만, ③을 보면 그것이 단순히 다케에 대한 그리움 때문만이 아니었을 가능성이 엿보인다. 다시 말해 그는 다케에게 자신의 출생에 얽힌 비밀, 즉, 아버지와 이모 사이에 태어난 불의의 자식이 아닌지를 확인하고 싶었던 것 아닐까?

또한 작품 속 다케의 성격은 실제로 다자이의 이모였던 기에의 성격에 더 가깝다고 한다. 알려진 바대로 다자이의 이모는 병약했던 그의 어머니 대신 쓰시마 가의 살림을 도맡아 했고 아이였던 다자이를 유모 이상으로 많이 돌봐주었다. 이 이모는 거침없는 성격에 엄격한 면도 있는 사람이었는데, 그에 비해 유모였던 다케는 말수가 적고 솔직한 성격이었다고 한다. 따라서 작품 중에 그려진 '강하고 거침없는' 성격의 다케는, 오히려 다자이의 이모와 다케가 복합된 이미지임을 알 수 있다.

이처럼 현실은 소설과 전혀 달랐는데, 다자이는 어째서 천막 속에서 말없이 앉아 있는 다케를 그렸고, 또 벚꽃 잎을 쥐어뜯다가 추억담을 늘어놓는 다케를 그린 것일까? 소마 쇼이치는 다자이의 이러한 각색을 다음과 같이 평가한다.

다자이에게는 이모를 '성장 배경의 본질'과 연결 짓는다는 것에 저항감(불의의 자식이라는 망상)이 있었다. 그래서 유모였던 다케의 이미지를 빌려 자신을 길러준 어머니를 형상화해본 것이다.

소마 쇼이치 씨의 이 말이 옳다면 작품의 말미에 길러준 어머니를 자신이 원하는 모습대로 '형상화'해야만 자기 본질을 깨달은 '척'이라도 할 수 있었던 점에, 소설가 다자이 오사무와 쓰가루 사람 쓰시마 슈지의 고독한 숙명이 있었을 터다.

맺으며

결론적으로 현실 속 다자이는 쓰시마 집안의 오즈카스로 자신을 환원시키려던 계획에 실패한 셈이다. 그러나 소설 안에서는 다케를 비롯한 쓰가루 집안의 주변인들을 통해 이에 성공하고 있다. 이 시점에서 우리는 또다시 고개를 갸웃할 수밖에 없다. '나는 꾸밈없이 썼다. 독자를 속이지도 않았다.'라며 큰소리치는 저 자신감은, 도대체 어디에서 나왔단 말인가.

믿는 곳에 현실이 있으며, 현실은 결코 사람을 믿게 만들 수 없다.

1장 '순례'에 나오는 이 문장에 그 자신감의 이유가 있다고 볼 수 있다. 즉, 다자이에게 현실은 그리 중요한 것이 아니었다. 다자이는 쓰가루에서 자신의 가족이 아닌 가족의 '주변인'들을 통해 자신을 발견했다고 믿고 싶었고, 믿고 싶다는 자신의 감정만큼은 그에게 있어 '현실'이었던 것이다.

훗날 다자이는 「15년간」에서 쓰가루 여행을 통해 느낀 점에 대해 다음과 같이 말하고 있다.

(전략) 결국, 내가 이 여행에서 깨달은 것은 '어설픈 쓰가루의 모습'이

다. 졸렬함이다. 서투름이다. 문화를 표현할 방법이 없다는 당황스러움
이다. 또한 나는, 나 자신에게서도 그것을 느꼈다. 하지만 그와 동시에
그것의 건강함을 느꼈다. 여기에서, 무언가 전혀 새로운 문화文化(나는
문화라는 말을 들으면 소름이 끼친다. 옛날에는 문화文花라고 썼다는
것 같다.) 같은 것이 생겨나지 않을까? 새로운 애정 표현이 생겨나지
않을까? 나는 내 핏속을 흐르는 순수한 쓰가루 기질에 자신감과 비슷한
것을 느끼고 도쿄로 돌아왔다. 즉 나는, 쓰가루에는 문화 따위가 없고,
따라서 쓰가루 사람인 나도 전혀 문화인이 아니라는 것을 깨닫고는
후련함을 느꼈다. 그 이후 내 작품은 약간 달라진 듯하다.

어떻게 보면 그가 깨달았다는 '어설픈 쓰가루의 모습'은 자신의 존재
기반을 그 어디에서도 발견하지 못한 '어설픈 자신의 모습'이기도 했다.
위 문장에서 다자이는 통상적으로 긍정적인 뉘앙스로 쓰는 '문화'라는
말을 부정적인 뉘앙스로 반전시키고, 그에 반해 어설프고 졸렬하며
서투르기도 한 쓰가루의 모습에 긍정적인 뉘앙스를 담아 말하고 있다.
더불어, 어설프고 졸렬하며 서투른 자신의 모습 또한 긍정적으로 받아들
이고 있다. 이러한 역설은 「쓰가루」뿐만 아니라 다른 다자이의 작품을
이해하는 데 있어서도 중요한 열쇠라 볼 수 있다. '배반당한 청년'이자
'고향을 빼앗긴' 소설가의 고독은 위와 같은 가치 기준에서 긍정적인
것이 된다. 그러한 '부정에의 긍정'이 있었기에 다자이는 독자를 향해,
'살아 있다면 다음에 또 만나자. 씩씩하게 살아가자. 절망하지 마. 그럼,
이만 실례.'라는 씩씩한 인사말을 건넬 수 있었던 것이다. 그럼에도
불구하고 그러한 '부정에의 긍정'은 오로지 소설의 세계에서만 가능한
일이었으니, 그 희망찬 인사의 근저에는 그의 고독감과 절망이 흐르고

있었을 것이라 짐작된다.

　사람의 생에서 가슴에 묻어둔 말이 소리 내어 한 말보다 훨씬 더 중요한 경우가 많듯, 문학 작품에서도 쓰인 것보다 쓰이지 않은 것이 더 중요한 경우가 종종 있다. 「쓰가루」의 경우가 특히 그렇다. 자신의 고독을 긍정하는 것. 고독한 자신의 모습을 가능한 한 드러내지 않는 것. 그 모든 것은 자신의 고독을 말하기 위해 선택한 역설적 방법 아니었을까? 다자이가 에세이스트가 아닌 '소설가'일 수밖에 없었던 이유가, 바로 여기에 있다.

＊ 참고문헌 ＊

· 『評伝太宰治 3』, 相馬正一, ちくま書房, 1982.
· 「『津軽』について」『津軽』, 相馬正一, 津軽書房, 1976.
· 「『津軽』―故郷と忘れえぬ人々」, 亀井勝一郎, 『若い女性』 1960年 7月号.
· 「『津軽』の構造」『太宰治 3』, 安藤宏, 洋々社, 1987.
· 「津軽」『日本文学』, 浦田義和, 第323号, 1980年 5月.

옮긴이 후기

다자이 오사무가 중일전쟁 이후 일본의 시국에 대해 어떤 태도를 취했는지에 대해서는 연구자들 사이에서도 의견이 분분하다. 6권 수록 작품을 예로 들자면 「동경소식」 같은 작품에서 모든 것을 나라에 바치고 저마다의 특징을 잃어버린 소녀들을 묘사한 것을 들어 소극적이나마 예술적 저항을 보여줬다는 것을 어떻게든 좋게 평가하려는 움직임이 있는가 하면, 「석별」 같은 작품의 예를 들어 시국에 적극적으로 동조한 일면이 있음을 강조하는 움직임도 있다. 이처럼 연구자들의 의견이 분분한 것에도 이유가 있다. 왜냐하면 다자이는 다른 작가들에 비해 전쟁에 '협력'했다고 할 만큼 적극적인 입장을 취한 적도 없고, 그렇다고 해서 적극적으로 저항하는 모습을 보인 적도 없기 때문이다.

또한 불분명했던 그의 입장에 더해 이상한 점은, 태평양 전쟁이 격화된 이 시기가 다자이 문학의 중기에 해당하는 '안정기'였다는 점이다. 걸핏하면 공습경보가 울리고 식량도 부족했던 그 시기에 작가로서의 안정기를 맞을 수 있었던 이유는, 다음과 같은 쓰시마 미치코 씨(다자이의 부인)의 한마디로 설명할 수 있을 것 같다.

'전쟁이 다자이를 집에 묶어두고 있었다.'

이 말은 다자이가 외출했다가도 공습경보가 발령되면 집이 다른 곳보다 안전한 것도 아닌데도 황급히 집으로 돌아왔다고 하면서 한 말인데, 이 일화만으로도 아내와 자식을 걱정하던 다자이의 마음을 알 수 있다. 실제로 동반 자살 시도를 즐겼던(?) 그는 1938년 쓰시마 미치코 씨와 결혼한 이후 그가 죽은 1948년까지 자살을 시도한 적이 단 한 번도 없다. 그와 더불어 난파당한 선원과 단란한 등대지기 가족의 일화를 「눈 내리던 밤」과 「석별」에 반복적으로 씀으로써 '가족의 단란 함'이라는 가치를 강조한 것으로 미루어볼 때, 이 시기 다자이에게 있어 가장 소중한 가치는 바로 가족이었다고 볼 수 있지 않을까 싶다. 그리고 그렇게 생각하면 모든 것이 설명된다. 즉, 검열로 인해 자유로이 글을 쓸 수 없던 상황에도 불구하고, 다자이는 검열을 통과할 수 있는 글들을 써서 자신의 가족을 부양하고 싶었을 것이다. 그래서 중기의 다자이는 당국의 눈속임이 가능한 고전 패러디 작품에 몰두하고, 한편으로는 시국에 영합했다고 볼 수밖에 없는 작품들도 남기며 활발한 작품 활동을 이어나간 것이다.

따라서 그가 시국에 영합한 작가인가 아닌가 하는 이중 잣대로 이 시기의 다자이를 평가하기보다는, 당시 상황이 다자이의 소설 작법이나 인생관에 미친 영향을 개별 작품을 통해 살펴보는 것이 바람직할 것이다. 다만 내가 6권을 번역하면서 받은 전체적인 인상을 말하자면, 다자이는 어디까지나 마음 여린 쓰가루 사람이자 일본인이었다는 것이다. 그렇지 않아도 삶에 불안과 고뇌를 안고 있는 사람이 그런 시대를 만나면, 어떤 글을 써야 살아갈 수 있을까? 그런 생각을 하면, 작품 속 한 문장

한 문장에 가슴이 먹먹해진다.

어쨌든 다른 권보다 유난히 손이 많이 갔던 6권 작업도 이렇게 끝이 났다. 난관이었던 「맹인독소」 번역에는 나의 석사 시절 동기이자 다자이 오사무 문학 살롱의 직원인 구라모치 나미倉持奈美 씨가 『구즈하라 고토 일기』의 원전을 직접 확인해주는 등 많은 도움을 주었다. 그리고 사전에 도 나오지 않는 역사적 사실이나 어원 등을 친절하게 가르쳐주신 기숙사 관리인 구도 마사시工藤正司 할아버지 덕분에 애매한 부분들을 해결할 수 있었다. 한 권, 한 권 번역을 마칠 때마다 감사를 전해야 할 사람들이 늘어만 간다. 다자이의 문장을 빌려 말하자면, 이것은 나 혼자만의 행복이 아닐 것이다.

청년 다자이가 오갔을 도쿄대 앞 기숙사에서.

최혜수

다자이 오사무 연표

1909년 출생	• 6월 19일, 아오모리현 북쓰가루 군 가나기마치에서 아버지 쓰시마 겐에몬^津島源右衛門과 어머니 다네夕子의 열 번째 아이이자, 여섯 번째 아들로 태어났다. 호적상 이름은 쓰시마 슈지津島修治.
1916년 7세	1월, 함께 살던 이모이자 숙모인 기에キェ 가족이 고쇼가와라마치로 이사하면서, 슈지도 2개월가량 그곳에서 함께 산다. 4월, 가나기 제1소학교에 입학한다.
1922년 13세	3월, 가나기 제1소학교 졸업. 4월, 메이지 고등소학교 입학. 아버지가 귀족원의원에 당선된다.
1923년 14세	3월, 아버지 사망. 4월, 아오모리중학교 입학. 아쿠타가와 류노스케, 기쿠치 간 등의 소설을 탐독. 이부세 마스지井伏鱒二의 「도롱뇽」을 읽고, '가만히 앉아서 읽을 수 없을 만큼 흥분'한다.
1925년 16세	8월, 친구들과 함께 잡지 『성좌星座』를 창간하나 1호만 발행하고 폐간. 그해 「추억」의 등장인물인 미요의 모델이 된 미야기 도키宮城トキ가 쓰시마 집안에 하녀로 들어온다. 11월, 동인지 『신기루』 창간한다.
1926년 17세	9월, 동인지 『아온보青si』를 창간하나 2호까지 발행하고 폐간. 도키에게 함께 도쿄로 가서 살자고 제안하지만 도키는 신분의 차이가 너무 많이 난다면서 쓰시마 집안을 떠난다.
1927년 18세	2월, 동인지 『신기루』 12호까지 발행하고 폐간. 3월, 아오모리중학교 졸업. 4월, 히로사키고등학교 문과 입학. 7월, 아쿠타가와 류노스케의 자살에 충격을 받는다.
1928년 19세	5월, 동인지 『세포문예』 창간, 9월, 4호까지 발행하고 폐간. 12월, 히로사키 고교 신문잡지부 위원에 임명된다.
1929년 20세	• 창작 활동을 하는 한편, 게이샤 오야마 하쓰요小山初代를 만난다. 12월, 수면제 과다복용으로 의식불명 상태에 빠진다.

1930년	3월, 히로사키고등학교 졸업.
21세	4월, 도쿄제국대학교 불문과 입학.
	5월, 이부세 마스지를 찾아가 이후 오랫동안 스승으로 삼는다. 적극적으로 사회주의 운동에 가담한다.
	10월, 고향에서 하쓰요가 다자이를 만나기 위해 상경.
	11월, 하쓰요의 일로 큰형 분지^{文治}와 다투다가 호적에서 제적당한다.
	11월 26일, 긴자의 술집 여종업원 다나베 시메코^{田部シメ子}를 만나 이틀 동안 함께 지내다가, 28일 밤 가마쿠라 고유루기미사키^{小動岬} 절벽에서 함께 자살을 시도한다. 시메코는 죽고 슈지는 요양원 게이후엔^{恵風園}에서 치료를 받는다.
	12월, 자살방조죄로 기소유예. 아오모리 이카리가세키^{碇ヶ関} 온천에서 하쓰요와 혼례를 올린다.
1931년	12월, 동료의 하숙집에서 마르크스의 『자본론』 스터디를 시작한다.
1932년	7월, 큰형과 함께 아오모리 경찰서에 출두하여 좌익운동에서 손을 뗄 것을
23세	맹세한다. 창작에 전념하면서 낭독 모임을 갖는다.
1935년	3월, 대학 졸업시험에 낙제. 미야코 신문사 입사시험에도 떨어진다. 가마쿠라
26세	에서 목을 매지만 자살미수에 그친다.
	4월, 급성맹장염으로 입원, 진통제 파비날에 중독된다.
	5월, 잡지 『일본낭만파』에 합류.
	8월, 「역행」이 제1회 아쿠타가와상 후보에 오르나 차석에 그친다. 사토 하루오^{佐藤春夫}를 찾아가 가르침을 받는다. 크리스트교 무교회파 학자 쓰카모토 도라지^{塚本虎二}와 접촉, 잡지 『성서 지식』을 구독한다.
	9월, 수업료 미납으로 학교에서 제적당한다.
1936년	2월, 파비날 중독 치료를 위해 병원에 입원했다가 10일 후 퇴원.
27세	6월, 첫 창작집 『만년』을 출간한다.
	8월, 제3회 아쿠타가와상 낙선.
	10월, 중독증세가 심해져 도쿄 무사시노병원에 입원했다가 한 달 뒤 퇴원한다.
1937년	● 다자이와 사돈 관계이자 가족과 다름없이 지냈던 화가 고다테 젠시로^{小館善四郎}와 부인 하쓰요의 간통 사실을 알고 분노.
28세	3월, 다니가와다케^{谷川岳}산에서 하쓰요와 둘이서 수면제를 먹고 동반자살을 시도하나 미수에 그친 후 이별한다.
	6월, 작품집 『허구의 방황』, 7월, 단편집 『이십세기 기수』를 출간한다.

1938년 29세	9월, 후지산 근처에 있는 여관 덴카차야^{天下茶屋}에서 창작 활동을 하던 중, 이부세 마스지의 소개로 이시하라 미치코^{石原美知子}를 만난다.
1939년 30세	1월, 미치코와 혼례를 올린 후 안정적으로 작품 활동에 전념한다. 7월, 『여학생』을 출간한다.
1940년 31세	5월, 「달려라 메로스」 발표. 6월, 작품집 『여자의 결투』 출간. 12월, 『여학생』으로 기타무라 도코쿠 상 부상을 수상한다.
1941년 32세	5월, 『동경 팔경』 출간. 6월, 장녀 소노코^{園子}가 태어난다. 8월, 10년 만에 쓰가루로 귀향한다.
1942년 33세	1월, 사비로 『유다의 고백』 출간. 6월, 『정의와 미소』 출간. 어머니가 위독하다는 소식에 귀향. 12월, 어머니 사망.
1943년	1월, 『후지산 백경』, 9월 『우대신 사네아쓰』를 출간한다.
1944년	5월, 고야마서방에서 소설 『쓰가루』를 의뢰하여 쓰가루 여행, 11월 출간한다.
1947년 38세	1월, 옛 연인이었던 작가 오오타 시즈코^{太田静子}를 찾아가 소설 『사양』의 소재가 될 일기장을 넘겨받는다. 4월, 큰형이 아오모리 지사로 당선. 12월, 『사양』 출간. 몰락한 귀족을 그린 이 작품이 패전 후 혼란에 빠진 젊은이들 사이에서 '사양족'이라는 유행어를 낳을 정도로 큰 호응을 얻으면서 인기작가가 된다.
1948년 39세	6월 13일 밤, 연인인 야마자키 도미에^{山崎富栄}와 함께 무사시노 다마가와 상수원^{玉川上水}에 몸을 던진다. 6월 19일, 만 서른아홉 번째 생일에 사체가 발견된다. 7월, 『인간 실격』, 『앵두』 출간.
1949년	• 6월 19일, 다자이의 친구들이 그의 무덤을 찾아(미타카 젠린지^{禅林寺}) 기일을 앵두기^{桜桃忌}라고 이름 짓고 애도한다. 앵두기는 그를 사랑하는 독자들에 의해 현재까지 매년 행해지고 있다.

『다자이 오사무 전집』 한국어판 목록

제1권 만년
잎 l 추억 l 어복기 l 열차 l 지구도 l 원숭이 섬 l 참새새끼 l 어릿광대의 꽃 l 원숭이를 닮은 젊은이 l 역행 l 그는 예전의 그가 아니다 l 로마네스크 l 완구 l 도깨비불 l 장님 이야기 l 다스 게마이네 l 암컷에 대하여 l 허구의 봄 l 교겐의 신

제2권 사랑과 미에 대하여
창생기 l 갈채 l 이십세기 기수 l 한심한 사람들 l HUMAN LOST l 등롱 l 만원 l 오바스테 l I can speak l 후지산 백경 l 황금 풍경 l 여학생 l 게으름뱅이 카드놀이 l 추풍기 l 푸른 나무의 말 l 화촉 l 사랑과 미에 대하여 l 불새 l 벚나무 잎과 마술 휘파람

제3권 유다의 고백
팔십팔야 l 농담이 아니다 l 미소녀 l 개 이야기 l 아, 가을 l 데카당 항의 l 멋쟁이 어린이 l 피부와 마음 l 봄의 도적 l 세속의 천사 l 형 l 갈매기 l 여인 훈계 l 여자의 결투 l 유다의 고백 l 늙은 하이델베르크 l 아무도 모른다 l 젠조를 그리며 l 달려라 메로스 l 고전풍 l 거지 학생 l 실패한 정원 l 등불 하나 l 리즈

제4권 신햄릿
귀뚜라미 l 낭만 등롱 l 동경 팔경 l 부엉이 통신 l 사도 l 청빈담 l 복장에 대하여 l 은어 아가씨 l 치요조 l 신햄릿 l 바람의 소식 l 누구

제5권 정의와 미소
부끄러움 l 신랑 l 12월 8일 l 리쓰코와 사다코 l 기다리다 l 수선화 l 정의와 미소 l 작은 앨범 l 불꽃놀이 l 귀거래 l 고향 l 금주의 마음 l 오손 선생 언행록 l 꽃보라 l 수상한 암자

제6권 쓰가루
작가수첩 l 길일 l 산화 l 눈 내리던 밤 l 동경 소식 l 쓰가루 l 지쿠세이 l 석별 l 맹인독소

『다자이 오사무 전집』을 펴내며

한 작가를 온전히 이해하기 위해서는 대표작 몇 권을 읽는 것에 그치지 않고 전집을 읽는 것이 필요하다. 일본의 대문호 오에 겐자부로는 평생 2~3년마다 한 작가의 전집을 온전히 읽어왔다고 고백한 바 있는데, 이는 라블레 번역자로 유명한 스승 와타나베 가즈오의 충고 때문이었다고 한다. 한 작가가 쓴 모든 글을 읽는다는 것은 그 작가의 핵심을 들여다보는 작업으로, 이만큼 공부가 되는 것도 없다는 이유에서다.

하지만 이런 이야기는 어디까지나 외국의 이야기일 뿐, 우리는 그렇게 하고 싶어도 그렇게 할 수 있는 형편이 아니다. 우리의 경우 국내 유명작가들조차 변변한 전집을 가지고 있지 못하다. 사정이 이러하니 외국작가는 굳이 말할 필요도 없을 것이다. 물론 몇몇 외국작가의 경우 전집이 나와 있기는 하지만, 대부분 창작물만 싣고 있어서 엄밀한 의미에서 '전집'이라고 보기 어렵다.

이에 도서출판 b는 한 작가의 전모를 만날 수 있는 전집출판에 뛰어들면서 그 첫 결과물로 『다자이 오사무 전집』을 펴낸다. 이 전집은 작가가 쓴 모든 소설은 물론 100여 편에 달하는 주요 에세이까지 빼곡히 수록하여 그야말로 '전집'이라는 이름에 걸맞은 형태를 갖추고 있다.

다자이 오사무는 그동안 우울하고 염세적인 작가나 청춘의 작가 정도로만 알려져 왔다. 하지만 이 전집을 읽으면 때로는 유쾌하고 때로는 전투적인 작가의 모습을 발견할 수 있을 뿐만 아니라, 왜 그가 오늘날까지 그토록 많이 연구되는지, 작고한 지 60년이나 흐른 지금도 매년 독자들이 참여하는 앵두기桜桃忌라는 추모제가 열리는지 알 수 있다.

『다자이 오사무 전집』을 성서로까지 표현한 작가 유미리의 표현을 빌리자면, 이 전집을 읽는 독자들은 매일 작고 아름다운 기적과 만나게 될 것이다.

마지막으로 『다자이 오사무 전집』을 양장본으로 다시 펴내면서 기존의 부족한 점을 모두 수정·보완했음을 덧붙이고 싶다.

— <다자이 오사무 전집> 편집위원회

한국어판 ⓒ 도서출판 b, 2013, 2021

■ 다자이 오사무 太宰治
1909년 일본 아오모리현 북쓰가루에서 태어났다. 본명은 쓰시마 슈지(津島修治). 1936년 창작집『만년』으로 문단에 등장하여 많은 주옥같은 작품을 남겼다. 특히『사양』은 전후 사상적 공허함에 빠진 젊은이들 사이에서 '사양족'이라는 유행어를 낳을 만큼 화제를 모았다. 1948년 다자이 문학의 결정체라 할 수 있는『인간 실격』을 완성하고, 그해 서른아홉의 나이에 연인과 함께 강에 뛰어들어 생을 마감했다. 일본에서는 지금도 그의 작품들이 베스트셀러에 오르거나 영화화되는 등 시간을 뛰어넘어 많은 사랑을 받고 있다.

■ 최혜수
고려대학교 통계학과를 졸업한 뒤, 일본 와세다대학교 대학원 문학연구과에서 석사과정을 마치고 박사과정을 수료했다. 옮긴 책으로 다카하시 도시오의『호러국가 일본』(공역), 마이조 오타로의『쓰쿠모주쿠』, 가라타니 고진의『세계사의 구조를 읽는다』, 다자이 오사무 전집 중『사랑과 미에 대하여』,『정의와 미소』,『쓰가루』,『사양』등이 있다.

다자이 오사무 전집 6

쓰가루

초판 1쇄 발행 2013년 08월 12일
재판 1쇄 발행 2021년 06월 21일

지은이 다자이 오사무
옮긴이 최혜수
펴낸이 조기조
인 쇄 주)상지사P&B
펴낸곳 도서출판 b | 등록 2003년 2월 24일 제2006-000054호
주 소 08772 서울특별시 관악구 난곡로 288 남진빌딩 302호
전 화 02-6293-7070(대) | 팩시밀리 02-6293-8080
이메일 bbooks@naver.com | 홈페이지 b-book.co.kr/

ISBN 979-11-87036-37-1(세트)
ISBN 979-11-87036-43-2   04830

정가 22,000원